四库家藏

用最少的钱买最经典的书

每个家庭买得起的四库

品读国学经典·家藏四库丛书

插图本 聊斋志异

蒲松龄 著

万卷出版公司
VOLUMES PUBLISHING COMPANY

中国小说谱系简表

- 先秦神话与传说
  - 《山海经》
  - 《穆天子传》
  - 《楚辞·天问》
- 汉人小说
  - 《伊尹说》——（今佚）
  - 《鬻子说》——（今佚）
  - 《青史子》——（今佚）
  - 《虞初周说》——（今佚）
  - 《师旷》——（今佚）
  - 《务成子》——（今佚）
- 六朝志怪小说
  - 魏文帝——《列异传》
  - 张华——《博物志》
  - 干宝——《搜神记》
  - 刘义庆——《幽明录》
  - 王嘉——《拾遗记》
- 唐传奇小说
  - 沈既济——《枕中记》
  - 陈鸿——《长恨歌传》
  - 白行简——《李娃传》
  - 元稹——《莺莺传》
  - 李公佐
    - 《南柯太守传》
    - 《谢小娥传》
    - 《古岳渎经》
- 宋传奇小说
  - 徐铉——《稽神录》
  - 洪迈——《夷坚志》
  - 乐史
    - 《绿珠传》
    - 《杨太真外传》
  - 秦醇——《赵飞燕别传》
- 宋元话本
  - 刘斧
    - 《青琐高议》
    - 《青琐摭遗》
  - 佚名——《大唐三藏法师取经记》
  - 佚名——《大宋宣和遗事》

中国小说谱系简表

- **元明历史演义**
  - 罗贯中
    - 《三国演义》
    - 《隋唐志传》
    - 《残唐五代史演义》
  - 施耐庵——《水浒传》
- **明神魔小说**
  - 吴承恩——《西游记》
  - 许仲琳——《封神传》
  - 罗懋登——《三宝太监西洋记》
  - 董说——《西游补》
- **明世情小说**
  - 兰陵笑笑生——《金瓶梅》
  - 佚名——《玉娇梨》
  - 荻岸山人——《平山冷燕》
  - 明教中人——《好逑传》
  - 云封山人——《铁花仙史》
- **清讽刺小说**
  - 吴敬梓——《儒林外史》
- **清世情小说**
  - 曹雪芹——《红楼梦》
- **清之拟晋唐小说**
  - 蒲松龄——《聊斋志异》
  - 纪昀——《阅微草堂笔记》
- **清狭邪小说**
  - 陈森——《品花宝鉴》
  - 魏秀仁——《花月痕》
  - 俞达——《青楼梦》
- **清侠义小说及公案**
  - 文康——《儿女英雄传》
  - 石玉昆——《三侠五义》
  - 俞樾——《七侠五义》
- **清末谴责小说**
  - 李宝嘉——《官场现形记》
  - 吴趼人——《二十年目睹之怪现状》
  - 刘鹗——《老残游记》
  - 曾朴——《孽海花》

国学与我们同在

——《家藏四库丛书》序

毛佩琦

国学是什么？简单地说，就是中国人之所以成为中国人的学问。因此，国学不仅包括数千年来积累流传下来的经典，比如“四书五经”、《老子》、《庄子》、《孙子》、《史记》、《汉书》、唐诗、宋词，也包含研究中国人思维方式、生活方式、行为方式乃至娱乐方式的各种学问。广而言之，国学研究的对象不仅包括文献，也包括实物；不仅包括物质文化遗产，也包括非物质文化遗产，包括我国各民族的建筑、服饰、饮食、音乐、绘画、医药、戏曲等等。

国学是不断丰富、不断发展的学问。上面说的从“四书五经”到唐诗、宋词就是一个不断丰富发展的过程。近代以来，国学的研究范围还在不断地扩大，比如，敦煌学、甲骨学，是随着有关文物的出土而兴起的；比如红学，是随着文学理论和学术风气的发展变化而兴起和发展的。随着时间推移和学术进步，必将有更多的学问被纳入国学研究的范围。

数千年来，中国人做学问形成了一套独特的理论和方法，比如思想理论、史学理论、文学理论，以及训诂学、考据学、音韵学等等。但这些理论和方法并不是一成不变的。比如，在史学研究领域，由于地下文物的出土，王国维等人提出了所谓以地下文物与传世文献相补充互证的二重证据法。近代以来，西风劲吹。国人主动借鉴西方的理论和方法，研究中国学问，王国维借鉴尼采的哲学等研究中国的文学戏剧，胡适以杜威的实验主义研究中国的“国故”。国学从来没有拒绝外国学问的介入，佛教传入中国后，经过改造，形成了中国独特的佛学、因明学；自明朝末年西学传入中国后，中国的天文学、数学等就已经融入了西学的因素。马克思主义传入中国后，不少人用马克思主义理论研究中国历史文化，它们当然也是国学的一部分。因此，国学又是开放的、随时代而进步的。那么，当今我们研究、振兴国学，不允许也不应该倒退，不允许也不应该僵化。

然而，国学又是与西学明显区分的。国学是西学的对应物，是与西学完全不同的学术体系。在近代，西学挟船坚炮利强势进入中国之后，中国人还视自我，对于中国固有之学问出现了中学、国故学、国粹、国学这样的名称。面对帝国主义的强大，中国人自愧不如，一方面拼命学习引进西学，另一方面就是拼命地贬低、抛弃国学。虽然也有一些人，如张之洞为保护中华文化之根本，提出“中学为体，西学为用”，如胡适，提出“整理国故”，以“再造文明”、“建立民族自信心”，但其声音终被时代所淹没。国学一再被严重曲解和轻视，以致造成了中国历史文化的大断裂。也许，这一历史过程是必然的。但回顾过去，中国在走向独立富强的过程中，国学所付出的代价实在太大、太惨重了。

新中国成立，饱受屈辱的中国人从此站立了起来，民族自信心大大加强，但没有能够及时认识到国学在新时代的重要性，甚至仅存的一点点国学遗产也进一步成为被抛弃的对象。在全面批判全盘西化的同时，却走向全面西化。改革开放三十年之后，走向富强的国人终于猛醒，保护和振兴国学逐渐成为全民的共识。一个强大的自立于世界民族之林的国家，必然要有与之相匹配的伟大的民族文化。中国人，从学术界到普通百姓，都在重新发现国学的现代价值。同时，在走向全球化的进程中，东西方各国也把目光投向了中国。中国学问，中国的一切都在被重新评价。中国不仅为了自身的建设和发展需要从传统文化中汲取智慧，而且，中国也面临着以优秀的中华文化向全人类贡献智慧的责任和机会。

那么，这套国学丛书编纂就是可喜的，编纂者的初衷和努力就是可敬的。希望这套丛书能发挥点滴作用，如同涓涓细流与千百万有志者的努力一道汇成大潮，去迎接中华民族的伟大复兴！

是为序。

2007年11月22日于北七家村

编者的话

《聊斋志异》，为我们构筑了一个狐鬼花妖闪烁往来的世界。在这个世界里，狐鬼花妖被赋予和人一样的秉性特征，像人一样有七情六欲，像人一样的嬉笑怒骂，分善良和邪恶，分诚实和狡诈……

若不计这些异类独具的特异本领和通神法力，在作者蒲松龄的笔下，我们竟分不清狐鬼花妖和人有什么区别。然而，却正是这些有别于人类的奇诡伎俩，使得《聊斋志异》的面目变得鲜活生动起来。狐鬼花妖演绎的曲折故事使黯淡的生活也多出了许多幽默、诙谐，甚至正气、豪情。三百多年来，《聊斋志异》挟着魅影与真情，打动着每一位看到、听到、想到它的人。

鲁迅在《中国小说史略》中说到："《聊斋志异》不外记神仙狐鬼精魅故事，然描写委曲，叙次井然，……又或易调改弦，别叙畸人异行，出于幻域，顿入人间；偶叙琐闻，亦多简洁，故读者耳目，为之一新。"我们会笑《崂山道士》中一头撞墙跌倒在地、头起大包的王生可怜，我们会骂《瞳人语》中窥探美色、眯目失明的方生活该；我们会哭《叶生》中那份魂伴知己、圆情忘死的系牵，我们会迷《香玉》中那种生死相依、惊动天地的爱情……在这里，蒲松龄把所有的虚伪和困顿一一展开，将全部的真诚和理想付诸实践。穿透时间、空间的阻隔，获得不同时代、不同读者的欣赏和认同。对于张扬个性和追求舒放的现代人而言，在领略和体会它所带来的无限美的启示和思索的同时，我们居然可以在某只狐鬼神妖的身上发现自己的影子，让我们看到理想和现实之间其实仅仅一线。

基于以上种种，我们全心投入对这本独一无二的作品的整理、出版。具体做了以下努力：

首先，是对原文重新的审视，从现代读者求真、务实的阅读需求出发，删除了那些篇幅较短，情节展开不够，意味不足的篇章，以突出经典篇章其精华的地位和价值，帮助读者最有效地领悟和深入到奇妙的故事当中，获得情感的享受和熏陶。

其次，是在每篇文章后添加详细的注释，扫除文言阅读的障碍。文章应用的文言风格总体简洁易懂，通常读者不深究地一气读来也能掌握十之八九，注释的目的是为满足读者进一步的要求，力求能将所有经典、美好的情节和细微的思量都带到读者面前。

最后，是每篇文章中都配有相应的场景插图，使读者在文字阅读的同时获得形象、直观的感受和认知并以此缓冲先前的阅读紧张，重新整理、调整阅读心态，兴致勃勃地沉浸在阅读的美好当中。

整部《聊斋志异》把理想和现实的矛盾和互动发挥得淋漓尽致。一不留神我们掉进这个狐鬼花妖与人间穿插的时空，不如索性让我们好好畅游一番，看看凭借我们的智慧，是否能领略到当年蒲松龄笔下的真意？

目录

卷五

卷六

卷七

卷八

卷九

卷 十二

卷一

考城隍

予姊丈之祖宋公，讳①焘，邑廪生②。一日，病卧，见吏人持牒，牵白颠马③来，云：“请赴试。”公言：“文宗④未临⑤，何遽得考？”吏不言，但敦促之。公力病乘马从去，路甚生疏。至一城郭，如王者都。移时入府廨⑥，宫室壮丽。上坐十余官，都不知何人，惟关壮缪⑦可识。檐下设几、墩各二，先有一秀才坐其末，公便与连肩。几上各有笔札。俄题纸飞下。视之，八字云：“一人二人，有心无心。”二公文成，呈殿上。公文中有云：“有心为善，虽善不赏；无心为恶，虽恶不罚。”诸神传赞不已。召公上，谕曰：“河南缺一城隍⑧，君称其职。”公方悟，顿首泣曰：“辱膺宠命，何敢多辞。但老母七旬，奉养无人，请得终其天年，惟听录用。”上一帝王像者，即命稽母寿籍。有长须吏，捧册翻阅一过，白：“有阳算九年。”共踌躇间，关帝曰：“不妨令张生摄篆⑨九年，瓜代可也。”乃谓公：“应即赴任；今推仁孝之心，给假九年。及期当复相召。”又勉励秀才数语。二公稽首并下。秀才握手，送诸郊野，自言长山张某。以诗赠别，都忘其词，中有“有花有酒春常在，无烛无灯夜自明”之句。

公既骑，乃别而去。及抵里，豁若梦寤。时卒已三日。母闻棺中呻吟，扶出，半日始能语。问之长山，果有张生，于是日死矣。后九年，母果卒。营葬既毕，浣濯入室而没。其岳家居城中西门里，忽见公镂膺朱幩，舆马甚众，登其堂，一拜而行。相共惊疑，不知其为神；

奔询乡中，则已殁矣。公有自记小传，惜乱后无存，此其略耳。

注释

①讳：旧时对帝王尊长不直称其名，避其名讳。②廪生：指廪膳生员，是封建科举制度中生员名目之一。明府、州、县学生员每人每月都给廪米六斗，以补助生活。清沿其制，名额因州、县大小而不同。③白颠马：即指白额马。颠，指额。《诗·秦风·车邻》：“有车邻邻，有马白颠。”朱熹注：“白颠，额有白毛，今谓之的颡。”④文宗：指众人敬仰的文章大家。《后汉书·崔骃传》：“崔为文宗，世禅雕龙。”清代时指省级学官提督学政。⑤临：即案临。清代科举制度规定，各省学政在三年任期内依次到本省各地考试生员。⑥府廨：指旧时对官府衙门的通称。⑦关壮缪：指三国时蜀汉大将关羽。关羽，字云长，河东解县（今山西临猗县西南）人。死后追谥“壮缪侯”。⑧城隍：指神话传说中负责守护城池的神，后为道教所信奉。⑨摄篆：此处指代理官职。摄，代理。篆，旧时的印信上刻有篆文，故以此代指官印。

瞳人语

长安[1]士方栋，颇有才名，而佻脱[2]不持仪节。每陌上见游女，辄轻薄尾缀之。清明前一日，偶步郊郭。见一小车，朱茀[3]绣幰（wéi）[4]，青衣[5]数辈，款段[6]以从。内一婢，乘小驷，容光绝美。稍稍近觇之，见车幔洞开，内坐二八女郎，红妆艳丽，尤生平所未睹。目炫神夺，瞻恋弗舍，或先或后，从驰数里。忽闻女郎呼婢近车侧，曰：“为我垂帘下。何处风狂儿郎，频来窥瞻！”婢乃下帘，怒顾生曰：“此芙蓉城[7]七郎子新妇归宁，非同田舍娘子，放教秀才胡觑！”言已，掬辙土扬生。

生眯，目不可开。才一拭视，而车马已渺。惊疑而返，觉目终不快。倩人启睑拨视，则睛上生小翳[8]；经宿益剧，泪簌簌不得止；翳渐大，数日厚如钱；右睛起旋螺，百药无效。懊闷欲绝，颇思自忏悔。闻《光明经》能解厄，持一卷，浼人教诵。初犹烦躁，久渐自安。旦晚无事，惟趺坐捻珠[9]。持之一年，万缘俱净。忽闻左目中小语如蝇，曰：“黑漆似，叵耐杀人！”右目中应曰：“可同小遨游，出此闷气。”渐觉两鼻中，蠕蠕作痒，似有物出，离孔而去。久之乃返，复自鼻入眶中。又言曰：“许时不窥园亭，珍珠兰遽枯瘠死！”生素喜香兰，园中多种植，日常自灌溉；自失明，久置不问。忽闻此言，遽问妻：“兰花何使憔悴死？”妻诘其所自知，因告之故。妻趋验之，花果槁矣。大异之。静匿房中以俟之，见有小人自生鼻内出，大不及豆，营营⑩然竟出门去。渐远，遂迷所在。俄，连臂归，飞上面，如蜂蚁之投穴者。如此二三日。又闻左言曰：“隧道⑪迂，还往甚非所便，不如自启门。”右应曰：“我壁子厚，大不易。”左曰：“我试辟，得与尔俱。”遂觉左眶内隐似抓裂。少顷，开视，豁见几物。喜告妻。妻审之，则脂膜破小窍，黑睛荧荧，才如劈椒⑫。越一宿，幛尽消。细视，竟重瞳也。但右目旋螺如故，乃知两瞳人合居一眶矣。生虽一目眇，而较之双目者，殊更了了。由是益自检束，乡中称盛德焉。

异史氏曰⑬：乡有士人，偕二友于途，遥见少妇控驴出其前，戏而吟曰：“有美人兮！”顾二友曰：“驱之！”相与笑骋，俄追及，乃其子妇，心赧气丧，默不复语。友伪为不知也者，评骘（zhì）殊亵。士人忸怩，吃吃而言曰：“此长男妇也。”各隐笑而罢。轻薄者往往自侮，良可笑也。至于眯目失明，又鬼神之惨报矣。芙蓉城主，不知何神，岂菩萨现身耶？然小郎君生辟门户，鬼神虽恶，亦何尝不许人自新哉。

注释

①长安：原指今陕西省西安市。在旧时文学作品中常代指国都。②佻脱：轻佻、轻率。③茀：车帘。④幰：车上的帷幔。⑤青衣：古时地位低下的人常穿青衣，后以此代称婢女。⑥款段：指款段马，行动迟缓的马。此处指骑者马慢慢走。⑦芙蓉城：指神话传说中的仙境。⑧翳：一种眼疾，遮盖瞳孔的薄膜。⑨珠：指佛珠，亦称“数珠”，梵语意译。常用香木、玛瑙或玉石制作，少者14颗，多者达1080颗。⑩营营：来往匆忙的样子。⑪隧道：原指地下暗道。此处指眼睛通往鼻孔的道路。⑫劈椒：指裂开的花椒里的黑子，俗名为“椒目”。此处形容瞳孔。⑬异史氏曰：指《聊斋志异》

中所用的一种论赞体例，便于作者直接发表议论。异史氏，是作者蒲松龄的自称。

画壁

江西孟龙潭，与朱孝廉[①]客都中。偶涉一兰若，殿宇禅舍，俱不甚弘敞，惟一老僧挂褡[②]其中。见客入，肃衣出迓，导与随喜[③]。殿中塑志公像，两壁画绘精妙，人物如生。东壁画散花天女[④]，内一垂髫者，拈花微笑，樱唇欲动，眼波将流。

朱注目久，不觉神摇意夺，恍然凝思；身忽飘飘，如驾云雾，已到壁上。见殿阁重重，非复人世。一老僧说法座上，偏袒绕视者甚众。朱亦杂立其中。少间，似有人暗牵其裾。回顾，则垂髫儿，辴(chǎn)然竟去。履即从之，过曲栏，入一小舍，朱次且不敢前。女回首，摇手中花，遥遥作招状，乃趋之。舍内寂无人，遽拥之，亦不甚拒，遂与狎好。既而闭户去，嘱勿咳。夜乃复至，如此二日。女伴觉之，共搜得生，戏谓女曰："腹内小郎已许大，尚发蓬蓬学处子耶？"共捧簪珥，促令上鬟。女含羞不语。一女曰："妹妹姊姊，吾等勿久住，恐人不欢。"群笑而去。生视女，髻云高簇，鬟凤低垂，比垂髫时尤艳绝也。四顾无人，渐入猥亵，兰麝熏心，乐方未艾。忽闻吉莫靴铿铿甚厉，缧锁锵然；旋有纷嚣腾辨之声。女惊起，与生窃窥，则见一金甲使者，黑面如漆，绾锁拿槌，众女环绕之。使者曰："全未？"答言："已全。"使者曰："如有藏匿下界人，即共出首，勿贻伊戚。"又同声言："无。"使者反身鹗顾，似将搜匿。女大惧，面如死灰，张皇谓朱曰："可急匿榻下。"乃启壁上小扉，猝遁去。朱伏，不敢少息。俄闻靴声至房内，复出。未几，烦喧渐

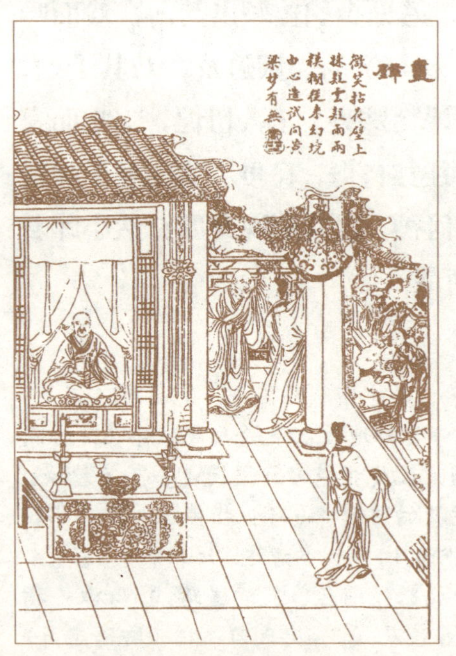

远，心稍安；然户外辄有往来语论者。朱踽踽[5]既久，觉耳际蝉鸣，目中火出，景状殆不可忍，惟静听以待女归，竟不复忆身之何自来也。

时孟龙潭在殿中，转瞬不见朱，疑以问僧。僧笑曰："往听说法去矣。"问："何处？"曰："不远。"少时，以指弹壁而呼曰："朱檀越！何久游不归？"旋见壁间画有朱像，倾耳伫立，若有听察。僧又呼曰："游侣久待矣！"遂飘忽自壁而下，灰心木立，目瞪足软。孟大骇，从容问之。盖方伏榻下，闻扣声如雷，故出房窥听也。共视拈花人，螺髻翘然，不复垂髫矣。朱惊拜老僧，而问其故。僧笑曰："幻由人生，贫道何能解！"朱气结而不扬，孟心骇而无主。即起，历阶而出。

异史氏曰：幻由人生，此言类有道者。人有淫心，是生亵境；人有亵心，是生怖境。菩萨点化愚蒙，千幻并作，皆人心所自动耳。老婆心切，惜不闻其言下大悟，披发入山也。

注释

①孝廉：是孝顺父母、办事廉正之意，原为汉代考察官吏的重要科目。明清时称举人为孝廉。②挂褡：游方僧人投宿暂住之意，亦称"挂褡"、"挂单"等。褡，指僧衣。旧时游方僧人投宿寺院时，不能把衣钵和锡杖放在地上，而要挂起来，故称。③随喜：佛教用语，意谓随己所喜，即随意向僧人布施财物。后称游观寺院为随喜。④散花天女：指佛经故事中的神女。⑤踽踽：畏惧的样子。

王六郎

许姓，家淄之北郭[1]，业渔。每夜携酒河上，饮且渔。饮则酹地[2]，祝云："河中溺鬼得饮。"以为常。他人渔，迄无所获，而许独满筐。

一夕，方独酌，有少年来，徘徊其侧。让之饮，慨与同酌。既而终夜不获一鱼，意颇失。少年起曰："请于下流为君驱之。"遂飘然去。少间，复返曰："鱼大至矣。"果闻唼呷有声。举网而得数头，皆盈尺。喜极，申谢。欲归，赠以鱼，不受，曰："屡叨佳酝，区区何足云报。如不弃，要当以为常耳。"许曰："方共一夕，何言屡也？如肯永顾，诚所甚愿，但愧无以为情。"询其姓字[3]，曰："姓王，无字，相见可呼王六郎。"遂别。明

日，许货鱼。益，沽酒。晚至河干，少年已先在，遂与欢饮。饮数杯，辄为许驱鱼。

如是半载，忽告许曰：“拜识清扬，情逾骨肉。然相别有日矣。”语甚凄楚。惊问之。欲言而止者再，乃曰：“情好如吾两人，言之或勿讶耶？今将别，无妨明告：我实鬼也。素嗜酒，沉醉溺死，数年于此矣。前君之获鱼，独胜于他人者，皆仆之暗驱，以报酹奠耳。明日业满，当有代者，将往投生。相聚只今夕，故不能无感。”许初闻甚骇；然亲狎既久，不复恐怖。因亦欷歔，酌而言曰：“六郎饮此，勿戚也。相见遽违，良足悲恻。然业满劫脱，正宜相贺，悲乃不伦。”遂与畅饮。因问：“代者何人？”曰：“兄于河畔视之，亭午，有女子渡河而溺者，是也。”听村鸡既唱，洒涕而别。

明日，敬伺河，边以觇其异。果有妇人抱婴儿来，及河而堕。儿抛岸上，扬手掷足而啼。妇沉浮者屡矣，忽淋淋攀岸以出，藉地少息，抱儿径去。当妇溺时，意良不忍，思欲奔救；转念是所以代六郎者，故止不救。及妇自出，疑其言不验。抵暮，渔旧处，少年复至，曰：“今又聚首，且不言别矣。”问其故。曰：“女子已相代矣；仆怜其抱中儿，代弟一人，遂残二命，故舍之。更代不知何期。或吾两人之缘未尽耶？”许感叹曰：“此仁人之心，可以通上帝矣。”由此相聚如初。数日，又来告别。许疑其复有代者。曰：“非也。前一念恻隐，果达帝天。今授为招远县邬镇土地，来朝赴任。倘不忘故交，当一往探，勿惮修阻。”许贺曰：“君正直为神，甚慰人心。但人神路隔，即不惮修阻，将复如何？”少年曰：“但往，勿虑。”再三叮咛而去。

许归，即欲制装东下。妻笑曰：“此去数百里，即有其地，恐土偶不可以共语。”许不听，竟抵招远。问之居人，果有邬镇。寻至其处，息肩逆旅，问祠所在。主人惊曰：“得无客姓为许？”许曰：“然。何见知？”又曰：“得勿客邑为淄(zī)？”曰：“然。何见知？”主人不答，遽出。俄而丈夫抱子，媳女窥门，杂沓而来，环如墙堵。许益惊。众乃告曰：“数夜前，梦神言：淄川许友当即来，可助一资斧④。祗候已久。”许亦异之，乃往祭于祠而祝曰：“别君后，寤寐不去心，远践曩约。又蒙梦示居人，感篆中怀。愧无腆物⑤，仅有卮酒，如不弃，当如河上之饮。”祝毕，焚钱纸。俄见风起座后，旋转移时，始散。至夜，梦少年来，衣冠楚楚，大异平时，谢曰：“远劳顾问，喜泪交并。但任微职，不便会面，咫尺河山，甚怆于怀。居人薄有所赠，聊酬夙好。归如有期，尚当走送。”

居数日，许欲归，众留殷勤，朝请暮邀，日更数主。许坚辞欲行。众乃折柬抱补，争来致赆⑥，不终朝，馈遗盈橐(tuó)。苍头稚子毕集，祖送⑦出村，欻(xū)有羊角风起，随行十余里。许再拜曰：“六郎珍重！勿劳远涉。君心仁爱，自能造福一方，无庸故人嘱也。”风盘旋久之，乃去。村人亦嗟讶而返。许归，家稍裕，遂不复渔。后见招远人问之，其灵应如响云。或言：即章丘石坑庄。未知孰是。

异史氏曰：置身青云⑧，无忘贫贱，此其所以神也。今日车中贵介⑨，宁复识戴笠人哉？余乡有林下者，家綦贫。有童稚交，任肥秩⑩，计投之必相周顾。竭力办装，奔涉千里，殊失所望；泻囊货骑，始得归。其族弟甚谐，作月令嘲之云：“是月也，哥哥至，貂帽解，伞盖不张，马化为驴，靴始收声。”念此可为一笑。

注释

①郭：外城，此处指城郊。②酹地：指把酒洒在地上以祭鬼神。③字：指表字。是古代男子在名字之外，为自己取得与本名意义相关的别名。④资斧：指路费。《易·旅》：“旅于处，得其资斧。”⑤腆物：指丰厚的礼物。腆，丰厚。⑥赆：临别时赠送的礼物。⑦祖送：指送别。祖，出行之前祭祀路神，后来引申为敬酒饯行。⑧青云：指高空，后来喻指高官。⑨贵介：指地位尊贵的大人物。介，大。⑩肥秩：肥缺。秩，指官吏的俸禄，也指官位的品级。

劳山道士

邑有王生，行七，故家子。少慕道，闻劳山[1]多仙人，负笈往游。登一顶，有观宇甚幽。一道士坐蒲团上，素发垂领，而神光爽迈。叩而与语，理甚玄妙[2]。请师之。道士曰："恐娇惰不能作苦。"答言："能之。"其门人甚众，薄暮毕集。王俱与稽首，遂留观中。

凌晨，道士呼王去，授一斧，使随众采樵。王谨受教。过月余，手足重茧，不堪其苦，阴有归志。一夕归，见二人与师共酌，日已暮，尚无灯烛。师乃剪纸如镜，粘壁间。俄顷，月明辉室，光鉴毫芒。诸门人环听奔走。一客曰："良宵胜乐，不可不同。"乃于案上取酒壶，分赉[3]诸徒，且嘱尽醉。王自思：七八人，壶酒何能遍给？遂各觅盎盂[4]，竞饮先釂(jiào)[5]，唯恐樽[6]尽；而往复挹注[7]，竟不少减。心奇之。俄一客曰："蒙赐月明之照，乃尔寂饮。何不呼嫦娥来？"乃以箸掷月中。见一美人，自光中出。初不盈尺，至地，遂与人等。纤腰秀项，翩翩作"霓裳舞"[8]。已而歌曰："仙仙乎，而还乎！而幽我于广寒乎！"其声清越，烈如箫管。歌毕，盘旋而起，跃登几上，惊顾之间，已复为箸。三人大笑。又一客曰："今宵最乐，然不胜酒力矣。其饯我于月宫，可乎？"三人移席，渐入月中。众视三人，

坐月中饮，须眉毕见，如影之在镜中。移时，月渐暗，门人燃烛来，则道士独坐而客杳矣。几上肴核尚故。壁上月，纸圆如镜而已。道士问众："饮足乎？"曰："足矣。""足宜早寝，勿误樵苏。"众诺而退。王窃欣慕，归念遂息。

又一月，苦不可忍，而道士并不传教一术。心不能待，辞曰："弟子数百里受业仙师，纵不能得长生术，或小有传习，亦可慰求教之心；今阅两三月，不过早樵而暮归。弟子在家，未谙此苦。"道士笑曰："吾固谓

不能作苦，今果然。明早当遣汝行。”王曰：“弟子操作多日，师略授小技，此来为不负也。”道士问：“何术之求？”王曰：“每见师行处，墙壁所不能隔，但得此法足矣。”道士笑而允之。乃传一诀，令自咒毕，呼曰：“入之！俯首辄入，勿逡巡！”王果去墙数步奔而入，及墙，虚若无物，回视，果在墙外矣。大喜，入谢。道士曰：“归宜洁持，否则不验。”遂助资斧遣归。抵家，自诩遇仙，坚壁所不能阻，妻不信。王效其作为，去墙数尺，奔而入；头触硬壁，蓦然而踣。妻扶视之，额上坟起，如巨卵焉。妻揶揄之。王惭忿，骂老道士之无良而已。

异史氏曰：闻此事，未有不大笑者，而不知世之为王生者，正复不少。今有伧父，喜疢毒而畏药石，遂有吮痈舐痔者，进宣威逞暴之术，以迎其旨，绐之曰：“执此术也以往，可以横行而无碍。”初试未尝不小效，遂谓天下之大，举可以如是行矣，势不至触硬壁而颠蹶不止也。

注释

①劳山：指崂山，在今山东青岛市东北，有上清宫、白云洞等名胜古迹。②玄妙：幽深微妙，难以言表。《老子》：“玄之又玄，众妙之门。”③分赉：分别赏赐。赉，赏赐。④盎盂：盛汤水的器具。盎，大腹而小口；盂，宽口而敛底。⑤釂：喝完杯中之酒。⑥樽：盛酒的器具。⑦挹注：从大盛器倒入小盛器，此处指从酒壶倒入酒杯。《诗·大雅》：“泂酌彼行潦，挹彼注兹。”⑧“霓裳舞”：指《霓裳羽衣舞》，是唐代宫廷盛行的一种舞蹈。

狐嫁女

历城殷天官[①]，少贫，有胆略。邑有故家之第，广数十亩，楼宇连亘。常见怪异，以故废无居人。久之，蓬蒿渐满，白昼亦无敢入者。会公与诸生饮，或戏云：“有能寄此一宿者，共醵为筵。”公跃起曰：“是亦何难！”携一席往。众送诸门，戏曰：“吾等暂候之，如有所见，当急号。”公笑云：“有鬼狐，当捉证耳。”

遂入，见长莎蔽径，蒿艾如麻。时值上弦，幸月色昏黄，门户可辨。摩娑数进，始抵后楼。登月台，光洁可爱，遂止焉。西望月明，惟衔山一

线耳。坐良久，更无少异，窃笑传言之讹。席地枕石，卧看牛女②。

一更向尽，恍惚欲寐。楼下有履声，籍籍而上。假寐睨之，见一青衣人，挑莲灯，猝见公，惊而却退。语后人曰："有生人在。"下问："谁何？"答云："不识。"俄一老翁上，就公谛视，曰："此殷尚书，其睡已酣。但办吾事，相公倜傥，或不叱怪。"乃相率入楼，楼门尽辟。移时，往来者益众。楼上灯辉如昼。公稍稍转侧，作嚏咳。翁闻公醒，乃出，跪而言曰："小人有箕帚女，今夜于归。不意有触贵人，望勿深罪。"公起，曳之曰："不知今夕嘉礼③，惭无以贺。"翁曰："贵人光临，压除凶煞，幸矣。即烦陪坐，倍益光宠。"公喜，应之。入视楼中，陈设绮丽。遂有妇人出拜，年可四十余。翁曰："此拙荆。"公揖之。俄闻笙乐聒耳，有奔而上者，曰："至矣！"翁趋迎，公亦立俟。

少间，笼纱一簇，导新郎入。年可十七八，丰采韶秀。翁命先与贵客为礼。少年目公。公若为傧，执半主礼。次翁婿交拜，已，乃即席。少间，粉黛云从，酒胾雾霈，玉碗金瓯，光映几案。酒数行，翁唤女奴请小姐来。女奴诺而入，良久不出。翁自起，搴帏促之。俄婢媪辈拥新人出，环佩璆然，麝兰散馥。翁命向上拜。起，即坐母侧。微目之，翠凤明珰，容华绝世。既而酌以金爵，大容数斗。公思此物可以持验同人，阴内袖中。伪醉隐几，颓然而寝。皆曰："相公醉矣。"居无何，闻新郎告行，笙乐暴作，纷纷下楼而去。已而主人敛酒具，少一爵，冥搜不得。或窃议卧客。翁急戒勿语，惟恐公闻。

移时，内外俱寂。公始起。暗无灯火，惟脂香酒气，充溢四堵。视东方既白，乃从容出。探袖中，金爵犹在。及门，则诸生先候，疑其夜出而早人者。公出爵示之。众骇问，公以状告。共思此物非寒士所有，乃信之。

后公举进士，任肥丘。有世家朱姓宴公，命取巨觥(gōng)[4]，久之不至。有细奴[5]掩口与主人语，主人有怒色。俄奉金爵劝客饮。谛视之，款式雕文，与狐物更无殊别。大疑，问所从制。答云："爵凡八只，大人为京卿时，觅良工监制。此世传物，什袭已久。缘明府辱临，适取诸箱簏，仅存其七，疑家人所窃取；而十年尘封如故，殊不可解。"公笑曰："金杯羽化[6]矣。然世守之珍不可失。仆有一具，颇近似之，当以奉赠。"终筵归署，拣爵持送之。主人审视，骇绝。亲诣谢公，诘所自来，公为历陈颠末。始知千里之物，狐能摄致，而不敢终留也。

注释

①殷天官：指明嘉靖进士殷士儋。殷士儋，字正甫，曾任吏部尚书。唐朝时曾将吏部改称天官，后人便以天官代指吏部。此处是对吏部尚书的敬称。②牛女：指牛郎星和织女星。③嘉礼：为古代五礼之一，是饮宴婚冠、节庆活动方面的礼节仪式。此处指婚礼。④巨觥：指大酒杯。《诗·小雅·桑扈》："兕觥其觩，旨酒思柔。"此处指金杯。⑤细奴：小僮。⑥羽化：指道教中的羽化成仙。此处戏指酒杯丢失。

娇娜

孔生雪笠，圣裔也。为人蕴藉，工诗。有执友令天台，寄函招之。生往，令适卒，落拓不得归，寓菩陀寺，佣为寺僧抄录。寺西百余步，有单先生第，先生故公子，以大讼萧条，眷口寡，移而乡居，宅遂旷焉。

一日，大雪崩腾，寂无行旅。偶过其门，一少年出，丰采甚都。见生，趋与为礼，略致慰问，即屈降临。生爱悦之，慨然从入。屋宇都不甚广，处处悉悬锦幕，壁上多古人书画。案头书一册，签曰《琅环琐记》。翻阅一过，皆目所未睹。生以居单第，以为第主，即亦不审官阀。少年细诘行踪，意怜之，劝设帐授徒。生叹曰："羁旅之人，谁作曹丘[1]者？"少年曰："倘不以驽骀见斥，愿拜门墙。"生喜，不敢当师，请为友。便问："宅何久锢？"答曰："此为单府，曩以公子乡居，是以久旷。仆，皇甫氏，祖居陕。以家宅焚于野火，暂借安顿。"生始知非单。当晚谈笑甚欢，即留共榻。

昧爽，即有僮子炽炭火于室。少年先起入内，生尚拥被坐。僮入，白：“太翁来。”生惊起。一叟入，鬓发皤然，向生殷谢曰：“先生不弃顽儿，遂肯赐教。小子初学涂鸦，勿以友故，行辈视之也。”已，乃进锦衣一袭，貂帽、袜、履各一事。视生盥栉（guàn zhì）已，乃呼酒荐馔（zhuàn）。几、榻、裙、衣，不知何名，光彩射目。酒数行，叟兴辞，曳杖而去。餐讫，公子呈课业，类皆古文词，并无时艺②。问之，笑云：“仆不求进取也。”抵暮，更酌曰：“今夕尽欢，明日便不许矣。”呼僮曰：“视太公寝未；已寝，可暗唤香奴来。”僮去，先以绣囊将琵琶至。少顷，一婢入，红妆艳艳。公子命弹《湘妃》，婢以牙拨勾动，激扬哀烈，节拍不类夙闻。又命以巨觞行酒，三更始罢。次日，早起共读。公子最慧，过目成咏，二三月后，命笔警绝。相约五日一饮，每饮必招香奴。一夕，酒酣气热，目注之。公子已会其意，曰：“此婢乃为老父所豢（huàn）养。兄旷邈无家，我夙夜代筹久矣，行当为君谋一佳耦。”生曰：“如果惠好，必如香奴者。”公子笑曰：“君诚‘少所见而多所怪’者矣。以此为佳，君愿亦易足也。”居半载，生欲翱翔郊郭，至门，则双扉外扃，问之，公子曰：“家君恐交游纷意念，故谢客耳。”生亦安之。

时盛暑溽热，移斋园亭。生胸间肿起如桃，一夜如碗，痛楚呻吟。公子朝夕省视，眠食俱废。又数日，创剧，益绝食饮。太翁亦至，相对太息。公子曰：“儿前夜思先生清恙，娇娜妹子能疗之，遣人于外祖母处呼令归。何久不至？”俄僮入白：“娜姑至，姨与松姑同来。”父子即趋入内。少间，引妹来视生。年约十三四，娇波流慧，细柳生姿。生望见艳色，嚬呻顿忘，精神为之一爽。公子便言：“此兄良友，不啻同胞也，妹子好医之。”女乃敛羞容，揄长袖，就榻诊视。把握之间，觉芳气胜兰。女笑曰：“宜有是疾，心脉动矣。然症虽危，可治；但肤块已凝，非伐皮削肉不可。”乃脱臂上金钏安患处，徐徐按下之。创突起寸许，高出钏外，而根际余肿，尽束在内，不似前如碗阔矣。乃一手启罗衿，解佩刀，刃薄于纸，把钏握刃，轻轻附根而割，紫血流溢，沾染床席。生贪近娇姿，不惟不觉其苦，且恐速竣割事，偎傍不久。未几，割断腐肉，团团然如树上削下之瘿。又呼水

来，为洗割处。口吐红丸，如弹大，着肉上，按令旋转；才一周，觉热火蒸腾；再一周，习习作痒；三周已，遍体清凉，沁入骨髓。女收丸入咽，曰：“愈矣！”趋步出。

生跃起走谢，沉痼(gù)若失。而悬想容辉，苦不自已。自是废卷痴坐，无复聊赖。公子已窥之，曰：“弟为物色，得一佳偶。”问：“何人？”曰：“亦弟眷属。”生凝思良久，但云：“勿须也！”面壁吟曰：“曾经沧海难为水，除却巫山不是云。”公子会其旨，曰：“家君仰慕鸿才，常欲附为婚姻。但止一少妹，齿太稚。有姨女阿松，年十八矣，颇不粗陋。如不见信，松姊日涉园亭，伺前厢，可望见之。”生如其教，果见娇娜偕丽人来，画黛弯蛾，莲钩蹴凤，与娇娜相伯仲也。生大悦，求公子作伐。公子异日自内出，贺曰：“谐矣。”乃除别院，为生成礼。是夕，鼓吹阗咽，尘落漫飞，以望中仙人，忽同衾幄，遂疑广寒宫殿，未必在云霄矣。合卺之后，甚惬心怀。

一夕，公子谓生曰：“切磋之惠，无日可以忘之。近单公子解讼归，索宅甚急，意将弃此而西。势难复聚，因而离绪萦怀。”生愿从去。公子劝还乡闾，生难之。公子曰：“勿虑，可即送君行。”无何，太翁引松娘至，以黄金百两赠生。公子以左右手与生夫妇相把握，嘱闭目勿视。飘然履空，但觉耳际风鸣，久之曰：“至矣。”启目，果见故里。始知公子非人。喜叩家门，母出非望，又睹美妇，方共忻慰。及回顾，则公子逝矣。松娘事姑孝；艳色贤名，声闻遐迩。

后生举进士，授延安司李，携家之任。母以道远不行。松娘生一男，名小宦，生以忤直指，罢官，罣碍不得归。偶猎郊野，逢一美少年，跨骊驹，频频瞻视。细看，则皇甫公子也。揽辔停骖，悲喜交至。邀生去，至一村，树木浓昏，荫翳天日。入其家，则金沤浮钉，宛然世家。问妹子已嫁；岳母已亡，深相感悼。经宿别去，偕妻同返。娇娜亦至，抱生子掇提而弄曰："姊姊乱吾种矣。"生拜谢曩(nǎng)德。笑曰："姊夫贵矣。创口已合，未忘痛耶？"妹夫吴郎，亦来谒拜。信宿乃去。

一日，公子有忧色，谓生曰："天降凶殃，能相救否？"生不知何事，但锐自任。公子趋出，招一家俱入，罗拜堂上。生大骇，亟问。公子曰："余非人类，狐也。今有雷霆之劫。君肯以身赴难，一门可望生全；不然，请抱子而行，无相累。"生矢共生死。乃使仗剑于门，嘱曰："雷霆轰击，勿动也！"生如所教。果见阴云昼暝，昏黑如磐。回视旧居，无复闬闳，惟见高冢岿然，巨穴无底。方错愕间，霹雳一声，摆簸山岳，急雨狂风，老树为拔。生目眩耳聋，屹不少动。忽于繁烟黑絮之中，见一鬼物，利喙长爪，自穴攫一人出，随烟直上。瞥睹衣履，念似娇娜。乃急跃离地，以剑击之，随手堕落。忽而崩雷暴裂，生仆，遂毙。

少间，晴霁，娇娜已能自苏。见生死于旁，大哭曰："孔郎为我而死，我何生矣！"松娘亦出，共舁生归。娇娜使松娘捧其首；兄以金簪拨其齿；自乃撮其颐，以舌度红丸入，又接吻而呵之。红丸随气入喉，格格作响，移时，豁然而苏。见眷口，恍如梦悟。于是一门团圆，惊定而喜。生以幽旷不可久居，议同旋里。满堂交赞，惟娇娜不乐。生请与吴郎俱，又虑翁媪不肯离幼子，终日议不果。忽吴家一小奴，汗流气促而至。惊致研诘，则吴郎家亦同日遭劫，一门俱没。娇娜顿足悲伤，涕不可止。共慰劝之。而同归之计遂决。

生入城，勾当数日，遂连夜趣装。既归，以闲园寓公子，恒返关之；生及松娘至，始发扃。生与公子兄妹，棋酒谈宴，若一家然。小宦长成，貌韶秀，有狐意。出游都市，共知为狐儿也。

异史氏曰：余于孔生，不羡其得艳妻，而羡其得腻友也。观其容可以疗饥；听其声可以解颐。得此良友，时一谈宴，则"色授魂与[3]"，尤胜于"颠倒衣裳"矣。

注释

①曹丘：指汉初的曹丘生。《史记·季布列传》载，曹丘生赞赏季布，大力为之宣扬，使季布因而享有盛名。后因以“曹丘”或“曹丘生”，代指推荐人。②时艺：指明清科举应试的八股文。时，当时。艺，文。③色授魂与：指男女精神上的爱恋。色，容貌。魂，精神心。

叶生

淮阳叶生者，失其名字。文章词赋，冠绝当时，而所遇不偶，困于名场。会关东丁乘鹤来令是邑，见其文，奇之，召与语，大悦。使即官署，受灯火，时赐钱谷恤其家。值科试，公游扬于学使，遂领冠军。公期望綦(qí)切，闱后，索文读之，击节称叹。不意时数限人，文章憎命，及放榜时，依然铩羽。生嗒丧而归，愧负知己，形销骨立，痴若木偶。公闻，召之来，面慰之；生零涕不已。公怜之，相期考满入都，携与俱北。生甚感佩。辞而归，杜门不出。无何，寝疾。公遗问不绝，而服药百裹，殊罔所效。

公适以忤上官免，将解任去。函致之，其略云：“仆东归有日，所以迟迟者，待足下耳。足下朝至，则仆夕发矣。”传之卧榻。生持书啜泣，寄语来使：“疾革难遽瘥(chài)，请先发。”使人返白。公不忍去，徐待之。

逾数日，门者忽通叶生至。公喜，迎而问之。生曰：“以犬马病，劳夫子久待，万虑不宁。今幸可从杖履[①]。”公乃束装戒旦。抵里，命子师事生，夙夜与俱。公子名再昌，时年十六，尚不能文。然绝慧，凡文艺三两过，辄无遗忘。居之期岁，便能落笔成文。益之公力，遂入邑庠。生以生平所拟举业，悉录授读，闱中七题，并无脱漏，中亚魁。公一日谓生曰：“君出余绪，遂使孺子成名。然黄钟长弃若何！”生曰：“是殆有命。借福泽为文章吐气，使天下人知半生沦落，非

战之罪也，愿亦足矣。且士得一人知己，可无憾，何必抛却白纻，乃谓之利市哉！”公以其久客，恐误岁试，劝令归省。生惨然不乐。公不忍强，嘱公子至都，为之纳粟。公子又捷南宫，授部中主政，携生赴监，与共晨夕。逾岁，生入北闱，竟领乡荐。会公子差南河典务，因谓生曰：“此去离贵乡不远。先生奋迹云霄，锦还为快。”生亦喜。择吉就道，抵淮阳界，命仆马送生归。

见门户萧条，意甚悲恻。逡巡至庭中，妻携簸具以出，见生，掷具骇走。生凄然曰：“今我贵矣！三四年不觌，何遂顿不相识？”妻遥谓曰：“君死已久，何复言贵？所以久淹君柩者，以家贫子幼耳。今阿大亦已成立，将卜窀穸(zhūn xī)，勿作怪异吓生人。”生闻之，怃然惆怅。逡巡入室，见灵柩俨然，扑地而灭。妻惊视之，衣冠履舄(xì)如蜕委焉。大恸，抱衣悲哭。子自塾中归，见结驷于门，审所自来，骇奔告母。母挥涕告诉。又细询从者，始得颠末。从者返，公子闻之，涕堕垂膺。即命驾哭诸其室；出橐为营丧，葬以孝廉礼。又厚遗其子，为延师教读。言于学使，逾年游泮。

异史氏曰：魂从知己，竟忘死耶？闻者疑之，余深信焉。同心倩女，至离枕上之魂；千里良朋，犹识梦中之路。而况茧丝蝇迹，吐学士之心肝；流水高山，通我曹之性命者哉！嗟乎！遇合难期，遭逢不偶。行踪落落，对影长愁；傲骨嶙嶙，搔头自爱。叹面目之酸涩，来鬼物之揶揄。频居康了之中，则须发之条条可丑；一落孙山之外，则文章之处处皆疵。古今痛哭之人，卞和惟尔；颠倒逸群之物，伯乐伊谁？抱刺于怀，三年灭字，侧身以望，四海无家。人生世上，只须合眼放步，以听造物之低昂而已。天下之昂藏沦落如叶生者，亦复不少，顾安得令威复来，而生死从之也哉？噫！

注释

①从杖履：意谓随侍左右，是敬老事尊之意。《礼记·曲礼》：“侍坐于君子，君子欠伸，撰杖履；视日早暮，侍坐者请出矣。”

成仙

文登周生与成生少共笔砚，遂订为杵臼交。而成贫，故终岁依周。论齿，则周为长，呼周妻以嫂。节序登堂，如一家焉。周妻生子，产后暴卒。继聘王氏，成以少故，未尝请见之。一日，王氏弟来省姊，宴于内寝。成适至，家人通白，周坐命邀成，成不入，辞去。周追之而还，移席外舍。

甫坐，即有人白别业之仆，为邑宰重笞者。先是，黄吏部家牧佣，牛蹊周田，以是相诟。牧佣奔告主，捉仆送官，遂被笞责。周因诘得其故，大怒曰："黄家牧猪奴，何敢尔！其先世为大父服役，促得志，乃无人耶！"气填吭臆，忿而起，欲往寻黄。成捺而止之，曰："强梁世界，原无皂白。况今日官宰半强寇不操矛弧者耶？"周不听。成谏止再三，至泣下，周乃止。怒终不释，转侧达旦。谓家人曰："黄家欺我，我仇也，姑置之。邑令朝廷官，非势家官，纵有互争，亦须两造[①]，何至如狗之随嗾(sǒu)者？我亦呈治其佣，视彼将何处分。"家人悉怂恿之，计遂决。以状赴宰，宰裂而掷之，周怒，语侵宰。宰惭恚，因逮系之。

辰后，成往访周，始知入城讼理。急奔劝止，则已在囹圄矣。顿足无所为计。时获海寇三名，宰与黄赂嘱之，使捏周同党。据词申黜顶衣，榜掠酷惨。成入狱，相顾凄酸。谋叩阙。周曰："身系重犴，如鸟在笼，虽有弱弟，止堪供囚饭耳。"成锐身自任，曰："是子责也。难而不急，乌用友也！"乃行。周弟赆之，则去已久矣。至都，无门入控。相传驾将出猎，成预隐木市中。俄驾过，伏舞哀号，遂得准。驿送而下，着部院审奏。时阅十月余，周已诬服论辟。院接御批，大骇，复提躬谳。黄亦骇，谋杀周。因赂监，绝其饮食，弟来馈问，苦禁拒之。成又为赴院声屈，始蒙提问，业已饥饿不起。院台怒，杖毙监者。黄大怖，纳数千金，嘱为营脱，以是得朦胧题免。宰以枉法拟流。

周放归，益肝胆成。成自经讼系，世情灰冷，招周偕隐。周溺少妇，辄迂笑之。成虽不言，而意甚决。别后，数日不至。周使探诸其家，家人方疑其在周所；两无所见，始疑。周心知其异，遣人踪迹之，寺观岩壑，物色殆遍。时以金帛恤其子。

又八九年，成忽自至，黄巾氅(chǎng)服，岸然道貌。周喜把臂曰：“君何往，使我寻欲遍？”成笑曰：“孤云野鹤，栖无定所。别后幸复顽健。”周命置酒，略通间阔，欲为变易道装。成笑不语。周曰：“愚哉！何弃妻孥犹敝屣也？”成笑曰：“不然。人将弃予，其何人之能弃。”问所栖止，答在劳山上清宫。既而抵足寝，梦成裸伏胸上，气不得息。讶问何为，殊不答。忽惊而寤，呼成不应。坐而索之，杳然不知所往。定移时，始觉在成榻，骇曰：“昨不醉，何颠倒至此耶！”乃呼家人。家人火之，俨然成也。周固多髭，以手自捋，则疏无几茎。取镜自照，讶曰：“成生在此，我何往？”已而大悟，知成以幻术招隐。意欲归内，弟以其貌异，禁不听前。周亦无以自明，即命仆马往寻成。

数日，入劳山。马行疾，仆不能及。休止树下，见羽客往来甚众。内一道人目周，周因以成问。道士笑曰：“耳其名矣，似在上清。”言已，径去。周目送之，见一矢之外，又与一人语，亦不数言而去。与言者渐至，乃同社生。见周，愕曰：“数年不晤，人以君学道名山，今尚游戏人间耶？”周述其异。生惊曰：“我适遇之，而以为君也。去无几时，或亦不远。”周大异，曰：“怪哉！何自己面目觌面而不识？”仆寻至，急驰之，竟无踪兆。一望寥阔，进退难以自主。自念无家可归，遂决意穷追。而怪险不复可骑，遂以马付仆归，迤逦自往。遥见一童独立，趋近问程，且告以故。童自言为成弟子，代荷衣粮，导与俱行。三日始至，又非世之所谓上清。时十月中，山花满路，不类初冬。童入报，成即出，始认己形。执手而入，置酒宴语。见异彩之禽，驯人不惊，声如笙簧，时来鸣于座上，心甚异之。然尘俗念切，无意留

连。地下有蒲团二，曳与并坐。至二更后，万虑俱寂，忽似瞥然一盹，身觉与成易位。疑之，自捋颔下，则于思者如故矣。既曙，浩然思返。成固留之。越三日，乃曰："迄少寐息，早送君行。"甫交睫，闻成呼曰："行装已具矣。"遂起从之。所行殊非旧途。觉无几时，里居已在望中。成坐候路侧，俾自归。周强之不得，因踽踽（jǔ jǔ）至家门。叩不能应，思欲越墙，觉身飘似叶，一跃已过。凡逾数重垣，始抵卧室，灯烛荧然，内人未寝，哝哝与人语。舐窗一窥，则妻与一厮仆同杯饮，状甚狎亵。于是怒火如焚，计将掩执，又恐孤力难胜。遂潜身脱扃而出，奔告成，且乞为助。成慨然从之，直抵内寝。周举石挝门，内张皇甚。擂愈急，内闭益坚。成拨以剑，划然顿辟。周奔入，仆冲户而走。成在门外，以剑击之，断其肩臂。周执妻拷讯，乃知被收时即与仆私。周借剑决其首，罥（juàn）肠庭树间。乃从成出，寻途而返。

蓦然忽醒，则身在卧榻，惊而言曰："怪梦参差，使人骇惧！"成笑曰："梦者兄以为真，真者乃以为梦。"周愕而问之。成出剑示之，溅血犹存。周惊怛欲绝，窃疑成诪张为幻。成知其意，乃促装送之归，荏苒至里门，乃曰："畴昔之夜，倚剑而相待者，非此处耶！吾厌见恶浊，请还待君于此。如过晡不来，予自去。"周至家，门户萧索，似无居人。还入弟家。弟见兄，双泪交坠，曰："兄去后，盗夜杀嫂，刳肠去，酷惨可悼。于今官捕未获。"周如梦醒，因以情告，戒勿究。弟错愕良久。周问其子，乃命老妪抱至。周曰："此襁褓物，宗绪所关，弟善视之。兄欲辞人世矣。"遂起，径去。弟涕泗追挽，笑行不顾。至野外，见成，与俱行。遥回顾，曰："忍事最乐。"弟欲有言，成阔袖一举，即不可见。怅立移时，痛哭而返。

周弟朴拙，不善治家人生产，居数年，家益贫。周子渐长，不能延师，因自教读。一日，早至斋，见案头有函书，缄封甚固，签题"仲氏启"。审之，为兄迹。开视，则虚无所有，只见爪甲一枚，长二指许，心怪之。以甲置砚上，出问家人所自来，并无知者。回视，则砚石灿灿，化为黄金。大惊。以试铜铁，皆然。由此大富。以千金赐成氏子，因相传两家有点金术云。

注释

①两造：指原告和被告。《周礼·秋官·大司寇》："以两造禁民讼。"

王成

王成，平原故家子。性最懒，生涯日落，惟剩破屋数间，与妻卧牛衣中，交谪不堪。

时盛夏燠(yù)热[①]，村外故有周氏园，墙宇尽倾，惟存一亭。村人多寄宿其中，王亦在焉。既晓，睡者尽去，红日三竿，王始起，逡巡欲归。见草际金钗一股，拾视之，镌有细字云："仪宾府制。"王祖为衡府仪宾，家中故物，多此款式，因把钗踌躇。欻一妪来寻钗。王虽贫，然性介，遽出授之。妪喜，极赞盛德，曰："钗值几何，先夫之遗泽也。"问："夫君伊谁？"答云："故仪宾王柬之也。"王惊曰："吾祖也，何以相遇？"妪亦惊曰："汝即王柬之之孙耶？我乃狐仙。百年前，与君祖缱绻，君祖殁，老身遂隐。过此遗钗，适入子手，非天数耶！"王亦曾闻祖有狐妻，信其言，便邀临顾。妪从之。

王呼妻出见，负败絮，菜色黯焉。妪叹曰："嘻！王柬之之孙，乃一贫至此哉！"又顾败灶无烟，曰："家计若此，何以聊生？"妻因细述贫状，呜咽饮泣。妪以钗授妇，使姑质钱市米，三日外请复相见。王挽留之。妪曰："汝妻犹不能存活，我在，仰屋而居，复何裨益？"遂径去。王为妻言其故，妻大怖。王诵其义，使姑事之，妻诺。逾三日，果至，出数金，籴粟麦各一石。夜与妇宿短榻。妇初惧之，然察其意殊拳拳，遂不之疑。

翌日，谓王曰："孙勿惰，宜操小生业，坐食乌可长也？"王告以无资。妪曰："汝祖在时，金帛凭所取。我以世外人，无需是物，故未尝多取。积花粉之金四十两，至今犹存。久贮亦无所用，可将去悉以市葛，刻日赴都，可得微息。"王从之，购五十余端[②]以归。妪命趣装，计六七日可达燕都，嘱曰："宜勤勿惰，宜急勿缓，迟之一日，悔之已晚！"王敬诺，囊货就路，中途遇雨如绳，过宿，泞益甚。见往来行人，践淖没胫，心畏苦之。待至亭午，始渐燥，而阴云复合，雨又滂沱。信宿乃行。将近京，传闻葛价翔贵，心窃喜。入都，解装客店，主人深惜其晚。先是，南道初通，葛至绝少。贝勒府购致甚急，价顿昂，较常可三倍。前一日方购足，后来者，并皆失望。主人以故告王。王郁郁不得志。越日，葛至愈多，价益下。王以无利不肯售。迟十余日，计食耗烦多，倍益忧闷。主人劝令贱卖，改而他图。从之。亏资十余两，悉脱去。早起，将作归计，起视囊中，则金亡矣。惊告主人。主人无所为计。或劝鸣官，责主人偿。王叹曰："此我数也，于主人何干？"主人闻而德之，赠金五两，慰之使归。

自念无以见祖母，蹀躞(xiè)内外，进退维谷。适见斗鹑者，一赌数千；每市一鹑，恒百钱不止。意忽动，计囊中资，仅足贩鹑，乃归市贩鹑而返。主人喜，贺其速售。至夜，大雨彻曙。天明，衢水如河，淋零犹未休也。居以待晴。连绵数日，更无休止。起视笼中，鹑渐死。王大惧，不知计之所出。越日，死愈多，仅余数头，并一笼饲之。经宿往窥，则一鹑仅存。因告主人，不觉涕堕。主人亦为扼腕。王自度金尽罔归，但欲觅死，主人劝慰之。共往视鹑，审谛之曰："此似英物。诸鹑之死，未必非此之斗杀之也。君暇亦无事，请把之，如其良也，赌亦可以谋生。"王如其教。

既驯，主人令持向街头，赌酒食。鹑健甚，辄赢。主人喜，以金授王，使复与子弟决赌，三战三胜。半年，蓄积二十金。心益慰，视鹑如命。

先是，大亲王好鹑，每值上元，辄放民间把鹑者入邸相角。主人谓王曰："今大富宜可立致，所不可知者，在子之命矣。"因告以故，导与俱往。嘱曰："脱败，则丧气出耳。倘有万分一，鹑斗胜，王必欲市之，君勿应；如固强之，惟予首是瞻，待首肯而后应之。"王曰："诺。"

至邸，则鹑人肩摩于墀下。顷之，王出御殿。左右宣言："有愿斗者上。"即有一人把鹑，趋而进。王命放鹑，客亦放。略一腾踔(chuō)，客鹑已败。王大笑。俄顷，登而败者数人。主人曰："可矣。"相将俱登。王相之，曰："睛有怒脉，此健羽也，不可轻敌。"命取铁喙者当之。一再腾跃，而王鹑铩羽。更选其良，再易再败。王急命取宫中玉鹑。片时把出，素羽如鹭，神骏不凡。王成意馁，跪而求罢。王笑曰："纵之，脱斗而死，当厚尔偿。"成乃纵之。玉鹑直奔之。而玉鹑方来，则伏如怒鸡以待之。玉鹑健喙，则起如翔鹤以击之。进退颉颃，相持约一伏时。玉鹑渐懈，而其怒益烈，其斗益急。未几，雪毛摧落，垂翅而逃。观者千人，罔不叹羡。王乃索取而亲把之，自喙至爪，审周一过，问成曰："鹑可货否？"答曰："小人无恒产，与相依为命，不愿售也。"王曰："赐尔重值，中人之产可致。颇愿之乎？"成俯思良久，曰："本不乐置；顾大王既爱好之，苟使小人得衣食业，又何求？"王请直，答以千金。王笑曰："痴男子！此何珍宝，而千金直也？"成曰："大王不以为宝，臣以为连城之璧不过也。"王曰："如何？"曰："小人把向市中，日得数金，易升斗粟，一家十余食指，无冻馁，是何宝如之？"王曰："予不相亏，便与二百金。"成摇首。又增百数。成目视主人，主人色不动。乃曰："承大王命，请减百价。"王曰："休矣！谁肯以九百易一鹑者！"成囊鹑欲行。王呼曰："鹑人来，鹑人来，实给六百，肯则售，否则已耳。"成又目主人，主人仍自若。成心愿盈溢，惟恐失时，曰："以此数售，心实怏怏。但交而不成，则获戾滋大。无已，即如王命。"王喜，即秤付之。成囊金，拜赐而出。主人怼曰："我言如何，子乃急自鬻(yù)也！再少靳之，八百金在掌中矣。"成归，掷金案上，请主人自取之，主人不受。又固让之，乃盘计饭直而受之。

王治装归，至家，历述所为，出金相庆。妪命置良田三百亩，起屋作器，居然世家。早起，使成督耕、妇督织。稍惰辄诃之。夫妇相安，不敢有怨词。过三年家益富，妪辞欲去。夫妇共挽之，至泣下。妪亦遂止。旭旦候之，已杳然矣。

异史氏曰：富皆得于勤，此独得于惰，亦创闻也。不知一贫彻骨，而至性不移，此天之所以始弃之而终怜之也。懒中岂果有富贵乎哉！

注释

①燠热：炎热。燠，暖，热。②端：旧时丈量布帛的量词。

青凤

太原耿氏，故大家，第宅弘阔。后凌夷，楼舍连亘，半旷废之，因生怪异，堂门辄自开掩，家人恒中夜骇哗。耿患之，移居别墅，留一老翁门焉。由此荒落益甚，或闻笑语歌吹声。

耿有从子去病，狂放不羁，嘱翁有所闻见，奔告之。至夜，见楼上灯光明灭，走报生。生欲入觇其异。止之，不听。门户素所习识，竟拨蒿蓬，曲折而入。登楼，初无少异。穿楼而过，闻人语切切。潜窥之，见巨烛双烧，其明如昼。一叟儒冠南面坐，一媪相对，俱年四十余。东向一少年，可二十许。右一女郎，才及笄耳。酒胾(zì)满案，围坐笑语。生突入，笑呼曰："有不速之客一人来！"群惊奔匿。独叟诧问："谁何人入闺闼(tà)？"生曰："此我家也，君占之。旨酒自饮，不邀主人，毋乃太吝？"叟审谛之，曰："非主人也。"生曰："我狂生耿去病，主人之从子耳。"叟致敬曰："久仰山斗！"乃揖生入，便呼家人易馔。生止之。叟乃酌客。生曰："吾辈通家，座客无庸见避，还祈招饮。"叟呼："孝儿！"俄少年自外入。叟曰："此豚儿也。"揖而坐，略审门阀。叟自言："义君姓胡。"生素豪，谈论风生，孝儿亦倜傥，倾吐间，雅相爱悦。生二十一，长孝儿二岁，因弟之。叟曰："闻君祖纂《涂山外传》，知之乎？"答曰："知之。"叟曰："我，涂山氏之苗裔也。唐以后，谱系犹能忆之；五代而上无传焉。幸公子一垂教也。"生略述涂山女佐禹之功，粉饰多词，妙绪泉涌。叟大喜，谓子曰："今幸得闻所未闻。公子亦非他人，可请阿母及青凤来共听之，亦令知我祖德也。"孝儿入帏中。少时，媪偕女郎出。审顾之，弱态生娇，秋波流慧，人间无其丽也。叟指媪曰："此为老荆。"又指女郎："此青凤，鄙人之犹女也。颇慧，所闻见，辄记不忘，故唤令听之。”生谈竟而饮，瞻顾女郎，停睇不转。女觉之，俯其首。生隐蹑莲钩，女急敛足，亦无愠怒。生神志飞扬，不能自主，拍案曰：“得妇如此，南面王不易也！”媪见生渐醉，益狂，与女俱去。生失望，乃辞叟出。而心萦萦，不能忘情于青凤也。

至夜，复往，则兰麝犹芳，凝待终宵，寂无声咳。归与妻谋，欲携家而居之，冀得一遇。妻不从，生乃自往，读于楼下。夜凭几，一鬼披发入，面黑如漆，张目视生。生笑，拈指研墨自涂，灼灼然相与对视。鬼惭而去。次夜更深，灭烛欲寝，闻楼后发扃，辟之閛（pēng）然。急起窥觇，则扉半启。俄闻履声细碎，有烛光自房中出。视之，则青凤也。骤见生，骇而却退，遽阖双扉。生长跪而致词曰：“小生不避险恶，实以卿故。幸无他人，得一握手为笑，死不憾耳。”女遥语曰：“拳拳深情，妾岂不知。但吾叔闺训严谨，不敢奉命。”生固哀之，曰：“亦不敢望肌肤之亲，但一见颜色足矣。”女似肯可，启关出，捉其臂而曳之。生狂喜，相将入楼下，拥而加诸膝。女曰：“幸有夙分：过此一夕，即相思无益矣。”问：“何故？”曰：“阿叔畏君狂，故化厉鬼以相吓，而君不动也。今已卜居他所，一家皆移什物赴新居，而妾留守，明日即发矣。”言已，欲去，云：“恐叔归。”生强止之，欲与为欢。方持论间，叟掩入。女羞惧无以自容，挽手依床，拈带不语。叟怒曰：“贱辈辱我门户！不速去，鞭挞且从其后！”女低头急去，叟亦出。生尾而听之，诃诟万端，闻青凤嘤嘤啜泣。生心意如割，大声曰：“罪在小生，与青凤何与！倘宥青凤，刀锯鈇钺，愿身受之！”良久寂然，乃归寝。自此第内绝不复声息矣。生叔闻而奇之，愿售以居，不较直。生喜，携家口而迁焉。居逾年，甚

适，而未尝须臾忘青凤也。

会清明上墓归，见小狐二，为犬逼逐。其一投荒窜去；一则皇急道上，望见生，依依哀啼，葛耳辑首，似乞其援。生怜之，启裳衿，提抱以归。闭门，置床上，则青凤也。大喜，慰问。女曰："适与婢子戏，遘(gòu)此大厄。脱非郎君，必葬犬腹。望无以非类见憎。"生曰："日切怀思，系于魂梦。见卿如得异宝，何憎之云！"女曰："此天数也，不因颠覆，何得相从？然幸矣，婢子必言妾已死，可与君坚永约耳。"生喜，另舍居之。

积二年余，生方夜读，孝儿忽入。生辍读，讶诘所来。孝儿伏地，怆然曰："家君有横难，非君莫救。将自诣恳，恐不见纳，故以某来。"问："何事？"曰："公子识莫三郎否？"曰："此吾年家子[①]也。"孝儿曰："明日将过，倘携有猎狐，望君留之也。"生曰："楼下之羞，耿耿在念，他事不敢预闻。必欲仆效绵薄，非青凤来不可！"孝儿零涕曰："凤妹已野死三年矣。"生拂衣曰："既尔，则恨滋深耳！"执卷高吟，殊不顾瞻。孝儿起，哭失声，掩面而去。生如青凤所，告以故。女失色曰："果救之否？"曰："救则救之。适不之诺者，亦聊以报前横耳。"女乃喜曰："妾少孤，依叔成立。昔虽获罪，乃家范应尔。"生曰："诚然，但使人不能无介介耳。卿果死，定不相援。"女笑曰："忍哉！"

次日，莫三郎果至，镂膺虎帐，仆从甚赫。生门逆之。见获禽甚多，中一黑狐，血殷毛革。抚之，皮肉犹温。便托裘敝，乞得缀补。莫慨然解赠。生即付青凤，乃与客饮。客既去，女抱狐于怀，三日而苏，展转复化为叟。举目见凤，疑非人间。女历言其情。叟乃下拜，惭谢前愆(qiān)[②]，喜顾女曰："我固谓汝不死，今果然矣。"女谓生曰："君如念妾，还祈以楼宅相假，使妾得以申返哺之私。"生诺之。叟赧然谢别而去。入夜，果举家来。由此如家人父子，无复猜忌矣。生斋居，孝儿时共谈宴。生嫡出子渐长，遂使傅之，盖循循善教，有师范焉。

注释

①年家子：科举同年的晚辈子侄。②愆：过失。

画皮

太原王生，早行，遇一女郎，抱幞独奔，甚艰于步，急走趁之，乃二八姝丽。心相爱乐，问：“何夙夜踽踽独行？”女曰：“行道之人，不能解愁忧，何劳相问。”生曰：“卿何愁忧？或可效力，不辞也。”女黯然曰：“父母贪赂，鬻妾朱门。嫡妒甚，朝詈[1]而夕楚辱之，所弗堪也，将远遁耳。”问：“何之？”曰：“在亡之人，乌有定所。”生言：“敝庐不远，即烦枉顾。”女喜，从之。生代携幞物，导与同归。女顾室无人，问：“君何无家口？”答云：“斋耳。”女曰：“此所良佳。如怜妾而活之，须秘密勿泄。”生诺之。乃与寝合。使匿密室，过数日而人不知也。生微告妻。妻陈，疑为大家媵妾，劝遣之。生不听。偶适市，遇一道士，顾生而愕。问：“何所遇？”答言：“无之。”道士曰：“君身邪气萦绕，何言无？”生又力白。道士乃去，曰：“惑哉！世固有死将临而不悟者。”生以其言异，颇疑女。转思明明丽人，何至为妖，意道士借魇禳以猎食者。无何，至斋门，门内杜，不得入，心疑所作，乃逾垝垣，则室门已闭。蹑迹而窗窥之，见一狞鬼，面翠色，齿巉巉如锯。铺人皮于榻上，执彩笔而绘之。已而掷笔，举皮，如振衣状，披于身，遂化为女子。睹此状，大惧，兽伏而出。急追道士，不知所往。遍迹之，遇于野，长跪乞救。道士曰：“请遣除之。此物亦良苦，甫能觅代者，予亦不忍伤其生。”乃以蝇拂授生，令挂寝门。临别，约会于青帝庙。生归，不敢入斋，乃寝内室，悬拂焉。一更许，闻门外戢戢有声，自不敢窥，使妻窥之。但见女子来，望拂子不敢进，立而切齿，良久乃去。少时复来，骂曰：“道士吓我，终不然，宁入口而吐之耶！”取拂碎之，坏寝门而入。径登生床，裂生腹，掬生心而去。妻号。婢入烛之，生已死，腔血狼藉。陈骇涕不敢声。

明日，使弟二郎奔告道士。道士怒曰：“我固怜之，鬼子乃敢尔！”即从生弟来。女子已失所在。既而仰首四望，曰：“幸遁未远。”问：“南院谁家？”二郎曰：“小生所舍也。”道士曰：“现在君所。”二郎愕然，以为未有。道士问曰：“曾否有不识者一人来？”答曰：“仆早赴青帝庙，良不

知。当归问之。”去，少顷而返，曰：“果有之，晨间一妪来，欲佣为仆家操作，室人止之，尚在也。”道士曰：“即是物矣。”遂与俱往。仗木剑，立庭心，呼曰：“孽鬼！偿我拂子来！”妪在室，惶遽无色，出门欲遁。道士逐击之。妪仆，人皮划然而脱，化为厉鬼，卧嗥如猪。道士以木剑枭其首。身变作浓烟，匝地作堆。道士出一葫芦，拔其塞，置烟中，飗飗(liú liú)然如口吸气，瞬息烟尽。道士塞口入囊。共视人皮，眉目手足，无不备具。道士卷之，如卷画轴声，亦囊之，乃别欲去。

陈氏拜迎于门，哭求回生之法。道士谢不能。陈益悲，伏地不起。道士沉思曰：“我术浅，诚不能起死。我指一人，或能之。”问：“何人？”曰：“市上有疯者，时卧粪土中。试叩而哀之。倘狂辱夫人，夫人勿怒也。”二郎亦习知之。乃别道士，与嫂俱往。见乞人颠歌道上，鼻涕三尺，秽不可近。陈膝行而前。乞人笑曰：“佳人爱我乎？”陈告以故。又大笑曰：“人尽夫也，活之何为！”陈固哀之。乃曰：“异哉！人死而乞活于我，我阎罗耶？”怒以杖击陈，陈忍痛受之。市人渐集如堵。乞人咯痰唾盈把，举向陈吻曰：“食之！”陈红涨于面，有难色；既思道士之嘱，遂强啖焉。觉入喉中，硬如团絮，格格而下，停结胸间。乞人大笑曰：“佳人爱我哉！”遂起，行已不顾。尾之，入于庙中。迫而求之，不知所在，前后冥搜，殊无端兆，惭恨而归。既悼夫亡之惨，又悔食唾之羞，俯仰哀啼，但愿即死。方欲展血敛尸，家人伫望，无敢近者。陈抱尸收肠，且理且哭。哭极声嘶，顿欲呕，觉鬲中结物，突奔而出，不及回首，已落腔中。惊而视之，乃人心也。在腔中突突犹跃，热气腾蒸如烟然。大异之。急以两手合腔，极力抱挤。少懈，则气氤氲自缝中出，乃裂缯帛急束之。以手抚尸，渐温。覆

以衾裯(chóu)。中夜启视，有鼻息矣。天明，竟活。为言："恍惚若梦，但觉隐痛耳。"视破处，痂结如钱，寻愈。

异史氏曰：愚哉世人！明明妖也，而以为美。迷哉愚人！明明忠也，而以为妄。然爱人之色而渔之，妻亦将食人之唾而甘之矣。天道好还，但愚而迷者不悟耳。可哀也夫！

注释

①詈：骂，责备。

卷二

董生

董生，字遐思，青州之西鄙人。冬月薄暮，展被于榻而炽炭焉。方将篝（gōu）灯，适友人招饮，遂扃户去。至友人所，坐有医人，善太素脉[①]，遍诊诸客。末顾王生九思及董曰："余阅人多矣，脉之奇无如两君者。贵脉而有贱兆，寿脉而有促征。此非鄙人所敢知也。然而董君实甚。"共惊问之。曰："某至此亦穷于术，未敢臆决。愿两君自慎之。"二人初闻甚骇，既以模棱语，置不为意。

半夜，董归，见斋门虚掩，大疑。醺中自忆，必去时忙促，故忘扃（jiōng）键。入室，未遑爇（ruò）火，先以手入衾中，探其温否。才一探入，则腻有卧人。大惊，敛手。急火之，竟为姝丽，韶颜稚齿，神仙不殊。狂喜。戏探下体，则毛尾修然。大惧，欲遁。女已醒，出手捉生臂，问："君何往？"董益惧，战栗哀求，愿乞怜恕。女笑曰："何所见而畏我？"董曰："我不畏首而畏尾。"女又笑曰："君误矣。尾于何有？"引董手，强使复探，则髀肉如脂，尻骨童童[②]。笑曰："何如？醉态朦胧，不知伊何，遂诬妄若此。"董固喜其丽，至此益惑，反自咎适然之错，然疑其所来无因。女曰："君不忆东邻之黄发女乎？屈指移居者，已十年矣。尔时我未笄，君垂髫也。"董恍然曰："卿周氏之阿琐耶？"女曰："是矣。"董曰："卿言之，我仿佛忆之。十年不见，遂苗条如此。然何遽能来？"女曰："妾适痴郎四五年，翁姑相继逝，又不幸为文君。剩妾一身，茕无所依。忆孩时相识者惟君，故来相见就。入门已暮，邀饮者适至，遂潜隐以待君归。待之既久，足冰肌

粟，故借被以自温耳，幸勿见疑。”董喜，解衣共寝，意殊自得。

月余，渐羸瘦，家人怪问，辄言不自知。久之，面目益支离，乃惧，复造善脉者诊之。医曰：“此妖脉也。前日之死征验矣，疾不可为也。”董大哭，不去，医不得已，为之针手灸脐，而赠以药。嘱曰：“如有所遇，力绝之。”董亦自危。既归，女笑要之。怫然曰：“勿复相纠缠，我行且死！”走不顾。女大惭，亦怒曰：“汝尚欲生耶！”至夜，董服药独寝，甫交睫，梦与女交，醒已遗矣。益恐，移寝于内，妻子火守之。梦如故，窥女子已失所在。积数日，董吐血斗余而死。

王九思在斋中，见一女子来，悦其美而私之。诘所自，曰：“妾遐思之邻也。渠旧与妾善，不意为狐惑而死。此辈妖气可畏，读书人宜慎相防。”王益佩之，遂相欢待。居数日，迷罔病瘠，忽梦董曰：“与君好者狐也。杀我矣，又欲杀我友。我已诉之冥府，泄此幽愤。七日之夜，当炷香室外，勿忘却。”醒而异之。谓女曰：“我病甚，恐委沟壑，或劝勿室也。”女曰：“命当寿，室亦生，不寿，勿室亦死也。”坐与调笑，王心不能自持，又乱之。已而悔之，而不能绝。及暮插香户上。女来，拔弃之。夜又梦董来，让其违嘱。次夜，暗嘱家人，俟寝后潜炷香室外。女在榻上，忽惊曰：“又置香也。”王言不知。女急起得香，又折灭之。入曰：“谁教君为此者？”王曰：“或室人忧病，听巫家厌禳耳。”女彷徨不乐。家人潜窥香灭，又炷之。女忽叹曰：“君福泽良厚。我误害遐思而奔子，诚我之过。我将与彼就质于冥曹。君如不忘夙好，勿坏我皮囊也。”逡巡下榻，仆地而死。烛之，狐也。犹恐其活，遽呼家人，剥其革而悬焉。王病甚，见狐来曰：“我诉诸法曹。法曹谓董君见色而动，死当其罪；但咎我不当惑人，追金丹去，复令还生。皮囊何在？”曰：“家人不知，已脱之矣。”狐惨然曰：“余杀人多矣。今死已晚，然忍哉君乎！”恨恨而去。王病几危，半年乃瘥(chài)。

注释

①太素脉：北宋之后流传的一种通过人体脉搏的变化来预言人的贵贱、吉凶、祸福的方术。②尻骨童童：意谓没有尾巴。尻，脊椎骨末端。童童，光秃。

陆判

陵阳朱尔旦，字小明。性豪放。然素钝，学虽笃，尚未知名。一日，文社众饮，或戏之云："君有豪名，能深夜负十王殿[①]左廊下判官来。众当醵（jù）[②]作筵。"盖陵阳有十王殿，神鬼皆木雕，妆饰如生。东庑[③]有立判，绿面赤须，貌尤狞恶。或夜闻两廊下拷讯声。入者，毛皆森竖。故众以此难朱。朱笑起，径去。居无何，门外大呼曰："我请髯宗师至矣！"众起。俄负判入，置几上，奉觞酹之三。众睹之，瑟缩不安于坐，仍请负去。朱又把酒灌地，祝曰："门生[④]狂率不文，大宗师谅不为怪。荒舍匪遥，合乘兴来觅饮，幸勿为畛畦。"乃负之去。

次日，众果招饮。抵暮，半醉而归，兴未阑，挑灯独酌。忽有人搴帘入，视之，则判官也。起曰："噫，吾殆将死矣！前夕冒渎，今来加斧[⑤]锧耶？"判启浓髯微笑曰："非也。昨蒙高义相订，夜偶暇，敬践达人之约。"朱大悦，牵衣促坐，自起涤器爇（ruò）火。判曰："天道温和，可以冷饮。"朱如命，置瓶案上，奔告家人治肴果。妻闻大骇，戒勿出。朱不听，立俟治具以出。易盏交酬，始询姓氏。曰："我陆姓，无名字。"与谈典故，应答如响。问："知制艺否？"曰："妍媸（chī）亦颇辨之。阴司诵读，与阳世亦略同。"陆豪饮，一举十觥。朱因竟日饮，遂不觉玉山倾颓[⑥]，伏几醺睡。比醒，则残烛昏黄，鬼客已去。

自是三两日辄一来，情益洽，时抵足卧。朱献窗稿[⑦]，陆辄红勒之，都言不佳。一夜，朱醉先寝，陆犹自酌。忽醉梦中，脏腹微痛。醒而视之，则陆危坐床前，破腔出肠胃，条条整理。愕曰："夙无仇怨，何以见杀？"陆笑云："勿惧！我与君易慧心耳。"从容纳肠已，复合之，末以裹足布束朱腰。作用毕，视榻上亦无血迹。腹间觉少麻木。见陆置肉块几上，问之。曰："此君心也。作文不快，知君之毛窍塞耳。适在冥间，于千万心中，拣得佳者一枚，为君易之，留此以补缺数。"乃起，掩扉去。天明解视，则创缝已合，有线而赤者存焉。自是文思大进，过眼不忘。数日，又出稿示陆，陆曰："可矣。但君福薄，不能大显贵，乡、科而已。"问："何时？"

曰："今岁必魁。"未几，科试冠军，秋闱[8]果中魁元。同社中诸生素揶揄之，及见闱墨[9]，相视而惊，细询始知其异。共求朱先容，愿纳交陆。陆诺之。众大设以待之。更初，陆至，赤髯生动，目炯炯如电。众茫乎无色，齿欲相击，渐引去。

朱乃携陆归饮，既醺，朱曰："湔肠伐胃，受赐已多。尚有一事相烦，不知可否？"陆便请命。朱曰："山荆，予结发人，下体颇亦不恶，但面目不甚佳。欲烦君刀斧，如何？"陆笑曰："诺，容徐以图之。"过数日，半夜来叩门。朱急起延入，烛之，见襟裹一物。诘之，曰："君曩所嘱，向艰物色。适得美人首，敬报君命。"朱拨视，颈血犹湿。陆力促急入，勿惊禽犬。朱虑门户夜扃。陆至，以手推扉，扉自开。引至卧室，见夫人侧身眠。陆以头授朱抱之，自于靴中出白刃如匕首，按夫人项，着力如切腐状，迎刃而解，首落枕畔。急于生怀，取美人首合项上，详审端正，而后按捺。已而移枕塞肩际，命朱瘗首静所，乃去。朱妻醒，觉颈间微麻，面颊甲错，搓之，得血片。甚骇，呼婢汲盥。婢见面血狼藉，惊绝，濯之盆水尽赤。举首则面目全非，又骇极。夫人引镜自照，错愕不能自解，朱入告之。因反覆细视，则长眉掩鬓，笑靥承颧（quán），画中人也。解领验之，有红线一周，上下肉色，判然而异。

先是，吴侍御有女甚美，未嫁而丧二夫，故十九犹未醮也。上元游十王殿，游人甚杂，内有无赖贼窥而艳之，遂阴访居里，乘夜梯入，穴寝门，杀一婢于床下，逼女与淫，女力拒声喊，贼怒而杀之。吴夫人微闻闹声，叫婢往视，见尸骇绝。举家尽起，停尸堂上，置首项侧，一门啼号，纷腾终夜。诘旦启衾，则身在而失其首。遍挞诸婢，谓所守不恪，致葬犬腹。侍御告郡，郡严限捕贼，三月而罪人弗得。渐有以朱家换头之异闻吴公者。吴疑之，遣媪探诸其家。入见夫人，骇走以告吴公。公视女尸故存，惊疑无以自决。猜朱以左道杀女，往诘朱。朱曰："室人梦易其首，实不解其何故？谓仆杀，之则冤也。"吴不信，讼之。收家人鞫之，一如朱言。郡守不能决。朱归，求计于陆。陆曰："不难，当使伊女自言之。"吴夜梦女曰："儿为苏溪杨大年所杀，无与朱孝廉。彼不艳其妻，陆判官取儿首与之易之，是儿身死而头生也。愿勿相仇。"醒告夫人，所梦同。乃言于官。问之，果有杨大年。执而械之，遂伏其罪。吴乃诣朱，请见夫人，由此为翁婿。乃以朱妻首合女尸而葬焉。

朱三入礼闱[10]，皆以场规被放，于是灰心仕进。积三十年，一夕，陆告曰："君寿不永矣。"问其期，对以五日。"能相救否？"曰："惟天所命，人何能私？且自达人观之，生死一耳，何必生之为乐，死之为悲？"朱以为然。即制衣衾棺椁，既竟，盛服而没。翌日，夫人方扶柩哭，朱忽冉冉自外至。夫人惧。朱曰："我诚鬼，不异生时。虑尔寡母孤儿，殊恋恋耳。"夫人大恸，涕垂膺，朱依依慰解之。夫人曰："古有还魂之说，君既有灵，何不再生？"朱曰："天数不可违也。"问："在阴司作何务？"曰："陆判荐我督案务，受有官爵，亦无所苦。"夫人欲再语，朱曰："陆判与我同来，可设酒馔。"趋而出。夫人依言营备。但闻室中笑语，亮气高声，宛若生前。半夜窥之，窅(yǎo)然已逝。

自是三数日辄一来，时而留宿缱绻，家中事就便经纪。子玮方五岁，来辄提抱，至七八岁，则灯下教读。子亦慧，九岁能文，十五入邑庠，竟不知无父也。从此来渐疏，日月至焉而已。又一夕来，谓夫人曰："今与卿永诀矣。"问："何往？"曰："承帝命为太华卿[11]，行将远赴，事烦途隔，故不能来。"母子持之哭，曰："勿尔！儿已成立，家计尚可存活，岂有百岁不拆之鸾凤耶！"顾子曰："好为人，勿堕父业。十年后一相见耳。"径出门去，于是遂绝。

后玮二十五举进士，官行人[12]。奉命祭西岳，道经华阴，忽有舆从羽葆，驰冲卤薄。讶之。审视车中人，其父也，下车哭伏道左。父停舆曰："官声好，我瞑目矣。"玮伏不起。朱促舆行，火驰不顾。去数步，回望，解佩刀遣人持赠。遥语曰："佩之则贵。"玮欲追从，见舆马人从，飘忽若风，瞬息不见。痛恨良久。抽刀视之，制极精工，镌字一行，曰："胆欲大而心欲小，智欲圆而行欲方。"玮后官至司马。生五子，曰沉，曰潜，曰沕，曰浑，曰深。一夕，梦父曰："佩刀宜赠浑也。"从之。浑仕为总宪[13]，有政声。

异史氏曰：断鹤续凫(fú)，矫作者妄。移花接木，创始者奇。而况加凿削于心肝，施刀锥于颈项者哉？陆公者，可谓媸皮裹妍骨[14]矣。明季至今，为岁不远，陵阳陆公犹存乎？尚有灵焉否也？为之执鞭[15]，所忻慕焉。

注释

①十王殿：指庙宇。十王，佛教中十个主管地狱的阎王之总称，亦称"十殿阎君"。②醵：凑钱喝酒。③东庑：指东廊。庑，堂下周围的走廊、廊屋。此处指廊屋。④门生：古代科举制度中，考生得中进士后，对主考官员自称门生。后来主要指学术上的师承关系。⑤加斧：指加以死罪。斧，古代杀人的刑具。⑥玉山倾颓：形容喝醉酒的样子。《世说新语·容止》："嵇叔夜之为人也，岩岩若孤松之独立；其醉也，傀俄若玉山之将崩。"玉山，形容体态优美。⑦窗稿：指文人平时习作的文稿。古代读书人通常在窗下写文章，故称。⑧秋闱：指乡试。闱，指旧时的考试院。因乡试在秋天举行，故称。⑨闱墨：明清以来在每届乡试、会试之后，由主考官员选取中式的试卷编刻成书。明代称之为"小录"，清代称之为"闱墨"。⑩礼闱：指由礼部主持的会试，在乡试后第二年的春季。⑪太华卿：指华山山神。太华，西岳华山。⑫行人：古代官职名。明代设有行人司，置司正及左右司副，下有行人若干，以进士充任，升迁很快。⑬总宪：明清时都察院左都御史的别称。⑭媸皮裹妍骨：指相貌虽然丑陋但内心善良。媸，丑陋。妍，美。妍骨，意谓美好的品行。⑮为之执鞭：指对人非常钦佩，甘愿为其赶车做仆役。《史记·管晏列传》："假令晏子而在，余虽为之执鞭、所忻慕焉。"

婴宁

王子服，莒[①]之罗店人。早孤。绝慧，十四入泮。母最爱之，寻常不令游郊野。聘萧氏，未嫁而夭，故求凰[②]未就也。

会上元，有舅氏子吴生，邀同眺瞩，方至村外，舅家仆来，招吴去。生见游女如云，乘兴独游。有女郎携婢，拈梅花一枝，容华绝代，笑容可掬。生注目不移，竟忘顾忌。女过去数武，顾婢子笑曰："个儿郎目灼灼似贼！"遗花地上，笑语自去。

生拾花怅然，神魂丧失，怏怏遂返。至家，藏花枕底，垂头而睡，不语亦不食。母忧之。醮禳(rǎng)[3]益剧，肌革锐减。医师诊视，投剂发表，忽忽若迷。母抚问所由，默然不答。适吴生来，嘱秘诘之。吴至榻前，生见之泪下，吴就榻慰解，渐致研诘，生具吐其实，且求谋画。吴笑曰："君意亦痴！此愿有何难遂？当代访之。徒步于野，必非世家。如其未字，事固谐矣，不然，拚以重赂，计必允遂。但得痊瘳(chōu)，成事在我。"生闻之，不觉解颐。吴出告母，物色女子居里，而探访既穷，并无踪迹。母大忧，无所为计。然自吴去后，颜顿开，食亦略进。数日，吴复来。生问所谋。吴绐之曰："已得之矣。我以为谁何人，乃我姑之女，即君姨妹，今尚待聘。虽内戚有婚姻之嫌，实告之，无不谐者。"生喜溢眉宇，问："居何里？"吴诡曰："西南山中，去此可三十余里。"生又嘱再四，吴锐身自任而去。

生由是饮食渐加，日就平复。探视枕底，花虽枯，未便雕落。凝思把玩，如见其人。怪吴不至，折柬招之，吴支托不肯赴招。生恚怒，悒悒不欢。母虑其复病，急为议姻，略与商榷，辄摇首不愿，惟日盼吴。吴迄无耗，益怨恨之。转思三十里非遥，何必仰息他人？怀梅袖中，负气自往，而家人不知也。伶仃独步，无可问程，但望南山行去。约三十余里，乱山合沓，空翠爽肌，寂无人行，止有鸟道[4]。遥望谷底，丛花乱树中，隐隐有小里落。下山入村，见舍宇无多，皆茅屋，而意甚修雅。北向一家，门前皆丝柳，墙内桃杏尤繁，间以修竹，野鸟格磔其中。意其园亭，不敢遽入。回顾对户，有巨石滑洁，因坐少憩。

俄闻墙内有女子，长呼："小荣。"其声娇细。方伫听间，一女郎由东而西，执杏花一朵，俯首自簪；举头见生，遂不复簪，含笑拈花而入。审视之，即上元途中所遇也。心骤喜。但念无以阶进。欲呼姨氏，顾从无还往，惧有讹误。门内无人可问，坐卧徘徊，自朝至于日昃，盈盈望断，并忘饥渴。时见女子露半面来窥，似讶其不去者。忽一老媪扶杖出，顾生曰："何处郎君，闻自辰刻来，以至于今。意将何为？得勿饥也？"生急起揖之，答云："将以盼亲。"媪聋聩不闻。又大言之。乃问："贵戚何姓？"生不能答。媪笑曰："奇哉！姓名自不知，何亲可探？我视郎君，亦书痴耳。不如从我来，啖以粗粝[5]，家有短榻可卧。待明朝归，询知姓氏，再来探访。"生方腹馁思啖，又从此渐近丽人，大喜。从媪入，见门内白石砌路，夹道红花，片片坠阶上，曲折而西，又启一关，豆棚花架满庭中。肃客[6]入舍，粉壁光如明镜，窗外海棠枝朵，探入室中，裀[yīn]藉几榻，罔不洁泽。甫坐，即有人自窗外隐约相窥。媪唤："小荣！可速作黍。"外有婢子噭声而应。坐次，具展宗阀。媪曰："郎君外祖，莫姓吴否？"曰："然。"媪惊曰："是吾甥也！尊堂，我妹子。年来以家窭[jù]贫[7]，又无三尺之男，遂至音问梗塞。甥长成如许，尚不相识。"生曰："此来即为姨也，匆遽遂忘姓氏。"媪曰："老身秦姓，并无诞育，弱息亦为庶产。渠母改醮，遗我鞠养。颇亦不钝，但少教训，嬉不知愁。少顷，使来拜识。"

未几，婢子具饭，雏尾盈握。媪劝餐已，婢来敛具。媪曰："唤宁姑来。"婢应去。良久，闻户外隐有笑声。媪又唤曰："婴宁，汝姨兄在此。"户外嗤嗤笑不已。婢推之以入，犹掩其口，笑不可遏。媪嗔目曰："有客在，咤咤叱叱，景象何堪？"女忍笑而立，生揖之。媪曰："此王郎，汝姨子。一家尚不相识，可笑人也。"生问："妹子年几何矣？"媪未能解。生又言之。女复笑，不可仰视。媪谓生曰："我言少教诲，此可见矣。年已十六，呆痴如婴儿。"生曰："小甥一岁。"曰："阿甥已十七矣，得非庚午属马者耶？"生首应之。又问："甥妇阿谁？"答曰："无之。"曰："如甥才貌，何十七岁犹未聘？婴宁亦无姑家，极相匹敌。惜有内亲之嫌。"生无语，目注婴宁，不遑他瞬。婢向女小语云："目灼灼，贼腔未改！"女又大笑，顾婢曰："视碧桃开未？"遽起，以袖掩口，细碎连步而出。至门外，笑声始纵。媪亦起，唤婢幞[fú]被，为生安置。曰："阿甥来不易，宜留三五日，迟迟送汝归。如嫌幽闷，舍后有小园，可供消遣；有书可读。”

次日至舍后，果有园半亩，细草铺毡，杨花糁径。有草舍三楹[⑧]，花木四合其所。穿花小步，闻树头苏苏有声，仰视，则婴宁在上。见生来，狂笑欲堕。生曰：“勿尔，堕矣！”女且下且笑，不能自止。方将及地，失手而堕，笑乃止。生扶之，阴捘其腕。女笑又作，倚树不能行，良久乃罢。生俟其笑歇，乃出袖中花示之。女接之，曰：“枯矣。何留之？”曰：“此上元妹子所遗，故存之。”问：“存之何益？”曰：“以示相爱不忘。自上元相遇，凝思成病，自分化为异物；不图得见颜色，幸垂怜悯。”女曰：“此大细事，至戚何所靳惜？待郎行时，园中花，当唤老奴来，折一巨捆负送之。”生曰：“妹子痴耶？”女曰：“何便是痴？”生曰：“我非爱花，爱拈花之人耳。”女曰：“葭莩之情，爱何待言。”生曰：“我所为爱，非瓜葛之爱，乃夫妻之爱。”女曰：“有以异乎？”曰：“夜共枕席耳。”女俯首思良久，曰：“我不惯与生人睡。”语未已，婢潜至，生惶恐遁去。少时，会母所。母问：“何往？”女答以园中共话。媪曰：“饭熟已久，有何长言，周遮乃尔。”女曰：“大哥欲我共寝。”言未已，生大窘，急目瞪之。女微笑而止。幸媪不闻，犹絮絮究诘。生急以他词掩之，因小语责女。女曰：“适此语不应说耶？”生曰：“此背人语。”女曰：“背他人，岂得背老母？且寝处亦常事，何讳之？”生恨其痴，无术可悟之。

食方竟，家人捉双卫来寻生。先是，母待生久不归，始疑。村中搜觅已遍，竟无踪兆，因往寻吴。吴忆曩(nǎng)言，因教于西南山村寻觅。凡历数村，始至于此。生出门，适相值，便入告媪，且请偕女同归。媪喜曰：“我有志，匪伊朝夕。但残躯不能远涉，得甥携妹子去，识认阿姨，大好！”呼婴宁，宁笑至。媪曰：“大哥欲同汝去，可装束。”又饷家人酒食，始送之出曰：“姨家田产丰裕，能养冗人。到彼且勿归，小学诗礼，亦好事翁姑。即烦阿姨，择一良匹与汝。”二人遂发。至山坳，回顾，犹依稀见媪倚门北望也。

抵家，母睹姝丽，惊问为谁。生以姨妹对。母曰：“前吴郎与儿言者，

诈也。我未有姊，何以得甥？”问女，女曰：“我非母出。父为秦氏，没时，儿在褓中，不能记忆。”母曰：“我一姊适秦氏，良确。然殂(cú)谢[9]已久，那得复存？”因审诘面庞、志赘，一一符合。又疑曰：“是矣。然亡已多年。”疑虑间，吴生至，女避入室。吴询得故，惘然久之。忽曰：“此女名婴宁耶？”生然之。吴极称怪事。问所自知，吴曰：“秦家姑去世后，姑丈鳏(guān)居，祟于狐，病瘠死。狐生女名婴宁，绷卧床上，家人皆见之。姑丈没，狐犹时来。后求天师符粘壁上，狐遂携女去。将勿此耶？”彼此疑参。但闻室中嗤嗤，皆婴宁笑声。母曰：“此女亦太憨生。”吴生请面之。母入室，女犹浓笑不顾。母促令出，始极力忍笑，又面壁移时，方出。才一展拜，翻然遽入，放声大笑。满室妇女，为之粲然。

吴请往觇其异，就便执柯。寻至村所，庐舍全无，山花零落而已。吴忆葬处，仿佛不远，然坟垅湮没，莫可辨识，诧叹而返。母疑其为鬼，入告吴言，女略无骇意。又吊其无家，亦殊无悲意，孜孜憨笑而已。众莫之测，母令与少女同寝止，昧爽即来省问，操女红精巧绝伦。但善笑，禁之亦不可止。然笑处嫣然，狂而不损其媚，人皆乐之。邻女少妇，争承迎之。母择吉为之合卺，而终恐为鬼物，窃于日中窥之，形影殊无少异。

至日，使华装行新妇礼，女笑极不能俯仰，遂罢。生以憨痴，恐泄漏房中隐事，而女殊密秘，不肯道一语。每值母忧怒，女至，一笑即解。奴婢小过，恐遭鞭楚，辄求诣母共话，罪婢投见，恒得免。而爱花成癖，物色遍戚党；窃典金钗，购佳种，数月，阶砌藩溷(hùn)，无非花者。庭后有木香一架，故邻西家。女每攀登其上，摘供簪玩。母时遇见，辄诃之，女卒不改。一日，西人子见之，凝注倾倒。女不避而笑。西人子谓女意属己，心益荡。女指墙底笑而下，西人子谓示约处，大悦。及昏而往，女果在焉。就而淫之，则阴如锥刺，痛彻于心，大号而踣。细视非女，则一枯木卧墙边，所接乃水淋窍也。邻父闻声，急奔研问，呻而不言。妻来，始以实告。爇（ruò）火烛窥，见中有巨蝎，如小蟹然，翁碎木捉杀之。负子至家，半夜寻卒。邻人讼生，讦发婴宁妖异。邑宰素仰生才，稔知其笃行士，谓邻翁讼诬，将杖责之，生为乞免，遂释而出。母谓女曰：“憨狂尔尔，早知过喜而伏忧也。邑令神明，幸不牵累。设鹘（hú）突官宰，必逮妇女质公堂，我儿何颜见戚里？”女正色，矢不复笑。母曰：“人罔不笑，但须有时。”而女由是竟不复笑，虽故逗之，亦终不笑，然竟日未尝有戚容。

一夕，对生零涕。异之。女哽咽曰：“曩以相从日浅，言之恐致骇怪。今日察姑及郎，皆过爱无有异心，直告或无妨乎？妾本狐产。母临去，以妾托鬼母，相依十余年，始有今日。妾又无兄弟，所恃者惟君。老母岑寂山阿，无人怜而合厝之，九泉辄为悼恨。君倘不惜烦费，使地下人消此怨恫，庶养女者不忍溺弃。”生诺之，然虑坟冢迷于荒草。女言无虑。刻日，夫妇舆榇而往。女于荒烟错楚中，指示墓处，果得媪尸，肤革犹存。女抚哭哀痛。舁归，寻秦氏墓合葬焉。是夜，生梦媪来称谢，寤而述之。女曰：“妾夜见之，嘱勿惊郎君耳。”生恨不邀留。女曰：“彼鬼也。生人多，阳气胜，何能久居？”生问小荣，曰：“是亦狐，最黠。狐母留以视妾，每摄饵相哺，故德之常不去心。昨问母，云已嫁之。”由是岁值寒食，夫妇登秦墓，拜扫无缺。女逾年，生一子。在怀抱中，不畏生人，见人辄笑，亦大有母风云。

异史氏曰：观其孜孜憨笑，似全无心肝者。而墙下恶作剧，其黠孰甚焉。至凄恋鬼母，反笑为哭，我婴宁何常憨耶。窃闻山中有草，名“笑矣乎”，嗅之，则笑不可止。房中植此一种，则合欢、忘忧，并无颜色矣。若解语花[10]，正嫌其作态耳。

注释

①莒：古国名，后置为州县，在今山东省莒县一带。②求凰：指男子向女子求

爱。汉司马相如为向卓文君求爱而作《琴歌》，“凤兮凤兮归故乡，遨游四海求其凰。”③醮禳：指祈祷消灾。醮，祭祀鬼神。禳，消除灾祸。④鸟道：喻指险峻的山路。⑤粗粝：指糙米。此处指粗茶淡饭。⑥肃客：请客人进屋。《礼记·曲礼》：“主人肃客而入。”⑦窭贫：指贫穷。《诗·邶风·北门》：“终窭且贫。”⑧楹：量词，一间房屋为一楹。⑨殂谢：指死亡。⑩解语花：指善解人意的美女。据《开元天宝遗事·解语花》载，唐明皇与杨贵妃曾在太液池赏花，左右极赞池花之美，而“帝指贵妃示于左右曰：‘争如我解语花’”。

聂小倩

宁采臣，浙人。性慷爽，廉隅[1]自重。每对人言：“生平无二色[2]。”适赴金华，至北郭，解装兰若。寺中殿塔壮丽，然蓬蒿没人，似绝行踪。东西僧舍，双扉虚掩，惟南一小舍，扃(jiōng)键如新。又顾殿东隅，修竹拱把，阶下有巨池，野藕已花。意甚乐其幽杳。会学使案临，城舍价昂，思便留止，遂散步以待僧归。日暮，有士人来，启南扉。宁趋为礼，且告以意。士人曰：“此间无房主，仆亦侨居。能甘荒落，旦暮惠教，幸甚！”宁喜，藉藁代床，支板作几，为久客计。是夜，月明高洁，清光似水，二人促膝殿廊，各展姓字。士人自言：“燕姓，字赤霞。”宁疑为赴试者，而听其音声，殊不类浙。诘之，自言：“秦人。”语甚朴诚。既而相对词竭，遂拱别归寝。

宁以新居，久不成寐。闻舍北喁喁，如有家口。起伏北壁石窗下微窥之，见短墙外一小院落，有妇可四十余；又一媪衣𫄧(yè)绯，插蓬沓，鲐背龙钟，偶语月下。妇曰：“小倩何久不来？”媪曰：“殆好至矣。”妇曰：“将无向姥姥有怨言否？”曰：“不闻；但意似蹙蹙(cù cù)[3]。”妇曰：“婢子不宜好相识。”言未已，有十七八女子来，仿佛艳绝。媪笑曰：“背地不言人，我两个正谈道，小妖婢悄来无迹响，幸不訾着短处。”又曰：“小娘子端好是画中人，遮莫老身是男子，也被摄去。”女曰：“姥姥不相誉，更阿谁道好？”妇人女子又不知何言。宁意其邻人眷口，寝不复听；又许时，始寂无声。

方将睡去，觉有人至寝所，急起审顾，则北院女子也。惊问之，女笑曰：“月夜不寐，愿修燕好[4]。”宁正容曰：“卿防物议，我畏人言。略一失足，廉耻道丧。”女云：“夜无知者。”宁又咄之。女逡巡若复有词。宁叱：

“速去！不然，当呼南舍生知。”女惧，乃退。至户外忽返，以黄金一锭置褥上。宁掇掷庭墀（chí），曰：“非义之物，污我橐橐（tuó tuó）！”女惭出，拾金自言曰：“此汉当是铁石。”

诘旦有兰溪生携一仆来候试，寓于东厢，至夜暴亡。足心有小孔，如锥刺者，细细有血出，俱莫知故。经宿一仆死，症亦如之。向晚燕生归，宁质之，燕以为魅。宁素抗直，颇不在意。宵分女子复至，谓宁曰：“妾阅人多矣，未有刚肠如君者。君诚圣贤，妾不敢欺。小倩，姓聂氏，十八夭殂，葬于寺侧，被妖物威胁，历役贱务，腆颜向人，实非所乐。今寺中无可杀者，恐当以夜叉来。”宁骇求计。女曰：“与燕生同室可免。”问：“何不惑燕生？”曰：“彼奇人也，固不敢近。”又问：“何以迷人？”曰：“狎昵我者，隐以锥刺其足，彼即茫若迷，因摄血以供妖饮。又惑以金，非金也，乃罗刹[5]鬼骨，留之能截取人心肝。二者，凡以投时好耳。”宁感谢，问戒备之期，答以明宵。临别泣曰：“妾堕玄海[6]，求岸不得。郎君义气干云，必能拔生救苦。倘肯囊妾朽骨，归葬安宅，不啻再造。”宁毅然诺之。因问葬处，曰：“但记白杨之上，有乌巢者是也。”言已出门，纷然而灭。

明日恐燕他出，早诣邀致。辰后具酒馔，留意察燕。既约同宿，辞以性癖耽寂。宁不听，强携卧具来，燕不得已，移榻从之，嘱曰：“仆知足下丈夫，倾风良切。要有微衷，难以遽白。幸勿翻窥箧袱，违之两俱不利。”宁谨受教。既各寝，燕以箱箧置窗上，就枕移时，齁如雷吼。宁不能寐。近一更许，窗外隐隐有人影。俄而近窗来窥，目光睒（shǎn）闪。宁惧，方欲呼燕，忽有物裂箧而出，耀若匹练，触折窗上石棂，飙然一射，即遽敛入，宛如电灭。燕觉而起，宁伪睡以觇之。燕捧箧检征，取一物，对月嗅视，白光晶莹，长

可二寸，径韭叶许。已而数重包固，仍置破箧中。自语曰：“何物老魅，直尔大胆，致坏箧子。”遂复卧。宁大奇之，因起问之，且告以所见。燕曰：“既相知爱，何敢深隐。我，剑客也。若非石棂，妖当立毙；虽然，亦伤。”问：“所缄何物？”曰：“剑也。适嗅之，有妖气。”宁欲观之。慨出相示，荧荧然一小剑也。于是益厚重燕。

明日，视窗外，有血迹。遂出寺北，见荒坟累累，果有白杨，乌巢其颠。迨营谋既就，趣装欲归。燕生设祖帐，情义殷渥，以破革囊赠宁，曰：“此剑袋也。宝藏可远魑魅。”宁欲从受其术。曰：“如君信义刚直，可以为此，然君犹富贵中人，非此道中人也。”宁托有妹葬此，发掘女骨，敛以衣衾，赁舟而归。宁斋临野，因营坟葬诸斋外，祭而祝曰：“怜卿孤魂，葬近蜗居，歌哭相闻，庶不见凌于雄鬼。一瓯浆水饮，殊不清旨，幸不为嫌！”祝毕而返，后有人呼曰：“缓待同行！”回顾，则小倩也。欢喜谢曰：“君信义，十死不足以报。请从归，拜识姑嫜，媵御无悔。”审谛之，肌映流霞，足翘细笋，白昼端相，娇丽尤绝。遂与俱至斋中。嘱坐少待，先入白母。母愕然。时宁妻久病，母戒勿言，恐所骇惊。言次，女已翩然入，拜伏地下。宁曰：“此小倩也。”母惊顾不遑。女谓母曰：“儿飘然一身，远父母兄弟。蒙公子露覆，泽被发肤，愿执箕帚，以报高义。”母见其绰约可爱，始敢与言，曰：“小娘子惠顾吾儿，老身喜不可已。但生平止此儿，用承祧绪，不敢令有鬼偶。”女曰：“儿实无二心。泉下人既不见信于老母，请以兄事，依高堂，奉晨昏，如何？”母怜其诚，允之。即欲拜嫂，母辞以疾，乃止。女即入厨下，代母尸饔(yōng)。入房穿榻，似熟居者。

日暮，母畏惧之，辞使归寝，不为设床褥。女窥知母意，即竟去。过斋欲入，却退，徘徊户外，似有所惧。生呼之。女曰：“室有剑气畏人。向道途中不奉见者，良以此故。”宁悟为革囊，取悬他室。女乃入，就烛下坐；移时，殊不一语。久之，问：“夜读否？妾少诵《楞严经》，今强半遗忘。浼求一卷，夜暇就兄正之。”宁诺。又坐，默然，二更向尽，不言去。宁促之。愀然曰：“异域孤魂，殊怯荒墓。”宁曰：“斋中别无床寝，且兄妹亦宜远嫌。”女起，颦蹙欲啼，足恇儴而懒步，从容出门，涉阶而没。宁窃怜之，欲留宿别榻，又惧母嗔。女朝旦朝母，捧匜沃盥，下堂操作，无不曲承母志。黄昏告退，辄过斋头，就烛诵经。觉宁将寝，始惨然出。

先是，宁妻病废，母劬不堪；自得女，逸甚，心德之。日渐稔，亲爱如己出，竟忘其为鬼，不忍晚令去，留与同卧起。女初来未尝饮食，半年渐啜稀酏。母子皆溺爱之，讳言其鬼，人亦不知辨也。无何，宁妻亡，母隐有纳女意，然恐于子不利。女微知之，乘间告曰：“居年余，当知肝膈。为不欲祸行人，故从郎君来。区区无他意，止以公子光明磊落，为天人所钦瞩，实欲依赞三数年，借博封诰，以光泉壤。”母亦知无恶，惧不能延宗嗣。女曰：“子女惟天所授。郎君注福籍，有亢宗子三，不以鬼妻而遂夺也。”母信之，与子议。宁喜，因列筵告戚党。或请觌新妇，女慨然华妆出，一堂尽眙，反不疑其鬼，疑为仙。由是五党诸内眷，咸执贽以贺，争拜识之。女善画兰梅，辄以尺幅酬答，得者藏之什袭以为荣。

一日俯颈窗前，怊怅若失。忽问：“革囊何在？”曰：“以卿畏之，故缄致他所。”曰：“妾受生气已久，当不复畏，宜取挂床头。”宁诘其意，曰：“三日来，心怔忡无停息，意金华妖物，恨妾远遁，恐旦晚寻及也。”宁果携革囊来。女反复审视，曰：“此剑仙将盛人头者也。敝败至此，不知杀人几何许！妾今日视之，肌犹粟栗。”乃悬之。次日又命移悬户上。夜对烛坐，约宁勿寝。欻有一物，如飞鸟至。女惊匿夹幕间。宁视之，物如夜叉状，电目血舌，睒闪攫拿而前，至门却步，逡巡久之，渐近革囊，以爪摘取，似将抓裂。囊忽格然一响，大可合篑⑦，恍惚有鬼物突出半身，揪夜叉入，声遂寂然，囊亦顿索如故。宁骇诧，女亦出，大喜曰：“无恙矣！”共视囊中，清水数斗而已。

后数年，宁果登进士。举一男。纳妾后，又各生一男，皆仕进有声。

注释

①廉隅：喻指品行端正。《礼记·儒行》：“近文章，砥厉廉隅。”②无二色：指男子不娶妾室，没有外遇。色，女色。③蹙蹙：形容忧愁的样子。④燕好：指夫妇

闺房之乐。⑤罗刹：梵语音译，指佛教故事中食人血肉的恶鬼。慧琳《一切经音义》："罗刹此云恶鬼，食人血肉，或飞空或地行，捷疾可畏也。"⑥玄海：佛教用语，指苦海。⑦篑：盛土的竹器。

侠女

顾生，金陵[①]人，博于材艺，而家綦(qí)贫。又以母老不忍离膝下。惟日为人书画，受贽以自给。行年二十有五，伉俪[②]犹虚。对户旧有空第，一老妪及少女税居其中，以其家无男子，故未问其谁何。一日偶自外入，见女郎自母房中出，年约十八九，秀曼都雅，世罕其匹，见生不甚避，而意凛如也。生入问母。母曰："是对户女郎，就吾乞刀尺，适言其家亦止一母。此女不似贫家产。问其何为不字，则以母老为辞。明日当往拜其母，便风以意，倘所望不奢，儿可代养其母。"明日，造其室，其母一聋媪耳。视其室并无隔宿粮，问所业则仰女十指。徐以同食之谋试之，媪意似纳，而转商其女；女默然，意殊不乐。母乃归。详其状而疑之曰："女子得非嫌吾贫乎？为人不言亦不笑，艳如桃李，而冷如霜雪，奇人也！"母子猜叹而罢。

一日生坐斋头，有少年来求画，姿容甚美，意颇儇(xuān)佻[③]。诘所自，以"邻村"对。嗣后三两日辄一至。稍稍稔熟，渐以嘲谑，生狎抱之亦不甚拒，遂私焉。由此往来昵甚。会女郎过，少年目送之，问为谁，对以"邻女"。少年曰："艳丽如此，神情何可畏？"少间生入内，母曰："适女子来乞米，云不举火者经日矣。此女至孝，贫极可悯，宜少周恤之。"生从母言，负斗米款门，达母意。女受之，亦不申谢。日尝至生家，见母作衣履，便代缝纫，出入堂中，操作如妇。生益德之。每获馈饵，必分给其母，女亦略不置齿颊。母适疽生隐处，宵旦号啕。女时就榻省视，为之洗创敷药，日三四作。母意甚不自安，而女不厌其秽。母曰："唉！安得新妇如儿，而奉老身以死也！"言讫悲哽，女慰之曰："郎子大孝，胜我寡母孤女什百矣。"母曰："床头蹀(xiè)躞[④]之役，岂孝子所能为者？且身已向暮，旦夕犯雾露[5]，深以祧续为忧耳。”言间生入，母泣曰：“亏娘子良多，汝无忘报德。”生伏拜之。女曰：“君敬我母，我勿谢也，君何谢焉？”于是益敬爱之。然其举止生硬，毫不可干。

一日女出门，生目注之，女忽回首，嫣然而笑。生喜出意外，趋而从诸其家，挑之亦不拒，欣然交欢。已，戒生曰：“事可一而不可再。”生不应而归。明日又约之，女厉色不顾而去。日频来，时相遇，并不假以词色。少游戏之，则冷语冰人。忽于空处问生：“日来少年谁也？”生告之。女曰：“彼举止态状，无礼于妾频矣。以君之狎昵，故置之。请更寄语：再复尔，是不欲生也已！”生至夕，以告少年，且曰：“子必慎之，是不可犯！”少年曰：“既不可犯，君何私犯之？”生白其无。曰：“如其无。则猥亵之语，何以达君听哉？”生不能答。少年曰：“亦烦寄告：假惺惺勿作态；不然，我将遍播扬。”生甚怒之，情见于色，少年乃去。一夕方独坐，女忽至，笑曰：“我与君情缘未断，宁非天数。”生狂喜而抱于怀，欻(xū)闻履声籍籍，两人惊起，则少年推扉入矣。生惊问：“子胡为者？”笑曰：“我来观贞洁人耳。”顾女曰：“今日不怪人耶？”女眉竖颊红，默不一语，急翻上衣，露一革囊，应手而出，而尺许晶莹匕首也。少年见之，骇而却走。追出户外，四顾渺然。女以匕首望空抛掷，戛然有声，灿若长虹，俄一物堕地作响。生急烛之，则一白狐身首异处矣。大骇。女曰：“此君之娈童[6]也。我固恕之，奈渠定不欲生何！”收刃入囊。生曳令入，曰：“适妖物败意，请来宵。”出门径去。次夕女果至，遂共绸缪。诘其术，女曰：“此非君所知。宜须慎秘，泄恐不为君福。”又订以嫁娶，曰：“枕席焉，提汲焉，非妇伊何也？业夫妇矣，何必复言嫁娶乎？”生曰：“将勿憎吾贫耶？”曰：“君固贫，妾富耶？今宵之聚，正以怜君贫耳。”临别嘱曰：“苟且之行，不可以屡。当来我自来，不当来相强无益。”后相值，每欲引与私语，女辄走避。然衣绽炊薪，悉为纪理，不啻妇也。

积数月，其母死，生竭力葬之。女由是独居。生意孤寝可乱，逾垣入，隔窗频呼，迄不应。视其门，则空室扃焉。窃疑女有他约。夜复往，亦如

之。遂留佩玉于窗间而去之。越日，相遇于母所。既出，而女尾其后曰：“君疑妾耶？人各有心，不可以告人。今欲使君无疑，乌得可？然一事烦急为谋。”问之，曰：“妾体孕已八月矣，恐旦晚临盆。‘妾身未分明’，能为君生之，不能为君育之。可密告母觅乳媪，伪为讨螟蛉者，勿言妾也。”生诺，以告母。母笑曰：“异哉此女！聘之不可，而顾私于我儿。”喜从其谋以待之。又月余，女数日不至，母疑之，往探其门，萧萧闭寂。叩良久，女始蓬头垢面自内出。启而入之，则复阖之。入其室，则呱呱者在床上矣。母惊问：“诞儿时矣？”答云：“三日。”捉绷席而视之，则男也，且丰颐而广额。喜曰：“儿已为老身育孙子，伶仃一身，将焉所托？”女曰：“区区隐衷，不敢掬示老母。俟夜无人，可即抱儿去。”母归与子言，窃共异之。夜往抱子归。

更数夕，夜将半，女忽款门入，手提革囊，笑曰：“我大事已了，请从此别。”急询其故，曰：“养母之德，刻刻不去诸怀。向云‘可一而不可再’者，以相报不在床笫也。为君贫不能婚，将为君延一线之续。本期一索而得，不意信水[7]复来，遂至破戒而再。今君德既酬，妾志亦遂，无憾矣。”问：“囊中何物？”曰：“仇人头耳。”检而窥之，须发交而血模糊。骇绝，复致研诘。曰：“向不与君言者，以机事不密，惧有宣泄。今事已成，不妨相告：妾浙人。父官司马，陷于仇，彼籍[8]吾家。妾负老母出，隐姓名，埋头项，已三年矣。所以不即报者，徒以有母在；母去，又一块肉累腹中，因而迟之又久。曩（nǎng）夜出非他，道路门户未稔，恐有讹误耳。”言已出门，又嘱曰：“所生儿，善视之。君福薄无寿，此儿可光门闾。夜深不得惊老母，我去矣！”方凄然欲询所之，女一闪如电，瞥尔间遂不复见。生叹惋木立，若丧魂魄。明以告母，相为叹异而已。后三年生果卒。子十八举进士，犹奉祖母以终老云。

异史氏曰：人必室有侠女，而后可以畜娈童也。不然，尔爱其艾豭(jiā)，彼爱尔娄猪矣！

注释

①金陵：今江苏南京市。②伉俪：配偶，此处指妻子。伉，对等，匹敌。俪，配偶。《左传·成公十一年》：“已不能庇其伉俪而亡之。”③儇佻：轻佻，轻薄。儇，轻佻。④蹀躞：小步走路的样子。⑤犯雾露：此处指患病而死。《史记·淮南厉王长传》：“逢雾露病死。”雾露，指风寒。⑥娈童：原指美少年，后指被当作女性玩弄的男童。娈，美好。⑦信水：月经。⑧籍：没收。

莲香

桑生名晓，字子明，沂州人。少孤[1]，馆于红花埠。桑为人静穆自喜，日再出，就食东邻，余时坚坐而已。东邻生戏曰：“君独居，不畏鬼狐耶？”笑答曰：“丈夫[2]何畏鬼狐？雄来吾有利剑，雌者尚当开门纳之。”邻生归与友谋，梯妓于垣而过之，弹指叩扉。生窥问其谁，妓自言为鬼。生大惧，齿震震有声，妓逡巡自去。邻生早至生斋，生述所见，且告将归。邻生鼓掌曰：“何不开门纳之？”生顿悟其假，遂安居如初。积半年，一女子夜来叩斋，生意友人之复戏也，启门延入，则倾国之姝[3]。惊问所来。曰：“妾莲香，西家妓女。”埠上青楼故多，信之。息烛登床，绸缪甚至。自此，三五宿辄一至。

一夕独坐凝思，一女子翩然入。生意其莲，承逆与语。觌(dí)面殊非，年仅十五六，軃(duǒ)袖垂髫，风流秀曼，行步之间，若还若往。大愕，疑为狐。女曰：“妾良家女，姓李氏。慕君高雅，幸能垂盼。”生喜，握其手，冷如冰，问：“何凉也？”曰：“幼质单寒，夜蒙霜露，那得不尔。”既而罗襦衿解，俨然处子。女曰：“妾为情缘，葳蕤(wěi ruí)之质[4]，一朝失守，不嫌鄙陋，愿常侍枕席。房中得毋有人否？”生云：“无他，止一邻娼，顾亦不常至。”女曰：“当谨避之。妾不与院中人[5]等，君秘勿泄。彼来我往，彼往我来可耳。”鸡鸣欲去，赠绣履一钩，曰：“此妾下体所着，弄之足寄思慕。然有人慎勿弄也！”受而视之，翘翘如解结锥，心甚爱悦。越夕无人，便出审玩。女飘然忽至，遂信款昵。自此每出履，则女必应念而至。异而诘之。笑曰：“适当其时耳。”

一夜莲来，惊曰：“郎何神气萧索？”生言：“不自觉。”莲便告别，相约十日。去后，李来恒无虚夕。问：“君情人何久不至？”因以相约告。李笑曰：“君视妾何如莲香美？”曰：“可称两绝，但莲卿肌肤温和。”李变色曰：“君谓双美，对妾云尔。渠必月殿仙人[6]，妾定不及。”因而不欢。乃屈指计十日之期已满，嘱勿漏，将窃窥之。次夜莲香果至，笑语甚洽。及寝，大骇曰：“殆矣！十日不见，何益惫损？保无有他遇否？”生询其故。曰：“妾以神气验之，脉拆拆如乱丝，鬼症也。”次夜李来，生问：“窥莲香何似？”曰：“美矣。妾固谓世间无此佳人，果狐也。去，吾尾之，南山而穴居。”生疑其妒，漫应之。逾夕戏莲香曰：“余固不信，或谓卿狐者。”莲亟问：“是谁所云？”笑曰：“我自戏卿。”莲曰：“狐何异于人？”曰：“惑之者病，甚则死，是以可惧。”莲香曰：“不然。如君之年，房后三日精气可复，纵狐何害？设旦旦而伐之，人有甚于狐者矣。天下病尸瘵(zhài)鬼，宁皆狐蛊死耶？虽然，必有议我者。”生力白其无，莲诘益力。生不得已，泄之。莲曰：“我固怪君惫也。然何遽至此？得勿非人乎？君勿言，明宵当如渠窥妾者。”是夜李至，裁三数语，闻窗外嗽声，急亡去。莲入曰：“君殆矣！是真鬼物！昵其美而不速绝，冥路近矣！”生意其妒，默不语。莲曰：“固知君不忘情，然不忍视君死。明日当携药饵，为君以除阴毒。幸病蒂尤浅，十日恙当已。请同榻以视痊可。”次夜果出刀圭药啖生。顷刻，洞下三两行，觉脏腑清虚，精神顿爽。心虽德之，然终不信为鬼。莲香夜夜同衾偎生，生欲与合，辄止之。数日后肤革充盈。欲别，殷殷嘱绝李，生谬(miù)应之。及闭户挑灯，辄捉履倾想，李忽至。数日隔绝，颇有怨色。生曰：“彼连宵为我作巫医，请勿为怼，情好在我。”李稍怿。生枕上私语曰：“我爱卿甚，乃有谓卿鬼者。”李结舌良久，骂曰：“必淫狐之惑君听也！若不绝之，妾不来矣！”遂呜呜饮泣。生百词慰解乃罢。隔宿莲香至，知李复来，怒曰："君必欲死耶！"生笑曰："卿何相妒之深？"莲益怒曰："君种死根，妾为若除之，不妒者将复何如？"生托词以戏曰："彼云前日之病，为狐祟耳。"莲乃叹曰："诚如君言，君迷不悟，万一不虞，妾百口何以自解？请从此辞。百日后当视君于卧榻中。"留之不可，怫然径去。由是与李夙夜必偕。约两月余，觉大困顿。初犹自宽解，日渐羸瘠，惟饮饘粥一瓯。欲归就奉养，尚恋恋不忍遽去。因循数日，沉绵不可复起。邻生见其病惫，日遣馆僮馈给食饮。生至是疑李，因谓李曰："吾悔不听莲香之言，以至于此！"言讫而瞑。移时复苏，张目四顾，则李已去，自是遂绝。生羸卧空斋，思莲香如望岁[7]。

一日方凝想间，忽有搴帘入者，则莲香也。临榻哂曰："田舍郎，我岂妄哉！"生哽咽良久，自言知罪，但求拯救。莲曰："病入膏肓，实无救法。姑来永诀，以明非妒。"生大悲曰："枕底一物，烦代碎之。"莲搜得履，持就灯前，反复展玩。李女欻入，卒见莲香，返身欲遁。莲以身闭门，李窘急不知所出。生责数之，李不能答。莲笑曰："妾今始得与阿姨面相质。昔谓郎君旧疾，未必非妾致，今竟何如？"李俯首谢过。莲曰："佳丽如此，乃以爱结仇耶？"李即投地陨泣，乞垂怜救。莲遂扶起，细诘生平。曰："妾，李通判女，早夭，瘗(yì)于墙外。已死春蚕，遗丝未尽。与郎偕好，妾之愿也；致郎于死，良非素心。"莲曰："闻鬼利人死，以死后可常聚，然否？"曰："不然！两鬼相逢，并无乐处。如乐也，泉下少年郎岂少哉！"莲曰："痴哉！夜夜为之，人且不堪，而况于鬼！"李问："狐能死人，何术独否？"莲曰："是采补者流，妾非其类。故世有不害人之狐，断无不害人之鬼，以阴气盛也。"生闻其语，始知狐鬼皆真，幸习常见惯，颇不为骇。但念残息如丝，不觉失声大痛。莲顾问："何以处郎君者？"李赧然逊谢。莲笑曰："恐郎强健，醋娘子要食杨梅也。"李敛衽[8]曰："如有医国手[9]，使妾得无负郎君，便当埋首地下，敢复腼然于人世耶！"莲解囊出药，曰："妾早知有今，别后采药三山[10]，凡三阅月，物料始备，瘵蛊至死，投之无不苏者。然症何由得，仍以何引，不得不转求效力。”问：“何需？”曰：“樱口中一点香唾耳。我一丸进，烦接口而唾之。”李晕生颐颊，俯首转侧而视其履。莲戏曰：“妹所得意惟履耳！”李益惭，俯仰若无所容。莲曰：“此平时熟技，今何吝焉？”遂以丸纳生吻，转促逼之，李不得已唾之。莲曰：“再！”又唾之。凡三四唾，丸已下咽。少间腹殷然如雷鸣，复纳一丸，自乃接唇而布以气。生觉丹田火热，精神焕发。莲曰：“愈矣！”

李听鸡鸣，彷徨别去。莲以新瘥（chài），尚须调摄，就食非计，因将户外反关，伪示生归，以绝交往，日夜守护之。李亦每夕必至，给奉殷勤，事莲犹姊，莲亦深怜爱之。居三月生健如初，李遂数夕不至；偶至，一望即去。相对时亦悒悒不乐。莲常留与共寝，必不肯。生追出，提抱以归，身轻若刍灵。女不得遁，遂着衣偃卧，蜷其体不盈二尺。莲益怜之，阴使生狎抱之，而撼摇亦不得醒。生睡去，觉而索之已杳。后十余日更不复至。生怀思殊切，恒出履共弄。莲曰：“窈娜如此，妾见犹怜，何况男子！”生曰：“昔日弄履则至，心固疑之，然终不料其鬼。今对履思容，实所怆恻。”因而泣下。

先是，富室张姓有女子燕儿，年十五，不汗而死。终夜复苏，起顾欲奔。张扃（jiōng）户，不得出。女自言：“我通判女魂。感桑郎眷注，遗舄犹存彼处。我真鬼耳，锢我何益？”以其言有因，诘其至此之由。女低徊反顾，茫不自解。或有言桑生病归者，女执辨其诬。家人大疑。东邻生闻之，逾垣往窥，见生方与美人对语。掩入逼之，张皇间已失所在。邻生骇诘。生笑曰：“向固与君言，雌者则纳之耳。”邻生述燕儿之言。生乃启关，将往侦探，苦无由。张母闻生果未归，益奇之。故使佣媪索履，生遂出以授。燕儿得之喜。试着之，鞋小于足者

盈寸，大骇。揽镜自照，忽恍然悟己之借躯以生也者，因陈所由。母始信之。女镜面大哭曰：“当日形貌，颇堪自信，每见莲姊，犹增惭怍。今反若此，人也不如其鬼也！”把履号咷，劝之不解。蒙衾僵卧，食之，亦不食，体肤尽肿；凡七日不食，卒不死，而肿渐消；觉饥不可忍，乃复食。数日，遍体瘙痒，皮尽脱。晨起，睡舄遗堕，索着之，则硕大无朋矣。因试前履，肥瘦吻合，乃喜。复自镜，则眉目颐颊，宛肖生平，益喜。盥栉见母，见者尽眙。

莲香闻其异，劝生媒通之，而以贫富悬邈，不敢遽进。会媪初度，因从其子婿行往为寿。媪睹生名，故使燕儿窥帘认客。生最后至，女骤出捉袂，欲从与俱归。母诃谯之，始惭而入。生审视宛然，不觉零涕，因拜伏不起。媪扶之，不以为侮。生出，浼女舅执柯，媪议择吉赘生。生归告莲香，且商所处。莲怅然良久，便欲别去，生大骇泣下。莲曰：“君行花烛于人家，妾从而往，亦何形颜？”生谋先与旋里而后迎燕，莲乃从之。生以情白张。张闻其有室，怒加诮让。燕儿力白之，乃如所请。至日生往亲迎，家中备具颇甚草草。及归，则自门达堂，悉以罽毯贴地，百千笼烛，灿列如锦。莲香扶新妇入青庐[11]，搭面既揭，欢若生平。莲陪卺饮[12]，因细诘还魂之异。燕曰：“尔日抑郁无聊，徒以身为异物，自觉形秽。别后愤不归墓，随风漾泊。每见生人则羡之。昼凭草木，夜则信足浮沉。偶至张家，见少女卧床上，近附之，未知遂能活也。”莲闻之，默默若有所思。

逾两月，莲举一子。产后暴病，日就沉绵。捉燕臂曰：“敢以孽种相累，我儿即若儿。”燕泣下，姑慰藉之。为召巫医，辄却之。沉痼弥留，气如悬丝，生及燕儿皆哭。忽张目曰：“勿尔！子乐生，我乐死。如有缘，十年后可复得见。”言讫而卒。启衾将敛，尸化为狐。生不忍异视，厚葬之。子名狐儿，燕抚如己出。每清明必抱儿哭诸其墓。后生举于乡，家渐裕，而燕苦不育。狐儿颇慧，然单弱多疾。燕每欲生置媵。一日，婢忽白：“门外一妪，携女求售。”燕呼入，卒见，大惊曰：“莲姊复出耶！”生视之，真似，亦骇。问：“年几何？”答云：“十四。”聘金几何？”曰：“老身止此一块肉，但俾得所，妾亦得啖饭处，后日老骨不至委沟壑，足矣。”生优价而留之。燕握女手入密室，撮（cuō）其颔而笑曰：“汝识我否？”答言：“不识。”诘其姓氏，曰：“妾韦姓。父徐城卖浆者，死三年矣。”燕屈指停思，莲死恰十有四载。又审视女仪容态度，无一不神肖者。乃拍其顶而呼曰：“莲姊，莲姊！十年相见之约，当不欺吾！”女忽如梦醒，豁然曰：“咦！”熟视燕儿。生笑曰：“此‘似曾相识燕归来’也。”女泫然曰：“是矣。闻母言，妾生时便能言，以为不祥，犬血饮之，遂昧宿因。今日始如梦寤。娘子其耻于为鬼之李妹耶？”共话前生，悲喜交至。一日，寒食，燕曰：“此每岁妾与郎君哭姊日也。”遂与亲登其墓，荒草离离，木已拱矣。女亦太息。燕谓生曰：“妾与莲姊，两世情好，不忍相离，宜令白骨同穴。”生从其言，启李冢得骸，舁归而合葬之。亲朋闻其异，吉服临穴，不期而会者数百人。余庚戌南游至沂，阻雨休于旅舍。有刘生子敬，其中表亲，出同社王子章所撰《桑生传》，约万余言，得卒读。此其崖略[13]耳。

异史氏曰：嗟乎！死者而求其生，生者又求其死，天下所难得者非人身哉？奈何具此身者，往往而置之，遂至腆然而生不如狐，泯然而死不如鬼。王阮亭云：“贤哉莲娘！巾帼中吾见亦罕，况狐耶！”

注释

①孤：幼年死去父亲或父母双亡。《孟子·梁惠王下》：“幼而无父曰孤。”②丈夫：大丈夫，男子汉。③倾国之姝：指绝色女子。倾国，亦称倾国倾城，指美女。《汉书·外戚传》载李延年歌：“北方有佳人，绝世而独立；一顾倾人城，再顾倾人国。宁不知倾人与倾国，佳人难再得。”④葳蕤之质：指娇弱的处女之身。葳蕤，草名。任昉《述异记》：“葳蕤草，一名丽草，又呼为女草，江浙中呼娃草。美女曰娃，故以为名。”⑤院中人：指妓女。⑥月殿仙人：传说中的月中仙女嫦娥。喻指容貌美丽的女子。⑦望岁：盼望丰收。《左传·昭公三十年》：“闵闵焉如农夫望岁，惧以待食。”⑧敛衽：整理衣襟而拜，表示恭敬。衽，衣襟。⑨医国手：原指医术高超，此处指能起死回生的神奇本领。⑩三山：神话传说中的三座仙山，即方丈、蓬莱、瀛洲。⑪青庐：古代北方民族举行婚礼时用的青布搭成的篷帐。段成式《酉阳杂俎·礼异》：“北朝婚礼，青布幔为屋，在门内外，谓之青庐。”⑫卺饮：旧时夫妻结婚的一种仪式，把一个匏瓜剖成两个瓢，新郎新娘各拿一个饮酒。《礼记·昏义》：“合卺而酳。”⑬崖略：大略。

阿宝

粤西孙子楚，名士也。生有枝指；性迂讷，人诳之辄信为真。或值座有歌妓，则必遥望却走。或知其然，诱之来，使妓狎逼之，则赪(chēng)颜彻颈，汗珠珠下滴，因共为笑。遂貌其呆状，相邮传作丑语，而名之“孙痴”。

邑大贾某翁，与王侯埒富，姻戚皆贵胄。有女阿宝，绝色也，日择良匹，大家儿争委禽妆，皆不当翁意。生时失俪，有戏之者劝其通媒，生殊不自揣，果从其教，翁素耳其名而贫之。媒媪将出，适遇宝，问之，以告。女戏曰：“渠去其枝指，余当归之。”媪告生。生曰：“不难。”媒去，生以斧自断其指，大痛彻心，血益倾注，滨死。过数日始能起，往见媒而示之。媪惊，奔告女；女亦奇之，戏请再去其痴。生闻而哗辨，自谓不痴，然无由见而自剖。转念阿宝未必美如天人，何遂高自位置如此？由是曩(nǎng)念顿冷。

会值清明，俗于是日妇女出游，轻薄少年亦结队随行，恣其月旦。有同社数人强邀生去。或嘲之曰：“莫欲一观可人否？”生亦知其戏已，然以受女揶揄故，亦思一见其人，忻然随众物色之。遥见有女子憩树下，恶少年环如墙堵。众曰：“此必阿宝也。”趋之，果宝也。审谛之，娟丽无双。少倾人益稠。女起，遽去。众情颠倒，品头题足，纷纷若狂；生独默然。及众他适，回视生犹痴立故所，呼之不应。群曳之曰：“魂随阿宝去耶？”亦不答。众以其素讷，故不为怪，或推之，或挽之以归。至家直上床卧，终日不起，冥如醉，唤之不醒。家人疑其失魂，招于旷野，莫能效。强拍问之，则朦胧应云：“我在阿宝家。”及细诘之，又默不语，家人惶惑莫解。初，生见女去，意不忍舍，觉身已从之行，渐傍其衿带间，人无呵者。遂从女归，坐卧依之，夜辄与狎，甚相得。然觉腹中奇馁，思欲一返家门，而迷不知路。女每梦与人交，问其

名，曰："我孙子楚也。"心异之，而不可以告人。生卧三日，气休休若将澌灭。家人大恐，托人婉告翁，欲一招魂其家。翁笑曰："平昔不相往还，何由遗魂吾家？"家人固哀之，翁始允。巫执故服、草荐以往。女诘得其故，骇极，不听他往，直导入室，任招呼而去。巫归至门，生榻上已呻。既醒，女室之香奁什具，何色何名，历言不爽。女闻之，益骇，阴感其情之深。

生既离床寝，坐立凝思，忽忽若忘。每伺察阿宝，希幸一再遘(gòu)之。浴佛节，闻将降香水月寺，遂早旦往候道左，目眩睛劳。日涉午，女始至，自车中窥见生，以掺手搴帘，凝睇不转。生益动，尾从之。女忽命青衣来诘姓字。生殷勤自展，魂益摇。车去始归。归复病，冥然绝食，梦中辄呼宝名，每自恨魂不复灵。家旧养一鹦鹉，忽毙，小儿持弄于床。生自念：倘得身为鹦鹉，振翼可达女室。心方注想，身已翩然鹦鹉，遽飞而去，直达宝所。女喜而扑之，锁其肘，饲以麻子。大呼曰："姐姐勿锁！我孙子楚也！"女大骇，解其缚，亦不去。女祝曰："深情已篆中心。今已人禽异类，姻好何可复圆？"鸟云："得近芳泽，于愿已足。"他人饲之不食，女自饲之则食；女坐则集其膝，卧则依其床。如是三日，女甚怜之。阴使人瞷(jiàn)生，生则僵卧气绝已三日，但心头未冰耳。女又祝曰："君能复为人，当誓死相从。"鸟云："诳我！"女乃自矢。鸟侧目若有所思。少间，女束双弯，解履床下，鹦鹉骤下，衔履飞去。女急呼之，飞已远矣。

女使妪往探，则生已寤。家人见鹦鹉衔绣履来，堕地死，方共异之。生既苏即索履，众莫知故。适妪至，入视生，问履所在。生曰："是阿宝信誓物。借口相覆，小生不忘金诺也。"妪反命，女益奇之，故使婢泄其情于母。母审之确，乃曰："此子才名亦不恶，但有相如之贫。择数年得婿若此，恐将为显者笑。"女以履故，矢不他。翁媪从之，驰报生。生喜，疾顿瘳。翁议赘诸家。女曰："婿不可久处岳家。况郎又贫，久益为人贱。儿既诺之，处蓬茅而甘藜藿，不怨也。"生乃亲迎成礼，相逢如隔世欢。

自是家得奁妆小阜，颇增物产。而生痴于书，不知理家人生业。女善居积，亦不以他事累生，居三年家益富。生忽病消渴，卒。女哭之痛，泪眼不晴，至绝眠食，劝之不纳，乘夜自经。婢觉之，急救而醒，终亦不食。三日集亲党，将以殓生。闻棺中呻以息，启之，已复活。自言："见冥王，以生平朴诚，命作部曹。忽有人白：'孙部曹之妻将至。'王稽鬼录，言：'此未应便死。'又白：'不食三日矣。'王顾谓：'感汝妻节义，姑赐再生。'因使驭卒控马送余还。"由此体渐平。值岁大比，入闱之前，诸少年玩弄之，共拟隐僻之题七，引生僻处与语，言："此某家关节，敬秘相授。"生信之，昼夜揣摩制成七艺，众隐笑之。时典试者虑熟题有蹈袭弊，力反常经。题纸下，七艺皆符。生以是抡魁。明年举进士，授词林。上闻异，召问之，生具启奏，上大嘉悦。后召见阿宝，赏赉有加焉。

异史氏曰：性痴则其志凝，故书痴者文必工，艺痴者技必良。世之落拓而无成者，皆自谓不痴者也。且如粉花荡产，卢雉倾家，顾痴人事哉！以是知慧黠而过，乃是真痴，彼孙子何痴乎！

注释

①枝指：六指。②赪颜：脸红。赪，红色。③埒富：同样富有。《史记·平准书》："故吴诸侯也，以即山铸钱，富埒天子。"埒，相等。④委禽妆：送订婚聘礼。委，送。古时男方请媒人往女方提亲，得到应允后，再请媒人正式向女家纳"采择之礼"。《仪礼·士昏礼》："昏礼，下达纳采。用雁。"古时纳采用雁，因称"委禽"或"委禽妆"。⑤浴佛节：指为了纪念释迦牟尼诞生的佛教仪式节日，又称佛诞节。寺庙举行诵经法会，并根据佛降生时天上九龙吐出香水为佛洗浴的传说，以各种名香浸水洗浴佛像。⑥亲迎：古时婚礼仪式之一，男方亲自到女家迎娶。

九山王

曹州李姓者，邑诸生，家素饶，而居宅故不甚广，舍后有园数亩，荒置之。一日有叟来税屋，出直百金，李以无屋为辞。叟曰："请受之，但无烦虑。"李不喻其意，姑受之，以觇其异。越日，村人见舆马眷口入李家，纷纷甚夥（huǒ），共疑李第无安顿所，问之。李殊不自知，归而察之，并无迹响。过数日叟忽来谒，且云："庇宇下[①]已数晨夕，事事都草创，起炉作

灶，未暇一修客子礼。今遣小女辈作黍，幸一垂顾。”李从之，则入园中，欻见舍宇华好，嵚然一新；入室陈设芳丽，酒鼎沸于廊下，茶烟袅于厨中。俄而行酒荐馔，备极甘旨[②]。时见庭下少年人，往来甚众；又闻儿女喁喁，幕中作笑语声；家人婢仆，似有数十百口。李心知其狐。席终而归，阴怀杀心。每入市，市硝硫积数百斤，暗布园中殆满。骤火之，焰亘霄汉，如黑灵芝，燔臭灰眯不可近，但闻鸣啼嗥动之声，嘈杂聒耳。既熄入视，则死狐满地，焦头烂额者不可胜计。方阅视间，叟自外来，颜色惨恸，责李曰：“夙无嫌怨，荒园报岁百金非少；何忍遂相族灭？此奇惨之仇无不报者！”忿然而去。疑其掷砾为殃，而年余无少怪异。

时顺治初年，山中群盗窃发，啸聚万余人，官莫能捕。生以家口多，日忧离乱。适村中来一星者，自号“南山翁”，言人休咎[③]，了若目睹，名大噪，李召至家，求推甲子[④]。翁愕然起敬，曰：“此真主也！”李闻大骇，以为妄；翁正容固言之。李疑信半焉，乃曰：“岂有白手受命而帝者乎？”翁谓：“不然。自古帝王，类多起于匹夫，谁是生而天子者？”生惑之，前席而请。翁毅然以“卧龙[⑤]”自任。请先备甲胄数千具、弓弩数千事。李虑人莫之归。翁曰：“臣请为大王连诸山，深相结。使哗言者谓大王真天子，山中士卒，宜必响应。”李喜，遣翁行。发藏镪，造甲胄。翁数日始还，曰：“借大王威福，加臣三寸舌，诸山莫不愿执鞭靮，从戟下。”浃旬之间，果归命者数千人。于是拜翁为军师，建大纛（dòu），设彩帜若林，据山立栅，声势震动。邑令率兵来讨，翁指挥群寇大破之。令惧，告急于兖。兖兵远涉而至，翁又伏寇进击，兵大溃，将士杀伤者甚众。势益震，党以万计，因自立为“九山王”。翁患马少，会都中解马赴江南，遣一旅要路篡取之。由是“九山王”之名大噪。加翁为“护国大将军”。高卧山巢，公然自负，以为黄袍之加，指日可俟矣。东抚以夺马故，方将进剿，又得兖报，乃发精兵数千，与六道合围而进。军旅旌旗，弥满山谷。“九山王”大惧，召翁谋之，则不知所往。“九山王”窘急无术，登山而望曰：“今而知朝廷之势大矣！”山破被擒，妻孥戮之。始悟翁即老狐，盖以族灭报李也。

异史氏曰：夫人拥妻子，闭门科头，何处得杀？即杀，亦何由族哉？狐之谋亦巧矣。而壤无其种者，虽溉不生；彼其杀狐之残，方寸已有盗根，故狐得长其萌而施之报。今试执途人而告之曰：“汝为天子！”未有不骇而走者。明明导以族灭之为，而犹乐听之，妻子为戮，又何足云？然人听匪言也，始闻之而怒，继而疑，又既而信，迨至身名俱殒，而始悟其误也，大率⑥类此矣。

注释

①庇宇下：寄居的谦词。②甘旨：指美味的食物。甘，甜。旨，香。③休咎：指吉凶祸福。休，福禄。咎，祸殃。④推甲子：以生辰八字来推算人命运的好坏。⑤卧龙：指三国时蜀国名相诸葛亮。《三国志·蜀志·诸葛亮传》：“诸葛孔明者，卧龙也，将军岂愿见之乎？”后喻指军师。⑥大率：大概，大致。

张诚

豫人张氏者，其先齐人，明末齐大乱，妻为北兵掠去。张常客豫，遂家焉。娶于豫，生子讷。无何，妻卒，又娶继室，生子诚。继室牛氏悍，每嫉讷，奴畜之，啖以恶草具①。使樵，日责柴一肩，无则挞楚诟诅，不可堪。隐畜甘脆饵诚，使从塾师读。

诚渐长，性孝友，不忍兄劬，阴劝母；母弗听。一日，讷入山樵，未终，值大风雨，避身岩下，雨止而日已暮。腹中大馁，遂负薪归。母验之少，怒不与食。饥火烧心，入室僵卧。诚自塾中来，见兄嗒然，问：“病乎？”曰：“饿耳。”问其故，以情告。诚愀(qiǎo)然便去，移时怀饼来饵兄。兄问其所自来。曰：“余窃面倩邻妇为之，但食勿言也。”讷食之。嘱弟曰：

“后勿复然，事泄累弟。且日一啖，饥当不死。”诚曰：“兄故弱，乌能多樵！”次日，食后，窃赴山，至兄樵处。兄见之，惊问：“将何作？”答曰：“将助樵采。”问：“谁之遣？”曰：“我自来耳。”兄曰：“无论弟不能樵，纵或能之，且犹不可。”于是速之归。诚不听，以手足断柴助兄。且云：“明日当以斧来。”兄近止之。见其指已破，履已穿，悲曰：“汝不速归，我即以斧自刭死！”诚乃归。兄送之半途，方复回。樵既归，诣塾嘱其师曰：“吾弟年幼，宜闭之。山中虎狼多。”师曰：“午前不知何往，业夏楚之。”归谓诚曰：“不听吾言，遭笞责矣！”诚笑曰：“无之。”明日怀斧又去，兄骇曰：“我固谓子勿来，何复尔？”诚不应，刈薪且急，汗交颐不少休。约足一束，不辞而返。师又责之，乃实告之。师叹其贤，遂不之禁。兄屡止之，终不听。

一日与数人樵山中，欻有虎至，众惧而伏，虎竟衔诚去。虎负人行缓，为讷追及，讷力斧之，中胯。虎痛狂奔，莫可寻逐，痛哭而返。众慰解之，哭益悲。曰：“吾弟，非犹夫人之弟；况为我死，我何生焉！”遂以斧自刎其项。众急救之，入肉者已寸许，血溢如涌，眩瞀殒绝。众骇，裂之衣而约之，群扶以归。母哭骂曰：“汝杀吾儿，欲劙以塞责耶！”讷呻云：“母勿烦恼，弟死，我定不生！”置榻上，疮痛不能眠，惟昼夜依壁坐哭。父恐其亦死，时就榻少哺之，牛辄诟责，讷遂不食，三日而毙。村中有巫走无常者[2]，讷途遇之，缅诉曩苦。因询弟所，巫言不闻，遂反身导讷去。至一都会，见一皂衫人自城中出，巫要遮代问之。皂衫人于佩囊中检牒审顾，男妇百余，并无犯而张者。巫疑在他牒。皂衫人曰：“此路属我，何得差逮。”讷不信，强巫入内城。城中新鬼、故鬼往来憧憧，亦有故识，就问，迄无知者。忽共哗言：“菩萨至！”仰见云中有伟人，毫光彻上下，顿觉世界通明。巫贺曰：“大郎[3]有福哉！菩萨几十年一入冥司拔诸苦恼，今适值之。”便捽讷跪。众鬼囚纷纷籍籍，合掌齐诵慈悲救苦之声，哄腾震地。菩萨以杨柳枝遍洒甘露，其细如尘；俄而雾收光敛，遂失所在。讷觉颈上沾露，斧处不复作痛。巫乃导与俱归，望见里门，始别而去。讷死二日，豁然竟苏，悉述所遇，谓诚不死。母以为撰造之诬，反诟骂之。讷负屈无以自伸，而摸创痕良瘥。自力起，拜父曰：“行将穿云入海往寻弟，如不可见，终此身勿望返也。愿父犹以儿为死。”翁引空处与泣，无敢留之，讷乃去。

每于冲衢④访弟耗，途中资斧断绝，丐而行。逾年达金陵，悬鹑百结，伛偻道上。偶见十余骑过，走避道侧。内一人如官长，年四十已来，健卒怒马，腾踔前后。一少年乘小驷，屡视讷。讷以其贵公子，未敢仰视。少年停鞭少驻，忽下马，呼曰：“非吾兄耶！”讷举首审视，诚也，握手大痛失声。诚亦哭曰：“兄何漂落以至于此？”讷言其情，诚益悲。骑者并下问故，以白官长。官命脱骑载讷，连辔归诸其家，始详诘之。初，虎衔诚去，不知何时置路侧，卧途中经宿，适张别驾自都中来，过之，见其貌文，怜而抚之，渐苏。言其里居，则相去已远，因载与俱归。又药敷伤处，数日始痊。别驾无长君，子之。盖适从游瞩也。诚具为兄告。言次，别驾入，讷拜谢不已。诚入内捧帛衣出进兄，乃置酒燕叙。别驾问：“贵族在豫，几何丁壮？”讷曰：“无有。父少齐人，流寓于豫。”别驾曰：“仆亦齐人。贵里何属？”答曰：“曾闻父言属东昌辖。”惊曰：“我同乡也！何故迁豫？”讷曰：“明季清兵入境，掠前母去。父遭兵燹(xiǎn)，荡无家室。先贾于西道，往来颇稔，故止焉。”又惊问：“君家尊何名？”讷告之。别驾瞠而视，俯首若疑，疾趋入内。无何，太夫人出。共罗拜已，问讷曰：“汝是张炳之之孙耶？”曰：“然。”太夫人大哭，谓别驾曰：“此汝弟也。”讷兄弟莫能解。太夫人曰：“我适汝父三年，流离北去，身属黑固山半年，生汝兄。又半年固山死，汝兄补秩旗下迁此官。今解任矣。每刻刻念乡井，遂出籍，复故谱。屡遣人至齐，殊无所

觅耗，何知汝父西徙哉！”乃谓别驾曰：“汝以弟为子，折福死矣！”别驾曰：“曩问诚，诚未尝言齐人，想幼稚不忆耳。”乃以齿序：别驾四十有一，为长；诚十六，最少；讷二十二，则伯而仲矣，别驾得两弟，甚欢，与同卧处，尽悉离散端由，将作归计。太夫人恐不见容。别驾曰：“能容则共之，否则析之。天下岂有无父之国？”

于是鬻(yù)宅办装，刻日西发。既抵里，讷及诚先驰报父。父自讷去，妻亦寻卒；块然一老鳏，形影自吊。忽见讷入，暴喜，恍恍以惊；又睹诚，喜极不复作言，潸潸以涕。又告以别驾母子至，翁辍泣愕然，不能喜，亦不能悲，蚩蚩以立。未几，别驾入，拜已；太夫人把翁相向哭。既见婢媪厮卒，内外盈塞，坐立不知所为。诚不见母，问之，方知已死，号嘶气绝，食顷始苏。别驾出资建楼阁，延师教两弟。马腾于槽，人喧于室，居然大家矣。

异史氏曰：余听此事至终，涕凡数堕。十余岁童子，斧薪助兄，慨然曰：“王览固再见乎！”于是一堕。至虎衔诚去，不禁狂呼曰：“天道愦愦如此！”于是一堕。及兄弟猝遇，则喜而亦堕。转增一兄，又益一悲，则为别驾堕。一门团圞(luán)，惊出不意，喜出不意，无从之涕，则为翁堕也。不知后世亦有善涕如某者乎？

注释

①恶草具：粗糙的食物。具，指食物。②走无常者：迷信传说冥间的鬼常常勾摄阳间之人为之代为服役，被勾摄的人称为“走无常者”。③大郎：此处指张讷。郎，对少年男子的敬称。④冲衢：通往四面八方的交通要道。

巧娘

广东有缙绅傅氏，年六十余，生一子名廉，甚慧而天阉[①]，十七岁，阴裁如蚕。遐迩闻知，无以女女者。自分宗绪已绝，昼夜忧怛，而无如何。

廉从师读。师偶他出，适门外有猴戏者，廉视之，废学焉。度师将至而惧，遂亡去。离家数里，见一素衣女郎偕小婢出其前。女一回首，妖丽无比，莲步[2]蹇缓，廉趋过之。女回顾婢曰："试问郎君，得无欲如琼乎？"婢果呼问，廉诘其何为，女曰："倘之琼也，有尺书一函，烦便道寄里门[3]。老母在家，亦可为东道主。"廉出本无定向，念浮海亦得，因诺之。女出书付婢，婢转付生。问其姓名居里，云："华姓，居秦女村，去北郭三四里。"生附舟便去。至琼州北郭，日已曛暮，问秦女村，迄无知者。望北行四五里，星月已灿，芳草迷目，旷无逆旅，窘甚。见道侧墓，思欲傍坟栖止，大惧虎狼，因攀树猱升，蹲踞其上。听松声谡谡，宵虫哀奏，中心忐忑，悔至如烧。

忽闻人声在下，俯瞰之，庭院宛然，一丽人坐石上，双鬟挑画烛，分侍左右。丽人左顾曰："今夜月白星疏，华姑所赠团茶，可烹一盏，赏此良夜。"生意其鬼魅，毛发直竖，不敢少息。忽婢子仰视曰："树上有人！"女惊起曰："何处大胆儿，暗来窥人！"生大惧，无所逃隐，遂盘旋下，伏地乞宥。女近临一睇，反恚为喜，曳与并坐。睨之，年可十七八，姿态艳绝，听其言亦土音。问："郎何之？"答云："为人作寄书邮。"女曰："野多暴客，露宿可虞。不嫌蓬荜，愿就税驾。"邀生入。室惟一榻，命婢展两被其上。生自惭形秽，愿在下床。女笑曰："佳客相逢，女元龙何敢高卧？"生不得已，遂与共榻，而惶恐不敢自舒。未几女暗中以纤手探入，轻捻胫股，生伪寐若不觉知。又未几启衾入，摇生，迄不动，女便下探隐处。乃停手怅然，悄悄出衾去，俄闻哭声。生惶愧无以自容，恨天公之缺陷而已。女呼婢篝(gōu)灯。婢见啼痕，惊问所苦。女摇首曰："我叹吾命耳。"婢立榻前，耽望颜色。女曰："可唤郎醒，遣放去。"生闻之，倍益惭怍，且惧宵半，茫茫无所之。

筹念间，一妇人排闼入。婢白："华姑来。"微窥之，年约五十余，犹风格。见女未睡，便致诘问，女未答。又视榻上有卧者，遂问："共榻何人？"婢代答："夜一少年郎寄此宿。"妇笑曰："不知巧娘谐花烛。"见女啼泪未干，惊曰："合卺之夕，悲啼不伦，将勿郎君粗暴也？"女不言，益悲。妇欲捋衣视生，一振衣，书落榻上。妇取视，骇曰："我女笔意也！"

拆读叹咤。女问之。妇云："是三姐家报，言吴郎已死，茕无所依，且为奈何？"女曰："彼固云为人寄书，幸未遣之去。"妇呼生起，究询书所自来，生备述之。妇曰："远烦寄书，当何以报？"又熟视生，笑问："何迕巧娘？"生言："不自知罪。"又诘女，女叹曰："自怜生适阉寺[4]，没奔椓(zhuó)人[5]，是以悲耳。"妇顾生曰："慧黠儿，固雄而雌者耶？是我之客，不可久溷(hùn)他人。"遂导生入东厢，探手于裤而验之。笑曰："无怪巧娘零涕。然幸有根蒂，犹可为力。"挑灯遍翻箱簏，得黑丸授生，令即吞下，秘嘱勿哗，乃出。生独卧筹思，不知药医何症。将比五更，初醒，觉脐下热气一缕直冲隐处，蠕蠕然似有物垂股际，自探之，身已伟男。心惊喜，如乍膺九锡。

棂色才分，妇入，以炊饼纳生室，叮嘱耐坐，反关其户。出语巧娘曰："郎有寄书劳，将留招三娘来与订姊妹交。且复闭置，免人厌恼。"乃出门去。生回旋无聊，时近门隙，如鸟窥笼。望见巧娘，辄欲招呼自呈，惭讷而止。延及夜分，妇始携女归。发扉曰："闷煞郎君矣！三娘可来拜谢。"途中人逡巡入，向生敛衽。妇命相呼以兄妹，巧娘笑曰："姊妹亦可。"并出堂中，团坐置饮。饮次，巧娘戏问："寺人亦动心佳丽否？"生曰："跛者不忘履，盲者不忘视。"相与粲然。巧娘以三娘劳顿，迫令安置。妇顾三娘，俾与生俱。三娘羞晕不行。妇曰："此丈夫而巾帼者，何畏之？"敦促偕去。私嘱生曰："阴为吾婿，阳为吾子，可也。"生喜，捉臂登床，发硎新试，其快可知，既于枕上问女："巧娘何人？"曰："鬼也。才色无匹，而时命蹇落。适毛家小郎子，病阉，十八岁而不能人，因邑邑不畅，赍恨如冥。"生惊，疑三娘亦鬼。女曰："实告君，妾非鬼，狐耳。巧娘独居无耦，我母子无家，借庐栖止。"生大愕。女云："无惧，虽故鬼狐，非相祸者。”由此日共谈宴。虽知巧娘非人，而心爱其娟好，独恨自献无隙。生蕴藉，善诙噱，颇得巧娘怜。一日华氏母子将他往，复闭生室中。生闷气，绕室隔扉呼巧娘；巧娘命婢历试数钥，乃得启。生附耳请间，巧娘遣婢去，生挽就寝榻，偎向之，女戏掬脐下，曰：“惜可儿此处阙然。”语未竟，触手盈握。惊曰：“何前之渺渺，而遽累然！”生笑曰：“前羞见客，故缩，今以诮谤难堪，聊作蛙怒耳。”遂相绸缪。已而恚曰：“今乃知闭户有因。昔母子流荡栖无所，假庐居之。三娘从学刺绣，妾曾不少秘惜。乃妒忌如此！”生劝慰之，且以情告，巧娘终衔之。生曰：“密之！华姑嘱我严。”语未及已，华姑掩入，二人皇遽方起。华姑嗔目，问：“谁启扉？”巧娘笑逆自承。华益怒，聒絮不已。巧娘故哂曰：“阿姥亦大笑人！是丈夫而巾帼者，何能为？”三娘见母与巧娘苦相抵，意不自安，以一身调停两间，始各拗（ǎo）怒为喜。巧娘言虽愤烈，然自是屈意事三娘。但华姑昼夜闲防，两情不得自展，眉目含情而已。

一日，华姑谓生曰：“吾儿姊妹皆已奉事君，念居此非计，君宜归告父母，早订永约。”即治装促生行。二女相向，容颜悲恻。而巧娘尤不可堪，泪滚滚如断贯珠，殊无已时。华姑排止之，便曳生出。至门外，则院宇无存，但见荒冢。华姑送至舟上，曰：“君行后，老身携两女僦屋于贵邑。倘不忘夙好，李氏废园中，可待亲迎。”生乃归。时傅父觅子不得，正切焦虑，见子归，喜出非望。生略述崖末，兼至华氏之订。父曰：“妖言何足听信？汝尚能生还者，徒以阉废故。不然，死矣！”生曰：“彼虽异物，情亦犹人，况又慧丽，娶之亦不为戚党笑。”父不言，但嗤之。生乃退而技痒，不安其分，辄私婢，渐至白昼宣淫，意欲骇闻翁媪。一日为小婢所窥，奔告母，母不信，薄观之，始骇。呼婢研究，尽得其状。喜极，逢人宣暴，以示子不阉，将论婚于世族。生私白母：“非华氏不娶。”母曰：“世不乏美妇人，何必鬼物？”生曰：“儿非华姑，无以知人道，背之不祥。”傅父从之，遣一仆一妪往觇之。出东郭四五里，寻李氏园。见败垣竹树中，缕缕有饮烟。妪下乘，直造其闼，则母子拭几濯溉，似有所伺。妪拜致主命。见三娘，惊曰："此即吾家小主妇耶？我见犹怜，何怪公子魂思而梦绕之。"便问阿姊。华姑叹曰："是我假女，三日前忽殂谢去。"因以酒食饷(xiǎng)媪及仆。媪归，备道三娘容止，父母皆喜。末陈巧娘死耗，生恻恻欲涕。至亲迎之夜，见华姑亲问之。答云："已投生北地矣。"生欷歔久之。迎三娘归，而终不能忘情巧娘，凡有自琼来者，必召见问之。或言秦女墓夜闻鬼哭，生诧其异，入告三娘。三娘沉吟良久，泣下曰："妾负姊矣！"诘之，答云："妾母子来时，实未使闻。兹之怨啼，将无是姊？向欲相告，恐彰母过。"生闻之，悲已而喜。即命舆，宵昼兼程，驰诣其墓，叩墓木而呼曰："巧娘！巧娘！某在斯！"俄见女郎捧婴儿，自穴中出，举首酸嘶，怨望无已；生亦涕下。探怀问谁氏子，巧娘曰："是君之遗孽也，诞三月矣。"生叹曰："误听华姑言，使母子埋忧地下，罪将安辞！"乃与同舆，航海而归。抱子告母。母视之，体貌丰伟，不类鬼物，益喜。二女谐和，事姑孝。后傅父病，延医来。巧娘曰："疾不可为，魂已离舍。"督治冥具，既竣而卒。儿长，绝肖父，尤慧，十四游泮。

高邮翁紫霞，客于广而闻之。地名遗脱，亦未知所终矣。

注释

①天阉：天生就没有生殖能力的男子。阉，阉割。②莲步：指女子的脚步。《南史·东昏侯纪》："凿金为莲花以帖地，令潘妃行其上，曰：'此步步生莲华也。'"③里门：古时人们聚族列里而居，于里有门，称为里门。此处指族居之地。④阉寺：宦官，太监。《后汉书·党锢列传》："主荒政谬，国命委于阉寺。"⑤椓人：宦官。椓，椓刑，宫刑。

红玉

广平冯翁有一子，字相如，父子俱诸生。翁年近六旬，性方鲠(gěng)，而家屡空①。数年间，媪与子妇又相继逝，井臼自操之。一夜，相如坐月下，忽见东邻女自墙上来窥。视之，美；近之，微笑；招以手，不来亦不去。固请之，乃梯而过，遂共寝处。问其姓名，曰："妾邻女红玉也。"生大爱悦，与订永好，女诺之。夜夜往来，约半年许。翁夜起闻女子含笑语，窥之见女，怒，唤生出，骂曰："畜产所为何事！如此落寞，尚不刻苦，乃学浮荡耶？人知之丧汝德，人不知促汝寿！"生跪自投，泣言知悔。翁叱女曰："女子不守闺戒，既自玷，而又以玷人。倘事一发，当不仅贻寒舍羞！"骂已，愤然归寝。女流涕曰："亲庭[②]罪责，良足愧辱！我二人缘分尽矣！"生曰："父在不得自专。卿如有情，尚当含垢为好。"女言辞决绝，生乃洒涕。女止之曰："妾与君无媒妁之言，父母之命，逾墙钻隙，何能白首？此处有一佳耦，可聘也。"告以贫。女曰："来宵相俟，妾为君谋之。"次夜女果至，出白金四十两赠生。曰："去此六十里，有吴村卫氏，年十八矣，高其价，故未售也。君重啖之，必合谐允。"言已别去。

生乘间语父，欲往相之，而隐馈金不敢告。翁自度无资，以是故止之。生又婉言："试可乃已。"翁颔之。生遂假仆马，诣卫氏。卫故田舍翁，生呼出引与间语。卫知生望族，又见仪采轩豁，心许之，而虑其靳于资。生听其词意吞吐，会其旨，倾囊陈几上。卫乃喜，浼邻生居间，书红笺而盟焉，生入拜媪。居室逼侧，女依母自幛。微睨之。虽荆布之饰，而神情光艳，心窃喜。卫借舍款婿，便言："公子无须亲迎。待少作衣妆，即合舁送去。"生与期而归。诡告翁，言卫爱清门，不责资。翁亦喜。至日卫果送女至。女勤俭，有顺德，琴瑟甚笃。逾二年举一男，名福儿。会清明抱子登墓，遇邑绅宋氏。宋官御史，坐行赇免，居林下，大煽威虐。是日亦上墓归，见女艳之，问村人知为生配。料冯贫士，诱以重赂冀可摇，使家人风示之。生骤闻，怒形于色。既思势不敌，敛怒为笑，归告翁。大怒，奔出，对其家人，指天画地，诟骂万端。家人鼠窜而去。宋氏亦怒，竟遣数人入生家，殴翁及子，汹若沸鼎。女闻之，弃儿于床，披发号救。群篡舁（yú）之，哄然便去。父子伤残，吟呻在地，儿呱呱啼室中。邻人共怜之，扶之榻上。经日，生杖而能起；翁忿不食，呕血寻毙。生大哭，抱子兴词，上至督抚，讼几遍，卒不得直。后闻妇不屈死，益悲。冤塞胸吭，无路可伸。每思要路刺杀宋，而虑其扈从繁，儿又罔托。日夜哀思，双睫为不交。忽一丈夫吊诸其室，虬髯阔颔，曾与无素。挽坐欲问邦族。客遽曰："君有杀父之仇，夺妻之恨，而忘报乎？”生疑为宋人之侦，姑伪应之。客怒眦欲裂，遽出曰：“仆以君人也，今乃知不足齿之伧！”生察其异，跪而挽之，曰：“诚恐宋人餂我。今实布腹心：仆之卧薪尝胆者，固有日矣。但怜此襁中物，恐坠宗祧。君义士，能为我杵臼否？”客曰：“此妇人女子之事，非所能。君所欲托诸人者，请自任之；所欲自任者，愿得而代庖焉。”生闻，崩角在地，客不顾而出。生追问姓字，曰：“不济，不任受怨；济，亦不任受德。”遂去。生惧祸及，抱子亡去。至夜，宋家一门俱寝，有人越重垣入，杀御史父子三人，及一媳一婢。宋家具状告官。官大骇。宋执谓相如，于是遣役捕生，生遁不知所之，于是情益真。宋仆同官役诸处冥搜，夜至南山，闻儿啼，踪得之，系缧而行。儿啼愈嗔，群夺儿抛弃之，生冤愤欲绝。见邑令，问：“何杀人？”生曰：“冤哉！某以夜死，我以昼出，且抱呱呱者，何能逾垣杀人？”令曰：“不杀人，何逃乎？”生词穷，不能置辩。乃收诸狱。生泣曰：“我死无足惜，孤儿何罪？”令曰：“汝杀人子多矣，杀汝子何怨？”生既褫革，屡受梏惨，卒无词，令是夜方卧，闻有物击床，震震有声，大惧而号。举家惊起，集而烛之；一短刀铦利如霜，剁床入木者寸余，牢不可拔。令睹之，魂魄丧失。荷戈遍索，竟无踪迹。心窃馁，又以宋人死，无可畏惧，乃详诸宪，代生解免，竟释生。

生归，瓮无升斗，孤影对四壁。幸邻人怜馈食饮，苟且自度。念大仇已报，则冁然喜；思惨酷之祸几于灭门，则泪潸潸堕；及思半生贫彻骨，宗支不续，则于无人处大哭失声，不复能自禁。如此半年，捕禁益懈。乃哀邑令，求判还卫氏之骨。及葬而归，悲怛欲死，辗转空床，竟无生路。忽有款门者，凝神寂听，闻一人在门外，哝哝与小儿语。生急起窥觇，似一女子。扉初启，便问：“大冤昭雪，可幸无恙！”其声稔熟，而仓卒不能追忆。烛之，则红玉也。挽一小儿，嬉笑跨下。生不暇问，抱女呜哭，女亦惨然。既而推儿曰：“汝忘尔父耶？”儿牵女衣，目灼灼视生。细审之，福儿也。大惊，泣问：“儿那得来？”女曰：“实告君，昔言邻女者，妄也，妾实狐。适宵行，见儿啼谷口，抱养于秦。闻大难既息，故携来与君团聚耳。”生挥涕拜谢，儿在女怀，如依其母，竟不复能识父矣。天未明，女即遽起，问之，答曰：“奴欲去。”生裸跪床头，涕不能仰。女笑曰：“妾诳君耳。今家道新创，非夙兴夜寐不可。”乃剪莽拥篲，类男子操作。生忧贫乏，不自给。女曰：“但请下帷读，勿问盈歉，或当不殍饿死。”遂出金治织具，租田数十亩，雇佣耕作。荷镵(chán)诛茅，牵萝补屋，日以为常。里党闻妇贤，益乐资助之。约半年，人烟腾茂，类素封家。生曰：“灰烬之余，卿白手再造矣。然一事未就安妥，如何？”诘之，答曰：“试期已迫，巾服尚未复也。”女笑曰：“妾前以四金寄广文，已复名在案。若待君言，误之已久。”生益神之。是科遂领乡荐。时年三十六，腴田连阡，夏屋渠渠矣。女袅娜如随风欲飘去，而操作过农家妇。虽严冬自苦，而手腻如脂。自言二十八岁，人视之，常若二十许人。

异史氏曰：其子贤，其父德，故其报之也侠。非特人侠，狐亦侠也。遇亦奇矣！然官宰悠悠，竖人毛发，刀震震入木，何惜不略移床上半尺许哉？使苏子美读之，必浮白曰：“惜乎击之不中！”王阮亭云：“程婴、杵臼，未尝闻诸巾帼，况狐耶！”

注释

①屡空：指经常处于贫穷的境地，衣食不足。《论语·先进》：“回也其庶乎，屡空。”空，匮乏。②亲庭：指父亲的训诲。

卷三

鲁公女

招远张于旦，性疏狂不羁，读书萧寺[1]。时邑令鲁公，三韩[2]人，有女好猎。生适遇诸野，见其风姿娟秀，着锦貂裘，跨小骊驹，翩然若画。归忆容华，极意钦想；后闻女暴卒，悼叹欲绝。

鲁以家远，寄灵寺中，即生读所。生敬礼如神明，朝必香，食必祭，每酹而祝曰："睹卿半面，长系梦魂，不图玉人[3]，奄然物化。今近在咫尺，而邈若河山，恨如何也！然生有拘束，死无禁忌，九泉有灵，当姗姗而来，慰我倾慕。"日夜祝之几半月。一夕挑灯夜读，忽举首，则女子含笑立灯下，生惊起致问。女曰："感君之情，不能自已，遂不避私奔之嫌。"生大喜，遂共欢好。自此无虚夜。谓生曰："妾生好弓马，以射獐杀鹿为快，罪孽深重，死无归所。如诚心爱妾，烦代诵《金刚经》一藏数，生生世世不忘也。"生敬受教，每夜起，即柩前捻珠讽诵。偶值节序，欲与偕归，女忧足弱，不能跋履。生请抱负以行，女笑从之。如抱婴儿，殊不重累，遂以为常，考试亦载与俱，然行必以夜。生将赴秋闱，女曰："君福薄，徒劳驰驱。"遂听其言而止。

积四五年，鲁罢官，贫不能榇，将就窆（biǎn）[4]之，苦无葬地。生乃自陈："某有薄壤近寺，愿葬女公子。"鲁公喜。生又力为营葬。鲁德之而莫解其故。鲁去，二人绸缪如平日。一夜侧倚生怀，泪落如豆，曰："五年之好，于今别矣！受君恩义，数世不足以酬！"生惊问之。曰："蒙惠及泉下人，经咒藏满，今得生河北卢户部家。如不忘今日，过此十五年，八月十六日，烦一往会。”生泣下曰：“生三十余年矣，又十五年，将就木[⑤]焉，会将何为？”女亦泣曰：“愿为奴婢以报。”少间曰：“君送妾六七里，此去多荆棘，妾衣长难度。”乃抱生项，生送至通衢，见路旁车马一簇，马上或一人，或二人；车上或三人、四人、十数人不等；独一钿车，绣缨朱幰（wéi），仅一老媪在焉。见女至，呼曰：“来乎？”女应曰：“来矣。”乃回顾生云：“尽此，且去！勿忘所言。”生诺。女行近车，媪引手上之，展軨即发，车马阗咽而去。

生怅怅而归，志时日于壁。因思经咒之效，持诵益虔。梦神人告曰：“汝志良嘉，但须要到南海去。”问：“南海多远？”曰：“近在方寸地。”醒而会其旨，念切菩提，修行倍洁。三年后，次子明、长子政，相继擢高科。生虽暴贵，而善行不替。夜梦青衣人邀去，见宫殿中坐一人如菩萨状，逆之曰：“子为善可喜，惜无修龄，幸得请于上帝矣。”生伏地稽首。唤起，赐坐；饮以茶，味芳如兰。又令童子引去，使浴于池。池水清洁，游鱼可数，入之而温，掬之有荷叶香。移时渐入深处，失足而陷，过涉灭顶。惊寤，异之。由此身益健，目益明。自捋其须，白者尽簌簌落；又久之，黑者亦落。面纹亦渐舒。至数月后，颔秃童面，宛如十五六时。辄兼好游戏事，亦犹童。过饰边幅，二子辄匡救[⑥]之。

未几，夫人以老病卒，子欲为求继室于朱门。生曰：“待吾至河北来而后娶。”屈指已及约期，遂命仆马至河北。访之，果有卢户部。先是，卢公生一女，生而能言，长益慧美，父母最钟爱之。贵家委禽，女辄不欲，怪问之，具述生前约。共计其年，大笑曰：“痴婢！张郎计今年已半百，人事变迁，其骨已朽。纵其尚在，发童而齿豁矣。”女不听。母见其志不摇，与卢公谋，戒阍人勿通客，过期以绝其望。未几生至，阍人拒之，退返旅舍，怅恨无所为计。闲游郊郭，因循而暗访之。女谓生负约，涕不食。母言：“渠不来，必已殂谢。即不然，背盟之罪，亦不在汝。”女不语，但终日卧。卢患之，亦思一见生之为人，乃托游遨[⑦]，遇生于野。视之，少年也，讶之。班荆略谈，甚倜傥。公喜，邀至其家。方将探问，卢即遽起，嘱客暂独坐，匆匆入内告女。女喜，自力起，窥审其状不符，零涕而返，怨父欺罔，公力白其是，女无言，但泣不止。公出，意绪懊丧，对客殊不款曲[⑧]。生问："贵族有为户部者乎？"公漫应之。首他顾，似不属客。生觉其慢，辞出。女啼数日而卒。

生夜梦女来，曰："下顾者果君耶？年貌舛异，觌面遂致违隔。妾已忧愤死。烦向土地祠速招我魂，可得活，迟则无及矣。"既醒，急探卢氏之门，果有女亡二日矣。生大恸，进而吊诸其室，已而以梦告卢。卢从其言，招魂而归，启其衾，抚其尸，呼而祝之，俄闻喉中咯咯有声。忽见朱樱乍启，坠痰块如冰，扶移榻上，渐复吟呻。卢公悦，肃客出，置酒宴会。细展官阀，知其巨家，益喜，择吉成礼。居半月携女而归，卢送至家，半年乃去。夫妇居室俨如小耦(ǒu)[⑨]，不知者多误以子妇为姑嫜者焉。卢公逾年卒。子最幼，为豪强所中伤，家产儿尽。生迎养之，遂家焉。

注释

①萧寺：寺庙的代称。唐李肇《国史补》："梁武帝造寺，令萧子云飞白大书'萧寺'，至今一'萧'字存焉。"②三韩：指辽东。汉时，朝鲜南部有马韩、辰韩、弁韩三个古国。后习称辽东为三韩。③玉人：形容人容貌秀丽，晶莹如玉。④就窆：就地埋葬。窆，将棺木葬入墓穴。⑤就木：进棺材，老死。《左传·僖公二十三年》："(重耳)将适齐，谓季隗曰：'待我二十五年，不来而后嫁。'对曰：'我二十五年矣，又如是而嫁，则就木焉！请待子。'"⑥匡救：扶正挽救。《孝经》："匡救其恶。"⑦游遨：游玩散心。《诗·邶风·柏舟》："微我无酒，以敖以游。"⑧款曲：殷勤地应酬。《后汉书·光武帝纪》下："文叔（刘秀字）少时谨信，与人不款曲。"⑨小耦：少年夫妻。耦，配偶。

黄九郎

何师参，字子萧，斋于苕溪之东，门临旷野。薄暮偶出，见妇人跨驴来，少年从其后。妇约五十许，意致清越；转视少年，年可十五六，丰采过于姝丽。何生素有断袖之癖[①]，睹之，神出于舍，翘足目送，影灭方归。

次日早伺之，落日冥蒙，少年始过。生曲意承迎，笑问所来。答以"外祖家"。生请过斋少憩，辞以不暇，固曳之，乃入；略坐兴辞，坚不可挽。

生挽手送之，殷嘱便道相过，少年唯唯而去。生由是凝思如渴，往来眺注，足无停趾。一日日衔半规，少年欻至，大喜要入，命馆童行酒。问其姓字，答曰："黄姓，第九。童子无字。"问："过往何频？"曰："家慈在外祖家，常多病，故数省之。"酒数行，欲辞去；生捉臂遮留，下管钥。九郎无如何，赪颜复坐，挑灯共语，温若处子，而词涉游戏，便含羞面向壁。未几引与同衾，九郎不许，坚以睡恶为辞。强之再三，乃解上下衣，着裤卧床上。生灭烛，少时移与同枕，曲肘加髀而狎抱之，苦求私昵。九郎怒曰："以君风雅士故与流连，乃此之为，是禽处而兽爱之也！"未几晨星荧荧，九郎径去。

生恐其遂绝，复伺之，蹀躞凝盼，目穿北斗。过数日九郎始至，喜逆谢过，强曳入斋，促坐笑语，窃幸其不念旧恶。无何，解屦登床，又抚哀之。九郎曰："缠绵之意已镂肺膈，然亲爱何必在此？"生甘言纠缠，但求一亲玉肌，九郎从之。生俟其睡寐，潜就轻薄，九郎醒，揽衣遽起，乘夜遁去。生邑邑若有所失，忘啜废枕，日渐委悴，惟日使斋童逻侦焉。一日九郎过门即欲径去，童牵衣入之。见生清癯，大骇，慰问。生实告以情，泪涔涔随声零落。九郎细语曰："区区之意，实以相爱无益于弟，而有害于兄，故不为也。君既乐之，仆何惜焉？"生大悦。九郎去后病顿减，数日平复。九郎果至，遂相缱绻。曰："今勉承君意，幸勿以此为常。"既而曰："欲有所求，肯为力乎？"问之，答曰："母患心痛，惟太医齐野王先天丹可疗。君与善，当能求之。"生诺之，临去又嘱。生入城求药，及暮付之。九郎喜，上手[②]称谢。又强与合。九郎曰："勿相纠缠。请为君图一佳人，胜弟万万矣。"生问"谁何。"九郎曰："有表妹美无伦，倘能垂意，当执柯斧。"生微笑不答，九郎怀药便去。

三日乃来，复求药。生恨其迟，词多诮让。九郎曰："本不忍祸君，故疏之。既不蒙见谅，请勿悔焉。"由是燕会无虚夕。凡三日必一乞药，齐怪其频，曰："此药未有过三服者，胡久不瘥？"因裹三剂并授之。又顾生曰："君神色黯然，病乎？"曰："无。"脉之，惊曰："君有鬼脉，病在

少阴[3]，不自慎者殆矣！”归语九郎。九郎叹曰：“良医也！我实狐，久恐不为君福。”生疑其诳，藏其药不以尽予，虑其弗至也。居无何，果病。延齐诊视，曰：“曩不实言，今魂气已游墟莽，秦缓[4]何能为力？”九郎日来省侍，曰：“不听吾言，果至于此！”生寻死，九郎痛哭而去。

先是，邑有某太史，少与生共笔砚，十七岁擢翰林。时秦藩贪暴，而赂通朝士，无有言者。公抗疏劾其恶，以越俎免。藩升是省中丞，日伺公隙。公少有英称，曾邀叛王青盼，因购得旧所往来札胁公，公惧，自经；夫人亦投缳（huán）死。公越宿忽醒，曰：“我何子萧也。”诘之，所言皆何家事，方悟其借躯返魂。留之不可，出奔旧舍。抚疑其诈，必欲排陷之，使人索千金于公。公伪诺，而忧闷欲绝。

忽通九郎至，喜共话言，悲欢交集，既欲复狎，九郎曰：“君有三命耶？”公曰：“余悔生劳，不如死逸。”因诉冤苦，九郎悠忧以思，少间曰：“幸复生聚。君旷无偶，前言表妹慧丽多谋，必能分忧。”公欲一见颜色。曰：“不难。明日将取伴老母，此道所经，君伪为弟也兄者，我假渴而求饮焉，君曰‘驴子亡’，则诺也。”计已而别。明日亭午，九郎果从女郎经门外过，公拱手絮絮与语，略睨女郎，娥眉秀曼，诚仙人也。九郎索茶，公请入饮。九郎曰：“三妹勿讶，此兄盟好，不妨少休止。”扶之而下，系驴于门而入。公自起瀹（yuè）茗，因目九郎曰：“君前言不足以尽。今得死所矣！”女似悟其言之为己者，离榻起立，嘤喔而言曰：“去休！”公外顾曰：“驴子其亡！”九郎火急驰出。公拥女求合。女颜色紫变，窘若囚拘，大呼九兄，不应。曰：“君自有妇，何丧人廉耻也？”公自陈无室。女曰：“能矢山河，勿令秋扇见捐，则惟命是听。”公乃誓以皦日。女不复拒。事已，九郎至，女色然怒让之。九郎曰：“此何子萧，昔之名士，今之太史。与兄最善，其人可依。即闻诸妗氏，当不相见罪。”日向晚，公邀遮不听去，女恐姑母骇怪，九郎锐身自任，跨驴径去。居数日，有妇携婢过，年四十许，神情意致雅似三娘。公呼女出窥，果母也。瞥睹女，怪问：“何得在此？”女惭不能对。公邀入，拜而告之。母笑曰：“九郎雅气，胡再不谋？”女自入厨下，设食供母，食已乃去。公得丽偶颇快心期，而恶绪萦怀，恒蹙蹙有忧色。女问之，公缅述颠末。女笑曰：“此九兄一人可得解，君何忧？”公诘其故，女曰：“闻抚公溺声歌而比顽童[⑤]，此皆九兄所长也。投所好而献之，怨可消，仇亦可复。”公虑九郎不肯，女曰：“但请哀之。”越日公见九郎来，肘行而逆之，九郎惊曰：“两世之交，但可自效，顶踵所不敢惜，何忽作此态向人？”公具以谋告，九郎有难色。女曰：“妾失身于郎，谁实为之？脱令中途雕丧，焉置妾也？”九郎不得已，诺之。

公阴与谋，驰书与所善之王太史，而致九郎焉。王会其意，大设，招抚公饮。命九郎饰女郎，作天魔舞[⑥]，宛然美女。抚惑之，亟请于王，欲以重金购九郎，惟恐不得当。王故沉思以难之。迟之又久。始将公命以进。抚喜，前隙顿释。自得九郎，动息不相离，侍妾十余视同尘土。九郎饮食供具如王者，赐金万计。半年抚公病，九郎知其去冥路近也，遂辇金帛，假归公家。既而抚公薨，九郎出资，起屋置器，畜婢仆，母子及妗并家焉。九郎出，舆马甚都，人不知其狐也。余有“笑判”，并志之：男女居室，为夫妇之大伦；燥湿互通，乃阴阳之正窍。迎风待月，尚有荡检之讥；断袖分桃，难免掩鼻之丑。人必力士，鸟道乃敢生开；洞非桃源，渔篙宁许误人？今某从下流而忘返，舍正路而不由。云雨未兴，辄尔上下其手；阴阳反背，居然表里为奸。华池置无用之乡，谬说老僧入定；蛮洞乃不毛之地，遂使眇帅称戈。系赤兔于辕门，如将射戟；探大弓于国库，直欲斩关。或是监内黄鳣，访知交于昨夜；分明王家朱李，索钻报于来生。彼黑松林戎马顿来，固相安矣；设黄龙鳣(zhān)府潮水忽至，何以御之？宜断其钻刺之根，兼塞其送迎之路。

注释

①断袖之癖：指宠爱男宠。《汉书·董贤传》："（董贤）常与上卧起。尝昼寝，偏藉上袖，上欲起，贤未觉，不欲动贤，乃断袖而起。"②上手：拱手，表示致谢。③少阴：人体经络名，即肾经。④秦缓：春秋时秦国的著名医生，名缓，曾奉命为晋景公治病。⑤顽童：娈童，旧时被当作女子供人玩弄的美男。⑥天魔舞：元顺帝时的一种宫廷舞蹈，亦称"天子魔"。

连琐

杨于畏移居泗水之滨，斋临旷野，墙外多古墓，夜闻白杨萧萧，声如涛涌。夜阑秉烛，方复凄断，忽墙外有人吟曰："玄夜凄风却倒吹，流萤惹草复沾帏。"反复吟诵，其声哀楚。听之，细婉似女子。疑之。明日视墙外并无人迹，惟有紫带一条遗荆棘中，拾归置诸窗上。向夜二更许，又吟如昨。杨移杌[1]登望，吟顿辍。悟其为鬼，然心向慕之。

次夜，伏伺墙头，一更向尽，有女子珊珊[2]自草中出，手扶小树，低首哀吟。杨微嗽，女忽入荒草而没。杨由是伺诸墙下，听其吟毕，乃隔壁而续之曰："幽情苦绪何人见？翠袖单寒月上时。"久之寂然，杨乃入室。方坐，忽见丽者自外来，敛衽曰："君子固风雅士，妾乃多所畏避。"杨喜，拉坐。瘦怯凝寒，若不胜衣，问："何居里，久寄此间？"答曰："妾陇西人，随父流寓。十七暴疾殂谢，今二十余年矣。九泉荒野，孤寂如鹜。所吟乃妾自作以寄幽恨者，思久不属，蒙君代续，欢生泉壤。"杨欲与欢，蹙然曰："夜台朽骨不比生人，如有幽欢，促人寿数，妾不忍祸君子也。"杨乃止。戏以手探胸，则鸡头之肉[3]，依然处子。又欲视其裙下双钩。女俯首笑曰："狂生太罗唣矣！"杨把玩之，则见月色锦袜，约彩线一缕；更视其一，则紫带系之。问："何不俱带？"曰："昨宵畏君而避，不知遗落何所。"杨曰："为卿易之。"遂即窗上取以授女。女惊问何来，因以实告。女乃去线束带。既翻案上书，忽见《连昌宫词》，慨然曰："妾生时最爱读此。今视之殆如梦寐！"与谈诗文，慧黠可爱，剪烛西窗，如得良友。自此每夜但闻微吟，少顷即至。辄嘱曰："君秘勿宣。妾少胆怯，恐有恶客见侵。”杨诺之。两人欢同鱼水，虽不至乱，而闺阁之中，诚有甚于画眉者。女每于灯下为杨写书，字态端媚。又自选宫词百首，录诵之。使杨治棋枰，购琵琶，每夜教杨手谈④。不则挑弄弦索，作“蕉窗零雨”之曲，酸人胸臆；杨不忍卒听，则为“晓苑莺声”之调，顿觉心怀畅适。挑灯作剧，乐辄忘晓，视窗上有曙色，则张皇遁去。

一日薛生造访，值杨昼寝。视其室，琵琶、棋枰俱在，知非所善。又翻书得宫词，见字迹端好，益疑之。杨醒，薛问：“戏具何来？”答：“欲学之。”又问诗卷，托以假诸友人。薛反复检玩，见最后一叶细字一行云：“某月日连琐书。”笑曰：“此是女郎小字，何相欺之甚？”杨大窘，不能置词。薛诘之益苦，杨不以告。薛卷挟，杨益窘，遂告之。薛求一见，杨因述所嘱。薛仰慕殷切，杨不得已，诺之。夜分女至，为致意焉。女怒曰：“所言伊何？乃已喋喋向人！”杨以实情自白，女曰：“与君缘尽矣！”杨百词慰解，终不欢，起而别去，曰：“妾暂避之。”明日薛来，杨代致其不可。薛疑支托，暮与窗友二人来，淹留不去，故挠之，恒终夜哗，大为杨生白眼，而无如何。众见数夜杳然，寖有去志，喧嚣渐息。忽闻吟声，共听之，凄婉欲绝。薛方倾耳神注，内一武生王某，掇巨石投之，大呼曰：“作态不见客，那甚得好句。呜呜恻恻，使人闷损！”吟顿止，众甚怨之，杨恚愤见于词色。次日始共引去。杨独宿空斋，冀女复来而殊无影迹。逾二日女忽至，泣曰：“君致恶宾，几吓煞妾！”杨谢过不遑，女遽出，曰：“妾固谓缘分尽也，从此别矣。”挽之已渺。由是月余，更不复至。杨思之，形销骨立，莫可追挽。一夕方独酌，忽女子搴帏入。杨喜极，曰：“卿见宥耶？”女涕垂膺，默不一言。亟问之，欲言复忍，曰：“负气去，又急而求人，难免愧恧（nǜ）。”杨再三研诘，乃

曰："不知何处来一龌龊(wò chuò)隶，逼充媵妾。顾念清白裔，岂屈身舆台[5]之鬼？然一线弱质乌能抗拒？君如齿妾在琴瑟之数，必不听自为生活。"杨大怒，愤将致死，但虑人鬼殊途，不能为力。女曰："来夜早眠，妾邀君梦中耳。"于是复共倾谈，坐以达曙。

女临去嘱勿昼眠，留待夜约。杨诺之，因于午后薄饮，乘醺登榻，蒙衣偃卧。忽见女来，授以佩刀，引手去。至一院宇，方阖门语，闻有人搭石挝门。女惊曰："仇人至矣！"杨启户骤出，见一人赤帽青衣，猬毛绕喙。怒咄之。隶横目相仇，言词凶谩。杨大怒，奔之。隶捉石以投，骤如急雨，中杨腕，不能握刃。方危急间，遥见一人，腰矢野射。审视之，王生也。大号乞救。王生张弓急至，射之中股；再射之，殪(yì)。杨喜感谢，王问故，具告之。王自喜前罪可赎，遂与共入女室。女战惕羞缩，遥立不作一语。案上有小刀长仅尺余，而装以金玉，出诸匣，光芒鉴影。王叹赞不释手，与杨略话。见女惭惧可怜，乃出，分手去。杨亦自归，越墙而仆，于是惊寤，听村鸡已乱鸣矣。觉腕中痛甚；晓而视之，则皮肉赤肿。亭午王生来，便言夜梦之奇。杨曰："未梦射否？"王怪其先知。杨出手示之，且告以故。王忆梦中颜色，恨不真见。自幸有功于女，复请先容。夜间，女来称谢。杨归功王生，遂达诚恳。女曰："将伯之助，义不敢忘，然彼赳赳，妾实畏之。"既而曰："彼爱妾佩刀，刀实妾父出使粤中，百金购之。妾爱而有之，缠以金丝，瓣以明珠。大人怜妾夭亡，用以殉葬。今愿割爱相赠，见刀如见妾也。"次日杨致此意，王大悦。至夜女果携刀来，曰："嘱伊珍重，此非中华物也。"由是往来如初。

积数月，忽于灯下笑而向杨，似有所语，面红而止者三。生抱问之，答曰："久蒙眷爱，妾受生人气，日食烟火，白骨顿有生意。但须生人精血，可以复活。"杨笑曰："卿自不肯，岂我故惜之？"女云："交接后，君必有念余日大病，然药之可愈。"遂与为欢。既而着衣起，又曰："尚须生血一点，能拚痛以相爱乎？"杨取利刃刺臂出血，女卧榻上，便滴脐中。乃起曰："妾不来矣。君记取百日之期，视妾坟前有青鸟[6]鸣于树头，即速发冢。”杨谨受教。出门又嘱曰：“慎记勿忘，迟速皆不可！”乃去。

越十余日，杨果病，腹胀欲死。医师投药，下恶物如泥，浃辰[7]而愈。计至百日，使家人荷锸以待。日既夕，果见青鸟双鸣。杨喜曰：“可矣！”乃斩荆发圹，见棺木已朽，而女貌如生。摩之微温。蒙衣舁归置暖处，气咻咻然，细于属丝。渐进汤酏，半夜而苏。每谓杨曰：“二十余年如一梦耳。”

王阮亭曰：“结尽而不尽，甚妙。”

注释

①杌：坐具，短凳。②珊珊：形容女子缓步行进。③鸡头之肉：喻指女子的乳头。鸡头，为芡实的别名。《开元天宝遗事》：“软温新剥鸡头肉。”④手谈：下围棋。《世说新语·巧艺》：“王中郎（坦之）以围棋是坐隐，支公（遁）以围棋为手谈。”⑤舆台：古代两个低微等级的名称。《左传·昭公七年》：“士臣皂，皂臣舆，舆臣隶，隶臣僚，僚臣仆，仆臣台。”⑥青鸟：相传是西王母的使者，后代指信使。⑦浃辰：十二天。我国古代以干支纪日，称自子至亥十二日为“浃辰”。浃，周匝。辰，日。

夜叉国

交州徐姓，泛海为贾，忽被大风吹去。开眼至一处，深山苍莽。冀有居人，遂缆船而登，负糗（qiǔ）腊[1]焉。方入，见两崖皆洞口，密如蜂房，内隐有人声。至洞外伫足一窥，中有夜叉二，牙森列戟，目闪双灯，爪劈生鹿而食。惊散魂魄，急欲奔下，则夜叉已顾见之，辍食执入。二物相语，如鸟兽鸣，争裂徐衣，似欲啖啖。徐大惧，取橐中糗糒（bèi），并牛脯进之。分啖甚美。复翻徐橐（tuó），徐摇手以示其无，夜叉怒，又执之。徐哀之曰：“释我。我舟中有釜甑可烹饪。”夜叉不解其语，仍怒。徐再与手语，夜叉似微解。从至舟，取具入洞，束薪燃火，煮其残鹿，熟而献之。二物啖之喜。夜以巨石杜门，似恐徐遁，徐曲体遥卧，深惧不免。天明二物出，又杜之。少顷携一鹿来付徐，徐剥革，于深洞处取流水，汲煮数釜。俄有数夜叉至，群集吞啖讫，共指釜，似嫌其小。过三四日，一夜叉负一大釜来，似人所常用者。于是群夜叉各致狼麋。既熟，呼徐同啖。居数日，夜叉渐与徐熟，出亦不施禁锢，聚处如家人。徐渐能察声知意，辄效其音，为夜叉语。夜叉益悦，携一雌来妻徐。徐初畏惧莫敢伸，雌自开其股就徐，徐乃与交，雌大欢悦。每留肉饵徐，若琴瑟之好。

一日诸夜叉早起，项下各挂明珠一串，更番出门，若伺贵客状。命徐多煮肉，徐以问雌，雌云：“此天寿节[2]。”雌出谓众夜叉曰：“徐郎无骨突子[3]。”众各摘其五，并付雌。雌又自解十枚，共得五十之数，以野苎为绳，穿挂徐项。徐视之，一珠可直百十金。俄顷俱出。徐煮肉毕，雌来邀去，云：“接天王。”至一大洞广阔数亩，中有石滑平如几，四圈俱有石坐，上一坐蒙一豹革，余皆以鹿。夜叉二三十辈，列坐满中。少顷，大风扬尘，张皇都出。见一巨物来，亦类夜叉状，竟奔入洞，踞坐鹗顾。群随入，东西列立，悉仰其首，以双臂作十字交。大夜叉按头点视。问：“卧眉山众尽于此乎？”群哄应之。顾徐曰：“此何来？”雌以“婿”对，众又赞其烹调。即有二三夜叉，奔取熟肉陈几上，大夜叉掬啖尽饱，极赞嘉美，且责常供。又顾徐云：“骨突子何短？”众曰：“初来未备。”物于项上摘取珠串，脱十枚付之，俱大如指顶，圆如弹丸，雌急接代徐穿挂，徐亦交臂作夜叉语谢之。物乃去，蹑风而行，其疾如飞。众始享其余食而散。

居四年余，雌忽产，一胎而生二雄一雌，皆人形不类其母。众夜叉皆喜其子，辄共拊弄。一日皆出攫食，惟徐独坐，忽别洞来一雌欲与徐私，徐不肯。夜叉怒，扑徐踣地上。徐妻自外至，暴怒相搏，龁断其耳。少顷其雄亦归，解释令去。自此雌每守徐，动息不相离。又三年，子女俱能行步，徐辄教以人言，渐能语，啁啾之中有人气焉，虽童也，而奔山如履坦途，与徐依依有父子意。

一日雌与一子一女出，半日不归，而北风大作。徐恻然念故乡，携子至海岸，见故舟犹存，谋与同归。子欲告母，徐止之。父子登舟，一昼夜达交。至家妻已醮。出珠二枚，售金盈兆，家颇丰。子取名彪，十四五岁，能举百钧，粗莽好斗。交帅见而奇之，以为千总[4]。值边乱，所向有功，十八为副将。

时一商泛海，亦遭风，飘至卧眉，方登岸，见一少年，视之而惊。知

为中国人，便问居里。商以告。少年曳入幽谷一小石洞，洞外皆丛棘，且嘱勿出。去移时，挟鹿肉来啖商。自言：“父亦交人。”商问之，而知为徐，商在客中尝识之。因曰：“我故人也。今其子为副将。”少年不解何名。商曰：“此中国之官名。”又问：“何以为官？”曰：“出则舆马，入则高堂，上一呼而下百诺，见者侧目视⑤，侧足立，此名为官。”少年甚歆动。商曰：“既尊君在交，何久淹此？”少年以情告。商劝南旋，曰：“余亦常作是念。但母非中国人，言貌殊异，且同类觉之必见残害，用是辗转。”乃出曰：“待北风起，我来送汝行。烦于父兄处，寄一耗问。”商伏洞中几半年。时自棘中外窥，见山中辄有夜叉往还，大惧，不敢少动。一日北风策策，少年忽至，引与急窜。嘱曰：“所言勿忘却。”商应之。又以肉置几上，商乃归。

径抵交，达副总府，备述所见。彪闻而悲，欲往寻之。父虑海涛妖薮(sǒu)，险恶难犯，力阻之。彪抚膺痛哭，父不能止。乃告交帅，携两兵至海内。逆风阻舟，摆簸海中者半月。四望无涯，咫尺迷闷，无从辨其南北。忽而涌波接汉，乘舟倾覆，彪落海中，逐浪浮沉。久之被一物曳去，至一处竟有舍宇。彪视之，一物如夜叉状。彪乃作夜叉语，夜叉惊讯之，彪乃告以所往。夜叉喜曰：“卧眉我故里也，唐突可罪！君离故道已八千里。此去为毒龙国，向卧眉非路。”乃觅舟来送彪。夜叉在水中推行如矢，瞬息千里，过一宵已达北岸，见一少年临流瞻望。彪知山无人类，疑是弟，近之，果弟，因执手哭。既而问母及妹，并云健安。彪欲偕往，弟止之，仓忙便去。回谢夜叉，则已去。未几母妹俱至，见彪俱哭。彪告其意，母曰：“恐去为人所凌。”彪曰：“儿在中国甚荣贵，人不敢欺。”归计已决，苦逆风难度。母子方徊徨间，忽见布帆南动，其声瑟瑟。彪喜曰："天助吾也！"相继登舟，波如箭激，三日抵岸，见者皆奔。彪向三人脱分袍裤。抵家，母夜叉见翁怒骂，恨其不谋，徐谢过不遑。家人拜见家主母，无不战栗。彪劝母学作华言，衣锦，厌粱肉，乃大欣慰。母女皆男儿装，类满制。数月稍辨语言，弟妹亦渐白皙。

弟曰豹，妹曰夜儿，俱强有力。彪耻不知书，教弟读，豹最慧，经史一过辄了。又不欲操儒业，仍使挽强弩，驰怒马，登武进士第，聘阿游击女，夜儿以异种无与为婚。会标下[⑥]袁守备失偶，强妻之。夜儿开百石弓，百余步射小鸟，无虚落。袁每征辄与妻俱，历任同知将军，奇勋半出于闺门。豹三十四岁挂印，母尝从之南征，每临巨敌，辄擐甲执锐为子接应，见者莫不辟易。诏封男爵。豹代母疏辞，封夫人。

异史氏曰：夜叉夫人，亦所罕闻，然细思之而不罕也。家家床头有个夜叉在。

注释

①糗腊：干粮和干肉。糗，用炒熟的米麦制成的细粉。腊，晒干的肉脯。②天寿节：封建帝王的生日，此处指夜叉王的生日。③骨突子：指夜叉们佩戴的珠串。骨突子，朝廷仪仗中的金瓜，与圆形的珍珠形状相似，所以夜叉们称之为骨突子。④千总：明代武官名。⑤侧目视，侧足站立，形容非常害怕不敢正视，也不敢对面站立。⑥标下：即麾下。标，清代军制督抚等管辖的绿营兵。

连城

乔生，晋宁人，少负才名。年二十余，犹偃蹇(jiǎn)，为人有肝胆。与顾生善，顾卒，时恤其妻子。邑宰以文相契重，宰终于任，家口淹滞不能归，生破产扶柩，往返二千余里。以故士林益重之，而家由此益替。

史孝廉有女字连城，工刺绣，知书，父娇爱之。出所刺《倦绣图》，征少年题咏，意在择婿。生献诗云："慵鬟高髻绿婆娑，早向兰窗绣碧荷。刺到鸳鸯魂欲断，暗停针线蹙双蛾。"又赞挑绣之工云："绣线挑来似写生，幅中花鸟自天成。当年织锦非长技，幸把回文感圣明。"女得诗喜，对父称赏，父贫之。女逢人辄称道，又遣媪矫父命，赠金以助灯火。生叹曰：“连城我知己也！”倾怀结想，如饥思啖。

无何，女许字于鹾贾之子王化成，生始绝望，然梦魂中犹佩戴之。未几女病瘵沉痼(gù)不起，有西域头陀自谓能疗，但须男子膺肉一钱，捣合药屑。史使人诣王家告婿，婿笑曰：“痴老翁，欲我剜心头肉也！”使返。史乃言于人曰：“有能割肉者妻之。”生闻而往，自出白刃，膺授僧。血濡袍裤，僧敷药始止。合药三丸，三日服尽，疾若失。史将践其言，先告王。王怒，欲讼官。史乃设筵招生，以千金列几上。曰：“重负大德，请以相报。”因具白背盟之由。生怫然曰：“仆所以不爱膺肉者，聊以报知己耳。岂货肉哉！”拂袖而归。女闻之，意良不忍，托媪慰谕之，且云：“以彼才华，当不久落。天下何患无佳人？我梦不详，三年必死，不必与人争此泉下物[①]也。”生告媪曰：“‘士为知己者死’，不以色也。诚恐连城未必真知我，但得真知我，不谐何害？”媪代女郎矢诚自剖。生曰：“果尔，相逢时当为我一笑，死无憾！”媪既去。逾数日生偶出，遇女自叔氏归，睨之，女秋波转顾，启齿嫣然。生大喜曰：“连城真知我者！”

会王氏来议吉期[②]，女前症又作，数月寻死。生往临吊[③]，一痛而绝。史异送其家。生自知已死，亦无所戚，出村去，犹冀一见连城。遥望南北一道，行人连绪如蚁，因亦混身杂迹其中。俄顷入一廨署值顾生，惊问：“君何得来？”即把手将送令归。生太息言：“心事殊未了。”顾曰：“仆在此典牍，颇得委任，倘可效力，不惜也。”生问连城，顾即导生旋转多所，见连城与一白衣女郎，泪睫惨黛，藉坐廊隅。见生至，骤起似喜，略问所来。生曰：“卿死，仆何敢生！”连城泣曰：“如此负

义人，尚不吐弃之，身殉何为？然已不能许君今生，愿矢来世耳。"生告顾曰："有事君自去，仆乐死不愿生矣。但烦稽连城托生何里，行与俱去耳。"顾诺而去，白衣女郎问生何人，连城为缅述之，女郎闻之，若不胜悲。连城告生曰："此妾同姓，小字宾娘，长沙史太守女。一路同来，遂相怜爱。"生视之，意态怜人。方欲研问，而顾已返，向生贺曰："我为君平章已确，即教小娘子从君返魂，好否？"两人各喜。方将拜别，宾娘大哭曰："姊去，我安归？乞垂怜救，妾为姊捧帨耳。"连城凄然，无所为计，转谋生。生又哀顾，顾难之，峻辞以为不可，生固强之。乃曰："试妄为之。"去食顷而返，摇手曰："何如！诚万分不能为力矣！"宾娘闻之，宛转娇啼，惟依连城肘下，恐其即去。惨怛无术，相对默默，而睹其愁颜戚容，使人肺腑酸柔。顾生愤然曰："请携宾娘去，脱有愆尤，小生拚身受之！"宾娘乃喜从生出，生忧其道远无侣。宾娘曰："妾从君去，不愿归也。"生曰："卿大痴矣！不归，何以得活也？他日至湖南勿复走避，为幸多矣。"适有两媪摄牒赴长沙，生属宾娘，泣别而去。

途中，连城行蹇缓，里余辄一息，凡十余息始见里门。连城曰："重生后，惧有反覆，请索妾骸骨来，妾以君家生，当无悔也。"生然之。偕归生家。女惕惕[4]若不能步，生伫待之。女曰："妾至此，四肢摇摇，似无所主。志恐不遂，尚宜审谋，不然生后何能自由？"相将入侧厢中。默定少时，连城笑曰："君憎妾耶？"生惊问其故。赧然曰："恐事不谐，重负君矣。请先以鬼报也。"生喜，极尽欢恋。因徘徊不敢遽生，寄厢中者三日。连城曰："谚有之：'丑妇终须见姑嫜。'戚戚于此，终非久计。"乃促生入，才至灵寝[5]，豁然顿苏。家人惊异，进以汤水。生乃使人要史来，请得连城之尸，自言能活之。史喜，从其言。方舁入室，视之已醒。告父曰："儿已委身乔郎矣，更无归理。如有变动，但仍一死！"史归，遣婢往役给奉。王闻，具词申理，官受赂，判归王。生愤懑欲死，亦无奈之。连城至王家，忿不饮食，惟乞速死，室无人，则带悬梁上。越日，益惫，殆将奄逝，王惧，送归史；史复舁归生。王知之亦无如何，遂安焉。连城起，每念宾娘，欲遣信探之，以道远而艰于往。一日家人进曰："门有车马。"夫妇出视，则宾娘已至庭中矣。相见悲喜。太守亲诣送女，生延入。太守曰："小女子赖君复生，誓不他适，今从其志。"生叩谢如礼。孝廉亦至，叙宗好焉。生名年，字大年。

注释

①泉下物：指死人。此处指自己活不了多长时间了。②吉期：完婚的日期。③临吊：哭吊。临，为死者哭。吊，慰问死者的亲戚。④惕惕：忧愁恐惧的样子。⑤灵寝：灵床。

小二

滕邑赵旺夫妻奉佛，不茹荤血，乡中有"善人"之目。家称小有。一女小二绝慧美，赵珍爱之。年六岁，使与兄长春并从师读，凡五年而熟五经焉。同窗丁生字紫陌，长于女三岁，文采风流，颇相倾爱。私以意告母，求婚赵氏。赵期以女字大家，故弗许。

未几，赵惑于白莲教，徐鸿儒既反，一家俱陷为贼。小二知书善解，凡纸兵豆马之术一见辄精。小女子师事徐者六人，惟二称最，因得尽传其术。赵以女故，大得委任。时丁年十八，游滕泮矣，而不肯论婚，意不忘小二也，潜亡去投徐麾下。女见之喜，优礼逾于常格。女以徐高足主军务，昼夜出入，父母不得闲。

丁每宵见，尝斥绝诸役，辄至三漏。丁私告曰："小生此来，卿知区区之意否？"女云："不知。"丁曰："我非妄意攀龙，所以故，实为卿耳。左道无济，止取灭亡。卿慧人不念此乎？能从我亡，则寸心诚不负矣。"女怃然为间，豁然梦觉，曰："背亲而行不义，请告。"二人入陈利害，赵不悟，曰："我师神人，岂有舛错？"

女知不可谏，乃易髻而髫[①]。出二纸鸢[②]，与丁各跨其一，鸢肃肃展翼，似鹣鹣(jiān jiān)[③]之鸟，比翼而飞。质明，抵莱芜界。女以指拈鸢项，忽即敛堕，遂收鸢。更以双卫，驰至山阴里，托为避乱者，僦屋而居。二人草草出，啬

于装，薪储不给，丁甚忧之。假粟比舍，莫肯贷以升斗。女无愁容，但质簪珥。闭门静对，猜灯谜，忆亡书，以是角低昂，负者骈二指击腕臂焉。

西邻翁姓，绿林之雄也。一日猎归，女曰：“富以其邻，我何忧？暂假千金，其与我乎！”丁以为难。女曰：“我将使彼乐输也。”乃剪纸作判官状置地下，覆以鸡笼。然后握丁登榻，煮藏酒，检《周礼》为觞政，任言是某册第几叶第几人，即共翻阅。其人得食旁、水旁、酉旁者饮，得酒部者倍之。既而女适得“酒人”，丁以巨觥引满促釂(jiào)。女乃祝曰：“若借得金来，君当得饮部。”丁翻卷，得“鳖人”。女大笑曰：“事已谐矣！”滴漉授爵。丁不服。女曰：“君是水族，宜作鳖饮。”方喧竞所，闻笼中戛戛，女起曰：“至矣。”启笼验视，则布囊中有巨金累累充溢。丁不胜愕喜。后翁家媪抱儿来戏，窃言：“主人初归，篝灯夜坐。地忽暴裂，深不可底。一判官自内出，言：‘我地府司隶也。太山帝君会诸冥曹，造暴客恶录，须银灯千架，架计重十两。施百架，则消灭罪愆。’主人骇惧，焚香叩祷，奉以千金。判官荏苒而入，地亦遂合。”夫妻听其言，故啧啧诧异之。

而从此渐购牛马，蓄厮婢，自营宅第。里无赖子窥其富，纠诸不逞，逾垣劫丁。丁夫妇始自梦中醒，则编菅拃照，寇集满屋。二人执丁，又一人探手女怀。女袒而起，戟指而呵曰：“止，止！”盗十三人皆吐舌呆立，痴若木偶。女始着裤下榻，呼集家人，一一反接其臂，逼令供吐明悉。乃责之曰：“远方人埋头涧谷，冀得相扶持，何不仁至此！缓急人所时有，窘急者不妨明告，我岂积殖自封者哉？豺狼之行本合尽诛，但吾所不忍，姑释去，再犯不宥！”诸盗叩谢而去。居无何鸿儒就擒，赵夫妇妻子俱被夷诛。生赍金往赎长春之幼子以归。儿时三岁，养为己出，使从姓丁，名之承祧。于是里中人渐知为白莲教戚裔。适蝗害稼，女以纸鸢数百翼放田中，蝗远避，不入其陇，以是得无恙。里人共嫉之，群首于官，以为鸿儒余党。官啖其富，肉视之，收丁；丁以重赂啖令，始得免。

女曰："货殖之来也苟，固宜有散亡。然蛇蝎之乡不可久居。"因贱售其业而去之，止于益都之西鄙。女为人灵巧，善居积，经纪过于男子。尝开琉璃厂，每进工人而指点之。一切棋灯，其奇式幻采，诸肆莫能及，以故直昂得速售。居数年财益称雄。而女督课婢仆严，食指数百无冗口。暇辄与丁烹茗着棋，或观书史为乐。钱谷出入以及婢仆业，凡五日一课，妇自持筹，丁为之点籍唱名数焉。勤者赏赍有差，惰者鞭挞罚膝立。是日，给假不夜作，夫妻设肴酒，呼婢辈度俚曲为笑。女明察如神，人无敢欺。而赏辄浮于其劳，故事易办。村中二百余家，凡贫者俱量给资本，乡以此无游惰。值大旱，女令村人设坛于野，乘舆野出，禹步④作法，甘霖倾注，五里内悉获沾足。人益神之。女出未尝障面，村人皆见之，或少年群居，私议其美，及觌(dí)面⑤逢之，俱肃肃无敢仰视者。每秋日，村中童子不能耕作者，授以钱，使采荼蓟，几二十年，积满楼屋。人窃非笑之。会山左大饥，人相食。女乃出菜杂粟赡饥者，近村赖以全活，无逃亡焉。

异史氏曰：二所为殆天授，非人力也。然非一言之悟，骈死已久。由是观之，世抱非常之才，而误入匪僻以死者当亦不少，焉知同学六人中，遂无其人乎？使人恨不为丁生耳。

注释

①易髫而髻：指已经出嫁。髫，古时未成年男女披垂的头发。②纸鸢：风筝的通称。鸢，鹞鹰。③鹣鹣：比翼鸟。《尔雅·释地》："南方有比翼鸟焉，不比不飞，其名谓之鹣鹣。"④禹步：巫师、道士在祷神仪礼中常用的一种步法动作。传为夏禹所创，故称禹步。⑤觌面：当面。

庚娘

金大用，中州旧家子也。聘尤太守女，字庚娘，丽而贤，逑好甚敦①。

以流寇之乱，家人离逖，金携家南窜。途遇少年，亦偕妻以逃者，自言广陵王十八，愿为前驱。金喜，行止与俱。至河上，女隐告金曰：“勿与少年同舟，彼屡顾我，目动而色变，中叵测也。”金诺之。王殷勤觅巨舟，代金运装，劬劳②臻至，金不忍却。又念其携有少妇，应亦无他。妇与庚娘同居，意度亦颇温婉。王坐舡头上与橹人倾语，似甚熟识戚好。

未几日落，水程迢递，漫漫不辨南北。金四顾幽险，颇涉疑怪。顷之，皎月初升，见弥望皆芦苇。既泊，王邀金父子出户一豁，乃乘间挤金入水；金有老父，见之欲号，舟人以篙筑之，亦溺；生母闻声出窥，又筑溺之。王始喊救。母出时，庚娘在后，已微窥之。既闻一家尽溺，即亦不惊，但哭曰：“翁姑俱没，我安适归！”王入劝：“娘子勿忧，请从我至金陵，家中田庐颇足，保无虞③也。”女收涕曰：“得如此，愿亦足矣。”王大悦，给奉良殷。既暮，曳女求欢，女托体姅，王乃就妇宿。

初更既尽，夫妇喧竞，不知何由。但闻妇曰：“若所为，雷霆恐碎汝颅矣！”王乃挞妇。妇呼云：“便死休！诚不愿为杀人贼妇！”王吼怒，捽妇出。便闻骨董一声，遂哗言妇溺矣。未几抵金陵，导庚娘至家，登堂见媪，媪讶非故妇。王言：“妇堕水死，新娶此耳。”归房，又欲犯。庚娘笑曰：“三十许男子，尚未经人道④耶？市儿初合卺亦须一杯薄浆酒，汝家沃饶，当即不难。清醒相对，是何体段⑤？”王喜，具酒对酌。庚娘执爵，劝酬殷恳。王渐醉，辞不饮。庚娘引巨碗，强媚劝之，王不忍拒，又饮之。于是酣醉，裸脱促寝。庚娘撤器灭烛，托言溲溺，出房，以刀入，暗中以手索王项，王犹捉臂作昵声。庚娘力切之，不死，号而起；又挥之，始殪。媪仿佛有闻，趋问之，女亦杀之。王弟十九觉焉。庚娘知不免，急自刎，刀钝铁不可入，启户而奔，十九逐之，已投池中矣。呼告居人，救之已死，色丽如生。共验王尸，见窗上一函，开视，则女备述其冤状。群以为烈，谋敛资作殡。天明集视者数千人，见其容皆朝拜之。终日间得金百，于是葬诸南郊。好事者为之珠冠袍服，瘗藏⑥丰满焉。

初，金生之溺也，浮片板上，得不死。将晓至淮上，为小舟所救。舟盖富民尹翁，专设以拯溺者。金既苏，诣翁申谢。翁优厚之。留教其子。金以不知亲耗，将往探访，故不决。俄曰：“捞得死叟及媪。”金疑是父母，奔验果然。翁代营棺木。生方哀恸，又白：“拯一溺妇，自言金生其夫。”生挥涕惊出，女子已至，殊非庚娘，乃十八妇也。向金大哭，请勿相弃。金曰：“我方寸已乱，何暇谋人？”妇益悲。尹审其故，喜为天报，劝金纳妇。金以居丧为辞，且将复仇，惧细弱作累。妇曰：“如君言，脱庚娘犹在，将以报仇居丧去之耶？”翁以其言善，请暂代收养，金乃许之。卜葬翁媪，妇缞绖(cuī dié)哭泣，如丧翁姑。

既葬，金怀刃托钵，将赴广陵，妇止之曰：“妾唐氏，祖居金陵，与豺子同乡，前言广陵者诈也。且江湖水寇，半伊同党，仇不能复，只取祸耳。”金徘徊不知所谋。忽传女子诛仇事，洋溢河渠，姓名甚悉。金闻之一快，然益悲，辞妇曰：“幸不污辱。家有烈妇如此，何忍负心再娶？”妇以业有成说，不肯中离，愿自居于媵(yìng)妾。会有副将军袁公，与尹有旧，适将西发，过尹，见生，大相知爱，请为记室。无何，流寇犯顺，袁有大勋，金以参机务，叙劳，授游击以归。夫妇始成合卺之礼。

居数日，携妇诣金陵，将以展庚娘之墓。暂过镇江，欲登金山。漾舟中流，欻(xū)一艇过，中有一妪及少妇，怪少妇颇类庚娘。舟疾过，妇自窗中窥金，神情益肖。惊疑不敢追问，急呼曰：“看群鸭儿飞上天耶！”少妇闻之。亦呼云：“馋狗儿欲吃猫子腥耶！”盖当年闺中之隐谑也。金大惊，反棹近之，真庚娘。青衣扶过舟，相抱哀哭，伤感行旅。唐氏以嫡礼见庚娘。庚娘惊问，金始备述其由。庚娘执手曰：“同舟一话，心常不忘，不图吴越一家矣。蒙代葬翁姑，所当首谢，何以此礼相向？”乃以齿序，唐少庚娘一岁，妹之。

先是，庚娘既葬，自不知历几春秋。忽一人呼曰：“庚娘，汝夫不死，尚当重圆。”遂如梦醒。扪之四面皆壁，始悟身死已葬，只觉闷闷，亦无所苦。有恶少窥其葬具丰美，发冢破棺，方将搜括，见庚娘犹活，相共骇惧。庚娘恐其害己，哀之曰：“幸汝辈来，使我得睹天日。头上簪珥，悉将去，愿鬻(yù)我为尼，更可少得直。我亦不泄也。”盗稽首曰：“娘子贞烈，神人共钦。小人辈不过贫乏无计，作此不仁。但无漏言幸矣。何敢鬻作尼！”庚娘曰：“此我自乐之。”又一盗曰：“镇江耿夫人寡而无子，若见娘子必大喜。”庚娘谢之。自拔珠饰悉付盗，盗不敢受，固与之，乃共拜受。遂载去，至耿夫人家，托言舡风所迷。耿夫人，巨家，寡媪自度。见庚娘大喜，以为己出。适母子自金山归也，庚娘缅述其故。金乃登舟拜母，母款之若婿。邀至家，留数日始归。后往来不绝焉。

异史氏曰：大变当前，淫者生之，贞者死焉。生者裂人眦，死者雪人涕耳。至如谈笑不惊，手刃仇雠，千古烈丈夫中岂多匹俦[7]哉！谁谓女子，遂不可比踪彦云也？

注释

①逑好甚敦：夫妻感情甚笃。《诗·周南·关雎》：“窈窕淑女，君子好逑。”②劬劳：辛劳，劳苦。③无虞：不用担心。虞，忧虑。④人道：指男女交合之事。⑤体段：体统，规矩。⑥瘗藏：指陪葬品。⑦匹俦：匹敌。

宫梦弼

柳芳华保定人，财雄一乡，慷慨好客，座上常百人；急人之急，千金不靳[1]；宾友假贷常不还。惟一客宫梦弼，陕人，生平无所乞请，每至辄经岁，词旨清洒，柳与寝处时最多。柳子名和，时总角，叔之，宫亦喜与和戏。每和自塾归，辄与发贴地砖，埋石子伪作埋金为笑。屋五架，掘藏几遍。众笑其行稚，而和独悦爱之，尤较诸客昵。后十余年家渐虚，不能供多客之求，于是客渐稀，然十数人彻宵谈宴，犹是常也。年既暮，日益落，尚割亩得直以备鸡黍。和亦挥霍，学父结小友，柳不之禁。无何，柳病卒，至无以治凶具。宫乃自出囊金，为柳经纪。和益德之，事无大小，悉委宫叔。宫时自外入必袖瓦砾，至室则抛掷暗陬(zōu)，更不解其何意。和每对宫忧贫，宫曰："子不知作苦之难。无论无金；即授汝千金可立尽也。男子患不自立，何患贫？"一日辞欲归，和泣嘱速返，宫诺之，遂去。和贫不自给，典质渐空，日望宫至以为经理，而宫灭迹匿影去如黄鹤矣。

先是，柳生时，为和论亲于无极黄氏，素封也，后闻柳贫，阴有悔心。柳卒讣告之，即亦不吊，犹以道远曲原之。和服除[②]，母遣自诣岳所定婚期，冀黄怜顾。比至，黄闻其衣履敝穿，斥门者不纳。寄语云："归谋百金可复来，不然，请自此绝。"和闻言痛哭。对门刘媪，怜而进之食，赠钱三百，慰令归。母亦哀愤无策，因念旧客负欠者十常八九，俾择富贵者求助焉。和曰："昔之交我者为我财耳，使儿驷马高车，假千金亦即匪难。如此景象，谁犹念曩(nǎng)恩，忆故好耶？且父与人金资，曾无契保，责负亦难凭也。"母固强之，和从教，凡二十余日不能致一文。惟优人李四旧受恩恤，闻其事，义赠一金。母子痛哭，自此绝望矣。

黄女年已及笄，闻父绝和，窃不直之。黄欲女别适，女泣曰："柳郎非生而贫者也。使富倍他日，岂仇我者所能夺乎？今贫而弃之，不仁！"黄不悦，曲谕百端，女终不摇。翁媪并怒，旦夕唾骂之，女亦安焉。无何，夜遭寇劫，黄夫妇炮烙几死，家中席卷一空。荏苒三载，家益零替。有西贾闻女美，愿以五十金致聘。黄利而许之，将强夺其志。女察知其谋，毁装涂面，乘夜遁去，丐食于途。阅两月始达保定，访和居址，直造其家。母以为乞人妇，故咄之，女呜咽自陈，母把手泣曰："儿何形骸至此耶！"女又惨然而告以故，母子俱哭。便为盥(guàn)沐，颜色光泽，眉目焕映，母子俱喜。然家三口，日仅一啖，母泣曰："吾母子固应尔；所怜者，负吾贤妇！"女笑慰之曰："新妇在乞人中，稔其况味，今日视之，觉有天堂地狱之别。"母为解颐。

女一日入闲舍中，见断草丛丛无隙地，渐入内室，尘埃积中，暗陬有物堆积，蹴之迕足，拾视皆朱提。惊走告和，和同往验视，则宫往日所抛

瓦砾，尽为白金。因念儿时，常与瘗石室中，得毋皆金？而故地已典于东家，急赎归。断砖残缺，所藏石子俨然露焉，颇觉失望，及发他砖，则灿灿皆白镪也。顷刻间数巨万矣。由是赎田产，市奴仆，门庭华好过昔日。因自奋曰：“若不自立，负我宫叔！”刻志下帷，三年中乡选。

乃躬赍白金，往酬刘媪。鲜衣射目，仆十余辈皆骑怒马如龙。媪仅一屋，和便坐榻上。人哗马腾，充溢里巷。黄翁自女失亡，西贾逼退聘财，业已耗去殆半，售居宅始得偿，以故困窘如和曩日。闻旧婿烜耀，闭户自伤而已。媪沽酒备馔款和，因述女贤，且惜女遁。问和：“娶否？”和曰：“娶矣。”食已，强媪往视新妇，载与俱归。至家，女华妆出，群婢簇拥若仙。相见大骇，遂叙往旧，殷问父母起居。居数日，款洽优厚，制好衣，上下一新，始送令返。

媪诣黄许报女耗，兼致存问，夫妇大惊。媪劝往投女，黄有难色。既而冻馁难堪，不得已如保定。既到门，见闬闳峻丽，阍人怒目张，终日不得通。一妇人出，黄温色卑词，告以姓氏，求暗达女知。少间妇出，导入耳舍，曰：“娘子极欲一觐，然恐郎君知，尚候隙也。翁几时来此？得毋饥否？”黄因诉所苦。妇人以酒一盛、馔二簋（guǐ），出置黄前；又赠五金，曰：“郎君宴房中，娘子恐不得来。明旦宜早去，勿为郎闻。”黄诺之。早起趣装，则管钥未启，止于门中，坐袱囊以待。忽哗主人出，黄将敛避，和已睹之，怪问谁何，家人悉无以应。和怒曰：“是必奸宄！可执赴有司。”众应声出，短绠绷系树间，黄惭惧不知置词。未几昨夕妇出，跪曰：“是某舅氏。以前夕来晚，故未告主人。”和命释缚。

妇送出门，曰：“忘嘱门者，遂致参差。娘子言：相思时可使老夫人伪为卖花者，同刘媪来。”黄诺，归述于妪。妪念女若渴，以告刘媪，媪果与俱至和家，凡启十余关，始达女所。女着帔顶髻，珠翠绮纨，散香气扑人。嘤咛一声，大小婢媪奔入满侧，移金椅床，置双夹膝。慧婢瀹(yuè)茗，各以隐语道寒暄，相视泪荧。至晚除室安二媪，裀(yīn)褥温软，并昔年富时所未经。居三五日，女意殷渥。媪辄引空处，泣白前非。女曰：“我子母有何过不忘？但郎忿不解，防他闻也。”每和至，便走匿。一日方促膝，和遽入，见之，怒诟曰：“何物村妪，敢引身与娘子接坐！宜撮鬓毛令尽！”刘媪急进曰：“此老身瓜葛，王嫂卖花者，幸勿罪责。”和乃上手谢过。即坐曰：“姥来数日，我大忙，未得展叙。黄家老畜产尚在否？”笑云：“都佳，但是贫不可过。官人大富贵，何不一念翁婿情也？”和击桌曰：“曩年非姥怜赐一瓯粥，更何得旋乡土！今欲得而寝处之，何念焉！”言致忿际，辄顿足起骂。女恚曰：“彼即不仁，是我父母，我迢迢远来，手皴瘃，足趾皆穿，亦自谓无负郎君。何乃对子骂父，使人难堪？”和始敛怒，起身去。黄妪愧丧无色，辞欲归，女以二十金私付之。

既归，旷绝音问，女深以为念。和乃遣人招之，夫妻至，惭怍无以自容。和谢曰：“旧岁辱临，又不明告，遂是开罪良多。”黄但唯唯。和为更易衣履。留月余，黄心终不自安，数告归。和遗白金百两，曰：“西贾五十金，我今倍之。”黄汗颜受之。和以舆马送还，暮岁称小丰焉。

异史氏曰：雍门泣后，朱履杳然，令人愤气杜门，不欲复交一客。然良朋葬骨，化石成金，不可谓非慷慨好客之报也。闺中人坐享高奉，俨然如嫔嫱[3]，非贞异如黄卿，孰克当此而无愧者乎？造物之不妄降福泽也如是。

乡有富者，居积取盈，搜算入骨。窖镪数百，惟恐人知，故衣败絮，啖糠秕以示贫。亲友偶来，亦曾无作鸡黍之事。或言其家不贫，便瞋目作怒，其仇如不共戴天。暮年，日餐榆屑一升，臂上皮摺垂一寸长，而所窖终不肯发。后渐尫羸。濒死，两子环问之，犹未遽告；迨觉果危急，欲告子，子至，已舌蹇不能声，惟爬抓心头，呵呵而已。死后，子孙不能具棺木，遂藁葬焉。呜呼！若窖金而以为富，则大帑数千万，何不可指为我有哉？愚已！

注释

①靳：吝惜，爱惜。②服除：服丧期满后脱去丧服，亦称“除服”、“满服”。③嫔嫱：指嫔和嫱，古代宫廷中的女官。

狐妾

莱芜刘洞九官汾州，独坐署中，闻亭外笑语渐近，入室则四女子：一四十许，一可三十，一二十四五已来，末后一垂髫者，并立几前，相视而笑。刘固知官署多狐，置不顾。少间，垂髫者出一红巾戏抛面上，刘拾掷窗间，仍不顾。四女一笑而去。

一日年长者来，谓刘曰：“舍妹与君有缘，愿无弃葑菲。”刘漫应之，女遂去。俄偕一婢拥垂髫儿来，俾与刘并肩坐。曰：“一对好凤侣，今夜谐花烛。勉事刘郎，我去矣。”刘谛视，光艳无俦，遂与燕好。诘其行迹，女曰：“妾固非人，而实人也。妾前官之女，蛊[1]于狐，奄忽以死，窆(biǎn)[2]园内，众狐以术生我，遂飘然若狐。”刘因以手探尻际，女觉之笑曰：“君将无谓狐有尾耶？”转身云：“请试扪之。”自此，遂留不去，每行坐与小婢俱，家人俱尊以小君礼。婢媪参谒，赏赉甚丰。

值刘寿辰，宾客烦多，共三十余筵，须庖人甚众；先期牒拘仅一二到者。刘不胜恚。女知之，便言：“勿忧。庖人既不足用，不如并其来者遣之。妾固短于才，然三十席亦不难办。”刘喜，命以鱼肉姜椒悉移内署。家中人但闻刀砧声繁不绝。门内设以几，行炙者置柈其上，转视则肴俎已满。托去复来，十余人络绎于道，取之不绝。末后，行炙人来索汤饼。内言曰："主人未尝预嘱，咄嗟何以办？"既而曰："无已，其假之。"少顷呼取汤饼，视之三十余碗，蒸腾几上。客既去，乃谓刘曰："可出金资，偿某家汤饼。"刘使人将直去。则其家失汤饼，方共惊疑，使至疑始解。一夕夜酌，偶思山东苦醁(lù)，女请取之。遂出门去，移时返曰："门外一罂[3]可供数日饮。"刘视之，果得酒，真家中瓮头春也。

越数日，夫人遣二仆如汾。途中一仆曰："闻狐夫人犒赏优厚，此去得赏金，可买一裘。"女在署已知之，向刘曰："家中人将至。可恨伧奴[4]无礼，必报之。"仆甫入城，头大痛，至署，抱首号呼，共拟进医药。刘笑曰："勿须疗，时至当自瘥。"众疑其获罪小君。仆自思：初来未解装，罪何由得？无所告诉，漫膝行而哀之。帘中语曰："尔谓夫人则已耳，何谓狐也？"仆乃悟，叩不已。又曰："既欲得裘，何得复无礼？"已而曰："汝愈矣。"言已，仆病若失。仆拜欲出，忽自帘中掷一裹出，曰："此一羔羊裘也，可将去。"仆解视，得五金。刘问家中消息，仆言都无事，惟夜失藏酒一罂，稽其时日，即取酒夜也。群惮其神，呼之"圣仙"，刘为绘小像。

时张道一为提学使，闻其异，以桑梓谊诣刘，欲乞一面，女拒之。刘示以像，张强携而去。归悬座右，朝夕祝之云："以卿丽质，何之不可？乃托身于鬖鬖(sān sān)之老！下官殊不恶于洞九，何不一惠顾？"女在署，忽谓刘曰："张公无礼，当小惩之。"一日张方祝，似有人以界方击额，崩然甚痛。大惧，反卷。刘诘之，使隐其故而诡对。刘笑，曰："主人额上得毋痛否？"使不能欺，以实告。

无何婿亓生来，请觐之，女固辞之，亓请之坚。刘曰："婿非他人，何拒之深？"女曰："婿相见，必当有以赠之。渠望我奢，自度不能满其志，故适不欲见耳。"既固请之，乃许以十日见。及期亓入，隔帘揖之，少致存问。仪容隐约，不敢审谛。即退，数步之外辄回眸注盼。但闻女言曰："阿婿回首矣！"言已大笑，烈烈如玠鸣。亓闻之，胫股皆软，摇摇然如丧魂魄。既出，坐移时始稍定。乃曰："适闻笑声，如听霹雳，竟不觉身为己有。"少顷，婢以女命，赠亓二十金。亓受之，谓婢曰："圣仙日与丈人居，宁不知我素性挥霍，不惯使小钱耶？"女闻之曰："我固知其然。囊底适罄；向结伴至汴梁，其城为河伯[⑤]占据，库藏皆没水中，入水各得些须，何能饱无餍之求？且我纵能厚馈，彼福薄亦不能任。"

女凡事能先知，遇有疑难与议，无不剖。一日并坐，忽仰天大惊曰："大劫将至，为之奈何！"刘惊问家口，曰："余悉无恙，独二公子可虑。此处不久将为战场，君当求差远去，庶免于难。"刘从之，乞于上官，得解饷云贵间。道里辽远，闻者吊之，而女独贺。无何，姜瓖叛，汾州没为贼窟。刘仲子自山东来，适遭其变，遂被其害。城陷，官僚皆罹于难，惟刘以公出得免。

盗平，刘始归。寻以大案挂误，贫至饔(yōng)飧不给，而当道者又多所需索，因而窘忧欲死。女曰："勿忧，床下三千金，可资用度。"刘大喜，问："窃之何处？"曰："天下无主之物取之不尽，何庸窃乎！"刘借谋得脱归，女从之。后数年忽去，纸裹数事留赠，中有丧家挂门之小幡，长二寸许，群以为不祥。刘寻卒。

注释

①蛊：原指传说中的一种毒虫，此处指迷惑。②窆：埋葬。③罂：一种小口大腹的酒坛。④伧奴：下贱的奴才。伧，鄙贱，低贱。⑤河伯：传说中的黄河神。

赌符

韩道士居邑中之天齐庙[①]，多幻术，共名之"仙"。先子[②]与最善，每适城，辄造之。一日与先叔赴邑，拟访韩，适遇诸途。韩付钥曰："请先往启门坐，少旋我即至。"乃如其言。诣庙发扃，则韩已坐室中。诸如此类。

先是有敝族人嗜博赌，因先子亦识韩。值大佛寺来一僧，专事樗蒱，赌甚豪。族人见而悦之，罄资往赌，大亏。心益热，典质田产复往，终夜尽丧。邑邑不得志，便道诣韩，精神惨淡，言语失次。韩问之，具以实告。

韩笑曰：“常赌无不输之理。倘能戒赌，我为汝覆之。”族人曰：“倘得珠还合浦，花骨头当铁杵碎之！”韩乃以纸书符，授佩衣带间。嘱曰：“但得故物即已，勿得陇复望蜀也。”又付千钱约赢而偿之。族人大喜而往。僧验其资，易之，不屑与赌。族人强之，请一掷为期，僧笑而从之。乃以千钱为孤注，僧掷之无所胜负，族人接色，一掷成采。僧复以两千为注。又败。僧渐增至十余千，明明枭色，呵之皆成卢雉，计前所输，顷刻尽覆。阴念再赢数千为更佳，乃复博，则色渐劣。心怪之，起视带上则符已亡矣，大惊而罢。载钱归庙，除偿韩外，追而计之，并末后所失，适符原数也。已乃愧谢失符之罪，韩笑曰：“已在此矣。固嘱勿贪，而君不听，故取之。”

异史氏曰：天下之倾家者莫速于博，天下之败德者亦莫甚于博。入其中者如沉迷海，将不知所底矣。夫商农之人，俱有本业；诗书之士，尤惜分阴。负耒横经，固成家之正路；清谈薄饮，犹寄兴之生涯。尔乃狎比淫朋，缠绵永夜。倾囊倒箧，悬金于崄巇(xiǎn xī)之天；呼雉呵卢，乞灵于淫昏之骨，盘施五木，似走圆珠；手握多章，如擎团扇。左觑人而右顾己，望穿鬼子之睛；阳示弱而阴用强，费尽魍魉之技。门前宾客待，犹恋恋于场头；舍上火烟生，尚眈眈于盆里。忘餐废寝，则久入成迷；舌敝唇焦，则相看似鬼。迨夫全军尽没，热眼空窥。视局中则叫号浓焉，技痒英雄之臆；顾囊底而贯索空矣，灰寒壮士之心。引颈徘徊，觉白手之无济；垂头萧索，始玄夜以方归。幸交谪之人眠，恐惊犬吠；苦久虚之腹饿，敢怨羹残。既而鬻子质田，冀珠还于合浦；不意火灼毛尽，终捞月于沧江。及遭败后我方思，已作下流之物；试问赌中谁最善，群指无裤之公。甚而枵腹难堪，

遂栖身于暴客；搔头莫度，至仰给于香奁。呜呼！败德丧行，倾财亡身，孰非博之一途致之哉！

注释

①天齐庙：唐玄宗曾封泰山神为天齐王，后供奉泰山神的庙宇就成为天齐庙。②先子：先父。

阿霞

文登景星者少有重名，与陈生比邻而居，斋隔一短垣。一日陈暮过荒落之墟，闻女子啼松柏间，近临则树横枝有悬带，若将自经。陈诘之，挥涕而对曰：“母远出，托妾于外兄①。不图狼子野心，畜我不卒。伶仃如此不如死！”言已复泣。陈解带，劝令适人，女虑无可托者。陈请暂寄其家，女从之。既归，挑灯审视，丰韵殊绝，大悦，欲乱之，女厉声抗拒，纷纭之声达于间壁。景生逾垣来窥，陈乃释女。女见景生，凝目停睇，久乃奔去。二人共逐之，不知去向。

景归，阖户欲寝，则女子盈盈②自房中出。惊问之，答曰：“彼德薄福浅，不可终托。”景大喜，诘其姓氏。曰：“妾祖居于齐，以齐为姓，小字阿霞。”人以游词，笑不甚拒，遂与寝处，斋中多友人来往，女恒隐闭深房。过数日，曰：“妾姑去，此处烦杂困人甚。继今，请以夜卜。”问：“家何所？”曰：“正不远耳。”遂早去，夜果复来，欢爱綦（qí）笃。又数日谓景曰：“我两人情好虽佳，终属苟合。家君宦游西疆，明日将从母去，容即乘间禀命，而相从以终焉。”问：“几日别？”约以旬终。既去，景思斋居不可常，移诸内又虑妻妒，计不如出妻。志既决，妻至辄诟厉，妻不堪其辱，涕欲死。景曰：“死恐见累，请早归。”遂促妻

行。妻啼曰：“从子十年未尝失德，何决绝如此！”景不听，逐愈急，妻乃出门去。自是垩壁清尘，引领翘待，不意信杳青鸾，如石沉海。妻大归后，数浼知交请复于景，景不纳，遂适夏侯氏。夏侯里居，与景接壤，以田畔之故世有隙。景闻之，益大恚恨。然犹冀阿霞复来，差足自慰。

越年余并无踪绪。会海神寿，祠内外士女云集，景亦在。遥见一女甚似阿霞，景近之，入于人中；从之，出于门外；又从之，飘然竟去，景追之不及，恨悒而返。后半载适行于途，见一女郎着朱衣，从苍头，鞚(kòng)黑卫来，望之，霞也。因问从人：“娘子为谁？”答言：“南村郑公子继室。”又问：“娶几时矣？”曰：“半月耳。”景思得毋误耶？女郎闻语，回眸一睇，景视，真阿霞也。见其已适他姓，愤填胸臆，大呼：“霞娘！何忘旧约？”从人闻呼主妇，欲奋老拳。女急止之，启幛纱谓景曰：“负心人何颜相见？”景曰：“卿自负仆，仆何尝负卿？”女曰：“负夫人甚于负我！结发者如是而况其他？向以祖德厚，名列桂籍，故委身相从。今以弃妻故，冥中削尔禄秩，今科亚魁王昌即替汝名者也。我已归郑姓，无劳复念。”景俯首帖耳，口不能道一词。视女子策蹇去如飞，怅恨而已。

是科景落第，亚魁果王氏昌名，景以是得薄幸名。四十无偶，家益替，恒趁食于亲友家。偶诣郑，郑款之，留宿焉。女窥客，见而怜之，问郑曰：“堂上客非景庆云耶？”问所自识，曰：“未适君时，曾避难其家，亦深得其豢养。彼行虽贱而祖德未斩，且与君为故人，亦宜有绨袍之义。”郑然之，易其败絮，留以数日。夜分欲寝，有婢持金二十余两赠景。女在窗外言曰：“此私贮，聊酬夙好，可将去，觅一良匹。幸祖德厚，尚足及子孙；无复丧检，以促余龄。”景感谢之。既归，以十余金买缙绅家婢，甚丑悍。举一子，后登两榜。郑官至吏部郎。既没，女送葬归，启舆则虚无人矣，始知其非人也。噫！人之无良，舍其旧而新是谋，卒之卵覆而鸟亦飞，天之所报亦惨矣！

注释

①外兄：表哥。②盈盈：形容举止美好的样子。《文选·古诗十九首》：“盈盈楼上女，皎皎当户牖。”

翩翩

罗子浮，邠人，父母俱早世，八九岁依叔大业。业为国子左厢，富有金缯而无子，爱罗若己出。十四岁为匪人诱去，作狭邪游，会有金陵娼侨寓郡中，生悦而惑之。娼返金陵，生窃从遁去。居娼家半年，床头金尽，大为姊妹行齿冷，然犹未遽绝之。无何，广疮溃臭，沾染床席，逐而出。丐于市，市人见辄遥避。自恐死异域，乞食西行，日三四十里，渐至邠界。又念败絮脓秽，无颜入里门，尚趑趄近邑间。

日就暮，欲趋山寺宿，遇一女子，容貌若仙，近问："何适？"生以实告。女曰："我出家人，居有山洞，可以下榻，颇不畏虎狼。"生喜从去。入深山中，见一洞府[①]，入则门横溪水，石梁驾之。又数武，有石室二，光明彻照，无须灯烛。命生解悬鹑[②]，浴于溪流，曰："濯之，疮当愈。"又开幛拂褥促寝，曰："请即眠，当为郎作裤。"乃取大叶类芭蕉，剪缀作衣，生卧视之。制无几时，折迭床头，曰："晓取着之。"乃与对榻寝。生浴后，觉疮疡无苦，既醒摸之，则痂厚结矣。诘旦将兴，心疑蕉叶不可着，取而审视，则绿锦滑绝。少间具餐，女取山叶呼作饼，食之果饼；又剪作鸡、鱼烹之，皆如真者。室隅一罂贮佳酝，辄复取饮，少减，则以溪水灌益之。数日疮痂尽脱，就女求宿。女曰："轻薄儿！甫能安身，便生妄想！"生云："聊以报德。"遂同卧处，大相欢爱。

一日有少妇笑入曰："翩翩小鬼头快活死！薛姑子好梦几时做得？"女迎笑曰："花城娘子，贵趾久弗涉，今日西南风紧，吹送来也！小哥子抱得未？"曰："又一小婢子。"女笑曰："花娘子瓦窨[③]哉！那弗将来？"曰："方呜之，睡却矣。"于是坐以款饮。又顾生曰："小郎君焚好香也。"生视之，年二十有三四，绰有余妍，心好之。剥果误落案下，俯地假拾果，阴捻翘凤。花城他顾而笑，若不知者。生方恍然神夺，顿觉袍裤无温，自顾所服悉成秋叶，几骇绝。危坐移时，渐变如故。窃幸二女之弗见也。少顷酬酢间，又以指搔纤掌。花城坦然笑谑，殊不觉知。突突怔忡间，衣已化叶，移时始复变。由是惭颜息虑，不敢妄想。花城笑曰："而家小郎子，

大不端好！若弗是醋葫芦娘子，恐跳迹入云霄去。”女亦哂曰：“薄幸儿，便值得寒冻杀！”相与鼓掌。花城离席曰：“小婢醒，恐啼肠断矣。”女亦起曰：“贪引他家男儿，不忆得小江城啼绝矣。”花城既去，惧贻诮责，女卒晤对如平时。居无何，秋老风寒，霜零木脱，女乃收落叶，蓄旨御冬。顾生肃缩，乃持袱掇拾洞口白云为絮复衣，着之温暖如襦，且轻松常如新绵。

逾年生一子，极惠美，日在洞中弄儿为乐。然每念故里，乞与同归。女曰：“妾不能从。不然，君自去。”因循二三年，儿渐长，遂与花城订为姻好。生每以叔老为念。女曰：“阿叔腊故大高，幸复强健，无劳悬耿。待保儿婚后，去住由君。”女在洞中，辄取叶写书，教儿读，儿过目即了。女曰：“此儿福相，放教入尘寰（huán）[④]，无忧至台阁。”未几儿年十四，花城亲诣送女，女华妆至，容光照人。夫妻大悦。举家宴集。翩翩扣钗而歌曰：“我有佳儿，不羡贵官。我有佳妇，不羡绮纨。今夕聚首，皆当喜欢。为君行酒，劝君加餐。”既而花城去，与儿夫妇对室居。新妇孝，依依膝下，宛如所生。生又言归，女曰：“子有俗骨，终非仙品。儿亦富贵中人可携去，我不误儿生平。”新妇思别其母，花城已至。儿女恋恋，涕各满眶。两母慰之曰：“暂去，可复来。”翩翩乃剪叶为驴，令三人跨之以归。

大业已归老林下，意侄已死，忽携佳孙美妇归，喜如获宝。入门，各视所衣悉蕉叶，破之，絮蒸蒸腾去，乃并易之。后生思翩翩，偕儿往探之，则黄叶满径，洞口路迷，零涕而返。

异史氏曰：翩翩、花城，殆仙者耶？餐叶衣云何其怪也！然帏幄诽谑，狎寝生雏，亦复何殊于人世？山中十五载，虽无‘人民城郭’之异，而云

迷洞口，无迹可寻，睹其景况，真刘、阮返棹时矣。

注释

①洞府：神话传说中的神仙常住在山洞里，故称仙人或修道者的住所为洞府。②悬鹑：指破烂不堪的衣服。③瓦窨：原指烧制砖瓦的窑，后用来戏称多生或只生女孩的女子。《诗·小雅·斯干》：“乃生男子，载弄之璋。乃生女子，载弄之瓦。”④尘寰：人世间。

卷四

青梅

白下程生性磊落，不为畛畦。一日自外归，缓其束带，觉带沉沉，若有物堕，视之，无所见。宛转间，有女子从衣后出，掠发微笑，丽甚。程疑其鬼，女曰：“妾非鬼，狐也。”程曰：“倘得佳人，鬼且不惧，而况于狐！”遂与狎。二年生一女，小字青梅。每谓程：“勿娶，我且为君生子。”程遂不娶，亲友共诮姗之。程志夺，聘湖东王氏。狐闻之怒，就女乳之，委于程曰：“此汝家赔钱货，生之杀之俱由尔，我何故代人作乳媪乎！”出门径去。

青梅长而慧，貌韶秀，酷肖其母。既而程病卒，王再醮去。青梅寄食于堂叔。叔荡无行，欲鬻（yù）以自肥。适有王进士者，方候铨[①]于家，闻其慧，购以重金，使从女阿喜服役。喜年十四，容华绝代，见梅忻悦，与同寝处。梅亦善候伺，能以目听，以眉语，由是一家俱怜爱之。

邑有张生字介受，家屡贫，无恒产，税居王第。性纯孝，制行不苟，又笃于学。青梅偶至其家，见生据石啖（dàn）糠粥，入室与生母絮语，见案上具豚蹄焉。时翁卧病，生入，抱父而私，便液污衣，翁觉之而自恨。生掩其迹，急出自濯，恐翁知。梅以此大异之。归述所见，谓女曰：“吾家客非常人也。娘子不欲得良匹则已，欲得良匹，张生其人也。”女恐父厌其贫。梅曰：“不然，是在娘子。如以为可，妾潜告使求伐焉。夫人必召商之，但应之曰‘诺’也，则谐矣。”女恐终贫为天下笑。梅曰：“妾自谓能相天下士，必无谬误。”明日往告张媪，

媪大惊，谓其言不祥。梅曰："小姐闻公子而贤之也，妾故窥其意以为言。冰人往，我两人袒焉，计合允遂。纵其否也，于公子何辱乎？"媪曰："诺。"乃托侯氏卖花者往。夫人闻之而笑以告王，王亦大笑。唤女至，述侯氏意。女未及答，青梅亟赞其贤，决其必贵。夫人又问曰："此汝百年事。如能啜糠核也，即为汝允之。"女俯首久之，顾壁而答曰："贫富命也。倘命之厚则贫无几时，而不贫者无穷期矣。或命之薄，彼锦绣王孙[②]，其无立锥[③]者岂少哉？是在父母。"初，王之商女也，将以博笑，及闻女言，心不乐曰："汝欲适张氏耶？"女不答；再问，再不答。怒曰："贱骨子不长进！欲携筐作乞人妇，宁不羞死！"女涨红气结，含涕引去，媒亦遂奔。

青梅见不谐，欲自谋。过数日，夜诣生，生方读，惊问所来，词涉吞吐。生正色却之，梅泣曰："妾良家子，非淫奔者，徒以君贤，故愿自托。"生曰："卿爱我，谓我贤也。昏夜之行，自好者不为，而谓贤者为之乎？夫始乱之而终成之，君子犹曰不可，况不能成，彼此何以自处？"梅曰："万一能成，肯赐援拾否？"生曰："得人如卿又何求？但有不可如何者三，故不敢轻诺耳。"曰："若何？"曰："不能自主，则不可如何；即能自主，我父母不乐，则不可如何；即乐之，而卿之身直必重，我贫不能措，则尤不可如何。卿速退，瓜李之嫌可畏也！"梅临去，又嘱曰："倘君有意，乞共图之。"生诺。

梅归，女诘所往，遂跪而自投。女怒其淫奔，将施扑责。梅泣白无他，因以实告。女叹曰："不苟合，礼也；必告父母，孝也；不轻然诺，信也；有此三德，天必祐之，其无患贫也已。"既而曰："子将若何？"曰："嫁之。"女笑曰："痴婢能自主乎？"曰："不济，则以死继之。"女曰："我必如所愿。"梅稽首而拜之。又数日谓女曰："曩(nǎng)而言之戏乎，抑果欲慈悲耶？果尔，尚有微情，并祈垂怜焉。"女问之，答曰："张生不能致聘，婢又无力可以自赎，必取盈焉，嫁我犹不嫁也。"女沉吟曰："是非我之能为力矣。我曰嫁且恐不得当，而曰必无取直焉，是大人所必不允，亦余所不敢言也。"梅闻之泣下，但求怜拯，女思良久，曰："无已，我私蓄数金，当倾囊相助。”梅拜谢，因潜告张。张母大喜，多方乞贷，共得如干数，藏待好音。会王授曲沃宰，喜乘间告母曰：“青梅年已长，今将莅任，不如遣之。”夫人固以青梅太黠，恐导女不义，每欲嫁之，而恐女不乐也，闻女言甚喜。逾两日，有佣保妇白张氏意，王笑曰：“是只合偶婢子，前此何妄也！然鬻媵（yù yìng）高门，价当倍于曩昔。”女急进曰：“青梅待我久，卖为妾，良不忍。”王乃传语张氏，仍以原金署券，以青梅嫔于生。

入门孝翁姑，曲折承顺，尤过于生，而操作更勤，餍（yàn）糠秕不为苦。由是家中无不爱重青梅。梅又以刺绣作业，售且速，贾人候门以购，惟恐弗得。得资稍可御穷。且劝勿以内顾误读，经纪皆自任之。因主人之任，往别阿喜。喜见之，泣曰：“子得所矣，我固不如。”梅曰：“是何人之赐，而敢忘之？然以为不如婢子，是促婢子寿。”遂泣相别。

王如晋半载，夫人卒，停柩寺中。又二年，王坐行赇免，罚赎万计，渐贫不能自给，从者逃散。是时疫大作，王染疾卒。惟一媪从女，未几媪亦卒，女伶仃益苦。有邻媪劝之嫁，女曰：“能为我葬双亲者，从之。”媪怜之，赠以斗米而去。半月复来，曰：“我为娘子极力，事难合也：贫者不能为葬，富者又嫌子为陵夷嗣。奈何！尚有一策，但恐不能从也。”女曰：“若何？”曰：“此间有李郎欲觅侧室[4]，倘见姿容，即遣厚葬，必当不惜。”女大哭曰：“我缙绅裔而为人妾耶！”媪无言遂去，日仅一餐，延息待贾，居半年益不可支。一日媪至，女泣告曰：“困顿如此，每欲自尽，犹恋恋而苟活者，徒以有两柩在。己将转沟壑，谁收亲骨者？故思不如依汝言也。”媪即导李来，微窥女，大悦。即出金营葬，双櫘（huì）具举。已，乃载女去，入参冢室。冢室故悍妒，李初未敢言妾，但托买婢。及见女，暴怒，杖逐而出，不听入门。

女披发零涕，进退无所。有老尼过，邀与同居，喜从之。至庵中拜求祝发[5]，尼不可，曰：“我视娘子非久卧风尘者，庵中陶器脱粟粗可自支，姑寄此以待之。时至，子自去。”居无何，市中无赖窥女美，每打门游语为戏，尼不能止。女号泣欲自尽。尼往求吏部某公揭示严禁，恶少始稍敛迹。后有夜穴寺壁者，尼惊呼始去。因复告吏部，捉得首恶者，送郡笞(chī)责，始渐安。又年余有贵公子过，见女惊绝，强尼通殷勤，又以厚赂啖尼。尼婉语之曰："渠簪缨胄，不甘媵御。公子且归，迟迟当有以报命。"既去，女欲乳药死。夜梦父来，疾道曰："我不从汝志，致汝至此，悔之已晚。但缓须臾勿死，夙愿尚可复酬。"女异之。天明盥(guàn)已，尼望之而惊曰："睹子面浊气尽消，横逆不足忧也。福且至，勿忘老身。"语未既闻扣户声。女失色，意必贵家奴。尼启扉果然。骤问所谋，尼笑语承迎，但请缓以三日。奴述主言，事若无成，俾尼自复命。尼唯唯敬应，谢令去。女大悲，又欲自尽，尼止之。女虑三日复来，无词可应。尼曰："有老身在，斩杀自当之。"

次日方晡，暴雨翻盆，忽闻数人挝户大哗。女意变作，惊怯不知所为。尼冒雨启关，见有肩舆停驻，女奴数辈捧一丽人出，仆从煊赫，冠盖甚都。惊问之，云："是司李内眷，暂避风雨。"导入殿中，移榻肃坐。家人妇群奔禅房，各寻休憩。入室见女，艳之，走告夫人。无何雨息，夫人起，请窥禅室。尼引入，睹女艳绝，凝眸不瞬，女亦顾盼良久。夫人非他，盖青梅也。各失声哭，因道行踪，盖张翁病故，生起复后，连捷授司李。生先奉母之任，后移诸眷口。女叹曰："今日相看，何啻霄壤！"梅笑曰："幸娘子挫折无偶，天正欲我两人完聚耳。倘非阻雨，何以有此邂逅？此中具有鬼神，非人力也。"乃取珠冠锦衣，催女易妆。女俯首徘徊，尼从中赞劝。女虑同居其名不顺，梅曰："昔日自有定分，婢子敢忘大德！试思张郎，岂负义者？"强妆之，别尼而去。抵任，母子皆喜。女拜曰："今无颜见母。"母笑慰之。因谋涓吉合卺，女曰："庵中但有一丝生路，亦不肯从夫人至此。倘念旧好，得受一庐，可容蒲团足矣。"梅笑而不言。及期抱艳妆来，女左右不知所可。俄闻乐鼓大作，女亦无以自主。梅率婢媪强衣之，挽扶而出，见生朝服而拜，遂不觉盈盈而自拜也。梅曳入洞房，曰："虚此位以待君久矣。"又顾生曰："今夜得报恩，可好为之。"返身欲去。女捉其裾，梅笑曰："勿留我，此不能相代也。"解指脱去。

青梅事女谨，莫敢当夕，而女终惭沮不自安。于是母命相呼以夫人。梅终执婢妾礼罔敢懈。三年张行取[6]入都，过庵，以五百金为尼寿，尼不受，强之，乃受二百金，起大士祠，建王夫人碑。后张仕至侍郎。程夫人举二子一女，王夫人四子一女。张上书陈情，俱封夫人。

异史氏曰：天生佳丽，固将以报名贤，而世俗之王公，乃留以赠纨[7]绔，此造物所必争也。而离离奇奇，致作合者无限经营，化工亦良苦矣。独是青夫人能识英雄于尘埃，誓嫁之志，期以必死，曾俨然而冠裳也者，顾弃德行而求膏粱，何智出婢子下哉！

注释

①候铨：到吏部听候选授官职。②锦绣王孙：指贵族子弟。锦绣，织彩为锦，刺彩为绣，代指精美华丽的服饰。③无立锥：贫无立锥之地，指非常贫穷。《汉书·食货志》："富者田连阡陌，贫者亡立锥之地。"④侧室：小妾，妾室。古时称妻子为正室，称小妾为侧室。⑤祝发：指削发为尼。祝，断。⑥行取：明清时的选官制度。吏部可将政绩卓著的州县长官调入京城，转迁六科给事中或各道御史等官职。⑦纨：用细绢做的裤子。后代称富贵人家的子弟。

罗刹海市

马骥字龙媒，贾人子，美丰姿，少倜傥，喜歌舞。辄从梨园子弟，以锦帕缠头，美如好女，因复有"俊人"之号。十四岁入郡庠，即知名。父衰老罢贾而归，谓生曰："数卷书，饥不可煮，寒不可衣，吾儿可仍继父贾。"马由是稍稍权子母。从人浮海，为飘风引去，数昼夜至一都会。其人皆奇丑，见马至，以为妖，群哗而走。马初见其状，大惧，迨知国中之骇己也，遂反以此欺国人。遇饮食者则奔而往，人惊遁，则啜其余。久之入山村，其间形貌亦有似人者，然褴褛如丐。马息树下，村人不敢前，但遥望之。久之觉马非噬(shì)人者，始稍稍近就之。马笑与语，其言虽异，亦半可解。马遂自陈所自，村人喜，遍告邻里，客非能搏噬者。然奇丑者望望即去，终不敢前；其来者，口鼻位置，尚皆与中国同，共罗浆酒奉马，马问其相骇之故，答曰："尝闻祖父言：西去二万六千里，有中国，其人民形象率诡异。但耳食[1]之，今始信。”问其何贫，曰：“我国所重，不在文章，而在形貌。其美之极者，为上卿；次任民社；下焉者，亦邀贵人宠，故得鼎烹以养妻子。若我辈初生时，父母皆以为不祥，往往置弃之，其不忍遽弃者，皆为宗嗣耳。”问：“此名何国？”曰：“大罗刹国。都城在北去三十里。”马请导往一观。于是鸡鸣而兴，引与俱去。

天明，始达都。都以黑石为墙，色如墨，楼阁近百尺。然少瓦。覆以红石，拾其残块磨甲上，无异丹砂。时值朝退，朝中有冠盖出，村人指曰：“此相国也。”视之，双耳皆背生，鼻三孔，睫毛覆目如帘。又数骑出，曰：“此大夫也。”以次各指其官职，率狰狞怪异。然位渐卑，丑亦渐杀。无何，马归，街衢人望见之，噪奔跌蹶，如逢怪物。村人百口解说，市人始敢遥立。既归，国中咸知有异人，于是缙绅大夫，争欲一广见闻，遂令村人要马。每至一家，阍(hūn)人辄阖(hé)[2]户，丈夫女子窃窃自门隙中窥语，终一日，无敢延见者。村人曰：“此间一执戟郎，曾为先王出使异国，所阅人多，或不以子为惧。”造郎门。郎果喜，揖为上客。视其貌，如八九十岁人。目睛突出，须卷如猬。曰：“仆少奉王命出使最多，独未至中华。今一百二十余岁，又得见上国人物，此不可不上闻于天子。然臣卧林下，十余年不践朝阶，早旦为君一行。”乃具饮馔，修主客礼。酒数行，出女乐十余人，更番歌舞。貌类夜叉，皆以白锦缠头，拖朱衣及地。扮唱不知何词，腔拍恢诡。主人顾而乐之。问：“中国亦有此乐乎？”曰：“有”。主人请拟其声，遂击桌为度一曲。主人喜曰：“异哉！声如凤鸣龙啸，从未曾闻。”

翼日趋朝，荐诸国王。王忻然下诏，有二三大夫言其怪状，恐惊圣体，王乃止。郎出告马，深为扼腕。居久之，与主人饮而醉，把剑起舞，以煤涂面作张飞。主人以为美，曰：“请君以张飞见宰相，厚禄不难致。”马曰：“游戏犹可，何能易面目图荣显？”主人强之，马乃诺。主人设筵，邀当路者，令马绘面以待。客至，呼马出见客。客讶曰：“异哉！何前媸(chī)而今妍也！”遂与共饮，甚欢。马婆娑歌“弋阳曲”，一座无不倾倒。明日交章荐马，王喜，召以旌节。既见，问中国治安之道，马委曲上陈，大蒙嘉

叹，赐宴离宫。酒酣，王曰：“闻卿善雅乐，可使寡人得而闻之乎？”马即起舞，亦效白锦缠头，作靡靡之音。王大悦，即日拜下大夫。时与私宴，恩宠殊异。久而官僚知其面目之假，所至，辄见人耳语，不甚与款洽。马至是孤立，惘然不自安。遂上疏乞休致，不许；又告休沐，乃给三月假。

于是乘传载金宝，复归村。村人膝行以迎。马以金资分给旧所与交好者，欢声雷动。村人曰：“吾侪小人受大夫赐，明日赴海市，当求珍玩以报”，问：“海市何地？”曰：“海中市，四海鲛人，集货珠宝。四方十二国，均来贸易。中多神人游戏。云霞障天，波涛间作。贵人自重，不敢犯险阻，皆以金帛付我辈代购异珍。今其期不远矣。”问所自知，曰：“每见海上朱鸟往来，七日即市。”马问行期，欲同游瞩，村人劝使自贵。马曰：“我顾沧海客，何畏风涛？”未几，果有踵门寄资者，遂与装资入船。船容数十人，平底高栏。十人摇橹，激水如箭。凡三日，遥见水云幌漾之中，楼阁层叠，贸迁之舟，纷集如蚁。少时抵城下，视墙上砖皆长与人等，敌楼高接云汉。维舟而入，见市上所陈，奇珍异宝，光明射目，多人世所无。

一少年乘骏马来，市人尽奔避，云是“东洋三世子[③]。”世子过，目生曰：“此非异域人。”即有前马者来诘乡籍。生揖道左，具展邦族。世子喜曰：“既蒙辱临，缘分不浅！”于是授生骑，请与连辔。乃出西城，方至岛岸，所骑嘶跃入水。生大骇失声。则见海水中分，屹如壁立。俄睹宫殿，玳瑁为梁，鲂鳞作瓦，四壁晶明，鉴影炫目。下马揖入。仰视龙君在上，世子启奏：“臣游市廛，得中华贤士，引见大王。”生前拜舞。龙君乃言：“先生文学士，必能衙官屈、宋。欲烦椽笔赋‘海市’，幸无吝珠玉。”生稽首受命。授以水晶之砚，龙鬣（liè）之毫，纸光似雪，墨气如兰。生立成千余言，献殿上。龙君击节曰：“先生雄才，有光水国矣！”遂集诸龙族，宴集采霞宫。酒炙数行，龙君执爵向客曰：“寡人所怜女，未有良匹，愿累先生。先生倘有意乎？”生离席愧荷，唯唯而已。龙君顾左右语。无何，宫女数人扶女郎出，佩环声动，鼓吹暴作，拜竟睨之，实仙人也。女拜已而去。少时酒罢，双鬟挑画灯，导生入副宫，女浓妆坐伺。珊瑚之床饰以八宝[4]，帐外流苏[5]缀明珠如斗大，衾褥皆香软。天方曙，雏女妖鬟（huán），奔入满侧。生起，趋出朝谢。拜为驸马都尉。以其赋驰传诸海。诸海龙君，皆专员来贺，争折简招驸马饮。生衣绣裳，坐青虬，呵殿而出。武士数十骑，背雕弧，荷白棓，晃耀填拥。马上弹筝，车中奏玉。三日间，遍历诸海。由是“龙媒”之名，噪于四海。宫中有玉树一株，围可合抱，本莹澈如白琉璃，中有心淡黄色，稍细于臂，叶类碧玉，厚一钱许，细碎有浓阴。常与女啸咏其下。花开满树，状类薝葡。每一瓣落，锵然作响。拾视之，如赤瑙雕镂，光明可爱。时有异鸟来鸣，毛金碧色，尾长于身，声等哀玉，恻人肺腑。生闻之，辄念故土。因谓女曰：“亡出三年，恩慈间阻，每一念及，涕膺汗背。卿能从我归乎？”女曰：“仙尘路隔，不能相依。妾亦不忍以鱼水之爱，夺膝下之欢。容徐谋之。”生闻之，涕不自禁。女亦叹曰：“此势之不能两全者也！”明日，生自外归。龙王曰：“闻都尉有故土之思，诘旦趣装，可乎？”生谢曰：“逆旅孤臣，过蒙优宠，衔报之思，结于肺腑。容暂归省，当图复聚耳。”入暮，女置酒话别。生订后会，女曰：“情缘尽矣。”生大悲，女曰：“归养双亲，见君之孝，人生聚散，百年犹旦暮耳，何用作儿女哀泣？此后妾为君贞，君为妾义，两地同心，即伉俪也，何必旦夕相守，乃谓之偕老乎？若渝此盟，婚姻不吉。倘虑中馈乏人，纳婢可耳。更有一事相嘱：自奉衣裳[6]，似有佳朕，烦君命名。”生曰：“女耶，可名龙宫；男耶，可名福海。”女乞一物为信，生在罗刹国所得赤玉莲花一对，出以授女。女曰：“三年后四月八日，君当泛舟南岛，还君体胤。”女以鱼革为囊，实以珠宝，授生曰：“珍藏之，数世吃着不尽也。”天微明，王设祖帐，馈遗甚丰。生拜别出宫，女乘白羊车。送诸海涘。生上岸下马，女致声珍重，回车便去，少顷便远，海水复合，不可复见。生乃归。

自浮海去，家人无不谓其已死，及至家人皆诧异。幸翁媪无恙，独妻已去帷。乃悟龙女“守义”之言，盖已先知也。父欲为生再婚，生不可，纳婢焉。谨志三年之期，泛舟岛中。见两儿坐在水面，拍流嬉笑，不动亦不沉。近引之，儿哑然捉生臂，跃入怀中。其一大啼，似嗔生之不援己者。亦引上之。细审之，一男一女，貌皆俊秀。额上花冠缀玉，则赤莲在焉。背有锦囊，拆视，得书云：“翁姑俱无恙。忽忽三年，红尘永隔；盈盈一水，青鸟难通，结想为梦，引领成劳。茫茫蓝蔚，有恨如何也！顾念奔月姮娥，且虚桂府；投梭织女，犹怅银河。我何人斯，而能永好？兴思及此，辄复破涕为笑。别后两月，竟得孪生。今已啁啾[7]怀抱，颇解言笑；觅枣抓梨，不母可活。敬以还君。所贻赤玉莲花，饰冠作信。膝头抱儿时，犹妾在左右也。闻君克践旧盟，意愿斯慰。妾此生不二，之死靡他。奁中珍物，不蓄兰膏；镜里新妆，久辞粉黛。君似征人，妾作荡妇，即置而不御，亦何得谓非琴瑟[8]哉？独计翁姑已得抱孙，曾未一觌新妇，揆之情理，亦属缺然。岁后阿姑窀穸[9]，当往临穴，一尽妇职。过此以往，则‘龙宫’无恙，不少把握之期；‘福海’长生，或有往还之路。伏惟珍重，不尽欲言。”生反覆省书揽涕。两儿抱颈曰：“归休乎！”生益恸，抚之曰：“儿知家在何许？”儿啼，呕哑言归。生视海水茫茫，极天无际，雾鬟人渺，烟波路穷。抱儿返棹，怅然遂归。

生知母寿不永，周身物悉为预具，墓中植松槚百余。逾岁，媪果亡。灵舆至殡宫，有女子缞绖（cuī dié）临穴。众惊顾，忽而风激雷轰，继以急雨，转瞬已失所在。松柏新植多枯，至是皆活。福海稍长，辄思其母，忽自投入海，数日始还。龙宫以女子不得往，时掩户泣。一日昼暝，龙女急入，止之曰：“儿自成家，哭泣何为？”乃赐八尺珊瑚一株，龙脑香[10]一帖，明珠百粒，八宝嵌金合一双，为嫁资。生闻之突入，执手啜泣。俄顷，迅雷破屋，女已无矣。

异史氏曰：花面逢迎，世情如鬼。嗜痂之癖，举世一辙。“小惭小好，大惭大好”。若公然带须眉以游都市，其不骇而走，几希矣！彼陵阳痴子，将抱连城玉向何处哭也？呜呼！显荣富贵，当于蜃楼海市中求之耳！

注释

①耳食：比喻不加调查就轻信传闻。《史记·六国年表序》：“学者牵于所闻，见秦在帝位日浅，不察终始，举而笑之，不敢道。此与以耳食无异。”②阖：关闭。③世子：帝王或诸侯的法定继承人的封号。④八宝：指金银、珍珠、玛瑙等各种珠宝。⑤流苏：用彩丝或鸟羽做成的垂缨。⑥奉衣裳：指妻子侍奉丈夫穿衣。衣，上身穿的衣服。裳，下身穿的衣服。《诗·齐风·东方未明》：“东方未明，颠倒衣裳。”⑦啁啾：小鸟的叫声。此处指幼儿学话的声音。⑧琴瑟：喻指夫妻。《诗·周南·关雎》：“窈窕淑女，琴瑟友之。”⑨窀穸：墓穴。此处指下葬。⑩龙脑香：即由龙脑树所提炼的香料。

田七郎

武承休，辽阳人，喜交游，所与皆知名士。夜梦一人告之曰：“子交游遍海内，皆滥交耳。惟一人可共患难，何反不识？”问：“何人？”曰：“田七郎非与？”醒而异之。诘朝见所游，辄问七郎。客或识为东村业猎者，武敬谒诸家，以马棰挝门。未几一人出，年二十余，貙(chū)目蜂腰，着腻帢(qià)[①]，衣皂犊鼻[②]，多白补缀，拱手于额而问所自。武展姓氏，且托途中不快，借庐憩息。问七郎，答曰：“我即是也。”遂延客入。见破屋数椽，木岐支壁。入一小室，虎皮狼蜕，悬布槛间，更无杌榻可坐，七郎就地设皋比焉。武与语，言词朴质，大悦之。遽贻金作生计，七郎不受；固予之，七郎受以白母。俄顷将还，固辞不受。武强之再四，母龙钟而至，厉色曰：“老身止此儿，不欲令事贵客！”武惭而退。归途展转，不解其意。适从人于室后闻母言，因以告武。先是，七郎持金白母，母曰：“我适睹公子有晦纹，必罹奇祸。闻之：受人知者分人忧，受人恩者急人难。富人报人以财，贫人报人以义。无故而得重赂，不祥，恐将取死报于子矣。”武闻之，深叹母贤，然益倾慕七郎。翼日设筵招之，辞不至。武登其堂，坐而索饮。七郎自行酒，陈鹿脯，殊尽情礼。越日武邀酬之，乃至。款洽甚欢。

赠以金，即不受。武托购虎皮，乃受之。归视所蓄，计不足偿，思再猎而后献之。入山三日，无所猎获。会妻病，守视汤药，不遑操业。浃旬妻淹忽以死，为营斋葬，所受金稍稍耗去。武亲临唁送，礼仪优渥。既葬，负弩山林，益思所以报武。武探得其故，辄劝勿亟。切望七郎姑一临存，而七郎终以负债为憾，不肯至。武因先索旧藏，以速其来。七郎检视故革，则蠹(dù)蚀殃败，毛尽脱，懊丧益甚。武知之，驰行其庭，极意慰解之。又视败革，曰："此亦复佳。仆所欲得，原不以毛。"遂轴鞟(kuò)出，兼邀同往。七郎不可，乃自归。七郎终以不足报武为念，裹粮入山，凡数夜，得一虎，全而馈之。武喜，治具，请三日留，七郎辞之坚，武键庭户使不得出。宾客见七郎朴陋，窃谓公子妄交。武周旋七郎，殊异诸客。为易新服却不受，承其寐而潜易之，不得已而受。既去，其子奉媪命，返新衣，索其敝裰。武笑曰："归语老姥，故衣已拆作履衬矣。"自是。七郎以兔鹿相贻，召之即不复至。武一日诣七郎，值出猎未返。媪出，跨闾而语曰："再勿引致吾儿，大不怀好意！"武敬礼之，惭而退。

半年许，家人忽白："七郎为争猎豹，殴死人命，捉将官里去。"武大惊，驰视之，已械收在狱。见武无言，但云："此后烦恤老母。"武惨然出，急以重金赂邑宰，又以百金赂仇主。月余无事，释七郎归。母慨然曰："子发肤受之武公子耳，非老身所得而爱惜者。但祝公子百年无灾患，即儿福。"七郎欲诣谢武，母曰："往则往耳，见武公子勿谢也。小恩可谢，大恩不可谢。"七郎见武，武温言慰藉，七郎唯唯。家人咸怪其疏，武喜其诚笃，厚遇之，由是恒数日留公子家。馈遗辄受，不复辞，亦不言报。会武初度，宾从烦多，夜舍履满③。武偕七郎卧斗室中，三仆即床下卧。二更向尽，诸仆皆睡去，两

人犹刺刺语。七郎背剑挂壁间，忽自腾出匣数寸，铮铮作响，光闪烁如电。武惊起，七郎亦起，问："床下卧者何人？"武答："皆厮仆。"七郎曰："此中必有恶人。"武问故，七郎曰："此刀购诸异国，杀人未尝濡缕，迄佩三世矣。决首至千计，尚如新发于硎。见恶人则鸣跃，当去杀人不远矣。公子宜亲君子，远小人，或万一可免。"武颔(hé)之。七郎终不乐，辗转床席。武曰："灾祥数耳，何忧之深？"七郎曰："我别无恐怖，徒以有老母在。"武曰："何遽至此？"七郎曰："无则更佳。"

盖床下三人：一为林儿，是老弥子，能得主人欢；一僮仆，年十二三，武所常役者；一李应，最拗拙，每因细事与公子裂眼争，武恒怒之。当夜默念，疑此人。诘旦唤至，善言绝令去。武长子绅，娶王氏。一日武出，留林儿居守。斋中菊花方灿，新妇意翁出，斋庭当寂，自诣摘菊。林儿突出勾戏，妇欲遁，林儿强挟入室。妇啼拒，色变声嘶。绅奔入，林儿始释手逃去。武归闻之，怒觅林儿，竟已不知所之。过二三日，始知其投身某御史家。某官都中，家务皆委决于弟。武以同袍义④，致书索林儿，某弟竟置不发。武益恚，质词邑宰。勾牒⑤虽出，而隶不捕，官亦不问。武方愤怒，适七郎至。武曰："君言验矣。"因与告诉。七郎颜色惨变，终无一语，即径去。武嘱干仆逻察林儿。林儿夜归，为逻者所获，执见武。武掠楚之，林儿语侵武。武叔恒，故长者，恐侄暴怒致祸。劝不如治以官法。武从之，絷赴公庭。而御史家刺书邮至，宰释林儿，付纪纲以去。林儿意益肆，倡言丛众中，诬主人妇与私。武无奈之，忿塞欲死。驰登御史门，俯仰叫骂，里舍慰劝令归。

逾夜，忽有家人白："林儿被人脔(luán)割⑥，抛尸旷野间。"武惊喜，意稍得伸。俄闻御史家讼其叔侄，遂偕叔赴质。宰不听辨。欲笞恒。武抗声曰："杀人莫须有！至辱詈缙绅，则生实为之，无与叔事。"宰置不闻。武裂眦欲上，群役禁捽之。操杖隶皆绅家走狗，恒又老耄，签数⑦未半，奄然已死。宰见武叔垂毙，亦不复究。武号且骂，宰亦若弗闻者。遂舁叔归，哀愤无所为计。因思欲得七郎谋，而七郎终不一吊问。窃自念待伊不薄，何遽如行路人？亦疑杀林儿必七郎。转念果尔，胡得不谋？于是遣人探索其家，至则扃（jiōng）鐍（jué）寂然，邻人并不知耗。

一日，某弟方在内廨[⑧]，与宰关说，值晨进薪水，忽一樵人至前，释担抽利刃直奔之。某惶急以手格刃，刃落断腕，又一刀始决其首。宰大惊，窜去。樵人犹张皇四顾。诸役吏急阖署门，操杖疾呼。樵人乃自刭死。纷纷集认，识者知为田七郎也。宰惊定，始出验，见七郎僵卧血泊中，手犹握刃。方停盖审视，尸忽突然跃起，竟决宰首，已而复踣。衙官捕其母子，则亡去已数日矣。武闻七郎死，驰哭尽哀。咸谓其主使七郎，武破产夤（yín）缘当路，始得免。七郎尸弃原野月余，禽犬环守之。武厚葬之。其子流寓于登，变姓为佟。起行伍，以功至同知将军。归辽，武已八十余，乃指示其父墓焉。

异史氏曰：一钱不轻受，正一饭不敢忘者也。贤哉母乎！七郎者，愤未尽雪，死犹伸之，抑何其神？使荆卿[⑨]能尔，则千载无遗恨矣。苟有其人，可以补天网之漏。世道茫茫，恨七郎少也。悲夫！

注释

①帢：便帽，相传为曹操所创。②皂犊鼻：黑色围裙。犊鼻，围裙，因形如犊鼻故称。③夜舍屦满：指旅馆里住满了。夜舍，馆舍，旅馆。屦，鞋子。屦满，指客满。④同袍义：同事的情谊。《诗·秦风·无衣》："岂曰无衣，与子同袍。"袍，过膝的外衣服，类似后来的斗篷。⑤勾牒：指拘捕犯人的公文。⑥脔割：割碎。脔，割成小肉块。⑦签数：指杖刑的杖数。古时执行杖刑时，由审讯者确定杖数，施刑者按照分付的数目施刑。⑧内廨：官署的内舍。廨，旧时官吏办公的地方。⑨荆卿：指战国人荆轲。荆轲曾奉燕国太子丹的命令去刺杀秦王嬴政，事败，被秦王所杀。

公孙九娘

于七一案[①]，连坐[②]被诛者，栖霞、莱阳两县最多。一日俘数百人，尽戮于演武场中，碧血[③]满地，白骨撑天。上官慈悲，捐给棺木。济城工肆，材木一空。以故伏刑东鬼，多葬南郊。甲寅间，有莱阳生至稷下，有亲友二三人亦在诛数，因市楮帛，酹奠榛墟，就税舍于下院之僧。明日，入城

营干，日暮未归。忽一少年，造室来访。见生不在，脱帽登床，着履仰卧。仆人问其谁，合眸不对。既而生归，则暮色朦胧，不甚可辨。自诣床下问之，瞠目曰：“我候汝主人，絮絮逼问，我岂暴客耶！”生笑曰：“主人在此。”少年即起着冠，揖而坐，极道寒暄，听其音，似曾相识。急呼灯至，则同邑朱生，亦死于七之难者。大骇却走，朱曳之云：“仆与君文字之交，何寡于情？我虽鬼，故人之念，耿耿不忘。今有所渎，愿无以异物猜薄之。”生乃坐，请所命。曰：“令女甥寡居无偶，仆欲得主中馈。屡通媒约，辄以无尊长命为辞。幸无惜齿牙余惠。”先是，生有女甥，早失恃[4]，遗生鞠[5]养，十五始归其家。俘至济南，闻父被刑，惊而绝。生曰：“渠自有父，何我之求？”朱曰：“其父为犹子启榇去，今不在此。”问：“女甥向依阿谁？”曰：“与邻媪同居。”生虑生人不能作鬼媒。朱曰：“如蒙金诺，还屈玉趾[6]。”遂起握生手，生固辞，问：“何之？”曰：“第行。”勉从与去。

北行里许，有大村落，约数十百家。至一第宅，朱以指弹扉，即有媪出，豁开两扉，问朱：“何为？”曰：“烦达娘子，云阿舅至。”媪旋反，顷复出，邀生入，顾朱曰：“两椽茅舍子大隘，劳公子门外少坐候。”生从之入。见半亩荒庭，列小室二。女甥迎门啜泣，生亦泣，室中灯火荧然。女貌秀洁如生，凝目含涕，遍问妗姑。生曰：“具各无恙，但荆人[7]物故矣。”女又呜咽曰：“儿少受舅妗抚育，尚无寸报，不图先葬沟渎，殊为恨恨。旧年伯伯家大哥迁父去，置儿不一念，数百里外，伶仃如秋燕。舅不以沉魂可弃，又蒙赐金帛，儿已得之矣。”生以朱言告，女俯首无语。媪曰：“公子曩（nǎng）托杨姥三五返，老身谓是大好。小娘子不肯自草草，得舅为政，方此意慊得。”言次，一十七八女郎，从一青衣遽掩入，瞥见生。转身欲遁。女牵其裾曰："勿须尔！是阿舅。"生揖之。女郎亦敛衽[8]。甥曰："九娘，栖霞公孙氏。阿爹故家子，今亦'穷波斯'，落落不称意。旦晚与儿还往。"生睨之，笑弯秋月，羞晕朝霞，实天人也。曰："可知是大家，蜗庐[9]人焉得如此娟好！"甥笑曰："且是女学士，诗词俱大高。昨儿稍得指教。"九娘微哂曰："小婢无端败坏人，教阿舅齿冷也。"甥又笑曰："舅断弦未续，若个小娘子，颇能快意否？"九娘笑奔出，曰："婢子颠疯作也！"遂去，言虽近戏，而生殊爱好之，甥似微察，乃曰："九娘才貌无双，舅倘不以粪壤[10]致猜，儿当请诸其母。"生大悦，然虑人鬼难匹。女曰："无伤，彼与舅有夙分。"生乃出。女送之，曰："五日后，月明人静，当遣人往相迓。"生至户外，不见朱。翘首西望。月衔半规，昏黄中犹认旧径。见南面一第，朱坐门石上，起逆曰："相待已久，寒舍即劳垂顾。"遂携手入，殷殷展谢。出金爵一、晋珠百枚，曰："他无长物，聊代禽仪。"既而曰："家有浊醪，但幽室之物，不足款嘉宾，奈何！"生㧑(huī)谢而退。朱送至中余，始别。

生归，僧仆集问，隐之曰："言鬼者妄也，适友人饮耳。"后五日，朱果来，整履摇箑，意甚欣。方至户，望尘即拜。笑曰："君嘉礼既成，庆在今夕，便烦枉步。"生曰："以无回音，尚未致聘，何遽成礼？"朱曰："仆已代致之。"生深感荷，从与俱去。直达卧所，则女甥华妆迎笑。生问："何时于归？"女曰："三日矣。"朱乃出所赠珠，为甥助妆。女三辞乃受，谓生曰："儿以舅意白公孙老夫人，夫人作大欢喜。但言老耄无他骨肉，不欲九娘远嫁，期今夜舅往赘诸其家。伊家无男子，便可同郎往也。"朱乃导去。村将尽，一第门开，二人登其堂。俄白："老夫人至。"有二青衣扶妪升阶。生欲展拜，夫人云："老朽龙钟，不能为礼。"当即脱边幅，指画青衣，进酒高会。朱乃唤家人，另出肴俎，列置生前；亦别设一壶，为客行觞[11]。筵中进馔，无异人世。然主人自举，殊不劝进。

既而席罢，朱归。青衣导生去，入室，则九娘华烛凝待。邂逅含情，极尽欢昵。初，九娘母子，原解赴都。至郡，母不堪困苦死，九娘亦自刭。枕上追述往事，哽咽不成眠。乃口占两绝云："昔日罗裳化作尘，空将业果恨前身。十年露冷枫林月，此夜初逢画阁春。”“白杨风雨绕孤坟，谁想阳台更作云？忽启镂金箱里看，血腥犹染旧罗裙。”天将明，即促曰：“君宜且去，勿惊厮仆。”自此昼来宵往，嬖惑殊甚。

一夕问九娘：“此村何名？”曰：“莱霞里。里中多两处新鬼，因以为名。”生闻之欷歔。女悲曰：“千里柔魂，蓬游无底，母子零孤，言之怆恻。幸念一夕恩义，收儿骨归葬墓侧，使百年得所依栖，死且不朽。”生诺之。女曰：“人鬼路殊，君不宜久滞。”乃以罗袜赠生，挥泪促别。生凄然出，忉怛不忍归。因过叩朱氏之门。朱白足出逆；甥亦起，云鬓笼松，惊来省问。生惆怅移时，始述九娘语。女曰：“妗氏不言，儿亦夙夜图之。此非人世，不可久居。”于是生含涕而别。叩寓归寝，展转申旦[12]。欲觅九娘之墓，则忘问志表。及夜复往，则千坟累累，竟迷村路，叹恨而返。展视罗袜，着风寸断，腐如灰烬，遂治装东旋。

半载不能自释，复如稷门，冀有所遇。及抵南郊，日势已晚，息树下，趋诣丛葬所。但见坟兆万接，迷目榛荒，鬼火狐鸣，骇人心目。惊悼归舍。失意遨游，返辔遂东。行里许，遥见一女立丘墓上，神情意致，怪似九娘。挥鞭就视，果九娘。下与语，女径走，若不相识。再逼近之，色作怒，举袖自障。顿呼“九娘”，则烟然灭矣。

异史氏曰：香草沉罗，血满胸臆；东山佩玦，泪渍泥沙。古有孝子忠臣，至死不谅于君父者。公孙九娘岂以负骸骨之托，而怨怼不释于中耶？脾膈间物，不能掬以相示，冤乎哉！

注释

①于七一案：指于七反清事件。于七，名乐吾，字孟熹，行七，山东栖霞人。清顺治五年，率众起义反清，清政府对起义地区的人民进行残酷镇压，许多人无辜惨死。②连坐：被别人牵连而获罪。坐，获罪。③碧血：用“血化为碧”的典故。据《庄子·外物》载，周大夫苌弘无辜被杀，人们被他的正气所感动，将他的血收藏起来，三年后变为碧玉。④失恃：丧母。《诗·小雅·蓼莪》：“无父何怙，无母何恃。”⑤鞠：养育，抚养。⑥屈玉趾：劳烦您走一趟。玉趾，即贵步，称人行止的敬词。⑦荆人：旧时对人称己妻的谦辞。⑧敛衽：古时的一种拜礼。后专指妇女行礼。⑨蜗庐：喻指小户人家的房子。《古今注·鱼虫》：“野人结圆舍，如蜗牛之壳，

曰蜗舍。”⑩粪壤：指死者。魏文帝《与吴质书：“观其姓名已为鬼录，追思昔游，犹在心区，而此诸子，化为粪壤，可复道哉！”⑪行觞：斟酒。觞，古时的一种酒器。⑫展转申旦：指难以入睡。申旦，从黑天到白天。

促织

宣德间，宫中尚促织之戏，岁征民间。此物故非西产。有华阴令，欲媚上官，以一头进，试使斗而才，因责常供。令以责之里正[1]。

市中游侠儿，得佳者笼养之，昂其直，居为奇货。里胥猾黠，假此科敛丁口，每责一头，辄倾数家之产。

邑有成名者，操童子业，久不售。为人迂讷[2]，遂为猾胥报充里正役，百计营谋不能脱。不终岁，薄产累尽。会征促织，成不敢敛户口，而又无所赔偿，忧闷欲死。妻曰：“死何益？不如自行搜觅，冀有万一之得。”成然之。早出暮归，提竹筒铜丝笼，于败堵丛草处探石发穴，靡计不施，迄无济。即捕三两头，又劣弱不中于款。宰严限追比，旬余，杖至百，两股间脓血流离，并虫不能行捉矣。转侧床头，惟思自尽。时村中来一驼背巫，能以神卜。成妻具资诣问，见红女白婆，填塞门户。入其室，则密室垂帘，帘外设香几。问者爇(ruò)香于鼎，再拜。巫从旁望空代祝，唇吻翕辟，不知何词，各各竦立以听。少间，帘内掷一纸出，即道人意中事，无毫发爽。成妻纳钱案上，焚香以拜。食顷，帘动，片纸抛落。拾视之，非字而画，中绘殿阁类兰若，后小山下怪石乱卧，针针丛棘，青麻头[3]伏焉；旁一蟆，若将跳舞。展玩不可晓。然睹促织，隐中胸怀，折藏之，归以示成。成反复自念：“得无教我猎虫所耶？”细瞻景状，与村东大佛阁真逼似。乃强起扶杖，执图诣寺后，有古陵蔚起。循陵而走，见蹲石鳞

鳞，俨然类画。遂于蒿莱中侧听徐行，似寻针芥④，寻之多时，绝无踪响。冥搜未已，一癞头蟆猝然跃去。成益愕，急逐之。蟆入草间，蹑迹披求，见有虫伏棘根，遽扑之，入石穴中。掭以尖草不出，以筒水灌之始出。状极俊健，逐而得之。审视：巨身修尾，青项金翅。大喜归，举家庆贺。于是上于盆而养之，蟹白栗黄，备极护爱。留待限期，以塞官责。

成之子窃发盆视之，虫径跃去；及扑入手，已股落腹裂，斯须就毙。儿惧，啼告母。母闻之，面色灰死，大骂曰："业根，死期至矣！翁归，自与汝复算耳！"未几成入，闻妻言，如被冰雪。怒索儿，儿已投入井中。因而化怒为悲，抢呼欲绝。夫妻向隅⑤，茅舍无烟，相对默然，不复聊赖。

日将暮，取儿藁(gǎo)葬，近抚之，气息惙然。喜置榻上，半夜复苏，夫妻心稍慰。但蟋蟀笼虚，顾之则气断声吞，亦不敢复究儿。自昏达曙，目不交睫。东曦既驾，僵卧长愁。忽闻门外虫鸣，惊起觇(chān)视，虫宛然尚在，喜而捕之。一鸣辄跃去，行且速。覆之以掌，虚若无物；手裁举，则又超而跃。急趁之，折过墙隅，迷其所往。徘徊四顾，见虫伏壁上。审谛之，短小，黑赤色，顿非前物。成以其小，劣之；惟彷徨瞻顾，寻所逐者。壁上小虫。忽跃落襟袖间，视之，形若土狗，梅花翅，方首长胫，意似良。喜而收之。将献公堂，惴惴恐不当意，思试之斗以觇之。

村中少年好事者，驯养一虫，自名"蟹壳青"，日与子弟角，无不胜。欲居之以为利，而高其直，亦无售者。径造庐访成。视成所蓄，掩口胡卢而笑。因出己虫，纳比笼中。成视之，庞然修伟，自增惭怍，不敢与较。少年固强之。顾念：蓄劣物终无所用，不如拚博一笑。因合纳斗盆。小虫伏不动，蠢若木鸡。少年又大笑。试以猪鬣(liè)毛撩拨虫须，仍不动。少年又笑。屡撩之，虫暴怒，直奔，遂相腾击，振奋作声。俄见小虫跃起，张尾伸须，直橦敌领。少年大骇，解令休止。虫翘然矜鸣，似报主知。成大喜。

方共瞻玩，一鸡瞥来，径进一啄。成骇立愕呼。幸啄不中，虫跃去尺有咫。鸡健进，逐逼之，虫已在爪下矣。成仓猝莫知所救，顿足失色。旋见鸡伸颈摆扑；临视，则虫集冠上，力叮不释。成益惊喜，掇置笼中。

翼日进宰。宰见其小，怒诃成。成述其异，宰不信。试与他虫斗，虫尽靡；又试之鸡，果如成言。乃赏成，献诸抚军。抚军大悦，以金笼进上，细疏其能。既入宫中，举天下所贡蝴蝶、螳螂、油利挞、青丝额……一切异状，遍试之，无出其右者。每闻琴瑟之声，则应节而舞。益奇之。上大嘉悦，诏赐抚臣名马衣缎。抚军不忘所自，无何，宰以"卓异"闻。宰悦，免成役；又嘱学使，俾入邑庠。由此以善养虫名，屡得抚军殊宠。不数岁，田百顷，楼阁万椽，牛羊蹄(qiào)躈各千计。一出门，裘马过世家焉。

异史氏曰：天子偶用一物，未必不过此已忘；而奉行者即为定例。加之官贪吏虐，民日贴妇卖儿，更无休止。故天子一跬步皆关民命，不可忽也。第成氏子以(dù)蠹贫，以促织富，裘马扬扬。当其为里正、受扑责时，岂意其至此哉！天将以酬长厚者⑥，遂使抚臣、令尹、并受促织恩荫。闻之：一人飞升，仙及鸡犬。信夫！

注释

①里正：明代规定相邻的一百一十户为一"里"，一里之长即里正，主要负责催征粮税及分派徭役。②迂讷：拘谨不善于说话。③青麻头：一种上等的蟋蟀。《帝京景物略》："凡促织，青为上，黄次之，赤次之，黑又次之，白为下。"④针芥：喻指极其细小的东西。⑤向隅：悲伤。《说苑·贵德》："今有满堂饮酒者，有一人独索然向隅而泣，则一堂之人皆不乐矣。"⑥长厚者：忠厚善良的人。

狐谐

万福字子祥，博兴人，幼业儒，家贫而运(jiǎn)蹇，年二十有奇，尚不能掇一芹。乡中浇俗，多报富户役，长厚者至碎破其家。万适报充役，惧而逃，如济南，税居逆旅。夜有奔女，颜色颇丽，万悦而私之，问姓氏。女自言："实狐，然不为君祟。"万喜而不疑。女嘱勿与客共，遂日至，与共卧处。凡日用所需，无不仰给于狐。

居无何，二三相识，辄来造访，恒信宿不去。万厌之，而不忍拒，不得已以实告客。客愿一睹仙容，万白于狐。狐曰："见我何为哉？我亦犹人耳。"闻其声，不见其人。客有孙得言者，善谑，固请见，且曰："得听

娇音，魂魄飞越。何吝容华，徒使人闻声相思？”狐笑曰：“贤孙子！欲为高曾母作行乐图耶？”众大笑。狐曰：“我为狐，请与客言狐典，颇愿闻之否？”众唯唯[①]。狐曰：“昔某村旅舍，故多狐，辄出祟行客。客知之，相戒不宿其舍，半年，门户萧索。主人大忧，甚讳言狐。忽有一远方客，自言异国人，望门休止。主人大悦，甫邀入门，即有途人阴告曰：‘是家有狐。’客惧，白主人，欲他徙。主人力白其妄，客乃止。入室方卧，见群鼠出于床下。客大骇，骤奔，急呼：‘有狐！’主人惊问。客怒曰：‘狐巢于此，何诳我言无？’主人又问：‘所见何状？’客曰：‘我今所见，细细幺麽[②]，不是狐儿，必当是狐孙子？’”言罢，座客粲然[③]。孙曰：“既不赐见，我辈留勿去，阻尔阳台。”狐笑曰：“寄宿无妨。倘有小迕犯，幸勿介怀。”客恐其恶作剧，乃共散去，然数日必一来，索狐笑骂。狐谐甚，每一语即颠倒宾客，滑稽者不能屈也。群戏呼为“狐娘子”。

一日，置酒高会，万居主人位，孙与二客分左右坐，上设一榻待狐。狐辞不善酒。咸请坐谈，许之。酒数行，众掷（tóu）骰为瓜蔓之令[④]。客值瓜色，会当饮，戏以觥移上座曰：“狐娘子太清醒，暂借一杯。”狐笑曰：“我故不饮，愿陈一典，以佐诸公饮。”孙掩耳不乐闻。客皆曰：“骂人者当罚。”狐笑曰：“我骂狐何如？”众曰：“可。”于是倾耳共听。狐曰：“昔一大臣，出使红毛国，着狐腋冠见国王。王见而异之，问：‘何皮毛，温厚乃尔？’大臣以狐对。王曰：‘此物生平未曾得闻。狐字字画何等？’使臣书空而奏曰：‘右边是一大瓜，左边是一小犬。’”主客又复哄堂。二客，陈氏兄弟，一名所见，一名所闻。见孙大窘，乃曰：“雄狐何在，而纵雌狐流毒若此？”狐曰：“适一典谈犹未终，遂为群吠所乱，请终之。国王见使臣乘一骡，甚异之。

使臣告曰：'此马之所生。'又大异之。使臣曰：'中国马生骡，骡生驹驹。'王细问其状。使臣曰：'马生骡，是臣所见，骡生驹驹，是臣所闻。'"举坐又大笑。众知不敌，乃相约：后有开谑端者，罚作东道主。

顷之酒酣，孙戏谓万曰："一联请君属之。"万曰："何如？"孙曰："妓者出门访情人，来时'万福[5]'，去时'万福'。"众属思未对。狐笑曰："我有之矣。"对曰："龙王下诏求直谏，鳖也'得言'，龟也'得言'。"众绝倒。孙大恚曰："适与尔盟，何复犯戒？"狐笑曰："罪诚在我，但非此不能确对耳。明日设席，以赎吾过。"相笑而罢。狐之诙谐。不可殚述。居数月，与万偕归。及博兴界，告万曰："我此处有葭莩亲，往来久梗，不可不一讯。日且暮，与君同寄宿，待旦而行可也。"万询其处，指言"不远。"万疑前此故无村落，姑从之。二里许，果见一庄，生平所未历。狐往叩关，一苍头出应门。入则重门叠阁，宛然世家。俄见主人，有翁与媪，揖万而坐。列筵丰盛，待万以姻娅，遂宿焉。狐早谓曰："我遽偕君归，恐骇闻听。君宜先往，我将继至。"万从其言，先至，预白于家人。未几狐至，与万言笑，人尽闻之，不见其人。逾年，万复事于济，狐又与俱。忽有数人来，狐从与语，备极寒暄。乃语万曰："我本陕中人，与君有夙因，遂从许时。今我兄弟来，将从以归，不能周事[6]。"留之不可，竟去。

注释

①唯唯：象声词，应答之声。唯，地位或辈分低的人对地位或辈分高的人的应答。②细细幺麽：微不足道的东西。细细，轻微。幺麽，微小。③粲然：笑时露出牙齿。④瓜蔓之令：一种酒令。⑤万福：古时女子向客人行礼时多口称万福，是祝颂之词。⑥周事：即终身相伴。

续黄粱

福建曾孝廉，捷南宫[1]时，与二三同年，遨游郭外。闻毗卢禅院寓一星者，往诣问卜。入揖而坐。星者见其意气扬扬，稍佞谀之。曾摇箑（shà）微笑，便问："有蟒玉分否？"星者[2]曰："二十年太平宰相。"曾大悦，气益高。

值小雨，乃与游侣避雨僧舍。舍中一老僧，深目高鼻，坐蒲团上，淹蹇不为礼。众一举手，登榻自话，群以宰相相贺。曾心气殊高，便指同游曰："某为宰相时，推张年丈[3]作南抚，家中表[4]为参、游，我家老苍头亦得小千把，余愿足矣。"一座大笑。

俄闻门外雨益倾注，曾倦伏榻间。忽见有二中使，赍天子手诏，召曾太师决国计。曾得意荣宠，亦乌知其非有也，疾趋入朝。天子前席，温语良久，命三品以下，听其黜陟(zhì)，不必奏闻。即赐蟒服一袭，玉带一围，名马二匹。曾被服稽拜以出。入家，则非旧所居第，绘栋雕榱，穷极壮丽，自亦不解何以遽至于此。然拈须微呼，则应诺雷动。俄而公卿赠海物，伛偻足恭者叠出其门。六卿来，倒屣而迎；侍郎辈，揖与语；下此者，颔之而已。晋抚馈女乐十人，皆是好女子，其尤者为袅袅，为仙仙，二人尤蒙宠顾。科头休沐，日事声歌。一日，念微时尝得邑绅王子良周济，我今置身青云，渠尚蹉跎仕路，何不一引手？早旦一疏，荐为谏议，即奉谕旨，立行擢用。又念郭太仆曾睚眦我，即传吕给谏及侍御陈昌等，授以意旨；越日，弹章交至，奉旨削职以去。恩怨了了，颇快心意。偶出郊衢(qú)，醉人适触卤簿，即遣人缚付京尹，立毙杖下。接第连阡者，皆畏势献沃产，自此富可埒国。无何而袅袅、仙仙，以次殂谢，朝夕遐想，忽忆曩(nǎng)年见东家女绝美，每思购充媵(yìng)御，辄以绵薄违宿愿，今日幸可适志。乃使干仆数辈，强纳资于其家。俄顷藤舆舁至，则较之昔望见时尤艳绝也。自顾生平，于愿斯足。

又逾年，朝士窃窃，似有腹非之者，然揣其意，各为立仗马，曾亦高情盛气，不以置怀。有龙图学士包拯[5]上疏，其略曰："窃以曾某，原一饮赌无赖，市井小人。一言之合，荣膺圣眷，父紫儿朱，恩宠为极。不思捐躯摩顶，以报万一，反恣胸臆，擅作威福。可死之罪，擢发难数！朝廷名器，居为奇货，量缺肥瘠，为价重轻。因而公卿将士，尽奔走于门下，估计夤缘，俨如负贩，仰息望尘，不可算数。或有杰士贤臣，不肯阿附，轻则置之闲散，重则褫(chǐ)以编氓。甚且一臂不袒，辄迕鹿马之奸；片语方干，远窜豺狼之地。朝士为之寒心，朝廷因而孤立。又且平民膏腴，任肆蚕食；良家女子，强委禽妆。沴气冤氛，暗无天日！奴仆一到，则守、令承颜；书函一投，则司、院枉法。或有厮养之儿，瓜葛之亲，出则乘传，风行雷动。地方之供给稍迟，马上之鞭挞立至。荼毒人民，奴隶官府，扈从[⑥]所临，野无青草。而某方炎炎赫赫，怙宠无悔。召对方承于阙下，萋菲辄进于君前；委蛇才退于自公，声歌已起于后苑。声色狗马，昼夜荒淫；国计民生，罔存念虑。世上宁有此宰相乎！内外骇讹，人情汹汹。若不急加斧锧之诛，势必酿成操、莽之祸。臣拯夙夜祗惧，不敢宁处，冒死列款[⑦]，仰达宸听。伏祈断奸佞之头，籍贪冒之产，上回天怒，下快舆情。如果臣言虚谬，刀锯鼎镬，即加臣身。”云云。疏上，曾闻之气魄悚骇，如饮冰水。幸而皇上优容，留中不发。又继而科、道、九卿，交章劾奏，即昔之拜门墙、称假父者，亦反颜相向。奉旨籍家，充云南军。子任平阳太守，已差员前往提问。

曾方闻旨惊怛，旋有武士数十人，带剑操戈，直抵内寝，褫其衣冠，与妻并系。俄见数夫运资于庭，金银钱钞以数百万，珠翠瑙玉数百斛，幄幕帘榻之属，又数千事，以至儿襁女舄，遗坠庭阶。曾一一视之。酸心刺目。又俄而一人掠美妾出，披发娇啼，玉容无主。悲火烧心，含愤不敢言。俄楼阁仓库，并已封志，立叱曾出。监者牵罗曳而出，夫妻吞声就道，求一下驷劣车，少作代步，亦不可得。十里外，妻足弱，欲倾跌，曾时以一手相攀引。又十余里，己亦困惫。欻见高山，直插云汉，自忧不能登越，时挽妻相对泣。而监者狞目来窥，不容稍停驻。又顾斜日已坠，无可投止，不得已，参差蹩躠(sǎ)而行。比至山腰，妻力已尽。泣坐路隅。曾亦憩止，任监者叱骂。

忽闻百声齐噪，有群盗各操利刃，跳梁而前。监者大骇，逸去。曾长跪告曰："孤身远谪，囊中无长物。"哀求宥免。群盗裂眦宣言："我辈皆被害冤民，只乞得佞贼头，他无索取。"曾怒叱曰："我虽待罪，乃朝廷命官，贼子何敢尔！"贼亦怒，以巨斧挥曾项，觉头堕地作声。魂方骇疑，即有二鬼来反接其手，驱之行。行逾数刻，入一都会。顷之，睹宫殿，殿上一丑形王者，凭几决罪福。曾前匍伏请命，王者阅卷，才数行，即震怒曰："此欺君误国之罪，宜置油鼎！"万鬼群和，声如雷霆。即有巨鬼捽(zuó)至墀下，见鼎高七尺已来，四围炽炭，鼎足皆赤。曾觳觫哀啼，窜迹无路。鬼以左手抓发，右手握踝，抛置鼎中。觉块然一身，随油波而上下，皮肉焦灼，痛彻于心，沸油入口，煎烹肺腑。念欲速死，而万计不能得死。约食时，鬼方以巨叉取曾，复伏堂下。王又检册籍，怒曰："倚势凌人，合受刀山狱！"鬼复捽去。见一山，不甚广阔，而峻削壁立，利刃纵横，乱如密笋。先有数人罥肠刺腹于其上，呼号之声，惨绝心目。鬼促曾上，曾大哭退缩。鬼以毒锥刺脑，曾负痛乞怜。鬼怒，捉曾起，望空力掷。觉身在云霄之上，晕然一落，刃交于胸，痛苦不可言状，又移时，身躯重赘，刀孔渐阔，忽焉脱落，四支蠖屈。鬼又逐以见王。王命会计生平卖爵鬻名，枉法霸产，所得金钱几何。即有鬖须人持筹握算，曰："二百二十一万。"王曰："彼既积来，还令饮去！"少间，取金钱堆阶上如丘陵，渐入铁釜，熔以烈火。鬼使数辈，更相以杓灌其口，流颐则皮肤臭裂，入喉则脏腑腾沸。生时患此物之少，是时患此物之多也。半日方尽。

王者令押去甘州为女。行数步，见架上铁梁，围可数尺，绾一火轮，其大不知几百由旬[8]，焰生五采，光耿云霄。鬼挞使登轮。方合眼跃登，则轮随足转，似觉倾坠，遍体生凉。开目自顾，身已婴儿，而又女也。视其父母，则悬鹑败絮；土室之中，瓢杖犹存。心知为乞人子，日随乞儿托钵，腹辘辘不得一饱。着败衣，风常刺骨。十四岁，鬻与顾秀才备媵(yìng)妾，衣食粗足自给。而冢室悍甚，日以鞭棰从事，辄用赤铁烙胸乳。幸良人颇怜爱，稍自宽慰。东邻恶少年，忽逾墙来逼与私，乃自念前身恶孽，已被鬼责，今那得复尔。于是大声疾呼，良人与嫡妇尽起，少年始窜去。一日，秀才宿诸其室，枕上喋喋，方自诉冤苦；忽震厉一声，室门大辟，有两贼持刀入，竟决秀才首，囊括衣物。团伏被底，不敢作声。既而贼去，乃喊奔嫡室。嫡大惊，相与泣验。遂疑妾以奸夫杀良人，状白刺史。刺史严鞫，竟以酷刑诬服，律拟凌迟处死，zhí絷赴刑所。胸中冤气扼塞，距踊声屈，觉九幽十八狱无此黑黯也。正悲号间，闻游者呼曰："兄魇耶？"豁然而寤，见老僧犹跏趺座上。同侣竞相谓曰："日暮腹xiāo枵，何久酣睡？"曾乃惨淡而起。僧微笑曰："宰相之占验否？"曾益惊异，拜而请教。僧曰："修德行仁，火坑中有青莲也。山僧何知焉。"曾胜气而来，不觉丧气而返。台阁之想由此淡焉。后入山，不知所终。

异史氏曰：梦固为妄，想亦非真。彼以虚作，神以幻报。黄粱将熟，此梦在所必有，当以附之邯郸之后。

注释

①南宫：原指尚书省，此处指礼部。②星者：相士。古人认为人的命运与星宿的位置、运行息息相关，故称给人算命的人为"星者"。③年丈：科举时代同榜录取者互称"同年"，称同年的父辈或父辈的同年为"年丈"。④中表：表兄弟。古时称姑父的儿子为外兄弟，称舅父或姨母的儿子为内兄弟，外为表，内为中，故合称为"中表兄弟"。⑤龙图学士包拯：此处指刚直不阿的大臣。⑥扈从：随从。⑦列款：列举罪状。款，罪状。⑧由旬：梵文音译，古代印度计算里数的单位，分为大、中、小。

辛十四娘

广平冯生，少轻脱，纵酒。昧爽偶行，遇一少女，着红pèi帔，容色娟好。从小奚奴[①]，蹑露奔波，履袜沾濡。心窃好之。薄暮醉归，道侧故有兰若，久芜废，有女子自内出，则向丽人也，忽见生来，即转身入。阴思：丽者何得在禅院中？絷驴于门，往觇其异。入则断垣零落，阶上细草如毯。彷徨间，一斑白叟出，衣帽整洁，问："客何来？"生曰："偶过古刹[②]，欲一瞻仰。"因问："翁何至此？"叟曰："老夫流寓无所，暂借此安顿细小。既承宠降，山茶可以当酒。"乃肃宾入。见殿后一院，石路光明，无复榛莽。入其室，则帘幌床幕，香雾喷人。坐展姓字，云："蒙叟姓辛。"生乘醉遽问曰："闻有女公子未遭良匹，窃不自揣愿以镜台自献。"辛笑曰："容谋之荆人。"生即索笔为诗曰："千金觅玉杵，殷勤手自将。云英如有意，亲为捣玄霜。"主人笑付左右。少间，有婢与辛耳语。辛起慰客耐坐，牵幕入，隐约数语即趋出。生意必有佳报，而辛乃坐与嗢噱，不复有他言。生不能忍，问曰："未审意旨，幸释疑抱。"辛曰："君卓荦士，倾风已久，但有私衷所不敢言耳。"生固请，辛曰："弱息十九人，嫁者十有二。醮命任之荆人，老夫不与焉。"生曰："小生只要得今朝领小奚奴带露行者。"辛不应，相对默然。闻房内嘤嘤腻语，生乘醉搴(qiān)帘曰："伉俪既不可得，当一见颜色，以消吾憾。"内闻钩动，群立愕顾。果有红衣人，振袖倾鬟，亭亭拈带。望见生入，遍室张皇。辛怒，命数人捽(zuó)生出。酒愈涌上，倒榛芜中，瓦石乱落如雨，幸不着体。

卧移时，听驴子犹龁草路侧，乃起跨驴，踉跄而行。夜色迷闷，误入涧谷，狼奔鸱叫，竖毛寒心。踟蹰四顾，并不知其何所。遥望苍林中灯火明灭，疑必村落，竟驰投之。仰见高闳，以策挝门，内问曰："何人半夜来此？"生以失路告，内曰："待达主人。"生累足鹄俟。忽闻振管辟扉，一健仆出，代客捉驴。生入，见室甚华好，堂上张灯火。少坐，有妇人出，问客姓氏，生以告。逾刻，青衣数人扶一老妪出，曰："郡君[3]至。"生起立，肃身欲拜。妪止之坐，谓生曰："尔非冯云子之孙耶？"曰："然。"妪曰："子当是我弥甥。老身钟漏并歇，残年向尽，骨肉之间，殊多乖阔。"生曰："儿少失怙，与我祖父处者，十不识一焉。素未拜省，乞便指示。"妪曰："子自知之。"生不敢复问，坐对悬想。

妪曰："甥深夜何得来此？"生以胆力自矜诩，遂历陈所遇。妪笑曰："此大好事。况甥名士，殊不玷于姻娅，野狐精何得强自高？甥勿虑，我能为若致之。"生谢唯唯。妪顾左右曰："我不知辛家女儿遂如此端好。"青衣人曰："渠有十九女，都翩翩有风格，不知官人所聘行几？"生曰："年约十五余矣。"青衣曰："此是十四娘。三月间，曾从阿母寿郡君，何忘却？"

妪笑曰："是非刻莲瓣为高履，实以香屑，蒙纱而步者乎？"青衣曰："是也。"妪曰："此婢大会作意，弄媚巧。然果窈窕，阿甥赏鉴不谬。"即谓青衣曰："可遣小狸奴唤之来。"青衣应诺去。

移时，入白："呼得辛家十四娘至矣。"旋见红衣女子，望妪俯拜。妪曰："后为我家甥妇，勿得修婢子礼。"女子起，娉娉而立，红袖低垂。妪理其鬓发，捻其耳环，曰："十四娘近在闺中作么生？"女低应曰："闲来只挑绣。"回首见生，羞缩不安。妪曰："此吾甥也。盛意与儿作姻好，何便教迷途，终夜窜溪谷？"女俯首无语。妪曰："我唤汝非他，欲为吾甥作伐耳。"女默默而已。妪命扫榻展裀(yīn)褥，即为合卺。女腆然曰："还以告之父母。"妪曰："我为汝作冰，有何舛谬？"女曰："郡君之命，父母当不敢违，然如此草草，婢子即死，不敢奉命！"妪笑曰："小女子志不可夺，真吾甥妇也！"乃拔女头上金花一朵，付生收之。命归家检历，以良辰为定。乃使青衣送女去。听远鸡已唱，遣人持驴送生出。数步外,欻一回顾，则村舍已失，但见松楸浓黑，蓬颗蔽冢而已。定想移时，乃悟其处为薛尚书墓。

薛乃生故祖母弟，故相呼以甥。心知遇鬼，然亦不知十四娘何人。咨嗟而归，漫检历以待之，而心恐鬼约难恃。再往兰若，则殿宇荒凉，问之居人，则寺中往往见狐狸云。阴念：若得丽人，狐亦自佳。至日除舍扫途，更仆眺望，夜半犹寂，生已无望。顷之门外哗然，蹑屣出窥，则绣幰(wéi)已驻于庭，双鬟扶女坐青庐中。妆奁亦无长物，惟两长鬣奴扛一扑满，大如瓮，息肩置堂隅。生喜得佳丽偶，并不疑其异类。问女曰："一死鬼，卿家何帖服之甚？"女曰："薛尚书，今作五都巡环使，数百里鬼狐皆备扈从，故归墓时常少。"生不忘蹇(jiǎn)修④，翼日往祭其墓。归见二青衣，持贝锦为贺，竟委几上而去。生以告女，女曰："此郡君物也。"

邑有楚银台之公子，少与生共笔砚，颇相狎。闻生得狐妇，馈遗为饮，即登堂称觞。越数日，又折简来招饮。女闻，谓生曰："曩(nǎng)公子来，我穴壁窥之，其人猿睛鹰准，不可与久居也。宜勿往。"生诺之。翼日公子造门，问负约之罪，且献新什。生评涉嘲笑，公子大惭，不欢而散。生归笑述于房，女惨然曰："公子豺狼，不可狎也！子不听吾言，将及于难！"生笑谢之。后与公子辄相谀噱(xué)，前隙渐释。会提学试，公子第一，生第二。公子沾沾自喜，走诪来邀生饮，生辞；频招乃往。至则知为公子初度，客从满堂，列筵甚盛。公子出试卷示生，亲友叠肩叹赏。酒数行，乐奏于堂，鼓吹伧伫，宾主甚乐。公子忽谓生曰："谚云：'场中莫论文。'此言今知其谬。小生所以忝出君上者，以起处数语略高一筹耳。"公子言已，一座尽赞。生醉不能忍，大笑曰："君到于今，尚以为文章至是耶！"生言已，一座失色。公子惭忿气结。客渐去，生亦遁。醒而悔之，因以告女。女不乐曰："君诚乡曲之儇子也！轻薄之态，施之君子，则丧吾德；施之小人，则杀吾身。君祸不远矣！我不忍见君流落，请从此辞。"生惧而涕，且告之悔。女曰："如欲我留，与君约：从今闭户绝交游，勿浪饮。"生谨受教。

十四娘为人勤俭洒脱，日以纂织为事。时自归宁，未尝逾夜。又时出金帛作生计，日有赢余，辄投扑满。日杜门户，有造访者辄嘱苍头谢去。

一日，楚公子驰函来，女焚拃不以闻。翼日，出吊于城，遇公子于丧者之家，捉臂苦约，生辞以故。公子使圉人挽辔，拥捽以行。至家，立命洗腆。继辞夙退。公子要遮无已，出家姬弹筝为乐。生素不羁，向闭置庭中，颇觉闷损，忽逢剧饮，兴顿豪，无复萦念。因而醉酣，颓卧席间。公子妻阮氏，最悍妒，婢妾不敢施脂泽。日前，婢入斋中，为阮掩执，以杖击首，脑裂立毙。公子以生嘲慢故，衔生，日思所报，遂谋醉以酒而诬之。乘生醉寐，扛尸床间，合扉径去。生五更醒解，始觉身卧几上，起寻枕榻，则有物腻然，绁绊步履。摸之，人也。意主人遣僮伴睡。又蹴之不动，举之而僵，大骇，出门怪呼。厮役尽起，拃之，见尸，执生怒闹。公子出验之，诬生逼奸杀婢，执送广平。隔日，十四娘始知，潸(shān)泣曰："早知今日矣！"因按日以金钱遗生。生见府尹，无理可伸，朝夕搒掠，皮肉尽脱。女自诣问，生见之，悲气塞心，不能言说。女知陷阱已深，劝令诬服，以免刑宪。生泣听命。

女还往之间，人咫尺不相窥。归家咨惋，遽遣婢子去。独居数日，又托媒媪购良家女，名禄儿，年及笄，容华颇丽，与同寝食，抚爱异于群小。生认误杀拟绞。苍头得信归，恸述不成声。女闻，坦然若不介意。既而秋决有日，女始皇皇躁动，昼去夕来，无停履。每于寂所，于邑悲哀，至损眠食。一日，日晡，狐婢忽来。女顿起，相引屏语。出则笑色满容，料理门户如平时。翼日，苍头至狱，生寄语娘子一往永诀。苍头复命，女漫应之，亦不怆恻，殊落落置之；家人窃议其忍。忽道路沸传：楚银台革职，平阳观察奉特旨治冯生案。苍头闻之，喜告主母。女亦喜，即遣人府探视，则生已出狱，相见悲喜。俄捕公子至，一鞫(jú)，尽得其情。生立释宁家。归见女，泫然流涕，女亦相对怆楚，悲已而喜，然终不知何以得达上听。女笑指婢曰："此君之功臣也。"生愕问故。

先是，女遣婢赴燕都，欲达宫闱，为生陈冤抑。婢至，则宫中有神守护，徘徊御沟间，数月不得入。婢惧误事，方欲归谋，忽闻今上将幸大同，婢乃预往，伪作流妓。上至勾栏，极蒙宠眷。疑婢不似风尘人，婢乃垂泣。上问："有何冤苦？"婢对曰："妾原籍直隶广平，生员冯某之女。父以冤狱将死，遂鬻妾勾栏中。"上惨然，赐金百两。临行，细问颠末，以纸笔记姓名；且言欲与共富贵。婢言："但得父子团聚，不愿华朊也。"上颔之，乃去。婢以此情告生。生急起拜，泪眦双荧。居无几何，女忽谓生曰："妾不为情缘，何处得烦恼？君被逮时，妾奔走戚眷间，并无一人代一谋者。尔时酸衷，诚不可以告诉。今视尘俗益厌苦。我已为君蓄良偶，可从此别。"生闻，泣伏不起，女乃止。夜遣禄儿侍生寝，生拒不纳。朝视十四娘，容光顿减；又月余，渐以衰老；半载，黯黑如村妪：生敬之，终不替。女忽复言别，且曰："君自有佳侣，安用此鸠盘为？"生哀泣如前日。又逾月，女暴疾，绝饮食，羸卧闺闼（tà）。生侍汤药，如奉父母。巫医无灵，竟以溘逝。生悲怛欲绝。即以婢赐金，为营斋葬。数日，婢亦去，遂以禄儿为室。逾年，生一子。然比岁不登，家益落。夫妻无计，对影长愁。忽忆堂陬扑满，常见十四娘投钱于中，不知尚在否。近临之，则豉具盐盎，罗列殆满。头头置去，箸探其中，坚不可入。扑而碎之，金钱溢出。由此顿大充裕。

后苍头至太华，遇十四娘，乘青骡，婢子跨蹇以从，问："冯郎安否？"且言："致意主人，我已名列仙籍矣。"言讫不见。

异史氏曰：轻薄之辞，多出于士类，此君子所悼惜也。余常冒不韪之名，言冤则已迂；然未尝不刻苦自励，以勉附于君子之林，而祸福之说不与焉。若冯生者，一言之微，几至杀身，苟非室有仙人，亦何能解脱囹圄，以再生于当世耶？可惧哉！

注释

①奚奴：奴仆，此处指婢女。《周礼·天官·序官》："奚三百人。"②刹：指佛塔顶部的装饰，后代指寺庙古塔。③郡君：古时妇人的封号。④蹇修：代指媒人。蹇修，神话传说中伏羲氏的大臣。屈原《离骚》："解佩以结言兮，吾令蹇修以为理。"

念秧

异史氏曰：人情鬼蜮[①]，所在皆然；南北冲衢，其害尤烈。如强弓怒马，御人于国门之外者，夫人而知之矣。或有劙刺橐，攫货于市，行人回首，财货已空，此非鬼蜮之尤者耶？乃又有萍水相逢[②]，甘言如醴，其来也渐，其入也深。误认倾盖之交[③]，遂罹丧资之祸。随机设阱，情状不一；俗以其言辞浸润，名曰"念秧"。今北途多有之，遭其害者尤众。

余乡王子巽者，邑诸生。有族先生在都为旗籍太史，将往探讯。治装北上，出济南，行数里，有一人跨黑卫驰与同行，时以闲语相引，王颇与问答。其人自言："张姓。为栖霞隶，被令公差赴都。"称谓撝（wéi）卑，祇奉殷勤，相从数十里，约以同宿。王在前则策蹇追及，在后则祇候道左。仆疑之，因厉色拒去，不使相从。张颇自惭，挥鞭遂去。既暮休于旅舍，偶步门庭，则见张就外舍饮。方惊疑间，张望见王垂手拱立，谦若厮仆，稍稍问讯。王亦以泛泛适相值，不为疑，然王仆终夜戒备之。鸡既唱，张来呼与同行，仆咄绝之，乃去。朝暾已上，王始就道。行半日许，前一人跨白卫，约四十许，衣帽整洁，垂首蹇分，盹寐欲堕。或先或后，因循十余里。王怪问："夜何作，迷顿乃尔？"其人闻之，猛然欠伸，言："青苑人，许姓，临淄令高檠是我中表。家兄设帐于官署，我往探省，少获馈贻。今夜旅舍，误同念秧者宿，惊惕不敢交睫，遂致白昼迷闷。"王故问："念秧何说？"许曰："君客时少，未知险诈。今有匪类，以甘言诱行旅，夤缘与同休止，因而乘机骗赚。昨有葭莩亲，以此丧资斧。吾等皆宜警备。"王颔之。先是，临淄宰与王有旧，曾入其幕，识其门客，果有许姓，遂不复疑。因道寒温，兼询其兄况。许约暮共主人，王诺之。仆终疑其伪，阴与主谋，迟留不进，相失，遂杳。

翼日卓午，又遇一少年，年可十六七，骑健骡，冠服修整，貌甚都。同行久之，未交一言。日既夕，少年忽曰："前去曲律店不远矣。"王微应之。少年因咨嗟歔欷，如不自胜。王略致诘，少年叹曰："仆江南金姓。三年膏火，冀博一第，不图竟落孙山！家兄为部中主政，遂载细小来，冀得排遣。生平不曾跋涉，扑面尘沙，使人薅恼。"因取红巾拭面，叹咤不已。听其语，操南音，娇婉若女子。王心好之，稍为慰藉。少年曰："适先驰出，眷口久望不来，何仆辈亦无至者？日已将暮，奈何！"迟留瞻望，行甚缓。王遂先驱，相去渐远。晚投旅邸，既入舍，则壁下一床，先有客解装其上。王问主人，即有一人入，携之而出，曰："但请安置，当即移他所。"王视之则许。王止与同舍，许遂止，因与坐谈。少间，又有携装入者，见王、许在舍，返身遽出，曰："已有客在。"王审视，则途中少年也。王未言，许急起曳留之，少年遂坐。许乃展问邦族，少年又以途中言为许告。俄顷，解囊出资，堆累颇重，秤两余付主人，嘱治肴酒，以供夜话。二人争劝止之，卒不听。

俄而酒炙并陈。筵间，少年论文甚风雅。王问江南闱题，少年悉告之。

且自诵其承破，及篇中得意之句。言已，意甚不平，共扼腕之。少年又以家口相失，夜无仆役，患不解牧圉(yǔ)，王因命仆代摄莝(cuò)豆，少年深感谢。居无何，忽蹴然曰：“生平蹇(jiǎn)滞，出门亦无好况。昨夜逆旅与恶人居，掷骰叫呼，聒耳沸心，使人不眠。”南音呼骰为兜，许不解，固问之，少年手摹其状。许乃笑，于囊中出色一枚，曰：“是此物否？”少年诺。许乃以色为令，相欢饮。酒既阑，许请共掷，赢一东道主，王辞不解。许乃与少年相对呼卢，又阴嘱王曰：“君勿漏言。蛮公子颇充裕，年又雏，未必深解五木诀。我赢些须，明当奉屈耳。”二人乃入隔舍。旋闻轰赌甚闹，王潜窥之，见栖霞隶亦在其中。大疑，展衾自卧。又移时，众共拉王赌，王坚辞不解。许愿代辨枭雉，王又不肯；遂强代王掷。少间，就榻报王曰：“汝赢几筹矣。”王睡梦应之。

忽数人排阖而入，番语啁嚈。首者言佟姓。为旗下逻捉赌者。时赌禁甚严，各大惶恐。佟大声吓王，王亦以太史旗号相抵。佟怒解，与王叙同籍，笑请复博为戏。众果复赌，佟亦赌。王谓许曰：“胜负我不预闻。但愿睡，无相混。”许不听，仍往来报之。既散局，各计筹马，王负欠颇多，佟遂搜王装橐(tuó)取偿。王愤起相争。金捉王臂，阴告曰：“彼都匪人，其情叵测。我辈乃文字交，无不相顾。适局中我赢得如干数，可相抵。此当取偿许君者，今请易之。便令许偿佟，君偿我。不过暂掩人耳目，过此仍以相还。终不然，以道义之交，遂实取君偿耶？”王故长厚，遂信之。少年出，以相易之谋告佟。乃对众发王装物，估入己橐，佟乃转索许、张而去。

少年遂襆被来，与王连枕，衾褥皆精美。王亦招仆人卧榻上，各默然安枕。久之，少年故作转侧，以下体昵就仆。仆移身避之，少年又近就之。肤着股际，滑腻如脂。仆心动，试与狎，而少年殷勤甚至，衾息鸣动。王颇闻之，虽其骇怪，终不疑其有他也。昧爽，少年即起，促与早行。且云："君蹇疲殆，夜所寄物，前途请相授耳。"王尚无言，少年已加装登骑，王不得已从之。骡行驶，去渐远，王料其前途相待，初不为意。因以夜间所闻问仆，仆以实告。王始惊曰："今被念秧者骗矣！焉有宦室名士，而毛遂于圉仆？"又转念其谈词风雅，非念秧所能，急追数十里，踪迹殊杳。始悟张、许、佟皆其一党，一局不行，又易一局，务求其必入也。偿债易装，已伏一图赖之机，设其携装之计不行，亦必执前说篡夺而去。为数十金，委缀数百里，恐仆发其事，而以身交欢之，其术亦苦矣。

后数年，又有吴生之事：

邑有吴生字安仁，三十丧偶，独宿空斋。有秀才来与谈，遂相知悦。从一小奴，名鬼头，亦与吴僮报儿善。久而知其为狐。吴远游，必与俱，同室之中，人不能睹。吴客都中，将旋里，闻王生遭念秧之祸，因戒僮警备。狐笑曰："勿须，此行无不利。"

至涿，一人系马坐烟肆，裘服齐楚。见吴过，亦起，超乘从之。渐与吴语，自言："山东黄姓，提堂户部。将东归，且喜同途不孤寂。"于是吴止亦止，每共食必代吴偿值。吴阳感而阴疑之。私以问狐，狐曰："不妨。"吴意释。

及晚，同寻寓所，先有美少年坐其中。黄入，与拱手为礼，喜问少年："何时离都？"答云："昨日。"黄遂拉与共寓，向吴曰："此史郎，我中表弟，亦文士，可佐君子谈骚雅，夜话当不寥落。"乃出金资，治具共饮。少年风流蕴藉，遂与吴大相爱悦，饮间，辄目示吴作觞弊，罚黄，强使釂(jiào)，鼓掌作笑。吴益悦之。既而更与黄谋赌博，共牵吴，遂各出橐金为质。狐嘱报儿暗锁板扉，嘱曰："倘闻人喧，但寐无哗。"吴诺。吴每掷，小注则输，大注则赢。更余，计得二百金。史、黄错橐垂罄，议质其马。

忽闻挝门声甚厉，吴急起，投色于火，蒙被假卧。久之，闻主人觅钥不得，破扃启关，有数人汹汹入，搜捉博者。史、黄并言无有。一人竟捋吴被，指为赌者，吴叱咄之。数人强检吴装。方不能与之撑拒，忽闻门外舆马呵殿声。吴急出鸣呼，众始惧，曳之入，但求无声。吴乃从容苞苴付主人。卤簿既远，众乃出门去。

黄与史共作惊喜状，取次览寝，黄命史与吴同榻。吴以腰橐置枕头，方伸被而睡。无何，史启吴衾，裸体入怀，小语曰："爱兄磊落，愿从交好。"吴心知其诈，然计亦良得，遂相偎抱。史极力周奉，不料吴固伟男，大为凿枘，颦呻殆不可任，窃窃哀免。吴固求讫事。手扪之，血流漂杵矣。乃释令归。及明，史惫不能起，托言暴病，请吴、黄先发。吴临别，赠金为药饵之费。途中语狐，乃知夜来卤簿，皆狐所为。黄于途，益谄事吴。暮复同舍，斗室甚隘，仅容一榻，颇暖洁，吴以为狭。黄曰："此卧两人则隘，君自卧则宽，何妨？"食已径去。吴亦喜独宿可接狐友，坐良久，狐不至。倏闻壁上小扉，有指弹之声。吴拔关探视，一少女艳妆遽入，自扃门户，向吴展笑，佳丽如仙。吴喜致研诘，则主人之子妇也。遂与狎，大相爱悦。女忽潸然泣下。吴惊问之，女曰："不敢隐匿，妾实主人遣以饵君者。曩（nǎng）时入室，即被掩执，不知今宵，何久不至？"又呜咽曰："妾良家女，情所不甘。今已倾心于君，乞垂拔救！"吴闻骇惧，计无所出，但遣速去，女惟俯首泣。

忽闻黄与主人捶阖鼎沸，但闻黄曰："我一路祗奉，谓汝为人，何遂诱我弟室！"吴惧，逼女令去。闻壁扉外亦有腾击声。吴仓卒汗流如沈，女亦伏泣。又闻有人劝止主人，主人不听，推门愈急。劝者曰："请问主人，意将何为？如欲杀耶，有我等客数辈，必不坐视凶暴。如两人中有一逃者，抵罪安所辞？如欲质之公庭耶，帷薄不修，适以取辱。且尔宿行旅，明明陷诈，安保女子无异言？"主人张目不能语。吴闻窃感佩，而不知何人。初，肆门将闭，即有秀才共一仆来，就外舍宿。携有香酝，遍酌同舍，劝黄及主人尤殷。两人辞欲起，秀才牵裾，苦不令去。后乘间得遁，操杖奔吴所。秀才闻喧，始入劝解。吴伏窗窥之，则狐友也，心窃喜。又见主人意稍夺，乃大言以恐之。又谓女子："何默不一言？"女啼曰："恨不如人，为人驱役贱务！”主人闻之，面如死灰。秀才叱骂曰：“尔辈禽兽之情，亦已毕露。此客子所共愤者！”黄及主人皆释刀杖，长跪而请。吴亦启户出，顿大怒詈，秀才又劝止吴，两始和解。

女子又啼，宁死不归。内奔出妪婢，捽女令入。女子卧地，哭益哀。秀才劝重价货吴生，主人俯首曰：“作老娘三十年，今日倒绷孩儿，亦复何说。”遂依秀才言。吴固不肯破重资，秀才调停主客间，议定五十金。人财交付后，晨钟已动，乃共促装，载女子以行。女未经鞍马，驰驱颇殆。午间稍息憩，将行，唤报儿，不知所往。日已夕，尚无踪响，颇怀疑讶，遂以问狐。狐曰：“无忧，将自至矣。”星月已出，报儿始至。吴诘之，报儿笑曰：“公子以五十金肥奸伧，窃所不平。适与鬼头计，反身索得。”遂以金置几上。吴惊问其故，盖鬼头知女止一兄，远出十余年不返，遂幻化作其兄状，使报儿冒弟行，入门索姊妹。主人惶恐，诡托病殂。二僮欲质官，主人益惧，啖之以金，渐增至四十，二僮乃行。报儿具述其状，吴即赐之。

吴归，琴瑟綦(qí)笃。家益富。细诘女子，曩美少年即其夫，盖史即金也。袭一槲绸帔，云是得之山东王姓者。盖其党羽甚众，逆旅主人，皆其一类。何意吴生所遇，即王子巽连天呼苦之人，不亦快哉！旨哉古言：“骑者善堕。”

注释

①鬼蜮：原指害人的鬼和怪物，后比喻奸诈阴狠的人。《诗·小雅·何人斯》：“为鬼为蜮，则不可得。”蜮，传说中伏于水中含沙射人的一种怪物。②萍水相逢：指偶然相识。王勃《滕王阁序》：“萍水相逢，尽是他乡之客。”③倾盖之交：一见如故的朋友。倾盖，指并车交谈。《史记·邹阳列传》“谚曰‘有白头如新，倾盖如故。’何则？知与不知也。”

酒狂

缪永定，江西拔贡[①]生，素酗于酒，戚党多畏避之。偶适族叔家，与客滑稽谐谑，遂共酣饮。缪醉，使酒骂座，忤客；客怒，一座大哗。叔为排解，缪为左袒客，益迁怒叔。叔无计，奔告其家。家人来，扶挟以归。才置床上，四肢尽厥，抚之，奄然气绝。

缪见有皂帽人絷已去。移时至一府署，缥碧为瓦，世间无其壮丽。至墀下，似欲伺见官宰，自思无罪，当是客讼斗殴。回顾皂帽人，怒目如牛，又不敢问。忽堂上一吏宣言，使讼狱者翼日早候，于是堂下人纷纷散去。缪亦随皂帽人出，更无归着，缩首立肆檐下。皂帽人怒曰："颠酒无赖子！日将暮，各去寻眠食，尔何往？"缪战栗曰："我且不知何事，并未告家人，故毫无资斧，庸将焉归？"皂帽人曰："颠酒贼！若酤自啖，便有用度！再支吾，老拳碎颠骨子！"缪垂首不敢声。忽一人自户内出，见缪，诧异曰："尔何来？"缪视之，则其母舅。舅贾氏，死已数载。缪见之，始悟已死，心益悲惧，向舅涕零曰："阿舅救我！"贾顾皂帽人曰："东灵非他，屈临寒舍。"二人乃入。贾重揖皂帽人，且嘱青眼。俄顷出酒食，团坐相饮。贾问："舍甥何事，遂烦勾致？"皂帽人曰："大王[②]驾诣浮罗君，遇令甥醉詈，使我捉得来。"贾问："见王未？"曰："浮罗君会花子案，驾未归。"又问："阿甥将得何罪？"答曰："未可知也。然大王颇怒此等人。"缪在侧，闻二人言，觳觫汗下，杯箸不能举。无何，皂帽人起，谢曰："叨盛酌，已经醉矣。即以令甥相付托，驾归，再容登访。"乃去。贾谓缪曰："甥别无兄弟，父母爱如掌上珠，常不忍一诃。十六七岁，三杯后，喃喃寻人疵，小不合，辄挝门裸骂，犹谓齿稚。不意别十余年，甥了不长进。今且奈何！"缪伏地哭，懊悔无及。贾曳之曰："舅在此业酤，颇有小声望，必合极力。适饮者乃东灵使者，舅常饮之酒，与舅颇相善。大王日万几，亦未必便能记忆。我委曲与言，浼以私意释甥去，或可允从。"又转念曰："此事担负颇重，非十万不能了也。"缪谢诺，即就舅氏宿。次日，皂帽人早来觇望。贾请间。语移时，来谓缪曰："谐矣。少顷，即复来。我先罄所有用压契，余待甥归从容凑致之。”缪喜曰：“共得几何？”曰：“十万。”曰：“甥何处得如许？”贾曰：“只金币钱纸③百提，足矣。”缪喜曰：“此易办耳。”待将停午，皂帽人不至。

缪欲出市上少游瞩，贾嘱勿远荡，诺而出。见街里贸贩，一如人间。至一所，棘垣峻绝，似是囹圄。对门一酒肆，往来颇夥。肆外一带长溪，黑潦涌动，深不见底。方伫足窥探，闻肆内一人呼曰：“缪君何来？”缪急视之，则邻村翁生，乃十年前文字交。趋出握手，欢若平生。即就肆内小酌，各道契阔。缪庆幸中，又逢故知，倾怀尽釂（jiào）。大醉，顿忘其死，旧态复作，渐絮絮瑕疵翁。翁曰：“数年不见，君复尔耶？”缪素厌人道其酒德，闻言益愤。击桌大骂。翁睨之，拂袖竟出。缪又追至溪头，捋翁帽，翁怒曰：“此真妄人！”乃推缪颠堕溪中。溪水殊不甚深，而水中利刃如麻，刺胁穿胫，坚难摇动，痛彻骨脑。黑水杂溲秽，随吸入喉，更不可耐。岸上人观笑如堵，绝不一为援手。

时方危急，贾忽至，望见大惊，提携以归，曰：“尔不可为也！死犹弗悟，不足复为人！请仍从东灵受斧锧。”缪大惧，泣拜知罪。贾乃曰：“适东灵至，候汝立券，汝乃饮荡不归，渠迫不能待。我已立券，付千缗令去，余以旬尽为期。子归，宜急措置，夜于村外旷莽中，呼舅名焚之，此案可结也。”缪悉如命，乃促之行，送之郊外，又嘱曰：“必勿食言，累我无益。”乃示途令归。

时缪已僵卧三日，家人谓其醉死，而鼻息隐隐如悬丝。是日苏，大呕，呕出黑沈数斗，臭不可闻。吐已，汗湿裀（yīn）褥，气味熏腾，与吐物无异，身始凉爽。告家人以异。旋觉刺处痛肿，隔夜成疮，犹幸不大溃腐。十日渐能杖行。家人共乞偿冥负，

缪计所费，非数金不能办，颇生吝惜，曰：“曩或醉乡之幻境耳。纵其不然，伊以私释我，何敢复使冥王知？”家人劝之，不听。然心惕惕然，不敢复纵饮。里党咸喜其进德，稍稍与共酌。年余，冥报渐忘，志渐肆，故状渐萌。一日饮于子姓之家，又骂座，主人摈斥出，阖户径去。缪噪逾时，其子方知，扶持归家。入室，面壁长跪，自投无数，曰：“便偿尔负！便偿尔负！”言已仆地，视之气已绝矣。

注释

①拔贡：明清时，由各省提学考选学行兼优、累试优等的府、州、县学生员，贡入京师！明代称为“选贡”，清初称“拔贡”。②大王：东灵大王，神话中与西王母对称的男神，居东方。道教称之为青灵始老君，为地仙。③金币钱纸：旧时祭奠供焚化用的金裱纸钱，即纸陌。

卷五

鸦头

bǎo

诸生[①]王文，东昌[②]人，少诚笃。薄游[③]于楚，过六河，休于旅舍，乃步门外。遇里戚赵东楼，大贾也，常数年不归。见王，相执甚欢，便邀临存。至其所，有美人坐室中，愕怪却步。赵曳之，又隔窗呼妮子去。王乃入。赵具酒馔(zhuàn)，话温凉。王问："此何处所？"答云："此是小勾栏。余因久客，暂假床寝。"话间，妮子频来出入，王局促不安，离席告别，赵强捉令坐。

俄见一少女经门外过，望见王，秋波频顾，眉目含情，仪容娴婉，实神仙也。王素方直，至此惘然若失，便问："丽者何人？"赵曰："此媪次女，小字鸦头，年十四矣。缠头者[④]屡以重金啖(dàn)媪，女执不愿，致母鞭楚，女以齿稚哀免。今尚待聘耳。"王闻言，俯首默然痴坐，酬应悉乖。赵戏之曰："君倘垂意，当作冰斧。"王怃然曰："此念所不敢存。"然日向夕绝不言去。赵又戏请之，王曰："雅意极所感佩，囊涩奈何！"赵知女性激烈，必当不允，故许以十金为助。王拜谢趋出，罄资而至，得五数，强赵致媪，媪果少之。鸦头言于母曰："母日责我不作钱树子，今请得如母所愿。我初学作人，报母有日，勿以区区放却财神去。"媪以女性拗执，但得允从，即甚欢喜。遂诺之，使婢邀王郎。赵难中悔，加金付媪。

王与女欢爱甚至。既，谓王曰："妾烟花下流，不堪匹敌，既蒙缱绻，义即至重。君倾囊博此一宵欢，明日如何？"王泫然悲哽。女曰："勿悲。妾委风尘[⑤]，实非所愿。顾未有敦笃如君可托者。请以宵遁。"王喜遽起，女亦起。听谯鼓已三下矣。女急易男装，草草偕出，叩主人扉。王故从双卫，托以急务，命仆便发。女以符系仆股并驴耳上，纵辔极驰，目不容启，耳后但闻风鸣，平明至汉口，税屋而止。王惊其异，女曰："言之，得无惧乎？妾非人，狐耳。母贪淫，日遭虐遇，心所积懑，今幸脱苦海。百里外即非所知，可幸无恙。”王略无疑贰，从容曰：“室对芙蓉，家徒四壁，实难自慰，恐终见弃置。”女曰：“何必此虑。今市货皆可居，三数口，淡薄亦可自给。可鬻(yù)驴子作资本。”王如言，即门前设小肆，王与仆人躬同操作，卖酒贩浆其中。女作披肩[⑥]，刺荷囊[⑦]，日获赢余，顾赡甚优。积年余，渐能蓄婢媪，王自是不着犊鼻，但课督而已。

女一日悄然忽悲，曰：“今夜合有难作，奈何！”王问之，女曰：“母已知妾消息，必见凌逼。若遣姊来吾无忧，恐母自至耳。”夜已央，自庆曰：“不妨，阿姊来矣。”居无何，妮子排闼入，女笑逆之。妮子骂曰：“婢子不羞，随人逃匿！老母令我缚去。”即出索子絷女颈。女怒曰：“从一者得何罪？”妮子益忿，捽(zuó)女断衿。家中婢媪皆集，妮子惧，奔出。女曰：“姊归，母必自至。大祸不远，可速作计。”乃急办装，将更播迁。媪忽掩入，怒容可掬，曰：“我固知婢子无礼，须自来也！”女迎跪哀啼，媪不言，揪发提去。王徘徊怆恻，眠食都废，急诣六河，冀得贿赎。至则门庭如故，人物已非，问之居人，俱不知其所徙。悼丧而返。于是俵散客旅，囊资东归。后数年偶入燕都，过育婴堂[⑧]，见一儿，七八岁。仆人怪似其主，反复凝注之。王问：“看儿何说？”仆笑以对，王亦笑。细视儿，风度磊落。自念乏嗣，因其肖己，爱而赎之。诘其名，自称王孜。王曰：“子弃之襁褓，何知姓氏？”曰：“本师尝言，得我时，胸前有字，书山东王文之子。”王大骇曰：“我即王文，乌得有子？”念必同己姓名者，心窃喜，甚爱惜之。及归，见者不问而知为王生子。孜渐长，孔武有力，喜田猎，不务生产，乐斗好杀，王亦不能钳制之。又自言能见鬼狐，悉不之信。会里中有患狐者，请孜往觇之。至则指狐隐处，令数人

随指处击之，即闻狐鸣，毛血交落，自是遂安。由是人益异之。

王一日游市廛，忽遇赵东楼，巾袍不整，形色枯黯。惊问所来，赵惨然请间。王乃偕归，命酒。赵曰："媪得鸦头，横施楚掠。既北徙，又欲夺其志。女矢死不二，因囚置之。生一男弃之曲巷，闻在育婴堂，想已长成，此君遗体也。"王出涕曰："天幸孽儿已归。"因述本末。问："君何落拓至此？"叹曰："今而知青楼之好，不可过认真也。夫何言！"

先是，媪北徙，赵以负贩从之。货重难迁者，悉以贱售。途中脚直供亿，烦费不资，因大亏损，妮子索取尤奢。数年，万金荡然。媪见床头金尽，旦夕加白眼。妮子渐寄贵家宿，恒数夕不归。赵愤激不可耐，然亦无可如何。适媪他出，鸦头自窗中呼赵曰："勾栏中原无情好，所绸缪者，钱耳。君依恋不去，将掇奇祸。"赵惧，如梦初醒。临行窃往视女，女授书使达王，赵乃归。因以此情为王述之。即出鸦头书，书云："知孜儿已在膝下矣。妾之厄难，东楼君自能面悉。前世之孽，夫何可言！妾幽室之中，暗无天日，鞭创裂肤，饥火煎心，易一晨昏，如历年岁。君如不忘汉上雪夜单衾，迭互暖抱时，当与儿谋，必能脱妾于厄。母姊虽忍，要是骨肉，但嘱勿致伤残，是所愿耳。"王读之，泣不自禁，以金帛赠赵而去。

时，孜年十八矣，王为述前后，因示母书。孜怒眦欲裂，即日赴都，询吴媪居，则车马方盈。孜直入，妮子方与湖客饮，望见孜，愕立变色。孜骤进杀之，宾客大骇，以为寇。及视女尸，已化为狐。孜持刀径入，见媪督婢作羹。孜奔近室门，媪忽不见，孜四顾，急抽矢望屋梁射之，一狐贯心而堕，遂决其首。寻得母所，投石破扃，母子各失声。母问媪，曰："已诛之。"母怨曰："儿何不听吾言！"命持葬郊野。孜伪诺之，剥其皮而藏之。检媪箱箧，尽卷金资，奉母而归。夫妇重谐，悲喜交至。既问吴媪，孜言："在吾囊中。"惊问之，出两革以献。母怒，骂曰："忤逆儿！何得此为！"号痛自挞，转侧欲死。王极力抚慰，叱儿瘗革。孜忿曰："今得安乐所，顿忘挞楚耶？"母益怒，啼不止。孜葬皮反报，始稍释。

王自女归，家益盛。心德赵，报以巨金，赵始知母子皆狐也。孜承奉甚孝；然误触之，则恶声暴吼。女谓王曰：“儿有拗筋，不刺去，终当杀身倾产。”夜伺孜睡，潜絷其手足。孜醒曰：“我无罪。”母曰：“将医尔虐，其勿苦。”孜大叫，转侧不可开。女以巨针刺踝骨侧三四分许，用刀掘断，崩然有声，又于肘间脑际并如之。已乃释缚，拍令安卧。天明，奔候父母，涕泣曰：“儿早夜忆昔所行，都非人类！”父母大喜，从此温和如处女，乡里贤之。

异史氏曰：妓尽狐也。不谓有狐而妓者，至狐而鸨⑨，则兽而禽矣。灭理伤伦，其何足怪？至百折千磨，之死靡他，此人类所难，而乃于狐也得之乎？唐太宗谓魏徵更饶妩媚，吾于鸦头亦云。

注释

①诸生：明清时期经考试录取而进入府、州、县各级学校学习的生员统称为诸生，分为增生、附生、廪生、例生等。②东昌：旧府名，在今山东聊城县。③薄游：游览，游历。薄，语助词。④缠头者：指嫖客。古时舞者以锦缠头，宾客以罗锦相赠，称为“缠头”。后来，泛指对妓女的赠予。⑤委风尘：指沦落为妓。委，委身。风尘，指花街柳巷。⑥披肩：旧时服饰名，是妇女披在肩头的一种服装，亦称“云肩”。⑦荷囊：荷包。《通俗篇·服饰》：“今名小袷囊曰荷包，亦得缀袍处以见尊上。”⑧育婴堂：旧时收养失去父母或被遗弃的婴儿的机构。⑨鸨：鸨母。朱权《丹丘先生曲论》：“妓女之老者曰鸨。鸨似雁而大，无后趾，虎文；喜淫而无厌，诸鸟求之即就。”后因称妓女为鸨儿，称开妓院的女人为鸨母。

封三娘

范十一娘，𬱖城祭酒①之女，少艳美，骚雅尤绝②。父母钟爱之，求聘者辄令自择，女恒少所可。会上元日③，水月寺中诸尼作“盂兰盆会④”。是日，游女如云，女亦诣之。方随喜间，一女子步趋相从，屡望颜色，似欲有言。审视之，二八绝代姝也。悦而好之，转用盼注。女子微笑曰：“姊非范十一娘乎？”答曰：“然。”女子曰：“久闻芳名，人言果不虚谬。”十一娘亦审里居，女笑曰：“妾封氏，第三，近在邻村。”把臂欢笑，词致温婉，于是大相爱悦，依恋不舍。十一娘问：“何无伴侣？”曰：“父母早逝，家中止一老妪留守门户，故不得来。”十一娘将归，封凝眸欲涕，十一娘亦惘然，遂邀过从。封曰："娘子朱门绣户，妾素无葭莩亲，虑致讥嫌。"十一娘固邀之。答："俟异日。"十一娘乃脱金钗一股赠之，封亦摘髻上绿簪为报。十一娘既归，倾想殊切。出所赠簪，非金非玉，家人都不之识，甚异之。日望其来，怅然遂病。父母讯得故，使人于近村谘访，并无知者。时值重九，十一娘羸顿[5]无聊。倩侍儿强扶窥园，设褥东篱下。忽一女子攀垣来窥，觇之，则封女也。呼曰："接我以力？"侍儿从之，蓦然遂下。十一娘惊喜，顿起，曳坐褥间，责其负约，且问所来。答云："妾家去此尚远，时来舅家作耍。前言近村者，缘舅家耳。别后悬思颇苦，然贫贱者与贵人交，足未登门，先怀惭怍，恐为婢仆下眼觑，是以不果来。适经墙外过，闻女子语，便一攀望，冀是小姐，今果如愿。"十一娘因述病源，封泣下如雨，因曰："妾来当须秘密。造言生事者，飞短流长，所不堪受。"十一娘诺。偕归同榻，快与倾怀，病寻愈。订为姊妹，衣服履舄(xì)[6]，辄互易着。见人来，则隐匿夹幕间。

积五六月，公及夫人颇闻之。一日，两人方对弈，夫人掩入。谛视，惊曰："真吾儿友也！"因谓十一娘："闺中有良友，我两人所欢，胡不早言？"十一娘因达封意。夫人顾谓三娘曰："伴吾儿，极所忻慰，何昧之？"封羞晕满颊，默然拈带而已。夫人去，封乃告别，十一娘苦留之，乃止。一夕，自门外匆忙奔入，泣曰："我固谓不可留，今果遭此大辱！"惊问之。曰："适出更衣[7]，一少年丈夫，横来相干，幸而得逃。如此，复何面目！"十一娘细诘形貌，谢曰："勿须怪，此妾痴兄。会告夫人，杖责之。"封坚辞欲去。十一娘请待天曙。封曰："舅家咫尺，但须一梯度我过墙耳。"十一娘知不可留，使两婢逾墙送之。行半里许，辞谢自去。婢返，十一娘扶床悲惋，如失伉俪。

后数月，婢以故至东村，暮归，遇封女从老媪来。婢喜，拜问，封亦恻恻，讯十一娘兴居。婢捉袂曰："三姑过我。我家姑姑盼欲死！"封曰："我亦思之，但不乐使家人知。归启园门，我自至。"婢归告十一娘，十一娘喜，从其言，则封已在园中矣。相见，各道间阔，绵绵不寐。视婢子眠

熟，乃起，移与十一娘同枕，私语曰："妾固知娘子未字。以才色门第，何患无贵介婿，然绔裤儿敖不足数，如欲得佳偶，请无以贫富论。"十一娘然之。封曰："旧年邂逅处，今复作道场，明日再烦一往，当令见一如意郎君。妾少读相人书，颇不参差。"昧爽封即去，约俟兰若，十一娘果往，封已先在。眺览一周，十一娘便邀同车。携手出门，见一秀才，年可十七八，布袍不饰，而容仪俊伟。封潜指曰："此翰苑才也。"十一娘略睨之，封别曰："娘子先归，我即继至。"入暮果至，曰："我适物色甚详，其人即同里孟安仁也。"十一娘知其贫，不以为可。封曰："娘子何堕世情哉！此人苟长贫贱者，予当抉眸子，不复相天下士矣。"十一娘曰："且为奈何？"曰："愿得一物，持与订盟。"十一娘曰："姊何草草？父母在，不遂如何？"封曰："妾此为，正恐其不遂耳。志若坚，生死何可夺也？"十一娘必不可。封曰："娘子姻缘已动，而魔劫未消。所以故，来报前好耳。请即别，即以所赠金凤钗，矫命赠之。"十一娘方谋更商，封已出门去。

时孟生贫而多才，意将择耦，故十八犹未聘也。是日，忽睹两艳，归涉冥想。一更向尽，封三娘款门而入。烛之，识为日中所见，喜致诘问。曰："妾封氏，范十一娘之女伴也。"生大悦，不暇细审，遽前拥抱。封拒曰："妾非毛遂，乃曹丘生。十一娘愿缔永好，请倩冰也。"生愕然不信，封乃以钗示生。生喜不自已，矢曰："劳眷注如此，仆不得十一娘，宁终鳏(guān)耳。"封遂去。生诘旦，浼邻媪诣范夫人。夫人贫之，竟不商女，立便却去。十一娘知之，心失所望，深恨封之误己也，而金钗难返，只须以死矢之。

又数日，有某绅为子求婚，恐不谐，浼邑宰作伐。时某方居权要，范公心畏之。以问十一娘，十一娘不乐，母诘之，默默不言，但有涕泪。使人潜告夫人，非孟生不嫁。公闻益怒，竟许某绅家；且疑十一娘有私意于生，遂涓吉速成礼。十一娘忿不食，日惟耽卧。至亲迎之前夕，忽起，揽镜自妆，夫人窃喜。俄侍女奔曰："小姐自缢死！"举家惊涕，痛悔无所复及。三日遂葬。

孟生自邻媪反命，愤恨欲绝。然遥遥探访，妄冀复挽。察知佳人有主，忿火中烧，万虑俱断矣。未几，闻玉葬香埋，愴然悲丧，恨不从丽人俱死。向晚出门，意将乘昏夜一哭十一娘之墓。欻有一人来，近之，则封三娘。向生道喜曰："喜姻好可就矣。"生泫然曰："卿不知十一娘亡耶？"封曰："我所谓就者，正以其亡。可急唤家人发冢，我有异药能令苏。"生从之，发墓破棺，复掩其穴。生自负尸，与三娘俱归，置榻上，投以药，逾时而苏。顾见三娘，问："此何所？"封指生曰："此孟安仁也。"因告以故，始知复生。封惧漏泄，相将去五十里，避匿山村。

封欲辞去，十一娘乞留作伴，使别院居。因货殉葬之饰，用为资度，亦称小有。封每遇生来辄避去，十一娘从容曰："吾姊妹骨肉不啻也，然终无百年聚。计不如效英、皇。"封曰："妾少得异诀，吐纳可以长生，故不愿嫁耳。"十一娘笑曰："世传养生术，汗牛充栋，行而效者谁也？"封曰："妾所得非人世所知。世所传并非真诀，惟华陀五禽图差为不妄。凡修炼家，无非欲血气流通耳，若得厄逆症，作虎形立止，非其验耶？"十一娘阴与生谋，使伪为出者。入夜，强劝以酒，既醉，生潜入污之。三娘醒曰："妹子害我矣！倘色戒不破，道成当升第一天。今堕奸谋，命耳！"乃起告辞。十一娘告以诚意而哀谢之。封曰："实相告：我乃狐也。缘瞻丽容，忽生爱慕，如茧自缠，遂有今日。此乃情魔之劫，非关人力。再留则魔更生，无底止矣。娘子福泽正远，珍重自爱。"言已而逝。夫妻惊叹久之。

逾年，生乡、会果捷，官翰林。投刺谒范公，公愧悔不见；固请之，乃见。生入，执子婿礼，伏拜甚恭。公愧怒，疑生儇(xuān)薄。生请间，具道情事。公不深信，使人探诸其家，方大惊喜。阴戒勿宣，惧有祸变。又二年，某绅以关节[8]发觉，父子充辽海军。十一娘始归宁焉。

注释

①祭酒：即国子监祭酒，古代学官名，为国子学或国子监的主管官。②骚雅尤绝：工于诗词。骚，指《离骚》。雅，指《诗经》的《小雅》和《大雅》。③上元日：指农历正月十五日。④盂兰盆会：佛教节日"盂兰盆节"，也称"中元节"、鬼节。盂兰盆，梵语音译，解救苦难的意思。⑤羸顿：消瘦憔悴。羸，瘦弱。顿，困顿。⑥履舄：鞋。单底的鞋称为履，衬以木底后称为舄。⑦更衣：换衣服，此处指上厕所。⑧关节：暗中行贿，说人情。

狐梦

余友毕怡庵，倜傥不群[1]，豪纵自喜，貌丰肥，多髭，士林知名。尝以故至叔刺史公之别业，休憩楼上。传言楼中故多狐。毕每读青凤传，心辄向往，恨不一遇。因于楼上摄想凝思，既而归斋，日已寝暮。

时暑月燠(yù)热，当户而寝。睡中有人摇之，醒而却视则一妇人，年逾四十，而风韵犹存。毕惊起，问为谁，笑曰："我狐也。蒙君注念，心窃感纳。"毕闻而喜，投以嘲谑。妇笑曰："妾齿加长矣，纵人不见恶，先自渐沮。有小女及笄，可侍巾栉。明宵，无寓人于室，当即来。"言已而去。至夜，焚香坐伺，妇果携女至。态度娴婉，旷世无匹。妇谓女曰："毕郎与有夙缘，即须留止。明旦早归，勿贪睡也。"毕乃握手入帏，款曲备至。事已笑曰："肥郎痴重，使人不堪。"未明即去。既夕自来，曰："姊妹辈将为我贺新郎，明日即屈同去。"问："何所？"曰："大姊作筵主，此去不远也。"毕果候之。良久不至，身渐倦惰。才伏案头，女忽入曰："劳君久伺矣。"乃握手而行。奄至一处有大院落，直上中堂，则见灯烛荧荧，灿若星点。俄而主人至，年近二旬，淡妆绝美。敛衽称贺已，将践席，婢入曰："二娘子至。"见一女子入，年可十八九，笑向女曰："妹子已破瓜[2]矣。新郎颇如意否？"女以扇击背，白眼视之。二娘曰："记儿时与妹相扑[3]为戏，妹畏人数胁骨，遥呵手指，即笑不可耐。便怒我，谓我当嫁僬侥国[4]

小王子。我谓婢子他日嫁多髭郎，刺破小吻，今果然矣。”大娘笑曰：“无怪三娘子怒诅也！新郎在侧，直尔憨跳！”，顷之，合尊促坐，宴笑甚欢。

忽一少女抱一猫至，年可十二三，雏发未燥，而艳媚入骨。大娘曰：“四妹妹亦要见姊丈耶？此无坐处。”因提抱膝头，取肴果饵之。移时，转置二娘怀中，曰：“压我胫股酸痛！”二姊曰：“婢子许大，身如百钧⑤重，我脆弱不堪；既欲见姊丈，姊丈故壮伟，肥膝耐坐。”乃捉置毕怀。入怀香软，轻若无人。毕抱与同杯饮，大娘曰：“小婢勿过饮，醉失仪容，恐姊丈所笑。”少女孜孜展笑，以手弄猫，猫戛然鸣。大娘曰：“尚不抛却，抱走蚤虱矣！”二娘曰：“请以狸奴为令，执箸交传，鸣处则饮。”众如其教。至毕辄鸣；毕故豪饮，连举数觥，乃知小女子故捉令鸣也，因大喧笑。二姊曰：“小妹子归休！压杀郎君，恐三姊怨人。”小女郎乃抱猫去。

大姊见毕善饮，乃摘髻子贮酒以劝。视髻仅容升许，然饮之觉有数斗之多。比干视之，则荷盖也。二娘亦欲相酬，毕辞不胜酒。二娘出一口脂合子，大于弹丸，酌曰：“既不胜酒，聊以示意。”毕视之，一吸可尽，接吸百口，更无干时。女在旁以小莲杯易合子去，曰：“勿为奸人所算。”置合案上，则一巨钵。二娘曰：“何预汝事！三日郎君，便如许亲爱耶！”毕持杯向口立尽。把之腻软；审之，非杯，乃罗袜一钩，衬饰工绝。二娘夺骂曰：“猾婢！何时盗人履子去，怪足冰冷也！”遂起，入室易舄。

女约毕离席告别，女送出村，使毕自归。瞥然醒寤，竟是梦景，而鼻口醺醺，酒气犹浓，异之。至暮女来，曰：“昨宵未醉死耶？”毕言：“方疑是梦。”女曰：“姊妹怖君狂噪，故托之梦，实非梦也。”女每与毕弈，毕辄负。女笑曰：“君日嗜此，我谓必大高着。今视之，只平平耳。”毕求指诲，女曰：“弈之为术，在人自悟，我何能益君？朝夕渐染，或当有益。”居数月，毕觉稍进。女试之，笑曰：“尚未，尚未。”毕出，与所尝共弈者游，则人觉其异，稍咸奇之。

毕为人坦直，胸无宿物，微泄之。女已知，责曰：“无惑乎同道者不交狂生也！屡嘱甚密，何尚尔尔？”怫然欲去。毕谢过不遑，女乃稍解，然由此来寝疏矣。积年余，一夕来，兀坐相向。与之弈，不弈；与之寝，不寝。怅然良久，曰：“君视我孰如青凤？”曰：“殆过之。”曰：“我自惭弗如。然聊斋与君文字交，请烦作小传，未必千载下无爱忆如君者。”曰：“夙有此志。曩(nǎng)遵旧嘱，故秘之。”女曰：“向为是嘱，今已将别，复何讳？”问：“何往？”曰：“妾与四妹妹为西王母征作花鸟使，不复得来矣。曩有姊行，与君家叔兄，临别已产二女，今尚未醮；妾与君幸无所累。”毕求赠言，曰：“盛气平，过自寡。”遂起，捉手曰：“君送我行。”至里许，洒涕分手，曰：“彼此有志，未必无会期也。”乃去。

康熙二十一年腊月十九日，毕子细述其异。因为志之。

注释

①倜傥不群：卓越豪迈，不同凡俗。②破瓜：旧时文人拆“瓜”字为二八以纪年，指十六岁。《通俗编·妇女》：“俗以女子破身为破瓜，非也。瓜字破之为二八字，言其二八十六岁也。”此处指少女已婚。③相扑：一种类似摔跤的体育活动。秦汉时期称为“角抵”，南北朝到南宋时期称为“相扑”。此处指相互打闹。④僬侥国：神话中的矮人国。《史记·孔子世家》：“僬侥氏三尺，短之至也。”⑤钧：古代重量单位，三十斤为一钧。

章阿端

卫辉戚生，少年蕴藉，有气敢任。时大姓有巨第，白昼见鬼，死亡相继，愿以贱售。生廉其直购居之。而第阔人稀，东院楼亭，蒿艾成林，亦姑废置。家人夜惊，辄相哗以鬼。两月余，丧一婢。无何，生妻以暮至楼亭，既归得疾，数日寻毙。家人益惧，劝生他徙，生不听。而块然无偶，憭(liáo)栗自伤。婢仆辈又时以怪异相聒。生怒，盛气袱被，独卧荒亭中，留烛以觇其异。久之无他，亦竟睡去。

忽有人以手探被，反复扪搎。生醒视之，则一老大婢，挛耳蓬头，臃肿无度。生知其鬼，捉臂推之，笑曰："尊范不堪承教！"婢惭，敛手蹀躞而去。少顷，一女郎自西北隅出，神情婉妙，闯然至灯下，怒骂："何处狂生，居然高卧！"生起笑曰："小生此间之地主，候卿讨房税耳。"遂起，裸而捉之。女急遁，生先趋西北隅阻其归路，女既穷，便坐床上。近临之，对烛如仙，渐拥诸怀。女笑曰："狂生不畏鬼耶？将祸尔死！"生强解裙襦①，则亦不甚抗拒。已而自白曰："妾章氏，小字阿端。误适荡子，刚愎不仁，横加折辱，愤悒夭逝，瘗此二十余年矣。此宅下皆坟冢也。"问："老婢何人？"曰："亦一故鬼，从妾服役。上有生人居，则鬼不安于夜室，适令驱君耳。"问："扪搎(sūn)何为？"笑曰："此婢三十年未经人道，其情可悯，然亦太不自量矣。要之：馁怯者，鬼益侮弄之，刚肠者不敢犯也。"听邻钟响断，着衣下床，曰："如不见猜，夜当复至。"

入夕果至，绸缪益欢。生曰："室人不幸殂谢，感悼不释于怀。卿能为我致之否？"女闻之益戚，曰："妾死二十年，谁一置念忆者！君诚多情，妾当极力。然闻投生有地矣，不知尚在冥司否。"逾夕告生曰："娘子将生贵人家。以前生失耳环，挞婢，婢自缢死，此案未结，以故迟留。今尚寄药王②廊下，有监守者，妾使婢往行贿，或将来也。"生问："卿何闲散？"曰："凡枉死鬼不自投见，阎摩天子③不及知也。"二鼓向尽，老婢果引生妻而至。生执手大悲，妻含涕不能言。女别去，曰："两人可话契阔，另夜请相见也。"生慰问婢死事。妻曰："无妨，行结矣。"上床偎抱，款若平生之欢。由此遂以为常。

后五日，妻忽泣曰："明日将赴山东，乖离苦长，奈何！"生闻言，挥涕流离，哀不自胜。女劝曰："妾有一策，可得暂聚。"共收涕询之。女请以钱纸十提，焚南堂杏树下，持贿押生者，俾缓时日，生从之。至夕妻至，曰："幸赖端娘，今得十日聚。"生喜，禁女勿去，留与连床，暮以暨晓，

惟恐欢尽。过七八日，生以限期将满，夫妻终夜哭。问计于女，女曰：“势难再谋。然试为之，非冥资百万不可。”生焚之如数。女来，喜曰：“妾使人与押生者关说，初甚难，既见多金，心始摇。今已以他鬼代生矣。”自此，白日亦不复去，令生塞户牖，灯烛不绝。

如是年余，女忽病瞀闷懊侬[4]，恍惚如见鬼状。妻抚之曰：“此为鬼病。”生曰：“端娘已鬼，又何鬼之能病？”妻曰：“不然。人死为鬼，鬼死为聻（jiàn）[5]。鬼之畏聻，犹人之畏鬼也。”生欲为聘巫医。曰：“鬼何可以人疗？邻媪王氏，今行术于冥间，可往召之。然去此十余里，妾足弱不能行，烦君焚刍马。”生从之。马方爇（ruò），即见婢女牵赤骝[6]，授绥[7]庭下，转瞬已杳，少间，与一老妪叠骑而来，絷（zhí）马廊柱。妪入，切女十指。既而端坐，首㩉悚作态。仆地移时，蹶而起曰：“我黑山大王也。娘子病大笃，幸遇小神，福泽不浅哉！此业鬼为殃，不妨，不妨！但是病有瘳，须厚我供养，金百锭、钱百贯，盛筵一设，不得少缺。”妻一一嗷应。妪又仆而苏，向病者呵叱，乃已。既而欲去。妻送诸庭外，赠之以马，欣然而去。入视女郎，似稍醒。夫妻大悦，抚问之。女忽言曰：“妾恐不得再履人世矣。合目辄见冤鬼，命也！”因泣下。越宿，病益沉殆，曲体战栗，妄有所睹。拉生同卧，以首入怀，似畏扑捉。生一起，则惊叫不宁。如此六七日，夫妻无所为计。会生他出，半日而归，闻妻哭声，惊问，则端娘已毙床上，委蜕犹存。启之，白骨俨然。生大恸，以生人礼葬于祖墓之侧。

一夜，妻梦中呜咽，摇而问之，答云：“适梦端娘来，言其夫为聻鬼，怒其改节泉下，衔恨索命去，乞我作道场。”生早起，即将如教。妻止之曰：“度鬼非君所可与力也。”乃起去。逾刻而来，曰：“余已命人邀僧侣。

当先焚钱纸作用度。”生从之。日方落，僧众毕集，金铙法鼓，一如人世。妻每谓其聒耳，生殊不闻。道场既毕，妻又梦端娘来谢，言：“冤已解矣，将生作城隍之女。烦为转致。”

居三年，家人初闻而惧，久之渐习。生不在，则隔窗启禀。一夜，向生啼曰：“前押生者，今情弊漏泄，按责甚急，恐不能久聚矣。”数日果疾，曰：“情之所钟，本愿长死，不乐生也。今将永诀，得非数乎！”生皇遽求策，曰：“是不可为也。”问：“受责乎？”曰：“薄有所责。然偷生之罪大，偷死之罪小。”言讫不动。细审之，面庞形质，渐就澌灭矣。生每独宿亭中，冀有他遇，终亦寂然，人心遂安。

注释

①襦：上衣，短衣。②药王：佛教菩萨名，传说中施良药治除众生身心病苦的菩萨。③阎摩天子：即管理地狱的阎罗王，亦称“阎罗”、“阎王”。④瞀闷懊侬：指神志昏迷。《素问·六元正纪大论》：“目赤心热，甚则苦闷懊侬。”瞀，昏乱。懊侬，烦躁不安。⑤聻：迷信传说中鬼死后成为聻。《五音集韵》：“人人死作鬼，人见惧之；鬼死作聻，鬼见怕之。若篆书此字帖于门上，一切鬼祟，远离千里。”⑥赤骝：红色的骏马。骝，黑鬣黑尾巴的红马，泛指骏马。⑦绥：古代指登车时手挽的索。

花姑子

安幼舆，陕之拔贡生，为人挥霍好义，喜放生，见猎者获禽，辄[①]不惜重直买释之。会舅家丧葬，往助执绋[②]。暮归，路经华岳，迷窜山谷中，心大恐。一矢之外，忽见灯火，趋投之。数武中，欻见一叟，伛偻曳杖，斜径疾行。安停足，方欲致问，叟先诘谁何。安以迷途告，且言灯火处必是山村，将以投止。叟曰：“此非安乐乡。幸老夫来，可从去，茅庐可以下榻。”安大悦，从行里许，睹小村。叟扣荆扉，一妪出，启关曰：“郎子来耶？”叟曰：“诺。”

既入，则舍宇湫隘（jiǎo）。叟挑灯促坐，便命随事具食。又谓妪曰：“此非他，是吾恩主。婆子不能行步，可唤花姑子来酾酒。”俄女郎以馔具入，立叟侧，秋波斜盼。安视之，芳容韶齿，殆类天仙。叟顾令煨酒。房西隅有煤炉，女郎入房拨火。安问："此女公何人？"答云："老夫章姓。七十年止有此女。田家少婢仆，以君非他人，遂敢出妻见子，幸勿哂也。"安问："婿何家里？"答言："尚未。"安赞其惠丽，称不容口。叟方谦挹，忽闻女郎惊号。叟奔入，则酒沸火腾。叟乃救止，诃曰："老大婢，濡猛不知耶！"回首，见炉旁有蜀(shǔ)心插紫姑未竟，又诃曰："发蓬蓬许，裁如婴儿！"持向安曰："贪此生涯，致酒腾沸。蒙君子奖誉，岂不羞死！"安审谛之，眉目袍服，制甚精工。赞曰："虽近儿戏，亦见慧心。"

斟酌移时，女频来行酒，嫣然含笑，殊不羞涩。安注目情动。忽闻妪呼，叟便去。安觑无人，谓女曰："睹仙容，使我魂失。欲通媒妁，恐其不遂，如何？"女抱壶向火，默若不闻，屡问不对。生渐入室，女起，厉色曰："狂郎入闼，将何为！"生长跪哀之。女夺门欲去，安暴起要遮，狎接臄亵。女颤声疾呼，叟匆遽入问。安释手而出，殊切愧惧。女从容向父曰："酒复涌沸，非郎君来，壶子融化矣。"安闻女言，心始安妥，益德之。魂魄颠倒，丧所怀来。于是伪醉离席，女亦遂去。叟设裀(yīn)褥，阖扉乃出。

安不寐，未曙，呼别。至家，即浼交好者造庐求聘，终日而返，竟莫得其居里。安遂命仆马，寻途自往。至则绝壁巉岩，竟无村落，访诸近里，此姓绝少。失望而归，并忘寝食。由此得昏瞀之疾，强啖汤粥，则唾喀欲吐，溃乱中，辄呼花姑子。家人不解，但终夜环伺之，气势阽危。一夜，守者困怠并寐，生蒙瞳中，觉有人揣而抗之。略开眸，则花姑子立床下，不觉神气清醒。熟视女郎，潸潸涕堕。女倾头笑曰："痴儿何至此耶？"乃登榻，坐安股上，以两手为按太阳穴。安觉脑麝奇香，穿鼻沁骨。按数刻，忽觉汗满天庭，渐达肢体。小语曰："室中多人，我不便住。三日当复相望。"又于绣袪中出

数蒸饼置床头，悄然遂去。安至中夜，汗已思食，扪饼啖之。不知所苞何料，甘美非常，遂尽三枚。又以衣覆余饼，懵腾酣睡，辰分始醒，如释重负。三日饼尽，精神倍爽，乃遣散家人。又虑女来不得其门而入，潜出斋庭，悉脱扃(jiōng)键。

未几女果至，笑曰："痴郎子！不谢巫耶？"安喜极，抱与绸缪，恩爱甚至。已而曰："妾冒险蒙垢，所以故，来报重恩耳。实不能永谐琴瑟，幸早别图。"安默默良久，乃问曰："素昧生平，何处与卿家有旧？实所不忆。"女不言，但云："君自思之。"生固求永好。女曰："屡屡夜奔固不可，常谐伉俪亦不能。"安闻言，悒悒而悲。女曰："必欲相谐，明宵请临妾家。"安乃收悲以忻，问曰："道路辽远，卿纤纤之步，何遂能来？"曰："妾固未归。东头聋媪我姨行，为君故，淹留至今，家中恐所疑怪。"安与同衾，但觉气息肌肤，无处不香。问曰："熏何芗泽，致侵肌骨？"女曰："妾生来便尔，非由熏饰。"安益奇之。女早起言别，安虑迷途，女约相候于路。安抵暮驰去，女果伺待，偕至旧所，叟媪欢逆。酒肴无佳品，杂具藜藿。既而请安寝，女子殊不瞻顾，颇涉疑念。更既深，女始至，曰："父母絮絮不寝，致劳久待。"浃洽终夜，谓安曰："此宵之会，乃百年之别。"安惊问之，答曰："父以小村孤寂，故将远徙。与君好合，尽此夜耳。"安不忍释，俯仰悲怆。依恋之间，夜色渐曙。叟忽然闯入，骂曰："婢子玷我清门，使人愧怍欲死！"女失色，草草奔出。叟亦出，且行且詈。安惊孱愕怯，无以自容，潜奔而归。

数日徘徊，心景殆不可过。因思夜往，逾墙以观其便。叟固言有恩，即令事泄，当无大谴。遂乘夜窜往，蹀(xiè)躞山中：迷闷不知所往。大惧。方觅归途，见谷中隐有舍宇。喜诣之，则闬闳高壮，似是世家，重门尚未扃也。安向门者讯章氏之居。有青衣人出，问："昏夜何人询章氏？"安曰："是吾亲好，偶迷居向。"青衣曰："男子无问章也。此是渠妗家，花姑即今在此，容传白之。"入未几，即出邀安。才登廊舍，花姑趋出迎，谓青衣曰："安郎奔波中夜，想已困殆，可伺床寝。"少间，携手入帏。安问：

“妗家何别无人？”女曰：“妗他出，留妾代守。幸与郎遇，岂非夙缘？”然偎傍之际，觉甚膻腥，心疑有异，女抱安颈，遽以舌舐鼻孔，彻脑如刺。安骇绝，急欲逃脱，而身若巨绠之缚，少时闷然不觉矣。安不归，家中逐者穷人迹，或言暮遇于山径者。家人入山，则裸死危崖下。惊怪莫察其由，舁归。

众方聚哭，一女郎来吊，自门外嗷啕而入。抚尸捺鼻，涕洟其中，呼曰：“天乎，天乎！何愚冥至此！”痛哭声嘶，移时乃已。告家人曰：“停以七日，勿殓也。”众不知何人，方将启问，女傲不为礼，含涕径出，留之不顾。尾其后，转眸已渺。群疑为神，谨遵所教。夜又来，哭如昨。至七夜，安忽苏，反侧以呻。家人尽骇。女子入，相向呜咽。安举手，挥众令去。女出青草一束，燂(tán)汤升许，即床头进之，顷刻能言。叹曰：“再杀之惟卿，再生之亦惟卿矣！”因述所遇。女曰：“此蛇精冒妾也。前迷道时，所见灯光，即是物也。”安曰：“卿何能起死人而肉白骨也？毋乃仙乎？”曰：“久欲言之，恐致惊怪。君五年前，曾于华山道上买猎獐而放之否？”曰：“然，其有之。”曰：“是即妾父也。前言大德，盖以此故。君前日已生西村王主政家。妾与父讼诸阎摩王，阎摩王弗善也。父愿坏道代郎死，哀之七日，始得当。今之邂逅，幸耳。然君虽生，必且痿痹不仁，得蛇血合酒饮之，病乃可除。”生衔恨切齿，而虑其无术可以擒之。女曰：“不难。但多残生命，累我百年不得飞升。其穴在老崖中，可于晡时聚茅焚之，外以强弩戒备，妖物可得。”言已，别曰：“妾不能终事，实所哀惨。然为君故，业行已损其七，幸悯宥也。月来觉腹中微动，恐是孽根。男与女，岁后当相寄耳。”流涕而去。

安经宿，觉腰下尽死，爬搔无所痛痒。乃以女言告家人。家人往，如其言，炽火穴中，有巨白蛇冲焰而出。数弩齐发，射杀之。火熄入洞，蛇大小数百头，皆焦且死。家人归，以蛇血进。安服三日，两股渐能转侧，半年始起。

后独行谷中，遇老媪以绷席抱婴儿授之，曰：“吾女致意郎君。”方欲问讯，瞥不复见。启襁视之，男也。抱归，竟不复娶。

注释

①辄：立即，就。②执绋：绋，牵引灵车的绳索。古时送葬的人要牵着灵车的绳索行进，故称送葬为“执绋”。《礼记·曲礼上》：“助葬必执绋。”

西湖主

陈生弼教，字明允，燕人也。家贫，从副将军贾绾作记室。泊舟洞庭。适猪婆龙浮水面，贾射之中背。有鱼衔龙尾不去，并获之。锁置桅间，奄存气息，而龙吻张翕，似求援拯。生恻然心动，请于贾而释之。携有金创药，戏敷患处，纵之水中，浮沉逾刻而没。

后年余，生北归，复经洞庭，大风覆舟。幸扳一竹簏，漂泊终夜，絓木而止。援岸方升，有浮尸继至，则其僮仆。力引出之，已就毙矣。惨怛无聊，坐对憩息。但见小山耸翠，细柳摇青，行人绝少，无可问途。自迟明以至辰后，怅怅靡之。忽僮仆肢体微动，喜而扪之，无何，呕水数斗，豁然顿苏。相与曝衣石上，近午始燥可着。而枵肠辘辘[①]，饥不可堪。于是越山疾行，冀有村落。才至半山，闻鸣镝声。方疑听间，有二女郎乘骏马来，骋如撒菽。各以红绡抹额，髻插雉尾，着小袖紫衣，腰束绿锦；一挟弹，一臂青鞲(bèi)。度过岭头，则数十骑猎于榛莽，并皆姝丽，装束若一。生不敢前。有男子步驰，似是驭卒，因就问之。答曰：“此西湖主猎首山也。”生述所来，且告之馁。驭卒解裹粮授之，嘱云：“宜即远避，犯驾当死！”生惧，疾趋下山。

茂林中隐有殿阁，谓是兰若。近临之，粉垣围沓，溪水横流，朱门半启，石桥通焉。攀扉一望，则台榭环云，拟于上苑，又疑是贵家园亭。逡巡而入，横藤碍路，香花扑人。过数折曲栏，又是别一院宇，垂杨数十株，高拂朱檐。山鸟一鸣，则花片乱飞；深巷微风，则榆钱自落。怡目快心，殆非人世。穿过小亭，有秋千一架，上与云齐，而罥索沉沉，杳无人迹。因疑地近闺阁，恇怯未敢深入。俄闻马腾于门，似有女子笑语。生与僮潜伏丛花中。未几，笑声渐近，闻一女子曰：“今日猎兴不佳，获禽绝少。”又一女曰：“非是公主射得雁落，几空劳仆马也。”无何，红妆数辈，拥一女郎至亭上坐。秃袖戎装，年可十四五。发多敛雾，腰细惊风，玉蕊琼英，未足方喻。诸女子献茗熏香，灿如堆锦。移时，女起，历阶而下。一女曰：“公主鞍马劳顿，尚能秋千否？”公主笑诺。遂有驾肩者，捉臂者，褰裙者，挽扶而上。公主舒皓腕，蹑利屣，轻如飞燕，蹴入云霄。已而扶下，群曰：“公主真仙人也！”嘻笑而去。

生睨良久，神志飞扬。迨人声既寂，出诣秋千下，徘徊凝想。见篱下有红巾，知为群美所遗，喜纳袖中。登其亭，见案上设有文具，遂题巾曰：“雅戏何人拟半仙？分明琼女散金莲。广寒队里恐相妒，莫信凌波上九天。”题已，吟诵而出。复寻故径，则重门扃锢矣。踟蹰无计，返而楼阁亭台，涉历几尽。一女掩入，惊问：“何得来此？”生揖之曰：“失路之人，幸能垂救。”女问：“拾得红巾否？”生曰：“有之。然已玷染，如何？”因出之。女大惊曰：“汝死无所矣！此公主所常御，涂鸦若此，何能为地？”生失色，哀求脱免。女曰：“窃窥宫仪，罪已不赦。念汝儒冠，欲以私意相全，今孽乃自作，将何为计！”遂皇皇持巾去。生心悸肌栗，恨无翅翎，惟延颈俟死。迂久，女复来，潜贺曰：“子有生望矣！公主看巾三四遍，冁(chǎn)然无怒容，或当放君去。宜姑耐守，勿得攀树钻垣，发觉不宥矣。”日已投暮，凶祥不能自必，而饿焰中烧，忧煎欲死。无何，女子挑灯至，一婢提壶榼，出酒食饷生。生急问消息，女云：“适我乘间言：‘园中秀才，可恕则放之；不然，饿且死。’公主沉思云：‘深夜教渠何之？’遂命馈君食。此非恶耗也。”生徊徨[2]终夜，危不自安。辰刻向尽，女子又饷之。生哀求缓颊，女曰：“公主不言杀，亦不言放，我辈下人，何敢屑屑[3]渎告？”

既而斜日西转，眺望方殷，女子坌息急奔而入，曰：“殆矣！多言者泄其事于王妃，妃展巾抵地，大骂狂伧，祸不远矣！”生大惊，面如灰土，长跽请教。忽闻人语纷拿，女摇手避去。数人持索，汹汹入户，内一婢熟视曰：“将谓何人，陈郎耶？”遂止持索者，曰：“且勿且勿，待白王妃来。”

返身急去。少间来，曰：“王妃请陈郎入。”生战惕从之。经数十门户，至一宫殿，碧箔银钩。即有美姬揭帘，唱：“陈生至。”上一丽者，袍服炫冶④。生伏地稽首曰：“万里孤臣，幸恕生命。”妃急起拽之，曰：“我非君子，无以有今日。婢辈无知，致迕佳客，罪何可赎！”即设筵，酌以镂杯。生茫然不解其故，妃曰：“再造之恩，恨无所报。息女蒙题巾之爱，当是天缘，今夕即遣奉侍。”生意出非望，神惝恍而无着。

日方暮，一婢前曰：“公主已严妆讫。”遂引生就帐。忽而笙管嗷嘈，阶上悉践花罽，门堂藩溷，处处皆笼烛。数十妖姬，扶公主交拜。麝兰之气，充溢殿庭。既而相将入帏，两相倾爱。生曰：“羁旅之臣，生平不省拜侍。点污芳巾，得免斧锧，幸矣，反赐姻好，实非所望。”公主曰：“妾母，湖君妃子，乃扬江王女。旧岁归宁，偶游湖上，为流矢所中。蒙君脱免，又赐刀圭之药，一门戴佩，常不去心。郎勿以非类见疑。妾从龙君得长生诀，愿与郎共之。”生乃悟为神人，因问：“婢子何以相识？”曰：“尔日洞庭舟上，曾有小鱼衔尾，即此婢也。”又问：“既不见诛，何迟迟不赐纵脱？”笑曰：“实怜君才，但不得自主。颠倒终夜，他人不及知也。”生叹曰：“卿，我鲍叔也。馈食者谁？”曰：“阿念，亦妾腹心。”生曰：“何以报德？”笑曰：“侍君有日，徐图塞责未晚耳。”问：“大王何在？”曰：“从关圣征蚩尤未归。”

居数日，生虑家中无耗，悬念綦切，乃先以平安书遣仆归。家中闻洞庭舟覆，妻子缞绖已年余矣。仆归，始知不死，而音问梗塞，终恐漂泊难返。又半载，生忽至，裘马甚都，囊中宝玉充盈。由此富有巨万，声色豪奢，世家所不能及。七八年间，生子五人。日日宴集宾客，宫室饮馔之奉，穷极丰盛。或问所遇，言之无少讳。

有童稚之交梁子俊者，宦游南服十余年。归过洞庭，见一画舫：雕槛朱窗，笙歌幽细，缓荡烟波。时有美人推窗凭眺。梁目注舫中，见一少年丈夫，科头叠股其上，旁有二八姝丽，挼(nuó)莎交摩。念必楚襄贵官，而驺从殊少。凝眸审谛，则陈明允也。不觉凭栏酣呼，生闻罢棹，出临鹢(yì)首[5]，邀梁过舟。见残肴满案，酒雾犹浓。生立命撤去。顷之，美婢三五，进酒烹茗，山海珍错，目所未睹。梁惊曰："十年不见，何富贵一至于此！"笑曰："君小觑穷措大[6]不能发迹耶？"问："适共饮何人？"曰："山荆耳。"梁又异之。问："携家何往？"答："将西渡。"梁欲再诘，生遽命歌以侑酒。一言甫毕，旱雷聒耳，肉竹嘈杂，不复可闻言笑。梁见佳丽满前，乘醉大言曰："明允公，能令我真个销魂否？"生笑云："足下醉矣！然有一美妾之资，可赠故人。"遂命侍儿进明珠一颗，曰："绿珠不难购，明我非吝惜。"乃趣别曰："小事忙迫，不及与故人久聚。"送梁归舟，开缆径去。

梁归，探诸其家，则生方与客饮，益疑。因问："昨在洞庭，何归之速？"答曰："无之。"梁乃追述所见，一座尽骇。生笑曰："君误矣，仆岂有分身术耶？"众异之，而究莫解其故。后八十一岁而终。迨殡，讶其棺轻，开视，则空棺耳。

异史氏曰：竹簏不沉，红巾题句，此其中具有鬼神，要之皆恻隐之一念所通也。迨宫室妻妾，一身而两享其奉，则又不可解矣。昔有愿娇妻美妾、贵子贤孙，而兼长生不老者，仅得其半耳。岂仙人中亦有汾阳、季伦[7]耶？

注释

①枵肠辘辘：饥肠辘辘。枵，空虚。②徊徨：徘徊，彷徨。《甘泉赋》："徒徊徊以徨徨兮，魂渺渺而昏乱。"③屑屑：指语言繁琐，唠叨。④炫冶：光彩照人。⑤鹢首：船头。古代船头上常画鹢鸟的图像作为装饰，故称船头为"鹢首"。鹢，水鸟名。⑥穷措大：旧时对贫寒读书人的讥称。措大，同"醋大"，指失意的读书人。⑦汾阳、季伦：此处代指多子多孙、大富大贵之人。汾阳，指唐代名将郭子仪。唐玄宗时被封为朔方节度使，曾平定安史之乱，抵御回纥、吐蕃入侵，战功卓著。肃宗时封为

汾阳郡王，尽享荣华富贵，子孙满堂。季伦，指晋代石崇。石崇，号季伦，曾任散骑常侍，荆州刺史，家资巨富。

伍秋月

秦邮王鼎字仙湖，为人慷慨有力，广交游。年十八，未娶，妻殒。每远游，恒经岁不返。兄鼐，江北名士，友于[①]甚笃。劝弟勿游，将为择偶。生不听，命舟抵镇江访友，友他出，因税居于逆旅阁上。江水澄波，金山在目，心甚快之。次日，友人来，请生移居，辞不去。居半月余，夜梦女郎，年可十四五，容华端妙，上床与合，既寤而遗。颇怪之，亦以为偶然。入夜，又梦之；如是三四夜。心大异，不敢息烛，身虽偃卧，惕然自警。才交睫，梦女复来，方狎，忽自惊寤，急开目，则少女如仙，俨然犹在抱也。见生醒，顿自愧怯。生虽知非人，意亦甚得，无暇问讯，直与驰骤。女若不堪，曰："狂暴如此，无怪人不敢明告也。"生始诘之，答云："妾伍氏秋月。先父名儒，邃于易数。常珍爱妾，但言不永寿，故不许字人。后十五岁果夭殁，即攒瘗(yì)阁东，令与地平，亦无冢志[②]，惟立片石于棺侧，曰：'女秋月，葬无冢，三十年，嫁王鼎。'今已三十年，君适至。心喜，亟欲自荐，寸心羞怯，故假之梦寐耳。"王亦喜，复求讫事。曰："妾少须阳气，欲求复生，实不禁此风雨。后日好合无限，何必今宵。"遂起而去。次日复至，坐对笑谑，欢若平生。灭烛登床，开异生人，但女既起，则遗泄流离，沾染裀(yīn)褥。

一夕，月明莹澈，小步庭中，问女："冥中亦有城郭否？"答曰："等耳。冥间城府，不在此处，去此可三四里。但以夜为昼。"问："生人能见之否？"答云："亦可。"生请往观，女诺之。乘月去，女飘忽若风，王极力追随，欻至一处，女言："不远矣。”生瞻望殊无所见。女以唾涂其两眦，启之，明倍于常，视夜色不殊白昼。顿见雉堞(dié)[③]在杳霭中。路上行人，如趋墟市。俄二皂絷(zhí)三四人过，末一人怪类其兄；趋近视之，果兄，骇问：“兄那得来？”兄见生，潸然零涕，言：“自不知何事，强被拘囚。”王怒曰：“我兄秉礼君子，何至缧(léi)绁(xiè)[④]如此！”便请二皂，幸且宽释。皂不肯，殊大傲睨，生恚，欲与争，兄止之曰：“此是官命，亦合奉法。但余乏用度，索贿良苦。弟归，宜措置。”生把兄臂，哭失声。皂怒，猛掣项索，兄顿颠蹶。生见之，忿火填胸，不能制止，即解佩刀，立决皂首。一皂喊嘶，生又决之。女大惊曰：“杀官使，罪不宥！迟则祸及！请即觅舟北发，归家勿摘提幡[⑤]，杜门绝出入，七日保无虑也。”王乃挽兄夜买小舟，火急北渡。归见吊客在门，知兄果死。闭门下钥，始入，视兄已渺，入室，则亡者已苏，便呼：“饿死矣！可急备汤饼。”时死已二日，家人尽骇，生乃备言其故。七日启关，去丧幡，人始知其复苏。亲友集问，但伪对之。

转思秋月，想念颇烦，遂复南下至旧阁，秉烛久待，女竟不至。朦胧欲寝，见一妇人来，曰：“秋月小娘子致意郎君：前以公役被杀，凶犯逃亡，捉得娘子去，见在监押，押役遇之虐。日日盼郎君，当谋作经纪。”王悲愤，便从妇去。至一城都，入西郭，指一门曰：“小娘子暂寄此间。”王入，见房舍颇繁，寄顿囚犯甚多，并无秋月。又进一小扉，斗室中有灯火。王近窗以窥，则秋月在榻上，掩袖呜泣。二役在侧，撮颐捉履，引以嘲戏，女啼益急。一役挽颈曰：“既为罪犯，尚守贞耶？”王怒，不暇语，持刀直入，一役一刀，摧斩如麻，篡取女郎而出，幸无觉者。裁至旅舍，蓦然即醒。方怪幻梦之凶，见秋月含睇[⑥]而立。生惊起曳坐，告之以梦。女曰：“真也，非梦也。”生惊曰：“且为奈何！”女叹曰：“此有定数。妾待月尽，始是生期。今已如此，急何能待！当速发瘗(yì)处，载妾同归，日频唤妾名，三日可活。但未满时日，骨软足弱，不能为君任井臼[⑦]耳。”言已，草草欲出。又返身曰：“妾几忘之，冥追若何？生时，父传我符书，言三十年后可佩夫妇。”乃索笔疾书两符，曰：“一君自佩，一粘妾背。”

送之出，志其没处，掘尺许即见棺木，亦已败腐。侧有小碑，果如女言。发棺视之，女颜色如生。抱入房中，衣裳随风尽化。粘符已，以被褥严裹，负至江滨，呼拢泊舟，伪言妹急病，将送归其家。幸南风大竞，甫晓已达里门。抱女安置，始告兄嫂。一家惊顾，亦莫敢直言其惑。生启衾，长呼秋月，夜辄拥尸而寝。日渐温暖，三日竟苏，七日能步。更衣拜嫂，盈盈然神仙不殊。但十步之外，须人而行，不则随风摇曳，屡欲倾侧。见者以为身有此病，转更增媚。每劝生曰："君罪孽太深，宜积德诵经以忏之。不然，寿恐不永也。"生素不佞佛[8]，至此皈依甚虔。后亦无恙。

异史氏曰：余欲上言定律："凡杀公役者，罪减平人三等。"盖此辈无有不可杀者也。故能诛锄蠹（dù）役[9]者，即为循良；即稍苛之，不可谓虐。况冥中原无定法，倘有恶人，刀锯鼎镬，不以为酷。若人心之所快，即冥王之所善也。岂罪致冥追，遂可幸而逃哉？

注释

①友于：兄弟之间的友爱之情。《尚书·君陈》："惟孝友于兄弟。"②冢志：坟墓的标识。③雉堞：城墙的垛口。④缧绁：以绳索捆绑。⑤提幡：旧时丧家挂在门上的白色丧幡。嘉庆四年《寿光县志》："既殓后，以布八尺书死者姓氏树立门侧，亦有以蒿为之者。"⑥含睇：眉目含情的样子。睇，斜视。⑦任井臼：操持家务。井臼，指汲水、舂米。⑧佞佛：沉迷于佛教。⑨蠹役：作恶害民的差役。蠹，蛀虫。

莲花公主

胶州窦旭，字晓晖。方昼寝，见一褐衣人立榻前，逡巡惶顾，似欲有言。生问之，答云："相公奉屈[1]。"生问："相公何人？"曰："近在邻境。"从之而出。转过墙屋，导至一外，叠阁重楼，万椽相接，曲折而行，觉万户千门，迥非人世。又见宫人[2]女官往来甚夥，都向褐衣人问曰："窦郎来乎？"褐衣人诺。俄，一贵官出，迎见生甚恭，既登堂，生启问曰："素既不叙，遂疏参谒。过蒙爱接，颇注疑念。"贵官曰："寡君以先生清族世德，倾风结慕，深愿思晤焉。"生益骇，问："王何人？"答云："少间自悉。"

无何，二女官至，以双旌导生行。入重门，见殿上一王者，见生入，降阶而迎，执宾主礼。礼已，践席，列筵丰盛。仰视殿上一匾曰“桂府”。生局蹙不能致辞。王曰：“忝近芳邻，缘即至深。便当畅怀，勿致疑畏。”生唯唯，酒数行，笙歌作于下，钲鼓不鸣，音声幽细。稍间，王忽左右顾曰：“朕一言，烦卿等属对：‘才人登桂府。’”四座方思，生即应云：“君子爱莲花。”王大悦曰：“奇哉！莲花乃公主小字，何适合如此？宁非夙分？传语公主，不可不出一晤君子。”移时，佩环声近，兰麝[3]香浓，则公主至矣。年十六七，妙好无双。王命向生展拜，曰：“此即莲花小女也。”拜已而去。生睹之，神情摇动，木坐凝思。王举觞劝饮，目竟罔睹。王似微察其意，乃曰：“息女宜相匹敌，但自惭不类，如何？”生怅然若痴，即又不闻。近坐者蹑之曰：“王揖君未见，王言君未闻耶？”生茫乎若失，忪儸(luó)[4]自惭，离席曰：“臣蒙优渥[5]，不觉过醉，仪节失次，幸能垂宥。然日旰君勤[6]，即告出也。”王起曰：“既见君子，实惬心好，何仓卒而便言离也？卿既不住，亦无敢于强，若烦萦念，更当再邀。”遂命内官导之出。途中，内官语生曰：“适王谓可匹敌，似欲附为婚姻，何默不一言？”生顿足而悔，步步追恨，遂已至家。

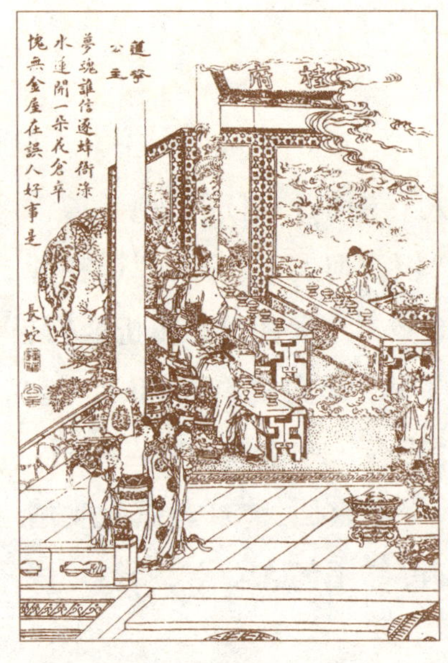

忽然醒寤，则返照已残。冥坐观想，历历在目。晚斋灭烛，冀旧梦可以复寻，而邯郸路渺，悔叹而已。一夕，与友人共榻，忽见前内官来，传王命相召。生喜，从去，见王伏谒，王曳起，延止隅坐，曰：“别后知劳思眷。谬以小女子奉裳衣，想不过嫌也。”生即拜谢。王命学士[7]大臣，陪侍宴饮。酒阑，宫人前白：“公主妆竟。”俄见数十宫人拥公主出，以红锦覆首，凌波微步[8]，挽上氍毹(qú shū)[9]，与生交拜成礼。已而送归馆舍，洞房温清，穷极芳腻。生曰：“有卿在目，真使人乐而忘死。

但恐今日之遭，乃是梦耳。”公主掩口曰：“明明妾与君，那得是梦？”诘旦方起，戏为公主匀铅黄[10]，已而以带围腰，布指度足。公主笑问曰：“君颠耶？”曰：“臣屡为梦误，故细志之。倘是梦时，亦足动悬想耳。”

调笑未已，一宫女驰入曰：“妖入宫门，王避偏殿，凶祸不远矣！”生大惊，趋见王。王执手泣曰：“君子不弃，方图永好。讵期孽降自天，国祚(zuò)[11]将覆，且复奈何！”生惊问何说。王以案上一章，授生启读。章曰：“含香殿大学士臣黑翼，为非常怪异，祈早迁都，以存国脉事。据黄门[12]报称：自五月初六日，来一千丈巨蟒盘踞宫外，吞食内外臣民一万三千八百余口，所过宫殿尽成丘墟，等因。臣奋勇前窥，确见妖蟒：头如山岳，目等江海。昂首则殿阁齐吞，伸腰则楼垣尽覆。真千古未见之凶，万代不遭之祸！社稷宗庙，危在旦夕！乞皇上早率宫眷，速迁乐土。”云云。生览毕，面如灰土。即有宫人奔奏：“妖物至矣！”合殿哀呼，惨无天日。王仓遽不知所为，但泣顾曰：“小女已累先生。”生坌息而返。公主方与左右抱首哀鸣，见生入，牵衿曰：“郎焉置妾？”生怆恻欲绝，乃捉腕思曰：“小生贫贱，惭无金屋。有茅庐三数间，姑同窜匿可乎？”公主含涕曰：“急何能择，乞携速往。”生乃挽扶而出。

未几至家，公主曰：“此大安宅，胜故国多矣。然妾从君来，父母何依？请别筑一舍，当举国相从。”生难之。公主曰：“不能急人之急，安用郎也！”生略慰解，即已入室。公主伏床悲啼，不可劝止。焦思无术，顿然而醒，始知梦也。而耳畔啼声，嘤嘤未绝，审听之，殊非人声，乃蜂子二三头，飞鸣枕上。大叫怪事。友人诘之，乃以梦告，友人亦诧为异。共起视蜂，依依裳袂间，拂之不去。友人劝为营巢，生如所请，督工构造。方竖两堵，而群蜂自墙外来，络绎如蝇，顶尖未合，飞集盈斗。迹所由来，则邻翁之旧圃也。圃中蜂一房，三十余年矣，生息颇繁。或以生事告翁，翁觇之，蜂户寂然。发其壁，则蛇据其中，长丈许，捉而杀之。乃知巨蟒即此物也。蜂入生家，滋息更盛，亦无他异。

注释

①奉屈：请您屈驾光临。②宫人：宫女，古时宫廷里供役使的女子。③兰麝：兰草和麝香，古人常用此熏香。④忪儸：羞惭。⑤优渥：厚遇。此处指盛情招待。渥，沾润。⑥日旰君勤：指国君勤于政事。《左传·昭公十二年》："日旰君勤，可以出矣。"旰，晚。勤，劳。⑦学士：官名。明代设翰林院学士及翰林院侍读、侍讲学士。清代改翰林院学士为掌院学士。⑧凌波微步：形容女子体态轻盈。曹植《洛神赋》："凌波微步，罗袜生尘。"⑨氍毹：毛织地毯。⑩铅黄：古代女子敷面的化妆品。铅，铅粉，亦称铅华，为白色。黄，鸭黄，涂额的黄粉。温庭筠《湘宫人歌》："黄粉楚宫人，芳花玉刻鳞。"⑪国祚：国运。祚，福。⑫黄门：宦官。东汉给事内廷的黄门令、中黄门诸官，都由宦者担任，故称宦官为黄门。

荷花三娘子

湖州宗相若，士人也。秋日巡视田垄，见禾稼茂密处，振摇甚动。疑之，越陌往觇，则有男女野合，一笑将返。即见男子腼然结带，草草径去。女子亦起。细审之，雅甚娟好。心悦之，欲就绸缪[①]，实惭鄙恶。乃略近拂拭曰："桑中之游乐乎？"女笑不语。宗近身启衣，肤腻如脂，于是挼莎上下几遍，女笑曰："腐秀才！要如何，便如何耳，狂探何为？"诘其姓氏。曰："春风一度，即别东西，何劳审究？岂将留名字作贞坊耶？"宗曰："野田草露中，乃山村牧猪奴所为，我不习惯。以卿丽质，即私约亦当自重，何至屑屑如此？"女闻言，极意嘉纳。宗言："荒斋不远，请过留连。"女曰："我出已久，恐人所疑，夜分可耳。"问宗门户物志甚悉，乃趋斜径，疾行而去。更初，果至宗斋。殢(tì)雨尤云[②]，备极亲爱。积有月日，密无知者。会有番僧卓锡村寺，见宗惊曰："君身有邪气，曾何所遇？"答曰："无之。"过数日，悄然忽病，女每夕携佳果饵之，殷勤抚问，如夫妻之好。然卧后必强宗与合。宗抱病，颇不耐之。心疑其非人，而亦无术暂绝使去。因曰："曩(nǎng)和尚谓我妖惑，今果病，其言验矣。明日屈之来，便求符咒。"女惨然色变，宗益疑之。次日，遣人以情告僧。僧曰："此狐也。其技尚浅，易就束缚。"乃书符二道，付嘱曰："归以净坛一事置榻前，即以一符贴坛口。待狐窜入，急覆以盆，再以一符贴盆上。投釜汤烈火烹煮，少顷毙矣，家人归，并如僧教。夜深，女始至，探袖中金橘，方将就榻问讯。忽坛口飕飕一声，女已吸入。家人暴起，覆口贴符，方欲就煮。宗见金橘散满地上，追念情好，怆然感动，遽命释之。揭符去覆，女子自坛中出，狼狈颇殆，稽首曰：“大道将成，一旦几为灰土！君仁人也，誓必相报。”遂去。

数日，宗益沉绵，若将陨坠。家人趋市，为购材木。途中遇一女子，问曰：“汝是宗湘若纪纲否？”答云：“是。”女曰：“宗郎是我表兄，闻病沉笃，将便省视，适有故不得去。灵药一裹，劳寄致之。”家人受归。宗念中表迄无姊妹，知是狐报。服其药，果大瘳，旬日平复。心德之，祷诸虚空，愿一再觏(gòu)。一夜，闭户独酌，忽闻弹指敲窗。拔关出视，则狐女也。大悦，把手称谢，延止共饮。女曰：“别来耿耿，思无以报高厚，今为君觅一良匹，聊足塞责否？”宗问：“何人？”曰：“非君所知。明日辰刻，早越南湖，如见有采菱女着冰縠(hú)帔者，当急趋之。苟迷所往，即视堤边有短干莲花隐叶底，便采归，以蜡火拃其蒂，当得美妇，兼致修龄。”宗谨受教。既而告别，宗固挽之。女曰：“自遭厄劫，顿悟大道。奈何以衾裯之爱，取人仇怨？”厉声辞去。

宗如言，至南湖，见荷荡佳丽颇多，中一垂髫人衣冰縠，绝代也。促舟劘(mó)逼，忽迷所往。即拨荷丛，果有红莲一枝，干不盈尺，折之而归。入门置几上，削蜡于旁，将以爇火。一回头，化为姝丽。宗惊喜伏拜。女曰：“痴生！我是妖狐，将为君祟矣！”宗不听。女曰：“谁教子者？”答曰：“小生自能识卿，何待教？”捉臂牵之，随手而下，化为怪石，高尺许，面面玲珑。乃携供案上，焚香再拜而祝之。入夜，杜门塞窦，惟恐其亡。平旦视之，即又非石，纱

帔一袭，遥闻芗泽，展视领衿，犹存余腻。宗覆衾拥之而卧。暮起挑灯，既返，则垂髫人在枕上。喜极，恐其复化，哀祝而后就之。女笑曰："孽障哉！不知何人饶舌，遂教风狂儿屑碎死！"乃不复拒。而款洽间若不胜任，屡乞休止。宗不听，女曰："如此，我便化去！"宗惧而罢。

由是两情甚谐。而金帛常盈箱箧，亦不知所自来。女见人喏喏，似口不能道辞，生亦讳言其异。怀孕十余月，计日当产。入室，嘱宗杜门禁款者，自乃以刀割脐下，取子出，令宗裂帛束之，过宿而愈。又六七年，谓宗曰："夙业③偿满，请告别也。"宗闻泣下，曰："卿归我时，贫苦不自立，赖卿小阜④，何忍遽离逖？且卿又无邦族，他日儿不知母，亦一恨事。"女亦怅悒(yì)曰："聚必有散，固是常也。儿福相，君亦期颐⑤，更何求？妾本何氏。倘蒙思眷，抱妾旧物而呼曰：'荷花三娘子！'当有见耳。"言已解脱，曰："我去矣。"惊顾间，飞去已高于顶。宗跃起，急曳之，捉得履。履脱及地，化为石燕⑥，色红于丹朱，内外莹彻，若水精然。拾而藏之。检视箱中，初来时所着冰縠帔尚在。每一忆念，抱呼"三娘子"，则宛然女郎，欢容笑黛。并肖生平，但不语耳。

友人云："'花如解语还多事，石不能言最可人。'放翁佳句，可为此传写照。"

注释

①绸缪：原指紧缠密绕。《诗·唐风·绸缪》，"绸缪束薪，三星在天，今夕何夕，见此良人。"后据此形容男女相爱。②殢雨尤云：指沉浸于男女欢情之中。殢、尤，沉溺。雨、云：借指男女欢爱。③夙业：佛家指前生之业。业，梵语意译，泛指一切身心活动，对应着果报。④阜：丰富。⑤期颐：百岁。《礼记·曲礼上》："百年曰期颐。"古人以百岁为寿数之限，故称"期"，人满百岁后，饮食起居无不靠人供养，故称"颐"。⑥石燕：形状如燕的石头。传说中零陵（今湖南永州）山有石燕，遇雨则化为燕子，雨停后还为石块。

金生色

金生色，晋宁人也。娶同村木姓女。生一子，方周岁。金忽病，自分

必死，谓妻曰："我死，子必嫁，勿守也！"妻闻之，甘词厚誓，期以必死。金摇手呼母曰："我死，劳看阿保，勿令守也。"母哭应之。既而金果死。

木媪来吊，哭已，谓金母曰："天降凶忧，婿遽遭殒命。女太幼弱，将何为计？"母悲悼中，闻媪言，不胜愤激，盛气对曰："必以守！"媪惭而罢。夜伴女寝，私谓女曰："人尽夫也。以儿好手足，何患无良匹？小儿女不早作人家，眈眈守此襁褓物，宁非痴乎？倘必令守，不宜以面目好相向。"金母过，颇闻絮语，益恚。明日，谓媪曰："亡人有遗嘱，本不教妇守也。今既急不能待，乃必以守！"媪怒而去。

母夜梦子来，涕泣相劝，心异之。使人言于木，约殡后听妇所适。而询诸术家[1]，本年墓向不利。妇思自炫以售[2]，缞绖(cuī dié)之中，不忘涂泽。居家犹素妆，一归宁，则崭然新艳。母知之，心弗善也，以其将为他人妇，亦隐忍之。于是妇益肆。村中有无赖子董贵者，见而好之，以金啖金邻妪，求通殷勤于妇。夜分，由妪家逾墙以达妇所，因与会合。往来积有旬日，丑声四塞，所不知者惟母耳。

妇室夜惟一小婢，妇腹心也。一夕，两情方洽，闻棺木震响，声如爆竹。婢在外榻，见亡者自幛后出，带剑入寝室去。俄闻二人骇诧声，少顷，董裸奔出；无何，金捽(zuó)妇发亦出。妇大嗥，母惊起，见妇赤体走去，方将启关，问之不答。出门追视，寂不闻声，竟迷所往。入妇室，灯火犹亮。见男子履，呼婢，婢始战惕而出，具言其异，相与骇怪而已。董窜过邻家，团伏墙隅，移时，闻人声渐息，始起。身无寸缕，苦寒战甚，将假衣于媪。视院中一室，双扉虚掩，因而暂入。暗摸榻上，触女子足，知为邻子妇。顿生淫心，乘其寝，潜就私之。妇醒，问："汝来乎？"应曰："诺。"妇竟不疑，狎亵备至。先是，邻子以故赴北村，嘱妻掩户以待其归。既返，闻室内有声，疑而审听，音态绝秽。大怒，操戈入室。董惧，窜于床下，子就戮之。又欲杀妻；妻泣而告以误，乃释之。但不解床下何人，呼母起，共火之，仅能辨认。视之，奄有气息。诘其所来，犹自供吐。而刃伤数处，血溢不止，少顷已绝。妪仓皇失措，谓子曰："捉奸而单戮之，子且奈何？"子不得已，遂又杀妻。

是夜，木翁方寝，闻户外拉杂之声，出窥则火炽于檐，而纵火人犹彷徨未去。翁大呼，家人毕集，幸火初燃，尚易扑灭。命人操弓弩，逐搜纵火者，见一人趫(jiǎo)捷如猿，竟越垣去。垣外乃翁家桃园，园中四缭周墉皆峻固。数人梯登以望，踪迹殊杳。惟墙下块然微动，问之不应，射之而软。启扉往验，则女子白身卧，矢贯胸脑。细烛之，则翁女而金妇也。骇告主人，翁媪惊惕欲绝，不解其故。女合眸，面色灰败，口气细于属丝。使人拔脑矢，不可出，足踏顶而后出之。女嘤然一声，血暴注，气亦遂绝。

翁大惧，计无所出。既曙，以实情白金母，长跽哀祈。而金母殊不怨怒，但告以故，令自营葬。金有叔兄生光，怒登翁门，诟数前非。翁惭沮，赂令罢归。而终不知妇所私者何人。俄邻子以执奸自首，既薄责释讫。而妇兄马彪素健讼，具词控妹冤。官拘妪，妪惧，悉供颠末。又唤金母，母托疾，令生光代质，具陈底里。于是前状并发，牵木翁夫妇尽出，一切廉得其情。木以诲女嫁，坐[3]纵淫，笞；使自赎，家产荡焉。邻妪导淫，杖之毙。案乃结。

异史氏曰：金氏子其神乎！谆嘱醮(jiào)[4]妇，抑何明也！一人不杀，而诸恨并雪，可不谓神乎！邻媪诱人妇，而反淫己妇；木媪爱女，而卒以杀女。呜呼！"欲知后日因，当前作者是"，报更速于来生矣！

注释

①术家：指为人看风水、择墓地的术士。②自炫以售：卖弄风姿，意欲改嫁。曹植《求自试表》："夫自炫自媒者，士女之丑行也。"③坐：定罪。④醮：妇女改嫁。

彭海秋

莱州诸生彭好古，读书别业，离家颇远，中秋未归，岑寂无偶。念村中无可共语。惟邱生是邑名士，而素有隐恶，彭常鄙之。月既上，倍益无聊，不得已，折简邀邱。饮次，有剥啄者。斋僮出应门，则一书生，将谒主人。彭离度，肃客入。相揖环坐，便询族居。客曰："小生广陵人，与君同姓，字海秋。值此良夜，旅邸倍苦。闻君高雅，遂乃不介而见。"视其人，布衣洁整，谈笑风流。彭大喜曰："是我宗人。今夕何夕，遘(gòu)此嘉客！"即命酌，款若夙好。察其意，似甚鄙邱。邱仰与攀谈，辄傲不为礼。彭代为之惭，因挠乱其词，请先以俚歌[①]侑饮。乃仰天再咳，歌"扶风豪士之曲"，相与欢笑。客曰："仆不能韵，莫报'阳春[②]'。请代者可乎？"彭言："如教。"客问："莱城有名妓无也？"彭曰："无。"

客默良久，谓斋僮曰："适唤一人，在门外，可导入之。"僮出，果见一女子逡巡户外。引之入，年二八，已来，宛然若仙。彭惊绝，掖坐。衣柳黄帔，香溢四座。客便慰问："千里颇烦跋涉也。"女含笑唯唯。彭异之，便致研诘。客曰："贵乡苦无佳人，适于西湖舟中唤得来。"谓女曰："适舟中所唱'薄幸郎曲'，大佳，请再反之。"女歌云："薄幸郎，牵马洗春沼。人声远，马声杳；江天高，山月小。掉头去不归，庭中空白晓。不怨别离多，但愁欢会少。眠何处？勿作随风絮。便是不封侯，莫向临邛去！"客于袜中出玉笛，随声便串；曲终笛止。彭惊叹不已，曰："西湖至此。何止千里，咄嗟招来，得非仙乎？"客曰："仙何敢言，但视万里犹庭户耳。今夕西湖风月，尤盛曩(nǎng)时，不可不一观也，能从游否？"彭留心以觇其异，诺曰："幸甚。"客问："舟乎，骑乎？"彭思舟坐为逸，答言："愿舟。"客曰："此处呼舟较远，天河中当有渡者。"乃以手向空中招曰："船来！我等要西湖去，不吝价也。"无何，彩船一只，自空飘落，烟云绕之。众俱登。见一人持短棹，棹末密排修翎，形类羽扇，一摇则清风习习。舟渐上入云霄，望南游行，其驶如箭。逾刻，舟落水中。但闻弦管敖嘈，鸣声喤聒。出舟一望，月印烟波，游船成市。榜人罢棹，任其自流。细视，真西湖也。客于舱后，取异肴佳酿，欢然对酌。少间，一楼船渐近，相傍而行。隔窗以窥，中有三两人，围棋喧笑。客飞一觥向女曰："引此送君行。"女饮间，彭依恋徘徊，惟恐其去，蹴之以足。女斜波送盼，彭益动，请要后期。女曰："如相见爱，但问娟娘名字，无不知者。"客即以彭绫巾授女，曰："我为若代订三年之约。"即起，托女子于掌中，曰："仙乎，仙乎！"乃扳邻窗捉女人，窗目如盘，女伏身蛇游而进，殊不觉隘。俄闻邻舟曰："娟娘醒矣。"舟即荡去。遥见舟已就泊，舟中人纷纷并去，游兴顿消。

遂与客言，欲一登崖，略同眺瞩。才作商榷，舟已自拢。因而离舟翔步，觉有里余。客后至，牵一马来，令彭捉之。即复去，曰："待再假两骑来。"久之不至。行人亦稀，仰视斜月西转，天色向曙。邱亦不知何往。捉马营营③，进退无主，振辔至泊舟所，则人船俱失。念腰橐(tuó)空匮，倍益忧皇。天大明，见马上有小错囊；探之，得白金三四两。买食凝待，不觉向午。计不如暂访娟娘，可以徐察邱耗。比询娟娘名字，并无知者，兴转萧索。次日遂行。马调良，幸不蹇(jiǎn)劣，半月始归。方三人之乘舟而上也，斋僮归白："主人已仙去。"举家哀啼，谓其不返。彭归，系马而入，家人惊喜集问，彭始具白其异。因念独还乡井，恐邱家闻而致诘，戒家人勿播。语次，道马所由来。众以仙人所遗，便悉诣厩验视。及至，则马顿渺，但有邱生，以草缰絷(zhí)枥边。骇极，呼彭出视。见邱垂首栈下，面色灰死，问之不言，两眸启闭而已。彭大不忍，解扶榻上，若丧魂魄，灌以汤酡，稍稍能咽。中夜少苏，急欲登厕，扶掖而往，下马粪数枚。又少饮啜，始能言。彭就榻研问之，邱云："下船后，彼引我闲语，至空处，欢拍项领，遂迷闷颠踣(bó)。伏定少刻，自顾已马。心亦醒悟，但不能言耳。是大

辱耻，诚不可以告妻子，乞勿泄也！”彭诺之，命仆马驰送归。

彭自是不能忘情于娟娘。又三年，以姊丈判扬州，因往省视。州有梁公子，与彭通家，开筵邀饮。即席有歌姬数辈，俱来祗谒（zhī yè）[4]。公子问娟娘，家人白以疾。公子怒曰：“婢子声价自高，可将索子系之来！”彭闻娟娘名，惊问其谁。公子云：“此娼女，广陵第一人。缘有微名，遂倨而无礼。”彭疑名字偶同，然突突[5]自急，极欲一见之。无何，娟娘至，公子盛气排数。彭谛视，真中秋所见者也。谓公子曰：“是与仆有旧，幸垂原恕。”娟娘向彭审顾，似亦错愕。公子未遑深问，即命行觞。彭问：“‘薄幸郎曲’犹记之否？”娟娘更骇，目注移时，始度旧曲。听其声，宛似当年中秋时。酒阑，公子命侍客寝。彭捉手曰：“三年之约，今始践耶？”娟娘曰：“昔日从人泛西湖，饮不数卮，忽若醉。蒙胧间，被一人携去置一村中，一僮引妾入，席中三客，君其一焉。后乘船至西湖，送妾自窗棂归，把手殷殷。每所凝念，谓是幻梦，而绫巾宛在，今犹什袭藏之。”彭告以故，相共叹咤。娟娘纵体入怀，哽咽而言曰：“仙人已作良媒，君勿以风尘可弃，遂舍念此苦海人。”彭曰：“舟中之约，未尝一日去心。卿倘有意，则泻囊货马，所不惜耳。”诘旦，告公子，又称贷于别驾，千金削其籍[6]，携之以归。偶至别业，犹能识当年饮处云。

异史氏曰：马而人，必其为人而马者也；使为马，正恨其不为人耳。狮象鹤鹏，悉受鞭策，何可谓非神人之仁爱乎？即订三年约，亦度苦海也。

注释

①俚歌：民间歌谣。②阳春：古乐曲名，为高雅之乐，此处用以表对别人歌曲的赞美。宋玉《对楚王问》：“客有歌于郢中者，其始曰下里巴人，国中属而和者数千人……其为阳春、白雪，国中属而和者不过数十人。”③营营：徘徊。扬雄《校猎赋》：“羽骑营营。”④祗谒：拜见。祗，恭敬。谒，进见。⑤突突：形容心跳的声音。⑥削其籍：从乐籍中除掉她的名字，此处指赎身。籍，指乐户或官妓的名册。

窦氏

南三复，晋阳世家也。有别墅，去所居十余里，每驰骑日一诣之。适

遇雨，途中有小村，见一农人家，门内宽敞，因投止焉。近村人固皆威重南。少顷，主人出邀，跼蹐（jú jí）[①]甚恭，入其舍斗如。客既坐，主人始操篲，殷勤泛扫；既而泼蜜为茶。命之坐，始敢坐。问其姓名，自言："廷章，姓窦。"未几，进酒烹雏，给奉周至。有笄女行炙，时止户外，稍稍露其半体，年十五六，端妙无比，南心动。雨歇既归，系念綦（qí）切。

越日，具粟帛往酬，借此阶进。是后常一过窦，时携肴酒，相与留连。女渐稔，不甚避忌，辄奔走其前。睨之，则低鬟微笑。南益惑焉，无三日不往者。一日值窦不在，坐良久，女出应客。南捉臂狎之，女惭急，峻拒曰："奴虽贫，要嫁，何贵倨凌人也！"时南失偶，便揖之曰："倘获怜眷，定不他娶。"女要誓；南指矢天日，以坚永约，女乃允之。自此为始，瞰窦他出，即过缱绻。女促之曰："桑中之约，不可长也。日在帡幪（píngméng）[②]之下，倘肯赐以姻好，父母必以为荣，当无不谐。宜速为计！"南诺之。转念农家岂堪匹偶，姑假其词以因循之。

会媒来议婚于大家，初尚踌躇，既闻貌美财丰，志遂决。女以体孕，催并益急，南遂绝迹不往。无何，女临蓐，产一男。父怒搒女，女以情告，且言："南要我矣。"窦乃释女，使人问南，南立即不承。窦乃弃儿。益扑女。女暗哀邻妇，告南以苦，南亦置之。女夜亡，视弃儿犹活，遂抱以奔南。款关而告阍者曰："但得主人一言，我可不死。彼即不念我，宁不念儿耶？"阍人具以达南，南戒勿入。女倚户悲啼，五更始不复闻。至明视之，女抱儿坐僵矣。窦忿，讼之上官，悉以南不义，欲罪南。南惧，以千金行赂得免。

其大家梦女披发抱子而告曰："必勿许负心郎；若许，我必杀之！"大家贪南富，卒许之。既亲迎，奁妆丰盛，新人亦娟好，然喜悲，终日未尝睹欢容，枕席之间，时复有涕洟。问之，亦不言。过数日，妇翁至，入门便泪，南未遑问故，相将入室。见女而骇曰：“适于后园，见吾女缢死桃树上，今房中谁也？”女闻言，色暴变，仆然而死。视之，则窦女。急至后园，新妇果自经死。骇极，往报窦。窦发女冢，棺启尸亡。前忿未蠲（juān），倍益惨怒，复讼于官。官因其情幻，拟罪未决。南又厚饵窦，哀令休结；官亦受其赇嘱，乃罢。而南家自此稍替。又以异迹传播，数年无敢字者。

南不得已，远于百里外聘曹进士女。未及成礼，会民间讹传，朝廷将选良家女充掖庭③，以故有女者，悉送归夫家去。一日，有媪导一舆至，自称曹家送女者。扶女入室，谓南曰：“选嫔之事已急，仓卒不能如礼，且送小娘子来。”问：“何无客？”曰：“薄有奁妆，相从在后耳。”媪草草径去。南视女亦风致，遂与谐笑。女俯颈引带，神情酷类窦女。心中作恶，第未敢言。女登榻，引被幛首而眠，亦谓新人常态，弗为意。日敛昏，曹人不至，始疑。捋被问女，而女亦奄然冰绝。惊怪莫知其故，驰伻告曹，曹竟无送女之事。相传为异。时有姚孝廉女新葬，隔宿为盗所发，破材失尸。闻其异，诣南所征之，果其女。启衾一视，四体裸然。姚怒，质状于官，官因南屡行无理，恶之，坐发冢见尸，论死。

异史氏曰：始乱之而终成之，非德也，况誓于初而绝于后乎？挞于室，听之；哭于门，仍听之：抑何其忍！而所以报之者，亦比李十郎惨矣！

注释

①跼蹐：举止小心戒惧的样子。跼，弯腰。蹐，小步行走。②帡幪：本指帐幕。后引申为庇护。③充掖庭：意谓充当嫔妃、宫女。掖庭，皇宫中的旁舍，为嫔妃所居之处。徐陵《玉台新咏序》：“五陵豪族，充选掖庭；四姓良家，驰名永巷。”

卷六

马介甫

杨万石，大名[①]诸生也，生平有“季常之惧[②]”。妻尹氏，奇悍，少迕之，辄以鞭挞从事。杨父年六十余而鳏(guān)，尹以齿奴隶数[③]。杨与弟万钟常窃饵翁，不敢令妇知。然衣败絮，恐贻讪笑，不令见客。万石四十无子，纳妾王，旦夕不敢通一语。兄弟候试郡中，见一少年，容服都雅。与语，悦之，询其姓字，自云：“介甫，马姓。”由此交日密，焚香为昆季之盟[④]。既别，约半载，马忽携僮仆过杨。值杨翁在门外曝阳扪虱，疑为佣仆，通姓氏使达主人，翁披絮去。或告曰：“此即其翁也。”马方惊讶，杨兄弟岸帻出迎。登堂一揖，便请朝父，万石辞以偶恙。促坐笑语，不觉向夕，万石屡言具食而终不见至。兄弟迭互出入，始有瘦奴持壶酒来，俄顷饮尽。坐伺良久，万石频起催呼，额颊间热汗蒸腾。俄瘦奴以馔具出，脱粟失饪，殊不甘旨。食已，万石草草便去。万钟襆被来伴客寝，马责之曰：“曩(nǎng)以伯仲高义，遂同盟好。今老父实不温饱，行道者羞之！”万钟泫然[⑤]曰：“在心之情，卒难申致。家门不吉，蹇(jiǎn)遭悍嫂，尊长细弱，横被摧残。非沥血之好，此丑不敢扬也。”马骇叹移时，曰：“我初欲早旦而行，今得此异闻，不可不一目见之。请假闲舍，就便自炊。”万钟从其教，即除室为马安顿。夜深窃馈蔬稻，惟恐妇知。马会其意，力却之，且请杨翁与同食寝。自诣城肆市布帛，为易袍裤，父子兄弟皆感泣。万钟有子喜儿方七岁，夜从翁眠。马抚之曰：“此儿福寿，过于其父，但少年孤苦耳。”妇闻老翁安饱，大怒，辄骂，谓马

强预人家事。初恶声尚在闺闼，渐近马居，以示瑟歌之意。杨兄弟汗体徘徊，不能制止；而马若弗闻也者。妾王，体妊五月，妇始知之，褫衣惨掠。已，乃唤万石跪受巾帼，操鞭逐出。值马在外，惭懅不前，又追逼之，始出。妇亦随出，叉手顿足，观者填溢。马指妇叱曰："去，去！"妇即反奔，若被鬼逐，裤履俱脱，足缠[6]萦绕于道上，徒跣而归，面色灰死。少定，婢进袜履，着已，嗷啕大哭。家无敢问者。马曳万石为解巾帼，万石耸身定息，如恐脱落，马强脱之，而坐立不宁，犹惧以私脱加罪。探妇哭已，乃敢入，趑趄而前。妇殊不发一语，遽起，入房自寝。万石意始舒，与弟窃奇焉。家人皆以为异，相聚偶语。妇微有闻，益羞怒，遍挞奴婢。呼妾，妾创剧不能起。妇以为伪，就榻搒之，崩注堕胎。万石于无人处，对马哀啼，马慰解之。呼僮具牢馔，更筹再唱，不放万石去。

妇在闺房恨夫不归，方大恚忿，闻撬扉声，急呼婢，则室门已辟。有巨人入，影蔽一室，狰狞如鬼；俄又有数人入，各执利刃。妇骇绝欲号，巨人以刀刺颈曰："号便杀却！"妇急以金帛赎命。巨人曰："我冥曹使者，不要钱，但取悍妇心耳！"妇益惧，自投败颡。巨人乃以利刃画妇心而数之曰："如某事，谓可杀否？"即以画。凡一切凶悍之事，责数殆尽，刀画肤革不啻数十。末乃曰："妾生子，亦尔宗绪，何忍打堕？此事必不可宥！"乃令数人反接其手，剖视悍妇心肠。妇叩头乞命，但言知悔。俄闻中门启闭，曰："杨万石来矣。既已悔过，姑留余生。"纷然尽散。

无何，万石入，见妇赤身绷系，心头刀痕，纵横不可数。解而问之，得其故，大骇，窃疑马。明日，向马述之，马亦骇。由是妇威渐敛，经数月不敢出一恶语。马大喜，告万石曰："实告君，幸勿宣泄，前以小术惧之。既得好合，请暂别也。"遂去。妇每日暮，挽留万石作侣，欢笑而承迎之。万石生平不解此乐，遽遭之，觉坐立皆无所可。妇一夜忆巨人状，瑟缩摇战。万石思媚妇意，微露其假。妇遽起，苦致穷诘。万石自觉失言，而不能悔，遂实告之。妇勃然大骂，万石惧，长跽床下。妇不顾，哀至漏三下，妇曰："欲得我恕，须以刀画汝心头如干数，此恨始消。"乃起捉厨刀。万石大惧而奔，妇逐之。犬吠鸡腾，家人尽起。万钟不知何故，但以身左右翼兄。妇乃诟詈，忽见翁来，睹袍服，倍益烈怒，即就翁身条条割裂，批颊而摘翁髭。万钟见之怒，以石击妇，中颅，颠蹶而毙。万钟曰："我死而父兄得生，何憾！"遂投井中，救之已死。移时妇复苏，闻万钟死，怒亦遂解。

既殡，弟妇恋儿，矢不嫁。妇唾骂不与食，醮去之。遗孤儿，朝夕受鞭楚，俟家人食讫，始啖以冷块。积半岁，儿尪羸，仅存气息。一日马忽至，万石嘱家人，勿以告妇。马见翁褴褛如故，大骇；又闻万钟殒谢，顿足悲哀。儿闻马至，便来依恋，前呼马叔。马不能识，审顾始辨，惊曰："儿何憔悴至此！"翁乃嗫嚅具道情事，马忿然谓万石曰："我曩道兄非人，果不谬。两人止此一线，杀之，将奈何？"万石不言，惟伏首帖耳而泣。坐语数刻，妇已知之，不敢自出逐客，但呼万石入，批使绝马。含涕而出，批痕俨然。马怒之曰："兄不能威，独不能断'出'耶？殴父杀弟，安然忍之，何以为人！"万石欠伸，似有动容。马又激之曰："如渠不去，理须杀；即便杀却勿惧。仆有二三知交，都居要地，必合极力，保无亏也。"万石诺，负气疾行，奔而入。适与妇遇，叱问："何为？"万石皇遽失色，以手据地曰："马生教余出妇。"妇益恚，顾寻刀杖，万石惧而却步。马唾之曰："兄真不可教也已！"遂开箧，出刀圭药，合水授万石饮。曰："此丈夫再造散。所以不轻用者，以能病人故耳。今不得已，暂试之。"饮下，少顷，万石觉忿气填胸，如烈焰冲烧，刻不容忍，直抵闺闼，叫喊雷动。妇未及诘，万石以足腾起，妇颠去数尺有咫。即复握石成拳，擂击无算。妇体几无完肤，嘲哳犹詈。万石于腰中出佩刀。妇骂曰："出刀子，敢杀我耶？"万石不语，割股上肉大如掌，掷地下。方欲再割，妇哀鸣乞恕。万石不听，又割之。家人见万石凶狂，相集，死力掖出。马迎去，捉臂相用慰劳。万石余怒未息，屡欲奔寻，马止之。少间，药力消，嗒若丧。马嘱曰："兄勿馁。乾纲之振，在此一举。夫人之所以惧者，非朝夕之故，其所由来者渐矣。譬之昨死而今生，须从此涤故更新。再一馁，则不可为矣。"

遣万石入探入。妇股栗心慑，倩婢扶起，将以膝行。止之，乃已。出语马生，父子交贺。马欲去，父子共挽之。马曰："我适有东海之行，故便道相过，还时可复会耳。"

月余妇起，宾事良人。久觉黔驴无技，渐狎，渐嘲，渐骂，居无何，旧态全作矣。翁不能堪，宵遁，至河南隶道士籍，万石亦不敢寻。年余马至，知其状，怫然责数已，立呼儿至，置驴子上，驱策径去。由此乡人皆不齿万石。学使案临，以劣行黜名。又四五年，遭回禄，居室财物，悉为煨烬，延烧邻舍。村人执以告郡，罚锾（huán）[⑦]烦苛。于是家产渐尽，至无居庐，近村相戒，无以舍舍万石。尹氏兄弟，怒妇所为，亦绝拒之。万石既穷，质妾于贵家，偕妻南渡。至河南界，资斧已绝。妇不肯从，聒夫再嫁。适有屠而鳏者，以钱三百货去。

万石一身，丐食于远村近郭间。至一朱门，阍人诃拒不听前。少间一官人出，万石伏地啜泣。官人熟视久之，略诘姓名，惊曰："是伯父也！何一贫至此？"万石细审，知为喜儿，不觉大哭。从之入，见堂中金碧焕映。俄顷，父扶童子出，相对悲哽。万石始述所遭。初，马携喜儿至此，数日，即出寻杨翁来，使祖孙同居。又延师教读。十五岁入邑庠，次年领乡荐，始为完婚。乃别欲去，祖孙泣留之。马曰："我非人，实狐仙耳。道侣相候已久。"遂去。孝廉言之，不觉恻楚。因念昔与庶伯母同受酷虐，倍益感伤。遂以舆马赍金赎王氏归。年余生一子，因以为嫡。

尹从屠半载，狂悖犹昔。夫怒，以屠刀孔其股，穿以毛绠悬梁上，荷肉竟出。号极声嘶，邻人始知。解缚抽绠，一抽则呼痛之声，震动四邻。以是见屠来，则骨毛皆竖。后胫创虽愈，而断芒遗肉内，终不利于行，犹夙夜服役，无敢少懈。屠既横暴，每醉归，则挞詈不情。至此，始悟昔之施于人者，亦犹是也。一日，杨夫人及伯母烧香普陀寺，近村农妇并来参谒。尹在中帐立不前，王氏故问："此伊谁？"家人进白："张屠之妻。"便诃使前，与太夫人稽首。王笑曰："此妇从屠，当不乏肉食，何羸瘠乃尔？"尹愧恨，归欲自经，绠弱不得死。屠益恶之。岁余，屠死。途遇万石，遥望之，以膝行，泪下如麻。万石碍仆，未通一言。归告侄，欲谋珠还，侄固不肯。妇为里人所唾弃，久无所归，依群乞以食。万石犹时就尹废寺中，侄以为玷，阴教群乞窘辱之，乃绝。

此事余不知其究竟，后数行，乃毕公权撰成之。

异史氏曰：惧内，天下之通病也。然不意天壤之间，乃有杨郎！宁非变异？余尝作妙音经之续言，谨附录以博一噱：

“窃以天道化生万物，重赖坤成；男儿志在四方，尤须内助。同甘独苦，劳尔十月呻吟；就湿移干，苦矣三年颦笑。此顾宗祧而动念，君子所以有伉俪之求；瞻井臼而怀思，古人所以有鱼水之爱也。第阴教之旗帜日立，遂乾纲之体统无存。始而不逊之声，或大施而小报；继则如宾之敬，竟有往而无来。只缘儿女深情，遂使英雄短气。床上夜叉坐，任金刚亦须低眉；釜底毒烟生，即铁汉无能强项。秋砧之杵可掬，不捣月夜之衣；麻姑之爪能搔，轻试莲花之面。小受大走，直将代孟母投梭；妇唱夫随，翻欲起周婆制礼。婆娑跳掷，停观满道行人；嘲嗜鸡嘶，扑落一群娇鸟。

“恶乎哉！呼天吁地，忽尔披发向银床；丑矣夫！转目摇头，猥欲投缳延玉颈。当是时也：地下已多碎胆，天外更有惊魂。北宫黝未必不逃，孟施舍焉能无惧？将军气同雷电，一入中庭，顿归无何有之乡；大人面若冰霜，比到寝门，遂有不可问之处[8]。岂果脂粉之气，不势而威？胡乃肮脏之身，不寒而栗？犹可解者：魔女翘鬟来月下，何妨俯伏皈依？最冤枉者：鸠盘[9]蓬首到人间，也要香花供养。闻怒狮之吼，则双孔撩天；听牝鸡之鸣，则五体投地[10]。登徒子淫而忘丑，回波词怜而成嘲。设为汾阳之婿，立致尊荣，媚卿卿良有故；若赘外黄之家，不免奴役，拜仆仆将何求？彼穷鬼自觉无颜，任其斫树摧花，止求包荒于妬妇，如钱神可云有势，乃亦婴鳞犯制，不能借助于方兄。

“岂缚游子之心，惟兹鸟道？抑消霸王之气，恃此鸿沟？然死同穴，生同衾，何尝教吟“白首”？而朝行云，暮行雨，辄欲独占巫山。恨煞“池水清”，空按红牙玉板；怜尔妾命薄，独支永夜寒更。蝉壳鹭滩，喜骊龙[11]之方睡；犊车麈尾，恨驽马之不奔。榻上共卧之人，挞去方知为舅；床前久系之客，牵来已化为羊。需之殷者仅俄顷，毒之流者无尽藏。买笑缠头，而成自作之孽，太甲必曰难违；俯首帖耳，而受无妄之刑，李阳亦谓不可。酸风凛冽，吹残绮阁之春；酷海汪洋，淹断蓝桥之月。又或盛会忽逢，良朋即坐，斗酒藏而不设，且由房出逐客之书；故人疏而不来，遂自我《广绝交》之论。甚而雁影分飞，涕空沾于荆树；鸾胶再觅，变遂起于芦花。故饮酒阳城，一堂中惟有兄弟；吹竽商子，七旬余并无室家。古人为此，有隐痛矣。

"呜呼！百年鸳偶，竟成附骨之疽；五两鹿皮，或买剥床之痛。髯如戟者如是，胆似斗者何人？固不敢于马栈下断绝祸胎，又谁能向蚕室中斩除孽本？娘子军肆其横暴，苦疗妒之无方；胭脂虎啖尽生灵，幸渡迷之有楫。天香夜爇（ruò），全澄汤镬之波；花雨晨飞，尽灭剑轮之火。极乐之境，彩翼双栖；长舌之端，青莲并蒂。拔苦恼于优婆之国，立道场于爱河之滨。咦！愿此几章贝叶文，洒为一滴杨枝水！"

注释

①大名：地名，即大名府，清属直隶，治所在今河北大名县。②季常之惧：惧内、怕老婆。宋代陈慥，字季常，号方山子，又号龙丘先生。好谈佛论道，喜蓄声妓，其妻柳氏悍妒。苏轼《寄吴德仁兼陈季常》云："龙丘居士亦可怜，谈空说有夜不眠。忽闻河东师子吼，拄杖落手心茫然。"后据此以"河东狮吼"喻妻子悍妒，而以"季常之惧"喻丈夫惧内。③齿奴隶数：列于奴隶，即视同奴仆。齿，列。④昆季之盟：结拜为兄弟。昆季，兄弟，长者为昆，幼者为季。⑤泫然：伤心流泪的样子。⑥足缠：旧时女子裹足用的布条。⑦罚锾：罚金。锾，古重量单位。《尚书·吕刑》："其罚百锾"。⑧"将军"六句：意谓不管多么能干的文臣武将，在悍妇面前都将无能为力。中庭，家中。《庄子·逍遥游》："今子有大树患其无用，何不树之无何有之乡，广莫之野。"⑨鸠盘：鸠盘茶。梵语音译。佛经中鬼名。后用以喻又老又丑的妇人。《御史台记》："妇当畏者三：少妙之时，如生菩萨；及儿满前，如九子魔母；至五、六十时，傅粉妆扮，或青或黑，如鸠盘茶。"⑩五体投地：指两肘、两膝及头部及地的一种礼节仪式。《首楞严经》："阿难闻已，重复悲泪，五体投地，长跪合掌，而向佛言。"此处指男子对悍妇的百般顺从。⑪骊龙：黑色的龙。此处喻指凶悍的妇女。《庄子·列御寇》："河上有家贫恃纬萧而食者，其子没于渊，得千金之珠。其父谓其子曰：取石来锻之。夫千金之珠，必在九重之渊，而骊龙颔下，子能得珠者，必遭其睡也。使骊龙而寤，子尚奚微之有哉！"

云翠仙

梁有才，故晋人，流寓于济作小负贩，无妻子田产。从村人登岱。当四月交，香侣杂沓，又有优婆夷、塞[1]，率男子以百十，杂跪神座下，视香炷为度，名曰：“跪香”。才视众中有女郎，年十七八而美，悦之。诈为香客，近女郎跪，又伪为膝困无力状，故以手据女郎足。女回首似嗔，膝行而远之。才亦膝行而近之，少间又据之。女郎觉，遽起，不跪，出门去。才亦起，出履其迹，不知其往，心无望，怏怏而行。途中见女郎从媪，似为女也母者，才趋之。

媪女行且语，媪云：“汝能参礼娘娘，大好事！汝又无弟妹，但获娘娘冥加护，护汝得快婿。但能相孝顺，都不必贵公子、富王孙也。”才窃喜，渐渍诘媪；媪自言为云氏，小女名翠仙，其出也。家西山四十里。才曰：“山路涩，母如此蹜蹜[2]，妹如此纤纤，何能便至？”曰：“日已晚，将寄舅家宿耳。”才曰：“适言相婿，不以贫嫌，不以贱鄙，我又未婚，颇当母意否？”媪以问女，女不应；媪数问，女曰：“渠寡福，又荡无行，轻薄之心，还易翻覆。儿不能为遢伎儿作妇。”才闻，朴诚自表，切矢皦日。媪喜，竟诺之。女不乐，勃然而已。母又强拍咻之。

才殷勤，手于橐，觅山兜二，舁媪及女，已步从，若为仆。过隘，辄诃兜夫不得颠摇，意良殷。俄抵村舍，便邀才同入舅家。舅出翁，妗出媪也。云兄之嫂之，谓：“才吾婿。日适良，不须别择，便取今夕。”舅亦喜，出酒肴饵才。既，严妆翠仙出，拂榻促眠。女曰：“我固知郎不义，迫母命，漫相随。郎若人也，当不须忧偕活。”才唯唯听受。

明日早起，母谓才：“宜先去，我以女继至。”才归，扫户闼，媪果送女至。入视室中，虚无有，便云：“似此何能自给？老身速归，当小助汝辛苦。”遂去。次日，即有男女数辈，各携服食器具，布一室满之。不饭俱去，但留一婢。

才由此坐温饱，惟日引里无赖朋饮竞赌，渐盗女郎簪珥佐博。女劝之不听，颇不耐之，惟严守箱奁，如防寇。一日，博党款门访才，窥见女，

适适然惊。戏谓才曰：“子大富贵，何忧贫耶？”才问故，答曰：“曩(nǎng)见夫人，真仙人也。适与子家道不相称。货为媵(yìng)，金可得百；为妓，可得千。千金在室，而听饮博无资耶？”才不言，而心然之。归，辄向女欷歔，时时言贫不可度。女不顾，才频频击桌，抛箸，骂婢，作诸态。一夕女沽酒与饮，忽曰：“郎以贫故，日焦心。我又不能御贫[3]，分郎忧衷，岂不愧怍？但无长物，止有此婢，鬻之，可稍稍佐经营。”才摇首曰：“其值几何！”又饮少时，女曰：“妾于郎，有何不相承？但力竭耳。念一贫如此，便死相从，不过均此百年苦，有何发迹？不如以妾鬻(yù)贵家，两所便益，得值或较婢多。”才故愕言：“何得至此！”女固言之，色作庄。才喜曰：“容再计之。”遂缘中贵人，货隶乐籍[4]。中贵人亲诣才，见女大悦。恐不能即得，立券八百缗[5]，事濒就矣。女曰：“母以婿家贫，常常萦念，今意断矣，我将暂归省；且郎与妾绝，何得不告母？”才虑母阻，女曰：“我顾自乐之，保无差贷。”才从之。

夜将半，始抵母家。挞阖入，见楼舍华好，婢仆辈往来憧憧。才日与女居，每请诣母，女辄止之。故为甥馆[6]年余，曾未一临岳家。至此大骇，以其家巨，恐媵妓所不甘从也。女引才登楼上，媪惊问：“夫妇何来？”女怨曰：“我固道渠不义，今果然。”乃于衣底出黄金二铤，置几上，曰：“幸不为小人赚脱，今仍以还母。”母骇问故，女曰：“渠将鬻我，故藏金无用处。”乃指才骂曰：“豺鼠子！曩日负肩担，面沾尘如鬼。初近我，熏熏作汗腥，肤垢欲倾塌，足手皴一寸厚，使人终夜恶。自我归汝家，安座餐饭，鬼皮始脱。母在前，我岂诬耶？”才垂首不敢少出气。女又曰：“自顾无倾城姿，不堪奉贵人；似若辈男子，我自谓犹相匹，有何亏负，遂无一念香火情？我岂不能起楼宇、买良沃？念汝儇(xuān)薄骨、乞丐相，终不是白头侣！”言次，婢媪连衿臂，旋旋围绕之。闻女责数，便都唾骂，共言：“不如杀却，何须复云云！”才大惧，据地自投，但言知悔。女又盛气曰：“鬻妻子已大恶，犹未便是剧，何忍以同衾人赚作娼！”言未已，众眦裂，悉以锐簪、剪刀股攒刺胁踝。才号悲乞命，女止之，曰：“可暂释却。渠便无仁义，我不忍觳觫(hú sù)。”乃率众下楼去。

才坐听移时，语声俱寂，思欲潜遁。忽仰视，见星汉，东方已白，野色苍莽，灯亦寻灭。并无屋宇，身坐削壁上。俯瞰绝壑深无底，骇绝，惧堕。身稍移，塌然一声，随石崩坠，壁半有枯横焉，罥不得堕。以枯受腹，手足无着。下视茫茫，不知几何寻丈。不敢转侧，嗥怖声嘶，一身尽肿，眼耳鼻舌身力俱竭。日渐高，始有樵人望见之；寻绠来，缒而下，取置崖上，奄将溘毙。舁归其家，至则门洞敞，家荒荒如败寺，床簏什器俱杳，惟有绳床败案，是己家旧物，零落犹存。嗒然自卧，饥时日一乞食于邻，既而肿溃为癞。里党[⑦]薄其行，悉唾弃之。才无计，货屋而穴居，行乞于道，以刀自随。或劝以刀易饵，才不肯，曰：“野居防虎狼，用自卫耳。”后遇向劝鬻(yù)妻者于途，近而哀语，遽出刀摮(áo)而杀之，遂被收。官廉得其情，亦未忍酷虐之，系狱中，寻瘐死。

异史氏曰：得远山芙蓉，与共四壁，与之南面王岂易哉！己则非人，而怨逢恶之友，故为友者不可不知戒也。凡狭邪子诱人淫博，为诸不义，其事不败，虽则不怨亦不德。迨于身无襦，妇无裤，千人所指，无疾将死，穷败之念，无时不萦于心；穷败之恨，无时不加于齿。清夜牛衣中[⑧]，辗转不寐。夫然后历历[⑨]想未落时，历历想将落时，又历历想致落之故，而因以及发端致落之人。至于此，弱者起，拥絮坐诅，强者忍冻裸行，篝火索刀，霍霍磨之，不待终夜矣。故以善规人，如赠橄榄；以恶诱人，如馈漏脯[⑩]也。听者固当省，言者可勿戒哉！

注释

①优婆夷、塞：指优婆夷、优婆塞，梵语音译，即女居士、男居士。居士，指接受佛教五戒的佛教徒。②蹜蹜：行走不便。③御贫：对付贫穷。《诗·邶风·谷风》："宴尔新婚，以我御穷。"④隶乐籍：列名于乐户的名籍。乐户，指官妓。⑤缗：穿

钱的绳子。古时用用绳子把铜钱串起来，一般一千钱为一串，称一缗。⑥甥馆：本指女婿在岳父家的住所，后引申为女婿。古代称妻父为外舅，称婿为甥。⑦里党：犹乡党，邻里。⑧清夜牛衣中：身穿牛衣，在清夜扪心自问。清，冷。牛衣，用草编而成的给牛御寒的衣物，后形容穷困。《汉书·王章传》："章疾病，无被，卧牛衣中。"⑨历历：分明可数，此谓一一分明地。⑩漏脯：变质的干肉。脯，干肉。

颜氏

顺天某生，家贫。值岁饥，从父之洛。性钝，年十七，裁能成幅。而丰仪秀美，能雅谑，善尺牍[①]，见者不知其中之无有也。无何，父母继殁，孑然一身，授童蒙于洛汭。

时村中颜氏有孤女，名士裔也。父在时尝教之读，一过辄记不忘。十数岁，学父吟咏，父曰："吾家有女学士，惜不弁耳。"钟爱之，期择贵婿。父卒，母执此志，三年不遂，而母又卒。或劝适佳士，女然之而未就也。适邻妇逾垣来，就与攀谈。以字纸裹绣线，女启视，则某手翰，寄邻生者，反复之似爱好焉。邻妇窥其意，私语曰："此翩翩一美少年，孤与卿等，年相若也。倘能垂意，妾嘱渠侬脑合之。"女默默不语。妇归，以意授夫。邻生故与生善，告之，大悦。有母遗金鸦环[②]，托委致焉。刻日成礼，鱼水甚欢。

及睹生文，笑曰："文与卿似是两人，如此，何日可成？"朝夕劝生研读，严如师友。敛昏，先挑烛据案自哦，为丈夫率，听漏三下，乃已。如是年余，生制艺颇通，而再试再黜，身名蹇落，饔（yōng）飧不给，抚情寂漠，嗷嗷悲泣。女诃之曰："君非丈夫，负此弁耳！使我易髻而冠，青紫直芥视之！"生方懊丧，闻妻言，睒睗而怒曰："闺中人，身不到场屋，便以功名富贵似在厨下汲水炊白粥；若冠加于顶，恐亦犹人耳！"女笑曰："君勿怒。俟试期，妾请易装相代。倘落拓如君，当不敢复藐天下士矣。"生亦笑曰："卿自不知蘗（bò）苦，直宜使请尝试之。但恐绽露，为乡邻笑耳。"女曰："妾非戏语。君尝言燕有故庐，请男装从君归，伪为弟。君以襁褓出，谁得辨其非？"生从之。女入房，巾服而出，曰："视妾可作男儿否？"生

视之，俨然一少年也。生喜，遍辞里社。交好者薄有馈遗，买一羸蹇（jiǎn），御妻而归。

生叔兄尚在，见两弟如冠玉，甚喜，晨夕恤顾之。又见宵旰攻苦[③]，倍益爱敬。雇一剪发雏奴为供给使，暮后辄遣去之。乡中吊庆，兄自出周旋，弟惟下帷读。居半年，罕有睹其面者。客或请见，兄辄代辞。读其文，蝦然骇异。或排闼（tà）人而迫之，一揖便亡去。客见丰采，又共倾慕，由此名大噪，世家争愿赘焉。叔兄商之，惟冁然笑。再强之，则言："矢志青云，不及第，不婚也。"会学使案临，两人并出。兄又落；弟以冠军应试，中顺天第四。明年成进士，授桐城令，有吏治。寻迁河南道掌印御史，富埒王侯。因托疾乞骸骨[④]，赐归田里。宾客填门，迄谢不纳。

又自诸生以及显贵，并不言娶，人无不怪之者。归后渐置婢，或疑其私，嫂察之，殊无苟且。无何，明鼎革，天下大乱。乃告嫂曰："实相告：我小郎妇也。以男子阘茸，不能自立，负气自为之。深恐播扬，致天子召问，贻笑海内耳。"嫂不信。脱靴而示之足，始愕，视靴中则絮满焉。于是使生承其衔，仍闭门而雌伏矣。而生平不孕，遂出资购妾。谓生曰："凡人置身通显，则买姬媵以自奉，我宦迹十年犹一身耳。君何福泽，坐享佳丽？"生曰："面首三十人，请卿自置耳。"相传为笑。是时生父母，屡受覃恩[⑤]矣。缙绅拜往，尊生以侍御礼。生羞袭闺衔，惟以诸生自安，终身未尝舆盖云。

异史氏曰：翁姑受封于新妇，可谓奇矣。然侍御而夫人也者，何时无之？但夫人而侍御者少耳。天下冠儒冠、称丈夫者，皆愧死矣！

注释

①尺牍：书信。古时信札长约一尺，故称书信为"尺牍"。牍，供书写的木简。

②金鸦环：饰有金乌的金戒指。金鸦，犹金乌，传说太阳中有三足乌称金乌，故以之指太阳。③宵旰攻苦：从早到晚地用功读书。宵，天才亮。吁，天晚。攻，攻读。④乞骸骨：旧时官员因老病而上疏朝廷，请求准予退职，叫“乞骸骨”。《史记·项羽本纪》：“范增大怒曰：天下事大定矣，君王自为之。愿赐骸骨归卒伍！”⑤覃恩：深恩。此处指受到朝廷封赐。

小谢

渭南[1]姜部郎[2]第，多鬼魅，常惑人，因徙去。留苍头[3]门之而死，数易皆死，遂废之。里有陶生望三者，夙倜傥，好狎妓，酒阑辄去之。友人故使妓奔就之，亦笑内不拒，而实终夜无所沾染。常宿部郎家，有婢夜奔，生坚拒不乱，部郎以是契重之。家綦贫，又有“鼓盆之戚[4]”；茅屋数椽，溽暑不堪其热，因请部郎假废第。部郎以其凶故却之，生因作《续无鬼论》[5]献部郎，且曰：“鬼何能为！”部郎以其请之坚，诺之。

生往除厅事[6]。薄暮，置书其中，返取他物，则书已亡。怪之，仰卧榻上，静息以伺其变。食顷，闻步履声，睨之，见二女自房中出，所亡书送还案上。一约二十，一可十七八，并皆姝丽。逡巡立榻下，相视而笑。生寂不动。长者翘一足踹生腹，少者掩口匿笑。生觉心摇摇若不自持，即急肃然端念，卒不顾。女近以左手捋髭，右手轻批颐颊作小响，少者益笑。生骤起，叱曰：“鬼物敢尔！”二女骇奔而散。生恐夜为所苦，欲移归，又耻其言不掩，乃挑灯读。暗中鬼影憧憧，略不顾瞻。夜将半，烛而寝。始交睫，觉人以细物穿鼻，奇痒大嚏，但闻暗处隐隐作笑声。生不语，假寐以俟之。俄见少女以纸条捻细股，鹤行鹭伏而至，生暴起诃之，飘窜而去。既寝，又穿其耳。终夜不堪其扰。鸡既鸣，乃寂无声，生始酣眠，终日无所睹闻。

既日下，恍惚出现。生遂夜炊，将以达旦。长者渐曲肱几上观生读，既而掩生卷。生怒捉之，即已飘散；少间，又抚之。生以手按卷读。少者潜于脑后，交两手掩生目，瞥然去，远立以哂。生指骂曰：“小鬼头！捉得便都杀却！”女子即又不惧。因戏之曰：“房中纵送，我都不解，缠我无益。”二女微笑，转身向灶，析薪溲米，为生执爨。生顾而奖之曰：“两卿此为，不胜憨跳耶？”俄顷粥熟，争以匕[⑦]、箸、陶碗置几上。生曰：“感卿服役，何以报德？”女笑云：“饭中溲合[⑧]砒、酖矣。”生曰：“与卿夙无嫌怨，何至以此相加。”啜已复盛，争为奔走。生乐之，习以为常。

日渐稔，接坐倾语，审其姓名。长者云：“妾秋容乔氏，彼阮家小谢也。”又研问所由来，小谢笑曰：“痴郎！尚不敢一呈身，谁要汝问门第，作嫁娶耶？”生正容曰：“相对丽质，宁独无情；但阴冥之气，中人必死。不乐与居者，行可耳；乐与居者，安可耳。如不见爱，何必玷两佳人？如果见爱，何必死一狂生？”二女相顾动容，自此不甚虐弄之。然时而探手于怀，捋裤于地，亦置不为怪。

一日，录书未卒业而出，返则小谢伏案头，操管代录。见生，掷笔睨笑。近视之，虽劣不成书，而行列疏整。生赞曰：“卿雅人也！苟乐此，仆教卿为之。”乃拥诸怀，把腕而教之画。秋容自外入，色乍变，意似妒。小谢笑曰：“童时尝从父学书，久不作，遂如梦寐。”秋容不语。生喻其意，伪为不觉者，遂抱而授以笔，曰：“我视卿能此否？”作数字而起，曰：“秋娘大好笔力！”秋容乃喜。生于是折两纸为范，俾共临摹，生另一灯读。窃喜其各有所事，不相侵扰。仿毕，祗立几前，听生月旦。秋容素不解读，涂鸦不可辨认，花判[⑨]已，自顾不如小谢，有惭色。生奖慰之，颜霁。二女由此师事生，坐为抓背，卧为按股，不惟不敢侮，争媚之。逾月，小谢书居然端好，生偶赞之。秋容大惭，粉黛淫淫，泪痕如线，生百端慰解之乃已。因教之读，颖悟非常，指示一过，无再问者。与生竞读，常至终夜。小谢又引其弟三郎来拜生门下，年十五六，姿容秀美，以金如意一钩为贽。生令与秋容执一经，满堂咿唔，生于此设鬼帐焉。部郎闻之喜，以时给其薪水。积数月，秋容与三郎皆能诗，时相酬唱。小谢阴嘱勿教秋容，生诺之；秋容阴嘱勿教小谢，生亦诺之。一日生将赴试，二女涕泪相别。三郎曰：“此行可以托疾免；不然，恐履不吉。”生以告疾为辱，遂行。先是，生好以诗词讥切时事，获罪于邑贵介，日思中伤之。阴赂学使，诬以行简，淹禁狱中。资斧绝，乞食于囚人，自分已无生理。忽一人飘忽而入，则秋容也，以馔具馈生。相向悲咽，曰：“三郎虑君不吉，今果不谬。三郎与妾同来，赴院申理矣。”数语而出，人不之睹。越日部院出，三郎遮道声屈，收之。秋容入狱报生，返身往侦之，三日不返。生愁饿无聊，度日如年。忽小谢至，怆惋欲绝，言：“秋容归，经由城隍祠，被西廊黑判强摄去，逼充御媵(yìng)。秋容不屈，今亦幽囚。妾驰百里，奔波颇殆；至北郭，被老棘刺吾足心，痛彻骨髓，恐不能再至矣。”因示之足，血殷凌波[10]焉。出金三两，跛踦而没。部院勘三郎，素非瓜葛，无端代控，将杖之，扑地遂灭。异之。览其状，情词悲恻。提生面鞫，问：“三郎何人？”生伪为不知。部院悟其冤，释之。既归，竟夕无一人。更阑，小谢始至，惨然曰：“三郎在部院，被廨神押赴冥司；冥王因三郎义，令托生富贵家。秋容久锢，妾以状投城隍，又被按阁不得入，且复奈何？”生忿然曰：“黑老魅何敢如此！明日仆其像，践踏为泥，数城隍而责之。案下吏暴横如此，渠在醉梦中耶！”悲愤相对，不觉四漏将残，秋容飘然忽至。两人惊喜，急问。秋容泣下曰：“今为郎万苦矣！判日以刀杖相逼，今夕忽放妾归，曰：‘我无他意，原亦爱故；既不愿，固亦不曾污玷。烦告陶秋曹[11]，勿见谴责。’”生闻少欢，欲与同寝，曰：“今日愿与卿死。”二女戚然曰：“向受开导，颇知义理，何忍以爱君者杀君乎？”执不可。然俯颈倾头，情均伉俪。二女以遭难故，妒念全消。会一道士途遇生，顾谓“身有鬼气”。生以其言异，具告之。道士曰：“此鬼大好，不宜负他。”因书二符付生，曰：“归授两鬼，任其福命。如闻门外有哭女者，吞符急出，先到者可活。”生拜受，归嘱二女。后月余，果闻有哭女者，

二女争奔而去。小谢忙急，忘吞其符。见有丧舆过，秋容直出，入棺而没；小谢不得入，痛哭而返。生出视，则富室郝氏殡其女。共见一女子入棺而去，方共惊疑；俄闻棺中有声，息肩发验，女已顿苏。因暂寄生斋外，罗守之。忽开目问陶生，郝氏研诘之，答云："我非汝女也。"遂以情告。郝未深信，欲舁归，女不从，径入生斋，偃卧不起。郝乃识婿而去。

生就视之，面庞虽异，而光艳不减秋容，喜惬过望，殷叙平生。忽闻呜呜然鬼泣，则小谢哭于暗陬。心甚怜之，即移灯往，宽譬哀情，而衿袖淋浪，痛不可解，近晓始去。天明，郝以婢媪赍送香奁，居然翁婿矣。暮入帷房，则小谢又哭。如此六七夜。夫妇俱为惨动，不能成合卺之礼。生忧思无策，秋容曰："道士，仙人也。再往求，倘得怜救。"生然之。迹道士所在，叩伏自陈。道士力言"无术"，生哀不已。道士笑曰："痴生好缠人。合与有缘，请竭吾术。"乃从生来，索静室，掩扉坐，戒勿相问，凡十余日，不饮不食。潜窥之，瞑若睡。一日晨兴，有少女搴帘入，明眸皓齿，光艳照人，微笑曰："跋履终日，惫极矣！被汝纠缠不了，奔驰百里外，始得一好庐舍，道人载与俱来矣。得见其人，便相交付耳。"敛昏。小谢至，女遽起迎抱之，翕然合为一体，仆地而僵。道士自室中出，拱手径去。拜而送之。及返，则女已苏。扶置床上，气体渐舒，但把足呻言趾股酸痛，数日始能起。

后生应试得通籍。有蔡子经者与同谱，以事过生，留数日。小谢自邻舍归，蔡望见之，疾趋相蹑，小谢侧身敛避，心窃怒其轻薄。蔡告生曰："一事深骇物听，可相告否？"诘之，答曰："三年前，少妹夭殒，经两夜而失其尸，至今疑念。适见夫人。何相似之深也？"生笑曰："山荆陋劣，何足以方君妹？然既系同谱，义即至切，何妨一献妻孥。"乃入内室，使小谢衣殉装出。蔡大惊曰："真吾妹也！"因而泣下。生乃具述其本末。蔡喜曰："妹子未死，吾将速归，用慰严慈。"遂去。过数日，举家皆至。后往来如郝焉。

异史氏曰：绝世佳人，求一而难之，何遽得两哉！事千古而一见，惟不私奔女者能遘（gòu）之也。道士其仙耶？何术之神也！苟有其术，丑鬼可交耳。

注释

①渭南：县名，在个陕西省。②部郎：明清时泛指任职在中央六部的郎中、员外郎等官员。③苍头：仆人。④鼓盆之戚，指死了妻子。《庄子·至乐》：“庄于妻死，惠子吊之，庄子则方箕踞鼓盆而歌。”后因以“鼓盆之戚”指丧妻之痛。⑤《续无鬼论》：晋人阮瞻、唐代林蕴都曾作过《无鬼论》，因陶生所作亦阐发无鬼之论，故称《续无鬼论》。⑥厅事：厅堂，亦称“听事”，原指官府办公的地方，后来私宅的厅堂也称厅事。⑦匕：饭匙。⑧溲合：调合，掺杂。⑨花判：本指旧时官吏对案件所作的骈体判词。此处指评阅意见。⑩血殷凌波：指血染鞋袜，满脚是血。殷，红黑色，此处指染红。凌波，本指女子走路的美好姿态，此处指女子的鞋袜。曹植《洛神赋》：“陵（通凌）波微步，罗袜生尘。”⑪秋曹：对刑部官员的敬称。古时刑部又称为秋宫，所以其部员称为“秋曹”。此处指陶生将来要到刑部任职。

林氏

济南戚安期，素佻达[1]，喜狎妓，妻婉戒之不听。妻林氏，美而贤。会北兵[2]入被俘去，暮宿途中欲相犯，林伪许之。适兵佩刀系床头，急抽刀自刎死，兵举而委诸野。次日，拔舍去。有人传林死，戚痛悼往。视之，有微息。负而归，目渐动，稍颦呻，轻扶其项，以竹管滴沥灌饮，能咽。戚抚之曰：“卿万一能活，相负者必遭凶折！”半年，林平复如故；惟首为颈痕所牵，常苦左顾。戚不以为丑，爱恋逾于平昔，曲巷之游从此绝迹。林自觉形秽，将为置媵（yìng），戚执不可。

居数年，林不育，因劝纳婢，戚曰：“业誓不二，鬼神鉴之。即嗣续不承，亦吾命耳。若不应绝，卿岂老而不能生耶？”林乃托疾，使戚独宿，遣婢海棠卧其床下。既久，阴以宵情问婢。婢曰：“并无。”林不信。至夜，戒婢勿往，自诣婢所卧。少间，闻床上睡息已动。潜起，登床扪之。戚问谁，林耳语曰："我海棠也。"戚拒却曰："我有盟誓，不敢更也。若似曩年，尚须汝奔就耶？"林乃下床去。戚仍孤眠。林又使婢托已往就之。戚念妻生平从不肯作不速之客，疑而摸其项，无痕，知为婢，又叱之。婢惭而退。及明，以情告林，使速嫁婢。林笑曰："君亦不必过执。倘得一丈夫子，岂不幸甚。"戚曰："倘背盟誓，鬼责将及，尚望延宗嗣乎？"

林一日笑语戚曰："凡农家者流，苗与秀[3]不可知，播种常例不可违。晚间耕耨之期至矣。"戚笑会之。既夕，林灭烛呼婢，使卧已衾中。戚入就榻，戏曰："佃人来矣。深愧钱镈[4]不利，负此良田。"婢不语。婢及举事，小语戚曰："私处小肿，颠猛不任。"戚体意温恤之。事已，婢伪起溺，以林易之。从此时值落红，辄一为之，而戚不知也。未几，婢腹震，林氏每使静坐，不令给役于前。故谓戚曰："妾劝内婢，而君弗听。设尔日冒妾时，君误信之。交而得孕，将复如何？"戚曰："留犊鬻母。"林不言。无何婢举一子，林暗买乳媪，抱养母家。积四五年，又产一子一女。长名长生已七岁，就外祖家读书。林半月辄托归宁，一往看视。婢年益长，戚时时促遣之。林辄诺。婢日思儿女，林乃窃为上鬟，送诣母所。林谓戚曰："日谓我不嫁海棠，母家有一义男[5]，业配之。"又数年，子女俱长成。

值戚初度，林先期治具，为候宾客。戚叹曰："岁月骛过[6]，忽已半世。幸各强健，家亦不至冻馁。所阙者，膝下[7]一点耳。"林曰："君执拗，不从妾言，夫谁怨？然欲得男，两亦甚易，何况一也？"戚解颜曰："既言不难，明日便索两男。"林曰："易耳，易耳！"早起，命驾至母家，严妆子女，载与俱归。入门，令雁行立，呼父叩祝千秋。拜已而起，相顾嬉笑。戚骇怪不解。林曰："君索两男，妾添一女。"始为详述本末。戚喜曰："何不早告？"曰："早告，恐绝其母。今子已成立，尚可绝其母乎？"戚感极涕泣。遂迎婢归，偕老焉。

异史氏曰：女有存心如林氏者，可谓贤德矣。

注释

①佻达：轻薄无行，轻佻。佻达，同“挑达”。《诗·郑风·子衿》：“挑兮达兮，在城阙兮。”②北兵：明末南下的清兵。③苗与秀：抽芽和开花。植物初生称苗，开花称秀，故称。④钱镈：古代锄田用的两种农具。钱，状如铲。镈，锄头。⑤义男：养子，义子，干儿子。⑥骛过：急逝，匆匆而过。骛，急，速。⑦膝下：子女年幼时依偎在父母的膝下，故称年幼之时为膝下。《孝经·圣治》：“故亲生之膝下。”后成为儿女写信给父母的敬辞。

细侯

昌化[①]满生，设帐余杭[②]。偶涉廛市，经临街阁下，忽有荔壳坠肩头。仰视，一雏姬凭阁上，妖姿要妙[③]，不觉注目发狂，姬俯哂（shěn）而入。询之，知为娼楼贾氏女细侯也。其声价颇高，自顾不能适愿。归斋冥想，终宵不枕。明日，往投以刺，相见，言笑甚欢，心志益迷。托故假贷同人，敛金如干，携以赴女，款洽臻至。即枕上口占一绝赠之云：“膏腻铜盘夜未央，床头小语麝兰香。新鬟明日重妆凤，无复行云梦楚王。”细侯蹙（cù）然曰：“妾虽污贱，每愿得同心而事之。君既无妇，视妾可当家否？”生大悦，即叮咛，坚相约。细侯亦喜曰：“吟咏之事，妾自谓无难，每于无人处，欲效作一首，恐未能便佳，为观听所讥。倘得相从，幸以教妾。”因问生：“家田产几何？”答曰：“薄田半顷，破屋数椽而已。”细侯曰：“妾归君后，当常相守，勿复设帐为也。四十亩聊足自给，十亩可以种黍，织五匹绢，纳太平之税有余矣。闭户相对，君读妾织，暇则诗酒可遣，千户侯[④]何足贵！”生曰：“卿身价约可几多？”曰：“依媪贪志，何能盈也？多不过二百金足矣。可恨妾齿稚，不知重资财，得辄

归母，所私者区区无多。君能办百金，过此即非所虑。”生曰：“小生之落寞，卿所知也，百金何能自致，有同盟友令于湖南，屡相见招，仆因道远，故惮于行。今为卿故，当往谋之。计三四月，可以复归，幸耐相候。”细侯曰：“诺。”生即弃馆南游，至则令已免官，以挂误居民舍，宦囊空虚，不能为礼。生落魄难返，就邑中授徒焉。三年，莫能归。偶笞(chī)弟子，弟子自溺死。东翁[5]痛子而讼师，因被逮囹圄。幸有他门人，怜师无过，时致馈遗，得以无苦。

细侯自别生，杜门不交一客。母诘知故，不可夺，亦姑听之。有富贾慕细侯名，托媒于媪。务在必得，不靳直。细侯不可，贾以负贩诣湖南，敬侦生耗。时狱已将解，贾以金赂当事吏，使久锢之。归告媪云：“生已瘐死。”细侯不信。媪曰：“无论满生已死，纵或不死，与其从穷措大以椎布终也，何如衣锦而厌粱肉乎？”细侯曰：“满生虽贫，其骨清也；守龌(wò)龊(chuò)商，诚非所愿。且道路之言，何足凭信！”贾又转嘱他商，假作满生绝命书寄细侯，以绝其望。细侯得书，朝夕哀哭，媪曰：“我自幼于汝，抚育良劬。汝成人二三年，得报日亦无多。既不愿隶籍[6]，又不肯嫁，何以能生活？”细侯不得已，遂嫁贾。贾衣服簪环，供给丰侈。年余，生一子。

无何，生得门人力，昭雪出狱，始知贾之锢己也。然念素无嫌隙，反复不得其由，门人义助资斧得归，既闻细侯已嫁，心甚激楚，因以所苦，托市媪卖浆者达细侯。细侯大悲，方悟前此多端，悉贾之诡谋。乘贾他出，杀抱中儿，携所有以归满；凡贾家服饰，一无所取。贾归，怒讼于官。官原其情，置不问。

呜呼！寿亭侯之归汉，亦复何殊？顾杀子而行，亦天下之忍人[7]也！

注释

①昌化：旧县名，明清时属浙江省杭州府，今属浙江省临安县。②余杭：旧县名，明清时属浙江省杭州府，今属浙江省富阳县。③要妙：美好。④千户侯：受封为侯爵，食邑千户。后常喻高官厚禄。⑤东翁：指学生的父亲。东，东家，塾师的雇主。⑥隶籍：隶属于乐籍，即做妓女。⑦忍人：忍心的人，狠心的人。

狼三则

有屠人货肉归，日已暮，欻（xū）①一狼来，瞰②担上肉，似甚垂涎，随屠尾行数里。屠惧，示以刃，少却；及走，又从之。屠思狼所欲者肉，不如悬诸树而早③取之。遂钩肉，翘足挂树间，示以空担。狼乃止。屠归。昧爽④往取肉，遥望树上悬巨物，似人缢死状，大骇。逡巡近视，则死狼也。仰首细审，见狼口中含肉，钩刺狼腭，如鱼吞饵。时狼皮价昂，直十余金，屠小裕焉。缘木求鱼，狼则罹（lí）之⑤，是可笑也！

一屠晚归，担中肉尽，止剩骨。途遇两狼缀行甚远。屠惧，投以骨，一狼得骨止，一狼又从；复投之，后狼止而前狼又至；骨已尽，而两狼并驱如故。屠大窘，恐前后受其敌。顾野有麦场，场主以薪积其中，苫蔽成丘。屠乃奔倚其下，弛担持刀。狼不敢前，眈眈相向。少时，一狼径去；其一犬坐⑥于前，久之，目似瞑，意暇甚。屠暴起，以刀劈狼首，又数刀毙之。转视积薪后，一狼洞其中，意将隧入以攻其后也。身已半入，露其尾，屠自后断其股，亦毙之。方悟前狼假寐，盖以诱敌。狼亦黠矣！而顷刻两毙，禽兽之变诈几何哉，止增笑耳！

一屠暮行，为狼所逼。道旁有夜耕者所遗行室⑦，奔入伏焉。狼自苫中探爪入，屠急捉之，令出不去，但思无计可以死之。惟有小刀不盈寸，遂割破狼爪下皮，以吹豕之法吹之。极力吹移时，觉狼不甚动，方缚以带。出视，则狼胀如牛，股直不能屈，口张不得合。遂负之以归。

非屠，乌能作此谋也！三事皆出于屠；则屠人之残，杀狼亦可用也。

注释

①欻：忽然。②瞰：看，视。③早：此处指第二天早晨。④昧爽：黎明时分，天将亮未亮之时。⑤“缘木”二句：意谓屠夫把肉挂在树上并不是为了捉狼，而狼想

吃挂在树上的肉，结果却被钩死。缘木求鱼，爬到树上去捉鱼，喻方法错误则难以达到目。罹，遭遇。⑥犬坐：像狗一样的蹲坐。⑦行室：农田中供歇息用的临时棚屋，北方俗称“窝棚”。

萧七

徐继长，临淄人，居城东之磨房庄。业儒未成，去而为吏。偶适姻家，道出于氏殡宫。薄暮醉归，过其处，见楼阁繁丽，一叟当户坐。徐酒渴思饮，揖叟求浆。叟起邀客入，升堂授饮。饮已，叟曰：“曛暮难行，姑留宿何如？”徐亦疲殆，遂止宿焉。叟命家人具酒奉客，且谓徐曰：“老夫一言，勿嫌孟浪：君清门令望，可附婚姻。有幼女未字，欲充下陈[①]，幸垂援拾。”徐踧踖（dí zhě）[②]不知所对。叟即遣伻告其亲族，又传语令女郎妆束。顷之，峨冠博带[③]者四五辈，先后并至。女郎亦炫妆出，姿容绝俗。于是交坐宴会。徐神魂眩乱，但欲速寝。酒数行，坚辞不任，乃使小鬟引夫妇入帏，馆同爰止。徐问其族姓，女曰：“萧姓，行七。”又细审门阀，女曰：“身虽陋贱，配吏胥当不辱寞，何苦研穷？”徐溺其色，款昵备至，不复他疑。

女曰：“此处不可为家。审知汝家姊姊甚平善，或不拗阻，归除一舍，行将自至耳。”徐应之。既而加臂于身，奄忽就寐，及觉，则抱中已空。天色大明，松阴翳晓，身下籍黍穰尺许厚。骇叹而归，告妻。妻戏为除馆，设榻其中，阖门出，曰：“新娘子今夜至矣。”相与共笑。日既暮，妻戏曳徐启门，曰：“新人得毋已在室耶？”及入，则美人华妆坐榻上，见二人入，桥起[④]逆之，夫妻大愕。女掩口局局而笑[⑤]，参拜恭谨。妻乃治具，为之合欢。女早起操作，不待驱使。

一日曰：“姊姨辈俱欲来吾家一望。”徐虑仓卒无以应客。女曰：“都知吾家不饶，将先赍馔具来，但烦吾家姊姊烹饪而已。”徐告妻，妻诺之。晨炊后，果有人荷酒胾来，释担而去。妻为职庖人之役。晡后[⑥]，六七女郎至，长者不过四十以来，围坐并饮，喧笑盈室。徐妻伏窗一窥，惟见夫及七姐相向坐，他客皆不可睹。北斗挂屋角，欢然始去，女送客未返。妻入视案上，杯柈俱空。笑曰："诸婢想俱饿，遂如狗舐砧[7]。"少间女还，殷殷相劳，夺器自涤，促嫡安眠。妻曰："客临吾家，使自备饮馔，亦大笑话。明日合另邀致。"逾数日，徐从妻言，使女复召客。客至，恣意饮啖；惟留四簋[8]，不加匕箸。群笑曰："夫人为吾辈恶，故留以待调人。"座间一女年十八九，素舄缟裳，云是新寡，女呼为六姊；情态妖艳，善笑能口。与徐渐洽，辄以谐语相嘲。行觞政，徐为录事[9]，禁笑谑。六姊频犯，连引十余爵，酡然径醉，芳体娇懒，荏弱难持。无何亡去，徐烛而觅之，则酣寝暗帏中。近接其吻亦不觉，以手探裤，私处坟起。心旌方摇，席中纷唤徐郎，乃急理其衣，见袖中有绫巾，窃之而出。迨于夜央，众客离席。六姊未醒，七姐入摇之，始呵欠而起，系裙理发从众去。徐拳拳怀念不释，将于空处展玩遗巾，而觅之已渺。疑送客时遗落途间。执灯细照阶除，都复乌有，意顼顼[10]不自得。女问之，徐漫应之。女笑曰："勿诳语，巾子人已将去，徒劳心目。"徐惊，以实告，且言怀思。女曰："彼与君无宿分，缘止此耳。"问其故，曰："彼前身曲中女，君为士人，见而悦之，为两亲所阻，志不得遂，感疾阽危。使人语之曰：'我已不起。但得若来获一扪其肌肤，死无憾！'彼感此意，允其所请。适以冗羁未遽往，过夕而至，则病者已殒，是前世与君有一扪之缘也。过此即非所望。"后设筵再招诸女，惟六姊不至。徐疑女妒，颇有怨怼。

女一日谓徐曰："君以六姊之故，妄相见罪。彼实不肯至，于我何尤？今八年之好，行相别矣，请为君极力一谋，用解前之惑。彼虽不来，宁禁我不往？登门就之，或人定胜天不可知。"徐喜从之，女握手飘然履虚，顷刻至其家。黄甓广堂，门户曲折，与初见时无少异。岳父母并出，曰："拙女久蒙温煦，老身以残年衰慵，有疏省问，或当不怪耶？"即张筵作会。女便问诸姊妹。母云："各归其家，惟六姊在耳。"即唤婢请六娘子来，久之不出。女入曳之以至，俯首简默，不似前此之谐。少时，叟媪辞去。女谓六姊曰："姐姐高自重，使人怨我！"六姊微哂曰："轻薄郎何宜相近！"女执两人残卮，强使易饮，曰："吻已接矣，作态何为？"少时，七姐亡去，室中止余二人。徐遽起相逼，六姊宛转撑拒。徐牵衣长跽而哀之，色渐和，相携入室。裁缓襦结，忽闻喊嘶动地，火光射闼（tà）。六姊大惊，推徐起曰："祸事忽临，奈何！"徐忙迫不知所为，而女郎已窜无迹矣。

徐怅然少坐，屋宇并失。猎者十余人，按鹰操刃而至，惊问："何人夜伏于此？"徐托言迷途，因告姓字。一人曰："适逐一狐见之否？"答曰："不见。"细认其处，乃于氏殡宫也。怏怏而归。尤冀七姊复至，晨占雀喜，夕卜灯花，而竟无消息矣。董玉玹谈。

注释

①充下陈：作侍妾的谦辞。充，备。下陈，本指陈于堂下，后指陈于堂下、纳于宫中的财物或婢女。②踧踖：恭敬不安的样子。③峨冠博带：高冠宽带，为古代儒生的装束。④桥起：急忙站起来。桥起，疾起，迅速。《庄子·则阳》："欲恶去就，于是桥起。"⑤局局而笑：吃吃地笑。局局，象声词，形容笑声。⑥晡后：黄昏后。宋玉《神女赋》："晡夕之后，精神恍忽，若有所喜，纷纷扰扰，未知何意。"晡，傍晚。⑦砧：通"椹"，砧板，指切肉的木板。⑧四簋：即四碗。簋，古代的一种食器。《诗·秦风·权舆》："每食四簋。"⑨录事：本为官名。此处指酒席上监督座客执行酒令及饮酒之事的人。⑩项项：若有所失的样子。《庄子·天地》："子贡卑陬失色，顼顼然不自得。"

考弊司

闻人生，河南人。抱病经日，见一秀才入伏谒床下，谦抑尽礼。已而请生少步，把臂长语，刺刺[①]且行，数里外犹不言别。生伫足，拱手致辞。秀才云："更烦移趾，仆有一事相求。"生问之，答云："吾辈悉属考弊司辖。司主名虚肚鬼王。初见之，例应割髀[②]肉，浼君一缓颊耳。"生惊问：

"何罪而至于此？"曰："不必有罪，此是旧例。苦丰于贿者可赎也，然而我贫。"生曰："我素不稔鬼王，何能效力？"曰："君前世是伊大父行，宜可听从。"

言次，已入城郭。至一府署，廨宇不甚弘敞，惟一堂高广，堂下两碣[③]东西立，绿书大于拷栳(lǎo)[④]，一云"孝弟忠信"，一云"礼义廉耻"。历阶而进，见堂上一匾，大书"考弊司"。楹间，板雕翠色一联云："曰校、曰序、曰庠，两字德行阴教化；上士、中士、下士，一堂礼乐鬼门生。"游览未已，官已出，鬈发鲐背[⑤]，若数百年人。而鼻孔撩天，唇外倾，不承其齿。从一主簿吏，虎首人身。有十余人列侍，半狞恶若山精。秀才曰："此鬼王也。"生骇极，欲退却；鬼王已睹，降阶揖生上，便问兴居。生但诺诺。又云："何事见临？"生以秀才意具白之。鬼王色变曰："此有成例，即父命所不敢承！"气象森凛，似不可入一词。生不敢言，骤起告别，鬼王侧行送之，至门外始返。生不归，潜入以观其变。至堂下，则秀才已与同辈数人，交臂历指，俨然在徽缧中。一狞人持刀来，裸其股，割片肉，可骈三指许。秀才大嗥欲嗄。

生少年负义，愤不自持，大呼曰："惨毒如此，成何世界！"鬼王惊起，暂命止割，跷履迎生。生忿然已出，遍告市人，将控上帝。或笑曰："迂哉！蓝尉苍苍，何处觅上帝而诉之冤也？此辈与阎罗近，呼之或可应耳。"乃示之途。趋而往，果见殿陛威赫，阎罗方坐，伏阶号屈。王召诉已，立命诸鬼绾绁提锤而去。少顷，鬼王及秀才并至，审其情确，大怒曰："怜尔夙世攻苦，暂委此任，候生贵家，今乃敢尔！其去若善筋，增若恶骨，罚今生生世世不得发迹

也！”鬼乃棰之，仆地，颠落一齿。以刀割指端，抽筋出，亮白如丝。鬼王呼痛，声类斩豕。手足并抽讫，有二鬼押去。

生稽首而出，秀才从其后，感荷殷殷[⑥]。挽送过市，见一户垂朱帘，帘内一女子露半面，容妆绝美。生问：“谁家？”秀才曰：“此曲巷也。”既过，生低徊不能舍，遂坚止秀才。秀才曰：“君为仆来，而今踽踽(jǔ jǔ)而去，心何忍。”生固辞，乃去。生望秀才去远，急趋入帘内。女接见，喜形于色。入室促坐，相道姓名。女曰：“柳氏，小字秋华。”一妪出，为具肴酒。酒阑，入帷，欢爱殊浓，切切订婚嫁。妪入曰：“薪水告竭，要耗郎君金资，奈何！”生顿念腰橐(tuó)空虚，愧惶无声。久之，曰：“我实不曾携得一文，宜署券保，归即奉酬。”妪变色曰：“曾闻夜度娘[⑦]索逋欠耶？”秋华颦蹙，不作一语。生暂解衣为质，妪持笑曰：“此尚不能偿酒值耳。”呶呶不满志，与女俱入。生惭，移时，犹冀女出展别，再订前约。久候无音，潜入窥之，见妪与女，自肩以上化为牛鬼，目睒睒相对立。大惧，趋出，欲归，则百道岐出，莫知所从。问之市人，并无知其村名者。徘徊廛肆之间，历两昏晓，凄意含酸，响肠鸣饿，进退不能自决。忽秀才过，望见之，惊曰：“何尚未归，而简亵若此？”生腼颜莫对。秀才曰：“有之矣！得毋为花夜叉所迷耶？”遂盛气而往，曰：“秋华母子，何遽不少施面目耶！”去少时，即以衣来付生曰：“淫婢无礼，已叱骂之矣。”送生至家，乃别而去。生暴绝三日而苏，历历为家人言之。

注释

①刺刺：形容絮絮叨叨。韩愈《送殷员外序》：“语刺刺不能休。”②髀：大腿上的肉。③碣：上圆下方的碑石。④栲栳：用柳条、竹篾编织的盛物器具。⑤鲐背：驼背。鲐，鱼名，纺锤形，其背隆起。⑥殷殷：情意恳切。⑦夜度娘：本为古乐府曲名。《乐府诗集·西曲歌》有《夜度娘》篇，辞为：“夜来冒霜雪，晨去历风波。虽得叙微情，奈侬身苦何！”后借称娼妓。

鸽异

鸽类甚繁：晋有坤星，鲁有鹤秀，黔有腋蝶，梁有翻跳，越有诸尖，皆异种也。又有靴头、点子、大白、黑石、夫妇雀、花狗眼之类，名不可屈以指，惟好事者能辨之也。

邹平张公子幼量癖好之，按经[①]而求，务尽其种。其养之也，如保婴儿：冷则疗以粉草，热则投以盐颗。鸽善睡，睡太甚，有病麻痹而死者。张在广陵，以十金购一鸽，体最小，善走，置地上，盘旋无已时，不至于死不休也，故常须人把握之；夜置群中使惊诸鸽，可以免痹股之病，是名"夜游"。齐鲁养鸽家，无如公子最；公子亦以鸽自诩。

一夜坐斋中，忽一白衣少年叩扉入，殊不相识。问之，答曰："漂泊之人，姓名何足道。遥闻畜鸽最盛，此亦生平所好，愿得寓目。"张乃尽出所有，五色俱备，灿若云锦。少年笑曰："人言果不虚，公子可谓养鸽之能事矣。仆亦携有一两头，颇愿观之否？"张喜，从少年去。月色冥漠，旷野萧条，心窃疑惧。少年指曰："请勉行，寓屋不远矣。"又数武，见一道院仅两楹，少年握手入，昧无灯火。少年立庭中，口中作鸽鸣。忽有两鸽出：状类常鸽而毛纯白，飞与檐齐，且鸣且斗，每一扑，必作斤斗。少年挥之以肱，连翼而去。复撮口作异声，又有两鸽出：大者如鹜，小者裁如拳，集阶上，学鹤舞。大者延颈立，张翼作屏，宛转鸣跳，若引之；小者上下飞鸣，时集其顶，翼翩翩如燕子落蒲叶上，声细碎，类鼗(táo)鼓[②]；大者伸颈不敢动。鸣愈急，声变如磬[③]，两两相和，间杂中节。既而小者飞起，大者又颠倒引呼之。张嘉叹不已，自觉望洋可愧。遂揖少年，乞求分爱，少年不许。又固求之，少年乃叱鸽去，仍作前声，招二白鸽来，以手把之，曰："如不嫌憎，以此塞责。"接而玩之，睛映月作琥珀色，两目通透，若无隔阂，中黑珠圆于椒粒；启其翼，胁肉晶莹，脏腑可数。张甚奇之，而意犹未足，诡求[④]不已。少年曰："尚有两种未献，今不敢复请观矣。"

方竞论间，家人燎麻炬入寻主人。回视少年，化白鸽大如鸡，冲霄而去。又目前院宇都渺，盖一小墓，树二柏焉。与家人抱鸽，骇叹而归。试使飞，驯异如初，虽非其尤，人世亦绝少矣。于是爱惜臻至。

积二年，育雌雄各三。虽戚好求之，不得也。有父执某公为贵官，一

日见公子，问："畜鸽几许？"公子唯唯以退。疑某意爱好之也，思所以报而割爱良难。又念：长者之求，不可重拂。且不敢以常鸽应，选二白鸽笼送之，自以千金之赠不啻也。他日见某公，颇有德色，而其殊无一申谢语。心不能忍，问："前禽佳否？"答云："亦肥美。"张惊曰："烹之乎？"曰："然。"张大惊曰："此非常鸽，乃俗所言'靼鞑'者也！"某回思曰："味亦殊无异处。"

张叹恨而返。至夜梦白衣少年至，责之曰："我以君能爱之，故遂托以子孙。何以明珠暗投，致残鼎镬（huò）！今率儿辈去矣。"言已化为鸽，所养白鸽皆从之，飞鸣径去。天明视之，果俱亡矣。心甚恨之，遂以所畜，分赠知交，数日而尽。

异史氏曰：物莫不聚于所好，故叶公好龙，则真龙入室，而况学士之于良友，贤君之于良臣乎？而独阿堵之物，好者更多，而聚者特少，亦以见鬼神之怒贪，而不怒痴[5]也。

向有友人馈朱鲫于孙公子禹年，家无慧仆，以老佣往。及门，倾水出鱼，索柈而进之，及达主所，鱼已枯毙。公子笑而不言，以酒犒佣，即烹鱼以飨（xiǎng）。既归，主人问："公子得鱼颇欢慰否？"答曰："欢甚。"问："何以知？"曰："公子见鱼便欣然有笑容，立命赐酒，且烹数尾以犒小人。"主人骇甚，自念所赠，颇不粗劣，何至烹赐下人。因责之曰："必汝蠢顽无礼，故公子迁怒耳。"佣扬手力辩曰："我固陋拙，遂以为非人[6]也！登公子门，小心如许，犹恐筲斗不文[7]，敬索柈出，一一匀排而后进之，有何不周详也？"主人骂而遣之。

灵隐寺[8]僧某以茶得名，铛臼[9]皆精。然所蓄茶有数等，恒视客之贵贱以为烹献；其最上者，非贵客及知味者，不一奉也。一日有贵官至，僧伏谒甚恭，出佳茶，手自烹进，冀得称誉。贵官默然。僧惑甚，又以最上一等烹而进之。饮已将尽，并无赞语。僧急不能待，鞠躬曰："茶何如？"贵官执盏一拱曰："甚热。"此两事，可与张公子之赠鸽同一笑也。

注释

①经：指《鸽经》一类阐述鸽子品种、优劣以及其他相关内容的书籍。②鼗鼓：长柄小摇鼓，摇动时发声，俗称拨浪鼓。③磬：以玉、石或金属所作的打击乐器，其声清扬。④诡求：巧言相求。⑤痴：指对美好事物的癖迷。⑥非人：不懂事理之人。也指不做人事的人。⑦筲斗不文：意谓用水桶盛鱼以献，不够文雅体面。筲斗，小水桶。⑧灵隐寺：佛寺名，位于浙江省杭州西。⑨铛臼：煎茶用的锅和捣茶用的臼。铛，三足饮具。臼，茶臼，用以捣碎饼茶。

江城

临江[①]高蕃，少慧，仪容秀美，十四岁入邑庠。富室争女之，生选择良苛，屡梗父命。父仲鸿年六十，止此子，宠惜之，不忍少拂。

东村有樊翁者，授童蒙于市肆，携家僦生屋。翁有女，小字江城，与生同甲[②]，时皆八九岁，两小无猜[③]，日共嬉戏。后翁徙去，积四五年，不复闻问。一日，生于隘巷中，见一女郎，艳美绝俗，从以小鬟仅六七岁，不敢倾顾但斜睨之。女停睇若欲有言，细视之江城也。顿大惊喜。各无所言，相视呆立。移时始别，两情恋恋。生故以红巾遗地而去，小鬟拾之，喜以授女。女入袖中，易以己巾，伪谓鬟曰："高秀才非他人，勿得讳其遗物，可追还之。"小鬟果追付生，生得巾大喜。归见母，请与论婚。母曰："家无半间屋，南北流寓，何足匹偶？"生曰："我自欲之，固当无悔。"母不能决，以商仲鸿，鸿执不可。生闻之闷闷，嗌不容粒。母忧之，谓高曰："樊氏虽贫，亦非狙侩无赖者比。我请过其家，倘其女可偶，当亦无害。"高曰："诺。"母托烧香黑帝[④]祠，诣之。见女明眸秀齿，居然娟好，心大爱悦。遂以金帛厚赠之，实告以意。樊媪谦抑而后受盟。归述其情，生始解颜为笑。

逾岁择吉迎女归，夫妻相得甚欢。而女善怒，反眼若不相识，词舌嘲啁，常聒于耳。生以爱故，悉含忍之。翁媪闻之，心弗善也，潜责其子。

为女所闻，大恚，诟骂弥加。生稍稍反其恶声，女益怒，挞逐出户，阖其扉。嗗嗗门外，不敢叩关，抱膝宿檐下。女从此视若仇。其初，长跪犹可以解，渐至屈膝无灵，而丈夫益苦矣。翁姑薄让之，女抵牾不可言状。翁姑忿怒，逼令大归。

樊惭惧，浼交好者请于仲鸿，仲鸿不许。年余，生出遇岳，岳邀归其家，谢罪不遑。妆女出见，夫妇相看，不觉恻楚。樊乃沽酒款婿，酬劝甚殷。日暮坚止留宿，扫别榻，使夫妇并寝。既曙辞归，不敢以情告父母，掩饰弥缝。自此三五日，辄一寄岳家宿，而父母不知也。樊一日自诣仲鸿。初不见，迫而后见之。樊膝行而请，高不承，诿诸其子。樊曰："婿昨夜宿仆家，不闻有异言。"高惊问："何时寄宿？"樊具以告。高赧谢曰："我固不知。彼爱之，我独何仇乎？"樊既去，高呼子而骂，生但俯首，不少出气。言间，樊已送女至。高曰："我不能为儿女任过，不如各立门户，即烦主析爨(cuàn)之盟。"樊劝之，不听。遂别院居之，遣一婢给役焉。

月余，颇相安，翁妪窃慰。未几女渐肆，生面上时有指爪痕，父母明知之，亦忍不置问。一日生不堪挞楚，奔避父所，芒芒然如鸟雀之被鸇殴者。翁媪方怪问，女已横梃追入，竟即翁侧捉而棰之。翁姑涕噪，略不顾赡，挞至数十，始悻悻以去。高逐子曰："我惟避嚣，故析尔。尔固乐此，又焉逃乎？"

生被逐，徙倚无所归。母恐其折挫行死，令独居而给之食。又召樊来，使教其女。樊入室，开谕万端，女终不听，反以恶言相苦。樊拂衣去，誓相绝。无何樊翁愤生病，与妪相继死。女恨之，亦不临吊，惟日隔壁噪骂，故使翁姑闻。高悉置不知。

生自独居，若离汤火，但觉凄寂。暗以金啖媒媪李氏，纳妓斋中，往来皆以夜。久之，女微闻之，诣斋嫚骂。生力白其诬，矢以天日，女始归。自此日伺生隙。李媪自斋中出，适相遇，急呼之；媪神色变异，女愈疑，谓媪曰："明告所作，或可宥免；若有隐秘，撮毛尽矣！"媪战而告曰："半月来，惟勾栏李云娘过此两度耳。适公子言，曾于玉笥山见陶家妇，爱其双翘，嘱奴招致之。渠虽不贞，亦未便作夜度娘，成否故未必也。"女以其言诚，姑从宽恕。媪欲去，又强止之。日既昏，呵之曰："可先往灭其烛，便言陶家至矣。"媪如其言。女即速入。生喜极，挽臂促坐，具道饥渴。女默不语，生暗中索其足，曰："山上一觐仙容，介介独恋是耳。"女终不语。生曰："夙昔之愿，今始得遂，何可觌面而不识也？"躬自促火一照，则江城也。大惧失色，堕烛于地，长跪觳觫(hú sù)，若兵在颈。女摘耳提归，以针刺两股殆遍，乃卧以下床，醒则骂之。生以此畏若虎狼，即偶假以颜色，枕席之上，亦震慑不能为人。女批颊而叱去之，益厌弃不以人齿。生日在兰麝之乡，如犴狴中人，仰狱吏之尊也。女有两姊，俱适诸生。长姊平善，讷于口，常与女不相洽。二姊适葛氏，为人狡黠善辩，顾影弄姿，貌不及江城，而悍妒与埒。姊妹相逢无他语，惟各以阃(kǔn)威[5]自鸣得意。以故二人最善。生适戚友，女辄嗔怒；惟适葛所，知而不禁。一日饮葛所，既醉，葛嘲曰："子何畏之甚？"生笑曰："天下事颇多不解：我之畏，畏其美也，乃有美不及内人，而畏甚于仆者，惑不滋甚哉？"葛大惭，不能对。婢闻，以告二姊。二姊怒，操杖遽出，生见其凶，屣屣[6]欲走。杖起，已中腰膂，三杖三蹶而不能起。误中颅，血流如沈。二姊去，生蹒跚而归。

妻惊问之，初以迕姨故，不敢遽告；再三研诘，始具陈之。女以帛束生首，忿然曰："人家男子，何烦他挞楚耶！"更短袖裳，怀木杵，携婢径去。抵葛家，二姊笑语承迎，女不语，以杵击之，仆；裂裤而痛楚焉。齿落唇缺，遗失溲便。女返，二姊羞愤，遣夫赴诉于高。生趋出，极意温恤，葛私语曰："仆此来，不得不尔。悍妇不仁，幸假手而惩创之，我两人何嫌焉。"女已闻之，遽出，指骂曰："龌龊(wò chuò)贼！妻子亏苦，反窃窃与外人交好！此等男子，不宜打煞耶！”疾呼觅杖。葛大窘，夺门窜去。生由此往来全无一所。

同窗王子雅过之，宛转留饮。饮间，以闺阁相谑，频涉狎亵。女适窥客，伏听尽悉，暗以巴豆投汤中而进之。未几吐利不可堪，奄存气息。女使婢问之曰：“再敢无礼否？”始悟病之所自来，呻吟而哀之，则绿豆汤已储待矣，饮之乃止。从此同人相戒，不敢饮于其家。

王有酤肆，肆中多红梅，设宴招其曹侣。生托文社，禀白而往。日暮，既酣，王生曰：“适有南昌名妓，流寓此间，可以呼来共饮。”众大悦。惟生离席，兴辞，群曳之曰：“阃中耳目虽长，亦听睹不至于此。”因相矢缄口，生乃复坐。少间妓果出，年十七八，玉佩丁冬，云鬟掠削。问其姓，云：“谢氏，小字芳兰。”出词吐气，备极风雅，举座若狂。而芳兰犹属意生，屡以色授。为众所觉，故曳两人连肩坐。芳兰阴把生手，以指书掌作“宿”字。生于此时，欲去不忍，欲留不敢，心如乱丝，不可言喻。而倾头耳语，醉态益狂，榻上胭脂虎，亦并忘之。少选，听更漏已动，肆中酒客愈稀，惟遥座一美少年对烛独酌，有小僮捧巾侍焉；众窃议其高雅。无何，少年罢饮，出门去。僮返身入，向生曰：“主人相候一语。”众则茫然，惟生颜色惨变，不遑告别，匆匆便去。盖少年乃江城，僮即其家婢也。

生从至家，伏受鞭扑。从此禁锢益严，吊庆皆绝。文宗下学，生以误讲降为青。一日与婢语，女疑与私，以酒坛囊婢首而挞之。已而缚生及婢，以绣剪剪腹间肉互补之，释缚令其自束。月余，补处竟合为一云。女每以白足踏饼尘土中，叱生摭(zhí)食之。如是种种。母以忆子故，偶至其家，见子柴瘠[7]，归而痛哭欲死。夜梦一叟告之曰：“不须忧烦，此是前世因。江城原静业和尚所养长生鼠，公子前生为士人，偶游其地，误毙之。今作恶报，不可以人力回也。每早起，虔心诵观音咒一百遍，必当有效。”醒而述于仲鸿，异之，夫妻遵教。虔诵两月余，女横如故，益之狂纵。闻门外钲鼓，辄握发出，憨(kān)然引眺，千人指视，恬不为怪。翁姑共耻之，而不能禁。

忽有老僧在门外宣佛果，观者如堵。僧吹鼓上革作牛鸣。女奔出，见人众无隙，命婢移行床，翘登其上。众目集视，女如弗觉。逾时，僧敷衍将毕，索清水一盂，持向女而宣言曰："莫要嗔，莫要嗔！前世也非假，今世也非真。咄！鼠子缩头去，勿使猫儿寻。"宣已，吸水噀射女面，粉黛淫淫，下沾衿袖。众大骇，意女暴怒，女殊不语，拭面自归。僧亦遂去。女入室痴坐，嗒然若丧，终日不食，扫榻遽寝。中夜忽唤生醒，生疑其将遗，捧进溺盆。女却之，暗把生臂，曳入衾。生承命，四体惊悚，若奉丹诏。女慨然曰："使君如此，何以为人！"乃以手抚扪生体，每至刀杖痕，嘤嘤啜泣，辄以爪甲自掐，恨不即死。生见其状，意良不忍，所以慰藉之良厚。女曰："妾思和尚必是菩萨化身。清水一洒，若更腑肺。今回忆曩昔所为，都如隔世。妾向时得毋非人耶？有夫妇而不能欢，有姑嫜而不能事，是诚何心！明日可移家去，仍与父母同居，庶便定省。"絮语终夜，如话十年之别。昧爽即起，折衣敛器，婢携簏(lù)[8]，躬襆被，促生前往叩扉。母出骇问，告以意。母尚迟回有难色，女已偕婢入。母从入。女伏地哀泣，但求免死。母察其意诚，亦泣曰："吾儿何遽如此？"生为细述前状，始悟曩(nǎng)昔之梦验也。喜，唤厮仆为除旧舍。女自是承颜顺志过于孝子，见人，则觍(tiǎn)如新妇；或戏述往事，则红涨于颊。且勤俭，又善居积，三年翁媪不问家计，而富称巨万矣。生是岁乡捷[9]。每谓生曰："当日一见芳兰，今犹忆之。"生以不受荼毒，愿已至足，妄念所不敢萌，唯唯而已。会以应举入都，数月乃返。入室，见芳兰方与江城对弈。惊而问之，则女以数百金出其籍矣。此事浙中王子雅言之甚详。

异史氏曰：人生业果，饮啄必报，而惟果报之在房中者，如附骨之疽(jū)[10]，其毒尤惨。每见天下贤妇十之一，悍妇十之九，亦以见人世之能修善业者少也。观自在愿力宏大，何不将盂中水洒大千世界[11]也？

注释

①临江：临江府，治所在今江西清江县。②同甲：同年。甲，甲子，年龄。③两小无猜：男女孩童之间天真无邪，无所避嫌和猜疑。李白《长干行》："同居长干里，两小无嫌猜。"④黑帝：主管北方的天帝，即玄帝。神道教称真武大帝为玄天上帝。⑤阃威：妻子在丈夫面前的威风。阃，闺门，旧指女子所居的内室，借指女

子。⑥屣屣：拖鞋而走，形容惊慌不安的样子。⑦柴瘠：骨瘦如柴。⑧簏：用竹、柳或藤条编制的盛器。此指箱簏。⑨乡捷：乡试告捷，指考中举人。⑩附骨之疽：长在骨头上的恶疮。⑪大千世界：本为佛教用语，为一佛所教化之境。此处泛指普天之下的整个世界。

八大王

临洮[1]冯生，盖贵介裔而凌夷矣。有渔鳖者负其债，不能偿，得鳖辄献之。一日献巨鳖，额有白点。生以其状异，放之。

后自婿家归，至恒河之侧，日已就昏，见一醉者从二三僮，颠跛而至，遥见生，便问："何人？"生漫应："行道者。"醉人怒曰："宁无姓名，胡言行道者？"生驰驱心急，置不答，径过之。醉人益怒，捉袂使不得行，酒臭熏人。生更不耐，然力解不能脱。问："汝何名？"呓然而对曰："我南都旧令尹也。将何为？"生曰："世间有此等令尹，辱寞世界矣！幸是旧令尹；假新令尹，将无杀尽途人耶？"醉人怒甚，势将用武。生大言曰："我冯某非受人挝打者！"醉人闻之，变怒为欢，踉跄下拜曰："是我恩主，唐突勿罪！"起唤从人，先归治具。生辞之不得。握手行数里，见一小村。既入，则廊舍华好，似贵人家。醉人醒稍解，生始询其姓字。曰："言之勿惊，我洮水八大王也。适西山青童招饮，不觉过醉，有犯尊颜，实切愧悚。"生知其妖，以其情辞殷渥，遂不畏怖。俄而设筵丰盛，促坐欢饮。八大王最豪，连举数觥(gōng)。生恐其复醉，再作萦扰，伪醉求寝。八大王已喻其意，笑曰："君得无畏我狂耶？但请勿惧。凡醉人无行，谓隔夜不复记者，欺人耳。酒徒之不德，故犯者十之九。仆虽不齿于侪(chái)偶[2]，顾未敢以无赖之行施之长者[3]，何遂见拒如此？"生乃复坐，正容而谏曰："既自知之，何勿改行？"八大王曰："老夫为令尹时，沉湎尤过于今日。自触帝怒，谪归岛屿，力返前辙者十余年矣。今老将就木，潦倒不能横飞，故态复作，我自不解耳。兹敬闻命矣。"倾谈间远钟已动。八大王起，捉臂曰："相聚不久。蓄有一物，聊报厚德。此不可以久佩，如愿后，当见还也。"口中吐一小人，仅寸许，因以爪掐生臂，痛若肤裂；急以小人按捺其上，释手已入革里，甲痕尚在，而漫漫坟起，类痰(tán)核状。惊问之，笑而不答。但曰：“君宜行矣。”送生出，八大王自返。回顾村舍全渺，惟一巨鳖，蠢蠢入水而没。

错愕久之，自念所获，必鳖宝也。由此目最明，凡有珠宝之处，黄泉下皆可见，即素所不知之物，亦随口而知其名。于寝室中，掘得藏镪(qiǎng)数百，用度颇充。后有货故宅者，生视其中有藏镪无算，遂以重金购居之。由此与王公埒富矣，火齐木难[4]之类皆蓄焉。得一镜，背有凤纽，环水云湘妃之图，光射里余，须眉皆可数。佳人一照，则影留其中，磨之不能灭也；若改妆重照，或更一美人，则前影消矣。时肃府第三公主绝美，雅慕其名。会主游崆峒，乃往伏山中，伺其下舆，照之而归，设置案头。审视之，见美人在中，拈巾微笑，口欲言而波欲动，喜而藏之。

年余为妻所泄，闻之肃府。王怒收之，追镜去，拟斩。生大贿中贵人，使言于王曰：“王如见赦，天下之至宝，不难致也。不然，有死而已，于王诚无所益。”王欲籍[5]其家而徙之。三公主曰：“彼已窥我，十死亦不足解此玷，不如嫁之。”王不许，公主闭户不食。妃子大忧，力言于王。王乃释生囚，命中贵以意示生。生辞曰：“糟糠之妻不下堂[6]，宁死不敢承命。王如听臣自赎，倾家可也。”王怒，复逮之。妃召生妻入宫，将鸩之。既见，妻以珊瑚镜台纳妃，词意温恻。妃悦之，使参公主。公主亦悦之，订为姊妹，转使谕生。生告妻曰：“王侯之女，不可以先后论嫡庶也。”妻不听，归修聘币纳王邸，赍送者迨千人。珍石宝玉之属，王家不能知其名。王大喜，释生归，以公主嫔焉。公主仍怀镜归。

生一夕独寝，梦八大王轩然入曰：“所赠之物，当见还也。佩之若久，耗人精血，损人寿命。”生诺之，即留宴饮。八大王辞曰：“自聆药石[7]，戒杯中物，已三年矣。”乃以口啮生臂，痛极而醒。视之，则核块消矣。后此遂如常人。

异史氏曰：醒则犹人，而醉则犹鳖，此酒人之大都也。顾鳖虽日习于酒狂乎，而不敢忘恩，不敢无礼于长者，鳖不过人远哉？若夫己氏则醒不如人，而醉不如鳖矣。古人有龟鉴[8]，盍以为鳖鉴乎？乃作《酒人赋》。赋曰：

“有一物焉，陶情适口；饮之则醺醺腾腾，厥名为“酒”。其名最多，为功已久：以宴嘉宾，以速父舅，以促膝而为欢，以合卺而成偶；或以为“钓诗钩”，又以为“扫愁帚”。故曲生频来，则骚客之金兰友；醉乡深处，则愁人之逋逃薮。糟丘之台既成，鸱夷之功不朽。齐臣遂能一石，学士亦称五斗。则酒固以人传，而人或以酒丑。若夫落帽之孟嘉，荷锸之伯伦，山公之倒其接䍦(lí)，彭泽[9]之漉以葛巾。酣眠乎美人之侧也，或察其无心；濡首于墨汁之中也，自以为有神。井底卧乘船之士，槽边缚珥玉之臣。甚至效鳖囚而玩世，亦犹非害物而不仁。

“至如雨宵雪夜，月旦花晨，风定尘短，客旧妓新，履舄交错，兰麝香沉，细批薄抹，低唱浅斟；忽清商兮一奏，则寂若兮无人。雅谑则飞花粲齿，高吟则戛玉敲金。总陶然而大醉，亦魂清而梦真。果尔，即一朝一醉，当亦名教[10]之所不嗔。尔乃嘈杂不韵，俚词并进；坐起欢哗，呶呶成阵。涓滴忿争，势将投刃；伸颈攒眉，引杯若鸩；倾沈碎觥，拂灯灭烬。绿醑(xǔ)葡萄，狼藉不靳；病叶狂花，觞政所禁。如此情怀，不如弗饮。

“又有酒隔咽喉，间不盈寸；呐呐呢呢，犹讥主吝。坐不言行，饮复不任：酒客无品，于斯为甚。甚有狂药下，客气粗；努石棱，磔鬡(níng)须；袒两臂，跃双趺。尘蒙蒙兮满面，哇浪浪兮沾裾；口狺狺兮乱吠，发蓬蓬兮若奴。其吁地而呼天也，似李郎[11]之呕其肝脏；其扬手而掷足也，如苏相[12]之裂于牛车。舌底生莲者，不能穷其状；灯前取影者，不能为之图。父母前而受忤，妻子弱而难扶。或以父执之良友，无端而受骂于灌夫。婉言以警，

倍益眩瞑。

“此名‘酒凶’，不可救拯。惟有一术，可以解酩。厥术维何？只须一梃[13]。絷其手足，与斩豕等。止困其臀[14]，勿伤其顶；捶至百余，豁然顿醒。”

注释

①临洮：县名。因临洮水而得名。今属甘肃省。②侪偶：同辈，同类。③长者：年长德厚之人。④火齐、木难：珍宝名。火齐为宝石名。左思《吴都赋》：“火齐之宝。”木难，宝珠名。崔豹《古今注·杂注》：“莫难珠，一名木准，色黄，出东夷。”⑤籍：籍没，抄没家产。⑥糟糠之妻不下堂：不能抛弃曾经共同患难的妻子。《后汉书·宋弘传》：“帝（光武帝）姊湖阳公主新寡，帝与共论朝臣，微观其意。主曰‘宋公威容德器，群臣莫及。’帝谓弘曰，‘谚言：“贵易交，富易妻”，人情乎！’弘曰：‘臣闻贫贱之知不可忘，糟糠之妻不下堂。’”⑦药石：本指治病的药物和砭石。喻指劝善改过的箴言。⑧龟鉴：龟镜。龟可以卜吉凶，镜可照见美丑，因喻借鉴之意。⑨彭泽：指东晋著名诗人陶渊明。陶渊明字元亮，一名潜。曾仕晋，官至江州祭酒、镇军参军等职。退隐前，曾任彭泽令，后世因称其为“陶令”、“陶彭泽”。⑩名教：以正名定分为中心的封建礼教。⑪李郎：指唐代著名诗人李贺。⑫苏相：指战国时纵横家苏秦，主张合纵抗秦，曾佩六国相印。后由燕入齐，被车裂而死。⑬梃：木棒。⑭困其臀：使其臀部受苦，即打屁股。困，犹苦。

卷七

巩仙

巩道人，无名字，亦不知何里人。尝求见鲁王，阍(hūn)人①不为通。有中贵人②出，揖求之，中贵见其鄙陋，逐去之；已而复来。中贵怒，且逐且扑。至无人处，道人笑出黄金二百两，烦逐者覆中贵：“为言我亦不要见王；但闻后苑花木楼台，极人间佳胜，若能导我一游，生平足矣。”又以白金赂逐者。其人喜，反命；中贵亦喜，引道人自后宰门入，诸景俱历。又从登楼上，中贵方凭窗，道人一推，但觉身堕楼外，有细葛绷腰，悬于空际；下视则高深晕目，葛隐隐作断声。惧极，大号。无何数监至，骇极。见其去地绝远，登楼共视，则葛端系棂上，欲解援之，则葛细不堪用力。遍索道人，已杳矣。束手无计，奏之鲁王，王诣视大奇之，命楼下藉茅铺絮，将因而断之。甫毕，葛崩然自绝，去地乃不咫耳。相与失笑。王命访道士所在。闻馆于尚秀才家，往问之，则出游未复。既，遇于途，遂引见王。王赐宴坐，便请作剧，道士曰：“臣草野之夫，无他庸能。既承优宠，敢献女乐为大王寿。”遂探袖中出美人置地上，向王稽拜已。道士命扮“瑶池宴”本，祝王万年。女子吊场③数语。道士又出一人，自白“王母”。少间，董双成、许飞琼，一切仙姬次第俱出。末有织女来谒，献天衣一袭，金彩绚烂，光映一室。王意其伪，索观之，道士急言：“不可！”王不听，卒观之，果无缝之衣，非人工所能制也。道士不乐曰：“臣竭诚以奉大王，暂而假诸天孙，今则浊气所染，何以还故主乎？”

王又意歌者必仙姬，思欲留其一二，细视之，则皆宫中乐伎耳。转疑此曲非所夙谙，问之，果茫然不自知。道士以衣置火烧之，然后纳诸袖中，再搜之，则已无矣。

王于是深重道士，留居府内。道士曰："野人之性，视宫殿如藩笼，不如秀才家得自由也。"每至中夜，必还其所，时而坚留，亦遂宿止。辄于筵间，颠倒四时花木为戏。王问曰："闻仙人亦不能忘情，果否？"对曰："或仙人然耳；臣非仙人，故心如枯木矣。"一夜宿府中，王遣少妓往试之。入其室，数呼不应，烛之，则瞑坐榻上。摇之，目一闪即复合；再摇之，齁声作矣。推之，则遂手而倒，酣卧如雷；弹其额，逆指作铁釜声。返以白王。王使刺一针，针弗入。推之，重不可摇；加十余人举掷床下，若千斤石堕地者。旦而窥之，仍眠地上。醒而笑曰："一场恶睡，堕床下不觉耶！"后女子辈每于其坐卧时，按之为戏，初按犹软，再按则铁石矣。

道士舍秀才家，恒中夜不归。尚锁其户，及旦启扉，道士已卧室中。初，尚与曲妓惠哥善，矢志嫁娶。惠雅善歌，弦索倾一时。鲁王闻其名，召入供奉，遂绝情好。每系念之，苦无由通。一夕问道士："见惠哥否？"答言："诸姬皆见，但不知其惠哥为谁。"尚述其貌，道其年，道士乃忆之。尚求转寄一语，道士笑曰："我世外人，不能为君塞鸿。"尚哀之不已。道士展其袖曰："必欲一见，请入此。"尚窥之中大如屋。伏身入，则光明洞彻，宽若厅堂；几案床榻，无物不有。居其内，殊无闷苦。道士入府，与王对弈。望惠哥至，阳以袍袖拂尘，惠哥已纳袖中，而他人不之睹也。尚方独坐凝想时，忽有美人自檐间堕，视之惠哥也。两相惊喜，绸缪臻至。尚曰："今日奇缘，不可不志。请与卿联之。"书壁上曰："侯门似海久无踪[④]。"惠续云："谁识萧郎今又逢[⑤]。"尚曰："袖里乾坤真个大。"惠曰："离人思妇尽包容。"书甫毕，忽有五人入，八角冠，淡红衣，认之都与无素。默然不言，捉惠哥去。尚惊骇，不知所由。道士既归，呼之出，问其情事，隐讳不以尽言。道士微笑，解衣反袂示之。尚审视，隐隐有字迹，细裁如虮[⑥]，盖即所题句也。后十数日，又求一人。前后凡三人。惠哥谓尚曰："腹中震动，妾甚忧之，常以紧帛束腰际。府中耳目较多，倘一朝临蓐（rù），何处可容儿啼？烦与巩仙谋，见妾三叉腰时，便一拯救。”尚诺之。归见道士，伏地不起。道士曳之曰：“所言，予已了了。但请勿忧。君宗祧赖此一线，何敢不竭绵薄。但自此不必复入。我所以报君者，原不在情私也。”后数月，道士自外入，笑曰：“携得公子至矣。可速把襁褓来！”尚妻最贤，年近三十，数胎而存一子；适生女，盈月而殇。闻尚言，惊喜自出。道士探袖出婴儿，酣然若寐，脐梗犹未断也。尚妻接抱，始呱呱而泣。

道士解衣曰：“产血溅衣，道家最忌。今为君故，二十年故物，一旦弃之。”尚为易衣。道士嘱曰：“旧物勿弃却，烧钱许，可疗难产，堕死胎。”尚从其言。居之又久，忽告尚曰：“所藏旧衲，当留少许自用，我死后亦勿忘也。”尚谓其言不祥。道士不言而去，入见王曰：“臣欲死！”王惊问之，曰：“此有定数，亦复何言。”王不信，强留之；手谈[7]一局急起，王又止之。请就外舍，从之。道士趋卧，视之已死。王具棺木，以礼葬之。尚临哭尽哀，如悟曩（nǎng）言盖先告之也。遗衲用催生，应如响，求者踵接于门。始犹以污袖与之；既而剪领衿，罔不效。及闻所嘱，疑妻必有产厄，断血布如掌，珍藏之。会鲁王有爱妃临盆，三日不下，医穷于术，或有以尚生告者，立召入，一剂而产。王大喜，赠白金、彩缎良厚，尚悉辞不受。王问所欲，曰：“臣不敢言。”再请之，顿首曰：“如推天惠，但赐旧妓惠哥足矣。”王召之来，问其年，曰：“妾十八入府，今十四年矣。”王以其齿加长，命遍呼群妓，任尚自择，尚一无所好。王笑曰：“痴哉书生！十年前定婚嫁耶？”尚以实对。乃盛备舆马，仍以所辞彩缎为惠哥作妆，送之出。惠所生子，名之秀生。秀者，袖也。是时年十一矣。日念仙人之恩，清明则上其墓。有久客川中者，逢道人于途，出书一卷曰：“此府中物，来时仓猝，未暇璧返，烦寄去。”客归，闻道人已死，不敢达王，尚代奏之。王展视，果道士所借。疑之，发其冢，空棺耳。后尚子少殇，赖秀生承继，益服巩之先知云。

异史氏曰：袖里乾坤，古人之寓言耳，岂真有之耶？抑何其奇也！中有天地、有日月，可以娶妻生子，而又无催科之苦，人事之烦，则袖中虮虱，何殊桃源鸡犬哉！设容人常住，老于是乡可耳。

注释

①阍人：守门人。②中贵人：宦官的别称。宦官在宫中擅宠专幸，故称。③吊场：传统戏剧在场上其它角色都未上场时，先由一两个次要人物上场，介绍剧情，以帮助观众了解。④侯门似海久无踪：意谓惠哥一入鲁王府就不见踪影。《云溪友议》载：唐代诗人崔郊与其姑妈的婢女相恋，后来这位婢女被主人所卖。寒食节时崔郊与她偶然相遇，赠诗云："公子王孙逐后尘，绿珠垂泪滴罗巾。侯门一入深如海，从此萧郎是路人。"⑤谁识萧郎今又逢：意谓想不到又遇见了尚秀才。萧郎，旧时女子对所爱恋的男子的称呼。⑥虮：虱子的卵。⑦手谈：对弈，下围棋。古人称下围棋为"坐隐"或"手谈"。

二商

莒人商姓者，兄富而弟贫，邻垣而居。康熙间，岁大凶，弟朝夕不自给。一日，日向午，尚未举火，枵腹蹀躞，无以为计。妻令往告兄，商曰："无益。脱兄怜我贫也，当早有以处此矣。"妻固强之，商便使其子往。少顷空手而返。商曰："何如哉！"妻详问阿伯云何，子曰："伯踌躇目视伯母，伯母告我曰：'兄弟析居，有饭各食，谁复能相顾也。'"夫妻无言，暂以残盎败榻，少易糠秕而生。

里中三四恶少，窥大商饶足，夜逾坦入。夫妻警寤，鸣盥(guàn)器而号。邻人共嫉之，无援者。不得已疾呼二商，商闻嫂鸣欲趋救，妻止之，大声对嫂曰："兄弟析居，有祸各受，谁复能相顾也！"俄，盗破扉，执大商及妇炮烙之，呼声綦(qí)惨。二商曰："彼固无情，焉有坐视兄死而不救者！"率子越垣，大声疾呼。二商父子故武勇，人所畏惧，又恐惊致他援，盗乃去。视兄嫂两股焦灼，扶榻上，招集婢仆，乃归。

大商虽被创，而金帛无所亡失，谓妻曰："今所遗留，悉出弟赐，宜分给之。"妻曰："汝有好兄弟，不受此苦矣！"商乃不言。二商家绝食，谓兄必有一报，久之寂不闻。妇不能待，使子捉囊往从贷，得斗粟而返。妇怒其少欲反之，二商止之。逾两月，贫馁愈不可支。二商曰："今无术

可以谋生，不如鬻宅于兄。兄恐我他去，或不受券而恤焉，未可知；纵或不然，得十余金，亦可存活。”妻以为然，遣子操券诣大商。大商告之妇，且曰：“弟即不仁，我手足也。彼去则我孤立，不如反其券而周之。”妻曰：“不然、彼言去，挟我也；果尔，则适堕其谋。世间无兄弟者，便都死却耶？我高葺墙垣，亦足自固。不如受其券，从所适，亦可以广吾宅。”计定，令二商押署券尾，付直而去。二商于是徙居邻村。

乡中不逞之徒，闻二商去，又攻之。复执大商，榜楚并兼，梏毒[①]惨至，所有金资，悉以赎命。盗临去，开廪呼村中贫者，恣所取，顷刻都尽。次日二商始闻，及奔视，则兄已昏愦不能语，开目见弟，但以手抓床席而已。少顷遂死。二商忿诉邑宰。盗首逃窜，莫可缉获。盗粟者百余人，皆里中贫民，州守亦莫如何。

大商遗幼子，才五岁，家既贫，往往自投叔所，数日不归；送之归，则啼不止。二商妇颇不加青眼。二商曰：“渠父不义，其子何罪？”因市蒸饼数枚，自送之。过数日，又避妻子，阴负斗粟于嫂，使养儿。如此以为常。又数年，大商卖其田宅，母得直足自给，二商乃不复至。后岁大饥，道馑相望，二商食指益繁，不能他顾。侄年十五，荏弱不能操业，使携篮从兄货胡饼[②]。一夜梦兄至，颜色惨戚曰：“余惑于妇言，遂失手足之义。弟不念前嫌，增我汗羞。所卖故宅，今尚空闲，宜僦居之。屋后篷颗下，藏有窖金，发之可以小阜。使丑儿相从，长舌妇余甚恨之，勿顾也。”既醒，异之。以重直啖第主，始得就，果发得五百金。从此弃贱业，使兄弟设肆廛间。侄颇慧，记算无讹，又诚悫(què)[③]，凡出入一锱铢必告。二商益爱之。一日泣为母请粟，商妻欲勿与，二商念其孝，按月廪给之。数年家益富。大商妇病死，二商亦老，乃析侄，家资割半与之。

异史氏曰：闻大商一介不轻取与，亦狷洁自好者也。然妇言是听，愦愦不置一词，恝（kěn）情骨肉[4]，卒以吝死。呜呼！亦何怪哉！二商以贫始，以素封终。为人何所长？但不甚遵阃（kǔn）教[5]耳。呜呼！一行不同，而人品遂异。

注释

①梏毒：用酷刑折磨。梏，古时木制的手铐，此处指捆绑。毒，伤害，折磨。②胡饼：芝麻烧饼。胡，胡麻，即芝麻。相传烧饼的制作方法由胡地传入，故称。③悫：忠厚。④恝情骨肉：对亲兄弟也漠不关心。恝，感情冷漠、无动于衷。⑤阃教：女人的指令。阃，阃闱，妇女所居的内室，借指妇人、妻子。

梅女

封云亭，太行人。偶至郡，昼卧寓屋。时年少丧偶，岑寂之下，颇有所思。凝视间，见墙上有女子影依稀如画，念必意想所致，而久之不动，亦不灭，异之。起视转真；再近之，俨然少女，容蹙舌伸，索环秀领，惊顾未已，冉冉欲下。知为缢鬼，然以白昼壮胆，不大畏怯。语曰："娘子如有奇冤，小生可以极力。"影居然下，曰："萍水之人[1]，何敢遽以重务浼君子。但泉下槁骸，舌不得缩，索不得除，求断屋梁而焚之，恩同山岳矣。"诺之，遂灭。呼主人来，问所见状，主人言："此十年前梅氏故宅，夜有小偷入室，为梅所执，送诣典史[2]。典史受盗钱五百，诬其女与通，将拘审验，女闻自经。后梅夫妻相继卒，宅归于余。客往往见怪异，而无术可以靖之。"封以鬼言告主人。计毁舍易楹，费不资，故难之，封乃协力助作。

既就而复居之。梅女夜至，展谢已，喜气充溢，姿态嫣然。封爱悦之，欲与为欢。瞒然[3]而惭曰："阴惨之气，非但不为君利，若此之为，则生前之垢，西江不可濯矣。会合有时，今日尚未。"问："何时？"但笑不言。封问："饮乎？"答曰："不饮。"封曰："对佳人闷眼相看，亦复何味？"女曰："妾生平戏技，惟谙打马[4]。但两人寥落，夜深又苦无局。今长夜莫遣，聊与君为交线之戏。"封从之，促膝戟指，翻变良久，封迷乱不知所从，女辄口道而颐指之，愈出愈幻，不穷于术。封笑曰："此闺房之绝技。"女曰："此妾自悟，但有双线，即可成文，人自不之察耳。"更阑颇怠，强使就寝，曰："我阴人不寐，请自休。妾少解按摩之术，愿尽技能，以侑清梦。"封从其请。女叠掌为之轻按，自顶及踵皆遍；手所经，骨若醉。既而握指细擂，如以团絮相触状，体畅舒不可言：擂至腰，口目皆慵；至股，则沉沉睡去矣。

及醒，日已向午，觉骨节轻和，殊于往日。心益爱慕，绕屋而呼之，并无响应。日夕女始至，封曰："卿居何所，使我呼欲遍？"曰："鬼无所，要在地下。"问："地下有隙可容身乎？"曰："鬼不见地，犹鱼不见水也。"封握腕曰："使卿而活，当破产购致之。"女笑曰："无须破产。"戏至半夜，封苦逼之。女曰："君勿缠我。有浙娼爱卿者，新寓北邻，颇极风致。明夕招与俱来，聊以自代，若何？"封允之。次夕，果与一少妇同至，年近三十已来，眉目流转，隐含荡意。三人狎坐，打马为戏。局终，女起曰："嘉会方殷，我且去。"封欲挽之，飘然已逝。两人登榻，于飞甚乐。诘其家世，则含糊不以尽道，但曰："郎如爱妾，当以指弹北壁，微呼曰：'壶卢子'，即至。三呼不应，可知不暇，勿更招也。"天晓，入北壁隙中而去。次日女来，封问爱卿，女曰："被高公子招去侑酒，以故不得来。"因而剪烛共话。女每欲有所言，吻已启而辄止；固诘之，终不肯言，欷嘘而已。封强与作戏，四漏始去。自此二女频来，笑声彻宵旦，因而城社悉闻。

典史某，亦浙之世族，嫡室以私仆被黜。继娶顾氏，深相爱好，期月夭殂，心甚悼之。闻封有灵鬼，欲以问冥世之缘，遂跨马造封。封初不肯承，某力求不已。封设筵与坐，诺为招鬼妓。日及曛，叩壁而呼，三声未已，爱卿即入。举头见客，色变欲走；封以身横阻之。某审视，大怒，投以巨碗，溘(kè)然而灭。封大惊，不解其故，方将致诘。俄暗室中一老妪出，大骂曰："贪鄙贼！坏我家钱树子！三十贯索要偿也！"以杖击某，中颅。某抱首而哀曰："此顾氏，我妻也！少年而殒，方切哀痛，不图为鬼不贞。于姥乎何与？"妪怒曰："汝本浙江一无赖贼，买得条乌角带，鼻骨倒竖矣！汝居官有何黑白？袖有三百钱便而翁也！神怒人怨，死期已迫。汝父母代哀冥司，愿以爱媳入青楼⑤，代汝偿贪债，不知耶？”言已又击，某宛转哀鸣。方惊诧无从救解，旋见梅女自房中出，张目吐舌，颜色变异，近以长簪刺其耳。封惊极，以身障客。女愤不已，封劝曰：“某即有罪，倘死于寓所，则咎在小生。请少存投鼠之忌。”女乃曳妪曰：“暂假余息，为我顾封郎也。”某张皇鼠窜而去。至署患脑痛，中夜遂毙。

次夜，女出笑曰：“痛快！恶气出矣！”问：“何仇怨？”女曰：“曩已言之：受贿诬奸，衔恨已久。每欲浼君一为昭雪，自愧无纤毫之德，故将言而辄止。适闻纷拏，窃以伺听，不意其仇人也。”封讶曰：“此即诬卿者耶？”曰：“彼典史于此十有八年，妾冤殁十六寒暑矣。”问：“妪为谁？”曰：“老娼也。”又问爱卿，曰：“卧病耳。”因辗然曰：“妾昔谓会合有期，今真不远矣。君尝愿破家相赎，犹记否？”封曰：“今日犹此心也。”女曰：“实告君：妾殁日，已投生延安展孝廉家。徒以大怨未伸，故迁延于是。请以新帛作鬼囊，俾妾得附君以往，就展氏求婚，计必允谐。”封虑势分悬殊，恐将不遂。女曰：“但去无忧。”封从其言。女嘱曰：“途中慎勿相唤；待合卺之夕，以囊挂新人首，急呼曰：‘勿忘勿忘！’”封诺之。才启囊，女跳身已入。

携至延安，访之，果有展孝廉，生一女，貌极端好，但病痴，又常以舌出唇外，类犬喘日。年十六岁无问名者，父母忧念成痗。封到门投刺，具通族阀。既退，托媒。展喜，赘封于家。女痴绝，不知为礼，使两婢扶曳归所。群婢既去，女解衿露乳，对封憨笑。封覆囊呼之，女停眸审顾，似有疑思。封笑曰：“卿不识小生耶？”举之囊而示之。女乃悟，急掩衿，喜共燕笑。诘旦，封入谒岳。展慰之曰：“痴女无知，既承青眷，君倘有意，家中慧婢不乏，仆不靳相赠。”封力辨其不痴，展疑之。无何女至，举止皆佳，因大惊异。女但掩口微笑。展细诘之，女进退而惭于言，封为略述梗概。展大喜，爱悦逾于平时。使子大成与婿同学，供给丰备。年余，大成渐厌薄之，因而郎舅不相能，厮仆亦刻疵其短。展惑于浸润，礼稍懈。女觉之，谓封曰：“岳家不可久居；凡久居者，尽阘茸也。及今未大决裂，宜速归！”封然之，告展。展欲留女，女不可。父兄尽怒，不给舆马，女自出妆资贳(shì)马归。后展招令归宁，女固辞不往。后封举孝廉，始通庆好。

异史氏曰：官卑者愈贪，其常情然乎？三百诬奸，夜气之牿亡尽矣[6]。夺嘉偶，入青楼，卒用暴死。吁！可畏哉！康熙甲子，贝丘典史最贪诈，民咸怨之。忽其妻被狡者诱与偕亡。或代悬招状云：“某官因自己不慎，走失夫人一名。身无余物，止有红绫七尺，包裹元宝一枚，翘边细纹，并无阙坏。”亦风流之小报。

注释

①萍水之人：偶然相逢的人。浮萍随水飘泊，故用此比喻偶然相遇。王勃《滕王阁序》：“萍水相逢，尽是他乡之客。” ②典史：官名。清代为知县的属官，掌管缉捕、狱囚等事，亦称县尉。③瞒然：惭愧的样子。《庄子·天地》：“子贡瞒然惭，俯而不对。” ④打马：打双陆，为古时闺中流行的类似棋类的一种游戏。双陆的棋子称马，宋李清照《打马图经·打马赋》：“独采选、打马，特为闺房雅戏。” ⑤青楼：妓院的别称。南朝刘邈《万山见采桑人》诗：“倡妾不胜愁，结束下青楼。” ⑥夜气之牿亡尽矣：意谓丧尽天良。《孟子·告子上》：“平旦之气其好恶与人相近也者几希，则其旦昼之所为，有牿亡之矣。牿之反复，则其夜气不足以存。夜气不足以存，则其违禽兽不远矣。”夜气，比喻人未受物欲影响的澄明心境。牿，同“梏”，束缚，约束。

阿英

甘玉字璧人，庐陵[1]人，父母早丧。遗弟珏字双璧，始五岁从兄鞠养。玉性友爱，抚弟如子。后珏渐长，丰姿秀出，又惠能文。玉益爱之，每曰：“吾弟表表[2]，不可以无良匹。”然简拔过刻，姻卒不就。

适读书匡山[3]僧寺，夜初就枕，闻窗外有女子声。窥之，见三四女郎席地坐，数婢陈设酒，皆殊色也。一女曰："秦娘子，阿英何不来？"下坐者曰："昨自函谷来，被恶人伤右臂，不能同游，方用恨恨。"一女曰："前宵一梦大恶，今犹汗悸。"下坐者摇手曰："莫道，莫道！今宵姊妹欢会，言之吓人不快。"女笑曰："婢子何胆怯尔尔！便有虎狼衔去耶？若要勿言，须歌一曲，为娘行[4]侑(yòu)酒。"女低吟曰："闲阶桃花取次开，昨日踏青小约未应乖。付嘱东邻女伴少待莫相催，着得凤头鞋子即当来。"吟罢，一座无不叹赏。

谈笑间，忽一伟丈夫岸然自外人，鹘睛荧荧，其貌狞丑。众啼曰："妖至矣！"仓卒哄然，殆如鸟散。惟歌者婀娜不前，被执哀啼，强与支撑。丈夫吼怒，龁手断指，就便嚼食。女郎踣地若死。玉怜恻不可复忍，乃急袖剑拔关出，挥之中股；股落，负痛逃去。扶女入室，面如尘土，血淋衿袖，验其手则右拇断矣，裂帛代裹之。女始呻曰："拯命之德，将何以报？"玉自初窥时，心已隐为弟谋，因告以意。女曰："狼疾之人[5]，不能操箕帚矣。当别为贤仲图之。"诘其姓氏，答言："秦氏。"玉乃展衾，俾暂休养，自乃袱被他所。晓而视之，则床已空，意其自归。而访察近村，殊少此姓；广托戚朋，并无确耗。归与弟言，悔恨若失。

珏一日偶游涂野，遇一二八女郎，姿致娟娟，顾之微笑，似将有言。因以秋波四顾而后问曰："君甘家二郎否？"曰："然。"曰："君家尊曾与妾有婚姻之约，何今日欲背前盟，另订秦家？"珏云："小生幼孤，夙好都不曾闻，请言族阀，归当问兄。"女曰："无须细道，但得一言，妾当自至。"珏以未禀兄命为辞，女笑曰："骙郎君！遂如此怕哥子耶？妾陆氏，居东山望村。三日内当候玉音[6]。"乃别而去。珏归，述诸兄嫂。兄曰："此大谬语！父殁时，我二十余岁，倘有是说，那得不闻？"又以其独行旷野，遂与男儿交语，愈益鄙之。因问其貌，珏红彻面颈不出一言。嫂笑曰："想是佳人。"玉曰："童子何辨妍媸(chī)？纵美，必不及秦；待秦氏不谐，图之未晚。"珏默而退。

逾数日，玉在途，见一女子零涕前行，垂鞭按辔而微睨之，人世殆无

其四。使仆诘焉，答曰：“我旧许甘家二郎；因家贫远徙，遂绝耗问。近方归，复闻郎家二三其德，背弃前盟。往问伯伯甘璧人，焉置妾也？”玉惊喜曰“甘璧人，即我是也。先人曩(nǎng)约，实所不知。去家不远，请即归谋。”乃下骑授辔，步御以归。女自言：“小字阿英，家无昆季，惟外姊秦氏同居。”始悟丽者即其人也。玉欲告诸其家，女固止之。窃喜弟得佳妇，然恐其佻达招议。久之，女殊矜庄，又娇婉善言。母事嫂，嫂亦雅爱慕之。

值中秋，夫妻方狎宴，嫂招之，珏意怅惘。女遣招者先行，约以继至；而端坐笑言良久，殊无去志。珏恐嫂待久，故连促之。女但笑，卒不复去。质旦，晨妆甫竟，嫂自来抚问：“夜来相对，何尔怏怏？”女微哂之。珏觉有异，质对参差，嫂大骇：“苟非妖物，何得有分身术？”玉亦惧，隔帘而告之曰：“家世积德，曾无怨仇。如其妖也，请速行，幸勿杀吾弟！”女腼然曰：“妾本非人，只以阿翁夙盟，故秦家姊以此劝驾。自分不能育男女，尝欲辞去，所以恋恋者，为兄嫂待我不薄耳。今既见疑，请从此诀。”转眼化为鹦鹉，翩然逝矣。

初，甘翁在时，蓄一鹦鹉甚慧，尝自投饵。时珏四五岁，问：“饲鸟何为？”父戏曰：“将以为汝妇。”间鹦鹉乏食，则呼珏云：“不将饵去，饿煞媳妇矣！”家人亦皆以此为戏。后断锁亡去。始悟旧约云即此也。然珏明知非人，而思之不置；嫂悬情犹切，旦夕啜泣。玉悔之而无如何。

后二年为弟聘姜氏女，意终不自得。有表兄为粤司李[7]，玉往省之，久不归。适土寇为乱，近村里落，半为丘墟。珏大惧，率家人避山谷。山上男女颇杂，都不知其谁何。忽闻女子小语，绝类英，嫂促珏近验之，果英。珏喜极，捉臂不释，女乃谓同行者曰：“姊且去，我望嫂嫂来。”既至，嫂望见悲哽。女慰劝再三，又谓："此非乐土。"因劝令归。众惧寇至，女固言："不妨。"乃相将俱归。女撮土拦户，嘱安居勿出，坐数语，反身欲去。嫂急握其腕，又令两婢捉左右足，女不得已，止焉。然不甚归私室；珏订之三四，始为之一往。嫂每谓新妇不能当叔[8]意。女遂早起为姜理妆，梳竟，细匀铅黄[9]，人视之，艳增数倍；如此三日，居然丽人。嫂奇之，因言："我又无子。欲购一妾，姑未遑暇。不知婢辈可涂泽否？"女曰："无人不可转移，但质美者易为力耳。"遂遍相诸婢，惟一黑丑者，有宜男相。乃唤与洗濯，已而以浓粉杂药末涂之，如是三日，面色渐黄；四七日，脂泽沁入肌理，居然可观。日惟闭门作笑，并不计及兵火。

一夜，噪声四起，举家不知所谋。俄闻门外人马鸣动，纷纷俱去。既明，始知村中焚掠殆尽；盗纵群队穷搜，凡伏匿岸穴者悉被杀掳。遂益德女，目之以神。女忽谓嫂曰："妾此来，徒以嫂义难忘，聊分离乱之忧。阿伯行至，妾在此，如谚所云，非李非桃，可笑人也。我姑去，当乘间一相望耳。"嫂问："行人无恙乎？"曰："近中有大难。此无与他人事，秦家姊受恩奢，意必报之，固当无妨。"嫂挽之过宿，未明已去。玉自东粤归，闻乱，兼程进。途遇寇，主仆弃马，各以金束腰间，潜身丛棘中。一秦吉了飞集棘上，展翼覆之。视其足，缺一指，心异之。俄而群盗四合，绕莽殆遍，似寻之。二人气不敢息。盗既散，鸟始翔去。既归，各道所见。始知秦吉了即所救丽者也。

后值玉他出不归，英必暮至；计玉将归而早出。珏或会于嫂所，间邀之，则诺而不赴。一夕玉他往，珏意英必至；潜伏候之。未几英果来，暴起，要遮而归于室。女曰："妾与君情缘已尽，强合之，恐为造物所忌。少留有余，时作一面之会，如何？"珏不听，卒与狎。天明诣嫂，嫂怪之。女笑云："中途为强寇所劫，劳嫂悬望矣。"数语趋出。

居无何，有巨狸衔鹦鹉经寝门过。嫂骇绝，固疑是英。时方沐，辍洗急号，群起噪击，始得之。左翼沾血，奄存余息。把置膝头，抚摩良久，始渐醒。自以喙理其翼。少选，飞绕中室，呼曰："嫂嫂，别矣！吾怨珏也！"振翼遂去，不复来。

注释

①庐陵：古郡名。治所在今江西省吉安市。②表表：超凡出众，不同寻常。③匡山：即江西省庐山。传说古人匡俗在此结庐而居，所以此山得名匡山、庐山或匡庐。④娘行：犹言“咱们”，妇女的自称之词。娘，妇女的通称，多指青年妇女。行，辈。《史记·匈奴列传》：“汉天子，我丈人行也。”⑤狼疾之人：指肢体残缺之人。《孟子·告子上》：“养其一指而失其肩背，而不知也，则为狼疾人也。”狼疾，糊涂，此处借指身体残疾。⑥玉音：您的回信。玉，尊敬对方之词。⑦司李：即“司理”。北宋时置司理参军，掌各州狱讼之事。明代推官又称为“司理”。清初沿用明制，设推官和挂衔推官。⑧叔：丈夫的弟弟。《尔雅·释亲》：“夫之弟为叔”。⑨细匀铅黄：细心地为她涂脂抹粉。铅和黄，都是古代女子所用的化妆品。铅，铅粉。黄，雄黄之类的染料。六朝以来盛行黄额妆，在额间涂黄为饰。

青娥

霍桓字匡九，晋人也。父官县尉[①]，早卒。遗生最幼，聪惠绝人，十一岁以神童入泮[②]。而母过于爱惜，禁不令出庭户，年十三尚不能辨叔伯甥舅焉。

同里有武评事[③]者，好道，入山不返。有女青娥，年十四，美异常伦。幼时窃读父书，慕何仙姑之为人，父既隐，立志不嫁，母无奈之。一日，生于门外瞥见之。童子虽无知，只觉爱之极，而不能言；直告母，使委禽焉。母知其不可故难之，生郁郁不自得。母恐拂儿意，遂托往来者致意武，果不谐。

生行思坐筹，无以为计。会有一道士在门，手握小镵(chán)长裁尺许，生借阅一过，问：“将何用？”答云：“此劚(zhú)药之具，物虽微，坚石可入。”生未深信。道士即以斫墙上石，应手落如腐。生大异之，把玩不释于手，道士笑曰：“公子爱之，即以奉赠。”生大喜，酬之以钱，不受而去。持归，历试砖石，略无隔阂。顿念穴墙则美人可见，而不知其非法也。更定逾垣而出，直至武第，凡穴两重垣，始达中庭。见小厢中尚有灯火，伏窥之，则青娥卸晚装矣。少顷烛灭寂无声，穿墉入，女已熟眠。轻解双履，悄然登榻，又恐女郎惊觉，必遭呵逐，遂潜伏绣褶之侧，略闻香息，心愿窃慰。

而半夜经营，疲殆颇甚，少一合眸，不觉睡去。女醒，闻鼻气休休，开目见穴隙亮人。大骇，暗中拔关轻出，敲窗唤家人妇，共爇（ruò）火操杖以往。则见一总角书生酣眠绣榻，细审识为霍生。推之始觉，遽起，目灼灼如流星，似亦不大畏惧，但腼然不作一语。众指为贼，恐呵之。始出涕曰：“我非贼，实以爱娘子故，愿以近芳泽耳。”众又疑穴数重垣，非童子所能者。生出姞以言异，共试之，骇绝，讶为神授。将共告诸夫人，女俯首沉思，意似不以为可。众窥知女意，因曰：“此子声名门第，殊不辱玷。不如纵之使去，俾复求媒焉。诘旦，假盗以告夫人，如何也？”女不答。众乃促生行。生索姞（jí），共笑曰：“𫘤（ái）儿童！犹不忘凶器耶？”生觑枕边，有凤钗一股。阴纳袖中。已为婢子所窥，急白之，女不言亦不怒。一媪拍颈曰：“莫道他𫘤，若意念乖绝也。”乃曳之，仍自窦中出。

既归，不敢实告母，但嘱母复媒致之。母不忍显拒，惟遍托媒氏，急为别觅良姻。青娥知之，中情皇急，阴使腹心者风示媪。媪悦，托媒往。会小婢漏泄前事，武夫人辱之，不胜恚愤。媒至，益触其怒，以杖画地，骂生并及其母。媒惧窜归，具述其状。生母亦怒曰：“不肖儿所为，我都梦梦。何遂以无礼相加！当交股时，何不将荡儿淫女一并杀却？”由是见其亲属，辄便披诉。女闻愧欲死，武夫人大悔，而不能禁之使勿言也。女阴使人婉致生母，且矢之以不他，其词悲切。母感之乃不复言，而论亲之媒，亦遂辍矣。

会秦中欧公宰是邑，见生文，深器之，时召入内署，极意优宠。一日问生：“婚乎？”答言：“未。”细诘之，对曰：“夙与故武评事女小有盟约，后以微嫌，遂致中寝。”问：“有愿之否？”生腼然不言。公笑曰：“我当为子成之。”即委县尉教谕，纳币于武。夫人喜，婚乃定，逾岁娶归。女入门，乃以镵掷地曰：“此寇盗物，可将去！”生笑曰：“勿忘媒妁。”珍佩之，恒不去身。女为人温良寡默，一日三朝其母，余惟闭门寂坐，不甚留心家务。母或以吊庆他往，则事事经纪，罔不井井。年余生一子孟仙，一切委之乳保，似亦不甚顾惜。又四五年，忽谓生曰：“欢爱之缘，于兹八载。今离长会短，可将奈何！”生惊问之，即已默默，盛妆拜母，返身入室。追而诘之，则仰眠榻上而气绝矣。母子痛悼，购良材而葬之。母已衰迈，每每抱子思母，如摧肺肝，由是遘(gòu)病，遂惫不起。逆害饮食，但思鱼羹，而近地则无，百里外始可购致。时厮骑皆被差遣，生性纯孝，急不可待，怀资独往，昼夜无停趾。返至山中，日已沉冥，两足跛踦，步不能咫。后一叟至，问曰：“足得毋泡乎？”生唯唯。叟便曳坐路隅，敲石取火，以纸裹药末熏生两足讫。试使行，不惟痛止，兼益矫健。感极申谢，叟问：“何事汲汲？”答以母病，因历道所由。叟问：“何不另娶？”答云：“未得佳者。”叟遥指山村曰：“此处有一佳人，倘能从我去，仆当为君作伐。”生辞以母病待鱼，姑不遑暇。叟乃拱手，约以异日入村但问老王，乃别而去。生归烹鱼献母，母略进，数日寻瘳。乃命仆马往寻叟，至旧处迷村所在。周章逾时，夕暾(tūn)[④]渐坠，山谷甚杂，又不可以极望。乃与仆上山头，以瞻里落；而山径崎岖，苦不可复骑，跋履而上，昧色笼烟矣。蹀躞(xiè)四望，更无村落。方将下山，而归路已迷，心中燥火如烧。荒窜间，冥堕绝壁，幸数尺下有一线荒台，坠卧其上，阔仅容身，下视黑不见底。惧极不敢少动。又幸崖边皆生小树，约体如栏。

移时，见足傍有小洞口，心窃喜，以背着石，螬行而入。意稍稳，冀天明可以呼救。少顷，深处有光如星点。渐近之，约三四里许，忽睹廊舍，并无釭烛，而光明若昼。一丽人自房中出，视之则青娥也。见生，惊曰：“郎何能来？”生不暇陈，抱袪呜恻。女劝止之，问母及儿，生悉述苦况，女亦惨然。生曰：“卿死年余，此得无冥间耶？”女曰：“非也，此乃仙府。曩时非死，所瘗一竹杖耳。郎今来，仙缘有分也。”因导令朝父，则一修髯丈夫坐堂上，生趋拜。女曰：“霍郎来。”翁惊起，握手略道平素[⑤]。曰：“婿来大好，分当留此。”生辞以母望，不能久留。翁曰：“我亦知之。但迟三数日，即亦何伤。”乃饵以肴酒，即令婢设榻于西堂，施锦裀(yīn)焉。生既退，约女同榻寝，女却之曰：“此何处，可容狎亵？”生捉臂不舍。窗外婢子笑声嗤然，女益惭。方争拒间，翁入叱曰：“俗骨污吾洞府！宜即去！”生素负气，愧不能忍，作色曰：“儿女之情，人所不免，长者何当伺我？无难即去，但令女须便将去。”翁无辞，招女随之，启后户送之，赚生离门，父子阖扉去。回首峭壁巉岩，无少隙缝，只影茕茕（qióngqióng），罔所归适。视天上斜月高揭，星斗已稀。怅怅良久，悲已而恨，面壁叫号，迄无应者。愤极，腰中出镵，凿石攻进，瞬息洞入三四尺许。隐隐闻人语曰：“孽障[6]哉！”生奋力凿益急。忽洞底豁开二扉，推娥出曰：“可去，可去！”壁即复合。女怨曰：“既爱我为妇，岂有待丈人如此者？是何处老道士授汝凶器，将人缠混欲死？”生得女，意愿已慰，不复置辩，但忧路险难归。女折两枝，各跨其一即化为马，行且驶，俄顷至家。时失生已七日矣。初，生之与仆相失也，觅之不得，归而告母。母遣人穷搜山谷，并无踪绪。正忧惶所，闻子自归，欢喜承迎。举首见妇，几骇绝。生略述之，母益忻慰。女以形迹诡异，虑骇物听，求即播迁，母从之。异郡有别业，刻期徙往，人莫之知。

偕居十八年，生一女，适同邑李氏。后母寿终。女谓生曰：“吾家茅田中有雉抱八卵，其地可葬，汝父子扶榇归窆。儿已成立，宜即留守庐墓，无庸复来。”生从其言，葬后自返。月余孟仙往省之，而父母俱杳。问之老奴，则云：“赴葬未还。”心知其异，浩叹而已。

孟仙文名甚噪，而困于场屋，四旬不售。后以拔贡入北闱，遇同号生[7]，年可十七八，神采俊逸，爱之。视其卷，注顺天廪生霍仲仙。瞪目大骇，因自道姓名。仲仙亦异之，便问乡贯，孟悉告之。仲仙喜曰：“弟赴都时，父嘱文场中如逢山右霍姓者，吾族也，宜与款接，今果然矣。顾何以名字相同如此？”孟仙因诘高、曾，并严、慈姓讳，已而惊曰：“是我父母也！”仲仙疑年齿之不类。孟仙曰：“我父母皆仙人，何可以貌信其年岁乎？”因述往迹，仲仙始信。

场后不暇休息，命驾同归。才到门，家人迎告，是夜失太翁及夫人所在。两人大惊。仲仙入而询诸妇，妇言："昨夕尚共杯酒，母谓：'汝夫妇少不更事。明日大哥来，吾无虑矣。'早旦入室，则阒无人矣。"兄弟闻之，顿足悲哀。仲仙犹欲追觅，孟仙以为无益，乃止。是科仲领乡荐。以晋中祖墓所在，从兄而归。犹冀父母尚在人间，随在探访，而终无踪迹矣。

异史氏曰：钻穴眠榻，其意则痴；凿壁骂翁，其行则狂；仙人之撮合之者，惟欲以长生报其孝耳。然既混迹人间，狎生子女，则居而终焉，亦何不可？乃三十年而屡弃其子，抑独何哉？异已！

注释

①县尉：掌管一县刑狱缉捕之事。明代废县尉，以典史替之，后世因称典史为县尉。②以神童入泮：此指天资聪颖的儿童考中秀才。神童，智力过人的儿童。唐宋时科举考试特设有童子科，应试者称"应神童试"，有年龄限制。明代设童生试，则不论年龄大小。霍桓年仅11岁就考中秀才，故称之为"神童"。③评事：官名，掌管评审刑狱。汉置廷尉平，隋以后称评事，属大理寺。明清分设左右评事。④夕暾：夕阳。暾，本指初升的太阳，此处指阳光。刘向《九叹·远游》："日暾暾其西舍兮，阳焱焱而复顾。"⑤道平素：话家常。平素，指平日的事情，陶潜《咏二疏》："促席延故老，挥觞道平素。"⑥孽障：同"业障"。佛家称过去做的恶事所造成的不良后果。后来成为骂人的话，意思是祸患。⑦同号生：贡院中同一号舍的考生。贡院为应试士子考试、住宿之所，内分若干巷舍，并按《千字文》编号。每一号巷舍多则近百间，少则五六十间，每个考生占用一间。

仙人岛

王勉字黾(mǐn)斋，灵山人。有才思，屡冠文场，心气颇高，善诮骂，多所凌折。偶遇一道士，视之曰："子相极贵，然被'轻薄孽'折除几尽矣。以子智慧，若反身修道，尚可登仙籍。"王嗤曰："福泽诚不可知，然世上岂有仙人！"道士曰："子何见之卑？无他求，即我便是仙耳。"王乃益笑其诬。

道士曰："我何足异。能从我去，真仙数十，可立见之。"问："在何处？"曰："咫尺耳。"遂以杖夹股间，即以一头授生，令如己状。嘱合眼，呵曰："起！"觉杖粗如五斗囊，凌空翕飞，潜扪之，鳞甲齿齿焉。骇惧，

不敢复动。移时，又呵曰："止！"即抽杖去，落巨宅中，重楼延阁，类帝王居。有台高丈余，台上殿十一楹，弘丽无比。道士曳客上，即命童子设筵招宾。殿上列数十筵，铺张炫目。道士易盛服以伺。少顷，诸客自空中来，所骑或龙、或虎、或鸾凤，不一类。又各携乐器。有女子，有丈夫，有赤其两足。中独一丽者跨彩凤，宫样妆束，有侍儿代抱乐具，长五尺以来，非琴非瑟，不知其名。酒既行，珍肴杂错，入口甘芳，并异常馐(xiū)。王默然寂坐，惟目注丽者，然心爱其人，而又欲闻其乐，窃恐其终不一弹。酒阑，一叟倡言曰："蒙崔真人雅召，今日可云盛会，自宜尽欢。请以器之同者，共队为曲。"于是各合配旅。丝竹之声，响彻云汉。独有跨凤者，乐伎无偶。群声既歇，侍儿始启绣囊横陈几上。女乃舒玉腕，如搯筝状，其亮数倍于琴，烈足开胸，柔可荡魄。弹半炊许，合殿寂然，无有咳者。既阕，铿尔一声，如击清磬。共赞曰："云和夫人[1]绝技哉！"大众皆起告别，鹤唳龙吟，一时并散。

道士设宝榻锦衾，备生寝处。王初睹丽人心情已动，闻乐之后涉想犹劳[2]；念己才调，自合芥拾青紫[3]，富贵后何求弗得；顷刻百绪，乱如蓬麻。道士似已知之，谓曰："子前身与我同学，后缘意念不坚，遂坠尘网。仆不自他于君，实欲拔出恶浊；不料迷晦已深，梦梦不可提悟。今当送君行。未必无复见之期，然作天仙须再劫[4]矣。"遂指阶下长石，令闭目坐，坚嘱无视。已，乃以鞭驱石。石飞起，风声灌耳，不知所行几许。忽念下方景界未审何似，隐将两眸微开一线，则见大海茫茫，浑无边际。大惧，即复合，而身已随石俱堕，砰然一响，汩没若鸥。

幸夙近海，略诸泅浮。闻人鼓掌曰："美哉跌乎！"危殆方急，一女子援登舟上，且曰："吉利，吉利，秀才'中湿'矣！"视之，年可十六七，颜色艳丽。王出水寒栗，求火燎之。女子言："从我至家，当为处置。苟适意，勿相忘。"王曰："是何言哉！我中原才子，偶遭狼狈，过此图以身报，何但不忘！"女子以棹催艇，疾如风雨，俄已近岸。于舱中携所采莲花一握，导与俱去。

半里许入村，见朱户南开，进历数重门，女子先驰入。少间，一丈夫出，是四十许人，揖王升阶，命侍者取冠袍袜履，为王更衣。既，询邦族。王曰："某非相欺，才名略可听闻。崔真人切切眷恋，招升天阙。自分功名反掌，以故不愿栖隐。"丈夫起敬曰："此名仙人岛，远绝人世。文若姓桓，世居幽僻，何幸得近名流。"因而殷勤置酒。又从容而言曰："仆有二女，长者芳云年十六矣，只今未遭良匹，欲以奉侍高人，如何？"王意必采莲人，离席称谢。桓命于邻党中，招二三齿德⑤来。顾左右，立唤女郎。无何，异香浓射，美姝十余辈，拥芳云出，光艳明媚，若芙蕖之映朝日。拜已即坐，群姝列侍，则采莲人亦在焉。

酒数行，一垂髫女自内出，仅十余龄，而姿态秀曼，笑依芳云肘下，秋波流动。桓曰："女子不在闺中，出作何务？"乃顾客曰："此绿云，即仆幼女。颇惠，能记典、坟矣。"因令对客吟诗，遂诵竹枝词三章，娇婉可听，便令傍姊隅坐。桓因谓："王郎天才，宿构必富，可使鄙人得闻教乎？"王即慨然颂近体一作，顾盼自雄，中二句云："一身剩有须眉在，小饮能令块磊消。"邻叟再三诵之。芳云低告曰："上句是孙行者离火云洞，下句是猪八戒过子母河也。"一座抚掌。桓请其他，王述《水鸟》诗云："潴头鸣格磔(zhé)，……"忽忘下句。甫一沉吟，芳云向妹咕咕耳语，遂掩口而笑。绿云告父曰："渠为姊夫续下句矣。云：'狗腚响弸巴。'"合席粲然。王有惭色。桓顾芳云：怒之以目。

王色稍定，桓复请其文艺。王意世外人必不知八股业，乃炫其冠军之作，题为《孝哉闵子骞》二句，破云："圣人赞大贤之孝……"绿云顾父曰："圣人无字门人者，'孝哉……'一句，即是人言。"王闻之，意兴索然。桓笑曰："童子何知！不在此，只论文耳。"王乃复诵，每数句，姊妹必相耳语，似是月旦之词，但嚅嗫不可辨。王诵至佳处，兼述文宗评语，有云："字字痛切。"绿云告父曰："姊云：'宜删"切"字。'"众都不解。桓恐其语嫚，不敢研诘。王诵毕，又述总评，有云："羯鼓一挝，则万花齐落。"芳云又掩口语妹，两人皆笑不可仰。绿云又告曰："姊云：'羯鼓当是四挝。'"众又不解。绿云启口欲言。芳云忍笑诃之曰："婢子敢言，打煞矣！"众大疑，互有猜论。绿云不能忍，乃曰："去'切'字，言'痛'则'不通'。鼓四挝，其声云'不通又不通'也。"众大笑。桓怒诃之，因而自起泛卮[6]，谢过不遑。

王初以才名自诩，目中实无千古，至此神气沮丧，徒有汗淫。桓谀而慰之曰："适有一言，请席中属对焉：'王子身边，无有一点不似玉。'"众未措想，绿云应声曰："黾翁头上，再着半夕即成龟。"芳云失笑，呵手扭胁肉数四。绿云解脱而走，回顾曰："何预汝事！汝骂之频频不以为非，宁他人一句便不许耶？"桓咄之，始笑而去。邻叟辞别。

诸婢导夫妻入内寝，灯烛屏榻，陈设精备。又视洞房中，牙签[7]满架，靡书不有。略致问难，响应无穷。王至此，始觉望洋堪羞[8]。女唤"明珰"，则采莲者趋应，由是始识其名。屡受诮辱，自恐不见重于闺闼；幸芳云语言虽虐，而房帏之内，犹相爱好。王安居无事，辄复吟哦。女曰："妾有良言，不知肯嘉纳否？"问："何言？"曰："从此不作诗，亦藏拙之一道也。"王大惭，遂绝笔。

久之，与明珰渐狎，告芳云曰："明珰与小生有拯命之德，愿少假以辞色。"芳云乃即许之。每作房中之戏，招与共事，两情益笃，时色授而手语之。芳云微觉，责词重叠，王惟喋喋，强自解免。一夕对酌，王以为寂，劝招明珰。芳云不许，王曰："卿无书不读，何不记'独乐乐'数语？"芳云曰："我言君不通，今益验矣。句读尚不知耶？'独要，乃乐于人要；问乐，孰要乎？'曰：'不。'"一笑而罢。适芳云姊妹赴邻女之约，王得间，急引明跳，绸缪备至。当晚，觉小腹微痛，痛已而前阴尽肿。大惧，以告芳云。云笑曰："必明趾之恩报矣！"王不敢隐，实供之。芳云曰："自作之殃，实无可以方略。既非痛痒，听之可矣。"数日不瘳，优闷寡欢。芳云知其意，亦不问讯，但凝视之，秋水盈盈，朗若曙星⑨。王曰："卿所谓'胸中正，则眸子瞭焉'。"芳云笑曰："卿所谓'胸中不正，则眸子眊焉'。"盖"没有"之"没"，俗读似"眊"，故以此戏之也。王失笑，哀求方剂。曰："君不听良言，前此未必不疑妾为妒意。不知此婢，原不可近。曩[nǎng]实相爱，而君若东风之吹马耳，故唾弃不相怜。无已，为若治之。然医师必审患处。"乃探衣而咒曰："'黄鸟黄鸟，无止于楚！'"王不觉大笑，笑已而瘳[chōu]。

逾数月，王以亲老子幼，每切怀忆，以意告女。女曰："归即不难，但会合无日耳。"王涕下交颐，哀与同归，女筹思再三，始许之，桓翁张筵祖饯。绿云提篮入，曰："姊姊远别，莫可持赠。恐至海南，无以为家，夙夜代营宫室，勿嫌草创。"芳云拜而受之。近而审谛，则用细草制为楼阁，大如橼，小如橘，约二十余座，每座梁栋榱题历历可数，其中供帐床榻类麻粒焉。王儿戏视之，而心窃叹其工。芳云曰："实于君言：我等皆是地仙⑩。因有夙分，遂得陪从。本不欲践红尘，徒以君有老父，故不忍违。待父天年，须复还也。"王敬诺。桓乃问："陆耶？舟耶？"王以风涛险，愿陆。出则车马已候于门。

谢别而迈，行踪骛驶。俄至海岸，王心虑其无途。芳云出素练一匹，望南抛去，化为长堤，其阔盈丈。瞬息驰过，堤亦渐收。至一处，潮水所经，四望辽邈。芳云止勿行，下车取篮中草具，偕明珰数辈，布置如法，转眼化为巨第。并入解装，则与岛中居无稍差殊，洞房内几榻宛然。时已昏暮，因止宿焉。

早旦，命王迎养。王命骑趋诣故里，至则居宅已属他姓。问之里人，始知母及妻皆已物故，惟老父尚存。子善博，田产并尽，祖孙莫可栖止，暂僦居于西村。王初归时，尚有功名之念，不恝于怀；及闻此况，沉痛大悲，自念富贵纵可携取，与空花何异。驱马至西村见父，衣服滓敝，衰老堪怜。相见，各哭失声；问不肖子，则出赌未归。王乃载父而还。芳云朝拜已毕，燂汤请浴，进以锦裳，寝以香舍。又遥致故老与谈宴，享奉过于世家。子一日寻至其处，王绝之不听入，但予以廿金，使人传语曰：“可持此买妇，以图生业。再来，则鞭打立毙矣！”子泣而去。王自归，不甚与人通礼；然故人偶至，必延接盘桓，撝(huī)过于平时。独有黄子介，夙与同门学，亦名士之坎坷者，王留之甚久，时与秘语，赂遗甚厚。居三四年，王翁卒，王万钱卜兆，营葬尽礼。时子已娶妇，妇束男子严，子赌亦少间矣；是日临丧，始得拜识姑嫜。芳云一见，许其能家，赐三百金为田产之费。翼日，黄及子同往省视，则舍宇全渺，不知所在。

异史氏曰：佳丽所在，人且于地狱中求之，况享受无穷乎？地仙许携姝丽，恐帝阙下虚无人矣。轻薄减其禄籍，理固宜然，岂仙人遂不之忌哉？彼妇之口，抑何其虐也！

注释

①云和夫人：传说中善于弹琴的仙女名。云和，山名，出产琴材，因此称琴。《周礼·春官·大司乐》：“孤竹之管，云和之琴瑟。”②涉想犹劳：思念不已。涉想，想象。何逊《为衡山侯与妇书》：“帐前微笑，涉想犹存。”③芥拾青紫：意谓谋取高官就像从地上捡起芥草一样如易。《汉书·夏侯胜传》：“经术苟明，其取青紫如俯拾地芥耳。”青紫，汉三公（丞相、太尉、御史大夫）官印上的绶带。④再劫：遭受两次劫数。劫，梵语音译，指极为久远的时节。佛家对“劫”的说法众说纷纭。《法苑珠林·劫量述意》：“夫劫者，盖是纪时之名，犹年号耳。”⑤齿德：年高德劭的长者。齿，年齿，年龄。《汉书·武帝纪》载：“古之立教，乡里以齿，朝廷以爵，扶世导民，莫善于德。”⑥泛卮：把洒斟满。卮，圆形酒器。《史记·吕后本纪》：“太后乃恐，自起泛孝惠卮。”⑦牙签：象牙所制的书签，以处指书函。⑧望洋堪羞：指因孤陋寡闻而惭愧。望洋，仰视的样子。《庄子·秋水》：“（河伯）顺流而东行，至于北海，东面而视，不见水端。于是焉何伯始旋其面目，望洋向若而叹曰：‘野语有之，曰：闻道百以为莫己若者，我之谓也。’”⑨“秋水”二句：意谓眼波象星辰一样清澈。秋水，喻眼波。盈盈，水清澈的样子。⑩地仙：指住在人间的仙人。葛洪《抱朴子·论仙》：“按《仙经》云：上士举形升虚，谓之天仙；中士游于名山，谓之地仙；下士先死后蜕，谓之尸解。”

柳生

周生，顺天宦裔也，与柳生善。柳得异人之传，精袁许之术①。尝谓周曰：“子功名无分，万锺之资尚可以人谋，然尊阃(kǔn)薄相，恐不能佐君成业。”未几妇果亡，家室萧条，不可聊赖。

因诣柳，将以卜姻。入客舍坐良久，柳归内不出。呼之再三，始方出，曰：“我日为君物色佳偶，今始得之。适在内作小术，求月老系赤绳耳。”周喜问之，答曰：“甫有一人携囊出，遇之否？”曰：“遇之。褴褛若丐。”曰：“此君岳翁，宜敬礼之。”周曰：“缘相交好，遂谋隐密，何相戏之甚也！仆即式微，犹是世裔，何至下昏于市侩？”柳曰：“不然。犁牛尚有子，何害？”周问：“曾见其女耶？”答曰：“未也。我素与无旧，姓名亦问讯知之。”周笑曰：“尚未知犁牛，何知其子？”柳曰：“我以数②信之，其人凶而贱，然当生厚福之女。但强合之必有大厄，容复禳之。”周既归，未肯以其言为信，诸方觅之，迄无一成。

一日柳生忽至，曰：“有一客，我已代折简矣。”问：“为谁？”曰：“且勿问，宜速作黍。”周不谕其故，如命治具。俄客至，盖傅姓营卒也。心内不合，阳浮道与之；而柳生承应甚恭。少间酒肴既陈，杂恶草具进。柳起告客：“公子向慕已久，每托某代访，曩(nǎng)夕始得晤。又闻不日远征，立刻相邀，可谓仓卒主人矣。”饮间傅忧马病不可骑，柳亦俯首为之筹思。既而客去，柳让周曰：“千金不能买此友，何乃视之漠漠？”借马骑归，因假周命，登门持赠傅。周既知，稍稍不快，已无如何。

过岁将如江西，投臬司幕。诣柳问卜，柳言：“大吉！”周笑曰：“我意无他，但薄有所猎，当购佳妇，几幸前言之不验也，能否？”柳云：“并如君愿。”及至江西，值大寇叛乱，三年不得归。后稍平，选日遵路，中途为土寇所掠，同难人七八位，皆劫其金资释令去，惟周被掳至巢。盗首诘其家世，因曰："我有息女，欲奉箕帚，当即无辞。"周不答，盗怒，立命枭斩。周惧，思不如暂从其请，因从容而弃之。遂告曰："小生所以踟蹰者，以文弱不能从戎，恐益为丈人累耳。如使夫妇得相将俱去，恩莫厚焉。"盗曰："我方忧女子累人，此何不可从也。"引入内，妆女出见，年可十八九，盖天人也。当夕合卺，深过所望。细审姓氏，乃知其父即当年荷囊人也。因述柳言，为之感叹。

过三四日，将送之行，忽大军掩至，全家皆就执缚。有将官三员监视，已将妇翁斩讫，寻次及周。周自分已无生理，一员审视曰："此非周某耶？"盖傅卒已军功授副将军矣。谓僚曰："此吾乡世家名士，安得为贼。"解其缚，问所从来。周诡曰："适从江皋娶妇而归，不意途陷盗窟，幸蒙拯救，德戴二天！但室人离散，求借洪威，更赐瓦全。"傅命列诸俘，令其自认，得之。饷以酒食，助以资斧，曰："曩受解骖之惠，旦夕不忘。但抢攘间，不遑修礼，请以马二匹、金五十两，助君北旋。"又遣二骑持信矢[③]护送之。

途中，女告周曰："痴父不听忠告，母氏死之。知有今日久矣，所以偷生旦暮者，以少时曾为相者所许，冀他日能收亲骨耳。某所窖藏巨金，可以发赎父骨，余者携归，尚足谋生产。"嘱骑者候于路，两人至旧处，庐舍已烬，于灰火中取佩刀掘尺许，果得金，尽装入橐（tuó），乃返。以百金赂骑者，使瘗（yì）翁尸，又引拜母冢，始行。至直隶界，厚赐骑者而去。周久不归，家人谓其已死，恣意侵冒，粟帛器具，荡无存者。闻主人归，大惧，哄然尽逃；只有一妪、一婢、一老奴在焉。周以出死得生，不复追问。及访柳，则不知所适矣。

女持家逾于男子，择醇笃者授以资本，而均其息。每诸商会计于檐下，女垂帘听之，盘中误下一珠，辄指其讹。内外无敢欺。数年伙商盈百，家数十巨万矣。乃遣人移亲骨厚葬之。

异史氏曰：月老可以贿嘱，无怪媒妁之同于牙侩[④]矣。乃盗也而有是女耶？培塿无松柏，此鄙人之论耳。妇人女子犹失之，况以相天下士哉！

注释

①袁许之术：即相人之术。袁许，泛指相术家。袁，指袁天纲，唐代成都人。许，指许负，汉初河内温（今河南温县）人。②数：命数，运数。③信矢：作为信物的令箭。④牙侩：牙人。旧时集市上为买卖双方说合牵线，从中赚取佣金的经纪人。

宦娘

温如春，秦之世家也。少癖嗜琴，虽逆旅未尝暂舍。客晋，经由古寺，系马门外，暂憩止。入则有布衲道人，趺坐廊间，筇(qióng)杖倚壁，花布囊琴。温触所好，因问："亦善此也？"道人云："顾不能工，愿就善者学之耳。"遂脱囊授温，视之，纹理佳妙，略一勾拨，清越异常。喜为抚一短曲，道人微笑，似未许可。温乃竭尽所长，道人哂曰："亦佳，亦佳！但未足为贫道师也。"温以其言夸，转请之。道人接置膝上，裁拨动，觉和风自来；又顷之，百鸟群集，庭树为满。温惊极，拜请受业。道人三复之，温侧耳倾心，稍稍会其节奏。道人试使弹，点正疏节，曰："此尘间已无对矣。"温由是精心刻画，遂称绝技。

后归程，离家数十里，日已暮，暴雨莫可投止。路旁有小村，趋之，不遑审择，见一门匆匆遽入。登其堂，阒无人；俄一女郎出，年十七八，貌类神仙。举首见客，惊而走入。温时未偶，系情殊深。俄一老妪出问客，温道姓名，兼求寄宿。妪言："宿当不妨，但少床榻；不嫌屈体，便可藉藁。"少旋以烛来，展草铺地，意良殷。问其姓氏，答云："赵姓。"又问："女郎何人？"曰："此宦娘，老身之犹子也。"温曰："不揣寒陋，欲求援系[①]，如何？"妪颦蹙曰："此即不敢应命。"温诘其故，但云难言，怅然遂罢。妪既去，温视藉草腐湿，不堪卧处，因危坐鼓琴，以消永夜。雨既歇，冒夜遂归。

邑有林下部郎[②]葛公喜文士，温偶诣之，受命弹琴。帘内隐约有眷客窥听，忽风动帘开，见一及笄人，丽绝一世。盖公有一女，小字良工，善词赋，有艳名。温心动，归与母言，媒通之，而葛以温势式微不许。然女自闻琴以后，心窃倾慕，每冀再聆雅奏；而温以姻事不谐，志乖意沮，绝

迹于葛氏之门矣。一日，女于园中拾得旧笺一折，上书惜余春词云："因恨成痴，转思作想，日日为情颠倒。海棠带醉，杨柳伤春，同是一般怀抱。甚得新愁旧愁，铲尽还生，便如青草。自别离，只在奈何天里，度将昏晓。今日个蹙损春山，望穿秋水，道弃已拚弃了！芳衾妒梦，玉漏惊魂，要睡何能睡好？漫说长宵似年，侬视一年，比更犹少：过三更已是三年，更有何人不老！"女吟咏数四，心悦好之。怀归，出锦笺，庄书一通置案间，逾时索之不可得，窃意为风飘去。适葛经闺门过，拾之；谓良工作，恶其词荡，火之而未忍言，欲急醮之[③]。临邑刘方伯[④]之公子，适来问名，心善之，而犹欲一睹其人。公子盛服而至，仪容秀美。葛大悦，款延优渥。既而告别，坐下遗女舄一钩。心顿恶其儇(xuān)薄，因呼媒而告以故。公子亟辩其诬，葛弗听，卒绝之。

先是，葛有绿菊种，吝不传，良工以植闺中。温庭菊忽有一二株化为绿，同人闻之，辄造庐观赏，温亦宝之。凌晨趋视，于畦畔得笺写惜余春词，反覆披读，不知其所自至。以"春"为己名益惑之，即案头细加丹黄，评语亵嫚。适葛闻温菊变绿，讶之，躬诣其斋，见词便取展读。温以其评亵，夺而挼(nuó)莎之。葛仅读一两句，盖即闺门所拾者也。大疑，并绿菊之种，亦猜良工所赠。归告夫人，使逼诘良工。良工涕欲死，而事无验见，莫有取实。夫人恐其迹益彰，计不如以女归温。葛然之，遥致温，温喜极。是日招客为绿菊之宴，焚香弹琴，良夜方罢。既归寝，斋童闻琴自作声，初以为僚仆之戏也，既知其非人，始白温。温自诣之，果不妄。其声梗涩，似将效己而未能者。爇火暴入，杳无所见。温携琴去，则终夜寂然。因意为狐，固知其愿拜门墙也者，遂每夕为奏一曲，而设弦任操若师，夜夜潜伏听之。至六七夜，居然成曲，雅足听闻。

温既亲迎，各述曩(nǎng)词，始知缔好之由，而终不知所由来。良工闻琴鸣之异，往听之，曰："此非狐也，调凄楚，有鬼声。"温未深信。良工因言其家有古镜，可鉴魑魅。翌日遣人取至，伺琴声既作，握镜遽入；火之，果有女子在，仓皇室隅，莫能复隐，细审之赵氏之宦娘也。大骇，穷诘之。泫然曰："代作蹇修，不为无德，何相逼之甚也？"温请去镜，约勿避；诺之。乃囊镜。女遥坐曰："妾太守之女死百年矣。少喜琴筝，筝已颇能谙之，独此技未能嫡传，重泉[5]犹以为憾。惠顾时，得聆雅奏，倾心向往；又恨以异物不能奉裳衣，阴为君尝合佳偶，以报眷顾之情。刘公子之女舄，惜余春之俚词，皆妾为之也。酬师者不可谓不劳矣。"夫妻咸拜谢之。宦娘曰："君之业，妾思过半矣，但未尽其神理，请为妾再鼓之。"温如其请，又曲陈其法。宦娘大悦曰："妾已尽得之矣！"乃起辞欲去。良工故善筝，闻其所长，愿以披聆。宦娘不辞，其调其谱，并非尘世所能。良工击节，转请受业。女命笔为给谱十八章，又起告别。夫妻挽之良苦，宦娘凄然曰："君琴瑟之好[6]，自相知音；薄命人乌有此福。如有缘，再世可相聚耳。"因以一卷授温曰："此妾小像。如不忘媒妁，当悬之卧室，快意时焚香一炷，对鼓一曲，则儿身受之矣。"出门遂没。

注释

①援系：攀附。《国语·晋语》九："董叔将娶于范氏，叔向曰：'范氏富，盍已乎？'"曰："欲为系援焉。"②林下部郎：退隐的部郎。林下，树林之下，即田野，借指退隐之所。故古时官吏退休称归林。部郎，明清中央各部郎中或员外郎之类的高级部员。③醮之：把她嫁人。醮，古代婚礼的仪式，女子出嫁时父母酌酒饮之。④方伯：古时诸侯一方之长称方伯。后泛指地方官，明清时指布政使。⑤重泉：指九泉之下，阴间。⑥琴瑟之好：比喻夫妇间感情和谐。《诗·小雅·常棣》："妻子好合，如鼓琴瑟。"

阿绣

海州[1]刘子固，十五岁时，至盖省其舅。见杂货肆中一女子，姣丽无双，心爱好之。潜至其肆，托言买扇。女子便呼父，父出，刘意沮，故折阅之而退。遥睹其父他往，又诣之，女将觅父，刘止之曰："无须，但言其价，我不靳直耳。"女如言固昂之，刘不忍争，脱贯竟去。明日复往又如之。行数武，女追呼曰："返来！适伪言耳，价奢过当。"因以半价返之。刘益感其诚，蹈隙辄往，由是日熟。女问："郎居何所？"以实对。转诘之，自言："姚氏。"临行，所市物，女以纸代裹完好，已而以舌舐粘之。刘怀归不敢复动，恐乱其舌痕也。积半月为仆所窥，阴与舅力要之归。意惓惓不自得。以所市香帕脂粉等类，密置一箧，无人时，辄阖户自捡一过，触类凝想②。

次年复至盖，装甫解即趋女所，至则肆宇阖焉，失望而返。犹意偶出未返，早又诣之，阖如故。问诸邻，始知姚原广宁人，以贸易无重息，故暂归去，又不审何时可复来。神志乖丧。居数日怏怏而归。母为议婚，屡梗之，母怪且怒。仆私以曩事告母，母益防闲之，盖之途由是绝。刘忽忽遂减眠食。母忧思无计，念不如从其志。于是刻日办装使如盖，转寄语舅，媒合之。舅即承命诣姚。逾时而返，谓刘曰："事不谐矣！阿绣已字广宁人。"刘低头丧气，心灰绝望。既归，捧箧啜泣，而徘徊顾念，冀天下有似之者。

适媒来，艳称复州黄氏女。刘恐不确，命驾至复。入西门，见北向一家，两扉半开，内一女郎怪似阿绣。再属目之，且行且盼而入，真是无讹。刘大动，因僦其东邻居，细诘知为李氏。反复疑念，天下宁有此酷肖者耶？居数日莫可夤(yín)缘，惟目眈眈候其门，以冀女或复出。一日日方西，女果出，忽见刘，即返身走，以手指其后；又复掌及额，而入。刘喜极，但不能解。凝思移时，信步诣舍后，见荒园寥廓，西有短垣，略可及肩。豁然顿悟，遂蹲伏露草中。久之，有人自墙上露其首，小语曰："来乎？"刘诺而起，细视真阿绣也。因大恸，涕堕如绠。女隔堵探身，以巾拭其泪，深慰之。刘曰："百计不遂，自谓今生已矣，何期复有今夕？顾卿何以至此？"曰："李氏，妾表叔也。"刘请逾垣。女曰："君先归，遣从人他宿，妾当自至。"

刘如言，坐伺之。少间女悄然入，妆饰不甚炫丽，袍裤犹昔。刘挽坐，备道艰苦，因问："卿已字，何未醮也？"女曰："言妾受聘者，妄也。家君以道里赊远，不愿附公子婚，此或托舅氏诡词以绝君望耳。"既就枕席，宛转万态，款接之欢不可言喻。四更遽起，过墙而去。刘自是不复措意黄氏矣。旅居忘返，经月不归。

一夜仆起饲马，见室中灯犹明，窥之，见阿绣，大骇。顾不敢言主人，旦起访市肆，始返而诘刘曰："夜与还往者，何人也？"刘初讳之，仆曰："此第岑寂，狐鬼之薮，公子宜自爱。彼姚家女郎，何为而至此？"刘始腆然曰："西邻是其表叔，有何疑沮？"仆言："我已访之审：东邻止一孤媪，西家一子尚幼，别无密戚。所遇当是鬼魅；不然，焉有数年之衣尚未易者？且其面色过白，两颊少瘦，笑处无微涡，不如阿绣美。"刘反复思，乃大惧曰："然且奈何？"仆谋伺其来，操兵入共击之。至暮女至，谓刘曰："知君见疑，然妾亦无他，不过了夙分耳。"言未已，仆排闼（tà）入。女呵之曰："可弃兵！速具酒来，当与若主别。"仆便自投，若或夺焉。刘益恐，强设酒馔（zhuàn）。女谈笑如常，举手向刘曰："君心事，方将图效绵薄，何竟伏戎？妾虽非阿绣，颇自谓不亚，君视之犹昔否耶？"刘毛发俱竖，噤不语。女听漏三下，把盏一呷，起立曰："我且去，待花烛后，再与新妇较优劣也。"转身遂杳。

刘信狐言，竟如盖。怨舅之诳己也，不舍其家；寓近姚氏，托媒自通，啖以重赂。姚妻乃言："小郎为觅婿广宁，若翁以是故去，就否未可知。须旋日方可计校。"刘闻之，彷徨无以自主，惟坚守以伺其归。逾十余日，忽闻兵警，犹疑讹传；久之信益急，乃趣装行。中途遇乱，主仆相失，为侦者所掠。以刘文弱疏其防，盗马亡去。至海州界见一女子，蓬鬓垢耳，出履蹉跌，不可堪。刘驰过之，女遽呼曰："马上人非刘郎乎？"刘停鞭审顾，则阿绣也。心仍讶其为狐，曰："汝真阿绣耶？"女问："何为出此言？"刘述所遇。女曰："妾真阿绣也。父携妾自广宁归，遇兵被俘，授马屡堕。忽一女子握腕趣遁，荒窜军中，亦无诘者。女子健步若飞隼，苦不能从，百步而屦屡褪焉。久之，闻号嘶渐远，乃释手曰：'别矣！前皆坦途可缓行，爱汝者将至，宜与同归。'"刘知其狐，感之。因述其留盖之故。女言其叔为择婿于方氏，未委禽而乱始作。刘始知舅言非妄。携女马上，叠骑归。入门则老母无恙，大喜。系马入，俱道所以。母亦喜，为女盥濯，竟妆，容光焕发。母抚掌曰："无怪痴儿魂梦不置也！"遂设裀（yīn）褥，使从己宿。又遣人赴盖，寓书于姚。不数日姚夫妇俱至，卜吉成礼乃去。

刘出藏箧，封识俨然。有粉一函，启之，化为赤土。刘异之。女掩口曰："数年之盗，今始发觉矣。尔日见郎任妾包裹，更不及审真伪，故以此相戏耳。"方嬉笑间，一人搴帘入曰："快意如此，当谢蹇修否？"刘视之，又一阿绣也，急呼母。母及家人悉集，无有能辨识者。刘回眸亦迷，注目移时，始揖而谢之。女子索镜自照，赧然趋出，寻之已杳。夫妇感其义，为位于室而祀之。一夕刘醉归，室暗无人，方自挑灯，而阿绣至。刘挽问："何之？"笑曰："醉臭熏人，使人不耐！如此盘诘，谁作桑中逃耶？"刘笑捧其颊，女曰："郎视妾与狐姊孰胜？"刘曰："卿过之。然皮相者不辨也。"已而合扉相狎。俄有叩门者，女起笑曰："君亦皮相者也。"刘不解，趋启门，则阿绣入，大愕。始悟适与语者，狐也。暗中又闻笑声。夫妻望空而祷，祈求现像。狐曰："我不愿见阿绣。"问："何不另化一貌？"曰："我不能。"问："何故不能？"曰："阿绣，吾妹也，前世不幸夭殂。生时，与余从母至天宫见西王母，心窃爱慕，归则刻意效之。妹较我慧，一月神似；我学三月而后成，然终不及妹。今已隔世。自谓过之，不意犹昔耳。我感汝两人诚，故时复一至，今去矣。"遂不复言。自此三五日辄一来，一切疑难悉决之。值阿绣归宁，来常数日住，家人皆惧避之。每有亡失，则华妆端坐，插玳瑁[3]簪长数寸，朝家人而庄语之："所窃物，夜当送至某所；不然，头痛大作，悔无及！”天明，果于某所获之。三年后，绝不复来。偶失金帛，阿绣效其装吓家人，亦屡效焉。

注释

①海州：海州卫，今辽宁省海城县。②触类凝想：指触景生情，思念不已。《易·系辞》上：“引而伸之，触类而长之，天下之能事毕矣。”③玳瑁：一种龟属动物，其甲壳可作装饰品。

小翠

王太常[①]，越人。总角时，昼卧榻上。忽阴晦，巨霆暴作，一物大于猫，来伏身下，展转不离。移时晴霁，物即径出。视之非猫，始怖，隔房呼兄。兄闻，喜曰：“弟必大贵，此狐来避雷霆劫也。”后果少年登进士，以县令入为侍御。

生一子名元丰，绝痴，十六岁不能知牝(pìn)牡[②]，因而乡党无于为婚。王忧之。适有妇人率少女登门，自请为妇。视其女，嫣然展笑，真仙品也。喜问姓名。自言：“虞氏。女小翠，年二八矣。”与议聘金。曰：“是从我糠覈(hé)不得饱，一旦置身广厦，役婢仆，厌膏粱，彼意适，我愿慰矣，岂卖菜也而索直乎！”夫人大悦，优厚之。妇即命女拜王及夫人，嘱曰：“此尔翁姑，奉侍宜谨。我大忙，且去，三数日当复来。”王命仆马送之，妇言：“里巷不远，无烦多事。”遂出门去。

小翠殊不悲恋，便即奁中翻取花样。夫人亦爱乐之。数日妇不至，以居里问女，女亦憨然不能言其道路。遂治别院，使夫妇成礼。诸戚闻拾得贫家儿作新妇，共笑姗之；见女皆惊，群议始息。女又甚慧，能窥翁姑喜怒。王公夫妇，宠惜过于常情，然惕惕焉惟恐其憎子痴，而女殊欢笑不为嫌。第善谑，刺布作圆，蹋蹴为笑。着小皮靴，蹴去数十步，给公子奔拾之，公子及婢恒流汗相属。一日王偶过，圆訇然来直中面目。女与婢俱敛迹去，公子犹踊跃奔逐之。王怒，投之以石，始伏而啼。王以告夫人，夫人往责女，女俯首微笑，以手刓。既退，憨跳如故，以脂粉涂公子作花面如鬼。夫人见之怒甚，呼女诟骂。女倚几弄带，不惧，亦不言。夫人无奈之，因杖其子。元丰大号，女始色变，屈膝乞宥(yòu)。夫人怒顿解，释杖去。女笑拉公子入室，代扑衣上尘，拭眼泪，摩挲杖痕，饵以枣栗。公子乃收涕以忻。女阖庭户，复装公子作霸王，作沙漠人；己乃艳服，束细腰，婆娑作帐下舞；或髻插雉尾，拨琵琶，丁丁缕缕然，喧笑一室，日以为常。王公以子痴，不忍过责妇，即微闻焉，亦若置之。

同巷有王给谏[③]者，相隔十余户，然素不相能；时值三年大计吏，忌公握河南道篆，思中伤之。公知其谋，忧虑无所为计。一夕早寝，女冠带饰冢宰状，剪素丝作浓髭，又以青衣饰两婢为虞候，窃跨厩马而出，戏云："将谒王先生。"驰至给谏之门，即又鞭挞从人，大言曰："我谒侍御王，宁谒给谏王耶！"回辔而归。比至家门，门者误以为真，奔白王公。公急起承迎，方知为子妇之戏。怒甚，谓夫人曰："人方蹈我之瑕，反以闺阁之丑登门而告之，余祸不远矣！"夫人怒，奔女室，诟让之。女惟憨笑，并不一置词。挞之不忍，出之则无家，夫妻懊怨，终夜不寝。时冢宰某公赫甚，其仪采服从，与女伪装无少殊别，王给谏亦误为真。屡侦公门，中夜而客未出，疑冢宰与公有阴谋。次日早朝，见而问曰："夜相公至君家耶？"公疑其相讥，惭言唯唯，不甚响答。给谏愈疑，谋遂寝，由此益交欢公。公探知其情窃喜，而阴嘱夫人劝女改行，女笑应之。

逾岁，首相免，适有以私函致公者误投给谏。给谏大喜，先托善公者往假万金，公拒之。给谏自诣公所。公觅巾袍并不可得；给谏伺候久，怒公慢，愤将行。忽见公子衮衣旒冕，有女子自门内推之以出，大骇；已而笑抚之，脱其服冕而去。公急出，则客去远。闻其故，惊颜如土，大哭曰："此祸水也！指日赤吾族矣！"与夫人操杖往。女已知之，阖(hé)扉任其诟厉。公怒，斧其门，女在内含笑而告之曰："翁无烦怒。有新妇在，刀锯斧钺妇自受之，必不令贻害双亲。翁若此，是欲杀妇以灭口耶？"公乃止。给谏归，果抗疏揭王不轨，衮冕作据。上惊验之，其旒冕乃粱黠心所制，袍则败布黄袱也。上怒其诬。又召元丰至，见其憨状可掬，笑曰："此可以

作天子耶？”乃下之法司。给谏又讼公家有妖人，法司严诘臧获，并言无他，惟颠妇痴儿日事戏笑，邻里亦无异词。案乃定，以给谏充云南军。

王由是奇女。又以母久不至，意其非人，使夫人探诘之，女但笑不言。再复穷问，则掩口曰：“儿玉皇女，母不知耶？”无何，公擢京卿。五十余每患无孙。女居三年，夜夜与公子异寝，似未尝有所私。夫人舁榻去，嘱公子与妇同寝。过数日，公子告母曰：“借榻去，悍不还！小翠夜夜以足股加腹上，喘气不得；又惯掐人股里。”婢妪无不粲然。夫人呵拍令去。一日女浴于室，公子见之，欲与偕；女笑止之，谕使姑待。既去，乃更泻热汤于瓮，解其袍裤，与婢扶之入。公子觉蒸闷，大呼欲出。女不听，以衾蒙之。少时无声，启视已绝。女坦笑不惊，曳置床上，拭体干洁，加复被焉。夫人闻之，哭而入，骂曰：“狂婢何杀吾儿！”女辴(chǎn)然曰：“如此痴儿，不如勿有。”夫人益恚，以首触女；婢辈争曳劝之。方纷噪间，一婢告曰：“公子呻矣！”辍涕抚之，则气息休休，而大汗浸淫，沾浃裀(yīn)褥。食顷汗已，忽开目四顾遍视家人，似不相识，曰：“我今回忆往昔，都如梦寐，何也？”夫人以其言语不痴，大异之。携参其父，屡试之果不痴，大喜，如获异宝。至晚，还榻故处，更设衾枕以觇之。公子入室，尽遣婢去。早窥之，则榻虚设。自此痴颠皆不复作，而琴瑟静好如形影焉。

年余，公为给谏之党奏劾免官，小有罣误。旧有广西中丞所赠玉瓶，价累千金，将出以贿当路。女爱而把玩之，失手堕碎，惭而自投。公夫妇方以免官不快，闻之，怒，交口呵骂。女奋而出，谓公子曰：“我在汝家，所保全者不止一瓶，何遂不少存面目？实与君言：我非人也。以母遭雷霆之劫，深受而翁庇翼；又以我两人有五年夙分，故以我来报曩恩、了夙愿耳。身受唾骂、擢发不足以数，所以不即行者，五年之爱未盈。今何可以暂止乎！”盛气而出，追之已杳。公爽然自失，而悔无及矣。公子入室，睹其剩粉遗钩，恸哭欲死；寝食不甘，日就羸瘁。公大忧，急为胶续[4]以解之，而公子不乐。惟求良工画小翠像，日夜浇祷其下，几二年。

偶以故自他里归，明月已皎，村外有公家亭园，骑马墙外过，闻笑语声，停辔，使厩卒捉鞚（kòng），登鞍一望，则二女郎游戏其中。云月昏蒙，不甚可辨，但闻一翠衣者曰：“婢子当逐出门！”一红衣者曰：“汝在吾家园亭，反逐阿谁？”翠衣人曰：“婢子不羞！不能作妇，被人驱遣，犹冒认物产也？”红衣者曰：“索胜老大婢无主顾者！”听其音酷类小翠，疾呼之。翠衣人去曰：“姑不与若争，汝汉子来矣。”既而红衣人来，果小翠。喜极。女令登垣承接而下之，曰：“二年不见，骨瘦一把矣！”公子握手泣下，具道相思。女言：“妾亦知之，但无颜复见家人。今与大姊游戏，又相邂逅，足知前因不可逃也。”请与同归，不可；请止园中，许之。公子遣仆奔白夫人。夫人惊起，驾肩舆而往，启钥入亭。女即趋下迎拜；夫人捉臂流涕，力白前过，几不自容，曰：“若不少记榛梗，请偕归慰我迟暮。”女峻辞不可。夫人虑野亭荒寂，谋以多人服役。女曰：“我诸人悉不愿见，惟前两婢朝夕相从，不能无眷注耳；外惟一老仆应门，余都无所复须。”夫人悉如其言。托公子养疴（kē）园中，日供食用而已。

女每劝公子别婚，公子不从。后年余，女眉目音声渐与曩异，出像质之，迥若两人。大怪之。女曰：“视妾今日何如畴昔美？”公子曰：“二十余岁何得速老！”女笑而焚图，救之已烬。一日谓公子曰：“昔在家时，阿翁谓妾抵死不作茧，今亲老君孤，妾实不能产，恐误君宗嗣。请娶妇于家，旦晚侍奉公姑，君往来于两间，亦无所不便。”公子然之，纳币于锺太史之家。吉期将近，女为新人制衣履，赍（jī）送母所。及新人入门，则言貌举止，与小翠无毫发之异。大奇之。往至园亭，则女亦不知所在。问婢，婢出红巾曰：“娘子暂归宁，留此贻公子。”展巾，则结玉玦一枚，心知其不返，遂携婢俱归。虽顷刻不忘小翠，幸而对新人如觌旧好焉。始悟锺氏之姻，女预知之，故先化其貌，以慰他日之思云。

异史氏曰：一狐也，以无心之德，而犹思所报；而身受再造之福者，顾失声于破甑，何其鄙哉！月缺重圆，从容而去，始知仙人之情亦更深于流俗也！

注释

①太常：官名。汉为九卿之一。后代因之，设太常寺，置卿和少卿各一人，掌管宫廷祭祀礼乐等事。②牝牡：雌雄，指男女性别。鸟兽雌性叫“牝”，雄性叫“牡”。③给谏：官名，给事中的别称。④胶续：指续娶。旧时以琴瑟比喻夫妇，故俗称丧妻为断弦，再娶为续弦。《十洲记》谓凤麟洲中的仙人以凤喙麟角合煎作膏，称为“续弦胶”，可续弓弩的断弦。后来因称男子再娶为“胶续”。

细柳

细柳娘，中都[1]之士人女也。或以其腰嫖袅(niǎo)可爱，戏呼之“细柳”云。柳少慧，解文字，喜读相人书。而生平简默，未尝言人臧否；但有问名者，必求一亲窥其人。阅人甚多，俱未可，而年十九矣。父母怒之曰：“天下迄无良匹，汝将以丫角老耶？”女曰：“我实欲以人胜天，顾久而不就，亦吾命也。今而后，请惟父母之命是听。”

时有高生者，世家名士，闻细柳之名，委禽焉。既醮，夫妇甚得。生前室遗孤，小字长福，时五岁，女抚养周至。女或归宁，福辄号啼从之，呵遣所不能止。年余女产一子，名之长怙。生问名字之义，答言：“无他，但望其长依膝下耳。”女于女红疏略，常不留意；而于亩之东南[2]，税之多寡，按籍而问，惟恐不详。久之，谓生曰：“家中事请置勿顾，待妾自为之，不知可当家否？”生如言，半载而家无废事，生亦贤之。一日，生赴邻村饮酒，适有追逋赋者，打门而谇。遣奴慰之，弗去。乃趣童召生归。隶既去，生笑曰：“细柳，今始知慧女不若痴男耶？”女闻之，俯首而哭。生惊挽而劝之，女终不乐。生不忍以家政累之，仍欲自任，女又不肯。晨兴夜寐，经纪弥勤。每先一年，即储来岁之赋，以故终岁未尝见催租者一至其门；又以此法计衣食，由此用度益纾。于是生乃大喜，尝戏之曰：“细柳何细哉：眉细、腰细、凌波细，且喜心思更细。”女对曰：“高郎诚高矣：品高、志高、文字高，但愿寿数尤高。”

村中有货美材者，女不惜重直致之。价不能足，又多方乞贷于戚里。生以其不急之物，固止之，卒弗听。蓄之年余，富室有丧者，以倍资赎诸其门。生因利而谋诸女，女不可。问其故，不语；再问之，荧荧欲涕。心异之，然不忍重拂焉，乃罢。又逾岁，生年二十有五，女禁不令远游，归稍晚，僮仆招请者，相属于道。于是同人咸戏谤之。一日生如友人饮，觉体不快而归，至中途堕马，遂卒。时方溽暑，幸衣衾皆所夙备。里中始共服细娘智。

福年十岁始学为文。父既殁，娇惰不肯读，辄亡去从牧儿遨。谯诃不改，继以夏楚③，而顽冥如故。母无奈之，因呼而谕之曰：“既不愿读，亦复何能相强？但贫家无冗人，便更若衣，使与僮仆共操作。不然，鞭挞勿悔！”于是衣以败絮，使牧豕；归则自掇陶器，与诸仆啖饭粥。数日，苦之，泣跪庭下，愿仍读。母返身向壁置不闻，不得已执鞭啜泣而出。残秋向尽，桁无衣，足无履，冷雨沾濡，缩头如丐。里人见而怜之，纳继室者皆引细娘为戒，啧有烦言。女亦稍稍闻之，而漠不为意。福不堪其苦，弃豕逃去，女亦任之，殊不追问。积数月，乞食无所，憔悴自归，不敢遽人，哀求邻媪往白母。女曰：“若能受百杖可来见，不然，早复去。”福闻之，骤人，痛哭愿受杖。母问：“今知改悔乎？”曰：“悔矣。”曰：“既知悔，无须挞楚，可安分牧豕，再犯不宥！”福大哭曰：“愿受百杖，请复读。”女不听。邻妪怂恿之，始纳焉。濯发授衣，令与弟怙同师。勤身锐虑，大异往昔，三年游泮。中丞杨公见其文而器之，月给常廪，以助灯火。

怙最钝，读数年不能记姓名。母令弃卷而农。怙游闲惮于作苦，母怒曰："四民[④]各有本业，既不能读，又不能耕，宁不沟瘠死耶？"立杖之。由是率奴辈耕作，一朝晏起，则诟骂从之；而衣服饮食，母辄以美者归兄。怙虽不敢言，而心窃不能平。农工既毕，母出资使学负贩。怙淫赌，入手丧败，诡托盗贼运数，以欺其母。母觉之，杖责濒死。福长跪哀乞，愿以身代，怒始解。自是一出门，母辄探察之。怙行稍敛，而非其心之所得已也。一日请母，将从诸贾入洛；实借远游，以快所欲，而中心惕惕，惟恐不遂所请。母闻之，殊无疑虑，即出碎金三十两为之具装；末又以铤金一枚付之，曰："此乃祖宦囊之遗，不可用去，聊以压装备急可耳。且汝初学跋涉，亦不敢望重息，只此三十金得无亏负足矣。"临又嘱之。怙诺而出，欣欣意自得。至洛，谢绝客侣，宿名娼李姬之家。凡十余夕散金渐尽，自以巨金在囊，初不意空匮在虑，及取而斫之，则伪金耳。大骇，失色。李媪见其状，冷语侵客。怙心不自安，然囊空无所向往，犹冀姬念夙好，不即绝之。俄有二人握索入，骤絷项领，惊惧不知所为。哀问其故，则姬已窃伪金去首公庭矣。至官不能置辞，梏掠几死。收狱中，又无资斧，大为狱吏所虐，乞食于囚，苟延余息。

初，怙之行也，母谓福曰："记取廿日后，当遣汝之洛。我事烦，恐忽忘之。"福不知所谓，黯然欲悲，不敢复请而退。过二十日而问之，叹曰："汝弟今日之浮荡，犹汝昔日之废学也。我不冒恶名，汝何以有今日？人皆谓我忍，但泪浮枕簟，而人不知耳！"因泣下。福侍立敬听，不敢研诘。泣已，乃曰："汝弟荡心不死，故授之伪金以挫折之，今度已在缧绁中矣。中丞待汝厚，汝往求焉，可以脱其死难，而生其愧悔也。"福立刻而发。比入洛，则弟被逮三日矣。即狱中而望之，怙奄然面目如鬼，见兄涕不可仰。福亦哭。时福为中丞所宠异，故遐迩皆知其名。邑宰知为怙兄，急释之。

怙至家，犹恐母怒，膝行而前。母顾曰："汝愿遂耶？"怙零涕不敢复作声，福亦同跪，母始叱之起。由是痛自悔，家中诸务，经理维勤；即偶惰，母亦不呵问之。凡数月，并不与言商贾，意欲自请而不敢，以意告兄。母闻而喜，并力质贷而付之，半载而息倍焉。是年福秋捷，又三年登第[5]；弟货殖累巨万矣。邑有客洛者，窥见太夫人，年四旬犹若三十许人，而衣妆朴素，类常家云。

异史氏曰：黑心符出，芦花变生，古与今如一丘之貉，良可哀也！或有避其谤者，又每矫枉过正，至坐视儿女之放纵而不一置问，其视虐遇者几何哉？独是日挞所生，而人不以为暴；施之异腹儿，则指摘从之矣。夫细柳固非独忍于前子也；然使所出贤，亦何能出此心以自白于天下？而乃不引嫌，不辞谤，卒使二子一富一贵，表表于世。此无论闺闼(tà)，当亦丈夫之铮铮者矣！

注释

①中都：古邑名，在今河南沁阳县东北。此处指京城。②亩之东南：指耕作之事。《诗·小雅·信南山》："我疆我理，南东其亩。"亩，田垄。③夏楚：鞭打。夏，楸木。楚，荆木。两者都是古代作为笞罚的刑具。④四民：士、农、工、商。⑤登第：登进士第，即考中进士。

卷八

局诈

某御史家人，偶立市间，有一人衣冠华好，近与攀谈。渐问主人姓字、官阀，家人并告之。其人自言：“王姓，贵主家之内使也。”语渐款洽，因曰：“宦途险恶，显者皆附贵戚之门，尊主人所托何人也？”答曰：“无之。”王曰：“此所谓惜小费而忘大祸者也。”家人曰：“何托而可？”王曰：“公主待人以礼，能覆翼人。某侍郎系仆阶进[①]。倘不惜千金贽，见公主当亦不难。”家人喜，问其居止。便指其门户曰：“日同巷不知耶？”家人归告侍御。侍御喜，即张盛筵，使家人往邀王。王欣然来。筵间道公主情性及起居琐事甚悉，且言：“非同巷之谊，即赐百金赏，不肯效牛马。”御史益佩戴之。临别订约，王曰：“公但备物，仆乘间言之，旦晚当有报命。”

越数日始至，骑骏马甚都，谓侍御曰：“可速治装行。公主事大烦，投谒者踵相接，自晨及夕，不得一间。今得一间，宜急往，误则相见无期矣。”侍御乃出兼金[②]重币，从之去。曲折十余里，始至公主第，下骑祇(zhī)候。王先持贽入。久之，出，宣言：“公主召某御史。”即有数人接递传呼。侍御伛偻而入，见高堂上坐丽人，姿貌如仙，服饰炳耀；侍姬皆着锦绣，罗列成行。侍御伏谒尽礼，传命赐坐檐下，金碗进茗。主略致温旨，侍御肃而退。自内传赐缎靴、貂帽。

既归，深德王，持刺谒谢，则门阖无人，疑其侍主未复。三日三诣，终不复见。使人询诸贵主之门，则高扉扃锢。访之居人，并言：“此间曾无贵主。前有数人僦屋而居，今去已三日矣。”使反命，主仆丧气而已。

副将军某，负资入都，将图握篆，苦无阶。一日有裘马者[③]谒之，自言：“内兄为天子近侍。”茶已，请间[④]云：“目下有某处将军缺，倘不吝重金，仆嘱内兄游扬圣主之前，此任可致，大力者不能夺也。”某疑其妄。其人曰：“此无须踟蹰。某不过欲抽小数于内兄，于将军锱铢(zī zhū)无所望。言定如干数，署券为信。待召见后方求实给，不效则汝金尚在，谁从怀中而攫之耶？”某乃喜，诺之。

次日复来引某去，见其内兄云：“姓田。”煊赫如侯家。某参谒，殊傲睨不甚为礼。其人持券向某曰：“适与内兄议，率非万金不可，请即署尾。”某从之。田曰：“人心叵测，事后虑有反复。”其人笑曰：“兄虑之过矣。既能予之，宁不能夺之耶？且朝中将相，有愿纳交而不可得者。将军前程方远，应不丧心[5]至此。”某亦力矢而去。其人送之，曰：“三日即复公命。”

逾两日，日方西，数人吼奔而入，曰：“圣上坐待矣！”某惊甚，疾趋入朝。见天子坐殿上，爪牙森立。某拜舞已。上命赐坐，慰问殷勤，顾左右曰：“闻某武烈非常，今见之，真将军才也！”因曰：“某处险要地，今以委卿，勿负朕意，侯封有日耳。”某拜恩出。即有前日裘马者从至客邸，依券兑付而去。于是高枕待绶，日夸荣于亲友。过数日探访之，则前缺已有人矣。大怒，忿争于兵部之堂，曰：“某承帝简，何得授之他人？”司马怪之。及述宠遇，半如梦境。司马怒，执下廷尉。始供其引见者之姓名，则朝中并无此人。又耗万金，始得革职而去。

异哉！武弁虽骙，岂朝门亦可假耶？疑其中有幻术存焉，所谓“大盗不操矛弧”者也。

嘉祥李生，善琴。偶适东郊，见工人掘土得古琴，遂以贱直得之。拭之有异光，安弦而操，清烈非常。喜极，若获拱璧，贮以锦囊，藏之密室，虽至戚不以示也。

邑丞程氏新莅任，投刺谒李。李故寡交游，以其先施故，报之。过数日又招饮，固请乃往。程为人风雅绝伦，议论潇洒，李悦焉。越日折柬酬之，欢笑益洽。从此月夕花晨，未尝不相共也。年余，偶于丞廨中，见绣囊裹琴置几上，李便展玩。程问：“亦谙此否？”李曰：“生平最好。”程讶曰：“知交非一日，绝技胡不一闻？”拨炉爇(ruò)沉香，请为小奏。李敬如教。程曰：“大高手！愿献薄技，勿笑小巫[6]也。”遂鼓《御风曲》[7]，其声泠泠，有绝世出尘之意。李更倾倒，愿师事之。自此二人以琴交，情分益笃。

年余，尽传其技。然程每诣李，李以常琴供之，未肯泄所藏也。一夕薄醉，丞曰："某新肄一曲，亦愿闻之乎？"为奏《湘妃》，幽怨若泣。李亟赞之。丞曰："所恨无良琴；若得良琴，音调益胜。"李欣然曰："仆蓄一琴，颇异凡品。今遇锺期[8]，何敢终密？"乃启椟负囊而出。程以袍袂拂尘，凭几再鼓，刚柔应节，工妙入神。李击节不置。丞曰："区区拙技，负此良琴。若得荆人一奏，当有一两声可听者。"李惊曰："公闺中亦精之耶？"丞笑曰："适此操乃传自细君者。"李曰："恨在闺阁，小生不得闻耳。"丞曰："我辈通家，原不以形迹相限。明日请携琴去，当使隔帘为君奏之。"李悦。

次日抱琴而往。丞即治具欢饮。少间将琴入，旋出即坐。俄见帘内隐隐有丽妆，顷之，香流户外。又少时弦声细作，听之，不知何曲；但觉荡心媚骨，令人魂魄飞越。曲终便来窥帘，竟二十余绝代之姝也。丞以巨白劝釂(jiào)，内复改弦为《闲情》之赋，李形神益惑。倾饮过醉，离席兴辞，索琴。丞曰："醉后防有蹉跌。明日复临，当令闺人尽其所长。"李归。次日诣之，则廨舍寂然，惟一老隶应门。问之，云："五更携眷去，不知何作，言往复可三日耳。"如期往伺之，日暮，并无音耗。吏皂皆疑，白令破扃(jiōng)而窥其室，室尽空，惟几榻犹存耳。达之上台，并不测其何故。

李丧琴，寝食俱废。不远数千里访诸其家。程故楚产，三年前，捐资受嘉祥。执其姓名，询其居里，楚中并无其人。或云："有程道士者善鼓琴，又传其有点金术[9]。三年前，忽去不复见。"疑即其人。又细审其年甲、容貌，吻合不谬。乃知道士之纳官皆为琴也。知交年余，并不言及音律；渐而出琴，渐而献技，又渐而惑以佳丽；浸渍三年，得琴而去。道士之癖，更甚于李生也。天下之骗机多端，若道士，骗中之风雅者矣。

注释

①阶进：当台阶使之进，即提供使其得到进见。②兼金：价格远高于寻常金子的精金，即好金。《孟子·公孙丑》："王馈兼企一百。"③裘马者：衣饰、坐骑华贵的人。《论语·公冶长》："子路曰：愿车马，衣轻裘，与朋友共，敝之而无憾。"④请间：请求私下交谈。间，间语，私语。《史记·信陵君列传》："公子再拜，因问，

侯生乃屏人间语。”⑤丧心：心理不正常。《左传·昭公二十五年》：“哀乐而乐哀，皆丧心也。”⑥勿笑小巫：意谓你这样的高手不要嘲笑我低劣的技艺。小巫，相对大巫而言。巫，巫师。《太平御览》：“小巫见大巫，拔茅而弃，此所以终身弗如也。”⑦《御风曲》：杜撰的乐曲。御风，乘风而行。《庄子·列御寇》：“夫列子御风而行，泠然善也。”⑧今遇锺期：意谓现在遇到知音。锺期，即锺子期，春秋时楚国人，精通音律，与善琴者伯牙相知相惜。《列子·汤问》：“伯牙鼓琴，志在高山，锺子期曰：‘峨峨兮若泰山。’志在流水，曰：‘洋洋兮若江河。’子期死，伯牙绝弦，以无知音者。”⑨点金术：古代方士之流所说的点石成金的方术。

钟生

钟庆余，辽东名士，应济南乡试。闻藩邸有道士知人休咎，心向往之。二场后至趵突泉，适相值。年六十余，须长过胸，一皤然道人也。集问灾祥者如堵，道士悉以微词授之。于众中见生，忻然握手，曰：“君心术德行，可敬也！”挽登阁上，屏人语，因问：“莫欲知将来否？”曰：“然。”曰：“子福命至薄，然今科乡举可望。但荣归后，恐不复见尊堂矣。”生至孝，闻之泣下，遂欲不试而归。道士曰：“若过此已往，一榜亦不可得矣。”生云：“母死不见，且不可复为人，贵为卿相何加焉？”道士曰：“某夙世与君有缘，今日必合尽力。”乃以一丸授之曰：“可遣人夙夜将去，服之可延七日。场毕而行，母子犹及见也。”

生藏之，匆匆而出，神志丧失。因计终天有期，早归一日，则多得一日之奉养，携仆贳驴，即刻东迈。驱里许，驴忽返奔，下之不驯，控之则蹶。生无计，躁汗如雨。仆劝止之，生不听。又贳他驴，亦如之。日已衔山，莫知为计。仆又劝曰：“明日即完场矣，何争此一朝夕乎？请即先主而行，计亦良得。”不得已，从之。次日草草竣事，立时遂发，不遑(huáng)啜息，星驰而归。则母病绵惙，下丹药，渐就痊可。人视之，就榻泫泣。母摇首止之，执手喜曰："适梦之阴司，见王者颜色和霁。谓稽尔生平，无大罪恶；今念汝子纯孝，赐寿一纪。"生亦喜。历数日，果平健如故。

未几闻捷，辞母如济。因赂内监，致意道士。道士欣然出，生便伏谒。道士曰："君既高捷，太夫人又增寿数，此皆盛德所致。道人何力焉！"生又讶其先知，因而拜问终身。道士云："君无大贵，但得耄耋(màodié)[1]足矣。君前身与我为僧侣，以石投犬，误毙一蛙，今已投生为驴。论前定数，君当横折[2]；今孝德感神，已有解星入命，固当无恙。但夫人前世为妇不贞，数应少寡。今君以德延寿，非其所偶，恐岁后瑶台倾[3]也。"生恻然良久，问继室所在。曰："在中州[4]，今十四岁矣。"临别嘱曰："倘遇危急，宜奔东南。"

后年余，妻病果死。钟舅令于西江，母遣往省，以便途过中州，将应继室之谶(chèn)。偶适一村。值临河优戏，士女甚杂。方欲整辔趋过，有一失勒牡驴，随之而行，致骡蹄趹。生回首以鞭击驴耳，驴惊大奔。时有王世子方六七岁，乳媪抱坐堤上；驴冲过，扈从皆不及防，挤堕河中。众大哗，欲执之。生纵骡绝驰[5]，顿忆道士言，极力趋东南。

约三十余里，入一山村，有叟在门，下骑揖之。叟邀入，自言"方姓"，便诘所来。生叩伏在地，具以情告，叟言："不妨。请即寄居此间，当使徼者去。"至晚得耗，始知为世子，叟大骇曰："他家可以为力。此真爱莫能助矣！"生哀不已。叟筹思曰："不可为也。请过一宵，听其缓急，倘可再谋。"生愁怖，终夜不枕。次日侦听，则已行牒讥察，收藏者弃市。叟有难色，无言而入。生疑惧，无以自安。中夜叟来，入坐便问："夫人年几何矣？"生以鳏(guān)对。叟喜曰："吾谋济矣。"问之，答云："余姊夫慕道，挂锡南山；姊又谢世。遗有孤女，从仆鞠养，亦颇慧。以奉箕帚如何？"生喜符道士之言，而又冀亲戚密迩，可以得其周谋，曰："小生诚幸矣。但远方罪人，深恐贻累丈人。"叟曰："此为君谋也。姊夫道术颇神，但久不与人事矣。合卺后，自与甥女筹之，必合有计。"生喜极，赘焉。

女十六岁，艳绝无双。生母对之欷歔。女云："妾即陋，何遂遽见嫌恶？"生谢曰："娘子仙人，相偶为幸。但有祸患，恐致乖违。"因以实告。

女怨曰："舅乃非人！此弥天之祸，不可为谋，乃不明言，而陷我于坎窞（dàn）！"生长跪曰："是小生以死命哀舅，舅慈悲而穷于术，知卿能生死人而肉白骨[6]也。某诚不足称好逑，然家门幸不辱寞。倘得再生，香花供养有日耳。"女叹曰："事已至此，夫复何辞？然父自削发招提[7]，儿女之爱已绝。无已同往哀之，恐担挫辱不浅也。"乃一夜不寐，以毡绵厚作蔽膝，各以隐着衣底。然后唤肩舆，入南山十余里。山径拗折绝险，不复可乘。下舆，女跬步甚艰，生挽臂拽扶之，竭蹶始得上达。不远，即见山门，共坐少憩。女喘汗淫淫，粉黛交下。生见之，情不可忍，曰："为某事，遂使卿罹（lí）此苦！"女愀然曰："恐此尚未是苦！"困少苏，相将入兰若，礼佛而进。曲折入禅堂，见老僧趺坐，目若瞑，一僮执拂侍之。方丈中，扫除光洁；而坐前悉布沙砾，密如星宿。女不敢择，入跪其上；生亦从诸其后。僧开目一瞻，即复合去。女参曰："久不定省[8]，今女已嫁，故偕婿来。"僧久之，启视曰："妮子大累人！"即不复言。夫妻跪良久，筋力俱殆，沙石将压入骨，痛不可支。又移时，乃言曰："将骡来未？"女答曰："未。"曰："夫妻即去，可速将来。"二人拜而起，狼狈而行。

既归，如命，不解其意，但伏听之。过数日，相传罪人已得，伏诛讫。夫妻相庆。无何，山中遣僮来，以断杖付生云："代死者，此君也。"便嘱瘗葬致祭，以解竹木之冤。生视之，断处有血痕焉。乃祝而葬之。夫妻不敢久居，星夜归辽阳。

注释

①耄耋：高寿。《礼记·曲礼》上："八十、九十曰耄。"耋，老。②横折：因为意外而过早地死去。横，意外。折，夭折。③瑶台倾：意谓妻子去世。刘禹锡《伤往赋》："宝瑟僵兮弦柱绝，瑶台倾兮镜奁空。"瑶台，用美玉所砌成的高台。④中州：古时中国共为九州，豫州在中间，故称中州。其辖境在今河南，因此河南亦称中州。⑤绝驰：飞驰，疾驰。绝，绝尘。⑥生死人而肉白骨：意谓使人起死回生。《左传·襄公二十二年》："吾见申叔夫子所谓生死而肉骨也。"⑦削发招提：指出家为僧。招提，梵语"拓斗提奢"的省称。从北魏太武帝建寺院，并取名为招提，故招提成为寺院的别称。杜甫《游龙门奉先寺》："已从招提游，更宿招提境。"⑧定省：昏定晨省，即问安探视。

梦狼

白翁，直隶人。长子甲筮仕南服[①]，三年无耗。适有瓜葛丁姓造谒，翁款之。丁素走无常。谈次，翁辄问以冥事，丁对语涉幻；翁不深信，但微哂之。

别后数日，翁方卧，见丁又来，邀与同游。从之去，入一城阙，移时，丁指一门曰："此间君家甥也。"时翁有姊子为晋令，讶曰："乌在此？"丁曰："倘不信，入便知之。"翁入，果见甥，蝉冠豸绣[②]坐堂上，戟幢行列，无人可通。丁曳之出，曰："公子衙署，去此不远，亦愿见之否？"翁诺。少间至一第，丁曰："入之。"窥其门，见一巨狼当道，大惧不敢进。丁又曰："入之。"又入一门，见堂上、堂下，坐者、卧者，皆狼也。又视墀中，白骨如山，益惧。丁乃以身翼翁而进。公子甲方自内出，见父及丁良喜。少坐，唤侍者治肴蔌。忽一巨狼，衔死人入。翁战惕而起，曰："此胡为者？"甲曰："聊充庖厨。"翁急止之。心怔忡不宁，辞欲出，而群狼阻道。进退方无所主，忽见诸狼纷然嗥避，或窜床下，或伏几底。错愕不解其故，俄有两金甲猛士怒目入，出黑索索甲。甲扑地化为虎，牙齿巉巉（chán chán），一人出利剑，欲枭其首。一人曰："且勿，且勿，此明年四月间事，不如姑敲齿去。"乃出巨锤锤齿，齿零落堕地。虎大吼，声震山岳。翁大惧，忽醒，乃知其梦。心异之，遣人招丁，丁辞不至。翁志其梦，使次子诣甲，函戒哀切。既至，见兄门齿尽脱；骇而问之，醉中坠马所折，考其时则父梦之日也。益骇。出父书。甲读之变色，间曰："此幻梦之适符耳，何足怪。"时方赂当路者，得首荐[③]，故不以妖梦为意。弟居数日，见其蠹役满堂，纳贿关说者中夜不绝，流涕谏止之。甲曰："弟日居衡茅，故不知仕途之关窍耳。黜陟（zhì）[④]之权，在上台不在百姓。上台喜，便是好官；爱百姓，何术能令上台喜也？"弟知不可劝止，遂归告父，翁闻之大哭。无可如何，惟捐家济贫，日祷于神，但求逆子之报，不累妻孥。

次年，报甲以荐举作吏部，贺者盈门；翁惟欷歔，伏枕托疾不出。未

几，闻子归途遇寇，主仆殒命。翁乃起，谓人曰："鬼神之怒，止及其身，祐我家者不可谓不厚也。"因焚香而报谢之。慰藉翁者，咸以为道路讹传，惟翁则深信不疑，刻日为之营兆。而甲固未死。先是四月间，甲解任，甫离境，即遭寇，甲倾装以献之。诸寇曰："我等来，为一邑之民泄冤愤耳，宁专为此哉！"遂决其首。又问家人："有司大成者谁是？"司故甲之腹心，助纣为虐者。家人共指之，贼亦杀之。更有蠹役四人，甲聚敛臣也，将携入都。——并搜决讫，始分资入囊，骛驰而去。

甲魂伏道旁，见一宰官过，问："杀者何人？"前驱者曰："某县白知县也。"宰官曰："此白某之子，不宜使老后见此凶惨，宜续其头。"即有一人掇头置腔上，曰："邪人不宜使正，以肩承领可也。"遂去。移时复苏。妻子往收其尸，见有余息，载之以行；从容灌之，亦受饮。但寄旅邸，贫不能归。半年许，翁始得确耗，遣次子致之而归。甲虽复生，而目能自顾其背，不复齿人数矣。翁姊子有政声，是年行取⑤为御史，悉符所梦。

异史氏曰："窃叹天下之官虎而吏狼者，比比也。即官不为虎，而吏且将为狼，况有猛于虎者耶！夫人患不能自顾其后耳；苏而使之自顾，鬼神之教微矣哉！"

邹平李进士匡九，居官颇廉明。常有富民为人罗织，门役吓之曰："官索汝二百金，宜速办；不然，败矣！"富民惧，诺备半数。役摇手不可，富民苦哀之，役曰："我无不极力，但恐不允耳。待听鞫时，汝目睹我为若白之，其允与否，亦可明我意之无他也。"少间，公按是事。役知李戒烟，近问："饮烟否？"李摇其首。役即趋下曰："适言其数，官摇首不许，汝见之耶？"富民信之，惧，许如数。役知李嗜茶，近问："饮茶否？"李颔之。役托烹茶，趋下曰："诺矣！适首肯，汝见之耶？"既而审结，富民果获免，役即收其苞苴[6]，且索谢金[7]。呜呼！官自以为廉，而骂其贪者载道焉。此又纵狼而不自知者矣。世之如此类者更多，可为居官者备一鉴也。舟中见怪之夜也。鹳从其后，若将送之。巢既倾，两雏俱堕，一生一死。僧取生者置钟楼上。少顷鹳返，仍就哺之，翼成而去。

异史氏曰：次年复至，盖不料其祸之复也；三年而巢不移，则报仇之计已决；三日不返，其去作秦庭之哭，可知矣。大鸟必羽族之剑仙也，飙然而来，一击而去，妙手空空儿何以加此？

济南有营卒，见鹳鸟过，射之，应弦而落。喙中衔鱼，将哺子也。或劝拔矢放之，卒不听。少顷带矢飞去。后往来郭间两年余，贯矢如故。一日卒坐辕门下，鹳过，矢坠地。卒拾视曰："矢固无恙耶？"耳适痒，因以矢搔耳。忽大风催门，门骤阖，触矢贯脑而死。

注释

①筮仕南服：到南方为官。《左传·闵公元年》："初，毕万筮仕于晋。"筮，用蓍草占卜。古人出外做官，先占吉凶；后因称出仕为官为"筮仕"。南服，古时按离京城的距离远近，将国家分为五等地带，称为五服，故称南方为南服。②蝉冠豸绣：此处指身穿官服。蝉冠，古时高官所戴的以貂尾蝉纹做装饰的帽子。豸绣，绣有獬豸的官服。《晋书·舆服志》："或说獬豸，神羊，能触邪佞。"官服上的獬豸图案象征着大公无私，是御史和其他司法官员的服饰。③得首荐：得到优先荐举擢升的资格。荐，荐举，指保举调京考选。明清年间每三年考察外官政绩，其优异者可擢升新职。④黜陟：指官吏的任免。陟，擢升。⑤行取：明代规定，每三年州县地方官员经上级保举，可以被调往京城，通过考核，补授科道或部属官职，称为"行取"。⑥苞苴：此处指行贿的财物。《荀子·大略》："苞苴行与？谗夫兴与！"⑦谢金：表示感谢的小费。

嫦娥

太原宗子美，从父游学[1]，流寓广陵[2]。父与红桥[3]下林妪有素。一日父子过红桥，遇之，固请过诸其家，瀹茗共话。有女在旁，殊色也。翁亟赞之，妪顾宗曰："大郎温婉如处子，福相也。若不鄙弃，便奉箕帚，如何？”翁笑，促子离席，使拜媪曰：“一言千金矣！”先是妪独居，女忽自至，告诉孤苦。问其小字，则名嫦娥。妪爱而留之，实将奇货居之也。

时宗年十四，睨女窃喜，意翁必媒定之，而翁归若忘，心灼热，隐以白母。翁笑曰：“曩(nǎng)与贪婆子戏耳。彼不知将卖黄金几何矣，此何可易言！”逾年翁媪并卒。子美不能忘情嫦娥，服将阕，托人示意林妪。妪初不承，宗忿曰：“我生平不轻折腰，何媪视之不值一钱？若负前盟，须见还也！”妪乃云：“曩或与而翁戏约，容有之。但无成言，遂都忘却。今既云云，我岂留嫁天王耶？要日日装束，实望易千金，今请半焉可乎？”宗自度难办，亦遂置之。

适有寡媪僦居西邻，有女及笄，小名颠当。偶窥之，雅丽不减嫦娥。向慕之，每以馈遗阶进；久而渐熟，往往送情以目，而欲语无间。一夕逾垣乞火，宗喜挽之，遂相燕好。约为嫁娶，辞以兄负贩未归。由此蹈隙往来，形迹周密。

一日偶经红桥，见嫦娥适在门内，疾趋过之。嫦娥望见，招之以手，宗驻足；女又招之，遂入。女以背约让宗，宗述其故。女入室，取黄金一铤付之，宗不受，辞曰：“自分永与卿绝，遂他有所约。受金而为卿谋，是负人也；受金而不为卿谋，是负卿也：诚不敢有所负。”女良久曰：“君所约，妾颇知之。其事必无成；即成之，妾不怨君之负心也。其速行，媪将至矣。”宗仓卒无以自主，受之而归。

隔夜告之颠当，颠当深然其言，但劝宗专心嫦娥。宗不语。愿下之，而宗乃悦。即遣媒纳金林妪，妪无辞，以嫦娥归宗。入门后，悉述颠当言，嫦娥微笑，阳怂恿之。宗喜，急欲一白颠当，而颠当迹久绝。嫦娥知其为己，因暂归宁，故予之间，嘱宗窃其佩囊。已而颠当果至，与商所谋，但言勿急。及解衿狎笑，胁下有紫荷囊，将便摘取。颠当变色起曰：“君与人一心，而与妾二！负心郎！请从此绝。”宗曲意挽解，不听竟去。一日过其门探察之，已另有吴客僦居其中，颠当子母迁去已久，影灭迹绝，莫可问讯。

宗自娶嫦娥，家暴富，连阁长廊，弥亘街路。嫦娥善谐谑，适见美人画卷，宗曰：“吾自谓如卿天下无两，但不曾见飞燕、杨妃耳。”女笑曰：“若欲见之，此亦何难。”乃执卷细审一过，便趋入室，对镜修妆，效飞燕舞风，又学杨妃带醉。长短肥瘦，随时变更；风情态度，对卷逼真。方作态时，有婢自外至，不复能识，惊问其僚；复向审注，恍然始笑。宗喜曰：“吾得一美人，而千古之美人，皆在床闼（tà）矣！”

一夜方熟寝，数人撬扉而入，火光射壁。女急起，惊言：“盗入！”宗初醒，即欲鸣呼。一人以白刃加颈，惧不敢喘。又一人掠嫦娥负背上，哄然而去。宗始号，家役毕集，室中珍玩，无少亡者，宗大悲，罗然失图，无复情地。告官追捕，殊无音息。

荏苒三四年，郁郁无聊，因假赴试入都。居半载，占验询察，无计不施。偶过姚巷，值一女子，垢面敝衣，罗傫如丐。停趾相之，乃颠当也。骇曰：“卿何憔悴至此？”答云：“别后南迁，老母即世，为恶人掠卖旗下，挞辱冻馁，所不忍言。”宗泣下，问：“可赎否？”曰：“难矣。耗费烦多，不能为力。”宗曰：“实告卿：年来颇称小有，惜客中资斧有限，倾装货马，所不敢辞。如所需过奢，当归家营办之。”女约明日出西城，相会丛柳下，嘱独往，勿以人从。宗曰：“诺。”次日早往，则女先在，袿（guī）衣④鲜明，大非前状。惊问之，笑曰：“曩试君心耳，幸绨袍之意犹存。请至敝庐，宜必得当以报。”北行数武，即至其家，遂出肴酒，相与谈宴。宗约与俱归，女曰：“妾多俗累，不能从。嫦娥消息，固颇闻之。”宗急询其何所，女曰：“其行踪缥缈，妾亦不能深悉。西山有老尼，一目眇，问之当自知。”遂止宿其家。

天明示以径。宗至其处，有古寺周垣尽颓，丛竹内有茅屋半间，老尼缀衲其中。

见客至，漫不为礼。宗揖之，尼始举头致问。因告姓氏，即白所求。尼曰：“八十老瞽（gǔ），与世睽绝，何处知佳人消息？”宗固求之。乃曰：“我实不知。有二三戚属，来夕相过，或小女子辈识之，未可知。汝明夕可来。”宗乃出。次日再至，则尼他出，败扉扃焉。伺之既久，更漏已催，明月高揭，徘徊无计，遥见二三女郎自外入，则嫦娥在焉。宗喜极，突起，急揽其袪。嫦娥曰：“莽郎君！吓煞妾矣！可恨颠当饶舌，乃教情欲缠人。”宗曳坐，执手款曲，历诉艰难，不觉恻楚。女曰：“实相告：妾实姮娥被谪，浮沉俗间，其限已满；托为寇劫，所以绝君望耳。尼亦王母守府者，妾初谴时，蒙其收恤，故暇时常一临存。君如释妾，当为代致颠当。”宗不听，垂首陨涕。女遥顾曰：“姊妹辈来矣。”宗方四顾，而嫦娥已杳。宗大哭失声，不欲复活，因解带自缢。恍惚觉魂已出舍，伥伥靡适。俄见嫦娥来，捉而提之，足离于地；入寺，取树上尸推挤之，唤曰：“痴郎，痴郎！嫦娥在此。”忽若梦醒。少定，女恚曰：“颠当贱婢！害妾而杀郎君，我不能恕之也！”下山赁舆而归。既命家人治装，乃返身而出西城，诣谢颠当，至则舍宇全非，愕叹而返。窃幸嫦娥不知入门，嫦娥迎笑曰：“君见颠当耶？”宗愕然不能答。女曰：“君背嫦娥，乌得颠当？请坐待之，当自至。”未几颠当果至，仓皇伏榻下。嫦娥叠指弹之，曰：“小鬼头陷人不浅！”颠当叩头，但求赊死。嫦娥曰：“推人坑中，而欲脱身天外耶？广寒十一姑不日下嫁，须绣枕百幅、履百双，可从我去，相共操作。”颠当恭白：“但求分工，按时赍送。”女不许，谓宗曰：“君若缓颊，即便放却。”颠当目宗，宗笑不语，颠当目怒之。乃乞还告家人，许之，遂去。宗问其生平，乃知其西山狐也。买舆待之。

次日果来，遂俱归。然嫦娥重来，恒持重不轻谐笑。宗强使狎戏，惟密教颠当为之。颠当慧绝，工媚。嫦娥乐独宿，每辞不当夕。一夜漏三下，犹闻颠当房中，吃吃不绝。使婢窃听之，婢还，不以告，但请夫人自往。伏窗窥之，则见颠当凝妆作己状，宗拥抱，呼以嫦娥。女哂而退。未几，颠当心暴痛，急披衣，曳宗诣嫦娥所，入门便伏。嫦娥曰：“我岂医巫厌胜[5]者？汝欲自捧心效西子耳。"颠当顿首，但言知罪。女曰："愈矣。"遂起，失笑而去。颠当私谓宗："吾能使娘子学观音[6]。"宗不信，因戏相赌。嫦娥每趺坐，眸含若瞑。颠当悄以玉瓶插柳置几上；自乃垂发合掌，侍立其侧，樱唇半启，瓠犀[7]微露，睛不少瞬。宗笑之。嫦娥开目问之，颠当曰："我学龙女[8]侍观音耳。"嫦娥笑骂之，罚使学童子拜。颠当束发，遂四面朝参之，伏地翻转，逞诸变态，左右侧折，袜能磨乎其耳。嫦娥解颐，坐而蹴之。颠当仰首，口衔凤钩[9]，微触以齿。嫦娥方嬉笑间，忽觉媚情一缕，自足趾而上直达心舍，意荡思淫，若不自主。乃急敛神，呵曰："狐奴当死！不择人而惑之耶？"颠当惧，释口投地。嫦娥又厉责之，众不解。嫦娥谓宗曰："颠当狐性不改，适间几为所愚。若非夙根深者，堕落何难！"自是见颠当，每严御之。颠当惭惧，告宗曰："妾于娘子一肢一体，无不亲爱，爱之极，不觉媚之甚。谓妾有异心，不惟不敢，亦不忍。"宗因以告嫦娥，嫦娥遇之如初。然以狎戏无节，数戒宗，宗不听；因而大小婢妇，竞相狎戏。一日，二人扶一婢效作杨妃。二人以目会意，赚婢懈骨作酣态，两手遽释，婢暴颠墀下，声如倾堵。众方大哗；近抚之，而妃子已作马嵬薨矣。众大惧，急白主人。嫦娥惊曰："祸作矣！我言如何哉！"往验之，不可救。使人告其父。父某甲，素无行，号奔而至，负尸入厅事，叫骂万端。宗闭户惴恐，莫知所措。嫦娥自出责之，曰："主郎虐婢至死，律无偿法；且邂逅暴殂，焉知其不再苏？"甲噪言："四支已冰，焉有生理！"嫦娥曰："勿哗。纵不活，自有官在。"乃入厅事抚尸，而婢已苏，抚之随手而起。嫦娥返身怒曰："婢幸不死，贼奴何得无状！可以草索絷送官府！"甲无词，长跪哀免。嫦娥曰："汝既知罪，姑免究处。但小人无赖，反复何常，留汝女终为祸胎，宜即将去。原价如干数，当速措置来。"遣人押出，俾浼二三村老，券证署尾。已，乃唤婢至前，使甲自问之："无恙乎？"答曰："无恙。"乃付之去。已，遂召诸婢，数责遍扑。又呼颠当，为之厉禁。谓宗曰："今而知为人上者，一笑颦亦不可轻。谑端开之自妾，而流弊遂不可止。凡哀者属阴，乐者属阳；阳极阴生，此循环之定数[10]。婢子之祸，是鬼神告之以渐也。荒迷不悟，则倾覆及之矣。"宗敬听之。颠当泣求拔脱。嫦娥乃掐其耳，逾刻释手，颠当怃然为间，忽若梦醒，据地自投，欢喜欲舞。由此闺阁清肃，无敢哗者。婢至其家，无疾暴死。甲以赎金莫偿，渔村老代求怜恕，许之；又以服役之情，施以材木而去。宗常患无子。嫦娥腹中忽闻儿啼，遂以刃破左胁出之，果男；无何，复有身，又破右胁而出一女。男酷类父，女酷类母，皆论昏于世家。

异史氏曰：阳极阴生，至言哉！然室有仙人，幸能极我之乐，消我之灾，长我之生，而不我之死。是乡乐，老焉可矣，而仙人顾忧之耶？天运循环之数，理固宜然；而世之长困而不亨者，又何以为解哉？昔宋人有求仙不得者，每曰："作一日仙人，而死亦无憾。"我不复能笑之也。

注释

①游学：到外地求学，《史记·陈丞相世家》："伯常耕田，纵乎使游学。" ②广陵：府名，明清为扬州府。在今江苏省扬州市。③红桥：桥名，为扬州八胜之一。吴绮《扬州鼓吹词序·红桥》："在城西北二里，朱栏数丈，远通两岸，虽彩虹卧波，丹蛟截水，不足以喻。" ④袿衣：妇女上衣。此处指袍服。⑤医巫厌胜者：治病驱邪之人。巫，巫师，借鬼神之名为人驱除祸患。厌胜，古时民间盛行的一种巫术，用诅咒或其他法术来镇服他人。⑥观音；观世音菩萨，亦称观自在菩萨。唐人为避唐太宗（李世民）讳，故称观音。观世音菩萨本为男性，唐宋之后讹传为女性，又变为妙庄玉女。⑦瓠犀：喻指漂亮整洁的牙齿。⑧龙女：神话传说中龙王的女儿。据《法华经·提婆达多品》载，娑竭罗龙王的女儿，年仅8岁就领悟佛法，有成佛之相。⑨凤钩：对嫦娥的脚的美称。钩，形容其足很小且弓弯如钩。⑩"凡哀者"四句：通过阴阳相生相克的学说，来说明乐极生悲的道理。阴、阳，是古代解释万物化生的哲学概念。《易·系辞》上："阴阳不侧之谓神。"

褚生

顺天陈孝廉，十六七岁时，尝从塾师读于僧寺，徒侣綦（qí）繁。内有褚生，自言山东人，攻苦讲求，略不暇息；且寄宿斋中，未尝一见其归。陈与最善，因诘之，答曰："仆家贫，办束金[1]不易，即不能惜寸阴[2]，而加以夜半，则我之二日，可当人三日。"陈感其言，欲携榻来与共寝。褚止之曰："且勿，且勿！我视先生，学非吾师也。阜城门有吕先生，年虽耄（mào）可师，请与俱迁之。"盖都中设帐者多以月计，月终束金完，任其留止。于是两生

同诣吕。吕，越之宿儒，落魄不能归，因授童蒙[3]，实非其志也。得两生甚喜，而褚又甚慧，过目辄了，故尤器重之。两人情好款密，昼同几，夜同榻。

月既终，褚忽假归，十余日不复至。共疑之。一日陈以故至天宁寺，遇褚廊下，劈檠淬硫，作火具焉。见陈，忸怩[4]不安，陈问："何遽废读？"褚握手请间，戚然曰："贫无以遗先生，必半月贩，始能一月读。"陈感慨良久，曰："但往读，自合极力。"命从人收其业，同归塾。戒陈勿泄，但托故以告先生。陈父固肆贾，居物致富，陈辄窃父金代褚遗师。父以亡金责陈，陈实告之。父以为痴，遂使废学。褚大惭，别师欲去。吕知其故，让之曰："子既贫，胡不早告？"乃悉以金返陈父，止褚读如故，与共饔（yōng）飧[5]，若子焉。陈虽不入馆，每邀褚过酒家饮。褚固以避嫌不往，而陈要之弥坚，往往泣下，褚不忍绝，遂与往来无间。逾二年陈父死，复求受业。吕感其诚纳之，而废学既久，较褚悬绝矣。

居半年，吕长子自越来，丐食寻父。门人辈敛金助装，褚惟洒涕依恋而已。吕临别，嘱陈师事褚。陈从之，馆褚于家。未几，入邑庠，以"遗才"应试。陈虑不能终幅，褚请代之。至期，褚偕一人来，云是表兄刘天若，嘱陈暂从去。陈方出，褚忽自后曳之，身欲踣（bó），刘急挽之而去。览眺一过，相携宿于其家。家无妇女，即馆客于内舍。

居数日，忽已中秋。刘曰："今日李皇亲园中，游人甚夥，当往一豁积闷，相便送君归。"使人荷茶鼎、酒具而往。但见水肆梅亭，喧啾不得入。过水关，则老柳之下，横一画桡，相将登舟。酒数行，苦寂。刘顾僮曰："梅花馆近有新姬，不知在家否？"僮去少时，与姬俱至，盖勾栏李遏云也。李，都中名妓，工诗善歌，陈曾与友人饮其家，故识之。相见，略道温凉。姬戚戚有忧容。刘命之歌，为歌"蒿里"。陈不悦，曰："主客即不当卿意，何至对生人歌死曲？"姬起谢，强颜欢笑，乃歌艳曲。陈喜，捉腕曰："卿向日《浣溪纱》读之数过，今并忘之。"姬吟曰："泪眼盈盈对镜台，开帘忽见小姑来，低头转侧看弓鞋。强解绿蛾开笑面，频将红袖拭香腮，小心犹恐被人猜。"陈反复数四。已而泊舟，过长廊，见壁上题咏甚多，即命笔记词其上。日已薄暮，刘曰："闱中人将出矣。"遂送陈归，入门即别去。

陈见室暗无人，俄延间褚已入门，细审之却非褚生。方疑，客遽近身而仆。家人曰："公子惫矣！"共扶拽之。转觉仆者非他，即己也。既起，见褚生在旁，惚惚若梦。屏人而研究之。褚曰："告之勿惊：我实鬼也。久当投生，所以因循于此者，高谊所不能忘，故附君体，以代捉刀；三场毕，此愿了矣。"陈复求赴春闱，曰："君先世福薄，悭吝之骨，诰赠所不堪也。"问："将何适？"曰："吕先生与仆有父子之分，系念常不能置。表兄为冥司典簿，求白地府主者，或当有说。"遂别而去。陈异之；天明访李姬，将问以泛舟之事，则姬死数日矣。又至皇亲园，见题句犹存，而淡墨依稀，若将磨灭。始悟题者为魂，作者为鬼。

至夕，褚喜而至，曰："所谋幸成，敬与君别。"遂伸两掌，命陈书褚字于上以志之。陈将置酒为饯，摇首曰："勿须。君如不忘旧好，放榜后，勿惮修阻。"陈挥涕送之。见一人伺候于门，褚方依依，其人以手按其项，随手而匾，掬入囊，负之而去。过数日，陈果捷。于是治装如越。吕妻断育几十年，五旬余忽生一子，两手握固不可开。陈至，请相见，便谓掌中当有文曰"褚"。吕不深信。儿见陈，十指自开，视之果然。惊问其故，具告之。共相欢异。陈厚贻之乃返。后吕以岁贡，廷试入都，舍于陈；则儿十三岁入泮矣。

异史氏曰：吕老教门人，而不知自教其子。呜呼！作善于人，而降祥于己，一间也哉！褚生者，未以身报师，先以魂报友，其志其行，可贯日月[6]，岂以其鬼故奇之与！

注释

①束金：犹言“束脩”。脩，脯，干肉。《论语·述而》：“自行束脩以上，吾未尝无诲焉。”后代指学生送给教师的酬金。②惜寸阴：爱惜短暂的光阴。《淮南子·原道》：“故圣人不贵尺之璧，而重寸之阴：时难得而易失也。”③童蒙：初学的幼童。蒙，愚蒙无知。④忸怩：害羞，不好意思。⑤共饔飧：共食。饔，早餐。飧，晚餐。⑥可贯日月：意谓志行高洁，可以贯穿日月。贯，穿透。

霍女

朱大兴，彰德[①]人。家富有而吝啬已甚，非儿女婚嫁，座无宾、厨无肉。然佻达喜渔色，色所在冗费不惜。每夜逾垣过村，从荡妇眠。一夜遇少妇独行，知为亡者，强胁之，引与俱归。烛之，美绝。自言“霍氏”。细致研诘，女不悦，曰：“既加收齿，何必复盘察？如恐相累，不如早去。”朱不敢问，留与寝处。顾女不能安粗粝，又厌见肉臛(huò)[②]，必燕窝[③]、鸡心[④]、鱼肚白[⑤]作羹汤，始能餍饱。朱无奈，竭力奉之。又善病，日须参汤一碗。朱初不肯。女呻吟垂绝，不得已投之，病若失，遂以为常。女衣必锦绣，数日即厌其故。如是月余，计费不资，朱渐不供。女啜泣不食，求去；朱惧，又委曲承顺之。每苦闷，辄令十数日一招优伶为戏；戏时，朱设凳帘外，抱儿坐观之。女亦无喜容，数相诮骂，朱亦不甚分解。居二年，家渐落，向女婉言求少减；女许之，用度皆损其半。久之仍不给，女亦以肉糜相安；又渐而不珍亦御矣。朱窃喜。忽一夜，启后扉亡去。朱怊怅若失，遍访之，乃知在邻村何氏家。何大姓，世胄也，豪纵好客，灯火达旦。忽有丽人，半夜入闺闼(tà)。诘之，则朱家之逃妾也。朱为人，何素藐之；又悦女美，竟纳焉。绸缪数日，益惑之，穷极奢欲，供奉一如朱。朱得耗，坐索之，何殊不为意。朱质于官。官以其姓名来历不明，置不理。朱货产行赇，乃准拘质。女谓何曰：“妾在朱家，原非采礼媒定者，胡畏之？”何喜，将与质成[⑥]。座客顾生谏曰：“收纳逋逃，已干国纪；况此女入门，日费无度，即千金之家，何能久也？”何大悟，罢讼，以女归朱。

过一二日，女又逃。有黄生者，故贫士，无偶。女叩扉入，自言所来。

黄见艳丽忽投，惊惧不知所为。黄素怀刑[⑦]，固却之，女不去。应对间，娇婉无那[⑧]。黄心动，留之，而虑其不能安贫。女早起，躬操家苦，劬劳过旧室焉。黄为人蕴藉潇洒，工于内媚，因恨相得之晚，止恐风声漏泄，为欢不久。而朱自讼后，家益贫；又度女不能安，遂置不究。女从黄数岁，亲爱甚笃。

一日忽欲归宁，要黄御送之。黄曰："向言无家，何前后之舛？"曰："曩（nǎng）漫言之。妾镇江人。昔从荡子流落江湖，遂至于此。妾家颇裕，君竭资而往，必无相亏。"黄从其言，赁舆同去。至扬州境，泊舟江际。女适凭窗，有巨商子过，惊其绝，反舟缀之，而黄不知也。女忽曰："君家甚贫，今有一疗贫之法，不知能从否？"黄诘之，女曰："妾相从数年，未能为君育男女，亦一不了事。妾虽陋，幸未老耄（mào），有能以千金相赠者，便鬻妾去，此中妻室、田庐皆备焉。此计如何？"黄失色，不知何故。女笑曰："君勿急，天下固多佳人，谁肯以千金买妾者？其戏言于外，以觇其有无。卖不卖，固自在君耳。"黄不肯。女自与榜人妇言之，妇目黄，黄漫应焉。妇去无几，返言："邻舟有商人子，愿出八百。"黄故摇首以难之。未几复来，便言如命，即请过船交兑。黄微哂，女曰："教渠姑待，我嘱黄郎，即令去。"女谓黄曰："妾日以千金之躯事君，今始知耶？"黄问："以何词遣之？"女曰："请即往署券，去不去固自在我耳。"黄不可。女逼促之，黄不得已诣焉。立刻兑付。黄令封志之，曰："遂以贫故，竟果如此，遽相割舍。倘室人必不肯从，仍以原金璧赵。"方运金至舟，女已从榜人妇从船尾登商舟，遥顾作别，并无凄恋。黄惊魂离舍，嗌不能言。俄商舟解缆，去如箭激。黄大号，欲追傍之，榜人不从，开舟南渡矣。

瞬息达镇江，运资上岸，榜人急解舟去。黄守装闷坐，无所适归，望江水之滔滔，如万镝之丛体。方掩泣间，忽闻娇声呼“黄郎”。愕然回顾，则女已在前途。喜极，负装从之，问：“卿何遽得来？”女笑曰：“再迟数刻，则君有疑心矣。”黄乃疑其非常，固诘其情。女笑曰：“妾生平于吝者则破之，于邪者则诳之也。若实与君谋，君必不肯，何处可致千金者？错囊充牣，而合浦珠还[9]，君幸足矣，穷问何为？”乃雇役荷囊，相将俱去。

至水门内，一宅南向，径入。俄而翁媪男妇，纷出相迎，皆曰：“黄郎来也！”黄入参公姥。有两少年揖坐与语，是女兄弟大郎、三郎也。筵间味无多品，玉柈四枚，方几已满。鸡蟹鹅鱼，皆脔切为个。少年以巨碗行酒，谈吐豪放。已而导入别院，俾夫妇同处。衾枕滑软，而床则以熟革代棕藤焉。日有婢媪馈致三餐，女或时竟日不出。黄独居闷苦，屡言归，女固止之。一日谓黄曰：“今为君谋：请买一人为子嗣计。然买婢媵则价奢；当伪为妾也兄者，使父与论婚，良家子不难致。”黄不可，女弗听。有张贡士之女新寡，议聘金百缗，女强为娶之。新妇小名阿美，颇婉妙。女嫂呼之；黄瑟踧不安，女殊坦坦。他日，谓黄曰：“妾将与大姊至南海一省阿姨，月余可返，请夫妇安居。”遂去。

夫妻独居一院，按时给饮食，亦甚隆备。然自入门后，曾无一人复至其室。每晨，阿美入觐媪，一两言辄退。娣姒[10]在旁，惟相视一笑。既流连久坐，亦不款曲，黄见翁亦如之。偶值诸郎聚语，黄至，既都寂然。黄疑闷莫可告语，阿美觉之，诘曰：“君既与诸郎伯仲，何以月来都如生客？”黄仓猝不能对，吃吃而言曰：“我十年于外，今始归耳。”美又细审翁姑阀阅，及妯娌里居。黄大窘，不能复隐，底里尽露。女泣曰：“妾家虽贫，无作贱媵者，无怪诸宛若[11]鄙不齿数矣！”黄惶怖莫知筹计，惟长跪一听女命。美收涕挽之，转请所处。黄曰：“仆何敢他谋，计惟孑身自去耳。”女曰：“既嫁复归，于情何忍？渠虽先从，私也；妾虽后至，公也。不如姑俟其归，问彼既出此谋，将何以置妾也？”

居数月，女竟不返。一夜闻客舍喧饮，黄潜往窥之，见二客戎装上座：

一人裹豹皮巾，凛若天神；东首一人，以虎头革作兜牟，虎口衔额，鼻耳悉具焉。惊异而返，以告阿美，竟莫测霍父子何人。夫妻疑惧，谋欲僦寓他所，又恐生其猜度。黄曰："实告卿：即南海人还，折证已定，仆亦不能家此也。今欲携卿去，又恐尊大人别有异言。不如姑别，二年中当复至。卿能待，待之；如欲他适，亦自任也。"阿美欲告父母而从之，黄不可。阿美流涕，要以信誓，乃别而归。黄入辞翁姑。时诸郎皆他出，翁挽留以待其归，黄不听而行。登舟凄然，形神丧失。至瓜州，忽回首见片帆来驶如飞；渐近，则船头按剑而坐者霍大郎也。遥谓曰："君欲遄返，胡再不谋？遗夫人去，二三年谁能相待也？"言次，舟已逼近。阿美自舟中出，大郎挽登黄舟，跳身径去。先是，阿美既归，方向父母泣诉，忽大郎将舆登门，按剑相胁，逼女风走。一家慑息，莫敢遮问。女述其状，黄不解何意，而得美良喜，开舟遂发。

至家，出资营业，颇称富有。阿美常悬念父母，欲黄一往探之；又恐以霍女来，嫡庶复有参差。居无何，张翁访至，见屋宇修整，心颇慰，谓女曰："汝出门后，遂诣霍家探问，见门户已扃，第主亦不之知，半年竟无消息。汝母日夜零涕，谓被奸人赚去，不知流离何所。今幸无恙耶？"黄实告以情，因相猜为神。

后阿美生子，取名仙赐。至十余岁，母遣诣镇江，至扬州界，休于旅舍，从者皆出。有女子来，挽儿入他室，下帘，抱诸膝上，笑问何名。儿告之。问："取名何义？"答云："不知。"女曰："归问汝父当自知。"乃为挽髻，自摘髻上花代簪之；出金钏(chuàn)[12]束腕上。又以黄金内袖，曰："将去买书读。"儿问其谁，曰："儿不知更有一母耶？归告汝父：朱大兴死无棺木，当助之，勿忘也。"老仆归舍，失少主，寻至他室，闻与人语，窥之则故主母。帘外微嗽，将有咨白。女推儿榻上，恍惚已杳。问之舍主，并无知者。

数日，自镇江归，语黄，又出所赠。黄感叹不已。及询朱，则死裁三日，露尸未葬，厚恤之。

异史氏曰：女其仙耶？三易其主不为贞。然为吝者破其悭，为淫者速其荡，女非无心者也。然破之则不必其怜之矣，贪淫鄙吝之骨，沟壑何惜焉？

注释

①彰德：旧府名，府治在今河南省安阳市。②肉臛：肉羹。③燕窝：是中国传统滋养品，是金丝燕用唾液再混合海藻等其他物质所筑成的巢穴，有补肺养阴之功效，主治虚劳咳嗽、咳血等症。④鸡心：一种海味。⑤鱼肚白：以鱼膘等物制成的白色明胶，是一种很名贵的海味。⑥质成：在公堂对质，求人评剖是非。⑦怀刑：守法。《论语·里仁》："君子怀刑。"朱熹注，"怀，思念也。怀刑，谓畏法。"⑧无那：同"婀娜"，轻盈柔美的样子。曹植《洛神赋》："华容婀娜，令我忘餐。"⑨合浦珠还：《后汉书·孟尝传》载：汉代的合浦郡盛产珍珠，先前的郡守采求无度，珍珠渐徙别地。孟尝任太守后，"革易前弊，求民病利。曾未逾岁，去珠复还。"后常以此比喻失而复得。⑩娣姒：妯娌。《尔雅·释亲》："长妇谓稚妇为娣妇，娣妇谓长妇为姒妇。"⑪宛若：原为女子名，后为妯娌的代称。《史记·孝武本纪》："神君者，长陵女子，以子死悲哀，故见神于先后宛若。"《集解》："孟康曰：'兄弟妻相谓"先后"。宛若，字也。'"⑫钏：手镯。

司文郎

平阳[①]王平子，赴试北闱，赁居报国寺。寺中有余杭生先在，王以比屋居，投刺焉，生不之答；朝夕遇之多无状。王怒其狂悖，交往遂绝。

一日，有少年游寺中，白服裙帽，望之傀然[②]。近与接谈，言语谐妙，心爱敬之。展问邦族，云："登州宋姓。"因命苍头设座，相对噱(xué)谈。余杭生适过，共起逊坐。生居然上座，更不撝(huī)挹。卒然问宋："亦入闱者耶？"答曰："非也。驽骀[③]之才，无志腾骧久矣。"又问："何省？"宋告之。生曰："竟不进取，足知高明。山左、右并无一字通者。"宋曰："北人固少通者，而不通者未必是小生；南人固多通者，然通者亦未必是足下[④]。"言已，鼓掌，王和之，因而哄堂。生惭忿，轩眉攘腕而大言曰："敢当前命题，一校文艺乎？"宋他顾而哂曰："有何不敢！"便趋寓所，出经授王。王随手一翻，指曰："'阙党童子将命[⑤]。'"生起，求笔札。宋曳之曰："口占可也。我破[⑥]已成：'于宾客往来之地，而见一无所知之人焉。'"王捧腹大笑。生怒曰："全不能文，徒事谩骂，何以为人！"王力为排难，请另命佳题。又翻曰："'殷有三仁焉[7]。'"宋立应曰："三子者不同道，其趋一也。夫一者何也？曰：仁也。君子亦仁而已矣，何必同？"生遂不作，起曰："其为人也小有才。"遂去。

王以此益重宋。邀入寓室，款言移晷[8]，尽出所作质宋。宋流览绝疾，逾刻已尽百首，曰："君亦沉深于此道者？然命笔时，无求必得之念，而尚有冀幸得之心，即此已落下乘。"遂取阅过者一一诠说。王大悦，师事之；使庖人以蔗糖作水角[9]。宋啖而甘之，曰："生平未解此味，烦异日更一作也。"从此相得甚欢。宋三五日辄一至，王必为之设水角焉。余杭生时一遇之，虽不甚倾谈，而傲睨之气顿减。一日以窗艺示宋，宋见诸友圈赞已浓，目一过，推置案头，不作一语。生疑其未阅，复请之，答已览竟。生又疑其不解，宋曰："有何难解？但不佳耳！"生曰："一览丹黄[10]，何知不佳？"宋便诵其文，如夙读者，且诵且訾[11]。生跼蹐汗流，不言而去。移时宋去，生入，坚请王作，王拒之。生强搜得，见文多圈点，笑曰："此大似水角子！"王故朴讷，觍然而已。次日宋至，王具以告。宋怒曰："我谓'南人不复反矣[12]'，伧楚何敢乃尔！必当有以报之！"王力陈轻薄之戒以劝之，宋深感佩。

既而场后以文示宋，宋颇相许。偶与涉历殿阁，见一瞽僧坐廊下，设药卖医。宋讶曰："此奇人也！最能知文，不可不一请教。"因命归寓取文。遇余杭生，遂与俱来。王呼师而参之。僧疑其问医者，便诘症候。王具白请教之意，僧笑曰："是谁多口？无目何以论文？"王请以耳代目。僧曰："三作两千余言，谁耐久听！不如焚之，我视以鼻可也。"王从之。每焚一作，僧嗅而颔之曰："君初法大家，虽未逼真，亦近似矣。我适受之以脾。"问："可中否？"曰："亦中得。"余杭生未深信，先以古大家文烧试之。僧再嗅曰："妙哉！此文我心受之矣，非归、胡何解办此！"生大骇，始焚己作。僧曰："适领一艺，未窥全豹，何忽另易一人来也？"生托言："朋友之作，止此一首；此乃小生作也。"僧嗅其余灰，咳逆数声，曰："勿再

投矣！格格而不能下，强受之以膈，再焚则作恶矣。”生惭而退。

数日榜放，生竟领荐；王下第。生与王走告僧。僧叹曰：“仆虽盲于目，而不盲于鼻；帘中人[13]并鼻盲矣。”俄余杭生至，意气发舒，曰：“盲和尚，汝亦啖人水角耶？今竟何如？”僧曰：“我所论者文耳，不谋与君论命。君试寻诸试官之文，各取一首焚之，我便知孰为尔师。”生与王并搜之，止得八九人。生曰：“如有舛错，以何为罚？”僧愤曰：“剜我盲瞳去！”生焚之，每一首，都言非是；至第六篇，忽向壁大呕，下气如雷。众皆粲然。僧拭目向生曰：“此真汝师也！初不知而骤嗅之，刺于鼻，棘于腹，膀胱所不能容，直自下部出矣！”生大怒，去，曰：“明日自见！勿悔！勿悔！”

越二三日竟不至；视之已移去矣。乃知即某门生也。宋慰王曰：“凡吾辈读书人，不当尤人，但当克己；不尤人则德益弘，能克己则学益进。当前踧(dí)落，固是数之不偶；平心而论，文亦未便登峰，其由此砥砺，天下自有不盲之人。”王肃然起敬。又闻次年再行乡试，遂不归，止而受教。宋曰：“都中薪桂米珠，勿忧资斧。舍后有窖镪(qiǎng)，可以发用。”即示之处。王谢曰：“昔窦、范贫而能廉，今某幸能自给，敢自污乎？”王一日醉眠，仆及庖人窃发之。王忽觉，闻舍后有声，窃出，则金堆地上。情见事露，并相慑伏。方诃责间，见有金爵，类多镌款，审视皆大父字讳。盖王祖曾为南部郎，入都寓此，暴病而卒，金其所遗也。王乃喜，称得金八百余两。明日告宋，且示之爵，欲与瓜分，固辞乃已。以百金往赠瞽僧，僧已去。积数月，敦习益苦。及试，宋曰：“此战不捷，始真是命矣！”俄以犯规被黜。王尚无言，宋大哭不能止，王反慰解之。宋曰：“仆为造物所忌，困顿至于终身，今又累及良友。其命也夫！其命也夫！”王曰：“万事固有数在。如先生乃无志进取，非命也。”宋拭泪曰：“久欲有言，恐相惊怪。某非生人，乃飘泊之游魂也。少负才名，不得志于场屋。佯狂至都，冀得知我者传诸著作。甲申之年，竟罹(lí)于难，岁岁飘蓬。幸相知爱，故极力为‘他山’之攻，生平未酬之愿，实欲借良朋一快之耳。今文字之厄若此，谁复能漠然哉！”王亦感泣，问：“何淹滞？”曰：“去年上帝有命，委宣圣及阎罗王核查劫鬼，上者备诸曹任用，余者即俾转轮。贱名已录，所未投到者，欲一见飞黄[14]之快耳。今请别矣！”王问：“所考何职？”曰：“梓潼府中缺一司文郎，暂令聋僮署篆，文运所以颠倒。万一幸得此秩，当使圣教昌明。”

明日，忻忻而至，曰：“愿遂矣！宣圣命作《性道论》，视之色喜，谓可司文。阎罗穆簿，欲以‘口孽’见弃。宣圣争之乃得就。某伏谢已，又呼近案下，嘱云：‘今以怜才，拔充清要；宜洗心供职，勿蹈前愆。’此可知冥中重德行更甚于文学也。君必修行未至，但积善勿懈可耳。”王曰：“果尔，余杭其德行何在？”曰：“不知。要冥司赏罚，皆无少爽。即前日瞽僧亦一鬼也，是前朝名家。以生前抛弃字纸过多，罚作瞽。彼自欲医人疾苦，以赎前愆，故托游廛(chán)肆耳。”王命置酒，宋曰：“无须。终岁之扰，尽此一刻，再为我设水角足矣。”王悲怆不食，坐令自啖。顷刻，已过三盛，捧腹曰：“此餐可饱三日，吾以志君德耳。向所食都在舍后，已成菌矣。藏作药饵，可益儿慧。”王问后会，曰：“既有官责，当引嫌也。”又问：“梓潼祠[15]中，一相酹祝，可能达否？”曰：“此都无益。九天甚远，但洁身力行，自有地司牒报，则某必与知之。”言已，作别而没。王视舍后，果生紫菌，采而藏之。旁有新土坟起，则水角宛然在焉。

王归，弥自刻厉。一夜，梦宋舆盖而至，曰：“君向以小忿误杀一婢，削去禄籍，今笃行已折除矣。然命薄不足任仕进也。”是年捷于乡，明年春闱又捷。遂不复仕。生二子，其一绝钝，啖以菌，遂大慧。后以故诣金陵，遇余杭生于旅次，极道契阔，深自降抑，然鬓毛斑矣。

异史氏曰：余杭生公然自诩，意其为文，未必尽无可观；而骄诈之意

态颜色，遂使人顷刻不可复忍。天人之厌弃已久，故鬼神皆玩弄之。脱能增修厥德，则帘内之“刺鼻棘心”者，遇之正易，何所遭之仅也。

注释

①平阳：旧府名，在今山西省临汾市。②傀然：魁伟、高大的样子。③驽骀：比喻才能平庸。驽、骀，都是劣马。④足下：旧时同辈间相称的敬词。⑤阙党童子将命：见《论语·宪问》：“阙党童子将命。或问之曰，‘益者与，’子曰：‘吾见其居于位也，见其与先生并行也。非求益者也，欲速成者也。’”阙党，阙里，孔子的住处。将命，奉命奔走。此处指宋生借题发挥，语义双关地奚落余杭生。⑥破：破题。八股文开头用两句说破题目要义，称“破题”。⑦殷有三仁焉：见《论语·微子》：“微子去之，箕子为之奴，比干谏而死。孔子曰：‘殷有三仁焉。’”意谓殷纣王残暴无道，微子去之以存宗祀，箕子佯狂为奴，比干力谏而死，所以孔子说微子、箕子和比干是三位仁人。⑧移晷：日影移动，指时间很长。晷，日影。⑨水角：水饺。⑩丹黄：旧时点校书籍所用的两种颜色，因以“丹黄”代称对文章的评点。⑪訾：诋毁，批评。⑫南人不复反矣：三国时蜀国名相诸葛亮南征孟获，七擒七纵。最后孟获心悦诚服地说：“公天威也，南人不复反矣！”此处比喻心悦诚服。⑬帘中人：指乡试之阅卷官员，如主考、房官（考官）。清代贡院体制，分为内帘官和外帘官，监临、外提调等外帘官主管事务，主考、房官、内提调等内帘官主管阅卷。⑭飞黄：原指传说中的神马，此处指科举取中。韩愈《符读书城南》：“飞黄腾踏去，不能顾蟾蜍。”⑮梓潼祠：梓潼帝君之府。梓潼帝君为道教所供奉的主宰功名禄位的神仙。相传姓张，名亚子或恶子，晋人。

吕无病

洛阳孙公子名麒（qí），娶蒋太守女，甚相得。二十夭殂，悲不自胜。离家，居山中别业。

适阴雨昼卧，室无人，忽见复室帘下，露妇人足，疑而问之。有女子褰帘入，年约十八九，衣服朴洁，而微黑多麻，类贫家女。意必村中僦屋者，呵曰：“所须宜白家人，何得轻人！”女微笑曰：“妾非村中人，祖籍山东，吕姓。父文学士[①]。妾小字无病。从父客迁，早离顾复[②]。慕公子世家名士，愿为康成文婢[③]。”孙笑曰：“卿意良佳。但仆辈杂居，实所不便，容旋里后，当舆聘之。”女次且曰：“自揣陋劣，何敢遂望敌体[④]？聊备案前驱使，当不至倒捧册卷。”孙曰：“纳婢亦须吉日。”乃指架上，使取通

书第四卷——盖试之也。女翻检得之。先自涉览，而后进之，笑曰："今日河魁⑤不曾在房。"孙意少动，留匿室中。女闲居无事，为之拂几整书，焚香拭鼎，满室光洁。孙悦之。

至夕，遣仆他宿。女俯眉承睫，殷勤臻至。命之寝，始持烛去。中夜睡醒，则床头似有卧人；以手探之知为女，捉而撼焉。女惊起，立榻下，孙曰："何不别寝，床头岂汝卧处也？"女曰："妾善惧。"孙怜之，俾施枕床内。忽闻气息之来，清如莲蕊，异之；呼与共枕，不觉心荡；渐于同衾，大悦之。念避匿非策，又恐同归招议。孙有母姨，近隔十余门，谋令遁诸其家，而后再致之。女称善，便言："阿姨，妾熟识之，无容先达，请即去。"孙送之，逾垣而去。孙母姨，寡媪也。凌晨起户，女掩入。媪诘之，答云："若甥遣问阿姨。公子欲归，路赊乏骑，留奴暂寄此耳。"媪信之，遂止焉。孙归，矫谓姨家有婢，欲相赠，遣人舁之而还，坐卧皆以从。久益嬖之，纳为妾。世家论婚皆勿许，殆有终焉之志。女知之，苦劝令娶；乃娶于许，而终嬖爱无病。许甚贤，略不争夕，无病事许益恭，以此嫡庶偕好。许举一子阿坚，无病爱抱如己出。儿甫三岁，辄离乳媪，从无病宿，许唤不去。无何许病卒，临诀，嘱孙曰："无病最爱儿，即令子之可也，即正位焉亦可也。"既葬，孙将践其言，告诸宗党，佥谓不可；女亦固辞，遂止。

邑有王天官女新寡，来求婚。孙雅不欲娶，王再请之。媒道其美，宗族仰其势，共怂恿之。孙惑焉，又娶之。色果艳；而骄已甚，衣服器用多厌嫌，辄加毁弃。孙以爱敬故，不忍有所拂。入门数月，擅宠专房，而无病至前，笑啼皆罪。时怒迁夫婿，数相闹斗。孙患苦之，以多独宿。妇又怒。孙不能堪，托故之都，逃妇难也。妇以远游咎无病。

无病鞠躬屏气，承望颜色，而妇终不快。夜使直宿床下，儿奔与俱。每唤起给使，儿辄啼，妇厌骂之。无病急呼乳媪来抱之，不去，强之益号。妇怒起，毒挞无算，始从乳媪去。儿以是病悸，不食。妇禁无病不令见之。儿终日啼，妇叱媪，使弃诸地。儿气竭声嘶，呼而求饮，妇戒勿与。日既暮，无病窥妇不在，潜饮儿。儿见之，弃水捉衿，号啕不止。妇闻之，意气汹汹而出。儿闻声辍涕，一跃遂绝。无病大哭。妇怒曰："贱婢丑态！岂以儿死胁我耶！无论孙家襁褓物；即杀王府世子，王天官女亦能任之！"无病乃抽息忍涕，请为葬具。妇不许，立命弃之。

妇去，窃抚儿，四体犹温，隐语媪曰："可速将去，少待于野，我当继至。其死也共弃之，活也共抚之。"媪曰："诺。"无病入室，携簪珥出，追及之。共视儿，已苏。二人喜，谋趋别业，往依姨。媪虑其纤步为累，无病乃先趋以俟之，疾若飘风，媪力奔始能及。约二更许，儿病危不复可前。遂斜行入村，至田叟家，倚门侍晓，叩扉借室，出簪珥易资，巫医并致，病卒不瘳(chōu)。女掩泣曰："媪好视儿，我往寻其父也。"媪方惊其谬妄，而女已杳矣，骇诧不已。

是日孙在都，方憩息床上，女悄然入。孙惊起曰："才眠已入梦耶！"女握手哽咽，顿足不能出声。久之久之，方失声而言曰："妾历千辛，与儿逃于杨——"句未终，纵声大哭，倒地而灭。孙骇绝，犹疑为梦；唤从人共视之，衣履宛然，大异不解。即刻趣装，星驰而归。既闻儿死妾遁，抚膺大悲。语侵妇，妇反唇相稽。孙忿，出白刃；婢妪遮救不得近，遥掷之。刀脊中额，额破血流，披发嗥叫而出，将以奔告其家。孙捉还，杖挞无数，衣皆若缕，伤痛不可转侧。孙命舁诸房中护养之，将待其瘥而后出之。妇兄弟闻之。怒，率多骑登门，孙亦集健仆械御之。两相叫骂，竟日始散。王未快意，讼之。孙捍卫入城，自诣质审，诉妇恶状。宰不能屈，送广文惩戒以悦王。广文朱先生，世家子，刚正不阿。廉得情。怒曰："堂上公以我为天下之龌龊(wùchuò)教官，勒索伤天害理之钱，以吮人痈痔者耶！此等乞丐相，我所不能！"竟不受命。孙公然归。王无奈之，乃示意朋好，为之调停，欲生谢过其家。孙不肯，十反不能决。妇创渐平，欲出之，又恐王氏不受，因循而安之。

妾亡子死，夙夜伤心，思得乳媪，一问其情。因忆无病言“逃于杨”，近村有杨家疃，疑其在是；往问之并无知者。或言五十里外有杨谷，遣骑诣讯，果得之。儿渐平复，相见各喜，载与俱归。儿望见父，嗷然大啼，孙亦泪下。妇闻儿尚存，盛气奔出，将致诮骂。儿方啼，开目见妇，惊投父怀，若求藏匿。抱而视之，气已绝矣。急呼之，移时始苏。孙恚曰：“不知如何酷虐，遂使吾儿至此！”乃立离婚书，送妇归。王果不受，又舁还孙。孙不得已，父子别居一院，不与妇通。乳媪乃备述无病情状，孙始悟其为鬼。感其义，葬其衣履，题碑曰“鬼妻吕无病之墓”。无何，妇产一男，交手于项而死之。孙益忿，复出妇；王又舁还之。孙乃具状控诸上台，皆以天官故置不理。后天官卒，孙控不已，乃判令大归。孙由此不复娶，纳婢焉。

妇既归，悍名噪甚，三四年无问名者。妇顿悔，而已不可复挽。有孙家旧媪，适至其家。妇优待之，对之流涕；揣其情，似念故夫。媪归告孙，孙笑置之。又年余妇母又卒，孤无所依，诸娣姒颇厌嫉之，妇益失所，日辄涕零。一贫士丧偶，兄议厚其奁妆而遣之，妇不肯。每阴托往来者致意孙，泣告以悔，孙不听。一日妇率一婢，窃驴跨之，竟奔孙。孙方自内出，迎跪阶下，泣不可止。孙欲去之，妇牵衣复跪之。孙固辞曰：“如复相聚，常无间言[6]则已耳；一朝有他，汝兄弟如虎狼，再求离逖，岂可复得！”妇曰：“妾窃奔而来，万无还理。留则留之，否则死之！且妾自二十一岁从君，二十三岁被出，诚有十分恶，宁无一分情？”乃脱一腕钏，并两足而束之，袖覆其上，曰：“此时香火之誓，君宁不忆之耶？”孙乃荧眦欲泪，使人挽扶入室；而犹疑王氏诈谖，欲得其兄弟一言为证据。妇曰：“妾私出，何颜复求兄弟？如不相信，妾藏有死具在此，请断指以自明。”遂于腰间出利刃，就床边伸左手一指断之，血溢如涌。孙大骇，急为束裹。妇容色痛变，而更不呻吟，笑曰：“妾今日黄粱之梦已醒，特借斗室为出家计，何用相猜？”孙乃使子及妾另居一所，而己朝夕往来于两间。又日求良药医指创，月余寻愈。

妇由此不茹荤酒，闭户诵佛而已。居久，见家政废弛，谓孙曰：“妾此来，本欲置他事于不问，今见如此用度，恐子孙有饿莩（piǎo）者矣。无已，再腆颜一经纪之。”乃集婢媪，按日责其绩织。家人以其自投也，慢之，窃相诮讪，妇若不闻。既而课工，惰者鞭挞不贷，众始惧之。又垂帘课主计仆，综理微密。孙乃大喜，使儿及妾皆朝见之。阿坚已九岁，妇加意温恤，朝入塾，常留甘饵以待其归，儿亦渐亲爱之。一日，儿以石投雀，妇适过，中颅而仆，逾刻不语。孙大怒，挞儿；妇苏，力止之，且喜曰：“妾昔虐儿，中心每不自释，今幸销一罪案矣。”孙益嬖（bì）爱之，妇每拒，使就妾宿。居数年，屡产屡殇，曰：“此昔日杀儿之报也。”阿坚既娶，遂以外事委儿，内事委媳。一日曰：“妾某日当死。”孙不信。妇自理葬具，至日更衣入棺而卒。颜色如生，异香满室；既殓，香始渐灭。

异史氏曰：心之所好，原不在妍媸也。毛嫱、西施，焉知非自爱之者美之乎？然不遭悍妒，其贤不彰，几令人与嗜痂者并笑矣。至锦屏之人⑦，其夙根原厚，故豁然一悟，立证菩提；若地狱道中，皆富贵而不经艰难者矣。

注释

①文学士：文学，孔门四科之一，指文章博学。此处泛指读书人。②早离顾复：指父母早亡。顾复，喻父母养育之恩，此处代指父母。③康成文婢：此处指愿为孙公子的奴婢。康成，郑玄。郑玄，东汉经学家，字康成。《世说新语·文学》：“郑玄家奴婢皆读书，尝使一婢不称旨，将挞之。方自陈说，玄怒，使人曳著泥中。须臾，复有一婢来，问曰：‘胡为乎泥中？’答曰：‘薄言往愬，逢彼之怒。’”④敌体：地位对等，无高低之分。此处指处于平等地位的妻子。《左传·庄公四年》：“纪伯姬卒。”杜预注：“内女唯诸侯夫人卒葬皆书，恩成于敌体。”⑤河魁：星命家指月中凶神。⑥间言：闲言闲语，指非议之言。《论语·先进》：“人不间于其父母昆弟之言。”⑦锦屏之人：泛指深闺女子。汤显祖《牡丹亭·惊梦》：“锦屏人忒看的这韶光贱。”此处指王氏。

崔猛

崔猛，字勿猛，建昌[①]世家子。性刚毅，幼在塾中，诸童稍有所犯，辄奋拳殴击，师屡戒不悛，名、字皆先生所赐也。至十六七，强武绝伦。又能持长竿跃登夏屋。喜雪不平，以是乡人共服之，求诉禀白者盈阶满室。崔抑强扶弱，不避怨嫌；稍逆之，石杖交加，支体为残。每盛怒，无敢劝者。惟事母孝，母至则解。母谴责备至，崔唯唯听命，出门辄忘。比邻有悍妇，日虐其姑。姑饿濒死，子窃啖之；妇知，诟厉万端，声闻四院。崔怒，逾垣而过，鼻耳唇舌尽割之，立毙。母闻大骇，呼邻子极意温恤，配以少婢，事乃寝。母愤泣不食。崔惧，跪请受杖，且告以悔，母泣不顾。崔妻周，亦与并跪。母乃杖子，而又针刺其臂，作十字纹，朱涂之，俾勿灭。崔并受之，母乃食。

母喜饭僧道，往往餍饱之。适一道士在门，崔过之。道士目之曰："郎君多凶横之气，恐难保其令终。积善之家，不宜有此。"崔新受母戒，闻之，起敬曰："某亦自知；但一见不平，苦不自禁。力改之，或可免否？"道士笑曰："姑勿问可免不可免，请先自问能改不能改。但当痛自抑，如有万分之一，我告君以解死之术。"崔生平不信厌禳[②]，笑而不言。道士曰："我固知君不信。但我所言，不类巫觋[③]，行之亦盛德；即或不效，亦无妨碍。"崔请教，乃曰："适门外一后生，宜厚结之，即犯死罪，彼亦能活之也。"呼崔出，指示其人。盖赵氏儿，名僧哥。赵，南昌人，以岁祲饥，侨寓建昌。崔由是深相结，请赵馆于其家，供给优厚。僧哥年十二，登堂拜母，约为弟昆。逾岁东作[④]，赵携家去，音问遂绝。

崔母自邻妇死，戒子益切，有赴诉者，辄摈斥之。一日崔母弟卒，从母往吊。途遇数人絷一男子，呵骂促步，加以捶扑。观者塞途，舆不得进。崔问之，识崔者竞相拥告。先是，有巨绅子某甲者豪横一乡，窥李申妻有色欲夺之，道无由。因命家人诱与博赌，贷以资而重其息，要使署妻于券，资尽复给。终夜负债数千，积半年，计子母三十余千。申不能偿，强以多人篡取其妻。申哭诸其门，某怒，拉系树上，榜笞刺剟逼立"无悔状"。崔

闻之，气涌如山，鞭马前向，意将用武。母搴（qiān）帘而呼曰：“嗟！又欲尔耶！”崔乃止。既吊而归，不语亦不食，兀坐直视，若有所嗔。妻诘之，不答。至夜，和衣卧榻上，辗转达旦，次夜复然。忽启户出，辄又还卧。如此三四，妻不敢诘，惟慑息以听之。既而迟久乃返，掩扉熟寝矣。

是夜，有人杀某甲于床上，刳腹流肠；申妻亦裸尸床下。官疑申，捕治之。横被残梏，踝骨皆见，卒无词。积年余不堪刑，诬服，论辟[5]。会崔母死，既殡，告妻曰：“杀甲者实我也，徒以有老母故不敢泄。今大事已了，奈何以一身之罪殃他人？我将赴有司死耳！”妻惊挽之，绝裾而去，自首于庭。官愕然，械送狱，释申。申不可，坚以自承。官不能决，两收之。戚属皆诮让申，申曰：“公子所为，是我欲为而不能者也。彼代我为之，而忍坐视其死乎？今日即谓公子未出也可。”执不异词，固与崔争。久之，衙门皆知其故，强出之，以崔抵罪，濒就决矣。会恤刑官[6]赵部郎，案临阅囚，至崔名，屏人而唤之。崔入，仰视堂上，僧哥也。悲喜实诉。赵徘徊良久，仍令下狱，嘱狱卒善视之。寻以自首减等，充云南军，申为服役而去，未期年援赦而归。皆赵力也。

既归，申终从不去，代为纪理生业。予之资，不受。缘橦技击之术，颇以关怀。崔厚遇之，买妇授田焉。崔由此力改前行，每抚臂上刺痕，泫然流涕，以故乡邻有事，申辄矫命排解，不相禀白。

有王监生者家豪富，四方无赖不仁之辈，出入其门。邑中殷实者，多被劫掠；或迕之，辄遣盗杀诸途。子亦淫暴。王有寡婶，父子俱烝之。妻仇氏屡沮王，王缢杀之。仇兄弟质诸官，王赇嘱，以告者坐诬。兄弟冤愤莫伸，诣崔求诉。申绝之使去。过数日，客至，适无仆，使申瀹茗。申默然出，告人曰："我与崔猛朋友耳，从徙万里，不可谓不至矣；曾无廪给，而役同厮养，所不甘也！"遂忿而去。或以告崔，崔讶其改节，而亦未之奇也。申忽讼于官，谓崔三年不给佣值。崔大异之，亲与对状，申忿相争。官不直之，责逐而去。又数日，申忽夜入王家，将其父子婶妇并杀之，粘纸于壁，自书姓名，及追捕之，则亡命无迹。王家疑崔主使，官不信。崔始悟前此之讼，盖恐杀人之累己也。关行附近州邑，追捕甚急。会闯贼犯顺，其事遂寝。及明鼎革⑦，申携家归，仍与崔善如初。

时土寇啸聚，王有从子得仁，集叔所招无赖，据山为盗，焚掠村疃(tuǎn)。一夜，倾巢而至，以报仇为名。崔适他出，申破扉始觉，越墙伏暗中。贼搜崔、李不得，掳崔妻，括财物而去。申归，止有一仆，忿极，乃断绳数十段，以短者付仆，长者自怀之。嘱仆越贼巢，登半山，以火爇绳，散挂荆棘，即反勿顾。仆应而去。申窥贼皆腰束红带，帽系红绢，遂效其装。有老牝马初生驹，贼弃诸门外。申乃缚驹跨马，衔枚而出，直至贼穴。贼据一大村，申絷马村外，逾垣入。见贼众纷纭，操戈未释。申窃问诸贼，知崔妻在王某所。俄闻传令，俾各休息，轰然嗷应。忽一人报东山有火，众贼共望之；初犹一二点，既而多类星宿。申坌息急呼东山有警。王大惊，束装率众而出。申乘间漏出其右，返身入内。见两贼守帐，绐之曰："王将军遗佩刀。"两贼竞觅。申自后斫之，一贼踣(bó)；其一回顾，申又斩之。竟负崔妻越垣而出。解马授辔，曰："娘子不知途，纵马可也。"马恋驹奔驶，申从之。出一隘口，申灼火于绳，遍悬之，乃归。

次日崔还，以为大辱，形神跳躁，欲单骑往平贼。申谏止之。集村人共谋，众恇怯莫敢应。解谕再四，得敢往二十余人，又苦无兵。适于得仁族姓家获奸细二，崔欲杀之，申不可；命二十人各持白梃，具列于前，乃割其耳而纵之。众怨曰："此等兵旅，方惧贼知，而反示之。脱其倾队而来，阖村不保矣！"申曰："吾正欲其来也。"执匿盗者诛之。遣人四出，各假弓矢火铳，又诣邑借巨炮二。日暮，率壮士至隘口，置炮当其冲；使二人匿火而伏，嘱见贼乃发。又至谷东口，伐树置崖上。已而与崔各率十余人，分岸伏之。一更向尽，遥闻马嘶，贼果大至，缳属不绝。俟尽入谷，乃推堕树木，断其归路。俄而炮发，喧腾号叫之声震动山谷。贼骤退，自相践踏；至东口，不得出，集无隙地。两岸铳矢夹攻，势如风雨，断头折足者枕藉沟中。遗二十余人，长跪乞命。乃遣人絷送以归。乘胜直抵其巢。守巢者闻风奔窜，搜其辎重而还。崔大喜，问其设火之谋。曰："设火于东，恐其西追也；短，欲其速尽，恐侦知其无人也；既而设于谷口，口甚隘，一夫可以断之，彼即追来，见火必惧：皆一时犯险之下策也。"取贼鞫之，果追入谷，见火惊退。二十余贼，尽劓刖而放之。由此威声大震，远近避乱者从之如市，得土团三百余人。各处强寇无敢犯，一方赖之以安。

异史氏曰：快牛必能破车，崔之谓哉！志意慷慨，盖鲜俪矣。然欲天下无不平之事，宁非意过其通者与？李申，一介细民，遂能济美。缘橦飞人，剪禽兽于深闺；断路夹攻，荡幺魔于隘谷。使得假五丈之旗，为国效命，乌在不南面而王哉！

注释

①建昌：旧府名，在今江西省南城县。②厌禳：古代巫术的一种，即厌祷，祈祷鬼神以为害他人，或消除灾难。禳，除殃。③巫觋：装神弄鬼、祈福消灾的人。巫，女巫。觋，男巫。④东作：春耕。《尚书·尧典》："寅宾日出，平秩东作。"⑤论辟：判处死刑。辟，大辟，斩首。⑥恤刑官：明初设恤刑官，分遣御史赴各道审理囚犯，以慎用刑罚，成化以后，成为定制。⑦及明鼎革：指清朝取代明朝。鼎、革，是《易》卦名，为更新、去故之意，代指改朝换代。

陈锡九

陈锡九，邳人[①]。父子言，邑名士。富室周某，仰其声望，订为婚姻。言累举不第，家业萧条，游学于秦，数年无信。周阴有悔心。以少女适王孝廉为继室，王聘仪丰盛，仆马甚都。以此愈憎锡九贫，坚意绝婚；问女，女不从。怒，以恶服饰遣归锡九。日不举火，周全不顾恤。

一日，使佣媪以榼(kē)[②]饷女，入门向母曰："主人使某视小姑，姑饿死否。"女恐母惭，强笑以乱其词。因出廪中肴饵，列母前。媪止之曰："无须尔！

自小姑入人家，何曾交换出一杯温凉水？吾家物，料姥姥亦无颜啖噉得。”母大恚，声色俱变。媪不服，恶语相侵。纷纭间锡九自外入，讯知大怒，撮毛批颊，挞逐出门而去。次日周来逆女，女不肯归；明日又来，增其人数，众口呶呶，如将寻斗。母强劝女去。女潸然拜母，登车而去。过数日，又使人来逼索离婚书，母强锡九与之。惟望子言归，以图别处。

周家有人自西安来，知子言已死，陈母哀愤成疾而卒。锡九哀迫中，尚望妻归；久而渺然，悲愤益切。薄田数亩，鬻治葬具。葬毕，乞食赴秦，以求父骨。至西安遍访居人，或言数年前有书生死于逆旅，葬之东郊，今冢已没。锡九无策，惟朝丐市廛，暮宿野寺，冀有知者。

会晚，经丛葬处，有数人遮道，逼索饭价。锡九曰：“我异乡人，乞食城郭，何处少人饭价？”共怒，捽之仆地，以埋儿败絮塞其口。力尽声嘶，渐就危殆。忽共惊曰：“何处官府至矣！”释手寂然。俄有车马至，便问：“卧者何人？”即有数人扶至车下。车中人曰：“是吾儿也。孽鬼何敢尔！可悉缚来，勿致漏脱。”锡九觉有人去其塞，少定细认，真其父也。大哭曰：“儿为父骨良苦。今固尚在人间耶！”父曰：“我非人，太行总管也。此来亦为吾儿。”锡九哭益哀。父慰谕之。锡九泣述岳家离婚，父曰：“无忧，今新妇亦在母所。母念儿甚，可暂一往。”遂与同车，驰如风雨。

移时至一官署，下车入重门，则母在焉。锡九痛欲绝，父止之。锡九啜泣听命。见妻在母侧，问母曰：“儿妇在此，得毋亦泉下耶？”母曰：“非也，是汝父接来，待汝归家，当便送去。”锡九曰：“儿侍父母，不愿归矣。”母曰：“辛苦跋涉而来，为父骨耳。汝不归，初志为何也？况汝孝行已达天帝，赐汝金万斤，夫妻享受正远，何言不归？”锡九垂泣。父数数促行，锡九哭失声。父怒曰：“汝不行耶！”锡九惧，收声，始询葬所。父挽之曰：“子行，我告之：去丛葬处百余步，有子母白榆是也。”挽之甚急，竟不遑别母。门外有健仆，捉马待之。既超乘，父嘱曰：“日所宿处，有少资斧，可速办装归，向岳索妇；不得妇，勿休也。”锡九诺而行。马绝驶，鸡鸣至西安。仆扶下，方将拜致父母，而人马已杳。寻至旧宿处，倚壁假寐，以待天明。坐处有拳石碍股，晓而视之，白金也。市棺赁舆，寻双榆下，得父骨而归。

合厝既毕，家徒四壁。幸里中怜其孝，共饭之。将往索妇，自度不能用武，与族兄十九往。及门，门者绝之。十九素无赖，出语秽亵。周使人劝锡九归，愿即送女去，锡九还。初，女之归也，周对之骂婿及母，女不语，但向壁零涕。陈母死，亦不使闻。得离书，掷向女曰："陈家出汝矣！"女曰："我不曾悍逆，何为出我？"欲归质其故，又禁闭之。后锡九如西安，遂造凶讣以绝女志。此信一播，遂有杜中翰来议姻，竟许之。亲迎有日，女始知，遂泣不食，以被韬面，气如游丝。周正无法，忽闻锡九至，发语不逊，意料女必死，遂舁归锡九，意将待女死以泄其愤。锡九归，而送女者已至；犹恐锡九见其病而不内，甫入门委之而去。邻里代忧，共谋舁还；锡九不听，扶置榻上，而气已绝。始大恐。正遑迫间，周子率数人持械入，门窗尽毁。锡九逃匿，苦搜之。乡人尽为不平；十九纠十余人锐身急难，周子兄弟皆被夷伤[3]，始鼠窜而去。周益怒，讼于官，捕锡九、十九等。锡九将行，以女尸嘱邻媪，忽闻榻上若息，近视之，秋波微动矣，少时已能转侧。大喜，诣官自陈。宰怒周讼诬。周惧，啖以重赂始得免。锡九归，夫妻相见，悲喜交并。

先是，女绝食奄卧，自矢必死。忽有人捉起曰："我陈家人也，速从我去，夫妻可以相见，不然无及矣！"不觉身已出门，两人扶登肩舆。顷刻至官廨，见公姑俱在，问："此何所？"母曰："不必问，容当送汝归。"一日，见锡九至，甚喜。一见遽别，心颇疑怪。公不知何事，恒数日不归。昨夕忽归，曰："我在武夷，迟归二日，难为保儿矣，可速送儿归去。"遂以舆马送女。忽见家门，遂如梦醒。女与锡九共述曩（nǎng）事，相与惊喜。从此夫妻相聚，但朝夕无以自给。锡九于村中设童蒙帐，兼自攻苦，每私语曰："父言天赐黄金，今四堵空空，岂训读[4]所能发迹耶？"

一日自塾中归，遇二人问之曰："君陈某耶？"锡九曰："然"。二人即出铁索絷（zhí）之，锡九不解其故。少间村人毕集，共诘之，始知郡盗所牵。

众怜其冤，醵钱赂役，途中得无苦。至郡见太夺，历述家世。太守愕然曰："此名士之子，温文尔雅，乌能作贼！"命脱缧绁，取盗严梏之，始供为周某贿嘱，锡九又诉翁婿反面之由，太守更怒，立刻拘提。即延锡九至署，与论世好，盖太守旧邳宰韩公之子，即子言受业门人也。赠灯火之费以百金；又以二骡代步，使不时趋郡，以课文艺。转于各上官游扬其孝，自总制⑤而下皆有馈遗。锡九乘骡而归，夫妻慰甚。

一日，妻母哭至，见女伏地不起。女骇问之，始知周已被械在狱矣。女哀哭自咎，但欲觅死。锡九不得已，诣郡为之缓颊。太守释令自赎，罚谷一百石，批赐孝子陈锡九。放归出仓粟，杂糠秕而辇运之，锡九谓女曰："尔翁以小人之心度君子矣。乌知我必受之，而琐琐杂糠覈（hé）耶？"因笑却之。锡九家虽小有，而垣墙陋蔽。一夜群盗入，仆觉大号，止窃两骡而去。后半年余，锡九夜读，闻挝门声，问之寂然。呼仆起视，则门一启，两骡跃入，乃向所亡也。直奔枥下，咻咻汗喘。烛之，各负革囊，解视则白镪满中。大异，不知其所自来。后闻是夜大盗劫周，盈装出，适防兵追急，委其捆载而去。骡认故主，径奔至家。

周自狱中归，刑创犹剧；又遭盗劫，大病而死。女夜梦父囚系而至，曰："吾生平所为，悔已无及。今受冥谴，非若翁莫能解脱，为我代求婿，致一函焉。"醒而呜泣。诘之，具以告。锡九久欲一诣太行，即日遂发。既至，备牲物酹祝之，即露宿其处，冀有所见，终夜无异，遂归。周死，母子逾贫，仰给于次婿。王孝廉考补县尹，以墨败，举家徙沈阳，益无所归。锡九时顾恤之。

异史氏曰：善莫大于孝，鬼神通之，理固宜然。使为尚德之达人也者，即终贫，犹将取之，乌论后此之必昌哉？或以膝下之娇女，付诸颁白之叟，

而扬扬曰："某贵官，吾东床也。"呜呼！宛宛婴婴[⑥]者如故，而金龟婿以谕葬归，其惨已甚矣；而况以少妇从军乎？

注释

①邳：邳州，在今江苏邳县境内。②榼：泛指盒类容器，此处指盛饭菜的食盒。③夷伤：受创伤。夷，同"痍"。④训读：讲解诵读，教学生读书。⑤总制：总督。清代总督为地方最高长官，位列巡抚之上，专辖一省、或二三省之军民要政，亦称制府、制军、制台。⑥宛宛婴婴：指少妇。宛宛，犹婉婉，柔美的样子。婴婴指少女。

卷九

于去恶

北平陶圣俞，名下士[①]。顺治间赴乡试，寓居郊郭。偶出户，见一人负笈恇儴（kuāng xiāng），似卜居未就者。略诘之，遂释负于道，相与倾语，言论有名士风。陶大说之，请与同居。客喜，携囊入，遂同栖止。客自言：“顺天人，姓于，字去恶。”以陶差长，兄之。

于性不喜游瞩，常独坐一室，而案头无书卷。陶不与谈，则默卧而已。陶疑之，搜其囊箧，则笔研之外更无长物。怪而问之，笑曰：“吾辈读书，岂临渴始掘井[②]耶？”一日就陶借书去，闭户抄甚疾，终日五十余纸，亦不见其折迭成卷。窃窥之，则每一稿脱，则烧灰吞之。愈益怪焉，诘其故，曰：“我以此代读耳。”便诵所抄书，倾刻数篇，一字无讹。陶悦，欲传其术，于以为不可。陶疑其吝，词涉诮让，于曰：“兄诚不谅我之深矣。欲不言，则此心无以自剖；骤言之，又恐惊为异怪。奈何？”陶固谓：“不妨。”于曰：“我非人，实鬼耳。今冥中以科目授官，七月十四日奉诏考帘官[③]，十五日士子入闱，月尽榜放矣。”陶问：“考帘官为何？”曰：“此上帝慎重之意，无论鸟吏鳖官[④]，皆考之。能文者以内帘用，不通者不得与焉。盖阴之有诸神，犹阳之有守令也。得志诸公，目不睹坟、典[⑤]，不过少年持敲门砖，猎取功名，门既开则弃去，再司簿书十数年即文学士，胸中尚有字耶！阳世所以陋劣幸进，而英雄失志者，惟少此一考耳。”陶深然之，由是益加敬畏。一日自外来，有忧色，叹曰：“仆生而贫贱，自谓死后可免；不谓迍邅（zhūzhān）先生[⑥]相从地下。”陶请

其故，曰："文昌奉命都罗国封王，帘官之考遂罢。数十年游神耗鬼[7]，杂入衡文，吾辈宁有望耶？"陶问："此辈皆谁何人？"曰："即言之，君亦不识。略举一二人，大概可知：乐正师旷、司库和峤[8]是也。仆自念命不可凭，文不可恃，不如休耳。"言已怏怏，遂将治任[9]。陶挽而慰之，乃止。

至中元之夕，谓陶曰："我将入闱。烦于昧爽时，持香炷于东野。三呼去恶，我便至。"乃出门去。陶沽酒烹鲜以待之。东方既白，敬如所嘱。无何，于偕一少年来。问其姓字，于曰："此方子晋，是我良友，适于场中相邂逅。闻兄盛名，深欲拜识。"同至寓，秉烛为礼。少年亭亭似玉，意度谦婉。陶甚爱之，便问："子晋佳作，当大快意。"于曰："言之可笑！闱中七则，作过半矣，细审主司姓名，裹具径出。奇人也！"陶扇炉进酒，因问："闱中何题？去恶魁解[10]否？"于曰："书艺、经论[11]各一，夫人而能之。策问[12]：'自古邪僻固多，而世风至今日，奸情丑态，愈不可名，不惟十八狱所不得尽，抑非十八狱所能容。是果何术而可？或谓宜量加一二狱，然殊失上帝好生之心。其宜增与、否与，或别有道以清其源，尔多士其悉言勿隐。'弟策虽不佳，颇为痛快。表：'拟天魔殄（tiǎn）灭，赐群臣龙马[13]天衣有差。'次则《瑶台应制诗》、《西池桃花赋》。此三种，自谓场中无两矣！"言已鼓掌。方笑曰："此时快心，放兄独步矣；数辰后，不痛哭始为男子也。"天明，方欲辞去。陶留与同寓，方不可，但期暮至。三日竟不复来，陶使于往寻之。于曰："无须。子晋拳拳，非无意者。"日既西，方果来。出一卷授陶，曰："三日失约。敬录旧艺百余作，求一品题。"陶捧读大喜，一句一赞，略尽一二首，遂藏诸笥。谈至更深，方遂留，与于共榻寝。自此为常。方无夕不至，陶亦无方不欢也。

一夕仓皇而入，向陶曰："地榜已揭，于五兄落第矣！"于方卧，闻言惊起，泫然流涕。二人极意慰藉，涕始止。然相对默默，殊不可堪。方曰："适闻大巡环张桓侯[14]将至，恐失志者之造言也；不然，文场尚有翻覆。"于闻之色喜。陶询其故，曰："桓侯翼德，三十年一巡阴曹，三十五年一巡阳世，两间之不平，待此老而一消也。"乃起，拉方俱去。两夜始返，方喜谓陶曰：“君不贺五兄耶？桓侯前夕至，裂碎地榜，榜上名字，止存三之一。遍阅遗卷，得五兄甚喜，荐作交南巡海使，旦晚舆马可到。”陶大喜，置酒称贺。酒数行，于问陶曰：“君家有闲舍否？”问：“将何为？”曰：“子晋孤无乡土，又不忍恝然于兄。弟意欲假馆相依。”陶喜曰：“如此，为幸多矣。即无多屋宇，同榻何碍。但有严君，须先关白。”于曰：“审知尊大人慈厚可依。兄场闱有日，子晋如不能待，先归何如？”陶留伴逆旅，以待同归。

次日方暮，有车马至门，接于莅任。于起，握手曰：“从此别矣。一言欲告，又恐阻锐进之志。”问：“何言？”曰：“君命淹蹇（jiǎn），生非其时。此科之分十之一；后科桓侯临世，公道初彰，十之三；三科始可望也。”陶闻欲中止。于曰：“不然，此皆天数。即明知不可，而注定之艰苦，亦要历尽耳。”又顾方曰：“勿淹滞，今朝年、月、日、时皆良，即以舆盖送君归。仆驰马自去。”方忻然拜别。陶中心迷乱，不知所嘱，但挥涕送之。见舆马分途，顷刻都散。始悔子晋北旋，未致一字，而已无及矣。

三场毕，不甚满志，奔波而归。入门问子晋，家中并无知者。因为父述之，父喜曰：“若然，则客至久矣。”先是陶翁昼卧，梦舆盖止于其门，一美少年自车中出，登堂展拜。讶问所来，答云：“大哥许假一舍，以入闱不得偕来。我先至矣。”言已，请入拜母。翁方谦却，适家媪入曰：“夫人产公子矣。”恍然而醒，大奇之。是日陶言，适与梦符，乃知儿即子晋后身也。父子各喜，名之小晋。儿初生，善夜啼，母苦之。陶曰：“倘是子晋，我见之，啼当止。”俗忌客忤，故不令陶见。母患啼不可耐，乃呼陶入。陶呜之曰：“子晋勿尔！我来矣！”儿啼正急，闻声辍止，停睇不瞬，如审顾状。陶摩顶而去。自是竟不复啼。数月后，陶不敢见之，一见则折腰索抱，走去则啼不可止。陶亦狎爱之。四岁离母，辄就兄眠；兄他出，则假寐以俟其归。兄于枕上教毛诗，诵声呢喃，夜尽四十余行。以子晋遗文授之，欣然乐读，过口成诵；试之他文不能也。八九岁眉目朗彻，宛然一子晋矣。

陶两人闱，皆不第。丁酉，文场事发，帘官多遭诛遣，贡举之途一肃，乃张巡环力也。陶下科中副车，寻贡。遂灰志前途，隐居教弟。尝语人曰："吾有此乐，翰苑不易也。"

异史氏曰：余每至张夫子庙堂，瞻其须眉，凛凛有生气。又其生平喑哑如霹雳声，矛马所至，无不大快，出人意表。世以将军好武，遂置与绛，灌伍，宁知文昌事繁，须侯固多哉！呜呼！三十五年，来何暮也！

王阮亭云："数科来关节公行，非啖(dàn)名即垄断，脱有桓侯，亦无如何矣。悲哉！"

注释

①名下士：名下之士，有盛名之士。②临渴始掘井：喻事到临头才开始做准备。《素问·四气调神大论》："夫病已成而后药之，乱已成而后治之，譬犹渴而穿井，斗而铸锥，不亦晚乎。"③帘官：明清科举考试中对乡、会试考场内的考官的统称。考试期间，贡院至公堂后的内龙门，由监临封锁，并在门外挂帘。考场内的官员根据工作性质分别住在帘内和帘外，故分为内帘官和外帘官。外帘官管理考场中的各项事务，内帘官主要职责为阅卷。④鸟吏鳖官：此处指骂官场的粗话。⑤坟、典：即"三坟五典"。《左传·昭公十二年》："是能读三坟五典八索九丘。"⑥迍邅先生：这是拟人化的说法，犹言"倒霉鬼"。迍邅，难行貌，喻时运不佳。⑦眊鬼：原指眊乱不明的鬼，此处比喻糊涂的考官。眊，眊乱不明。《汉书·景帝纪》诏："不事官职眊乱者，丞相以闻，请其罪。"师古曰："眊，不明也，读如眊同。"⑧乐正师旷、司库和峤：乐正，官名，乐官之长。师旷，春秋时晋国的乐师，天生目盲，但辨音能力很强。司库，主管钱库之官。和峤，晋人，家财万贯而贪婪吝啬，杜预说他有钱癖。此处用此二人比喻考官有眼无珠，贪财受贿。⑨治任：整理行装，准备离去。《孟子·滕文公上》："门人治任将归。"注："任，担也。"疏："担于肩者，载于车者，通谓之任。"⑩魁解：科举乡试中式第一名。魁，经魁。唐代科举制度，进士由多而贡曰解。明代科举以"五经"取士，每经各取第一名叫"经魁"，故前五名称"五经魁"或"五魁"。明清乡试亦称"解试"，乡试第一名称为"解元"。魁、解，此处作取得魁首、解元之意。⑪书艺、经论：旧时科举制度的考试内容，根据"四书"所出的八股文试题叫"书艺"；据"五经"所出的八股文试题"经论"或"经义"。⑫策问：旧时科举制度的考试内容，亦称"策论"，为结合时事时政之对策问答。⑬龙马：指骏马，宝马。《周礼·夏官·庾人》："马八尺以上为龙，七尺以上为騋，六尺以上为马。"⑭大巡环张桓侯：三国时蜀汉名将张飞。张飞，字益德，死后谥号桓侯。大巡环，作者虚拟的官名，取巡回视察之意。

凤仙

刘赤水，平乐[1]人，少颖秀，十五入郡庠。父母早亡，遂以游荡自废。家不中资，而性好修饰，衾榻皆精美。一夕被人招饮，忘灭烛而去。酒数行始忆之，急返。闻室中小语，伏窥之，见少年拥丽者眠榻上。宅临贵家废第，恒多怪异，心知其狐，亦不恐，入而叱曰："卧榻岂容鼾睡！"二人遑遽，抱衣赤身遁去。遗紫绔裤一，带上系针囊。大悦，恐其窃去，藏衾中而抱之。俄一蓬头婢自门罅入，向刘索取。刘笑要偿。婢请遗以酒，不应；赠以金，又不应。婢笑而去。旋返曰："大姑言：如赐还，当以佳偶为报。"刘问："伊谁？"曰："吾家皮姓，大姑小字八仙，共卧者胡郎也；二姑水仙，适富川[2]丁官人；三姑凤仙，较两姑尤美，自无不当意者。"刘恐失信，请坐待好音。婢去复返曰："大姑寄语官人：好事岂能猝合？适与之言，反遭诟厉；但缓时日以待之，吾家非轻诺寡信者。"刘付之。

过数日渺无信息。薄暮自外归，闭门甫坐，忽双扉自启，两人以被承女郎，手捉四角而入，曰："送新人至矣！"笑置榻上而去。近视之，酣睡未醒，酒气犹芳，赪颜醉态，倾绝人寰。喜极，为之捉足解袜，抱体缓裳。而女已微醒，开目见刘，四肢不能自主，但恨曰："八仙淫婢卖我矣！"刘狎抱之。女嫌肤冰，微笑曰："今夕何夕，见此凉人[3]！"刘曰："子兮子兮，如此凉人何！"遂相欢爱。既而曰："婢子无耻，玷人床寝，而以妾换裤耶！必小报之！"

从此无夕不至，绸缪甚殷。袖中出金钏一枚，曰："此八仙物也。"又数日，怀绣履一双来，珠嵌金绣，工巧殊绝，且嘱刘暴扬之。刘出夸示亲宾，求观者皆以资酒为贽（zhì），由此奇货居之。女夜来，作别语。怪问之，答云："姊以履故恨妾，欲携家远去，隔绝我好。"刘惧，愿还之。女云："不必，彼方以此挟妾，如还之，中其机矣。"刘问："何不独留？"曰："父母远去，一家十余口，俱托胡郎经纪，若不从去，恐长舌妇[4]造黑白也。"从此不复至。

逾二年，思念綦切。偶在途中，遇女郎骑款段马，老仆鞚之，摩肩过；

反启障纱相窥，丰姿艳艳。顷，一少年后至，曰："女子何人？似颇佳丽。"刘亟赞之。少年拱手笑曰："太过奖矣！此即山荆也。"刘惶愧谢过。少年曰："何妨。但南阳三葛，君得其龙[5]，区区者又何足道！"刘疑其言。少年曰："君不认窃眠卧榻者耶？"刘始悟为胡。叙僚婿之谊，嘲谑甚欢。少年曰："岳新归，将以省觐，可同行否？"刘喜，从入萦山。

山上故有邑人避乱之宅，女下马入。少间，数人出望，曰："刘官人亦来矣。"入门谒见翁媪。又一少年先在，靴袍炫美。翁曰："此富川丁婿。"并揖就坐。少时，酒炙纷纶，谈笑颇洽。翁曰："今日三婿并临。可称佳集。又无他人，可唤儿辈来。作一团圞（luán）之会。"俄，姊妹俱出，翁命设坐，各傍其婿。八仙见刘，惟掩口而笑；凤仙辄与嘲弄；水仙貌少亚，而沉重温克，满座倾谈，惟把酒含笑而已。于是履舄交错，兰麝熏人，饮酒乐甚。刘视床头乐具毕备，遂取玉笛，请为翁寿。翁喜，命善者各执一艺，因而合座争取，惟丁与凤仙不取。八仙曰："丁郎不谙可也，汝宁指屈不伸者？"因以拍板掷凤仙怀中，便串繁响。翁悦曰："家人之乐极矣！儿辈俱能歌舞，何不各尽所长？"八仙起，捉水仙曰："凤仙从来金玉其音，不敢相劳；我二人可歌《洛妃》一曲。"二人歌舞方已，适婢以金盘进果，都不知其何名。翁曰："此自真腊[6]携来，所谓'田婆罗'也。"因掬数枚送丁前。凤仙不悦曰："婿岂以贫富为爱憎耶？"翁微哂不言。八仙曰："阿爹以丁郎异县，故是客耳。若论长幼，岂独凤妹妹有拳大酸婿耶？"凤仙终不快，解华妆，以鼓拍授婢，唱《破窑》一折，声泪俱下；既阕，拂袖径去，一座为之不欢。八仙曰："婢子乔性犹昔。"乃追之，不知所往。

刘无颜，亦辞而归。至半途见凤仙坐路旁，呼与并坐，曰："君一丈夫，不能为床头人吐气耶？黄金屋自在书中，愿好为之。"举足云："出门匆遽，棘刺破复履矣，所赠物，在身边否？”刘出之，女取而易之。刘乞其敝者，辴然曰：“君亦大无赖矣！几见自己衾枕之物，亦要怀藏者？如相见爱，一物可以相赠。”旋出一镜付之曰：“欲见妾，当于书卷中觅之；不然，相见无期矣。”言已不见。

怊（chāo）怅而归。视镜，则凤仙背立其中，如望去人于百步之外者。因念所嘱，谢客下帷。一日见镜中人忽现正面，盈盈欲笑，益重爱之。无人时，辄以共对。月余锐志渐衰，游恒忘返。归见镜影，惨然若涕；隔日再视，则背立如初矣：始悟为己之废学也。乃闭户研读，昼夜不辍；月余则影复向外。自此验之：每有事荒废，则其容戚；数日攻苦，则其容笑。于是朝夕悬之，如对师保。如此二年，一举而捷。喜曰：“今可以对我凤仙矣！”揽镜视之，见画黛弯长，瓠犀微露，喜容可掬，宛在目前。爱极，停睇不已。忽镜中人笑曰：“‘影里情郎，画中爱宠’，今之谓矣。”惊喜四顾，则凤仙已在座右。握手问翁媪起居，曰：“妾别后不曾归家，伏处岩穴，聊与君分苦耳。”刘赴宴郡中，女请与俱；共乘而往，人对面不相窥。既而将归，阴与刘谋，伪为娶于郡也者。女既归，始出见客，经理家政。人皆惊其美，而不知其狐也。

刘属富川令门人，往谒之。遇丁，殷殷邀至其家，款礼优渥，言：“岳父母近又他徙。内人归宁，将复。当寄信往，并诣申贺。”刘初疑丁亦狐，及细审邦族，始知富川大贾子也。初，丁自别业暮归，遇水仙独步，见其美，微睨之。女请附骥以行。丁喜，载至斋，与同寝处。棂隙可入，始知为狐。女言：“郎勿见疑。妾以君诚笃，故愿托之。”丁嬖（bì）之。竟不复娶。

刘归，假贵家广宅，备客燕寝，洒扫光洁，而苦无供帐；隔夜视之，则陈设焕然矣。过数日，果有三十余人，赍旗采酒礼而至，舆马缤纷，填溢阶巷。刘揖翁及丁、胡入客舍，凤仙逆妪及两姨入内寝。八仙曰：“婢子今贵，不怨冰人矣。钏履犹存否？”女搜付之，曰：“履则犹是也，而被千人看破矣。”八仙以履击背，曰：“挞汝寄于刘郎。”乃投诸火，祝曰：“新时如花开，旧时如花谢；珍重不曾着，嫦娥来相借。”水仙亦代祝曰：

"曾经笼玉笋，着出万人称；若使姮娥见，应怜太瘦生。"凤仙拨火曰："夜夜上青天，一朝去所欢；留得纤纤影，遍与世人看。"遂以灰捻拌中，堆作十余分，望见刘来，托以赠之。但见绣履满柈(pán)，悉如故款。八仙急出，推柈堕地；地上犹有一二只存者，又伏吹之，其迹始灭。次日，丁以道远，夫妇先归。八仙贪与妹戏，翁及胡屡督促之，亭午始出，与众俱去。

初来、仪从过盛，观者如市，有两寇窥见丽人，魂魄丧失，因谋劫诸途。侦其离村，尾之而去。相隔不盈一尺，马极奔不能及。至一处，两崖夹道，舆行稍缓；追及之，持刀吼咤，人众都奔。下马启帘，则老妪坐焉。方疑误掠其母；才他顾，而兵伤右臂，顷已被缚。凝视之，崖并非崖，乃平乐城门也；舆中则李进士母，自乡中归耳。一寇后至，亦被断马足而絷(zhí)之。门丁执送太守，一讯而伏。时有大盗未获，诘之，即其人也。

明春，刘及第。凤仙以招祸，故悉辞内戚之贺。刘亦更不他娶。及为郎官，纳妾，生二子。

异史氏曰：嗟乎！冷暖之态，仙凡固无殊哉！"少不努力，老大徒伤"。惜无好胜佳人，作镜影悲笑耳。吾愿恒河沙数⑦仙人，并遣娇女婚嫁人间，则贫穷海中，少苦众生矣。

注释

①平乐：旧县名，在今广西壮族自治区。②富川：旧县名，在今广西平乐县东北。③今夕何夕，见此凉人：写男女相会喜不自禁之情。《诗·唐风·绸缪》："今夕何夕，见此良人。子兮子兮，如此良人何。"④长舌妇：爱说闲话的女人。《诗·大雅·瞻卬》："妇有长舌，维厉之阶。"笺："长舌喻多言语"。⑤南阳三葛，君得其龙：此处指刘赤水得到的是皮氏三姊妹中最美的。南阳三葛，指三国时诸葛亮、诸葛瑾、诸葛诞兄弟三人。这兄弟三人有才名，分别仕于蜀、吴、魏。《世说新语·品藻》载："于时以为：蜀得其龙，吴得其虎，魏得其狗。" 南阳，郡名，在今河南省南阳市。⑥真腊：古国名，即今柬埔寨。⑦恒河沙数：形容数量多得无法计算。

爱奴

河间徐生，设教于恩。腊初归，途遇一叟，审视曰："徐先生撤帐矣。明岁授教何所？"答曰："仍旧。"叟曰："敬业姓施。有舍甥延求明师，适托某至东疃(tuǎn)聘吕子廉，渠已受贽稷门。君如苟就①，束仪②请倍于恩。”徐以成约为辞。叟曰：“信行君子也。然去新岁尚远，敬以黄金一两为贽，暂留教之，明岁另议何如？”徐可之。叟下骑呈礼函，且曰：“敝里不遥矣。宅綦隘，饲畜为艰，请即遣仆马去，散步亦佳。”徐从之，以行李寄叟马上。

行三四里许，日既暮，始抵其宅，沤钉兽环，宛然世家。呼甥出拜，十三四岁童子也。叟曰：“妹夫蒋南川，旧为指挥使。止遗此儿，颇不钝，但娇惯耳。得先生一月善诱，当胜十年。”未几设筵，备极丰美，而行酒下食，皆以婢媪。一婢执壶侍立，年约十五六，风致韵绝，心窃动之。席既终。叟命安置床寝，始辞而去。

天未明，儿出就学。徐方起，即有婢来捧巾侍盥(guàn)，即执壶人也。日给三餐悉此婢，至夕又来扫榻。徐问：“何无僮仆？”婢笑不言，布衾径去。次夕复至。入以游语，婢笑不拒，遂与狎。因告曰：“吾家并无男子，外事则托施舅。妾名爱奴。夫人雅敬先生，恐诸婢不洁，故以妾来。今日但须缄密，恐发觉，两无颜也。”一夜共寝忘晓，为公子所遭，徐惭怍不自安。至夕婢来曰：“幸夫人重君，不然败矣！公子入告，夫人急掩其口，若恐君闻。但戒妾勿得久留斋馆而已。”言已遂去。徐甚德之。

然公子不善读，诃责之，则夫人辄为缓颊。初犹遣婢传言；渐亲出，隔户与先生语，往往零涕。顾每晚必问公子日课③。徐颇不耐，作色曰：“既从儿懒，又责儿工，此等师我不惯作！请辞。”夫人遣婢谢过，徐乃止。自入馆以来，每欲一出登眺，辄锢闭之。一日醉中快闷，呼婢问故。婢言：“无他，恐废学耳。如必欲出，但请以夜。”徐怒曰：“受人数金，便当淹禁死耶！教我夜窜何之乎？久以素食为耻，贽固犹在囊耳。”遂出金置几上，治装欲行。夫人出，脉脉不语，惟掩袂哽咽，使婢返金，启钥送之。徐觉门户逼侧；走数步，日光射入，则身自陷冢中出，四望荒凉，一古墓也。大骇。然心感其义，乃卖所赐金，封堆植树而去。

过岁复经其处，展拜而行。遥见施叟，笑致温凉，邀之殷切。心知其鬼，而欲一问夫人起居，遂相将入村，沽酒共酌。不觉日暮，叟起偿酒价，便言：“寒舍不远，舍妹亦适归宁，望移玉趾，为老夫祓除不祥④。”出村数武，又一里落，叩扉入，秉烛向客。俄，蒋夫人自内出，始审视之，盖四十许丽人也。拜谢曰：“式微之族，门户零落，先生泽及枯骨，真无计可以偿之。”言已泣下。既而呼爱奴，向徐曰：“此婢，妾所怜爱，今以相赠，聊慰客中寂寞。凡有所须，渠亦略能解意。”徐唯唯。少间兄妹俱去，婢留侍寝。鸡初鸣，叟即来促装送行；夫人亦出，嘱婢善事先生。又谓徐曰：“从此尤宜谨秘，彼此遭逢诡异，恐好事者造言也。”徐诺而别，与婢共骑。至馆独处一室，与同栖止。或客至，婢不避，人亦不之见也。偶有所欲，意一萌而婢已致之。又善巫，一挼挲而痾立愈。清明归，至墓所，婢辞而下。徐嘱代谢夫人。曰：“诺。”遂没。数日返，方拟展墓，见婢华妆坐树下，因与俱发。终岁往还，如此为常。欲携同归，执不可。岁杪辞馆归，相订后期。婢送至前坐处，指石堆曰：“此妾墓也。夫人未出阁时，便从服役，夭殂瘗此。如再过以炷香相吊，当得复会。”

别归，怀思颇苦，敬往祝之，殊无影响。乃市榇发冢，意将载骨归葬，以寄恋慕。穴开自入，则见颜色如生。肤虽未朽，衣败若灰；头上玉饰金钏都如新制。又视腰间，裹黄金数铤，卷怀之。始解袍覆尸，抱入材内，赁舆载归；停诸别第，饰以绣裳，独宿其旁，冀有灵应。忽爱奴自外入，

笑曰：“劫坟贼在此耶！”徐惊喜慰问。婢曰：“向从夫人往东昌，三日既归，则舍宇已空。频蒙相邀，所以不肯相从者，以少受夫人重恩，不忍离逖耳。今既劫我来，即速瘗葬便见厚德。”徐问：“有百年复生者，今芳体如故，何不效之？”叹曰：“此有定数。世传灵迹，半涉幻妄。要欲复起动履，亦复何难？但不能类生人，故不必也。”乃启棺入，尸即自起，亭亭可爱。探其怀，则冷若冰雪。遂将入棺复卧，徐强止之，婢曰：“妾

过蒙夫人宠，主人自异域来，得黄金数万，妾窃取之，亦不甚追问。后濒危，又无戚属，遂藏以自殉。夫人痛妾夭谢，又以宝饰入殓。身所以不朽者，不过得金宝之余气耳。若在人世，岂能久乎？必欲如此，切勿强以饮食；若使灵气一散，则游魂亦消矣。”徐乃构精舍，与共寝处。笑语一如常人；但不食不息，不见生人。年余徐饮薄醉，执残沥[5]强灌之，立刻倒地，口中血水流溢，终日而尸已变。哀悔无及，厚葬之。

异史氏曰：夫人教子，无异人世，而所以待师者何厚也！不亦贤乎！余谓艳尸不如雅鬼，乃以措大之俗莽，致灵物不享其长年，惜哉！

章丘朱生，索刚鲠(gěng)，设帐于某贡士家。每谴弟子，内辄遣婢为乞免，不听。一日，亲诣窗外，与朱关说。朱怒，执界方，大骂而出。妇惧而奔；朱追之，自后横市臀股，锵然作皮肉声。令人笑绝！

长山某，每延师，必以一年束金，合终岁之虚盈，计每日得如干数；又以师离斋、归斋之日，详记为籍，岁终，则公同按日而乘除之。马生馆其家，初见操珠盘[6]来，得故甚骇；既而暗生一术，反嗔为喜，听其复算不少校。翁大悦，坚订来岁之约。马辞以故。遂荐一生乖谬者自代。及就馆，动辄诟骂，翁无奈，悉含忍之。岁杪携珠盘至，生勃然忿极，姑听其算。翁又以途中日尽归于两，生不受，拨珠归东[7]。两争不决，操戈相向，两人破头烂额而赴公庭焉。

注释

①苟就：屈就，敬辞。②束仪：束脩。旧时亲友之间互相赠献的礼物，后专指学生向老师致送的酬金。③日课：每天按照规定所学的课业。④祓除不祥：古时在年初时为了除灾求福所举行的一种祭仪。⑤残沥：剩酒。沥，清酒。⑥珠盘：算盘。⑦东：东家，旧时塾师对主人的称呼。

小梅

蒙阴[1]王慕贞，世家子也。偶游江浙，见媪哭于途，诘之。言：“先夫止遗一子，今犯死刑，谁有能出之者？”王素慷慨，志其姓名，出橐(tuó)南中金为之斡旋[2]，竟释其罪。

其人出，闻王之救己也，茫然不解其故；访诣旅邸，感泣谢问。王曰："无他，怜汝母老耳。"其人大骇曰："母故已久，"王亦异之。抵暮媪来申谢，王咎其谬诬，媪曰："实相告：我东山老狐也。二十年前，曾与儿父有一夕之好，故不忍其鬼之馁也。"王悚然起敬，再欲诘之，已杳。

先是，王妻贤而好佛，不茹荤酒，治洁室，悬观音像，以无子，日日焚祷其中。而神又最灵，辄示梦，教人趋避，以故家中事皆取决焉。后有疾綦(qí)笃，移榻其中；又别设锦裀于内室而扃其户，若有所伺。王以为惑，而以其疾势昏瞀，不忍伤之。卧病二年，恶嚣，常屏人独寝。潜听之似与人语，启门视之又寂然。病中他无所虑，有女十四岁，惟日催治装遣嫁。既醮，呼王至榻前，执手曰："今诀矣！初病时，菩萨告我，命当速死；念不了者，幼女未嫁，因赐少药，俾延息以待。去岁，菩萨将回南海，留案前侍女小梅，为妾服役。今将死，薄命人又无所出。保儿，专所怜爱，恐娶悍怒之妇，令其子母失所。小梅姿容秀美，又温淑，即以为继室可也。"盖王有妾生一子，名保儿。王以其言荒唐，曰："卿素敬者神，今出此言，不已亵乎？"答云："小梅事我年余，相忘形骸，我已婉求之矣。"问："小梅何处？"曰："室中非耶？"方欲再诘，闭目已逝。

王夜守灵帏③，闻室中隐隐啜泣，大骇，疑为鬼。唤诸婢妾启钥视之，则二八丽者缞服在室。众以为神，共罗拜之，女敛涕扶掖。王凝注之，俯首而已。王曰："如果亡室之言非妄，请即上堂，受儿女朝谒；如其不可，仆亦不敢妄想，以取罪过。"女腼然出，竟登北堂，王使婢为设坐南向，王先拜，女亦答拜；下而长幼卑贱，以次伏叩，女庄容坐受，惟妾至则挽之。自夫人卧病，婢惰奴偷，家久替。众参已，肃肃列侍。女曰："我感夫人盛意，羁留人间，又以大事相委，汝辈宜各洗心，为主效力，从前愆(qiān)尤，悉不计校。不然，莫谓室无人也！"共视座上，真如悬观音图像，时被微风吹动。闻言悚惕，哄然并诺。女乃排拨丧务，一切井井，由是大小无敢懈者。女终日经纪内外，王将有作，亦禀白而行；然虽一夕数见，并不交一私语。

既殡，王欲申前约，不敢径告，嘱妾微示意。女曰："妾受夫人谆嘱，义不容辞；但匹配大礼，不得草草。年伯黄先生位尊德重，求使主秦晋之盟[4]，则惟命是听。"时沂水黄太仆致仕闲居，于王为父执[5]，往来最善。王即亲诣，以实告。黄奇之，即与同来。女闻，即出展拜。黄一见，惊为天人，逊谢不敢当礼；既而助妆优厚，成礼乃去。女馈遗枕履，若奉舅姑，由此交益亲。

合卺后，王终以神故，亵中带肃，时研诘菩萨起居。女笑曰："君亦太愚，焉有正直之神[6]，而下婚尘世者？"王力审所自。女曰："不必研穷，既以为神，朝夕供养，自无殃咎。"女御下常宽，非笑不语；然婢贱戏狎时，遥见之，则默默无声。女笑谕曰："岂尔辈尚以我为神耶？我何神哉！实为夫人姨妹，少相交好；姊病见思，阴使南村王媪招我来。第以日近姊夫，有男女之嫌，故托为神道，闭内室中，其实何神！"众犹不信。而日侍边傍，见其举动，不少异于常人，浮言渐息。然即顽奴钝婢，王素挞楚所不能化者，女一言无不乐于奉命。皆云："并不自知。实非畏之；但睹其貌，则心自柔，故不忍拂其意耳。"以此百废具举。数年中，田地连阡，仓廪万石矣。

又数年，妾产一女。女生一子——子生，左臂有朱点，因字小红。弥月[7]，女使王盛筵招黄。黄贺仪丰渥，但辞以耄(mào)，不能远涉；女遣两媪强邀之，黄始至。抱儿出，袒其左臂，以示命名之意。又再三问其吉凶。黄笑曰："此喜红也，可增一字，名喜红。"女大悦，更出展叩。是日，鼓乐充庭，贵戚如市。

黄留三日始去。忽门外有舆马来，逆女归宁。向十余年，并无瓜葛，共议之，而女若不闻。理妆竟，抱子于怀，要王相送，王从之。至二三十里许，寂无行人，女停舆，呼王下骑，屏人与语，曰："王郎王郎，会短离长，谓可悲否？”王惊问故，女曰：“君谓妾何人也？”答曰：“不知。”女曰：“江南拯一死罪，有之乎？”曰：“有。”曰：“哭于路者吾母也，感义而思所报。乃因夫人好佛，附为神道，实将以妾报君也。今幸生此襁褓物，此愿已慰。妾视君晦运将来，此儿在家，恐不能育，故借归宁，解儿危难。君记取家有死口时，当于晨鸡初唱，诣西河柳堤上，见有挑葵花灯来者，遮道苦求，可免灾难。”王曰：“诺。”因讯归期，女云：“不可预定。要当牢记吾言，后会亦不远也。”临别，执手怆然交涕。俄登舆，疾若风。王望之不见，始返。

经六七年，绝无音问。忽四乡瘟疫流行，死者甚众，一婢病三日死，王念曩嘱，颇以关心。是日与客饮，大醉而睡。既醒闻鸡鸣，急起至堤头，见灯光闪烁，适已过去。急追之，止隔百步许，愈追愈远，渐不可见，懊恨而返。数日暴病，寻卒。

王族多无赖，共凭陵其孤寡，田禾树木，公然伐取，家日陵替。逾岁，保儿又殇，一家更无所主。族人益横，割裂田产，厩中牛马俱空；又欲瓜分第宅。以妾居故，遂将数人来，强夺鬻之。妾恋幼女，母子环泣，惨动邻里。方危难间，俄闻门外有肩舆人，共觇，则女引小郎自车中出。四顾人纷如市，问：“此何人？”妾哭诉其由。女颜色惨变，便唤从来仆投，关门下钥。众欲抗拒，而手足若痿。女令一一收缚，系诸廊柱，日与薄粥三瓯。即遣老仆奔告黄公，然后入室哀泣。泣已，谓妾曰：“此天数也。已期前月来，适以母病耽延，遂至于今。不谓转盼间已成丘墟！”问旧时婢媪，则皆被族人掠去，又益欷歔。越日，婢仆闻女至，皆自遁归，相见无不流涕。所絷(zhí)族人，共噪儿非慕贞体胤，女亦不置辩，既而黄公至，女引儿出迎。黄握儿臂，便捋左袂，见朱记宛然，因袒示众人以证其确。乃细审失物，登簿记名，亲诣邑令。令拘无赖辈，各笞四十，械禁严追；不数日，田地马牛悉归故主。黄将归，女引儿泣拜曰：“妾非世间人，叔父所知也。今以此子委叔父矣。”黄曰：“老夫一息尚在，无不为区处[8]。”黄去，女盘查就绪，托儿于妾，乃具馔为夫祭扫，半日不返。视之，则杯馔犹陈，而人杳矣。

异史氏曰：不绝人嗣者，人亦不绝其嗣，此人也而实天也。至座有良朋，车裘可共，迨宿莽既滋，妻子陵夷，则车中人望望然去之矣。死友而不忍忘，感恩而思所报，独何人哉！狐乎！倘尔多财，吾为尔宰[9]。

注释

①蒙阴：县名，在今山东省蒙阴县。②斡旋：扭转，从中调解。③灵帏：遮隔灵床的帐幔。④秦晋之盟：春秋时秦晋两国世代通婚，后因以“秦晋”称两姓联姻之好。⑤父执：父亲的挚友。泛指父辈至交。⑥正直之神：古人认为神仙聪明正直，且始终如一。《左传·庄公三十一年》：“史嚚曰：神，聪明正直而壹者也。”⑦弥月：指婴儿出生满月之庆。⑧区处：安排料理。⑨宰：管家。

张鸿渐

张鸿渐，永平[1]人。年十八为郡名士。时卢龙令赵某贪暴，人民共苦之。有范生被杖毙，同学忿其冤，将鸣部院，求张为刀笔之词[2]，约其共事。张许之。妻方氏美而贤，闻其谋，谏曰：“大凡秀才作事，可以共胜，而不可以共败：胜则人人贪天功[3]，一败则纷然瓦解，不能成聚。今势力世界，曲直难以理定；君又孤，脱有翻覆，急难[4]者谁也！”张服其言，悔之，乃宛谢诸生，但为创词而去。

质审一过，无所可否。赵以巨金纳大僚，诸生坐结党被收，又追捉刀人[5]。张惧亡去，至凤翔界，资斧断绝。日既暮，踟躇旷野，无所归宿。欻睹小村，趋之。老妪方出阖(hé)扉，见生，问所欲为。张以实告，妪曰：“饮食床榻，此都细事；但家无男子，不便留客。”张曰：“仆亦不敢过望，但容寄宿门内，得避虎狼足矣。”妪乃令入，闭门，授以草荐，嘱曰：“我怜客无归，私容止宿，未明宜早去，恐吾家小娘子闻知，将便怪罪。”

妪去，张倚壁假寐。忽有笼灯晃耀，见妪导一女郎出。张急避暗处，微窥之，二十许丽人也。及门见草荐，诘妪。妪实告之，女怒曰：“一门细弱，何得容纳罪人！”即问：“其人焉往？”张惧出伏阶下。女审诘邦族，色稍霁，曰：“幸是风雅士，不妨相留。然老奴竟不关白，此等草草，岂所以待君子。”命妪引客入舍。俄顷罗酒浆，品物精洁；既而设锦裀于榻。张甚德之。因私询其姓氏。妪曰：“吾家施氏，太翁夫人俱谢世，止遗三女。适所见长姑舜华也。”妪去。张视几上有《南华经注》，因取就枕上伏榻翻阅，忽舜华推扉入。张释卷，搜觅冠履。女即榻捺坐曰：“无须，无须！”因近榻坐，腆然曰：“妾以君风流才士，欲以门户相托，遂犯瓜李之嫌[6]。得不相遐弃否？”张皇然不知所对，但云：“不相诳，小生家中固有妻耳。”女笑曰：“此亦见君诚笃，顾亦不妨。既不嫌憎，明日当烦媒妁。”言已欲去。张探身挽之，女亦遂留。未曙即起，以金赠张曰：“君持作临眺之资；向暮宜晚来。恐旁人所窥。”张如其言，早出晏归，半年以为常。

一日归颇早，至其处，村舍全无，不胜惊怪。方徘徊间，闻妪云：“来何早也！”一转盼间，则院落如故，身固已在室中矣，益异之。舜华自内出，笑曰：“君疑妾耶？实对君言：妾，狐仙也，与君固有夙缘。如必见怪，请即别。”张恋其美，亦安之。夜谓女曰：“卿既仙人，当千里一息耳。小生离家三年，念妻孥不去心，能携我一归乎？”女似不悦，曰：“琴瑟之情，妾自分于君为笃；君守此念彼，是相对绸缪者皆妄也！”张谢曰：“卿何出此言。谚云：‘一日夫妻，百日恩义。’后日归念卿时，亦犹今日之念彼也。设得新忘故，卿何取焉？”女乃笑曰：“妾有褊心，于妾愿君之不忘，于人愿君之忘之也。然欲暂归，此复何难：君家咫尺耳。”遂把袂出门，见道路昏暗，张逡巡不前。女曳之走，无几时，曰：“至矣。君归，妾且去。”张停足细认，果见家门。逾垝（guǐ）垣入，见室中灯火犹荧，近以两指弹扉，内问为谁，张具道所来。内秉烛启关，真方氏也。两相惊喜。握手入帷。见儿卧床上，慨然曰：“我去时儿才及膝，今身长如许矣！”夫妇依倚，恍如梦寐。张历述所遭。问及讼狱，始知诸生有瘐死者，有远徙者，益服妻之远见。方纵体入怀，曰：

“君有佳偶，想不复念孤衾中有零涕人矣！”张曰：“不念，胡以来也？我与彼虽云情好，终非同类；独其恩义难忘耳。”方曰：“君以我何人也？”张审视竟非方氏，乃舜华也。以手探儿，一竹夫人[7]耳。大惭无语。女曰：“君心可知矣！分当自此绝矣，犹幸未忘恩义，差足自赎。”

过二三日，忽曰：“妾思痴情恋人，终无意味。君日怨我不相送，今适欲至都，便道可以同去。”乃向床头取竹夫人共跨之，令闭两眸，觉离地不远，风声飕飕。移时寻落，女曰：“从此别矣。”方将订嘱，女去已渺。怅立少时，闻村犬鸣吠，苍茫中见树木屋庐，皆故里景物，循途而归。逾垣叩户，宛若前状。方氏惊起，不信夫归；诘证确实，始挑灯呜咽而出。既相见，涕不可仰。张犹疑舜华之幻弄也；又见床卧一儿如昨夕，因笑曰：“竹夫人又携入耶？”方氏不解，变色曰：“妾望君如岁，枕上啼痕固在也。甫能相见，全无悲恋之情，何以为心矣！”张察其情真，始执臂欷歔，具言其详。问讼案所结，并如舜华言。方相感慨，闻门外有履声，问之不应。盖里中有恶少甲，久窥方艳，是夜自别村归，遥见一人逾垣去，谓必赴淫约者，尾之入。甲故不甚识张，但伏听之。及方氏亟问，乃曰：“室中何人也？”方讳言：“无之。”甲言：“窃听已久，敬将以执奸也。”方不得已以实告，甲曰：“张鸿渐大案未消，即使归家，亦当缚送官府。”方苦哀之，甲词益狎逼。张忿火中烧，把刀直出，剁甲中颅。甲踣犹号，又连剁之，遂死。方曰：“事已至此，罪益加重。君速逃，妾请任其辜。”张曰：“丈夫死则死耳，焉肯辱妻累子以求活耶！卿无顾虑，但令此子勿断书香[8]，目即瞑矣。”

天明，赴县自首。赵以钦案中人，姑薄惩之。寻由郡解都，械禁颇苦。途中遇女子跨马过，一老妪捉鞚，盖舜华也。张呼妪欲语，泪随声堕。女返辔，手启障纱，讶曰：“表兄也，何至此？”张略述之。女曰：“依兄平昔，便当掉头不顾，然予不忍也。寒舍不远，即邀公役同临，亦可少助资斧。”从去二三里，见一山村，楼阁高整。女下马入，令妪启舍延客。既而酒炙丰美，似所夙备。又使妪出曰：“家中适无男子，张官人即向公役多劝数觞，前途倚赖多矣。遣人措办数十金为官人作费，兼酬两客，尚未至也。”二役窃喜，纵饮，不复言行。日渐暮，二役径醉矣。女出以手指械，械立脱。曳张共跨一马，驶如龙。少时促下，曰：“君止此。妾与妹有青海之约，又为君逗留一晌，久劳盼注矣。”张问：“后会何时？”女不答，再问之，推堕马下而去。

既晓问其地，太原也。遂至郡，赁屋授徒焉。托名宫子迁。居十年，访知捕亡寝息，乃复逡巡东向。既近里门，不敢遽入，俟夜深而后入。及门，则墙垣高固，不复可越，只得以鞭挝门。久之妻始出问，张低语之。喜极纳入，作呵叱声，曰：“都中少用度，即当早归，何得遣汝半夜来？”入室，各道情事，始知二役逃亡未返。言次，帘外一少妇频来，张问伊谁，曰：“儿妇耳。”问：“儿安在？”曰：“赴郡大比未归。”张涕下曰：“流离数年，儿已成立，不谓能继书香，卿心血殆尽矣！”话未已，子妇已温酒炊饭，罗列满几。张喜慰过望。居数日，隐匿屋榻，惟恐人知。一夜，方卧，忽闻人语腾沸，捶门甚厉。大惧，并起。闻人言曰：“有后门否？”益惧，急以门扇代梯，送张夜度垣而出，然后诣门问故，乃报新贵者也。方大喜，深悔张遁，不可追挽。

张是夜越莽穿榛，急不择途，及明困殆已极。初念本欲向西，问之途人，则去京都通衢（qú）不远矣。遂入乡村，意将质衣而食。见一高门，有报条粘壁上，近视知为许姓，新孝廉也。顷之，一翁自内出，张迎揖而告以情。翁见仪容都雅，知非赚食者，延入相款。因诘所往，张托言：“设帐都门，归途遇寇。”翁留诲其少子。张略问官阀，乃京堂林下者；孝廉其犹子也。月余，孝廉偕一同榜归，云是永平张姓，十八九少年也。张以乡谱俱同，暗中疑是其子；然邑中此姓良多，姑默之。至晚解装，出“齿录[9]”，急借披读，真子也。不觉泪下。共惊问之，乃指名曰：“张鸿渐，即我是也。”备言其由。张孝廉抱父大哭。许叔侄慰劝，始收悲以喜。许即以金帛函字，致告宪台，父子乃同归。

方自闻报，日以张在亡为悲；忽白孝廉归，感伤益痛。少时父子并入，骇如天降，询知其故，始共悲喜。甲父见其子贵，祸心不敢复萌。张益厚遇之，又历述当年情状，甲父感愧，遂相交好。

注释

①永平：旧府名，在今河北省卢龙县。②为刀笔之词：写讼状。刀笔，古时称主办文案的官吏为刀笔吏；后世也用以称讼师。③贪天功：喻指将他人的功劳占为己有。《左传·僖公二十四年》："窃人之财，犹谓之盗；而况贪天之功以为己力乎？"④急难：急人之难。此处指兄弟相助。《诗·小雅·常棣》："兄弟急难。"⑤捉刀人：《世说新语·容止》："魏武将见匈奴使，自以形陋不足雄远国，使崔令洼代，帝自捉刀立床头。"捉刀，握刀，后人用以称代人作文者。⑥瓜李之嫌：此谓私下相会，处身嫌疑。古乐府《君子行》："君子防未然，不处嫌疑间，瓜田不纳履，李下不整冠。"⑦竹夫人：夏天时放在床上的取凉用具，竹制，圆柱形，中空，周围有孔洞，可以通风。⑧勿断书香：意谓子承父业，读书上进。书香，此处指读书的家风。⑨齿录：也称"同年录"。科举考试取中者同年序齿，年长者居前，年少者居后，姓名为纲，附载姓名、生辰、籍贯、中试名次等。

折狱

邑之西崖庄，有贾某被人杀于途，隔夜其妻亦自经死。贾弟鸣于官，时浙江费公祎祉①令淄(zī)，亲诣验之。见布袱裹银五钱余，尚在腰中，知非为财也者。拘两村邻保②审质一过，殊少端绪，并未搒掠，释散归农，但命地约细察，十日一关白而已，逾半年事渐懈。贾弟怨公仁柔，上堂屡聒(guō)。公怒曰："汝既不能指名，欲我以桎梏加良民耶！"呵逐而出。贾弟无所伸诉，愤葬兄嫂。

一日以逋赋故逮数人至，内一人周成惧责，上言钱粮措办已足，即于腰中出银袱，禀公验视。验已，便问："汝家何里？"答云："某村。"又问："去西崖几里？"答云："五六里。""去年被杀贾某，系汝何人？"答曰："不识其人。"公勃然曰："汝杀之，尚云不识耶！"周力辩不听，严梏之，果伏其罪。先是，贾妻王氏，将诣姻家，惭无钗饰，聒夫使假于邻。夫不肯；妻自假之，颇甚珍重。归途卸而裹诸袱，内袖中；既至家，探之已亡。不敢告夫，又无力偿邻，懊恼欲死。是日周适拾之，知为贾妻所遗，窥贾他出，半夜逾垣，将执以求合。时溽暑，王氏卧庭中，周潜就淫之。王氏觉大号。周急止之，留袝纳钗。事已，妇嘱曰："后勿来，吾家男子恶，犯恐俱死！"周怒曰："我挟勾栏数宿之资，宁一度可偿耶？"妇慰之曰："我非不愿相交，渠常善病，不如从容以待其死。"周乃去，于是杀贾，夜诣妇曰："今某已被人杀，请如所约。"妇闻大哭，周惧而逃，天明则妇死矣。

公廉得情，以周抵罪。共服其神，而不知所以能察之故。公曰："事无难辨，要在随处留心耳。初验尸时，见银袝刺万字文，周袝亦然，是出一手也。及诘之，又云无旧，词貌诡变，是以确知其真凶也。"

异史氏曰：世之折狱者，非悠悠置之[③]，则缧系数十人而狼藉之耳。堂上肉鼓吹，喧阗旁午，遂颦蹙曰：'我劳心民事也。'云板三敲，则声色并进，难决之词，不复置念，专待升堂时，祸桑树以烹老龟耳。呜呼！民情何由得哉！余每曰："智者不必仁，而仁者则必智；盖用心苦则机关出也。""随在留心"之言，可以教天下之宰民社者矣。"

邑人胡成，与冯安同里，世有隙。胡父子强，冯屈意交欢，胡终猜之。一日共饮薄醉，颇顷肝胆。胡大言："勿忧贫，百金之产不难致也。"冯以其家不丰，故嗤之。胡正色曰："实相告：昨途遇大商，载厚装来，我颠越于南山眢井中矣。冯又笑之。时胡有妹夫郑伦，托为说合田产，寄数百金于胡家，遂尽出以炫冯。冯信之。既散，阴以状报邑。公拘胡对勘，胡言其实，问郑及产主皆不讹。乃共验诸眢井。一役缒(zhuì)下，则果有无首之尸在焉。胡大骇，莫可置辩，但称冤苦。公怒，击喙数十，曰："确有证据，尚叫屈耶！"以死囚具禁制之。尸戒勿出，惟晓示诸村，使尸主投状。

逾日有妇人抱状，自言为亡者妻，言："夫何甲，揭数百金作贸易，被胡杀死。"公曰："井有死人，恐未必即是汝夫。"妇执言甚坚。公乃命出尸于井，视之果不妄。妇不敢近，却立而号。公曰："真犯已得，但骸躯未全。汝暂归，待得死者首，即招报令其抵偿。"遂自狱中唤胡出，呵曰："明日不将头至，当械折股[④]！"押去终日而返，诘之，但有号泣。乃以梏具置前作刑势，却又不刑，曰：“想汝当夜扛尸忙迫，不知坠落何处，奈何不细寻之？”胡哀祈容急觅。公乃问妇：“子女几何？”答曰：“无。”问：“甲有何戚属？”“但有堂叔一人。”慨然曰：“少年丧夫，伶(líng)仃(dīng)如此，其何以为生矣！”妇乃哭，叩求怜悯。公曰：“杀人之罪已定，但得全尸，此案即结；结案后速醮可也。汝少妇勿复出入公门。”妇感泣，叩头而下。公即票示里人，代觅其首。

经宿，即有同村王五，报称已获。问验既明，赏以千钱。唤甲叔至，曰：“大案已成；然人命重大，非积岁不能成结。侄既无出，少妇亦难存活，早令适人。此后亦无他务，但有上台检驳，止须汝应声耳。”甲叔不肯，飞两签下；再辩，又一签下。甲叔惧，应之而出。妇闻，诣谢公恩。公极意慰谕之。又谕：“有买妇者，当堂关白。”既下，即有投婚状者，盖即报人头之王五也。公唤妇上，曰：“杀人之真犯，汝知之乎？”答曰：“胡成。”公曰：“非也。汝与王五乃真犯耳。”二人大骇，力辩冤枉。公曰：“我久知其情，所以迟迟而发者，恐有万一之屈耳。尸未出井，何以确信为汝夫？盖先知其死矣。且甲死犹衣败絮，数百金何所自来？”又谓王五曰：“头之所在，汝何知之熟也！所以如此其急者，意在速合耳。”两人惊颜如土，不能强置一词。并械之，果吐其实。盖王五与妇私已久，谋杀其夫，而适值胡成之戏也。

乃释胡。冯以诬告，重笞(chī)，徒三年。事结，并未妄刑一人。

注释

①费公祎祉：费祎祉，字支峤，进士，浙江鄞县人，顺治年间曾任淄川县令。②邻保：邻居、近邻。《周礼·地官·遂人》：“五家为邻，五邻为里。”又《周礼·地官·大司徒》：“令五家为比：使之相保。”③悠悠置之：谓长期搁置，不管不问。

悠悠，安闲自在，此谓漫不经心。④械折股：夹断你的腿。械，刑具，此指处夹棍之类的刑具。

云萝公主

安大业，卢龙[1]人。生而能言，母饮以犬血始止。既长，韶秀，顾影无俦（chóu）[2]，慧而能读。世家争婚之。母梦曰："儿当尚主[3]。"信之。至十五六迄无验，亦渐自悔。

一日安独坐，忽闻异香。俄一美婢奔入。曰："公主至。"即以长毡贴地，自门外直至榻前。方骇疑问，一女郎扶婢肩入；服色容光，映照四堵。婢即以绣垫设榻上，扶女郎坐。安仓皇不知所为，鞠躬便问："何处神仙，劳降玉趾？"女郎微笑，以袍袖掩口。婢曰："此圣后府中云萝公主也。圣后属意郎君，欲以公主下嫁，故使自来相宅[4]。"安惊喜不知置词，女亦俯首，相对寂然。

安故好棋，楸枰[5]尝置坐侧。一婢以红巾拂尘，移诸案上，曰："主日耽此，不知与粉侯[6]孰胜？"安移坐近案，主笑从之。甫三十余着，婢竟乱之，曰："驸马[7]负矣！"敛子入盒，曰："驸马当是俗间高手，主仅能让六子。"乃以六黑子实局中，主亦从之。主坐次，辄使婢伏座下，以背受足；左足踏地，则更一婢右伏。又两小鬟夹侍之；每值安凝思时，辄曲一肘伏肩上。局阑未结，小鬟笑云："驸马负一子。"进曰："主惰，宜且退。"女乃倾身与婢耳语。

婢出，少顷而还，以千金置榻上，告生曰："适主言居宅湫（jiǎo）隘，烦以此少致修饰，落成相会也。"一婢曰："此月犯天刑，不宜建造；月后吉。"女起；生遮止，闭门。婢出一物，状类皮排，就地鼓之；云气突出，俄顷四合，冥不见物，索之已杳。

母知之，疑以为妖。而生神驰梦想，不能复舍。急于落成，无暇禁忌；刻日敦迫，廊舍一新。

先是，有滦州生袁大用，侨寓邻坊，投刺于门；生素寡交，托他出，又窥其亡而报之。后月余，门外适相值，二十许少年也。宫绢单衣，丝履乌带，意甚都雅。略与顷谈，颇甚温谨。喜，揖而入。请与对弈，互有赢亏。已而设席流连，谈笑大欢。明日邀生至其寓所，珍肴杂进，相待殷渥。有小僮十二三许，拍板清歌，又跳掷作剧。生大醉不能行，便令负之，生以其纤弱恐不胜，袁强之。僮绰有余力，荷送而归。生奇之。明日犒以金，再辞乃受。由此交情款密，三数日辄一过从。袁为人简默，而慷慨好施。市有负债鬻女者，解囊代赎，无吝色。生以此益重之。过数日，诣生作别，赠象箸、楠珠等十余事，白金五百，用助兴作。生反金受物，报以束帛。

后月余，乐亭有仕宦而归者，橐资充牣(rèn)。盗夜入，执主人，烧铁钳灼，劫掠一空。家人识袁，行牒追捕。邻院屠氏，与生家积不相能，因其土木大兴，阴怀疑忌。适有小仆窃象箸，卖诸其家，知袁所赠，因报大尹。尹以兵绕舍，值生主仆他出，执母而去。母衰迈受惊，仅存气息，二三日不复饮食。尹释之。生闻母耗，急奔而归，则母病已笃，越宿遂卒。收殓甫毕，为捕役执去。尹见其少年温文，窃疑诬枉，故恐喝之。生实述其交往之由。尹问："其何以暴富？"生曰："母有藏镪，因欲亲迎，故治昏室耳。"尹信之，具牒解郡。邻人知其无事，以重金赂监者，使杀诸途。路经深山，被曳近削壁，将推堕。计逼情危，时方急难，忽一虎自丛莽中出，啮二役皆死，衔生去。至一处，重楼叠阁，虎入，置之。见云萝扶婢出，凄然慰吊："妾欲留君，但母丧未卜窀穸。可怀牒去，到郡自投，保无恙也。"因取生胸前带，连结十余扣，嘱云："见官时，拈此结而解之，可以弭祸。"生如其教，诣郡自投。太守喜其诚信，又稽牒知其冤，销名令归。

至中途，遇袁，下骑执手，备言情况。袁愤然作色，默然无语。生曰："以君风采，何自污也？"袁曰："某所杀皆不义之人，所取皆非义之财。不然，即遗于路者不拾也。君教我固自佳，然如君家邻，岂可留在人间耶！"言已超乘而去。生归，殡母已，杜门谢客。忽一日盗入邻家，父子十余口尽行杀戮，止留一婢。席卷资物，与僮分携之。临去，执灯谓婢："汝认明：杀人者我也，与人无涉。"并不启关，飞檐越壁而去。明日告官。疑生知情，又捉生去。邑宰词色甚厉，生上堂握带，且辨且解。宰不能诘，又释之。既归，益自韬晦，读书不出，一跛妪执炊而已。服既阕，日扫阶庭，以待好音。一日异香满院。登阁视之，内外陈设焕然矣。悄揭画帘，则公主凝妆坐，急拜之。女挽手曰：“君不信数，遂使土木为灾；又以苫块之戚，迟我三年琴瑟：是急之而反以得缓，天下事大抵然也。”生将出资治具。女曰：“勿复须。”婢探椟，有肴羹热如新出于鼎，酒亦芳烈。酌移时，日已投暮，足下所踏婢，渐都亡去。女四肢娇惰，足股屈伸，似无所着，生狎抱之。女曰：“君暂释手。今有两道，请君择之。”生揽项问故，曰：“若为棋酒之交，可得三十年聚首；若作床第之欢，可六年谐合耳。君焉取？”生曰：“六年后再商之。”女乃默然，遂相燕好。

女曰：“妾固知君不免俗道，此亦数也。”因使生蓄婢媪，别居南院，炊爨纺织以作生计。北院中并无烟火，惟棋枰、酒具而已。户常阖，生推之则自开，他人不得入也。然南院人作事勤惰，女辄知之，每使生往谴责，无不具服。女无繁言，无响笑，与有所谈，但俯首微哂（shěn）。每骈肩坐，喜斜倚人。生举而加诸膝，轻如抱婴。生曰：“卿轻若此，可作掌上舞[8]。”曰：“此何难！但婢子之为，所不屑耳。飞燕原九姊侍儿，屡以轻佻获罪，怒谪尘间，又不守女子之贞，今已幽之。”

阁上以锦裀布满，冬未尝寒，夏未尝热。女严冬皆着轻縠（hú）[9]，生为制鲜衣，强使着之。逾时解去，曰：“尘浊之物，几于压骨成劳！”一日抱诸膝上，忽觉沉倍曩昔，异之。笑指腹曰：“此中有俗种矣。”过数日，颦黛不食，曰：“近病恶阻，颇思烟火之味。”生乃为具甘旨。从此饮食遂不异于常人。一日曰：“妾质单弱，不任生产。婢子樊英颇健，可使代之。”乃脱衷服衣英，闭诸室。少顷闻儿啼声，启扉视之，男也。喜曰：“此儿福相，大器也！”因名大器。绷纳生怀，俾付乳媪，养

诸南院。女自免身[10]，腰细如初，不食烟火矣。

忽辞生，欲暂归宁。问返期，答以“三日”。鼓皮排如前状，遂不见。至期不来；积年余音信全渺，亦已绝望。生键户下帏，遂领乡荐。终不肯娶；每独宿北院，沐其余芳。一夜辗转在榻，忽见灯火射窗，门亦自辟，群婢拥公主入。生喜，起问爽约之罪。女曰：“妾未愆期，天上二日半耳。”生得意自诩，告以秋捷，意主必喜。女愀然曰：“乌用是傥来者为！无足荣辱，止折人寿数耳。三日不见，入俗幛又深一层矣。”生由是不复进取。过数月又欲归宁，生殊凄恋，女曰：“此去定早还，无烦穿望。且人生合离，皆有定数，撙节之则长，恣纵之则短也。”既去，月余即返。从此一年半载辄一行，往往数月始还，生习为常，亦不之怪。

又生一子。女举之曰：“豺狼也！”立命弃之。生不忍而止，名曰可弃。甫周岁，急为卜婚。诸媒接踵，问其甲子，皆谓不合。曰：“吾欲为狼子治一深圈，竟不可得，当令倾败六七年，亦数也。”嘱生曰：“记取四年后，侯氏生女，左胁有小赘疣，乃此儿妇。当婚之，勿较其门第也。”即令书而志之。后又归宁，竟不复返。生每以所嘱告亲友。果有侯氏女，生有赘疣，侯贱而行恶，众咸不齿，生竟媒定焉。

大器十七岁及第，娶云氏，夫妻皆孝友。父钟爱之。可弃渐长不喜读，辄偷与无赖博赌，恒盗物偿戏债。父怒挞之，而卒不改。相戒提防，不使有所得。遂夜出，小为穿窬。为主所觉，缚送邑宰。宰审其姓氏，以名刺送之归。父兄共絷之，楚掠惨棘，几于绝气。兄代哀免，始释之。父忿恚得疾，食锐减。乃为二子立析产书，楼阁沃田，尽归大器。可弃怨怒，夜持刀入室将杀兄，误中嫂。先是，主有遗裤绝轻软，云拾作寝衣。可弃斫之，火星四射，大惧奔出。父知病益剧，数月寻卒。可弃闻父死，始归。兄善视之，而可弃益肆。年余所分田产略尽，赴郡讼兄。官审知其人，斥逐之。兄弟之好遂绝。

又逾年可弃二十有三，侯女十五矣。兄忆母言，欲急为完婚。召至家，除佳宅与居；迎妇入门，以父遗良田，悉登籍交之，曰：“数顷薄田，为若蒙死守之，今悉相付。吾弟无行，寸草与之皆弃也。此后成败，在于新妇。能令改行，无忧冻馁；不然，兄亦不能填无底壑也。”

侯虽小家女，然固慧丽，可弃雅畏爱之，所言无敢违。每出限以晷刻，过期则诟厉不与饮食，可弃以此少敛。年余生一子，妇曰：“我以后无求于人矣。膏腴数顷，母子何患不温饱？无夫焉，亦可也。”会可弃盗粟出赌，妇知之，弯弓于门以拒之。大惧避去。窥妇入，逡巡亦入。妇操刀起，可弃反奔，妇逐斫之，断幅伤臀，血沾袜履。忿极往诉兄，兄不礼焉，冤惭而去。过宿复至，跪嫂哀泣，乞求先容于妇，妇决绝不纳。

可弃怒，将往杀妇，兄不语。可弃忿起，操戈直出。嫂愕然，欲止之；兄目禁之。俟其去，乃曰：“彼固作此态，实不敢归也。”使人觇之，已入家门。兄始色动，将奔赴之，而可弃已坌息入。

盖可弃入家，妇方弄儿，望见之，掷儿床上，觅得厨刀；可弃惧，曳戈反走，妇逐出门外始返。兄已得其情，故诘之。可弃不言，惟向隅泣，目尽肿。兄怜之，亲率之去，妇乃纳之。俟兄出，罚使长跪，要以重誓，而后以瓦盆赐之食。自此改行为善。妇持筹握算，日致丰盈，可弃仰成而已。后年七旬，子孙满前，妇犹时捋白须，使膝行焉。

异史氏曰：悍妻妒妇，遭之者如疽附于骨，死而后已，岂不毒哉！然砒、附，天下之至毒也，苟得其用，瞑眩大瘳（chōu），非参、苓所能及矣。而非仙人洞见脏腑，又乌敢以毒药贻子孙哉！

章丘李孝廉善迁，少倜傥不泥，丝竹词曲之属皆精之。两兄皆登甲榜，而孝廉益佻脱。娶夫人谢，稍稍禁制之。遂亡去，三年不返，遍觅不得。后得之临清勾栏中。家人入，见其南向坐，少姬十数左右侍，盖皆学音艺而拜门墙者也。临行积衣累笥，悉诸姬所贻。既归，夫人闭置一室，投书满案。以长绳系榻足，引其端自棂内出，贯以巨铃，系诸厨下。凡有所需则蹑绳，绳动铃响则应之。夫人躬设典肆，垂帘纳物而估其直；左持筹，右握管；老仆供奔走而已。由此居积致富。每耻不及诸姒贵。锢闭三年而孝廉捷。喜曰：“三卵两成，吾以汝为毈矣，今亦尔耶？”

耿进士崧生，章丘人。夫人每以绩火佐读：绩者不辍，读者不敢息也。或朋旧相诣，辄窃听之：论文则瀹(yuè)茗作黍；若恣谐谑，则恶声逐客矣。每试得平等，不敢入室门；超等始笑迎之。设帐得金悉内献，丝毫不敢匿。故东主馈遗，恒面较锱铢。人或非笑之，而不知其销算良难也。后为妇翁延教内弟。是年游泮，翁谢仪十金，耿受盒返金。夫人知之曰："彼虽固亲，然舌耕[11]为何也？"追之返而受之。耿不敢争，而心终歉焉，思暗偿之。于是每岁馆金，皆短其数以报夫人。积二年余得若干数。忽梦一人告之曰："明日登高，金数即满。"次日试一临眺，果拾遗金，恰符缺数，遂偿岳。后成进士，夫人犹呵谴之。耿曰："今一行作吏，何得复尔？"夫人曰："谚云：'水长则船亦高。'即为宰相，宁便大耶？"

注释

①卢龙：县名，今河北省卢龙县。②无俦：无人能比。俦，匹。③尚主：娶公主为妻。《史记·李斯列传》："诸男皆尚秦公主。"《集解》引韦昭曰："尚，奉也，不敢言娶。"④相宅：察看宅地的风水。《尚书·召诰》："成王在丰，欲宅洛邑，使召公先相宅。"《注》："相所居而卜之。"⑤揪枰：因棋盘多用楸木所制，故名。揪，同楸。⑥粉侯：对驸马的美称。三国时，魏国何晏面如傅粉，娶魏公主，赐爵列侯。后世因称驸马为"粉侯"。⑦驸马：汉武帝时设驸马都尉，掌管皇帝出行时的副车。魏晋以后皇帝的女婿多有驸马都尉称号，因此称皇帝的女婿为"驸马"。⑧掌上舞：谓体态轻盈，能在掌上起舞。《赵飞燕外传》载，赵飞燕"家有彭祖分脉之书，善行气术，而纤便轻细，舞之翩然，人谓之飞燕。"⑨縠：丝织的皱纱。⑩免身：分娩。免，通"娩"。⑪舌耕：旧时指教书谋生。王嘉《拾遗记·后汉》："赠献者积粟盈仓。或云：逵非力耕所得，诵经口倦，世所谓舌耕也。"

天宫

郭生京都人，年二十余，仪容修美。一日薄暮，有老妪贻尊酒，怪其无因，妪笑曰："无须问。但饮之自有佳境。"遂径去。揭尊微嗅，洌香[1]四射，遂饮之。忽大醉，冥然罔觉。及醒，则与一人并枕卧。抚之肤腻如脂，麝兰喷溢，盖女子也。问之不答，遂与交。交已，以手扪壁，壁皆石，阴阴有土气，酷类坟冢。大惊，疑为鬼迷，因问女子："卿何神也？"女

曰："我非神，乃仙耳。此是洞府。与有夙缘，勿相讶，但耐居之。再入一重门，有漏光处，可以溲便。"既而女起，闭户而去。久之腹馁，遂有女僮来，饷以面饼、鸭臛（huò）②，使扪索而啖之。黑漆不知昏晓。无何女子来寝，始知夜矣。郭曰："昼无天日，夜无灯火，食炙不知口处；常常如此，则姮娥何殊于罗刹，天堂何别于地狱哉！"女笑曰："为尔俗中人，多言喜泄，故不欲以形色相见。且暗中摸索，妍媸亦当有别，何必灯烛！"

居数日，幽闷异常，屡请暂归。女曰："来夕当与君一游天宫，便即为别。"次日忽有小鬟笼灯入，曰："娘子伺郎久矣。"从之出。星斗光中，但见楼阁无数。经几曲画廊，始至一处，堂上垂珠帘，烧巨烛如昼。入，则美人华妆南向坐，年约二十许，锦袍炫目，头上明珠，翘颤四垂；地下皆设短烛，裙底皆照，诚天人也。郭迷乱失次，不觉屈膝。女令婢扶曳入坐。俄顷八珍罗列。女行酒曰："饮此以送君行。"郭鞠躬曰："向觌面不识仙人，实所惶悔；如容自赎，愿收为没齿不二之臣。"女顾婢微笑，便命移席卧室。室中流苏绣帐，衾褥香软。使郭就榻坐。饮次，女屡言："君离家久，暂归亦无妨。"更尽一筹，郭不言别。女唤婢笼烛送之。郭仍不言，伪醉眠榻上，抁（yǔ）之不动。女使诸婢扶裸之。一婢排私处曰："箇（gù）男子容貌温雅，此物何不文也！"举置床上，大笑而去。

女亦寝，郭乃转侧。女问："醉乎？"曰："小生何醉！甫见仙人，神志颠倒耳。"女曰："此是天宫。未明宜早去。如嫌洞中怏闷，不如早别。"郭曰："今有人夜得名花，闻香扪干，而苦无灯火，此情何以能堪？"女笑，允给灯火。漏下四点，呼婢笼烛抱衣而送之。入洞，见丹垩精工，寝处褥革棕毡尺许厚。郭解履拥衾，婢徘徊不去。郭凝视之，风致娟好，戏曰："谓我不文者卿耶？"婢笑，以足蹴枕曰："子宜僵矣！勿复多言，"视履端嵌珠如巨菽。捉而曳之，婢仆于怀，遂相狎，而呻楚不胜。郭问："年几何矣？"答云："十七。"问："处子亦知情否？"曰："妾非处子，然荒疏已三年矣。"郭研诘仙人姓氏，及其清贯、尊行。婢曰："勿问！即非天上，亦异人间。若必知其确耗，恐觅死无地矣。"郭遂不敢复问。次夕女果以烛来，相就寝食，以此为常。一夜女入曰："期以永好；不意人情乖阻，今将粪除天宫，不能复相容矣。请以卮酒为别。"郭泣下，请得脂泽为爱。女不许，赠以黄金一斤、珠百颗。三盏既尽，忽已昏醉。

既醒，觉四体如缚，纠缠甚密，股不得伸，首不得出。极力转侧，晕堕床下。出手摸之，则锦被囊裹，细绳束焉。起坐凝思，略见床棂，始知为己斋中。时离家已三月，家人谓其已死。郭初不敢明言，惧被仙谴，然心疑怪之。窃间以告知交，莫有测其故者。被置床头，香盈一室；拆视，则湖绵杂香屑为之，因珍藏焉。后某达官闻而诘之，笑曰："此贾后之故智也。仙人乌得如此？虽然，此亦宜甚秘，泄之，族矣！"有巫常出入贵家，言其楼阁形状，绝似严东楼[③]家。郭闻之大惧，携家亡去。未几严伏诛，始归。

异史氏曰：高阁迷离，香盈绣帐；雏奴蹀躞（xiè），履缀明珠：非权奸之淫纵，豪势之骄奢，乌有此哉？顾淫筹一掷，金屋变而长门；唾壶未干，情田鞠为茂草。空床伤意，暗烛销魂。含颦玉台之前，凝眸宝幄之内。遂使糟丘台上，路入天宫；温柔乡中，人疑仙子。伧楚之帷薄固不足羞，而广田自荒者，亦足戒已！

注释

①冽香：清醇的香气。欧阳修《醉翁亭记》："酿泉为滴，泉香而酒冽。"②鸭臛：鸭肉汤。臛，肉羹。③严东楼：严世蕃，别号东楼，江西分宜人。明代权奸严嵩之子，官至工部左侍郎。性情阴狠，豪奢淫纵。

乔女

平原乔生有女黑丑，壑一鼻，跛一足。年二十五六，无问名[1]者。邑有穆生四十余，妻死，贫不能续，因聘焉。三年生一子。未几穆生卒，家益索，大困，则乞怜其母。母颇不耐之。女亦愤不复返，惟以纺织自给。

有孟生丧偶，遗一子乌头，裁周岁，以乳哺乏人，急于求配；然媒数言，辄不当意。忽见女，大悦之，阴使人风示女。女辞焉，曰："饥冻若此，从官人得温饱，夫宁不愿？然残丑不如人，所可自信者，德耳。又事二夫，官人何取焉！"孟益贤之，使媒者函金加币而悦其母。母悦，自诣女所固要之，女志终不夺。母惭，愿以少女字孟，家人皆喜，而孟殊不愿。居无何，孟暴疾卒，女往临哭尽哀。孟故无戚党，死后，村中无赖悉凭陵之，家具携取一空。方谋瓜分其田产，家人又各草窃[2]以去，惟一妪抱儿哭帏中。女问得故，大不平。闻林生与孟善，乃踵门而告曰："夫妇、朋友，人之大伦也。妾以奇丑为世不齿，独孟生能知我。前虽固拒之，然固已心许之矣。今身死子幼，自当有以报知己。然存孤易，御侮难，若无兄弟父母，遂坐视其子死家灭而不一救，则五伦可以无朋友矣。妾无所多须于君，但以片纸告邑；抚孤，则妾不敢辞。"林曰："诺。"女别而归。林将如其所教；无赖辈怒，咸欲以白刃相仇。林大惧，闭户不敢复行。女见数日寂无音，问之，则孟氏田产已尽矣。

女忿甚，挺身自诣官。官诘女属孟何人，女曰："公宰一邑，所凭者理耳。如其言妄，即至戚无所逃罪；如非妄，则道路之人可听也。"官怒其言戆(gàng)，呵逐而出。女冤愤无伸，哭诉于缙绅之门。某先生闻而义之，代剖于宰。宰按之果真，穷治诸无赖，尽返所取。

或议留女居孟第，抚其孤；女不肯。扃其户，使媪抱乌头从与俱归，另舍之。凡乌头日用所需，辄同妪启户出粟，为之营辨；己锱铢无所沾染，抱子食贫[3]，一如曩昔。积数年乌头渐长，为延师教读；己子则使学操作。妪劝使并读，女曰："乌头之费，其所自有；我耗人之财以教己子，此心何以自明？"又数年，为乌头积粟数百石，乃聘于名族，治其第宅，析令归。乌头泣要同居，女从之；然纺绩如故。乌头夫妇夺其具，女曰："我母子坐食，心甚不安。"遂早暮为之纪理，使其子巡行阡陌，若为佣然。乌头夫妻有小过，辄斥谴不少贷；稍不悛，则怫然[4]欲去。夫妻跪道悔词始止。未几乌头入泮，又辞欲归。乌头不可，捐聘币，为穆子完婚。女乃析子令归。乌头留之不得，阴使人于近村为市恒产百亩而后遗之。后女疾求归。乌头不听。病益笃，嘱曰："必以我归葬！"乌头诺。既卒，阴以金啖穆子，俾合葬于孟。及期，棺重，三十人不能举。穆子忽仆，七孔[5]血出，自言曰："不肖儿，何得遂卖汝母！"乌头惧，拜祝之，始愈。乃复停数日，修治穆墓已，始合厝[6]之。

异史氏曰：知己之感，许之以身，此烈男子之所为也。彼女子何知，而奇伟如是？若遇九方皋，直牡视之矣。

注释

①问名：议婚，提亲。男方具书派人到女家，问女方姓名。②草窃：谓乘机窃取。《尚书·微子》："殷罔不小大，好草窃奸宄。"③食贫：贫穷自守。《诗·卫风·氓》："自我徂尔，三岁食贫。"④怫然：发怒的样子。《庄子·天地》："谓己谀人，则怫然作色。"⑤七孔：人体共有眼、耳、口、鼻等七处孔穴，又称七窍。《庄子·应帝王》："人皆有七窍，以视听食息。"⑥合厝：合葬。夫妻葬在同一个墓穴中。

刘夫人

廉生者，彰德[1]人。少笃学；早孤，家贫。一日他出，暮归失途。入一村，有媪来谓曰："廉公子何之？夜得毋深乎？"生方皇惧，更不暇问其谁何，便求假榻。媪引去，入一大第。有双鬟笼灯，导一妇人出，年四十余，举止大家。媪迎曰："廉公子至。"生趋拜。妇喜曰："公子秀发，何但作富家翁乎！"即设筵，妇侧坐，劝酹甚殷，而自己举杯未尝饮，举箸亦未尝食。生惶惑，屡审阀阅。笑曰："再尽三爵告君知。"生如命饮。妇曰："亡夫刘氏，客江右[②]，遭变遽殒。未亡人独居荒僻，日就零落。虽有两孙，非鸱鸮即驽骀[③]耳。公子虽异姓，亦三生骨肉也；且至性纯笃，故遂腼然相见。无他烦，薄藏数金，欲倩公子持泛江湖，分其赢余，亦胜案头萤枯死也。"生辞曰："少年书痴，恐负重托。"妇曰："读书之计，先于谋生。公子聪明，何之不可？"遣婢运资出，交兑八百余两。生惶恐固辞，妇曰："妾亦知公子未惯懋迁，但试为之，当无不利。"生虑重金非一人可任，谋合商侣。妇曰："勿须。但觅一朴悫谙练之仆，为公子服役足矣。"遂轮纤指以卜之曰："伍姓者吉。"命仆马囊金送生出，曰："腊尽涤盏，候洗宝装矣。"又顾仆曰："此马调良，可以乘御，即赠公子，勿须将回。"生归，夜才四鼓，仆系马自去。

明日多方觅役，果得伍姓，因厚价招之。伍老于行旅，又为人戆拙不苟，资财悉倚付之。往涉荆襄，岁杪始得归，计利三倍。生以得伍力多，于常格外，另有馈赏，谋同飞洒，不令主知。甫抵家，妇已遣人将迎，遂与俱去。见堂上华筵已设；妇出，备极慰劳。生纳资讫，即呈簿；妇置不顾。少顷即席，歌舞鞺鞳（tāng tà），伍亦赐筵外舍，尽醉方归。因生无家室，留守新岁。次日又求稽盘[④]，妇曰："后无须尔，妾会计久矣。"乃出册示生，登志甚悉，并给仆者亦载其上。生曰："夫人真神人也！"过数日，馆谷丰盛，待若子侄。一日堂上设席，一东面，一南面；堂下设一筵西向。谓生曰："明日财星临照，宜可远行。今为主价粗设祖帐，以壮行色。"少间伍亦呼至，赐坐堂下。一时鼓钲鸣聒。女优进呈曲目，生命唱"陶朱[⑤]富"。妇曰："此先兆也，当得西施作内助矣。"宴罢，仍以全金付生，曰："此行不可以岁月计，非获巨万勿归也。妾与公子，所凭者在福命，所信者在腹心。勿劳计算，远方之盈绌，妾自知之。"生唯唯而退。

往客淮上，进身为鹾贾，逾年利又数倍。然生嗜读，操筹不忘书卷，所与游皆文士；所获既盈，隐思止之，渐谢任于伍。桃源薛生与最善，适过访之，薛一门俱适别业，昏暮无所复之，阍人延生入，扫榻作炊。细诘

主人起居[6]，盖是时方讹传朝廷欲选良家女，犒边庭，民间骚动。闻有少年无妇者，不通媒约，竟以女送诸其家，至有一夕而得两妇者。薛亦新婚于大姓，犹恐舆马喧动，为大令所闻，故暂迁于乡。生既留，初更向尽，方将拂榻就寝，忽闻数人排闼入。阍（hūn）人不知何语，但闻一人云："官人既不在家，秉烛者何人？"阍人答："是廉公子，远客也。"俄而问者已入，袍帽光洁，略一举手，即诘邦族。生告之。喜曰："吾同乡也。岳家谁氏？"答云："无之。"益喜，趋出，即招一少年同入，敬与为礼。卒然曰："实告公子：某慕姓。今夕此来，将送舍妹于薛官人，至此方知无益。进退维谷之际，适逢公子，宁非数乎！"生以未悉其人，故踌躇不敢应。慕竟不听其致词，急呼送女者。少间二媪扶女郎入，坐生榻上。睨之年十五六，佳妙无双。生喜，始整巾向慕展谢；又嘱阍人行沽，略尽款洽。

慕言："先世彰德人；母族亦世家，今陵夷矣。闻外祖遗有两孙，不知家况何似。"生问："伊谁？"曰："外祖刘，字晖若，闻在郡北三十里。"生曰："仆郡城东南人，去北里颇远；年又最少，无多交知。郡中此姓最繁，止知郡北有刘荆卿，亦文学士，未审是否？然贫矣！"慕曰："某祖墓尚在彰郡，每欲扶两榇归葬故里，以资斧未办，姑犹迟迟。今妹子从去，归计益决矣。"生闻之，锐然自任。二慕俱喜。酒数行辞去。生却仆移灯，琴瑟之爱，不可胜言。次日薛已知之，趋入城，除别院馆生。生诣淮，交盘已，留伍居肆，装资返桃源，同二慕启岳父母骸骨，两家细小，载与俱归。入门安置已，囊金诣主。前仆已候于途。

从去，妇逆见，色喜曰："陶朱公载得西子来矣！前日为客，今日吾甥婿也。"置酒迎尘，倍益亲爱。生服其先知，因问："夫人与岳母远近？"妇云："勿问，久自知之。"乃堆金案上，瓜分为五；自取其二，曰："吾无用处，聊贻长孙。”生以过多，辞不受。凄然曰：“吾家零落，宅中乔木被人伐作薪；孙子去此颇远，门户萧条，烦公子一营办之。”生诺，而金止收其半，妇强纳之。送生出，挥涕而返。生疑怪间，回视第宅，则为墟墓。始悟妇即妻之外祖母也。

既归，赎墓田一顷，封植伟丽。刘有二孙，长即荆卿；次玉卿，饮博无赖，皆贫。兄弟诣生申谢，生悉厚赠之。由此往来最稔。生颇道其经商之由，玉卿窃意冢中多金，夜合博徒数辈，发墓搜之，剖棺露汭，竟无少获，失望而散。生知墓被发，以告荆卿。诣同验之，入圹，见案上累累，前所分金具在。荆卿欲与生共取之。生曰：“夫人原留此以待兄也。”荆卿乃囊运而归，告诸邑宰，访缉甚严。

后一人卖坟中玉簪，获之，穷讯其党，始知玉卿为首。宰将治以极刑，荆卿代哀，仅得赊死。墓内外两家并力营缮，较前益坚美。由此廉、刘皆富，惟玉卿如故。生及荆卿常河润之，而终不足供其赌博。一夜盗入生家，执索金资。生所藏金皆以千五百为个，发示之。盗取其二，止有鬼马在厩，用以运之而去。使生送诸野，乃释之。村众望盗火未远，噪逐之。贼惊遁。共至其处，则金委路侧，马已成灰烬。始知马亦鬼也。是夜止失金钏一枚而已。先是盗执生妻，悦其美，将欲淫。一盗带面具，力呵止之，声似玉卿。盗释生妻，但脱腕钏而去。生以是疑玉卿，然心窃德之。后盗以钏质赌，为捕役所获，诘其党，果有玉卿。宰怒，备极五毒。兄与生谋，欲为贿脱，谋未成而玉卿已死。生犹时恤其妻子。生后登贤书，数世皆素封焉。呜呼！“贪”字之点画形象甚近乎“贫”。如玉卿者，可以鉴矣！

注释

①彰德：旧府名，在今河南省安阳市。②江右：长江下游以西地区，后世称江西。③非鸱鸮即驽骀：意谓子孙凶顽无能，不堪委任。鸱鸮，猫头鹰，古人视猫头鹰为恶禽，比喻性情凶恶之人。驽骀，皆为劣马，比喻才能平庸的人。④稽盘：核查账目，清点财物。⑤陶朱：陶朱公，即春秋时越国大夫范蠡。据《史记·货殖列传》载，范蠡助勾践灭吴后，看出越王可共患难，但不可共安乐，则弃官去。后至陶地，改名为朱公，富甲一方。⑥起居：近况。

卷十

神女

米生，闽人，偶入郡，饮醉过市，闻高门中有箫声。询知为开寿筵者，然门庭殊清寂。醉中雅爱笙歌，因就街头写晚生刺，封祝寿仪投焉。人问："君系此翁何亲？"米云："并非。"人又云："此流寓于此，不审何官，甚属骄倨。既非亲属，又将何求？"生悔之，而刺已投矣。

未几两少年出迎，华裳炫目，丰采都雅，揖生入。见一叟南向坐，东西列数筵，客六七人，皆似贵胄[①]；见生至，俱起为礼，叟亦杖而起。生久立，待与周旋，叟殊不离席。两少年致词曰："家君衰迈，起拜良难，予兄弟代谢高贤之枉驾也。"生逊谢。遂增一筵于上，与叟接席。未几女乐作于下。座后设琉璃屏，以幛内眷。鼓吹大作，座客无哗。筵将终，两少年起，各以巨杯劝客，杯可容三斗；生有难色，然见客受，亦受。顷刻四顾，主客尽釂(jiào)，生不得已亦强尽之。少年复斟；生觉惫甚，起而告退。少年强挽其裾。生大醉逖地[②]，但觉有人以冷水洒面，恍然若寤。起视，宾客尽散，惟一少年捉臂送之，遂别而归。后再过其门，则已迁去矣。

自郡归，偶适市，一人自肆中出招之饮。并不识；姑从之入，则座上先有里人鲍庄在焉。问其人，乃诸姓，市中磨镜者也。问："何相识？"曰："前日上寿者，君识之否？"生曰："不识。"诸曰："予出入其门最稔。翁，傅姓，不知其何籍、何官。先生上寿时，我方在墀下，故识之也。"日暮饮散。鲍庄夜死于途。鲍父不识诸，执名讼生。检得鲍庄体有重伤，生以谋杀论死，备历械梏；以诸未获，罪无申证，禁系之。年余直指[③]巡方，廉知其冤，释之。

家中田产荡尽，衣巾革褫(chǐ)[④]，冀可开复，于是携囊入郡。日将暮，休憩路侧。遥见小车来，二青衣夹随之。既过忽命停舆，车中命一青衣问生："君非米姓乎？"生曰："诺。"问："何贫窭若此？"生告以故。问："安往？”又告之。青衣向车中语；复返，请生至车前。车中以纤手搴帘，微睨之，乃绝代佳人也。谓生曰：“君不幸得无妄之祸，甚为太息。今日学使署非白手可以出入者，途中无可为赠，……”乃于髻上摘珠花一朵，授生曰：“此物可鬻(yù)百金，请缄藏之。”生下拜，欲问官阀，车发已远，不解何人。执花悬想，上缀明珠，非凡物也。珍藏而行。至郡投状，上下勒索甚苦；生又不忍货花，遂归依于兄嫂，幸兄贤，为之经纪，贫不废读。

过岁赴郡应试，误入深山。时值清明，游人甚众。有数女骑来，内一女郎，即向年车中人也。见生停骖，问：“何往？”生具对。女惊曰：“君衣顶尚未复耶？”生惨然出珠花，曰：“不忍弃此，故未复也。”女郎晕红上颊，嘱云：“且坐待路隅。”款段而去。久之一婢驰马来，以裹物授生，曰：“娘子说：如今学使之门如市，赠白金二百，为进取之资。”生辞曰：“娘子惠我多矣！自公掇芹⑤不难，重赐所不敢受。但告以姓名，绘一小像，焚香供之，足矣。”婢不顾，委金于地，上马而去。生得金，终不屑夤(yín)缘。旋入邑庠第一。乃以金授兄；兄善行运，三年旧业尽复。适有巡抚于闽者乃生祖门人，优恤甚厚。然生素清鲠，虽属通家，不肯少有干谒。

一日有客裘马至门，家人不识。生出视，则傅公子也。揖入，各道间阔。治具相款，肴酒既陈，公子起而请间；相将入内，公子拜伏于地。生惊问故，则怆然曰：“家君适罹大祸，欲有求于抚台，非兄不可。”生力辞曰：“渠虽世谊，而以私干人，生平从不为也。”公子伏地哀泣。生厉色曰：“小生与公子，一饮之知交耳，何遂以丧节强人！”公子大惭，起而别去。越日方独坐，有青衣人入，视之即山中赠金者。生方惊起，青衣曰：“君忘珠花耶？”生曰：“不敢忘。”曰：“昨公子，即娘子胞兄也。”生闻之窃喜，伪曰：“此难相信。若

得娘子亲见一言，则油鼎可蹈耳；不然，不敢奉命。”青衣乃驰马去。更半复返，扣扉入曰：“娘子来矣。”言未几，女郎惨然入，向壁而哭，不出一语。生拜曰：“小生非娘子，无以有今日。但有驱策，敢不惟命！”女曰：“受人求者常骄人，求人者常畏人。中夜奔波，生平何解此苦，只以畏人故耳，亦复何言！”生慰之曰：“小生所以不遽诺者，恐过此一见为难耳。使卿夙夜蒙露，吾知罪矣！”因挽其袪。隐抑搔之。女怒曰：“子诚敝人[6]也！不念畴昔之义，而欲乘人之厄。予过矣！予过分！”忿然而出，登车欲去。生追出谢过，长跪而要遮之。青衣亦为缓颊，女意稍解，就车中谓生曰：“实告君：妾非人，乃神女也。家君为南岳都理司，偶失礼于地官[7]，将达帝庭；非本地都人官印信不可解也。君如不忘旧义，以黄纸一幅为妾求之。”言已，车发遂去。

生归，悚惧不已。乃假驱祟言于巡抚。巡抚以事近巫蛊，不许。生以厚金赂其心腹，诺之，而未得其便。乃归，青衣候门，生具告之，默然遂去，意似怨其不忠。生追送之曰：“归告娘子：如事不谐，我以身命殉之！”归而终夜思维，计无所出。适院署有宠妾购珠，生乃以珠花献之。姬大悦，窃印为生嵌之。怀归，青衣适至。笑曰：“幸不辱命。但数年来贫贱乞食所不忍鬻(yù)者，今仍为主人弃之矣！”因告以情。且曰：“黄金抛置，我都不惜：寄语娘子：珠花须要偿也。”逾数日，傅公子登堂申谢，纳黄金百两。生作色曰：“所以然者，为令妹之惠我无私耳；不然，即万金岂足以易名节哉！”再强之，生色益厉。公子惭退，曰：“此事殊未了！”翼日青衣奉女郎命，进明珠百颗，曰：“此足以偿珠花否耶？”生曰：“重花者非贵珠也。设当日赠我万镒之宝[8]，直须卖作富家翁耳；什袭而甘贫贱何为乎？娘子神人，小生何敢他望，幸得报洪恩于万一，死无憾矣！”青衣置珠案间，生朝拜而后却之。

越数日公子又至。生命治酒。公子使从人入厨下，自行烹调，相对纵饮，欢若一家。有客馈苦糯，公子饮而美，引尽百盏，面颊微赪(chēng)[9]。乃谓生曰：“君贞介士，愚兄弟不能早知君，有愧裙钗多矣。家君感大德，无以相报，欲以妹子附为婚姻，恐以幽明见嫌也。”生喜出非常，不知所对。公子辞出，曰：“明夜七月初九，新月钩辰，天孙有少女下嫁，吉期也，可备青庐。”次夕果送女郎至，一切无异常人。三日后，女自兄嫂以及仆妇，皆有馈赏。又最贤，事嫂如姑。数年不育，劝纳妾，生不肯。

适兄贾于江淮，为买少姬而归。姬，姓顾，小字博士，貌亦清婉，夫妇皆喜。见髻上插珠花，酷似当年故物；摘视，果然。异而诘之，答云：“昔有巡抚爱妾死，其婢盗出鬻(yù)于市，先人廉其值，买归。妾爱之。先父止生妾，故与妾。后父死家落，妾寄养于顾媪家。顾，妾姨行，见珠屡欲售去，妾死不肯，故得存也。”夫妇叹曰：“十年之物，复归故主，岂非数哉。”女另出珠花一朵，曰：“此物久无偶矣！”因并赐之，亲为簪于髻上。姬退，问女郎家世甚悉，家人皆讳言之。阴语生曰：“妾视娘子非人间人也，其眉目间有神气。昨簪花时得近视，其美丽出于肌里，非若凡人以黑白位置中见长耳。”生笑之。姬曰：“君勿言，妾将试之；如其神，但有所须，无人处焚香以求，彼当自知。”女郎绣袜精工，博士爱之而未敢言，乃即闺中焚香祝之。女早起，忽检箧(qiè)中出袜，遣婢赠博士。生见而笑。女问故，以实告。女曰：“黠哉婢乎！”因其慧益怜爱之；然博士益恭，昧爽时必薰沐以朝。

后博士一举两男，两人分字之。生年八十，女貌犹如处子。生病，女置材，倍加宽大。及死，女不哭；男女他适，女已入材中死矣。因合葬之。至今传为“大材冢”云。

异史氏曰：女则神矣，博士而能知之，是遵何术欤？乃知人之慧，固有灵于神者矣！

注释

①贵胄：指贵族子弟。胄，后代。②逖地：跌倒在地。逖，跌倒。③直指：官名。古时中央政府直接派往地方以检查吏治及司法的使者，亦称“绣衣直指”。④衣巾革褫：指革除功名。旧时生员犯罪，要先由学官报请上级革除功名，然后才能动刑。褫，褫夺。⑤掇芹：科举时代称考取秀才为掇芹。《诗·鲁颂·泮水》：“思乐泮水，薄采其芹。”故考中秀才亦称“入泮”。⑥敝人：心术不正的人。⑦地官：道教

所信奉的神仙，主赦罪。⑧万镒之宝：价值连城的宝物。镒，古时一镒为一金，一金为二十四两。⑨赪：赤色。

湘裙

晏仲，陕西延安[1]人。与兄伯同居，友爱敦笃。伯三十而卒，无嗣；嫂亦继亡。仲痛悼之，每思生二子，则以一继兄后。甫举一男，而仲妻又死。仲恐继娶不贤，将购一妾。邻村有货婢者，仲往相之，略不称意，被友人留酌醉归。途中遇故窗友[2]梁生，邀至其家。竟忘其已死，随之而去。入其门，并非旧第，问之。曰："新移于此。"入谋酒，又告竭，嘱仲坐待，挈瓶往沽。仲出立门外以俟之。忽见一妇人控驴而过，有八九岁童子随之，其面目神色，绝类其兄。心恻然动，急委缀之，便问："意子何姓？"童曰："姓晏。"仲惊，又问其父名。曰："不知。"叙问间，已至其家，妇人下驴入。仲执童子曰："汝父在家否？"童入问。少顷一媪出窥，则其嫂也。讶叔何来。仲大悲，随入。见庐落整顿，问："兄何在？"嫂曰："责负[3]未归。"问："骑驴者何人？曰："此汝兄妾甘氏，生两男矣。长阿大赴市未返；汝所见者阿小。"坐久酒渐醒，始悟所见皆鬼。然以兄弟情切，亦不甚惧。嫂治酒饭。仲急欲见兄，促阿小觅之。良久，哭而归云："李家负欠不还，反与父闹。"仲闻之，与阿小奔去，见两人方摔兄地上。仲怒，奋拳直入，人尽踣。急救兄起，敌已俱奔。追捉一人，捶楚无算，始起。执兄手，顿足哀泣。兄亦泣。既归，举家慰问，乃具酒食，兄弟相庆。忽一少年入，年约十六七。伯呼阿大，令拜叔。仲挽之，哭向兄曰："大哥地下有两子，而坟墓不扫；弟又无妻子，奈何？"伯亦凄恻。嫂曰："遣阿小从叔去，亦得。"阿小闻言，依叔肘下，眷恋不去。仲抚之，问："汝乐从否？"答云："乐从。"仲念鬼虽非人，慰情亦胜无也，因为解颜。伯曰："从去但勿娇惯，宜啖以血肉，驱向日中曝之，午过乃已。六七岁儿，历春及夏，骨肉更生，可以娶妻育子；但恐不寿耳。"

言间有少女在门外窥听，意致温婉。仲疑为兄女，因问兄。兄曰："此名湘裙，吾妾妹也。孤而无归，寄食十年矣。"问："已字否？"伯曰："尚末。近有媒议东村田家。”女在窗外小语曰：“我不嫁田家牧牛子。”仲颇心动，未便明言。既而伯起，设榻于斋，止弟宿。仲本不欲留，意恋湘裙，将探兄意，遂别兄就寝。时方初春，天气尚寒，斋中夙无烟火，森然冷坐。思得小饮，俄见阿小推扉入，以杯羹斗酒置案上。仲问：“谁为？”答曰：“湘姨。”酒将尽，又以灰覆盆火置床下。仲问：“爹娘睡乎？”曰：“睡已久矣。汝寝何所？”曰：“与湘姨同榻耳。”阿小俟叔步眠，乃掩门去。仲念湘裙慧而解意，愈爱慕之；且能抚阿小，欲得之心更坚，辗转床头，终夜不寐。

早起，告兄曰：“弟孑然无偶，愿大哥留意。”伯曰：“吾家非一瓢一担者，物色当自有人。地下即有佳丽，恐于弟无所利益。”仲曰：“古人亦有鬼妻，何害？”伯会意，曰：“湘裙亦佳。但以巨针刺人迎，血出不止者，便可为生人妻，何得草草。”仲曰：“得湘裙抚阿小，亦得。”伯但摇首。仲求不已，嫂曰：“试捉湘裙强刺验之，不可乃已。”遂握针出门外，遇湘裙急捉其腕，则血痕犹湿。盖闻伯言时，已自试之矣。嫂释手而笑，反告伯曰：“渠作有意乔才[④]久矣，尚为之代虑耶？”妾闻之怒，趋近湘裙，以指刺眶而骂曰：“淫婢不羞！欲从阿叔奔走耶？我定不如其愿！”湘裙愧愤，哭欲觅死，举家腾沸。仲乃大惭，别兄嫂，率阿小而出。兄曰：“弟姑去；阿小勿使复来，恐损其生气也。”仲曰：“诺。”

既归，伪增其年，托言兄卖婢之遗腹子。众以其貌酷肖，亦信为伯遗体[⑤]。仲教之读，辄遣抱书就日中诵之。初以为苦，久而渐安。六月中，几案灼人，而儿戏且读，殊无少怨。儿甚慧，日尽半卷，夜与叔抵足，恒背诵之。叔甚慰。又以不忘湘裙，故不复作“燕楼”想矣。

一日双媒来为阿小议姻，中馈无人，心甚躁急。忽甘嫂自外入曰：“阿叔勿怪，吾送湘裙至矣。缘婢子不识羞，我故挫辱之。叔如此表表而不相从，更欲从何人者？”见湘裙立其后，心甚欢悦。肃嫂坐；具述有客在堂，乃趋出。少间复入，则甘氏已去。湘裙卸妆入厨下，刀砧盈耳矣。俄而肴胾罗列，烹饪得宜。客去，仲入，见湘裙凝妆坐室中，遂与交拜成礼。至

晚，女仍欲与阿小共宿。仲曰：“我欲以阳气温之，不可离也。”因置女别室，惟晚间杯酒一往欢会而已。湘裙抚前子如己出，仲益贤之。

一夕夫妻款洽，仲戏问：“阴世有佳人否？”女思良久，答曰：“未见。惟邻女葳灵仙，群以为美；顾貌亦犹人，要善修饰耳。与妾往还最久，心中窃鄙其激荡也。如欲见之，顷刻可致。但此等人，未可招惹。”仲急欲一见。女把笔似欲作书，既而掷管曰：“不可，不可！”强之再四，乃曰：“勿为所惑。”仲诺之。遂裂纸作数画若符，于门外焚之。少时帘动钩鸣，吃吃作笑声。女起曳入，高髻云翘，殆类画图。扶坐床头，酌酒相叙间阔。初见仲，犹以红袖掩口，不甚纵谈；数盏后，嬉狎无忌，渐伸一足压仲衣。仲心迷乱，魄荡魂飞。目前唯碍湘裙；湘裙又故防之，顷刻不离于侧。葳灵仙忽起搴(qiān)帘而出；湘裙从之，仲亦从之。葳灵仙握仲趋入他室。湘裙甚恨，然而无可如何，愤愤归室，听其所为而已。既而仲入，湘裙责之曰：“不听我言，后恐却之不得耳。”仲疑其妒，不乐而散。次夕葳灵仙不召自来。湘裙甚厌见之，傲不为礼；仙竟与仲相将而去。如此数夕。女望其来则诟辱之，而亦不能却也。月余仲病不能起，始大悔，唤湘裙与共寝处，冀可避之；昼夜之防稍懈，则人鬼已在阳台。湘裙操杖逐之，鬼忿与争，湘裙荏弱，手足皆为所伤。仲浸以沉困。湘裙泣曰：“吾何以见吾姊乎！”

又数日仲冥然遂死。初见二隶执牒人，不觉从去。至途患无资斧，邀隶便道过兄所。兄见之，惊骇失色，问：“弟近何作？”仲曰：“无他，但有鬼病耳。”实告之。兄曰：“是矣。”乃出白金一裹，谓隶曰：“姑笑纳之。吾弟罪不应死，请释归，我使豚子[6]从去，或无不谐。”便唤阿大陪隶饮。返身入家，便告以故。乃令甘氏隔壁唤葳灵仙。俄至见仲欲遁，伯揪返骂曰："淫婢！生为荡妇，死为贱鬼，不齿群众久矣；又祟吾弟耶！"立批之，云鬓蓬飞，妖容顿减。久之一媪来，伏地哀恳。伯又责媪纵女宣淫，呵詈移时，始令与女俱去。

伯乃送仲出，飘忽间已抵家门，直至卧室，豁然若寤，始知适间之已死也。伯责湘裙曰："我与若姊谓汝贤能，故使从吾弟，反欲促吾弟死耶！设非名分之嫌，便当挞楚！"湘裙惭惧啜泣，望伯伏谢。伯顾阿小喜曰："儿居然生人矣！"湘裙欲出作黍，伯曰："弟事未办，我不遑暇。"阿小年十三，渐知恋父；见父出，零涕从之。伯曰："从叔最乐，我行复来耳。"转身便逝，从此不复相闻问矣。

后阿小娶妇，生一子，亦三十而卒。仲抚其孤如侄生时。仲年八十，其子二十余矣，乃析之。湘裙无出。一日谓仲曰："我先驱狐狸于地下可乎？"盛妆上床而殁。仲亦不哀，半年亦殁。

异史氏曰：天下之友爱如仲几人哉！宜其不死而益之以年也。阳绝阴嗣，此皆不忍死兄之诚心所格；在人无此理，在天宁有此数乎？地下生子，愿承前业者想亦不少；恐承绝产之贤兄贤弟，不肯收恤耳！

注释

①陕西延安：旧府名，在今陕西延安市。②窗友：同窗。③责负：索债，讨债。责，索取。负，欠债。④乔才：坏坯子、坏东西。《琵琶记·激怒当朝》："乔才堪笑，故阻佯推不肯从。"⑤遗体：古人称自身为父母遗体，后借指儿女。《礼记·祭义》："身也者，父母之遗体也。"⑥豚子：对自己的儿子的谦称。

长亭

石太璞，泰山人，好厌禳之术。有道士遇之，喜其慧，纳为弟子。启牙签①，出二卷，上卷驱狐，下卷驱鬼，乃以下卷授之曰："虔(qián)奉此书，衣食佳丽皆有之。"问其姓名，曰："吾汴城北村玄帝观王赤城也。"留数日，尽传其诀。石由此精于符箓，委贽者接踵于门。

一日有叟来自称翁姓，炫陈币帛，谓其女鬼病已殆，必求亲诣。石闻病危，辞不受贽，姑与俱往。十余里入山村，至其家，廊舍华好。入室，见少女卧縠(hú)幛中，婢以钩挂帐。望之年十四五许，支缀于床，形容已槁。近临之，忽开目云：“良医至矣。”举家皆喜，谓其不语已数日矣。石乃出，因诘病状。叟曰：“白昼见少年来，与共寝处，捉之已杳；少间复至，意其为鬼。”石曰：“其鬼也驱之不难；恐其是狐，则非余所敢知矣。”叟曰：“必非必非。”石授以符，是夕宿于其家。夜分有少年人，衣冠整肃。石疑是主人眷属，起而问之。曰：“我鬼也。翁家尽狐。偶悦其女红亭，姑止焉。鬼为狐祟，阴骘[②]无伤，君何必离人之缘而护之也？女之姊长亭，光艳尤绝。敬留全璧，以待高贤。彼如许字，方可为之施治；尔时我当自去。”石诺之。是夜少年不复至，女顿醒。天明，叟喜告石，请石入视。石焚旧符，坐诊之。见绣幕有女郎，丽如天人，心知其长亭也。诊已，索水洒幛。女郎急以碗水付之，蹀(xiè)躞之间，意动神流。石生此际，心殊不在鬼矣。出辞叟，托制药去，数日不返。鬼益肆，除长亭外，子妇婢女俱被淫惑。又以仆马招石，石托疾不赴。

明日，叟自至。石故作病股状，扶杖而出。叟问故，曰：“此鳏之难也！曩夜婢子登榻，倾跌，堕汤夫人[③]泡两足耳。”叟问：“何久不续？”石曰：“恨不得清门如翁者。”叟默而出。石送嘱曰：“病瘥(chài)当自至，无烦玉趾也。”又数日叟复来，石跛而见之。叟慰问曰：“顷与荆人言，君如驱鬼去，使举家安枕，小女长亭，年十七矣，愿遣奉事君子。”石喜，顿首于地。乃曰：“雅意若此，病躯何敢复爱。”立刻出门，并骑而去。入视祟者既毕，石恐负约，请与媪盟。媪出曰：“先生何见疑也？”随拔长亭所插金簪，授石为信。石喜拜受，乃遍集家人，悉为祓除。惟长亭深匿不出，遂写一佩符，使持赠之。是夜寂然，惟红亭呻吟未已，投以法水，所患若失。石起辞，

叟挽留殷恳。至晚，肴核罗列，劝酬殊切。漏二下，主人辞去。石方就枕，闻叩扉甚急；起视，则长亭掩入，仓皇告曰：“吾家欲以白刃相仇，可急走！”言已径返身去。石战惧失色，越垣急窜。遥见火光，疾奔而往，则里人夜猎者也。喜，待猎已，从与俱归。心怀怨愤，无路可伸，欲往汴城寻师治之。奈家有老父，病废在床，日夜筹思，进退莫决。

忽一日双舆至门，则翁媪送长亭至，谓石曰：“曩夜之归，胡再不谋？”石见长亭，怨恨都消，故隐不发。媪促两人庭拜讫。石欲设筵，媪曰：“我非闲人，不能坐享甘旨。我家老子[4]昏髦[5]，倘有不悉，郎肯为长亭一念老身，为幸多矣。”登车遂去。盖杀婿之谋，媪不与闻；及追之不得而返，媪始知之。心不能平，与叟日相诟谇[6]。长亭亦涕泣不食。媪强送女来，非翁意也。长亭入门，诘之，始知其故。过两三月，翁家取女归宁。石料其不返，禁止之。女自此时一涕零。年余生一子，名慧儿，雇乳媪哺之。儿好啼，夜必归母。一日翁家又以舆来，言媪思女甚。长亭益悲，石不忍复留之。欲抱子去，石不可，长亭乃自归。别时以一月为期，既而半载无耗。遣人往探之，则向所僦宅久空。

又二年余，望想都绝；而儿啼终夜，寸心如割。既而父又病卒，倍益哀伤；因而病惫，苫次弥留，不能受吊。方昏愦间，忽闻妇人哭入。视之，则狉嶓（pī bō）者长亭也。石大悲，一恸遂绝。婢惊呼，女始啜泣，抚之良久渐苏。曰：“我疑已死，与汝相聚于冥中。”女曰：“非也。妾不孝，不得严父心，尼归[7]三载，诚所负心。适家人由东海过此，得翁凶信。妾遵严命而绝儿女之情，不敢循乱命而失翁媳之礼。妾来时，母知而父不知也。”言间，儿投怀中。言已，始抚而泣曰：“我有父，儿无母矣！”儿亦噭咷，一室掩泣。女起，经理家政，柩前牲盛洁备，石乃大慰。然病久，急切不能起。女乃请石外兄款洽吊唁。丧既闭，石始能杖而起，相与营谋殡葬。葬已，女欲辞归，以受背父之谴。夫挽儿号，隐忍而止。未几，有人来言母病，乃谓石曰：“妾为君父来，君不为妾母放令归耶？”石许之。女使乳媪抱儿他适，涕洟[8]出门而去。去后数年不返。石父子渐亦忘之。

一日昧爽启扉，则长亭飘入。石方骇问，女戚然坐榻上，叹曰："生长闺阁，视一里为遥；今一日夜而奔千里，殆矣！"细诘之，女欲言复止。固诘之，乃哭曰："今为君言，恐妾之所悲，而君之所快也。迩年徙居晋界，僦居赵缙绅之第。主客交最善，以红亭妻其公子。公子数逋荡，家庭颇不相安。妹归告父；父留之半年不令还。公子忿恨，不知何处聘一恶人来，遣神绾锁缚老父去。一门大骇，顷刻四散矣。"石闻之，笑不自禁。女怒曰："彼虽不仁，妾之父也。妾与君琴瑟数年，止有相好而无相尤。今日人亡家败，百口流离，即不为父伤，宁不为妾吊乎！闻之忭舞[9]，更无片语相慰藉，何不义也！"拂袖而出。石追谢之，亦已渺矣。怅然自悔，拚(pàn)[10]已决绝。

过二三日，媪与女俱来，石喜慰问。母女俱伏。惊问其故，又俱哭。女曰："妾负气而去，今不能自坚，又要求人复何颜面！"石曰："岳固非人；母之惠，卿之情，所不敢忘。然闻祸而乐，亦犹人情，卿何不能暂忍？"女曰："顷于途中遇母，始知絷吾父者，乃君师也。"石曰："果尔，亦大易。然翁不归，则卿之父子离散；恐翁归，则卿之夫泣儿悲也。"媪矢以自明，女亦誓以相报。石乃即刻治任如汴，询至玄帝观，则赤城归未久。入而参拜，师问："何来？"石视厨下一老狐，孔前股而系之，笑曰："弟子之来，为此老魅。"赤城诘之，曰："是吾岳也。"因以实告。道士谓其狡诈不肯轻释；固请，始许之。石因备述其诈，狐闻之，塞身入灶，似有惭状。道士笑曰："彼羞恶之心未尽亡也。"石起，牵之而出，以刀断索抽之。狐痛极，齿龈龈然。石不遽抽，而顿挫之，笑问之曰："翁痛乎？勿抽可耶！"狐睛睒(shǎn)闪[11]，似有愠色。既释，摇尾出观而去。石辞归。

三日前，已有人报叟信，媪先去，留女待石。石至，女逆而伏。石挽之曰："卿如不忘琴瑟之情，不在感激也。"女曰："今复迁还故居矣，村舍邻迩，音问可以不梗。妾欲归省，三日可旋，君信之否？"曰："儿生而无母，未便殇折。我日日鳏居，习已成惯。今不似赵公子，而反德报之，所以为卿者尽矣。如其不还，在卿为负义，道里虽近，当亦不复过问，何不信之与有？”女去，二日即返。问：“何速？”曰：“父以君在汴曾相戏弄，未能忘怀，言之絮叨；妾不欲复闻，故早来也。”自此闺中之往来无间，而翁婿间尚不通吊庆[12]云。

异史氏曰：狐情反复，谲诈已甚。悔婚之事，两女而一辙，诡可知矣。然要而婚之，是启其悔者犹在初也。且婿既爱女而救其父，止宜置昔怨而仁化之；乃复狎弄于危急之中，何怪其没齿不忘也！天下之有冰玉而不相能[13]者，类如此。

注释

①牙签：指象牙制作的图书标签。②阴骘：犹阴德。③汤夫人：亦称“汤婆子”，用铜或锡制成的一种扁壶，冬日注入热水，塞好瓶口，放入被中温暖双足。④老子：老头子，此处指其丈夫。⑤昏髦：惛耄，年老糊涂。⑥诟谇：指责，埋怨。⑦尼归：受阻不归。尼，停止，阻止。《孟子·梁惠王》下：“行，或使之；止，或尼之。行止，非人所能也。”⑧涕洟：涕泪横流。《礼记·檀弓》上：“待于庙，垂涕洟。”《释文》：“自目曰涕，自鼻曰洟。”⑨忭舞：欢欣起舞。⑩拚：表示舍弃、甘愿之辞。⑪睒闪：闪烁。⑫不通吊庆：意谓没有来往。吊，吊问。庆，祝福。⑬冰玉而不相能：意谓翁婿感情不和。冰玉，为岳父和女婿的代称。《晋书·卫玠传》载，玠为名士，而其岳父乐广亦名扬海内，人称“妇公冰清，女婿玉润”。

素秋

俞慎字谨庵，顺天旧家子。赴试入都，舍于郊郭。时见对户一少年，美如冠玉[1]。心好之，渐近与语，风雅尤绝。大悦，捉臂邀至寓所，相与款宴。问其姓氏，则金陵俞士忱也，字恂九。公子闻与同姓，更加浃洽，订为昆仲；少年遂减名字为忱。

明日过其家，书舍光洁；然门庭踧落[2]，更无厮仆。引公子入内，呼妹出拜，年约十三四，肌肤莹澈，粉玉无其白也。少顷托茗献客，家中似无臧获。公子异之，数语遂出。自后友爱如胞。恂九无日不来，或留共宿，则以弱妹无伴为辞。公子曰：“吾弟流寓千里，曾无应门之僮，兄妹纤弱，何以为生？计不如从我去，有斗舍可共栖止，如何？”恂九喜，约以场后。试毕，恂九邀公子去，曰：“中秋月明如昼，妹子素秋具有蔬酒，勿违其

意。”竟挽入内。素秋出，略道温凉，便入复室，下帘治具。少间自出行炙。公子起曰：“妹子奔波，情何以忍！”素秋笑入。顷之搴(qiān)帘出，则一青衣婢捧壶；又一媪托柈进烹鱼。公子讶曰：“此辈何来？不早从事而烦妹子？”恂九微笑曰：“妹子又弄怪矣。”但闻帘内吃吃作笑声，公子不解其故。既而筵终，婢媪撤器，公子适嗽，误咳婢衣；婢随唾而倒，碎碗流炙。视婢，则帛剪小人，仅四寸许。恂九大笑。素秋笑出，拾之而去。俄而婢复出，奔走如故，公子大异之。恂九曰：“此不过妹子幼时，卜紫姑之小技耳。”公子因问：“弟妹都已长成，何未婚姻？”答云：“先人即世，去留尚无定所，故此迟迟。”遂与商定行期，鬻(yù)宅，携妹与公子俱西。既归，除舍舍之；又遣一婢为之服役。

公子妻，韩侍郎之犹女也，尤怜爱素秋，饮食共之。公子与恂九亦然。而恂九又最慧，目下十行，试作一艺，老宿[3]不能及之。公子劝赴童试，恂九曰：“姑为此业者，聊与君分苦耳。自审福薄，不堪仕进；且一人此途，遂不能不戚戚于得失，故不为也。”居三年，公子又下第。恂九大为扼腕，奋然曰：“榜上一名，何遂艰难若此！我初不欲为成败所惑，故宁寂寂耳。今见大哥不能发舒，不觉中热，十九岁老童当效驹驰也。”公子喜，试期送入场，邑、郡、道皆第一。益与公子下帷攻苦。逾年科试，并为郡、邑冠军。恂九名大噪，远近争婚之，恂九悉却去。公子力劝之，乃以场后为解。

无何，试毕，倾慕者争录其文，相传颂；恂九亦自觉第二人不屑居也。及榜发，兄弟皆黜。时方对饮，公子互作噱(xuè)；恂九失色，酒盏倾堕，身仆案下。扶置榻上，病已困殆。急呼妹至，张目谓公子曰：“吾两人情虽如胞，实非同族。弟自分已登鬼箓(lù)[4]。衔恩无可相报，素秋已长成，既蒙嫂抚爱，媵之可也。”公子作色曰：“是真吾弟之乱命也！其将谓我人头畜鸣者耶！”恂九泣下。公子即以重金为购良材。恂九命舁至，力疾而入，嘱妹曰：“我没后即阖棺，无令一人开视。”公子尚欲有言，而目已瞑矣。公子哀伤，如丧手足。然窃疑其嘱异，俟素秋他出，启而视之，则棺中袍服如蜕；揭之，有蠹(dù)鱼[5]径尺僵卧其中。骇异间，素秋促入，惨然曰：“兄弟何所隔阂？所以然者非避兄也；但恐传布飞扬，妾亦不能久居耳。”公子曰：“礼缘情制，情之所在，异族何殊焉？妹宁不知我心乎？即中馈当无漏言，请勿虑。”遂速卜吉期，厚葬之。初，公子欲以素秋论婚于世家，恂九不欲。既殁，公子商于素秋，素秋不应。公子曰：“妹子年已二十，长而不嫁，人其谓我何？”对曰：“若然，但惟兄命。然自顾无福相，不愿入侯门，寒士而可。”公子曰：“诺。”不数日，冰媒相属，卒无所可。先是，公子妻弟韩荃来吊，得窥素秋，心爱悦之，欲购作小妻。谋之姊，姊急戒勿言，恐公子知。韩心不释，托媒风示公子，许为买乡场关节。公子闻之，大怒诟骂，将致意者批逐出门，自此交往遂绝。又有故尚书孙某甲，将娶而妇卒，亦遣冰来。其甲第人所素识，公子欲一见其人，因使媒约，使甲躬谒。及期。垂帘于内，令素秋自相之。甲至，裘马驺从，炫耀闾里；人又秀雅如处子。公子大悦，而素秋殊不乐。公子竟许之，盛备装奁(lián)[6]。素秋固止之；公子亦不听，卒厚赠焉。既嫁，琴瑟甚敦。然兄嫂系念，月辄归宁。来时，奁中珠绣，必携数事付嫂收贮。嫂不解其意，亦姑听之。

甲少孤，寡母溺爱太过，日近匪人，引诱嫖赌，家传书画鼎彝[7]，皆以鬻偿戏债。韩荃与有瓜葛，日招甲饮而窃探之，愿以两妾及五百金易素秋。甲初不肯；韩固求之，甲意摇动，恐公子不甘。韩曰：“彼与我至戚，此又非其支系，若事已成，彼亦无如我何；万一有他，我身任之。有家君在，何畏一俞谨庵哉！”遂盛妆两姬出行酒，且曰：“果如所约，此即君家人矣。”甲惑之，约期而去。至日，虑韩诈谖，夜候于途，果有舆来，启帘验照不虚，乃导去，姑置斋中。韩仆以五百金交兑明白。甲奔入，诳素秋曰：“公子暴病相呼。”素秋未遑理妆，草草遂出。舆既发，夜迷不知何所，逴行良远，殊不可到。忽见二巨烛来，众窃喜其可以问路。及至前，则巨蟒两目如灯。众大骇，人马俱窜，委舆路侧；将曙复集则空舆存焉。意必葬于蛇腹，归告主人，垂首丧气而已。

数日后，公子遣人诣妹，始知为恶人赚去，初不疑其婿之伪也。陪娶婢归，细诘情迹，微窥其变，忿极，遍诉都邑。某甲惧，求救于韩。韩以金妾两亡，正复懊丧，斥绝不为力。甲呆憨无所复计，各处勾牒至，俱以赂嘱免行。月余，金珠服饰典货一空。公子于宪府究理甚急，邑官皆奉严令，甲知不能复匿，始出，至公堂实情尽吐。宪票拘韩对质。韩惧，以情告父。父时已休职，怒其所为不法，执付隶。及见官府，言及遇蟒之变，悉谓其词枝梧；家人搒掠殆遍，甲亦屡被敲楚[⑧]。幸母日鬻(yù)田产，上下营求，刑轻得不死，而韩仆已瘐毙矣。韩久困囹圄(líng yǔ)，愿助甲赂公子千金，哀求罢讼。公子不许。甲母又请益以二姬，但求姑存疑案以待寻访；妻又承叔母命，朝夕解免，公子乃许之。甲家綦贫，货宅办金，而急切不能得售，因先送姬来，乞其延缓。

逾数日，公子夜坐斋中，素秋偕一媪，蓦然忽入。公子骇问："妹固无恙耶？"笑曰："蟒变乃妹之小术耳。当夜窜入一秀才家，依于其母。彼亦识兄，今在门外。"公子倒屣出迎，则宛平名士周生也，素相善。把臂入斋，款洽臻至。倾谈既久，始知颠末。初，素秋昧爽款生门，母纳入，诘之，知为公子妹，便欲驰报。素秋止之，因与母居。甚得母欢，以子无妇，窃属意素秋，微言之。素秋以未奉兄命为辞。生亦以公子交契，故不肯作无媒之合，但频频侦听。知讼事已有关说，素秋乃告母欲归。母遣生率一媪送之，即嘱媪为媒。公子以素秋居生家久，亦有此心；及闻媪言大喜，即与生面订姻好。先是，素秋夜归，欲使公子得金而后宣之。公子不可，曰："向愤无所泄，故索金以败之耳。今复见妹，万金何能易哉！"即遣人告诸两家罢之。又念生家故不甚丰，道又远，亲迎殊难，因移生母来，居以恂九旧第；生亦备币帛鼓乐，婚嫁成礼。

一日，嫂戏素秋曰："今得新婿，从前枕席之爱犹忆之否？"素秋笑顾婢曰："忆之否？"嫂不解，研问之，盖三年床笫皆以婢代。每夕以笔画其两眉，驱之去，即对烛独坐，婿亦不之辨也。益奇之，求其术，但笑不言。次年大比，生将与公子偕往。素秋曰：“不必。”公子强挽而去。是科，公子中式，生落第归。逾年母卒，遂不复言进取矣。一日，素秋谓嫂曰：“向求我术，固未肯以此骇物听也。今将远别，请秘授之，亦可以避兵燹（xiǎn）。”嫂惊问故，答曰：“三年后此处当无人烟。妾荏弱不堪惊恐，将蹈海滨而隐。大哥富贵中人，不可以偕，故言别也。”乃以术悉授嫂。数日又告别，公子留之不得，至泣下，问：“何往？”又不言。鸡鸣早起，携一白须奴，控双卫而去。公子阴使人尾送之，至胶莱之界，尘雾幛天，既晴，已迷所往。

三年后闯寇犯顺，村舍为墟。韩夫人剪帛置门内，寇至，见云绕韦驮[⑨]高丈余，遂骇走，以是得保无恙。后村中有贾客至海上，遇一叟似老奴，而髭发尽黑，猝不能认。叟停足笑曰：“我家公子尚健耶？借口寄语：秋姑亦甚安乐。”问其居何里，曰：“远矣，远矣！”匆匆遂去。公子闻之，使人于所在遍访之，竟无踪迹。

异史氏曰：管城子无食肉相[⑩]，其来旧矣。初念甚明，而乃持之不坚。宁如糊眼主司，固衡命不衡文耶？一击不中，冥然遂死，蠹鱼之痴，一何可怜！伤哉雄飞不如雌伏。

注释

①冠玉：帽子上装饰用的美玉。此处比喻美男子。②踧落：冷落。③老宿：老成有声望的人。此处指宿儒。④已登鬼箓：已经离开人世。鬼箓，死者名册。陶渊明《拟挽歌辞》：“昨暮同为人，今且在鬼箓。”⑤蠹鱼：蛀蚀书籍的小虫子。其形似鱼，故称。⑥装奁：嫁妆。⑦鼎彝：鼎和彝都是古代青铜器，此处指珍贵的古玩。⑧楚：刑杖。⑨韦驮：佛教天神，为四天王三十二神将之首。其像多穿武将服，手持金刚杵，威猛高大。⑩管城子无食肉相：意谓读书人没有做官的福相。黄庭坚《戏呈孔毅父》诗：“管城子无食肉相，孔方兄有绝交书。”

贾奉雉

贾奉雉，平凉人。才名冠世，而试辄不售。一日途中遇一秀才，自言姓郎，风格飘洒，谈言微中[1]。因邀俱归，出课艺就正。郎读之，不甚称许，曰："足下[2]文，小试取第一则有余，大场取榜尾亦不足。"贾曰："奈何？"郎曰："天下事，仰而跂[3]之则难，俯而就之[4]甚易，此何须鄙人言哉！"遂指一二人、一二篇以为标准，大率贾所鄙弃而不屑道者。贾笑曰："学者立言，贵乎不朽，即味列八珍，当使天下不以为泰耳。如此猎取功名，虽登台阁，犹为贱也。"郎曰："不然。文章虽美，贱则弗传。君将抱卷以终也则已；不然，帘内诸官，皆以此等物事进身，恐不能因阅君文，另换一副眼睛肺肠也。"贾终默然。郎起笑曰："少年盛气哉！"遂别去。

是秋入闱复落，邑邑不得志，颇思郎言，遂取前所指示者强读之。未至终篇，昏昏欲睡，心惶惑无以自主。又三年，场期将近，郎忽至，相见甚欢。出拟题七使贾作文。及成索阅，不许，令复作；作已，又訾(zǐ)之。贾戏于落卷中，集其阘(tà)茸泛滥[5]，不可告人之句，连缀成文，示之。郎喜曰："得之矣！"因使熟记，坚嘱勿忘。贾笑曰："实相告：此言不由中，转瞬即去，便受夏楚，不能复忆之也。"郎坐案头，强令自诵一遍；因使袒背，以笔写符而去，曰："只此已足，可以束阁群书矣。"验其符，濯之不下，深入肌理。

入场七题无一遗者。回思诸作，茫不记忆，惟戏缀之文，历历在心。然把笔终以为羞；欲少窜易，而颠倒苦思，更不能复易一字。日已西坠，直录而出。郎候之已久，问："何暮也？"贾以实告，即求拭符；视之已漫灭矣。回忆场中文，浑如隔世。大奇之，因问："何不自谋？"笑曰："某惟不作此等想，故不能读此等文也。"遂约明日过其寓。贾曰："诺。"郎去，贾复取文自阅，大非本怀，怏怏自失，不复访郎，嗒丧而归。榜发，竟中经魁。复阅旧稿，汗透重衣，自言曰："此文一出，何以见天下士乎！"正惭怍间，郎忽至曰："求中即中矣，何其闷也？"曰："仆适自念，以金盆玉碗贮狗矢，真无颜出见同人。行将遁迹山林，与世长辞矣。"郎曰："此论亦高，但恐不能耳。若果能，仆引见一人，长生可得，并千载之名，亦不足恋，况傥来[6]之富贵乎！"贾悦，留与共宿，曰："容某思之。"天明，谓郎曰："吾志决矣！"不告妻子，飘然遂去。

渐入深山，至一洞府。有叟坐堂上，郎使参之，呼以师。叟曰："来何早也？"郎曰："此人道念已坚，望加收齿。"叟曰："汝既来，须将此身并置度外，始得。"贾唯唯听命。郎送至一院，安其寝处，又投以饵，始去。房亦精洁；但户无扉，窗无棂，内惟一几一榻。贾解履登榻，月明穿射；觉微饥，取饵啖之，甘而易饱。因即寂坐，但觉清香满室，脏腑空明，脉络皆可指数。忽闻有声甚厉，似猫抓痒，自牖窥之，则虎蹲檐下。乍见甚惊；因忆师言，收神凝坐。虎似知有其人，寻入近榻，气咻咻遍嗅足股。少间闻庭中嗥动，如鸡受缚，虎即趋出。

又坐少时，一美人入，兰麝扑人，悄然登榻，附耳小言曰："我来矣。"一言之间，口脂散馥。贾瞑然不少动。又低声曰："睡乎？"声音颇类其妻，心微动。又念曰："此皆师相试之幻术也。"瞑如故。美人曰："鼠子动矣！"初，夫妻与婢同室，狎亵惟恐婢闻，私约一谜曰："鼠子动，则相欢好。"忽闻是语，不觉大动，开目凝视，真其妻也。问："何能来？"答云："郎生恐君岑(cén)寂思归，遣一妪导我来。"言次，因贾出门不相告语，偎傍之际，颇有怨怼。贾慰藉良久，始得嬉笑为欢。既毕，夜已向晨，闻叟谯呵声，渐近庭院。妻急起，无地自匿，遂越短墙而去。俄顷郎从曳入。叟对贾杖郎，便令逐客。郎亦引贾自短墙出，曰："仆望君奢，不免躁进；不图情缘未断，累受扑责。从此暂别，相见行有日矣。"指示归途，拱手遂别。

贾俯视故村，故在目中。意妻弱步，必滞途间。疾趋里余，已至家门，但见房垣零落，旧景全非，村中老幼，竟无一相识者，心始骇异。忽念刘、阮返自天台，情景真似。不敢入门，于对户憩坐。良久，有老翁曳杖出。贾揖之，问："贾某家何所？"翁指其第曰："此即是也。得无欲闻奇事耶？仆悉知之。相传此公闻捷即遁；遁时其子才七八岁。后至十四五岁，母忽大睡不醒。子在时，寒暑为之易衣；迨后穷踧⑦，房舍拆毁，惟以木架苫覆蔽之。月前夫人忽醒，屈指百余年矣。远近闻其异，皆来访视，近日稍稀矣。"贾豁然顿悟，曰："翁不知贾奉雉即某是也。"翁大骇，走报其家。

时长孙已死；次孙祥，至五十余矣。以贾年少，疑有诈伪。少间夫人出，始识之。双涕霪霪，呼与俱去。苦无屋宇，暂入孙舍。大小男妇，奔入盈侧，皆其曾、玄，率陋劣少文。长孙妇吴氏，沽酒具藜藿；又使少子杲及妇，与已同室，除舍舍祖翁姑。贾入舍，烟埃儿溺，杂气熏人。居数日，懊惋殊不可耐。两孙家分供餐饮，调饪尤乖。里中以贾新归，日日招饮；而夫人恒不得一饱。吴氏故士人女，颇娴闺训，承顺不衰。祥家给奉渐疏，或呼而与之。贾怒，携夫人去，设帐东里。每谓夫人曰："吾甚悔此一返，而已无及矣。不得已，复理旧业，若心无愧耻，富贵不难致也。"居年余，吴氏犹时馈赠，而祥父子绝迹矣。是岁试入邑痒。宰重其文，厚赠之，由此家稍裕。祥稍稍来近就之。贾唤入，计囊所耗费出金偿之，斥绝令去。遂买新第，移吴氏共居之，吴二子，长者留守旧业；次杲颇慧，使与门人辈共笔砚。

贾自山中归，心思益明澈，遂连捷登进士。又数年，以侍御出巡两浙，声名赫奕，歌舞楼台，一时称盛。贾为人鲠峭⑧，不避权贵，朝中大僚思中伤之。贾屡疏恬退，未蒙俞允，未几而祸作矣。先是，祥六子皆无赖，贾虽摈斥不齿，然皆窃余势以作威福，横占田宅，乡人共患之。有某乙娶新妇，祥次子篡娶为妾。乙故狙诈，乡人敛金助讼，以此闻于都。当道交章劾贾。贾殊无以自剖，被收经年。祥及次子皆瘐死。贾奉旨充辽阳军。

时杲入泮已久，人颇仁厚，有贤声。夫人生一子，年十六，遂以嘱杲，夫妻携一仆一媪而去。贾曰："十余年之富贵，曾不如一梦之久。今始知荣华之场，皆地狱境界，悔比刘晨、阮肇，多造一重孽案耳。"数日抵海岸，遥见巨舟来，鼓乐殷作，虞候皆如天神。既近，舟中一人出，笑请侍御过舟少憩(qì)。贾见惊喜，踊身而过，押吏不敢禁。夫人急欲相从，而相去已远，遂愤投海中。漂泊数步，见一人垂练于水引救而去。隶命篙师[9]荡舟，且追且号，但闻鼓声如雷，与轰涛相间，瞬间遂杳。仆识其人，盖郎生也。

异史氏曰：世传陈大士在闱中，书艺既成，吟诵数四，叹曰："亦复谁人识得！"遂弃而更作，以故闱墨不及诸稿。贾生羞而遁去，盖亦有仙骨焉。乃再返人世，遂以口腹自贬[10]，贫贱之中人甚矣哉！

注释

①谈言微中：意谓言谈委婉，但切中事理。《史记·滑稽列传》："谈言微中，亦可解纷。"②足下：称呼对方的敬辞。③跂：踮起脚尖。④俯而就之：降格屈就。《礼记·檀弓上》："子思曰：先王之制礼也，过之者，俯而就之；不至焉者，跂而及之。"⑤阘茸泛滥：形容文词境界不高，语意浮夸。⑥傥来：无意中得到。《庄子·缮性》："物之傥来，寄也。"此处指意外得来的荣华富贵，如镜花水月。⑦穷蹇：贫困。蹇，同"蹇"。⑧鲠峭：耿直。⑨篙师：船夫。⑩以口腹自贬：为生活所迫而做违心之举。口腹，指饮食。

胭脂

东昌卞氏，业牛医者，有女小字胭脂，才姿惠丽。父宝爱之，欲占卜[1]清门，而世族鄙其寒贱，不屑缔盟，所以及笄未字。对户庞姓之妻王氏，佻脱善谑，女闺中谈友也。一日送至门，见一少年过，白服裙帽，丰采甚都。女意动，秋波萦转之。少年俯首趋去。去既远，女犹凝眺。王窥其意，戏谓曰："以娘子才貌，得配若人，庶可无憾。"女晕红上颊，脉脉不作一语。王问："识得此郎否？"女曰："不识。"曰："此南巷鄂秀才秋隼，故孝廉之子。妾向与同里，故识之，世间男子无其温婉。近以妻服未阕，故衣素。娘子如有意，当寄语使委冰焉。"女无语，王笑而去。

数日无耗，女疑王氏未往，又疑宦裔不肯俯就。邑邑徘徊，渐废饮食；萦念颇苦，寝疾惙(chuì)顿。王氏适来省视，研诘病由。女曰："自亦不知。但尔日别后，渐觉不快，延命假息，朝暮人也。"王小语曰："我家男子负贩未归，尚无人致声鄂郎。芳体[2]违和，莫非为此？”女赪（chēng）颜良久。王戏曰：“果为此，病已至是，尚何顾忌？先令其夜来一聚，彼宁不肯可？”女叹气曰：“事至此，已不能羞。若渠不嫌寒贱，即遣冰来，病当愈；若私约，则断断不可！”王颔之而去。

王幼时与邻生宿介通，既嫁，宿侦夫他出，辄寻旧好。是夜宿适来，因述女言为笑，戏嘱致意鄂生。宿久知女美，闻之窃喜其有机可乘。欲与妇谋，又恐其妒，乃假无心之词，问女家闺闼甚悉。次夜逾垣入，直达女所，以指叩窗。女问：“谁何？”答曰：“鄂生。”女曰：“妾所以念君者，为百年，不为一夕。郎果爱妾，但当速遣冰人；若言私合，不敢从命。”宿姑诺之，苦求一握玉腕为信。女不忍过拒，力疾启扉。宿遽入，抱求欢。女无力撑拒，仆地上，气息不续。宿急曳之。女曰：“何来恶少，必非鄂郎；果是鄂郎，其人温驯，知妾病由，当相怜恤，何遂狂暴若此！若复尔尔[3]，便当鸣呼，品行亏损，两无所益！”宿恐假迹败露，不敢复强，但请后会。女以亲迎为期。宿以为远，又请。女厌纠缠，约待病愈。宿求信物，女不许；宿捉足解绣履而出。女呼之返，曰：“身已许君，复何吝惜？但恐‘画虎成狗’，致贻污谤。今亵物[4]已入君手，料不可反。君如负心，但有一死！”宿既出，又投宿王所。既卧，心不忘履，阴摸衣袂，竟已乌有。急起篝灯，振衣冥索。诘王，不应。疑其藏匿，王又故笑以疑之。宿不能隐，实以情告。言已遍烛门外，竟不可得。懊恨归寝，犹意深夜无人，遗落当犹在途也。早起寻，亦复杳然。

先是巷中有毛大者，游手无籍。尝挑王氏不得，知宿与洽，思掩执以胁之。是夜过其门，推之未扃（jiōng），潜入。方至窗下，踏一物软若絮绵，拾视，则巾裹女舄。伏听之，闻宿自述甚悉，喜极，抽息而出。逾数夕，越墙入女家，门户不悉，误诣翁舍。翁窥窗见男子，察其音迹，知为女来。大怒，操刀直出。毛大骇，反走。方欲攀垣，而卞追已近，急无所逃，反身夺刃；媪起大呼，毛不得脱，因而杀翁。女稍痊，闻喧始起。共烛之，翁脑裂不能言，俄顷已绝。于墙下得绣履，媪视之，胭脂物也。逼女，女哭而实告之；不忍贻累王氏，言鄂生之自至而已。天明讼于邑。

官拘鄂。鄂为人谨讷，年十九岁，见人羞涩如处子。被执骇绝。上堂不能置词，惟有战栗。宰益信其情实，横加梏械。生不堪痛楚，遂诬服。及解郡，敲扑如邑。生冤气填塞，每欲与女面质；及相见，女辄诟詈，遂结舌不能自伸，由是论死。经数官复讯无异。

后委济南府复审。时吴公南岱守济南，一见鄂生，疑其不类杀人者，阴使人从容私问之，俾尽得其词。公以是益知鄂生冤。筹思数日始鞫之。先问胭脂："订约后有知者否？"曰："无之。""遇鄂生时别有人否？"亦曰："无之。"乃唤生上，温语慰问。生曰："曾过其门，但见旧邻妇王氏同一少女出，某即趋避，过此并无一言。"吴公叱女曰："适言侧无他人，何以有邻妇也？"欲刑之。女惧曰："虽有王氏，与彼实无关涉。"公罢质，命拘王氏。拘到，禁不与女通，立刻出审，便问王："杀人者谁？"王曰："不知。"公诈之曰："胭脂供杀卞某汝悉知之，何得不招？"妇呼曰："冤哉！淫婢自思男子，我虽有媒合之言，特戏之耳。彼自引奸夫入院，我何知焉！"公细诘之，始述其前后相戏之词。公呼女上，怒曰："汝言彼不知情，今何以自供撮合哉？"女流涕曰："自己不肖，致父惨死，讼结不知何年，又累他人，诚不忍耳。"公问王氏："既戏后，曾语何人？"王供："无之。"公怒曰："夫妻在床应无不言者，何得云无？"王曰："丈夫久客未归。"公曰："虽然，凡戏人者，皆笑人之愚，以炫己之慧，更不向一人言，将谁欺？"命梏十指。妇不得已，实供："曾与宿言。"公于是释鄂拘宿。宿至，自供："不知。"公曰："宿妓者必非良士！"严械之。宿供曰："赚女是真。自失履后，未敢复往，杀人实不知情。"公曰："逾墙者何所不至！"又械之。宿不任凌藉，遂亦诬承。招成报上，咸称吴公之神。铁案如山，宿遂延颈以待秋决矣。然宿虽放纵无行，实亦东国名士。闻学使施公愚山贤能称最，且又怜才恤士，宿因以一词控其冤枉，语言怆恻。公乃讨其招供，反复凝思之，拍案曰："此生冤也！"遂请于院、司，移案再鞫(jú)。问宿生："鞋遗何所？"供曰："忘之。但叩妇门时，犹在袖中。"转

诘王氏："宿介之外，奸夫有几？"供曰："无之。"公曰："淫妇岂得专私一人？"又供曰："身与宿介稚齿交合，故未能谢绝；后非无见挑者，身实未敢相从。"因使指其挑者，供云："同里毛大，屡挑屡拒之矣。"公曰："何忽贞白如此？"命搒之。妇顿首出血，力辨无有，乃释之。又诘："汝夫远出，宁无有托故而来者？"曰："有之。某甲、某乙，皆以借贷馈赠，曾一二次入小人家。"

盖甲、乙皆巷中游荡之子，有心于妇而未发者也。公悉籍其名，并拘之。既齐，公赴城隍庙，使尽伏案前。讯曰："曩梦神告，杀人者不出汝等四五人中。今对神明，不得有妄言。如肯自首，尚可原宥；虚者廉得无赦！"同声言无杀人之事。公以三木置地，将并夹之。括发裸身，齐鸣冤苦。公命释之，谓曰："既不自招，当使鬼神指之。"使人以毡褥悉障殿窗，令无少隙；袒诸囚背，驱入暗中，始投盆水，一一命自盥讫；系诸壁下，戒令"面壁勿动，杀人者当有神书其背"。少间，唤出验视，指毛曰："此真杀人贼也！"盖公先使人以灰涂壁，又以烟煤濯其手：杀人者恐神来书，故匿背于壁而有灰色；临出以手护背，而有烟色也。公固疑是毛，至此益信。施以毒刑，尽吐其实。判曰：

"宿介：蹈盆成括杀身之道，成登徒子好色之名。只缘两小无猜，遂野鹜如家鸡之恋；为因一言有漏，致得陇兴望蜀之心。将仲子而逾园墙，便如鸟堕；冒刘郎而至洞口，竟赚门开。感帨(shuì)惊尨(máng)，鼠有皮胡若此？攀花折树⑤，士无行其谓何！幸而听病燕之娇啼，犹为玉惜；怜弱柳之憔悴，未似莺狂。而释幺凤于罗中，尚有文人之意；乃劫香盟于袜底，宁非无赖之尤！蝴蝶过墙，隔窗有耳；莲花瓣卸，堕地无踪。假中之假以生，冤外之冤谁信？天降祸起，酷械至于垂亡；自作孽盈，断头几于不续。彼逾墙钻隙，固有玷夫儒冠；而僵李代桃，诚难消其冤气。是宜稍宽笞扑，折其已受之惨；姑降青衣，开彼自新之路。

“若毛大者：刁猾无籍，市井凶徒。被邻女之投梭，淫心不死；伺狂童之入巷，贼智忽生。开户迎风，喜得履张生之迹；求浆值酒，妄思偷韩掾之香。何意魄夺自天，魂摄于鬼。浪乘槎木，直入广寒之宫；径泛渔舟，错认桃源之路。遂使情火息焰，欲海生波。刀横直前，投鼠无他顾之意；寇穷安往，急兔起反噬之心。越壁入人家，止期张有冠而李借；夺兵遗绣履，遂教鱼脱网而鸿罹。风流道乃生此恶魔，温柔乡何有此鬼蜮哉！即断首领，以快人心。

“胭脂：身犹未字，岁已及笄。以月殿之仙人，自应有郎似玉；原霓裳之旧队，何愁贮屋无金？而乃感关雎而念好逑，竟绕春婆之梦[6]；怨摽梅[7]而思吉士，遂离倩女之魂。为因一线缠萦，致使群魔交至。争妇女之颜色，恐失‘胭脂’；惹鸷鸟之纷飞，并托‘秋隼’。莲钩摘去，难保一瓣之香；铁限敲来，几破连城之玉。嵌红豆于骰子，相思骨竟作厉阶；丧乔木于斧斤，可憎才真成祸水！葳蕤(wēi ruí)自守，幸白璧之无瑕；缧绁苦争，喜锦衾之可覆。嘉其入门之拒，犹洁白之情人；遂其掷果之心，亦风流之雅事。仰彼邑令，作尔冰人。”

案既结，遐迩传颂焉。

自吴公鞫后，女始知鄂生冤。堂下相遇，觍(tiǎn)然含涕，似有痛惜之词，而未可言也。生感其眷恋之情，爱慕殊切；而又念其出身微贱，日登公堂，为千人所窥指，恐娶之为人姗笑，日夜萦回，无以自主。判牒既下，意始安贴。邑宰为之委禽，送鼓吹焉。

异史氏曰：甚哉！听讼之不可以不慎也！纵能知李代为冤，谁复思桃僵亦屈？然事虽暗昧，必有其间，要非审思研察，不能得也。呜呼！人皆服哲人[8]之折狱明，而不知良工之用心苦矣。世之居民上者，棋局消日，绸被放衙，下情民艰，更不肯一劳方寸。至鼓动衙开，巍然坐堂上，彼哓哓者直以桎梏靖之，何怪覆盆[9]之下多沉冤哉！

施愚山先生校士山左，爱才如命，奖励后进，非止衡文无屈士也。尝有名士入场，作“宝藏兴焉”文，误认作“水”；录毕而始悟之，料无不黜之理。因作词文后云：“宝藏在山间，误认却在水边。山头盖起水晶殿。瑚长峰尖，珠结树颠。这一回崖中跌死撑船汉！告苍天：留点蒂儿，好与朋友看。”先生阅而和之曰：“宝藏将山夸，忽然见在水涯。樵夫漫说渔翁话。题目虽差，文字却佳，怎肯放在他人下。尝见他，登高怕险；那曾见，会水淹杀？”此亦怜才一事也。

注释

①占卜：卜婚。《左传·庄公二十二年》：春秋时，齐国懿仲想把女儿嫁给陈敬仲，占卜时，占得“凤凰于飞：和鸣锵锵”等吉语。②芳体：对妇女身体的敬称。③尔尔：不过如此。④亵物：贴身衣物。此处指绣履。⑤攀花折树：喻欺辱妇女。《诗·郑风·将仲子》：“将仲子兮，无逾我里，无折我树杞。岂敢爱之，畏我父母。”士无行，谓读书人品德低下。⑥“而乃感关雎”二句：意谓胭脂对鄂生的恋情落空。《诗·周南·关雎》，“关关雎鸠，在河之洲。窈窕淑女，君子好逑。”⑦摽梅：落梅，梅子成熟落地，喻女子到了该嫁人的时候。⑧哲人：智者，有智慧的人。⑨覆盆：倒扣的盆，比喻沉冤不见天日。

阿纤

奚山者，高密[①]人。贸贩为业，常客蒙沂间。一日途中阻雨，至歇处，夜已深，遍叩无应。徘徊庑下。忽二扉豁开，一叟出，邀客入，山喜从之。絷蹇（zhí jiǎn）登堂，堂上并无几榻。叟曰：“我怜客无归，故相容纳。我实非卖食沽饮者。家下止有老荆弱女，已眠熟矣。虽有宿肴，苦少烹鬵（qín）[②]，勿嫌冷啜也。”言已，便入。少顷，以足床来置地上，促客坐；又携一短足几至：往来蹀躞（xiè）。山起坐不自安，曳令暂息。

少间，一女郎出行酒。叟顾曰：“我家阿纤兴矣。”视之，年十六七，窈窕秀弱，风致嫣然。山有少弟未婚，窃属意焉。因问叟清贯尊阀，答云：“士虚，姓古。子孙夭折，剩有此女。适不忍搅其酣睡，想老荆唤起矣。”问：“婿家阿谁？”答云：“未字。”山窃喜。既而品味杂陈，似所宿具。食已，致谢曰：“萍水之人，遂蒙宠惠，没齿所不敢忘。缘翁盛德，乃敢遽陈朴鲁：仆有弟三郎，十七岁矣。读书肄业，颇不冥顽。欲求援系，不嫌寒贱否？”叟喜曰：“老夫在此，亦是侨寓。倘得相托，便假一庐，移家而往，庶免悬念。”山都应之，遂启展谢。叟殷勤安置而去。鸡既鸣，叟出，呼客盥(guàn)沐。束装已，酬以饭金。固辞曰：“留客一饭，万无受金之理；矧附为婚姻乎？”既别，客月余乃返。去村里余，遇老媪率一女郎，冠服尽素。既近，疑似阿纤。女郎亦频转顾，因把媪袂，附耳不知何辞。媪便停步，向山曰：“君奚姓乎？”山曰：“然。”媪惨容曰：“不幸老翁压于败堵，今将上墓。家虚无人，请少待路侧，行即还也。”遂入林去，移时始来。途已昏冥，遂与偕行。道其孤弱，不觉哀啼，山亦酸恻。媪曰：“此处人情大不平善，孤孀难以过度。阿纤既为君家妇，过此恐迟时日，不如早夜同归。”山可之。

既至家，媪挑灯供客已，谓山曰：“意君将至，储粟都已粜去；尚存二十余石，远莫致之。北去四五里，村中第一门有谈二泉者，是吾售主。君勿惮劳，先以尊乘运一囊去，叩门而告之，但道南村中古姥有数石粟，粜作路用，烦驱蹄嗷一致之也。”即以囊粟付山。山策蹇(jiǎn)去，叩门，一硕腹男子出，告以故，倾囊先归。俄有两夫以五骡至。媪引山至粟所，乃在窖中。山下为操量执概，母放女收，顷刻盈装，付之以去。凡四返而粟始尽。既而以金授媪。媪留其一人二畜，治任遂东。行二十里，天始曙。至一市，市头赁骑，谈仆乃返。既归，山以情告父母。相见甚喜，再以别第馆媪，卜吉为三郎完婚。媪治奁装甚备。阿纤寡言少怒，或与言，但有微笑，昼夜绩织无停晷，以是上下俱怜悦之。嘱三郎曰：“寄语大伯：再过西道，勿言吾母子也。”居三四年，奚家益富，三郎入泮矣。

一日山宿古之旧邻，偶及曩(nǎng)年无归，投宿翁媪之事。主人曰：“客误矣。东邻为阿伯别第，三年前居者辄睹怪异，故空废甚久，有何翁媪相留？”山讶之，而未深信。主人又曰：“此宅向空十年无敢入者。一日第后墙倾，伯往视之，则石压巨鼠如猫，尾在外尚摇。急归，呼众往视，则已渺矣。群疑是物为妖。后十余日复入试，寂无形声；又年余始有居人。”山益奇之。归家私语，窃疑新妇非人，阴为三郎虑；而三郎笃爱如常。久之，家人竟相猜议。女微察之，至夜语三郎曰：“妾从君数年，未尝少失妇德；今置之不以人齿，请赐离婚书，听君自择良偶。”因泣下。三郎曰：“区区寸心，宜所夙知。自卿入门，家日益丰，咸以福泽归卿，乌得有异言？”女曰：“君无二心，妾岂不知；但众口纷纭，恐不免秋扇之捐③。”三郎再四慰解，乃已。

山终不释，日求善扑之猫以觇其异。女虽不惧，然蹙蹙不快。一夕谓媪小恙，辞三郎省侍之。天明三郎往讯，则室已空矣。骇极，使人四途踪迹，并无消息。中心营营，寝食都废。而父兄皆以为幸，将为续婚；而三郎殊不怿。又年余，绝无音问。父兄辄相诮责，不得已，勉买一妾，然思阿纤不衰。又数年，奚家日渐贫，由是咸忆阿纤。

有叔弟岚以事至胶，迂道宿表戚陆生家。夜闻邻哭甚哀，未遑诘问。及返，又闻之，因问主人。答云：“数年前有寡母孤女，僦居于此。月前姥死，女独处无一线之亲，是以哀耳。”问：“何姓？”曰：“姓古。尝闭户不与里社通，故未悉其家世。”岚惊曰：“是吾嫂也！”遂往款扉。有人挥涕出，隔扉问曰：“客何人？我家故无男子。”岚隙窥而遥审之，果嫂，便曰：“嫂启关，我是叔家阿遂。”女拔关纳入，诉其孤苦、忆怆悲怀。岚曰：“三兄忆念颇苦，夫妻即有乖迕，何遂远遁至此？”即欲赁舆同归。女怆然曰：“我以人不齿数故，遂与母偕隐；今又返而依人，谁不加白眼？如欲复还，当与大兄分炊；不然，行乳药④求死耳！”

岚归以告三郎。三郎星夜驰去，夫妻相见，各有涕洟。次日告其屋主。屋主谢监生，窥女美，阴欲图致为妾，数年不取屋直，频风示媪，媪绝之。媪死，窃幸可媒，而三郎忽至。通计房租以留难之。三郎家故不丰，闻金多，有忧色。女曰：“不妨。”引三郎视仓储，约粟三十余石，偿租有余。

三郎喜以告谢，谢不受粟，故索金。女叹曰："此皆妾身之恶幛也！"遂以其情告三郎。三郎怒，将讼于邑。陆氏止之，为散粟于里党，敛资偿谢，以车送两人归。

三郎实告父母，与兄析居。阿纤出私金，日建仓廪，而家中尚无儋石，共奇之。年余验视，则仓中满矣。又不数年，家中大富；而山苦贫。女请翁姑自养之；辄以金粟周兄，习以为常。三郎喜曰："聊可谓不念旧恶矣。"女曰："彼自爱弟耳。且非兄，妾何缘识三郎哉？"后亦无甚怪异。

注释

①高密：县名，在今山东省。②烹鬵：煮饭的器具。鬵，大釜，食具。③秋扇之捐：比喻妇女遭受抛弃。班婕妤《怨歌行》："常恐秋节至，凉风夺炎热，弃捐箧笥中，恩情中道绝。"④乳药：服毒。

仇大娘

仇仲，晋人也。值大乱，为寇俘去。二子福、禄俱幼；继室[①]邵氏，抚双孤，遗业能温饱。而岁[②]屡馑(jǐn)，豪强者复凌藉之，遂至食息不保。仲叔尚廉利其嫁，屡劝驾，邵氏矢志不摇。廉阴券于大姓，欲强夺之；关说已成，并无人知。里人魏名夙狡狯，与仲家积不相能，事事思中伤之。因邵寡，伪造浮言以相败辱。大姓闻之，恶其不德而止。久之，廉之阴谋与外之飞语，邵渐闻之，冤结胸怀，朝夕陨涕，四体渐以不仁，委身床榻。福甫十六岁，因缝纫无人，遂急为毕姻。妇，姜秀才屺瞻之女，颇贤能，百事赖以经纪。由此用渐裕，仍使禄从师读。

魏忌嫉之，而阳与善，频招福饮，福倚为心腹交。魏乘间告曰："尊堂病废，不能理家人生产，弟坐食一无所操作，贤夫妇何为作牛马哉！且弟买妇，将大耗金钱。为君计不如早析，则贫在弟而富在君也。"福归谋诸妇，妇咄之。奈魏日以微言[③]相渐渍，福惑焉，直以己意告母，母怒，诟骂之。福益恚，辄视金粟为他人物而委弃之。魏乘机诱赌，仓粟渐空，妇知而未敢言。及粮绝，母骇问，始以实告。母怒，遂析之。幸姜女贤，且夕为母执炊，奉事一如平日。福既析，无顾忌，大肆淫赌，数月间田屋悉偿赌债，而母与妻皆不知。福资既罄，无所为计，因券妻代资，苦无受者。邑人赵阎罗，原系漏网大盗，武断一乡[4]，竟不畏福言之食，慨然假资。福持去，数日复空。意踟蹰，将背券盟。赵横目相加。福惧，赚妻付之。魏闻窃喜，急奔告姜，实将倾败仇也。姜怒，讼兴；福惧甚，亡去。

姜女至赵家，方知为婿所卖，大哭，但欲觅死。赵初慰谕之，不听；既而威逼之，愈骂；大怒，鞭挞之，终不肯服。因拔笄自刺其喉，急救，已透食管，血溢出。赵急以帛束其项，犹冀从容而挫折焉。明日拘票已至，赵行行[5]不置意。官验女伤，命重笞之，隶相顾不敢用刑。官久知其横暴，至此益信，大怒，唤家人出，立毙之。姜遂舁女归。自姜之讼也，邵氏始知福不肖状，一号几绝，冥然大渐。禄时年十五，茕茕无主。

先是，仲有前室女大娘，嫁于远郡，性刚猛，每归宁，馈赠不满其志，辄迕父母，往往以愤去，仲以是怒恶之；数载已不往置问。邵氏垂危，魏欲使招之来而启其争。适有贸贩者与大娘同里，便托寄信大娘，且歆以家之可图。数日大娘果与少子至。入门，见幼弟侍病母，景象凄惨，不觉恻然。因问弟福，禄实告之。大娘闻之，忿气塞吭，曰："家无成人，遂任人蹂躏至此！吾家田产，诸贼何得赚去！"因入厨下，爇(ruò)火炊糜，先供母，而后呼弟及子啖之。啖已，忿出，诣邑投状，讼诸博徒。众惧，敛金赂大娘。大娘受其金而仍讼之。官拘甲、乙等，各加杖责，田产殊置不问。大娘率子赴郡讼之。郡守最恶赌博。大娘力陈孤苦，及诸恶局骗之状，情词慷慨。守为之动，判令知县追田给主；仍惩仇福以儆不肖。到县，邑令奉命敲逼，于是故产尽反。

大娘已寡，乃遣少子归，且嘱从兄务业，勿得复来。大娘从此止母家，养母教弟，内外井然。母大慰，病渐瘥(chài)，家务悉委大娘。里中豪强少见陵暴，辄握刀登门，侃侃[6]争论，罔不屈服。居年余，田产日增。时市药饵珍肴，馈遗姜女。见禄渐长成，嘱媒谋姻。魏告人曰："仇家产业，悉属大娘，恐将来不可复返矣。"人咸信之，故无肯与论婚者。

有范公子子文，家中名园为晋第一。园中名花夹路，直通内室。或不知而误入之，公子怒，执为盗，杖几死。会清明，禄自塾中归，魏引与遨游，遂至范园。魏故与园丁相熟，放令入，周历亭榭。俄至一处，溪水汹涌，有画桥朱栏，通一漆门；遥望门内，繁花如锦，盖即公子内斋也，魏绐禄曰："君请先入，我适欲私焉。"禄信之，寻桥入户，至一院落，闻女子笑声。方停步间，一婢出，窥见之，旋踵即返。禄始骇奔。无何公子出，叱家人绾索逐之。禄大窘，自投溪中。公子反怒为笑，命仆引出。见其容裳都雅，便令易其衣履，曳入一亭，诘其姓氏。蔼颜温语，意甚亲昵。俄趋入内；旋出，笑握禄手，过桥渐达曩所。禄不解其意，逡巡不敢入。公子强曳之入，见花篱内隐隐有美人窥伺。既坐，则群婢行酒。禄辞曰："童子无知，误践闺闼(tà)，得蒙赦宥，已出非望。但求释令早归，受恩匪浅。"公子不听。俄顷，肴炙纷纭。禄又起，辞以醉饱，公子捺坐，笑曰："仆有一乐拍名，若能对之，即放君行。"禄请教。公子曰："拍名'浑不似'。"禄默思良久，对曰："银成'没奈何'。"公子大喜曰："真石崇也！"禄殊不解。

盖公子有女名蕙娘，美而知书，日择良偶。夜梦一人告之曰："石崇，汝婿也。"问："何在？"曰："明日落水矣。"早告父母，共以为异。禄适符梦兆，故邀入内舍，使夫人女婢共觇之也。公子闻对而喜，乃曰："拍名乃小女所拟，屡思而无其偶，今得属对，亦有天缘。仆欲以息女奉箕帚；寒舍不乏第宅，更无烦亲迎耳。"禄惶然逊谢，且以母病不能入赘为辞。公子姑令归谋，遂遣园人负湿衣，送之以马。既归告母，母惊为不详。于是始知魏氏险；然因凶得吉，亦置不仇，但戒子远绝而已。逾数日公子又使人致意母，母终不敢应。大娘应之，即倩双媒纳采焉。未几禄赘入公子家。年余游泮，才名籍甚。妻弟长成，敬少弛；禄怒，携妇而归，母已杖而能行。频岁赖大娘经纪，第宅完好。新妇既归，仆从如云，宛然大家矣。

魏既见绝，嫉妒益深，恨无瑕之可蹈，乃引旗下逃人诬禄寄资。国初立法最严，禄依令徙口外。范公子上下贿托，仅以蕙娘免行；田产尽没入官。

幸大娘执析产书，锐身告理，新增良沃⑦若干顷，悉挂福名，母女始得安居。禄自分不返，遂写离书付岳家，伶仃自去。

行数日至都北，饭于旅肆。有丐子怔营户外，貌绝类兄；亲往讯诘，果兄。禄因自述，兄弟悲惨。禄解复衣，分数金，嘱令归。福泣受而别。禄至关外，寄将军帐下为奴。因禄文弱，俾主文籍，与诸仆同栖止。仆辈研问家世，禄悉告之。内一人惊曰："是吾儿也！"盖仇仲初为寇家牧马，后寇投诚，卖仲旗下，时从主屯关外。向禄缅述，始知真为父子，抱头大哭，一室俱为酸辛。已而愤曰："何物逃东，遂诈吾儿！"因泣告将军。将军即命禄摄书记；函致亲王，付仲诣都。仲伺车驾出，先投冤状。亲王为之婉转，遂得昭雪，命地方官赎业归仇。仲返，父子各喜。禄细问家口，为赎身计。乃知仲入旗下，两易配而无所出，时方鳏居。禄遂治任归。

初，福别弟归，匍匐投大娘。大娘奉母坐堂上，操杖问之："汝愿受扑责，便可姑留；不然，汝田产既尽，亦无汝啖饭之所，请仍去。"福涕泣伏地，愿受笞。大娘投杖曰："卖妇之人，亦不足惩。但宿案未消，再犯首官可耳。"即使人往告姜，姜女骂曰："我是仇家何人，而相告耶！"大娘频述告福而揶揄之，福惭愧不敢出气。居半年，大娘虽给奉周备，而役同厮养。福操作无怨词，托以金钱辄不苟。大娘察其无他，乃白母，求姜女复归，母意其不可复挽，大娘曰："不然。渠如肯事二主，楚毒岂肯自罹？要不能不有此忿耳。"率弟躬往负荆。岳父母诮让良切。大娘叱使长跪，然后请见姜女。请之再四，坚避不出；大娘搜捉以出。女乃指福唾骂，福惭汗无地自容。姜母始曳令起。大娘请问归期，女曰："向受姊惠綦多，今承尊命，岂复敢有异言？但恐不能保其不再卖也！且恩义已绝，更何颜与黑心无赖子共生活哉？请别营一室，妾往奉事老母，较胜披削足矣。”大娘代白其悔，为翌日之约而别。

次日，以乘舆取归，母逆于门而跪拜之。女伏地大哭。大娘劝止，置酒为欢，命福坐案侧，乃执爵而言曰：“我苦争者非自利也。今弟悔过，贞妇复还，请以簿籍交纳；我以一身来，仍以一身去耳。”夫妇皆兴席改容。罗拜哀泣，大娘乃止。居无何，昭雪命下，不数日，田宅悉还故主。魏大骇，不知其故，自恨无术可以复施。适西邻有回禄之变[8]，魏托救焚而往，暗以编菅拃禄第，风又暴作，延烧几尽；止余福居两三屋，举家依聚其中。未几禄至，相见悲喜。初，范公子得离书，持商蕙娘。蕙娘痛哭，碎而投诸地。父从其志，不复强。禄归闻其未嫁，喜如岳所。公子知其灾，欲留之；禄不可，遂辞而退。大娘幸有藏金，出葺败堵。福负锸营筑，掘见窖镪，夜与弟共发之，石池盈丈，满中皆不动尊也。由是鸠工大作，楼舍群起，壮丽拟于世胄。禄感将军义，备千金往赎父。福请行，因遣健仆辅之以去。禄乃迎蕙娘归。未几父兄同归，一门欢腾。大娘自居母家，禁子省视，恐人议其私也。父既归，坚辞欲去。兄弟不忍。父乃析产而三之：子得二，女得一也。大娘固辞。兄弟皆泣曰：“吾等非姊，乌有今日！”大娘乃安之，遣人招子移家共居焉。或问大娘：“异母兄弟，何遂关切如此？”大娘曰：“知有母而不知有父者，惟禽兽如此耳，岂以人而效之？”福禄闻之皆流涕，使工人治其第，皆与己等。魏自计十余年，祸之而益福之，深自愧悔。又仰其富，思交欢之，因以贺仲阶进，备物而往。福欲却之；仲不忍拂，受鸡酒焉。鸡以布缕缚足，逸入灶；灶火燃布，往栖积薪，僮婢不察。俄而薪焚灾舍，一家惶骇。幸手指众多，一时扑灭，而厨中已百物俱空矣。兄弟皆谓其物不祥。后值父寿，魏复馈牵羊。却之不得，系羊庭树。夜有僮被仆殴，忿趋树下，解羊索自经死。兄弟叹曰：“其福之不如其祸之也！”自是魏虽殷勤，竟不敢受其寸缕，宁厚酬之而已。后魏老，贫而作丐，仇每周以布粟而德报之。

异史氏曰：噫嘻！造物之殊不由人也！益仇之而益福之，彼机诈者无

谓甚矣。顾受其爱敬；而反以得祸，不更奇哉？此可知盗泉[9]之水，一掬(jū)亦污也。

注释

①继室：续娶的妻子。②岁：农业收成。③微言：暗中进言。④武断一乡：谓横行乡里。《史记·平准书》：“或至兼并豪党之徒，以武断于乡曲。”⑤行行：刚强的样子。⑥侃侃：理直气壮的样子。⑦良沃：肥沃的田地。⑧回禄之变：指发生火灾。回禄，迷信中的火神。⑨盗泉：古泉名，在今山东省泗水县东北。《尸子》：孔子“过于盗泉，渴矣而不饮，恶其名也。”古人用此比喻以卑鄙的手段得来的东西。此处比喻恶人魏名所送的礼物。

龙飞相公

安庆[1]戴生，少薄行，无检幅。一日醉归，途中遇故表兄季生。醉后昏眊(mào)[2]，竟忘其死，问：“向在何所？”季曰：“仆已异物[3]，君忘之耶？”戴始恍然，而醉亦不惧，问：“冥间何作？”答曰：“近在转轮王[4]殿下司录。”戴曰：“人世祸福当必知之？”季曰：“此仆职也，乌得不知？但过繁不甚关切，不能尽记耳。三日前偶稽册，尚睹君名。”戴急问其何词，季曰：“不敢相欺，尊名在黑暗狱[5]中。”戴大惧，酒亦醒，苦求拯拔。季曰：“此非仆所能效力，惟善可以已之。然君恶籍盈指，非大善不可复挽。穷秀才有何大力？即日行一善，非年余不能相准，今已晚矣。但从此砥行，则地狱或有出时。”戴闻之泣下，伏地哀恳；及仰首而季已杳矣。悒悒而归。由此洗心改行，不敢差跌。

先是，戴私其邻妇，邻人闻之而不肯发，思掩执之。而戴自改行，永与妇绝；邻人伺之不得，以为恨。一日遇于田间，阳与语，绐窥眢(yuān)井[6]，因而堕之。井深数丈，计必死。而戴中夜苏，坐井中大号，殊无知者。邻人恐其复上，过宿往听之；闻其声，急投石。戴移避洞中，不敢复作声。邻人知其不死，斸(zhú)土[7]填井，几满之。

洞中冥黑真与地狱无异。况空洞无所得食，计无生理。蒲匐渐入，则三步外皆水，无所复之，还坐故处。初觉腹馁，久竟忘之。因思重泉下无

善可行，惟长宣佛号而已。既见磷火浮游，荧荧满洞，因而祝之曰：“闻青磷悉为冤鬼；我虽暂生，固亦难返，如可共话，亦慰寂寞。”但见诸磷渐浮水来；磷中有一人，高约人身之半。诘所自来，答云：“此古煤井。主人攻煤，震动古墓，被龙飞相公决地海之水，溺死四十三人。我皆鬼也。”问：“相公何人？”曰：“不知也。但相公文学士，今为城隍幕客，彼亦怜我等无辜，三五日辄一施水粥。思我辈冷水浸骨，超拔无日。君倘再履人世，祈捞残骨葬一义冢，则惠及泉下者多矣。”戴曰：“如有万分之一，此更何难。但深在九地，安望重睹天日乎！”因教诸鬼使念佛，捻块代珠，记其藏数。不知时之昏晓：倦则眠，醒则坐而已。

忽见深处有笼灯，众喜曰：“龙飞相公施食矣！”邀戴同往。戴虑水沮，众强曳扶以行，飘若履虚。曲折半里许，至一处，众释令自行；步益上，如升数仞之阶。阶尽，睹房廊，堂上烧明烛一支，大如臂。戴久不见火光，喜极趋上。上坐一叟，儒服儒巾。戴辍步不敢前，叟已睹见，讶问：“生人何来？”戴上，伏地自陈。叟曰：“我子孙也。”因令起，赐之坐。自言：“戴潜，字龙飞。向因不肖孙堂，连结匪类，近墓作井，使老夫不安于夜室，故以海水投之。今其后续如何矣？”盖戴近宗凡五支，堂居长。初，邑中大姓赂堂，攻煤于其祖茔之侧。诸弟畏其强莫敢争。无何地水暴至，采煤人尽死井中。诸死者家群兴大讼，堂及大姓皆以此贫；堂子孙至无立锥。戴乃堂弟裔也。曾闻先人传其事，因告翁。翁曰：“此等不肖，其后焉得昌！汝既来此，当勿废读。”因饷以酒馔，遂置卷案头，皆成、洪制艺，迫使研读。又命题课文，如师教徒。堂上烛常明，不剪亦不灭。倦时辄眠，莫辨晨夕。翁时出，则以一僮给役。历时觉有数年之久，然幸无苦。但无别书可读，惟制艺百首，首四千余遍矣。翁一日谓曰：“子孽报已满，合还人世。余冢邻煤洞，阴风刺骨，

得志后当迁我于东原。”戴敬诺。翁乃唤集群鬼，仍送至旧坐处。群鬼罗拜再嘱。戴亦不知何计可出。

先是家中失戴，搜访既穷，母告官，系缧多人，杳无踪迹。积三四年，官离任，缉察亦弛。戴妻不安于室，遣嫁去。会里中人复治旧井，入洞见戴，抚之未死。大骇，报诸其家。舁归经日，始能言其底里。自戴入井，邻人殴杀其妻，为妻翁所讼，驳审年余，仅存皮骨而归。闻戴复生，大惧亡去。宗人议究治之。戴不许；且谓曩时实所自取，此冥中之谴，于彼何与焉。邻人察其意无他，始逡巡而归。井水既涸，戴买人入洞拾骨，俾各为具，市棺设地，葬从冢焉。又稽宗谱名潜，字龙飞，先设品物祭诸冢。学使闻其异，又赏其文，是科以优等入闱，遂捷于乡。既归，营兆[8]东原，迁龙飞厚葬之；春秋上墓，岁岁不衰。

异史氏曰：余乡有攻煤者，洞没于水，十余人沉溺其中。竭水求尸，两月余始得涸，而十余人并无死者。盖水大至时，共泅高处，得不溺。缒而上之，见风始绝，一昼夜乃渐苏。始知人在地下，如蛇鸟之蛰，急切未能死也。然未有至数年者。苟非至善，三年地狱中，岂复有生理哉！

注释

①安庆：明清安庆府，在今安徽安庆市。②昏眊：视觉模糊。③异物：指死人。④转轮王：梵语意译，又作“转轮圣帝”，“转纶圣王”，“轮王”等，是神话中法力极强求的“圣王”，相传他自天感得轮宝，以转轮宝而降伏四方。⑤黑暗狱：传说中的十八层地狱之一。⑥眢井：枯井。⑦劚土：掘土。劚，锄头，引申为挖掘。⑧营兆；修建坟墓。兆：指墓地。

珊瑚

安生大成，重庆[1]人。父孝廉，早卒。弟二成，幼。生娶陈氏，小字珊瑚，性娴淑。而生母沈，悍不仁，遇之虐，珊瑚无怨色。每早旦靓妆往朝[2]。值生疾，母谓其诲淫，诟责之。珊瑚退，毁妆以进。母益怒，投颡(sǎng)自挝[3]。生素孝，鞭妇，母少解。自此益憎妇。妇虽奉事维谨，终不与一语。生知母怒，亦寄宿他所，示与妇绝。久之母终不快，触物类而骂之，意总在珊瑚。生曰："娶妻以奉姑嫜，今若此，何以妻为！"遂出珊瑚，使老妪送归母家。

方出里门，珊瑚泣曰："为女子不能作妇，归何以见双亲？不如死！"袖中出剪刀刺喉。急救之，血溢沾襟。扶归生族婶家。婶王氏，寡居无偶，遂止焉。媪归，生嘱隐其情，而心窃恐母知。过数日探知珊瑚创渐平，登王氏门，使勿留珊瑚。王召生入；不入，但盛气[4]逐珊瑚。王乃率珊瑚出见生，问："珊瑚何罪？"生责其不能事母。珊瑚默默不作一语，惟俯首呜泣，泪皆赤，素衫尽染；生惨恻不能尽词而退。又数日母已闻之，怒诣王，恶言诮让。王傲不相下，反述其恶，且曰："妇已出，尚属安家何人？我自留陈氏女，非留安氏妇也，何烦强与他家事！"母怒甚而穷于词，又见王意气汹汹[5]，惭沮大哭而返。

珊瑚意不自安，思他适。先是生有母姨于媪，即沈姊也。年六十余，子死，止一幼孙及寡媳；又尝善视珊瑚。遂辞王，往投媪。媪诘得故，极道妹子昏暴，即欲送之还。珊瑚力言其不可，兼嘱勿言，乃与于媪居，如姑妇焉。珊瑚有两兄，闻而怜之，欲移归另嫁。珊瑚执不肯，惟从于媪纺绩以自度。生自出妇，母多方为生谋婚，而悍声流播，远近无与为偶。积三四年，二成渐长，遂先为毕姻。二成妻臧姑，骄悍戾沓(tà)[6]，尤倍于母。母或怒以色，则臧姑怒以声。二成又儒，不敢为左右袒。于是母威顿减，莫敢撄，反望色笑而承迎之，犹不能得臧姑欢。臧姑役母若婢；生不敢言，惟身代母操作，涤器洒扫之事皆与焉。母子恒于无人处，相对饮泣。无何，母以郁抑成病，委顿在床，便溺转侧皆须生；生昼夜不得寐，两目尽赤。呼弟代役，甫入门，臧姑辄唤去。

生于是奔告于媪，冀媪临存。入门泣且诉；诉未毕，珊瑚自帏中出。生大惭，禁声欲出。珊瑚以两手叉扉。生窘极，自肘下冲出而归，亦不敢以告母。无何于媪至，母喜止之。从此媪家无日不有人来，来必以甘旨饷媪。媪寄语寡媳："此处不饿，后无复尔。"而家中馈遗卒无少间。媪不肯少尝食，缄留以待病者。母病亦渐瘥(chài)。媪幼孙又以母命将佳饵来问病。沈叹曰："贤哉妇乎！姊何修者！"媪曰："妹以去妇何如人？"曰："嘻！诚不至夫臧氏之甚也！然乌如甥妇贤。"媪曰："妇在，汝不知劳；汝怒，妇不知怨，恶乎弗如？"沈乃泣下，且告之悔，曰："珊瑚嫁也未？"答云："不知，请访之。"又数日病愈，媪欲别。沈泣曰："恐姊去，我仍死耳！"媪乃与生谋，析二成居。二成告臧姑。臧姑不乐，语侵兄，兼及媪。生愿以良田悉归二成，臧姑乃喜。立析产书已，媪始去。

明日以车来迎沈。沈至其家，先求见甥妇，亟道甥妇德。媪曰："小女子百善，何遂无一疵？余固能容之。子即有妇如吾妇，恐亦不能享也。"沈曰："冤哉！谓我木石鹿豕耶！具有口鼻，岂有触香臭而不知者？"媪曰："被出如珊瑚，不知念子作何语？"曰："骂之耳。"媪曰："诚反躬无可骂，亦恶乎而骂之？"曰："瑕疵人所时有，惟其不能贤，是以知其骂也。"媪曰："当怨者不怨，则德焉者可知；当去者不去，则抚焉者可知。向之所馈遗而奉事者，固非予妇也，尔妇也。"沈惊曰："如何？"曰："珊瑚寄此久矣。向之所供，皆渠夜绩之所贻也。"沈闻之，泣数行下，曰："我何以见我妇矣！"媪乃呼珊瑚。瑚瑚含涕而出，伏地下。母惭痛自挞，媪力劝始止，遂为姑媳如初。

十余日偕归，家中薄田数亩，不足自给，惟恃生以笔耕[7]，妇以针耨[8]。二成称饶，然兄不之求，弟亦不之顾也。臧姑以嫂之出也鄙之；嫂亦恶其悍置不齿。兄弟各院居。臧姑时有凌虐，一家尽掩其耳。臧姑无所用虐，虐夫及婢。婢一日自经死。婢父讼臧姑，二成代妇质理，大受扑责，仍坐拘臧姑。生上下为之营脱，卒不免。臧姑械十指肉尽脱。官贪暴，索望良奢。二成质田贷资，如数纳入，姑释归。而债家责负日亟，不得已，悉以良田鬻(yù)于村中任翁。翁以田半属大成所让，要生署券。生往，翁忽自言："我安孝廉也。任某何人，敢市吾业！"又顾生曰："冥中感汝夫妻孝，故使我暂归一面。"生出涕曰："父有灵，急救吾弟！"曰："逆子悍妇不足惜也！归家速办金，赎吾血产。"生曰："母子仅自存活，安得多金？"曰："紫薇树下有藏金，可以取用。"欲再问之，翁已不语；少时而醒，茫不自知。

生归告母，亦未深信。臧姑已率人往发窖，坎地四五尺，止见砖石，并无金，失意而去。生闻其掘藏，戒母及妻勿往视。后知其无所获，母窃往窥之，见砖石杂土中，遂返。珊瑚继至，则见土内悉白镪(qiǎng)；呼生往验之，果然。生以先人所遗，不忍私，召二成均分之。数适得揭取之二，各囊归。二成与臧姑共验之，启囊则瓦砾满中，大骇。疑二成为兄所愚，使二成往窥兄，兄方陈金几上，与母相庆。因实告兄，兄亦骇，而心甚怜之，举金而并赐之。二成乃喜，往酬债讫，甚德兄。臧姑曰："即此益知兄诈。若非自愧于心，谁肯以瓜分者复让人乎？"二成疑信半之。次日债主遣仆来，言所偿皆伪金，将执以首官。夫妻皆失色。臧姑曰："何如！我固谓兄贤不至于此，是将以杀汝也！"二成惧，往哀债主，主怒不释。二成乃券田于主，听其自售，始得原金而归。细视之，见断金二锭，仅裹真金一韭叶许，中尽铜耳。臧姑因与二成谋：留其断者，余仍反诸兄以觇之。且教之言曰："屡承让德，实所不忍。薄留二锭，以见推施之义。所存物产，尚与兄等。余无庸多田也，业已弃之，赎否在兄。"生不知其意，固让之。二成辞甚决，生乃受。称之少五两，命珊瑚质奁妆以满其数，携付债主。主疑似旧金，以剪刀夹验之，纹色俱足，无少差谬，遂收金，与生易券。

二成还金后，意其必有参差；既闻旧业已赎，大奇之。臧姑疑发掘时，兄先隐其真金，忿诣兄所，责数诟厉。生乃悟反金之故。珊瑚逆而笑曰："产固在耳，何怒为？"使生出券付之。二成一夜梦父责之曰："汝不孝不弟，冥限已迫[9]，寸土皆非己有，占赖将以奚为！"醒告臧姑，欲以田归兄。臧姑嗤其愚。是时二成有两男，长七岁，次三岁。未几长男病痘死。

臧姑始惧，使二成退券于兄，生不受。无何次男又死。臧姑益惧，自以券置嫂所。春将尽，田芜秽不耕，生不得已种治之。

臧姑自此改行，定省如孝子，敬嫂亦至。半年母病卒。臧姑哭之恸，勺水不入口。向人曰："姑早死，使我不得事，是天不许我自赎也！"育十胎皆不存，遂以兄子为子。夫妻皆寿终。生养二子皆举进士。人以为孝友之报云。

异史氏曰：不遭跋扈之恶，不知靖献之忠，家与国有同情哉。逆妇化而母死，盖一堂孝顺，无德以戡之也。臧姑自克，谓天不许其自赎，非悟道者何能为此言乎？然应迫死，而以寿终，天固已恕之矣。生于忧患，有以矣夫！

注释

①重庆：旧府名，治所在今四川重庆市。②靓妆往朝：谓打扮整齐去拜见长辈。靓妆，明艳的妆饰。③投颡自挝：跪地叩头，自打嘴巴。颡，额头。④盛气：怒火。《战国策·赵策》四："左师触尤言愿见太后，太后盛气而揖之。"⑤讻讻：同"汹汹"，指意气相争的样子。⑥戾沓：贪婪残暴。戾，暴虐。沓，贪婪。《国语·郑语》："其民沓贪而忍，不可因也。"⑦笔耕：谓以帮人抄写为生。⑧针耨：谓以缝纫刺绣为生。耨，除草。⑨冥限已迫：生命到了终点。

恒娘

都中[①]洪大业，妻朱氏，姿致颇佳，两相爱悦。后洪纳婢宝带为妾，貌远逊朱，而洪嬖之。朱不平，遂致反目。洪虽不敢公然宿妾所，然益嬖妾，疏朱。

后徙居，与帛商狄姓为邻。狄妻恒娘，先过院谒朱。恒娘三十许，姿仪中人，言词轻倩[②]。朱悦之。次日答拜，见其室亦有小妾，年二十许，甚娟好。邻居几半年，并不闻其诟谇一语；而狄独钟爱恒娘，副室则虚位而已。朱一日问恒娘曰："予向谓良人之爱妾，为其为妾也，每欲易妻之名呼作妾。今乃知不然。夫人何术？如可授，愿北面为弟子。"恒娘曰："嘻！子则自疏，而尤[③]男子乎？朝夕而絮聒(guō)之，是为从驱雀[④]，其离滋甚耳！其归益纵之，即男子自来，勿纳也。一月后当再为子谋之。”朱从其谋，益饰宝带，使从丈夫寝。洪一饮食，亦使宝带共之。洪时以周旋朱，朱拒之益力，于是共称朱氏贤。

如是月余朱往见恒娘，恒娘喜曰：“得之矣！子归毁若妆，勿华服，勿脂泽，垢面敝履，杂家人操作。一月后可复来。”朱从之。衣敝补衣，故为不洁清，而纺绩外无他问。洪怜之，使宝带分其劳；朱不受，辄叱去之。

如是者一月，又往见恒娘。恒娘曰：“孺子真可教也！后日为上巳节，欲招子踏春园。子当尽去敝衣，袍裤袜履，崭然一新，早过我。”朱曰：“诺。”至日，揽镜细匀铅黄，一如恒娘教。妆竟，过恒娘，恒娘喜曰：“可矣！”又代挽凤髻，光可鉴影。袍袖不合时制，拆其线更作之；谓其履样拙，更于笥中出业履，共成之，讫，即令易着。临别饮以酒，嘱曰：“归去一见男子，即早闭户寝，渠来叩关勿听也。三度呼可一度纳。口索舌，手索足，皆吝之。半月后当复来。”朱归，炫妆见洪，洪上下凝睇之，欢笑异于平时。朱少话游览，便支颐作情态；日未昏，即起入房，阖扉眠矣。未几洪果来款关，朱坚卧不起，洪始去。次夕复然。明日洪让之，朱曰：“独眠习惯，不堪复扰。”日既西，洪入闺坐守之。灭烛登床，如调新妇，绸缪甚欢。更为次夜之约；朱不可长，与洪约以三日为率。

半月许复诣恒娘，恒娘阖（hé）门与语曰：“从此可以擅专房矣。然子虽美，不媚也。子之姿，一媚可夺西施[5]之宠，况下者乎！”于是试使睨，曰：“非也！病在外眦。”试使笑，又曰：“非也！病在左颐。”乃以秋波送娇，又辗然瓠（hù）犀微露，使朱效之。凡数十作，始略得其仿佛。恒娘曰：“子归矣，揽镜而娴习之，术无余矣。至于床笫之间，随机而动之，因所好而投之，此非可以言传者也。”

朱归，一如恒娘教。洪大悦，形神俱惑，惟恐见拒。日将暮，则相对调笑，跬步不离闺闼(tà)，日以为常，竟不能推之使去。朱益善遇宝带，每房中之宴，辄呼与共榻坐；而洪视宝带益丑，不终席，遣去之。朱赚夫入宝带房，扃闭之，洪终夜无所沾染。于是宝带恨洪，对人辄怨谤。洪益厌怒之，渐施鞭楚。宝带忿，不自修，拖敝垢履，头类蓬葆，更不复可言人矣。

恒娘一日谓朱曰：“我之术何如？”朱曰：“道则至妙；然弟子能由之，而终不能知之也。纵之，何也？”曰：“子不闻乎：人情厌故而喜新，重难而轻易？丈夫之爱妾，非必其美也，甘其所乍获，而幸其所难遘也。纵而饱之，则珍错亦厌，况藜羹乎！”“毁之而复炫之，何也？”曰：“置不留目，则似久别；忽睹艳妆，则如新至，譬贫人骤得粱肉，则视脱粟[⑥]非味矣。而又不易与之，则彼故而我新，彼易而我难，此即子易妻为妾之法也。”朱大悦，遂为闺中密友。

积数年，忽谓朱曰：“我两人情若一体，自当不昧生平。向欲言而恐疑之也；行相别，敢以实告：妾乃狐也。幼遭继母之变，鬻(yù)妾都中。良人遇我厚，故不忍遽绝，恋恋以至于今。明日老父尸解，妾往省觐，不复还矣。”朱把手唏嘘。早旦往视，则举家惶骇，恒娘已杳。

异史氏曰：买珠者不贵珠而贵椟，新旧易难之情，千古不能破其惑；而变憎为爱之术，遂得以行乎其间矣。古佞臣事君，勿令人见，勿使窥书。乃知容身固宠，皆有心传也。

注释

①都中：指京城，此处指北京。②言词轻倩：谓能说会道。倩，美好的姿态。《诗·卫风·硕人》：“巧笑倩兮，美目盼兮。”③尤：怪罪，责怪。④丛驱雀：喻指行为不当，使得事情的结果与愿望相反。《孟子·离娄》：“故为渊驱鱼者，獭也；为丛驱雀者，鹯也；为汤武驱民者，桀与纣也。”此处指妻子的粗暴反而使丈夫更加宠爱小妾。⑤西施：古越国美女，为中国古代四大美女之一。⑥脱粟：糙米饭。

葛巾

常大用，洛人，癖好牡丹。闻曹州[1]牡丹甲齐、鲁，心向往之。适以他事如曹，因假缙绅之园居焉。时方二月，牡丹未华，惟徘徊园中，目注勾萌，以望其拆。作“怀牡丹”诗百绝。未几花渐含苞，而资斧将匮；寻典春衣，流连忘返。一日凌晨趋花所，则一女郎及老妪在焉。疑是贵家宅眷，遂遄返。暮往又见之，从容避去；微窥之，宫妆艳绝。眩迷之中，忽转一想：此必仙人，世上岂有此女子乎！急返身而搜之，骤过假山，适与媪遇。女郎方坐石上，相顾失惊。妪以身幛女，叱曰：“狂生何为！”生长跪曰：“娘子必是仙人！”妪咄之曰：“如此妄言，自当絷(zhí)送令尹！”生大惧，女郎微笑曰：“去之！”过山而去。

生返，复不能徒步。意女郎归告父兄，必有诟辱相加。偃卧空斋，甚悔孟浪。窃幸女郎无怒容，或当不复置念。悔惧交集，终夜而病。日已向辰，喜无问罪之师，心渐宁帖。回忆声容，转惧为想。如是三日，憔悴欲死。秉烛夜分，仆已熟眠。妪入，持瓯而进曰：“吾家葛巾娘子，手合鸩汤，其速饮！”生骇然曰：“仆与娘子，夙无怨嫌，何至赐死？既为娘子手调，与其相思而病，不如仰药而死！”遂引而尽之。妪笑接瓯而去。生觉药气香冷，似非毒者。俄觉肺膈宽舒，头颅清爽，酣然睡去。既醒红日满窗。试起，病若失，心益信其为仙。无可夤(yín)缘，但于无人时，虔拜而默祷之。

一日行去，忽于深树内觌面遇女郎，幸无他人，大喜投地[2]。女郎近曳之，忽闻异香竟体，即以手握玉腕而起，指肤软腻，使人骨节欲酥。正欲有言，老妪忽至。女令隐身石后，南指曰：“夜以花梯度墙，四面红窗者即妾居也。”匆匆而去。生怅然，魂魄飞散，莫知所往。至夜移梯登南垣，则垣下已有梯在，喜而下，果有红窗。室中闻敲棋声、伫立不敢复前，姑逾垣归。少间再过之，子声犹繁；渐近窥之，则女郎与一素衣美人相对弈，老妪亦在坐，一婢侍焉。又返。凡三往复，漏已三催。生伏梯上，闻妪出云：“梯也，谁置此？”呼婢共移去之。生登垣，欲下无阶，恨悒而返。

次夕复往，梯先设矣。幸寂无人，入，则女郎兀坐若有思者，见生惊

起，斜立含羞。生揖曰：“自分福薄，恐于天人无分，亦有今夕也！”遂狎抱之。纤腰盈掬，吹气如兰，撑拒曰：“何遽尔！”生曰：“好事多磨，迟为鬼妒。”言未已，遥闻人语。女急曰：“玉版妹子来矣！君可姑伏床下。”生从之。无何，一女子入，笑曰：“败军之将，尚可复言战否？业已烹茗，敢邀为长夜之欢。”女郎辞以困惰，玉版固请之，女郎坚坐不行。玉版曰：“如此恋恋，岂藏有男子在室耶？”强拉出门而去。生出恨极，遂搜枕簟(diàn)。室内并无香奁(lián)，惟床头有一水精如意，上结紫巾，芳洁可爱。怀之，越垣归。自理衿袖，体香犹凝，倾慕益切。然因伏床之恐，遂有怀刑之惧，筹思不敢复往，但珍藏如意[3]，以冀其寻。

隔夕女郎果至，笑曰：“妾向以君为君子，不知其为寇盗也，”生曰：“有之。所以偶不君子者，第望其如意耳。”乃揽体入怀，代解裙结。玉肌乍露，热香四流，偎抱之间，觉鼻息汗熏，无气不馥。因曰：“仆固意卿为仙人，今益知不妄。幸蒙垂盼，缘在三生。但恐杜兰香之下嫁，终成离恨耳。”女笑曰：“君虑亦过。妾不过离魂之倩女，偶为情动耳。此事宜要慎秘，恐是非之口捏造黑白，君不能生翼，妾不能乘风，则祸离更惨于好别矣。”生然之，而终疑为仙，固诘姓氏，女曰：“既以妾为仙，仙人何必以姓名传。”问：“妪何人？”曰：“此桑姥。妾少时受其露覆，故不与婢辈等。”遂起欲去，曰：“妾处耳目多，不可久羁，蹈隙[4]当复来。”临别，索如意，曰：“此非妾物，乃玉版所遗。”问：“玉版为谁？”曰：“妾叔妹也。”付钩乃去。

去后，衾枕皆染异香。从此三两夜辄一至。生惑之不复思归，而囊橐(tuó)既空欲货马，女知之，曰：“君以妾故，泻囊质衣，情所不忍。又去代步，千余里将何以归？妾有私蓄，卿可助装。”生辞曰：“感卿情好，抚臆誓肌，不足论报；而又贪鄙以耗卿财，何以为人乎！”女固强之，曰：“姑假君。”遂捉生臂至一桑树下，指一石曰：“转之！”生从之。又拔头上簪，刺土数十下，又曰：“爬之。”生又从之。则瓮口已见。女探入，出白镪近五十余两，生把臂止之，不听，又出数十铤，生强分其半而后掩之。

一夕谓生曰：“近日微有浮言，势不可长，此不可不预谋也。”生惊曰：“且为奈何！小生素迂谨，今为卿故，如寡妇之失守，不复能自主矣。一惟卿命，刀锯斧钺（yuè），亦所不遑顾耳！”女谋偕亡，命生先归，约会于洛。生治任旋里，拟先归而后迎之；比至，则女郎车适已至门。登堂朝家人，四邻惊贺，而并不知其窃而逃也。生窃自危，女殊坦然，谓生曰：“无论千里外非逻察所及，即或知之，妾世家女，卓王孙当无如长卿何也。”

生弟大器，年十七，女顾之曰：“是有慧根[5]，前程尤胜于君。”完婚有期，妻忽夭殒。女曰：“妾妹玉版，君固尝窥见之，貌颇不恶，年亦相若，作夫妇可称佳偶。”生请作伐，女曰：“是亦何难。”生曰：“何术？”曰：“妹与妾最相善。两马驾轻车，费一妪之往返耳。”生恐前情发，不敢从其谋，女曰：“不妨。”即命桑妪遣车去。数日至曹。将近里门，婢下车，使御者止而候于途，乘夜入里。良久偕女子来，登车遂发。昏暮即宿车中，五更复行。女郎计其时日，使大器盛服而迎之。五十里许乃相遇，御轮而归；鼓吹花烛，起拜成礼。由此兄弟皆得美妇，而家又日富。

一日有大寇数十骑突入第。生知有变，举家登楼。寇入围楼。生俯问：“有仇否？”答云：“无仇。但有两事相求：一则闻两夫人世间所无，请赐一见；一则五十八人，各乞金五百。”聚薪楼下，为纵火计以胁之。生允其索金之请，寇不满志，欲焚楼，家人大恐。女欲与玉版下楼，止之不听。炫妆下阶，未尽者三级，谓寇曰：“我姊妹皆仙媛，暂时一履尘世，何畏寇盗！欲赐汝万金，恐汝不敢受也。”寇众一齐仰拜，喏声“不敢”。姊妹欲退，一寇曰：“此诈也！”女闻之，反身伫立，曰：“意欲何作，便早图之！尚未晚也。”诸寇相顾，默无一言。姊妹从容上楼而去。寇仰望无迹，哄然始散。

后二年，姊妹各举一子，始渐自言：“魏姓，母封曹国夫人。”生疑曹无魏姓世家，又且大姓失女，何得置之不问？未敢穷诘，心窃怪之。遂托故复诣曹，入境谘访，世族并无魏姓。于是仍假馆旧主人，忽见壁上有赠曹国夫人诗，颇涉骇异，因诘主人。主人笑，即请往观曹夫人，至则牡丹一本，高与檐等。问所由名，则以其花为曹第一，故同人戏封之。问其“何种”？曰：“葛巾紫[⑥]也。”愈骇，遂疑女为花妖。既归不敢质言，但述赠夫人诗以觇之。女蹙(cù)然变色，遽出呼玉版[⑦]抱儿至，谓生曰：“三年前感君见思，遂呈身相报；今见猜疑，何可复聚！”因与玉版皆举儿遥掷之，儿堕地并没。生方惊顾，则二女俱渺矣。悔恨不已。后数日，堕儿处生牡丹二株，一夜径尺，当年而花，一紫一白，朵大如盘，较寻常之葛巾、玉版，瓣尤繁碎。数年茂荫成丛，移分他所，更变异种，莫能识其名。自此牡丹之盛，洛下无双焉。

异史氏曰：怀之专一，鬼神可通，偏反者[⑧]亦不可谓无情也。少府寂寞，以花当夫人；况真能解语，何必力穷其原哉？惜常生之未达也！

注释

①曹州：清代曹州府。治所在今山东省菏泽县。②投地：伏地，指行大礼。③如意：器物名。一端作灵芝或云朵形，柄微曲，为供玩赏的吉祥器物。④蹈隙：乘机，借机。⑤慧根：佛家用语，指达成功德的根性。⑥葛巾紫：牡丹品种名。⑦玉版：牡丹品种名。⑧偏反者：指花，此处暗指葛巾。《论语·子罕》：“唐棣之华，偏其反而。岂不尔思？室是远而。”

卷十一

黄英

马子才，顺天人。世好菊，至才尤甚，闻有佳种必购之，千里不惮。一日有金陵客寓其家，自言其中表亲有一二种，为北方所无。马欣动，即刻治装，从客至金陵。客多方为之营求，得两芽，裹藏如宝。

归至中途，遇一少年，跨蹇从油碧车，丰姿洒落。渐近与语，少年自言："陶姓。"谈言骚雅。因问马所自来，实告之。少年曰："种无不佳，培溉在人。"因与论艺菊之法。马大悦，问："将何往？"答云："姊厌金陵，欲卜居于河朔耳。"马欣然曰："仆虽固贫，茅庐可以寄榻。不嫌荒陋，无烦他适。"陶趋车前向姊咨禀(bǐng)[1]，车中人推帘语，乃二十许绝世美人也。顾弟言："屋不厌卑，而院宜得广。"马代诺之，遂与俱归。第南有荒圃，仅小室三四椽，陶喜居之。日过北院为马治菊，菊已枯，拔根再植之，无不活。然家清贫，陶日与马共饮食，而察其家似不举火。马妻吕，亦爱陶姊，不时以升斗馈恤之。陶姊小字[2]黄英，雅善谈，辄过吕所，与共纫绩。陶一日谓马曰："君家固不丰，仆日以口腹累知交，胡可为常！为今计，卖菊亦足谋生。"马素介，闻陶言，甚鄙之，曰："仆以君风流雅士，当能安贫；今作是论，则以东篱为市井，有辱黄花矣。"陶笑曰："自食其力不为贪，贩花为业不为俗。人固不可苟求富，然亦不必务求贫也。"马不语，陶起而出。自是马所弃残枝劣种，陶悉掇拾而去。由此不复就马寝食，招之始一至。未几菊将开，闻其门嚣喧如市。怪之，过而窥焉，见市人买花者，车载肩负，道相属也。其花皆异种，

目所未睹。心厌其贪，欲与绝；而又恨其私秘佳种，遂款其扉，将就诮让。陶出，握手曳入。见荒庭半亩皆菊畦，数椽之外无旷土。劚（zhú）去者，则折别枝插补之；其蓓蕾在畦者，罔不佳妙，而细认之，尽皆向所拔弃也。陶入室，出酒馔，设席畦侧，曰："仆贫不能守清戒，连朝幸得微资，颇足供醉。"少间，房中呼"三郎"，陶诺而去。俄献佳肴，烹饪良精。因问："贵姊胡以不字？"答云："时未至。"问："何时？"曰："四十三月。"又诘："何说？"但笑不言，尽欢始散。过宿又诣之，新插者已盈尺矣。大奇之，苦求其术，陶曰："此固非可言传；且君不以谋生，焉用此？"又数日，门庭略寂，陶乃以蒲席包菊，捆载数车而去。逾岁，春将半，始载南中异卉而归，于都中设花肆，十日尽售，复归艺菊。问之去年买花者，留其根，次年尽变而劣，乃复购于陶。

陶由此日富。一年增舍，二年起夏屋。兴作从心，更不谋诸主人。渐而旧日花畦，尽为廊舍。更于墙外买田一区，筑墉[③]四周，悉种菊。至秋载花去，春尽不归。而马妻病卒。意属黄英，微使人风示之。黄英微笑，意似允许，惟专候陶归而已。年余陶竟不至。黄英课仆[④]种菊，一如陶。得金益合商贾，村外治膏田二十顷，甲第益壮。忽有客自东粤来，寄陶生函信，发之，则嘱姊归马。考其寄书之日，回忆园中之饮，适四十三月也，大奇之。以书示英，请问"致聘何所"。英辞不受采。又以故居陋，欲使就南第居，若赘焉。马不可，择日行亲迎礼。

黄英既适马，于间壁开扉通南第，日过课其仆。马耻以妻富，恒嘱黄英作南北籍，以防淆乱。而家所需，黄英辄取诸南第。不半岁，家中触类皆陶家物。马立遣人一一赍还之，戒勿复取。未浃旬又杂之。凡数更，马不胜烦。黄英笑曰："陈仲子毋乃劳乎？[⑤]"马惭，不复稽，一切听诸黄英。鸠工庀（pǐ）料[⑥]，土木大作，马不能禁。经数月，楼舍连亘，两第竟合为一，不分疆界矣。然遵马教，闭门不复业菊，而享用过于世家。马不自安，曰："仆三十年清德，为卿所累。今视息人间，徒依裙带而食，真无一毫丈夫气矣。人皆祝富，我但祝穷耳！"黄英曰："妾非贪鄙；但不少致丰盈，遂令千载下人，谓渊明贫贱骨，百世不能发迹，故聊为我家彭泽解嘲耳。然贫者愿富为难，富者求贫固亦甚易。床头金任君挥去之，妾不靳也。”马曰：“捐他人之金，抑亦良丑。”英曰：“君不愿富，妾亦不能贫也。无已，析君居：清者自清，浊者自浊，何害？”乃于园中筑茅茨，择美婢往侍马。马安之。然过数日，苦念黄英。招之不肯至，不得已反就之。隔宿辄至以为常。黄英笑曰：“东食西宿[⑦]，廉者当不如是。”马亦自笑无以对，遂复合居如初。

会马以事客金陵，适逢菊秋。早过花肆，见肆中盆列甚繁，款朵佳胜，心动，疑类陶制。少间主人出，果陶也。喜极，具道契阔，遂止宿焉。要之归，陶曰：“金陵吾故土，将婚于是。积有薄资，烦寄吾姊。我岁杪当暂去。”马不听，请之益苦。且曰：“家幸充盈，但可坐享，无须复贾。”坐肆中，使仆代论价，廉其直，数日尽售。逼促囊装，赁舟遂北，入门，则姊已除舍，床榻裀(yīn)褥皆设，若预知弟也归者。陶自归，解装课役，大修亭园，惟日与马共棋酒，更不复结一客。为之择婚，辞不愿。姊遣二婢侍其寝处，居三四年，生一女。陶饮素豪，从不见其沉醉。有友人曾生，量亦无对。适过马，马使与陶相较饮。二人纵饮甚欢，相得恨晚。自辰以迄四漏，计各尽百壶。曾烂醉如泥，沉睡座间。陶起归寝，出门践菊畦，玉山倾倒，委衣于侧，即地化为菊，高如人；花十余朵，皆大如拳。马骇绝，告黄英。英急往，拔置地上，曰：“胡醉至此！”覆以衣，要马俱去，戒勿视。既明而往，则陶卧畦边。马乃悟姊弟皆菊精也，益敬爱之。而陶自露迹，饮益放，恒自折柬招曾，因与莫逆。值花朝[⑧]，曾乃造访，以两仆舁药浸白酒一坛，约与共尽。坛将竭，二人犹未甚醉。马潜以一瓶续入之，二人又尽之。曾醉已惫，诸仆负之以去。陶卧地，又化为菊。马见惯不惊，如法拔之，守其旁以观其变。久之，叶益憔悴。大惧，始告黄英。英闻骇曰：“杀吾弟矣！”奔视之，根株已枯。痛绝，掐其梗，埋盆中，携入闺中，日灌溉之。马悔恨欲绝，甚怨曾。越数日，闻曾已醉死矣。盆中花渐萌，九月既开，短干粉朵，嗅之有酒香，名之“醉陶”，浇以酒则茂。后女长成，嫁于世家。黄英终老，亦无他异。

异史氏曰：青山白云人，遂以醉死[⑨]，世尽惜之，而未必不自以为快也。植此种于庭中，如见良友，如见丽人，不可不物色之也。

注释

①咨禀：商量。②小字：小名，乳名。③墉：土墙。④课仆：监督仆人。课，督促完成分配的工作。⑤"陈仲子"句：此处调侃马子才过分地追求廉洁。陈仲子，战国齐人。《淮南子·氾论训》说他"立节抗行，不入洿君之朝，不食乱世之食，遂饿而死。"⑥鸠工庀料：招集工匠，准备建筑材料。庀，准备，聚集。⑦东食西宿：《风俗通》："俗说齐人有女，二人求之。东家子丑而富，西家子好而贫，父母疑而不决，问其女，定所欲适。'难指斥言者，偏袒，令我知之。'女便两袒，怪问其故，云：'欲东家食，西家宿。'"原以此比喻人贪心不足。此处笑马生所谓的"清廉"。⑧花朝："花朝节"，汉族民间传统节日，相传此日为百花的生日，节期各地不一，一说为阴历二月十五日，一说以二月十二日，一说二月初二日。⑨"青山白云人"二句：据《旧唐书·傅奕传》载，傅奕生平未曾请医服药，年事已高时常醉酒酣卧。一日，忽然自言将死，自己写墓志曰："傅奕，青山白云人也，因酒醉死。"此处借指大醉的陶生。

书痴

彭城[①]郎玉柱，其先世官至太守，居官廉，得俸不治生产，积书盈屋。至玉柱尤痴。家苦贫，无物不鬻(yù)，惟父藏书，一卷不忍置。父在时，曾书"劝学篇[②]"粘其座右，郎日讽诵；又幛以素纱，惟恐磨灭。非为干禄[③]，实信书中真有金粟。昼夜研读，无间寒暑。年二十余，不求婚配，冀卷中丽人自至。见宾亲不知温凉，三数语后，则诵声大作，客逡巡自去。每文宗临试，辄首拔之，而苦不得售。

一日方读，忽大风飘卷去。急逐之，踏地陷足；探之，穴有腐草；掘之，乃古人窖粟，朽败已成粪土。虽不可食，而益信"千锺"之说不妄，读益力。一日梯登高架，于乱卷中得金辇径尺，大喜，以为"金屋"之验。出以示人，则镀金而非真金。心窃怨古人之诳己也。居无何，有父同年，观察是道，性好佛。或劝郎献辇为佛龛(kān)。观察大悦，赠金三百、马二匹。郎喜，以为金屋、车马皆有验，因益刻苦。然行年已三十矣。或劝其娶，

曰："'书中自有颜如玉'，我何忧无美妻乎？"又读二三年，迄无效，人咸揶揄之。时民间讹言：天上织女私逃。或戏郎："天孙[4]窃奔，盖为君也。"郎知其戏，置不辩。

一夕，读汉书至八卷，卷将半，见纱剪美人夹藏其中。骇曰："书中颜如玉，其以此验之耶？"心怅然自失。而细视美人，眉目如生；背隐隐有细字云："织女。"大异之。日置卷上，反复瞻玩，至忘食寝。一日方注目间，美人忽折腰起，坐卷上微笑。郎惊绝，伏拜案下。既起，已盈尺矣。益骇，又叩之。下几亭亭，宛然绝代之姝。拜问："何神？"美人笑曰："妾颜氏，字如玉，君固相知已久。日垂青盼，脱[5]不一至，恐千载下无复有笃信古人者。"郎喜，遂与寝处。然枕席间亲爱倍至，而不知为人。

每读必使女坐其侧。女戒勿读，不听；女曰："君所以不能腾达者，徒以读耳。试观春秋榜[6]上，读如君者几人？若不听，妾行去矣。"郎暂从之。少顷忘其教，吟诵复起。逾刻索女，不知所在。神志丧失，嘱而祷之，殊无影迹。忽忆女所隐处，取汉书细检之，直至旧处，果得之。呼之不动，伏以哀祝。女乃下曰："君再不听，当相永绝！"因使治棋枰、樗(chū)蒲之具[7]，日与遨戏。而郎意殊不属。觑(qù)女不在，则窃卷流览。恐为女觉，阴取汉书第八卷，杂混他所以迷之。一日读酣，女至竟不之觉；忽睹之，急掩卷而女已亡矣。大惧，冥搜诸卷、渺不可得；既，仍于汉书八卷中得之，页数不爽。因再拜祝，矢不复读。

女乃下，与之弈，曰："三日不工，当复去。"至三日，忽一局赢女二子。女乃喜，授以弦索，限五日工一曲。郎手营目注，无暇他及；久之随手应节，不觉鼓舞。女乃日与饮博，郎遂乐而忘读，女又纵之出门，使结客，由此倜傥之名暴著。女曰："子可以出而试矣。"

郎一夜谓女曰："凡人男女同居则生子；今与卿居久，何不然也？"女笑曰："君日读书，妾固谓无益。今即夫妇一章，尚未了悟，枕席二字有工夫。"郎惊问："何工夫？"女笑不言。少间潜迎就之。郎乐极曰："我不意夫妇之乐，有不可言传者。"于是逢人辄道，无有不掩口者。女知而责之，郎曰："钻穴逾隙者始不可以告人，天伦[⑧]之乐人所皆有，何讳焉？"过八九月，女果举一男，买媪抚字[⑨]之。

一日，谓郎曰："妾从君二年，业生子，可以别矣。久恐为君祸，悔之已晚。"郎闻言泣下，伏不起，曰："卿不念呱呱者耶？"女亦凄然，良久曰："必欲妾留，当举架上书尽散之。"郎曰："此卿故乡，乃仆性命，何出此言！"女不之强，曰："妾亦知其有数，不得不预告耳。"先是，亲族或窥见女，无不骇绝，而又未闻其缔姻何家，共诘之。郎不能作伪语，但默不言。人益疑，邮传几遍，闻于邑宰史公。史，闽人，少年进士。闻声倾动，窃欲一睹丽容，因而拘郎与女。女闻知遁匿无迹。宰怒，收郎，斥革衣衿，梏械备加，务得女所自往。郎垂死无一言。械其婢，略得道其仿佛。宰以为妖，命驾亲临其家。见书卷盈屋，多不胜搜，乃焚之庭中，烟结不散，暝若阴霾(mái)。

郎既释，远求父门人书，得从辨复。是年秋捷，次年举进士。而衔恨切于骨髓。为颜如玉之位，朝夕而祝曰："卿如有灵，当佑我官于闽。"后果以直指巡闽。居三月，访史恶款，籍其家。时有中表为司理，逼纳爱妾，托言买婢寄署中。案既结，郎即日自劾，取妾而归。

异史氏曰：天下之物，积则招妒，好则生魔，女之妖书之魔也。事近怪诞，治之未为不可；而祖龙之虐[⑩]不已惨乎！其存心之私，更宜得怨毒之报也。呜呼！何怪哉！

注释

①彭城：古县名，在今江苏省徐州市。②劝学篇：指宋真宗赵恒所作的《劝学篇》，"富家不用买良田，书中自有千锺粟。安居不用架高堂，书中自有黄金屋。出门莫恨无人随，书中车马多如簇。娶妻莫恨无良媒，书中自有颜如玉。男儿欲遂平生志，六经勤向窗前读。"③干禄：求取禄位。干，求取。④天孙：即织女星。⑤脱：

假如。⑥春秋榜：春榜和秋榜，即会试、乡试中式所放之榜。⑦樗蒲之具：泛指赌具。樗蒲，古代的一种博戏。⑧天伦：指父子、兄弟、夫妇等亲属关系。此处指夫妻关系。⑨抚字：抚育，抚养。字，养育。⑩祖龙之虐：指秦始皇焚书坑儒的暴行。此处指邑宰纵火焚书之事。祖龙，秦人对秦始皇的代你。《史记·秦始皇本纪》《集解》："苏林曰：沮，始也；龙，人君象。谓始皇也。"

齐天大圣

许盛，兖[1]人。从兄成贾于闽，货未居积。客言大圣灵著，将祷诸祠。盛未知大圣何神，与兄俱往。至则殿阁连蔓，穷极弘丽。入殿瞻仰，神猴首人身，盖齐天大圣孙悟空[2]云。诸客肃然起敬，无敢有惰容。盛素刚直，窃笑世俗之陋。众焚奠叩祝，盛潜去之。既归，兄责其慢。盛曰："孙悟空乃丘翁[3]之寓言，何遂诚信如此？如其有神，刀槊(shuò)[4]雷霆，余自受之！"逆旅主人闻呼大圣名，皆摇手失色，若恐大圣闻。盛见其状，益哗辨之，听者皆掩耳而走。

至夜盛果病，头痛大作。或劝诣祠谢，盛不听。未几头小愈，股又痛，竟夜生巨疽，连足尽肿，寝食俱废。兄代祷迄无验；或言：神谴须自祝，盛卒不信。月余疮渐敛，而又一疽生，其痛倍苦。医来，以刀割腐肉，血溢盈碗；恐人神其词，故忍而不呻。又月余始就平复。而兄又大病。盛曰："何如矣！敬神者亦复如是，足征余之疾非由悟空也。"兄闻其言，益恚，谓神迁怒，责弟不为代祷。盛曰："兄弟犹手足。前日支体糜烂而不之祷；今岂以手足之病，而易吾守乎？"但为延医锉药[5]，而不从其祷。药下，兄暴毙。

盛惨痛结于心腹，买棺殓兄已，投祠指神而数之曰："兄病，谓汝迁怒，使我不能自白。倘尔有神，当令死者复生。余即北面称弟子，不敢有异词；不然，当以汝处三清之法，还处汝身，亦以破吾兄地下之惑。"至夜梦一人招之去，入大圣祠，仰见大圣有怒色，责之曰："因汝无状，以菩萨刀穿汝胫股；犹不自悔，啧有烦言[6]。本宜送拔舌狱[7]，念汝一念刚鲠，姑置宥赦。汝兄病，乃汝以庸医夭其寿数，与人何尤？今不少施法力，益令狂妄者引为口实。”乃命青衣使请命于阎罗。青衣曰：“三日后鬼籍已报天庭，恐难为力。”神取方版，命笔不知何词，使青衣执之而去。良久乃返。成与俱来，并跪堂上。神问：“何迟？”青衣曰：“阎魔不敢擅专，又持大圣旨上咨斗宿[⑧]，是以来迟。”盛趋上拜谢神恩。神曰：“可速与兄俱去。若能向善，当为汝福。”兄弟悲喜，相将俱归。醒而异之。急起，启材视之，兄果已苏，扶出，极感大圣力。盛由此诚服信奉，更倍于流俗。而兄弟资本，病中已耗其半；兄又未健，相对长愁。

一日偶游郊郭，忽一褐衣人相之曰：“子何忧也？”盛方苦无所诉，因而备述其遭。褐衣人曰：“有一佳境，暂往瞻瞩，亦足破闷。”问：“何所？”但云：“不远。”从之。出郭半里许，褐衣人曰：“予有小术，顷刻可到。”因命以两手抱腰，略一点头，遂觉云生足下，腾踔而上，不知几百由旬[⑨]。盛大惧，闭目不敢少启。顷之曰：“至矣。”忽见琉璃世界，光明异色，讶问：“何处？”曰：“天宫也。”信步而行，上上益高。遥见一叟，喜曰：“适遇此老，子之福也！”举手相揖。叟邀过诣其所，烹茗献客；止两盏，殊不及盛。褐衣人曰：“此吾弟子，千里行贾，敬造仙署，求少赠馈。”叟命僮出白石一柈[⑩]，状类雀卵，莹澈如冰，使盛自取之。盛念携归可作酒枚[⑪]，遂取其六。褐衣人以为过廉，代取六枚付盛并裹之。嘱纳腰橐（tuó），拱手曰：“足矣。”辞叟出，仍令附体而下，俄顷及地。盛稽首请示仙号，笑曰：“适即所谓斤斗云也。”盛恍然悟为大圣，又求祐护。曰：“适所会财星，赐利十二分，何须多求。”盛又拜之，起视已渺。

既归，喜而告兄。解取共视，则融入腰橐矣。后辇货而归，其利倍蓰。自此屡至闽必祷大圣。他人之祷时不甚验，盛所求无不应者。

异史氏曰：昔士人过寺，画琵琶于壁而去；比返，则其灵大著，香火相属焉。天下事固不必实有其人，人灵之则既灵焉矣。何以故？人心所聚，而物或托焉耳。若盛之方鲠，固宜得神明之祐，岂真耳内绣针，毫毛能变，足下筋斗，碧落可升哉！卒为邪惑，亦其见之不真也。

注释

①兖：明清府名，今山东省兖州市。②齐天大圣孙悟空：神魔小说《西游记》中的人物。孙悟空在花果山自立为王，自封为“齐天大圣”。③丘翁：指道教全真派创始人丘处机。丘处机，字通密，号长春子，登州栖霞（今山东栖霞县）人。其弟子李志常将丘处机往返西域的经历，写成《长春真人西游记》一书。④槊：长矛。⑤锉药：切药，制药。锉，铡碎。⑥啧有烦言：意谓发生口角。《左传·定公四年》：“会同难：啧有烦言，莫之治也。”注：“啧，至也。烦言，忿争。”⑦拔舌狱：佛教所说的地府十八层地狱之一。⑧斗宿：天上二十八星宿之一。此处指南斗星和北斗星。古人认为，南斗注生，北斗注死。故阎王要请示南斗星和北斗星。⑨由旬：古代印度长度计量单位，也作“俞旬”，为军行一日的路程，或言四十里，或言三十里，或言十六里。⑩柈：盘、碟。⑪酒枚：酒筹，饮酒计数之具。《左传·昭公十二年》：“枚筮之。”《疏》：“今人数物日一枚、两枚。枚是筹之名也。”

青蛙神

江汉之间，俗事蛙神最虔。祠中蛙不知几百千万，有大如笼者。或犯神怒，家中辄有异兆；蛙游几榻，甚或攀缘滑壁，其状不一，此家当凶。人则大恐，斩牲禳(ráng)祷[1]之，神喜则已。

楚有薛昆生者，幼惠，美姿容。六七岁时，有青衣媪至其家，自称神使，坐致神意，愿以女下嫁昆生。薛翁性朴拙，雅不欲，辞以儿幼。虽固却之，而亦未敢议婚他姓。迟数年昆生渐长，委禽于姜氏。神告姜曰：“薛昆生吾婿也，何得近禁脔！”姜惧，反其仪。薛翁忧之，洁牲往祷，自言不敢与神相匹偶。祝已，见肴酒中皆有巨蛆浮出，蠢然扰动，倾弃谢罪而归。心益惧，亦姑听之。

一日，昆生在途，有使者迎宣神命，苦邀移趾。不得已，从与俱往。入一朱门，楼阁华好。有叟坐堂上，类七八十岁人。昆生伏谒，叟命曳起

之，赐坐案旁。少间婢媪集视，纷纭满侧。叟顾曰："人言薛郎至矣。"数婢奔去。移时一媪率女郎出，年十六七，丽绝无俦。叟指曰："此小女十娘，自谓与君可称佳偶，君家尊乃以异类见拒。此自百年事，父母止主其半，是在君耳。"昆生目注十娘，心爱好之，默然不言。媪曰："我固知郎意良佳。请先归，当即送十娘往也。"昆生曰："诺。"趋归告翁。翁仓遽无所为计，乃授之词，使返谢之，昆生不肯行。方诮让间，舆已在门，青衣成群，而十娘入矣。上堂朝见翁姑，见之皆喜。即夕合卺，琴瑟甚谐。由此神翁神媪时降其家。视其衣，赤为喜，白为财，必见，以故家日兴。自婚于神，门堂藩溷（kùn）[②]皆蛙，人无敢诟蹴之。惟昆生少年任性，喜则忌，怒则践毙，不甚爱惜。十娘虽谦驯，但含怒，颇不善昆生所为；而昆生不以十娘故敛抑之。十娘语侵昆生，昆生怒曰："岂以汝家翁媪能祸人耶？大丈夫何畏蛙也！"十娘甚讳言"蛙"，闻之恚甚，曰："自妾入门为汝家妇，田增粟，贾增价，亦复不少。今老幼皆已温饱，遂于鸮鸟生翼[③]，欲啄母睛耶！"昆生益愤曰："吾正嫌所增污秽，不堪贻子孙。请不如早别，"遂逐十娘，翁媪既闻之，十娘已去。呵昆生，使急往追复之。昆生盛气不屈。至夜母子俱病，郁冒不食。翁惧，负荆于祠，词义殷切。过三日病寻愈。十娘已自至，夫妻欢好如初。

十娘日辄凝妆坐，不操女红[④]，昆生衣履一委诸母。母一日忿曰："儿既娶，仍累媪！人家妇事姑，我家姑事妇！"十娘适闻之，负气登堂曰："儿妇朝侍食，暮问寝，事姑者，其道如何？所短者，不能吝佣钱自作苦耳。"母无言，惭沮自哭。昆生入见母涕痕，诘得故，怒责十娘。十娘执辨不屈。昆生曰："娶妻不能承欢，不如勿有！便触老蛙怒，不过横灾死耳！"复出十娘。十娘亦怒，出门径去。次日居舍灾，延烧数屋，几案床榻，悉为煨烬。昆生怒，诣祠责数曰："养女不能奉翁姑，略无庭训，而曲护其短！神者至公，有教人畏妇者耶！且盎盂相敲[⑤]，皆臣[⑥]所为，无所涉于父母。刀锯斧钺，即加臣身；如其不然，我亦焚汝居室，聊以相报。"言已，负薪殿下，爇火欲举。居人集而哀之，始愤而归。父母闻之，大惧

失色。至夜神示梦于近村，使为婿家营宅。及明赍材鸠工，共为昆生建造，辞之不肯；日数百人相属于道，不数日第舍一新，床幕器具悉备焉。修除甫竟，十娘已至，登堂谢过，言词温婉。转身向昆生展笑，举家变怨为喜。自此十娘性益和，居二年无间言。

十娘最恶蛇，昆生戏函小蛇，绐使启之。十娘变色，诟昆生。昆生亦转笑生嗔(chēn)，恶相抵。十娘曰：“今番不待相迫逐，请自此绝。”遂出门去。薛翁大恐，杖昆生，请罪于神。幸不祸之，亦寂无音。积有年余，昆生怀念十娘，颇自悔，窃诣神所哀十娘，迄无声应。未几，闻神以十娘字袁氏，中心失望，因亦求婚他族；而历相数家，并无如十娘者，于是益思十娘。往探袁氏，则已垩(è)壁涤庭，候鱼轩矣。心愧愤不能自已，废食成疾。父母忧皇，不知所处。

忽昏愦中有人抚之曰：“大丈夫频欲断绝，又作此态！”开目则十娘也。喜极，跃起曰：“卿何来？”十娘曰：“以轻薄人相待之礼，止宜从父命，另醮而去。固久受袁家采币，妾千思万思而不忍也。卜吉已在今夕，父又无颜反币，妾亲携而置之矣。适出门，父走送曰：‘痴婢！不听吾言，后受薛家凌虐，纵死亦勿归也！’”昆生感其义，为之流涕。家人皆喜，奔告翁媪。媪闻之，不待往朝，奔入子舍，执手呜泣。由此昆生亦老成，不作恶虐，于是情好益笃。十娘曰：“妾向以君儇(xuān)薄，未必遂能相白首，故不欲留孽根于人世；今已靡他，妾将生子。”居无何，神翁神媪着朱袍，降临其家。次日十娘临蓐(rù)，一举两男。

由此往来无间。居民或犯神怒，辄先求昆生；乃使妇女辈盛妆入闺，朝拜十娘，十娘笑则解。薛氏苗裔甚繁，人名之“薛蛙子家”。近人不敢呼，远人则呼之。

青蛙神，往往托诸巫以为言。巫能察神嗔喜：告诸信士曰“喜矣”，福则至；“怒矣”，妇子坐愁叹，有废餐者。流俗然哉？抑神实灵，非尽妄也？

有富贾周某性吝啬。会居人敛金修关圣祠，贫富皆与有力，独周一毛所不肯拔。久之工不就，首事者无所为谋。适众赛蛙神，巫忽言：“周将军仓命小神司募政，其取簿籍来。”众从之。巫曰：“已捐者不复强，未捐者量力自注。”众唯唯敬听，各注已。巫视众：“周某在此否？”周方混迹其后，惟恐神知，闻之失色，次且而前。巫指籍曰：“注金百。”周益窘，巫怒曰：“淫债尚酬二百，况好事耶！”盖周私一妇，为夫掩执，以金二百自赎，故讦之也。周益惭惧，不得已，如命注之。

既归告妻，妻曰：“此巫之诈耳。”巫屡索，卒不与。一日方昼寝，忽闻门外如牛喘。视之，则一巨蛙，室门仅容其身，步履蹇(jiǎn)缓，塞两扉而入。既入转身卧，以阈承颔，举家尽惊。周曰：“此必讨募金也。”焚香而祝，愿先纳三十，其余以次赍送，蛙不动；请纳五十，身忽一缩小尺许；又加二十益缩如斗；请全纳，缩如拳，从容出，入墙罅而去。周急以五十金送监造所，人皆异之，周亦不言其故。积数日，巫又言：“周某欠金五十，何不催并？”周闻之，惧，又送十金，意将以次完结。一日夫妇方食，蛙又至，如前状，目作怒。少间登其床，床摇撼欲倾；加喙于枕而眠，腹隆起如卧牛，四隅皆满。周惧，即完百数与之。验之，仍不少动。半日间小蛙渐集，次日益多，穴仓登榻，无处不至；大于碗者，升灶啜蝇，糜烂釜中，以致秽不可食；至三日庭中蠢蠢，更无隙地。一家皇骇，不知计之所出。不得已，请教于巫。巫曰：“此必少之也。”遂祝之，益以二十首始举；又益之起一足；直至百金，四足尽起，下床出门，狼犺(qǎng)数步，复返身卧门内。周惧，问巫。巫揣其意，欲周即解囊。周无奈何，如数付巫，蛙乃行，数步外身暴缩，杂众蛙中，不可辨认，纷纷然亦渐散矣。

祠既成，开光祭赛，更有所需。巫忽指首事者曰：“某宜出如干数。共十五人，止遗二人。”众祝曰：“吾等与某某，已同捐过。”巫曰：“我不以贫富为有无，但以汝等所侵渔之数为多寡。此等金钱，不可自肥，恐有横灾飞祸。念汝等首事勤劳，故代汝消之也。除某某廉正无苟且外，即我家巫，我亦不少私之，便令先出，以为众倡。”即奔人家，搜括箱椟。妻问之亦不答，尽卷囊蓄而出，告众曰：“某私克银八两，今使倾橐(tuó)。”与众衡之，秤得六两余，使人志之。众愕然，不敢置辩，悉如数纳入。巫过此茫不自知；或告之，大惭，质衣以盈之。惟二人亏其数，事既毕，一人病月余，一人患疔瘇(dīng zhǒng)，医药之费，浮于所欠，人以为私克之报云。

异史氏曰：老蛙司募，无不可与为善之人，其胜刺钉拖索者不既多乎？又发监守之盗而消其灾，则其现威猛，正其行慈悲也。神矣！

注释

①禳祷：祭祀祝祷，祈求消灾免祸。②藩溷：厕所。③“鸮鸟生翼”二句：比喻忘恩负义。鸮鸟，猫头鹰，相传幼鸟长成后，啄食母亲的眼睛而去，后以此喻恶人。④女红：也作“女功”，指妇女所做的针线活。⑤盎盂相敲：比喻家庭中的口角纷争。盎和盂都是盆碗一类的食具。⑥臣：古时与尊者谈话时对自己的谦称。

晚霞

五月五日，吴越有斗龙舟之戏：刳(kū)木[①]为龙，绘鳞甲，饰以金碧；上为雕甍朱槛，帆旌皆以锦绣。舟末为龙尾高丈余，以布索引木板下垂。有童坐板上，颠倒滚跌，作诸巧剧。下临江水，险危欲堕。故其购是童也，先以金啖其父母，预调驯之，堕水而死勿悔也。吴门[②]则载美姬，较不同耳。

镇江有蒋氏童阿端，方七岁。便捷奇巧莫能过，声价益起，十六岁犹用之。至金山下堕水死。蒋媪止此子，哀鸣而已。阿端不自知死，有两人导去，见水中别有天地；回视则流波四绕，屹如壁立。俄入宫殿，见一人兜牟[③]坐。两人曰：“此龙窝君也。”便使拜伏，龙窝君颜色和霁，曰：“阿端伎巧可入柳条部。”遂引至一所，广殿四合。趋上东廊，有诸少年出与为礼，率十三四岁。即有老妪来，众呼解姥。坐令献技。已，乃教以钱塘飞霆之舞，洞庭和风之乐。但闻鼓钲喤聒，诸院皆响；既而诸院皆息。姥恐阿端不能即娴，独絮絮调拨之；而阿端一过殊已了了。姥喜曰：“得此儿，不让晚霞矣！”

明日龙窝君按部，诸部毕集。首按夜叉部，鬼面鱼服，鸣大钲，围四尺许，鼓可四人合抱之，声如巨霆，叫噪不复可闻。舞起则巨涛汹涌，横流空际，时堕一点大如盆，着地消灭。龙窝君急止之，命进乳莺部，皆二八姝丽，笙乐细作，一时清风习习，波声俱静，水渐凝如水晶世界，上下通明。按毕，俱退立西墀下。次按燕子部，皆垂髫人。内一女郎，年十四五已来，振袖倾鬟，作散花舞；翩翩翔起，衿袖袜履间，皆出五色花朵，随风扬下，飘泊满庭。舞毕，随其部亦下西墀。阿端旁睨，雅爱好之，问之同部，即晚霞也。无何，唤柳条部。龙窝君特试阿端。端作前舞，喜怒随腔，俯仰中节。龙窝君嘉其惠悟，赐五文裤褶，鱼须金束发，上嵌夜光珠。阿端拜赐下，亦趋西墀，各守其伍。端于众中遥注晚霞，晚霞亦遥注之。少间，端逡巡出部而北，晚霞亦渐出部而南，相去数武，而法严不敢乱部，相视神驰而已。既按蛱蝶部，童男女皆双舞，身长短、年大小、服色黄白，皆取诸同。诸部按毕，鱼贯而出。柳条在燕子部后，端疾出部前，而晚霞已缓滞在后。回首见端，故遗珊瑚钗，端急内袖中。

既归，凝思成疾，眠餐顿废。解姥辄进甘旨，日三四省，抚摩殷切，病不少瘥。姥忧之，罔所为计，曰：“吴江王寿期已促，且为奈何！”薄暮一童子来，坐榻上与语，自言：“隶蛱蝶部。”从容问曰：“君病为晚霞否？”端惊问：“何知？”笑曰：“晚霞亦如君耳。”端凄然起坐，便求方计。童问：“尚能步否？”答云：“勉强尚能自力。”童挽出，南启一户，折而西，又辟双扉。见莲花数十亩，皆生平地上，叶大如席，花大如盖，落瓣堆梗下盈尺。童引入其中，曰：“姑坐此。”遂去。少时，一美人拨莲

花而入，则晚霞也。相见惊喜，各道相思，略述生平。遂以石压荷盖令侧，雅可幛蔽；又匀铺莲瓣而藉之，忻与狎寝。既订后约，日以夕阳为候，乃别。端归，病亦寻愈。由此两人日以会于莲亩。

过数日，随龙窝君往寿吴江王。称寿已，诸部悉归，独留晚霞及乳莺部一人在宫中教舞。数月更无音耗，端怅望若失。惟解姥日往来吴江府，端托晚霞为外妹，求携去，冀一见之。留吴江门下数日，宫禁严森，晚霞苦不得出，怏怏而返。积月余，痴想欲绝。一日解姥入，戚然相吊曰："惜乎！晚霞投江矣！"端大骇，涕下不能自止。因毁冠裂服，藏金珠而出，意欲相从俱死。但见江水若壁，以首力触不得入。念欲复还，惧问冠服，罪将增重。意计穷蹇，汗流浃踵。忽睹壁下有大树一章，乃猱攀而上，渐至端杪，猛力跃堕，幸不沾濡，而竟已浮水上。不意之中，恍睹人世，遂飘然泅去。移时得岸，少坐江滨，顿思老母，遂趁舟而去。

抵里，四顾居庐，忽如隔世。次且至家，忽闻窗中有女子曰："汝子来矣。"音声甚似晚霞。俄，与母俱出，果霞。斯时两人喜胜于悲；而媪则悲疑惊喜，万状俱作矣。初，晚霞在吴江，觉腹中震动，龙宫法禁严，恐旦夕身娩，横遭挞楚，又不得一见阿端，但欲求死，遂潜投江水。身泛起，沉浮波中，有客舟拯之，问其居里。晚霞故吴名妓，溺水不得其尸，自念衏院[4]不可复投，遂曰："镇江蒋氏，吾婿也。"客因代贳(shì)[5]扁舟，送诸其家。蒋媪疑其错误，女自言不误，因以其情详告媪。媪以其风格婉妙，颇爱悦之。第虑年太少，必非肯终寡也者。而女孝谨，顾家中贫，便脱珍饰售数万。媪察其志无他，良喜。然无子，恐一旦临蓐，不见信于戚里，以谋女。女曰："母但得真孙，何必求人知。"媪亦安之。

会端至，女喜不自已。媪亦疑儿不死；阴发儿冢，骸骨俱存，因以此诘端。端始爽然自悟；然恐晚霞恶其非人，嘱母勿复言。母然之。遂告同里，以为当日所得非儿尸，然终虑其不能生子。未几竟举一男，捉之无异常儿，始悦。久之，女渐觉阿端非人，乃曰："胡不早言！凡鬼衣龙宫衣，七七魂魄坚凝，生人不殊矣。若得宫中龙角胶，可以续骨节而生肌肤，惜不早购之也。”

端货其珠，有贾胡出资百万，家由此巨富。值母寿，夫妻歌舞称觞(shāng)，遂传闻王邸。王欲强夺晚霞。端惧，见王自陈：“夫妇皆鬼。”验之无影而信，遂不之夺。但遣宫人就别院传其技。女以龟溺毁容，而后见之。教三月，终不能尽其技而去。

注释

①刳木：将整木掏空。②吴门：今江苏省苏州市的别称。因其故地是春秋时吴国京城，故称。③兜牟：头盔。此处指戴着头盔。④衏院：妓院。⑤贳：雇用。

白秋练

直隶有慕生，小字蟾宫，商人慕小寰之子。聪惠喜读。年十六，翁以文业迂，使去而学贾，从父至楚。每舟中无事，辄便吟诵。抵武昌，父留居逆旅，守其居积[①]。生乘父出，执卷哦诗，音节铿锵。辄见窗影憧憧(chōngchōng)，似有人窃听之，而亦未之异也。

一夕翁赴饮，久不归，生吟益苦。有人徘徊窗外，月映甚悉。怪之，遽出窥觇，则十五六倾城[②]之姝。望见生，急避去。又二三日，载货北旋，暮泊湖滨。父适他出，有媪入曰：“郎君杀吾女矣！”生惊问之，答云：“妾白姓。有息女秋练，颇解文字。言在郡城，得听清吟，于今结念，至绝眠餐。意欲附为婚姻，不得复拒。”生心实爱好，第虑父嗔，因直以情告。媪不实信，务要盟约。生不肯，媪怒曰：“人世姻好，有求委禽而不得者。今老身自媒，反不见纳，耻孰甚焉！请勿想北渡矣！”遂去。少间父归，善其词以告之，隐冀垂纳。而父以涉远，又薄女子之怀春也，笑置之。

泊舟处水深没棹；夜忽沙碛拥起，舟滞不得动。湖中每岁客舟必有留住守洲者，至次年桃花水溢，他货未至，舟中物当百倍于原直也，以故翁未甚忧怪。独冀明岁南来，尚须揭资[③]，于是留子自归。生窃喜，悔不诘媪居里。日既暮，媪与一婢扶女郎至，展衣卧诸榻上，向生曰：“人病至此，莫高枕作无事者！”遂去。生初闻而惊；移灯视女，则病态含娇，秋

波自流。略致讯诘，嫣然微笑。生强其一语，曰：“‘为郎憔悴却羞郎’，可为妾咏。”生狂喜，欲近就之，而怜其荏弱。探手于怀，接脗[④]为戏。女不觉欢然展谑，乃曰：“君为妾三吟王建‘罗衣叶叶’之作，病当愈。”生从其言。甫两过，女揽衣起曰：“妾愈矣！”再读，则娇颤相和。生神志益飞，遂灭烛共寝。女未曙已起，曰：“老母将至矣。”未几媪果至。见女凝妆欢坐，不觉欣慰；邀女去，女俯首不语。媪即自去，曰：“汝乐与郎君戏，亦自任也。”于是生始研问居止。女曰：“妾与君不过倾盖之交，婚嫁尚未可必，何须令知家门。”然两人互相爱悦，要誓良坚。

女一夜早起挑灯，忽开卷凄然泪莹，生起急问之。女曰：“阿翁行且至。我两人事，妾适以卷卜，展之得李益“江南曲”，词意非祥。”生慰解之，曰：“首句‘嫁得瞿塘贾’，即已大吉，何不祥之与有！”女乃少欢，起身作别曰：“暂请分手，天明则千人指视矣。”生把臂哽咽，问：“好事如谐，何处可以相报？”曰：“妾常使人侦探之，谐否无不闻也。”生将下舟送之，女力辞而去。无何慕果至。生渐吐其情，父疑其招妓，怒加诟厉。细审舟中财物，并无亏损，谯呵乃已。一夕翁不在舟，女忽至，相见依依，莫知决策。女曰：“低昂有数，且图目前。姑留君两月，再商行止。”临别，以吟声作为相会之约。由此值翁他出，遂高吟，则女自至。四月行尽，物价失时，诸贾无策，敛资祷湖神之庙。端阳后，雨水大至，舟始通。

生既归，凝思成疾。慕忧之，巫医并进。生私告母曰：“病非药禳(ráng)可痊，惟有秋练至耳。”翁初怒之；久之支离益惫，始惧，赁车载子复入楚，泊舟故处。访居人，并无知白媪者。会有媪操柁(duò)湖滨，即出自任。翁登其舟，窥见秋练，心窃喜，而审诘邦族，则浮家泛宅而已。因实告子病由，冀女登舟，姑以解其沉痼。媪以婚无成约，弗许。女露半面，殷殷窥听，闻两人言，眦泪欲望。媪视女面，因翁哀请，即亦许之。至夜翁出，女果至，就榻呜泣曰：“昔年妾状今到君耶！此中况味，要不可不使君知。然羸顿如此，急切何能便瘳（chōu）？妾请为君一吟。”生亦喜。女亦吟王建前作。生曰：“此卿心事，医二人何得效？然闻卿声，神已爽矣。试为我吟‘杨柳千条尽向西’。”女从之。生赞曰：“快哉！卿昔诵诗余，有采莲子云：‘菡萏香莲十顷陂。’心尚未忘，烦一曼声度之。”女又从之。甫阕[5]，生跃起曰：“小生何尝病哉！”遂相狎抱，沉疴若失。既而问：“父见媪何词？事得谐否？”女已察知翁意，直对“不谐”。

既而女去，父来，见生已起，喜甚，但慰勉之。因曰：“女子良佳。然自总角[6]时把柁棹歌，无论微贱，抑亦不贞。”生不语。翁既出，女复来，生述父意。女曰：“妾窥之审矣：天下事，愈急则愈远，愈迎则愈拒。当使意自转，反相求。”生问计，女曰：“凡商贾之志在于利耳。妾有术知物价。适视舟中物，并无少息。为我告翁：居某物利三之；某物十之。归家，妾言验，则妾为佳妇矣。再来时君十八，妾十七，相欢有日，何忧为！”生以所言物价告父。父颇不信，姑以余资半从其教。既归，所自买货，资本大亏；幸少从女言，得厚息，略相准。以是服秋练之神。生益夸张之，谓女自言，能使己富。翁于是益揭资而南。至湖，数日不见白媪；过数日，始见其泊舟柳下，因委禽焉。媪悉不受，但涓吉送女过舟。翁另赁一舟，为子合卺。

女乃使翁益南，所应居货，悉籍付之。媪乃邀婿去，家于其舟。翁三月而返。物至楚，价已倍蓰。将归，女求载湖水；既归，每食必加少许，如用醯（xī）[7]酱焉。由是每南行，必为致数坛而归。后三四年，举一子。

一日涕泣思归。翁乃偕子及妇俱入楚。至湖，不知媪之所在。女扣舷呼母，神形丧失。促生沿湖问讯。会有钓鲟鳇者，得白骥。生近视之，巨物也，形全类人，乳阴毕具。奇之，归以告女。女大骇，谓夙有放生愿，嘱生赎放之。生往商钓者，钓者索直昂。女曰：“妾在君家，谋金不下巨万，区区者何遂靳直也！如必不从，妾即投湖水死耳！”生惧，不敢告父，盗金赎放之。既返不见女。搜之不得，更尽始至。问：“何往？”曰：“适至母所。”问：“母何在？”腆然曰：“今不得不实告矣：适所赎，即妾母也。向在洞庭，龙君命司行旅。近宫中欲选嫔妃，妾被浮言者所称道，遂敕妾母，坐相索。妾母实奏之。龙君不听，放母于南滨，饿欲死，故罹前难。今难虽免，而罚未释。君如爱妾，代祷真君可免。如以异类见憎，请以儿掷还君。妾自去，龙宫之奉，未必不百倍君家也。”生大惊，虑真君不可得见。女曰：“明日未刻，真君当至。见有跛道士，急拜之，入水亦从之。真君喜文士，必合怜允。”乃出鱼腹绫一方，曰：“如问所求，即出此，求书一‘免’字。”生如言候之。果有道士蹩躠[8]而至，生伏拜之。道士急走，生从其后。道士以杖投水，跃登其上。生竟从之而登，则非杖也，舟也。又拜之，道士问：“何求？”生出罗求书。道士展视曰：“此白骥翼也，子何遇之？”蟾宫不敢隐，详陈始末。道士笑曰：“此物殊风流，老龙何得荒淫！”遂出笔草书“免”字如符形，返舟令下。则见道士踏杖浮行，顷刻已渺。归舟女喜，但嘱勿泄于父母。

归后二三年，翁南游，数月不归。湖水俱罄，久待不至。女遂病，日夜喘急，嘱曰：“如妾死，勿瘗(yì)，当于卯、午、酉三时，一吟杜甫《梦李白》诗，死当不朽。待水至，倾注盆内，闭门缓妾衣，抱入浸之，宜得活。”喘息数日，奄然遂毙。后半月，慕翁至，生急如其教，浸一时许，渐苏。自是每思南旋。后翁死，生从其意，迁于楚。

注释

①居积：囤积待售的货物。②倾城：形容绝色女子。《汉书·外戚传》：“北方有佳人，绝世而独立，一顾倾人城，再顾倾人国。”③揭资：指筹取资金。揭，持，负。④接脗：接吻。脗，下唇。⑤甫阕：刚唱完。阕，曲终。⑥总角：指儿时。古时未成年的男女，束发为两结，形状如角，故称总角。⑦醯：醋。⑧蹩躠：走路一瘸一拐。

陈云栖

真毓生，楚夷陵[1]人，孝廉之子。能文，美丰姿，弱冠知名。儿时，相者曰：“后当娶女道士为妻。”父母共以为笑。而为之论婚，低昂苦不能就。生母臧夫人，祖居黄冈，生以故诣外祖母。闻时人语曰：“黄州‘四云’，少者无伦。”盖郡有吕祖庵，庵中女道士皆美，故云。

庵去臧氏村仅十余里，生因窃往。扣其关，果有女道士三四人，谦喜承迎，仪度皆洁。中一最少者，旷世真无其俦，心好而目注之。女以手支颐但他顾。诸道士觅盏烹茶。生乘间问姓字，答云：“云栖，姓陈。”生戏曰：“奇矣！小生适姓潘。”陈赪颜发颊，低头不语，起而去。少间瀹(yuè)茗，进佳果，各道姓字：一白云深，年三十许；一盛云眠，二十已来；一梁云栋，约二十有四五，却为弟。而云栖不至，生殊怅惘，因问之。白曰：“此婢惧生人。”生乃起别，白力挽之，不留而出。白曰：“而欲见云栖，明日可复来。”

生归，思恋綦切。次日又诣之。诸道士俱在，独少云栖，未便遽问。诸道士治具留餐，生力辞，不听。白拆饼授箸，劝进良殷。既问：“云栖何在？”答云：“自至。”久之，日势已晚，生欲归。白捉腕留之，曰：“姑止此，我捉婢子来奉见。”生乃止。俄，挑灯具酒，云眠亦去。酒数行，生辞已醉。白曰：“饮三觥，则云栖出矣。”生果饮如数。梁亦以此挟劝之，生又尽之，覆盏告辞。白顾梁曰：“吾等面薄，不能劝饮，汝往曳陈婢来，便道潘郎待妙常已久。”梁去，少时而返，具言：“云栖不至。”生欲去，而夜已深，乃佯醉仰卧。两人代裸之，迭就淫焉。终夜不堪其扰。天既明，不睡而别，数日不敢复往，而心念云栖不忘也，但不时于近侧探侦之。

一日既暮，白出门与少年去。生喜，不甚畏梁，急往款关。云眠出应门，问之，则梁亦他适。因问云栖，盛导去，又入一院。呼曰：“云栖！客至矣。”但见室门阛(pēng)然而合。盛笑曰：“闭扉矣。”生立窗外，似将有言，盛乃去。云栖隔窗曰：“人皆以妾为饵钓君也。频来则身命殆矣。妾不能终守清规，亦不敢遂乖廉耻，欲得如潘郎者事之耳。”生乃以白头相约。云栖曰：“妾师抚养，即亦非易，果相见爱，当以二十金赎妾身。妾候君三年。如望为桑中之约，所不能也。”生诺之。方欲自陈，而盛复至，从与俱出，遂别归。

中心怊怅，思欲委曲夤(yín)缘，再一亲其娇范，适有家人报父病，遂星夜而还。无何，孝廉卒。夫人庭训最严，心事不敢使知，但刻减金资日积之。有议婚者，辄以服阕为辞。母不听。生婉告曰：“曩在黄冈，外祖母欲以婚陈氏，诚心所愿。今遭大故，音耗遂梗，久不如黄省问；旦夕一往，如不果谐，从母所命。”夫人许之。乃携所积而去。

至黄诣庵中，则院宇荒凉，大异畴昔。渐入之，惟一老尼炊灶下，因就问。尼曰：“前年老道士死，‘四云’星散矣。”问：“何之？”曰：“云深、云栋，从恶少去；向闻云栖寓居郡北；云眠消息不知也。”生闻之悲叹。命驾即诣郡北，遇观辄询，并少踪迹。怅恨而归，伪告母曰：“舅言：陈翁如岳州，待其归，当遣诪来。”

逾半年夫人归宁，以事问母，母殊茫然。夫人怒子诳；媪疑甥与舅谋，而未以问也。幸舅出莫从稽其妄。夫人以香愿登莲峰。斋宿山下。既卧，逆旅主人扣扉，送一女道士寄宿同舍，自言：“陈云栖。”闻夫人家夷陵，移坐就榻，告诉坎坷，词旨悲恻。末言：“有表兄潘生，与夫人同籍，烦嘱子侄辈一传口语，但道其寄栖鹤观师叔王道成所。朝夕厄苦，度日如岁。令早一临存；恐过此以往，未之或知也。”夫人审名字，即又不知。但云：“既在学宫，秀才辈想无不闻也。”未明早别，殷殷再嘱。

夫人既归，向生言及。生长跪曰：“实告母：所谓潘生即儿也。”夫人既知其故，怒曰：“不肖儿！宣淫寺观，以道士为妇，何颜见亲宾乎！”生垂头，不敢出词。会生以赴试入郡，窃命舟访王道成。至，则云栖半月前出游不返。既归，悒悒(yì yì)而病。

适臧媪卒，夫人往奔丧，殡后迷途，至京氏家，问之，则族妹也。相便邀入。见有少女在堂，年可十八九，姿容曼妙，目所未睹。夫人每思得一佳妇，俾子不怼，心动，因诘生平。妹云：“此王氏女也，京氏甥也。怙恃俱失，暂寄此耳。”问：“婿家谁？”曰：“无之。”把手与语，意致娇婉，母大悦，为之过宿，私以己意告妹。妹曰：“良佳。但其人高自位置，不然，胡蹉跎至今也。容商之。”夫人招与同榻，谈笑甚欢，自愿母夫人。夫人悦，请同归荆州，女益喜。

次日同舟而还。既至，则生病未起，母慰其沉疴，使婢阴告曰：“夫人为公子载丽人至矣。”生未信，伏窗窥之，较云栖尤艳绝也。因念：三年之约已过，出游不返，则玉容必已有主。得此佳丽，心怀颇慰。于是輾然动色，病亦寻瘳（chōu）。母乃招两人相拜见。生出，夫人谓女：“亦知我同归之意乎？”女微笑曰：“妾已知之。但妾所以同归之初志，母不知也。妾少字夷陵潘氏，音耗阔绝，必已另有良匹。果尔，则为母也妇；不尔，则终为母也女，报母有日也。”夫人曰：“既有成约，即亦不强。但前在五祖山时，有女冠问潘氏，今又潘氏，固知夷陵世族无此姓也。”女惊曰：“卧莲峰下者母耶？询潘氏者即我是也。”母始恍然悟，笑曰：“若然，则潘生固在此矣。”女问：“何在？”夫人命婢导去问生，生惊曰：“卿云栖耶？”女问：“何如？”生言其情，始知以潘郎为戏。女知为生，羞与终谈，急返告母。母问其。“何复姓王”。答云：“妾本姓王。道师见爱，遂以为女，从其姓耳。”夫人亦喜，涓吉为之成礼。先是，女与云眠俱依王道成。道成居隘，云眠遂去之汉口。女娇痴不能作苦，又羞出操道士业，道成颇不善之。会京氏如黄冈，女遇之流涕，因与俱去，俾改女子装，将论婚士族，故讳其曾隶道士籍。而问名者女辄不愿，舅及姑妗皆不知意向，心厌嫌之。是日从夫人归，得所托，如释重负焉。合卺后各述所遭，喜极而泣。女孝谨，夫人雅怜爱之；而弹琴好弈，不知理家人生业，夫人颇以为忧。

积月余，母遣两人如京氏，留数日而归，泛舟江流，欻（xū）一舟过，中一女冠，近之则云眠也。云眠独与女善。女喜，招与同舟，相对酸辛。问：

"将何之？"盛云："久切悬念。远至栖鹤观。则闻依京舅矣。故将诣黄冈一奉探耳。竟不知意中人已得相聚。今视之如仙，剩此漂泊人，不知何时已矣！"因而欷歔。女设一谋，令易道装，伪作姊，携伴夫人，徐择佳偶。盛从之。

既归，女先白夫人，盛乃入。举止大家；谈笑间，练达世故。母既寡苦寂，得盛良欢，惟恐其去。盛早起代母劬劳，不自作客。母益喜，阴思纳女姊，以掩女冠之名，而未敢言也。一日忘某事未作，急问之，则盛代备已久。因谓女曰："画中人不能作家，亦复何为。新妇若大姊者，吾不忧也。"不知女存心久，但恐母嗔。闻母言，笑对曰："母既爱之，新妇欲效英、皇，何如？"母不言，亦冁然笑。女退，告生曰："老母首肯矣。"乃另洁一室，告曰："昔在观中共枕时，姊言：'但得一能知亲爱之人，我两人当共事之。'犹忆之否？"盛不觉双眦荧荧，曰："妾所谓亲爱者非他，如日日经营，曾无一人知其甘苦；数日来，略有微劳，即烦老母恤念；则中心冷暖顿殊矣。若不下逐客令，俾得长伴老母，于愿斯足，亦不望前言之践也。"女告母。母令姊妹焚香，各矢无悔词，乃使生与行夫妇礼。将寝，告生曰："妾乃二十三岁老处女也。"生犹未信。既而落红殷褥，始奇之。盛曰："妾所以乐得良人者，非不能甘岑寂也；诚以闺阁之身，腼然酬应如勾栏，所不堪耳。借此一度，挂名君籍，当为君奉事老母，作内纪纲，若房闱之乐，请别与人探讨之。"三日后，袱被从母，遣之不去。女早诣母所，占其床寝，不得已，乃从生去。由是三两日辄一更代，习为常。

夫人故善弈，自寡居，不暇为之。自得盛，经理井井，昼日无事，辄与女弈。挑灯瀹茗，听两妇弹琴，夜分始散。每与人曰："儿父在时，亦未能有此乐也。"盛司出纳，每纪籍报母。母疑曰："儿辈常言幼孤，作字弹棋[2]，谁教之？"女笑以实告。母亦笑曰："我初不俗为儿娶一道士，今竟得两矣。"忽忆童时所卜，始信定数不可逃也。生再试不第。夫人曰："吾家虽不丰，簿田三百亩，幸得云眠纪理，日益温饱。儿但在膝下，率两妇与老身共乐，不愿汝求富贵也。"生从之。后云眠生男女各一，云栖女一男三。母八十余岁而终。孙皆入泮；长孙，云眠所出，已中乡选矣。

注释

①夷陵：州名，在今湖北省宜昌市。②弹棋：汉魏时流行的一种博戏。徐广《弹棋经》："弹棋二人对局，黑白各六子，先列棋相当，下呼上击之。"至宋代时已失传。此处指弹琴，下棋。

王大

李信，博徒也。昼卧，忽见昔年博友王大，冯九来邀与敖戏[①]，李亦忘其为鬼，忻然从之。既出，王大往邀村中周子明，冯乃导李先行，入村东庙中。少顷周果同王至，冯出叶子[②]约与撩零[③]，李曰："仓卒无博资，辜负盛邀，奈何？"周亦云然。王云："燕子谷黄八官人放利债，同往贷之，宜必诺允。"于是四人并去。

飘忽间至一大村，村中甲第连垣，王指一门，曰："此黄公子家。"内一老仆出，王告以意，仆即入白。旋出，奉公子命请王、李相会。入见公子，年十八九，笑语蔼然。便以大钱[④]一提付李，曰："知君悫(què)直[⑤]，无妨假贷；周子明我不能信之也。"王委曲代为请。公子要李署保，李不肯。王从旁怂恿之，李乃诺。亦授一千而出。便以付周，且述公子之意，以激其必偿。

出谷，见一妇人来，则村中赵氏妻，素喜争善骂。冯曰："此处无人，悍妇宜小祟之。"遂与捉返入谷。妇大号，冯掬土塞其口。周赞曰："此等妇，只宜椓杙(zhuó yì)阴中！"冯乃捋裤，以长石强纳之，妇若死。众乃散去，复入庙，相与赌博。

自午至夜分，李大胜，冯、周资皆空。李因以厚资增息悉付王，使代偿黄公子；王又分给周、冯，局复合。居无何闻人声纷拏，一人奔入曰："城隍老爷亲捉博者，今至矣！"众失色。李舍钱逾垣而逃。众顾资皆被缚。既出，果见一神人坐马上，马后絷(zhí)博徒二十余人。天未明已至邑城，门启而入。至衙署，城隍南面坐，唤人犯上，执籍呼名。呼已，并令以利斧斫去将指，乃以墨朱各涂两目，游市三周讫。押者索贿而后去其墨朱，众皆赂之。独周不肯，辞以囊空；押者约送至家而后酬之，亦不许。押者指之曰：“汝真铁豆，炒之不能爆也！”遂拱手去。周出城，以唾湿袖，且行且拭。及河自照，墨朱未去，掬水盥(guàn)之，坚不可下，悔恨而归。

先是，赵氏妇以故至母家，日暮不归，夫往迎之，至谷口，见妇卧道周。睹状，知其遇鬼，去其泥塞，负之而归。渐醒能言，始知阴中有物，宛转抽拔而出。乃述其遭。赵怒，遽赴邑宰，讼李及周。牒下，李初醒；周尚沉睡，状类死。宰以其诬控，笞赵械妇，夫妻皆无理以自申。

越日周醒，目眶忽变一赤一黑，大呼指痛。视之筋骨已断，惟皮连之，数日寻堕。目上墨朱，深入肌理。见者无不掩笑。一日见王大来索负。周厉声但言无钱，王忿而去。家人问之，始知其故。共以神鬼无情，劝偿之。周龈龈(kěn kěn)⑥不可，且曰：“今日官宰皆左袒赖债者，阴阳应无二理，况赌债耶！”次日有二鬼来，谓黄公子具呈在邑，拘赴质审；李信亦见隶来取作间证，二人一时并死。至村外相见，王、冯俱在。李谓周曰：“君尚带赤墨眼，敢见官耶？”周仍以前言告。李知其吝，乃曰：“汝既昧心，我请见黄八官人，为汝还之。”遂共诣公子所。李入而告以故，公子不可，曰：“负欠者谁，而取偿于子？”出以告周，因谋出资，假周进之。周益忿，语侵公子。

鬼乃拘与俱行。无何至邑，入见城隍。城隍呵曰：“无赖贼！涂眼犹在，又赖债耶！”周曰：“黄公子出利债诱某博赌，遂被惩创。”城隍唤黄家仆上，怒曰：“汝主人开场诱赌，尚讨债耶？”仆曰：“取资时，公子不知其赌。公子家燕子谷，捉获博徒在观音庙，相去十余里。公子从无设局场之事。”城隍顾周曰：“取资悍不还，反被捏造！人之无良，至汝而极！”欲笞之。周又诉其息重，城隍曰：“偿几分矣？”答云：“实尚未有所偿。”城隍怒曰：“本资尚欠，而论息耶？”笞三十，立押偿主。二鬼押至家，索贿，不令即活，缚诸厕内，令示梦家人。家人焚楮锭二十提，火既灭，化为金二两、钱二千。周乃以金酬债，以钱赂押者，遂释令归。

既苏，臀疮坟起，脓血崩溃，数月始痊。后赵氏妇不敢复骂；而周以四指带赤墨眼，赌如故。此以知博徒之非人矣！

异史氏曰：世事之不平，皆由为官者矫枉之过正也。昔日富豪以倍称之息折夺良家子女，人无敢言者；不然，函刺一投，则官以三尺法左袒之。故昔之民社官，皆为势家役耳。迨后贤者鉴其弊，又悉举而大反之。有举人重资作巨商者，衣锦厌粱肉，家中起楼阁、买良沃。而竟忘所自来。一取偿则怒目相向。质诸官，官则曰：“我不为人役也。”是何异懒残和尚，无工夫为俗人拭涕哉！余尝谓昔之官谄，今之官谬；谄者固可诛，谬者亦可恨也。放资而薄其息，何尝专有益于富人乎？

张石年宰淄川，最恶博。其涂面游城亦如冥法，刑不至堕指，而赌以绝。盖其为官甚得钩距法。方簿书旁午[7]时，每一人上堂，公偏暇，里居、年齿、家口、生业，无不絮絮问。问已，始劝勉令去，有一人完税一缴单，自分无事，呈单欲下。公止之。细问一过，曰：“汝何博也？”其人力辩生平不解博。公笑曰：“腰中尚有博具。”搜之果然。人以为神，而并不知其何术。

注释

①敖戏：游戏。此处指赌博。敖，出游，闲游。②叶子：纸牌。明代称玩纸牌为叶子戏。③撩零：赌徒相争求胜。唐李肇《国史补》卷下《叙博长行戏》：“博徒强名争胜谓之撩零。”④大钱：面值大的钱币。清康熙年间铸大制钱、小制钱。大制钱又称大钱，每千文作银一两；小制钱又称小钱，每千文作银七钱。⑤悫直：忠厚耿直。⑥龈龈：争辩的样子。⑦旁午：纵横纷乱的样子。此处指事物繁杂。

香玉

劳山下清宫，耐冬[1]高二丈，大数十围，牡丹高丈余，花时璀璨似锦。胶州黄生舍读其中。一日自窗中见女郎，素衣掩映花间。心疑观中焉得此，趋出已遁去。自此屡见之。遂隐身丛树中以伺其至。未几，女郎又偕一红裳者来，遥望之，艳丽双绝。行渐近，红裳者却退，曰：“此处有生人！”生暴起。二女惊奔，袖裙飘拂，香风洋溢，追过短墙，寂然已杳，爱慕弥切，因题句树下云：“无限相思苦，含情对短窗。恐归沙吒利，何处觅无双？”归斋冥思。女郎忽入，惊喜承迎。女笑曰：“君汹汹似强寇，令人恐怖；不知君乃骚雅士，无妨相见。”生叩生平，曰：“妾小字香玉，隶籍平康巷。被道士闭置山中，实非所愿。”生问：“道士何名？当为卿一涤此垢。”女曰：“不必，彼亦未敢相逼。借此与风流士长作幽会，亦佳。”问：“红衣者谁？”曰：“此名绛雪，乃妾义姊。”遂相狎。及醒，曙色已红。女急起，曰：“贪欢忘晓矣。”着衣易履，且曰：“妾酬君作，勿笑：‘良夜更易尽，朝暾(tūn)已上窗。愿如梁上燕，栖处自成双。’”生握腕曰：“卿秀外惠中，令人爱而忘死。顾一日之去，如千里之别。卿乘间当来，勿待夜也。”女诺之。由此夙夜必偕。每使邀绛雪来，辄不至，生以为恨。女曰：“绛姐性殊落落[②]，不似妾情痴也。当从容对驾，不必过急。一夕，女惨然入曰：“君陇不能守，尚望蜀耶？今长别矣。”问：“何之？”以袖拭泪，曰：“此有定数，难为君言。昔日佳作，今成谶(chèn)语矣。‘佳人已属沙吒利，义士今无古押衙’，可为妾咏。”诘之不言，但有呜咽。竟夜不眠，早旦而去。生怪之。

次日有即墨蓝氏，入宫游瞩，见白牡丹，悦之，掘移径去。生始悟香玉乃花妖也，怅惋不已。过数日闻蓝氏移花至家，日就萎悴。恨极，作哭花诗五十首，日日临穴涕洟。

一日凭吊方返，遥见红衣人挥涕穴侧。从容近就，女亦不避。生因把袂，相向汍澜[③]。已而挽请入室，女亦从之。叹曰：“童稚姊妹，一朝断绝！闻君哀伤，弥增妾恸。泪堕九泉，或当感诚再作；然死者神气已散，仓卒何能与吾两人共谈笑也。”生曰：“小生薄命，妨害情人，当亦无福可消双美。曩(nǎng)频烦香玉道达微忱(chén)，胡再不临？”女曰：“妾以年少书生，什九薄幸；不知君固至情人也。然妾与君交，以情不以淫。若昼夜狎昵，则妾所

不能矣。”言已告别。生曰：“香玉长离，使人寝食俱废。赖卿少留，慰此怀思，何决绝如此！”女乃止，过宿而去。数日不复至。冷雨幽窗，苦怀香玉，辗转床头，泪凝枕席。揽衣更起，挑灯复踵前韵曰：“山院黄昏雨，垂帘坐小窗。相思人不见，中夜泪双双。”诗成自吟。忽窗外有人曰：“作者不可无和。”听之，绛雪也。启户内之。女视诗，即续其后曰：“连袂人何处？孤灯照晚窗。空山人一个，对影自成双。”生读之泪下，因怨相见之疏。女曰：“妾不能如香玉之热，但可少慰君寂寞耳。”生欲与狎。曰：“相见之欢，何必在此。”

于是至无聊时，女辄一至。至则宴饮唱酬，有时不寝遂去，生亦听之。谓曰：“香玉吾爱妻，绛雪吾良友也。”每欲相问：“卿是院中第几株？乞早见示，仆将抱植家中，免似香玉被恶人夺去，贻恨百年。”女曰：“故土难移，告君亦无益也。妻尚不能终从，况友乎！”生不听，捉臂而出，每至牡丹下，辄问：“此是卿否？”女不言，掩口笑之。旋生以腊归过岁。至二月间，忽梦绛雪至，愀然曰：“妾有大难！君急往尚得相见；迟无及矣。”醒而异之，急命仆马，星驰至山。则道士将建屋，有一耐冬，碍其营造，工师将纵斤矣。生急止之。入夜，绛雪来谢。生笑曰：“向不实告，宜遭此厄！今已知卿；如卿不至，当以艾炷相炙。”女曰：“妾固知君如此，曩故不敢相告也。”坐移时，生曰：“今对良友，益思艳妻。久不哭香玉，卿能从我哭乎？”二人乃往，临穴洒涕。更余，绛雪收泪劝止。

又数夕，生方寂坐，绛雪笑入曰：“报君喜信：花神感君至情，俾香玉复降宫中。”生问：“何时？”答曰：“不知，约不远耳。”天明下榻，生嘱曰：“仆为卿来。勿长使人孤寂。”女笑诺。两夜不至。生往抱树，摇动抚摩，频唤无声。乃返，对灯团艾，将往灼树。女遽入，夺艾弃之，曰：

"君恶作剧，使人创痏（wěi），当与君绝矣！"生笑拥之。坐未定，香玉盈盈而入。生望见，泣下流离，急起把握。香玉以一手握绛雪，相对悲哽。及坐，生把之觉虚，如手自握，惊问之，香玉泫然[4]曰："昔，妾花之神，故凝；今，妾花之鬼，故散也。今虽相聚，勿以为真，但作梦寐观可耳。"绛雪曰："妹来大好！我被汝家男子纠缠死矣。"遂去。

香玉款笑如前；但偎傍之间，仿佛以身就影。生悒悒不乐。香玉亦俯仰自恨，乃曰："君以白蔹屑，少杂硫黄，日酹妾一杯水，明年此日报君恩。"别去。明日往观故处，则牡丹萌生矣。生乃日加培植，又作雕栏以护之。香玉来，感激倍至。生谋移植其家，女不可，曰："妾弱质，不堪复戕。且物生各有定处，妾来原不拟生君家，违之反促年寿。但相怜爱，合好自有日耳。"生恨绛雪不至。香玉曰："必欲强之使来，妾能致之。"乃与生挑灯至树下，取草一茎，布掌作度，以度树本，自下而上至四尺六寸，按其处，使生以两爪齐搔之。俄见绛雪从背后出，笑骂曰："婢子来，助桀为虐耶！"牵挽并入。香玉曰："姊勿怪！暂烦陪侍郎君，一年后不相扰矣。"从此遂以为常。

生视花芽，日益肥茂，春尽，盈二尺许。归后，以金遗道士，嘱令朝夕培养之。次年四月至宫，则花一朵含苞未放；方流连间，花摇摇欲拆；少时已开，花大如盘，俨然有小美人坐蕊中，裁三四指许；转瞬飘然欲下，则香玉也。笑曰："妾忍风雨以待君，君来何迟也！"遂入室。绛雪亦至，笑曰："日日代人作妇，今幸退而为友。"遂相谈宴。至中夜，绛雪乃去，二人同寝，款洽一如从前。后生妻卒，生遂入山不归。是时牡丹已大如臂。生每指之曰："我他日寄魂于此，当生卿之左。"二女笑曰："君勿忘之。"

后十余年，忽病。其子至，对之而哀。生笑曰："此我生期，非死期也，何哀为！"谓道士曰："他日牡丹下有赤芽怒生，一放五叶者，即我也。"遂不复言。子舆之归家。即卒。次年，果有肥芽突出，叶如其数。道士以为异，益灌溉之。三年，高数尺，大拱把，但不花。老道士死，其弟子不知爱惜，斫去之。白牡丹亦憔悴死；无何耐冬亦死。

异史氏曰：情之至者，鬼神可通。花以鬼从，而人以魂寄，非其结于情者深耶？一去而两殉之，即非坚贞，亦为情死矣。人不能贞，亦其情之不笃耳。仲尼读唐棣而曰“未思”，信矣哉！

注释

①耐冬：络石的俗名，常绿木本植物，质坚韧，初夏开花。②落落：孤傲不凡。③汍澜：流泪的样子。④泫然：伤心流泪的样子。

大男

奚成列，成都[1]士人也。有一妻一妾。妾何氏，小字昭容。妻早没，继娶申氏，性妒，虐遇何，且并及奚；终日哓聒，恒不聊生。奚怒亡去；去后何生一子大男。奚去不返，申摈何不与同炊，计日授粟。大男渐长，用不给，何纺绩佐食。大男见塾中诸儿吟诵，亦欲读。母以其太稚，姑送诣读。大男慧，所读倍诸儿。师奇之，愿不索束脩。何乃使从师，薄相酬。积二三年，经书[2]全通。

一日归，谓母曰：“塾中五六人，皆从父乞钱买饼，我何独无？”母曰：“待汝长，告汝知。”大男曰：“今方七八岁，何时长也？”母曰：“汝往塾，路经关帝庙，当拜之，祐汝速长。”大男信之，每过必入拜。母知之，问曰：“汝所祝何词？”笑云：“但祝明年便使我十六七岁。”母笑之。然大男学与躯长并速：至十岁，便如十三四岁者；其所为文竟成章。一日谓母曰：“昔谓我壮大，当告父处，今可矣。”母曰：“尚未，尚未。”又年余居然成人，研诘益频，母乃缅述之。大男悲不自胜，欲往寻父。母曰：“儿太幼，汝父存亡未知，何遽可寻？”大男无言而去，至午不归。往塾问师，则辰餐未复。母大惊，出资佣役，到处冥搜，杳无踪迹。

大男出门，循途奔去，茫然不知何往。适遇一人将如夔州，言姓钱。大男丐食相从。钱病其缓，为赁代步，资斧耗竭。至夔同食，钱阴投毒食中，大男暝不觉。钱载至大刹，托为己子，偶病绝资，卖诸僧。僧见其丰姿秀异，争购之。钱得金竟去。僧饮之，略醒。长老知而诣视，奇其相，研诘始得颠末。甚怜之，赠资使去。有泸州蒋秀才下第归，途中问得故，嘉其孝，携与同行。至泸，主其家。月余，遍加谘访。或言闽商有奚姓者，乃辞蒋，欲之闽。蒋赠以衣履，里党皆敛资助之。途遇二布客，欲往福清，邀与同侣。行数程，客窥囊金，引至空所，挚其手足，解夺而去。适有永福陈翁过其地，脱其缚，载归其家。翁豪富，诸路商贾，多出其门，翁嘱南北客代访奚耗。留大男伴诸儿读。大男遂住翁家，不复游。然去家愈远，音梗矣。

何昭容孤居三四年，申氏减其费，抑勒令嫁。何志不摇。申强卖于重庆贾，贾劫取而去。至夜，以刀自劙(lí)贾不敢逼，俟创瘥(chài)，又转鬻于盐亭贾。至盐亭，自刺心头，洞见脏腑。贾大惧，敷以药，创平，求为尼。贾曰：“我有商侣，身无淫具，每欲得一人主缝纫。此与作尼无异，亦可少偿吾值。”何诺。贾舆送去。入门，主人趋出，则奚生也。盖奚已弃懦为商，贾以其无妇，故赠之也。相见悲骇，各述苦况，始知有儿寻父未归。奚乃嘱诸客旅，侦察大男。而昭容遂以妾为妻矣。

然自历艰苦，疴(kē)痛多疾，不能操作，劝奚纳妾。奚鉴前祸，不从所请。何曰：“妾如争床第者，数年来固已从人生子，尚得与君有今日耶？且人加我者，隐痛在心，岂及诸身而自蹈之？”奚乃嘱客侣，为买三十余老妾。

逾半年客果为买妾归，入门则妻申氏。各相骇异。先是申独居年余，兄苞劝令再适。申从之，惟田产为子侄所阻不得售。鬻(yù)诸所有，积数百金，携归兄家。有保宁贾，闻其富有奁资，以多金啖苞赚娶之。而贾老废不能人。申怨兄，不安于室，悬梁投井，不堪其扰。贾怒，搜括其资，将卖作妾。闻者皆嫌其老。贾将适夔，乃载与俱去。遇奚同肆，适中其意，遂货之而去。既见奚，惭惧不出一语。奚问同肆商，略知梗概，因曰：“使遇健男，则在保宁，无再见之期，此亦数也。然今日我买妾，非娶妻，可先拜昭容，修嫡庶礼。”申耻之。奚曰：“昔日汝作嫡，何如哉！”何劝止之。奚不可，操杖临逼，申不得已，拜之。然终不屑承奉，但操作别室，何悉优容之，亦不忍课其勤惰。奚每与昭容谈宴，辄使役使其侧；何更代以婢，不听前。

会陈公嗣宗宰盐亭。奚与里人有小争，里人以逼妻作妾揭讼奚。公不准理，叱逐之。奚喜，方与何窃颂公德。一漏既尽，僮呼叩扉，入报曰：“邑令公至。”奚骇极，急觅衣履，则公已至寝门；益骇，不知所为。何审之，急出曰：“是吾儿也！”遂哭。公乃伏地悲咽。盖大男从陈公姓，业为官矣。初，公至自都，迂道过故里，始知两母皆醮，伏膺（yīng）哀痛[3]。族人知大男已贵，反其田庐。公留仆营造，冀父复还。既而授任盐亭，又欲弃官寻父，陈翁苦劝止之。会有卜者，使筮焉。卜者曰：“小者居大，少者为长；求雄得雌，求一得两，为官吉。”公乃之任。为不得亲，居官不茹荤酒。是日得里人状，睹奚姓名，疑之。阴遣内使细访，果父。乘夜微行而出。见母，益信卜者之神。临去嘱勿播，出金二百，启父办装归里。

父抵家，门户一新，广畜仆马，居然大家矣。申见大男贵盛，益自敛。兄苞不愤，讼官，为妹争嫡。官廉得其情，怒曰：“贪资劝嫁，已更二夫，尚何颜争昔年嫡庶耶！”重笞苞。由此名分益定。而申妹何，何姊之。衣服饮食，悉不自私。申初惧其复仇，今益愧悔。奚亦忘其旧恶，俾内外皆呼以太母，但诰命不及耳。

异史氏曰：颠倒众生[4]，不可思议，何造物之巧也！奚生不能自立于妻妾之间，一碌碌庸人耳。苟非孝子贤母，乌能有此奇合，坐享富贵以终身哉！

注释

①成都：今四川省成都市。②经书：指儒家经书，即《诗》、《书》、《礼》、《乐》、《易》和《春秋》。③伏膺哀痛：内心极其悲痛。伏膺，同“服膺”，牢记于心。④颠倒众生：佛家称人世。《圆觉经》：“一切众生从无始来，种种颠倒，犹如迷人四方易处。”

曾友于

曾翁，昆阳[①]故家也。翁初死未殓，两眶中泪出如沈，有子六，莫解所以。次子悌，字友于，邑名士，以为不祥，戒诸兄弟各自惕，勿贻痛于先人；而兄弟半迂笑之。

先是翁嫡配生长子成，至七八岁，母子为强寇掳去。娶继室，生三子：曰孝，曰忠，曰信。妾生三子：曰悌，曰仁，曰义。孝以悌等出身贱，鄙不齿，因连结忠、信为党。即与客饮，悌等过堂下，亦傲不为礼。仁、义皆忿，与友于谋欲相仇。友于百词宽譬[②]，不从所谋；而仁、义年最少，因兄言亦遂止。

孝有女适邑周氏，病死。纠悌等往挞其姑，悌不从。孝愤然，令忠、信合族中无赖子，往捉周妻，搒掠无算，抛粟毁器，盎盂无存。周告官。官怒，拘孝等囚系之，将行申黜。友于惧，见宰自投。友于品行，素为宰重，诸兄弟以是得无苦。友于乃诣周所负荆[③]，周亦器重友于，讼遂止。

孝归，终不德友于。无何，友于母张夫人卒，孝等不为服，宴饮如故。仁、义益忿。友于曰："此彼之无礼，于我何损焉。"及葬，把持墓门，不使合厝。友于乃瘗母隧道中。未几孝妻亡，友于招仁、义同往奔丧。二人曰："'期'且不论，'功'于何有！"再劝之，哄然散去。友于乃自往，临哭尽哀。隔墙闻仁、义鼓且吹，孝怒，纠诸弟往殴之。友于操杖先从。入其家，仁觉先逃。兴方逾垣，友于自后击仆之。孝等拳杖交加，殴不止。友于横身障阻之。孝怒，让友于。友于曰："责之者以其无礼也，然罪固不至死。我不怙弟恶，亦不助兄暴。如怒不解，身代之。"孝遂反杖挞友于，忠、信亦相助殴兄，声震里党，群集劝解，乃散去。友于即扶杖诣兄请罪。孝逐去之，不令居丧次。而义创甚，不复食饮。仁代具词讼官，诉其不为庶母行服。官签拘孝、忠、信，而令友于陈状。友于以面目损伤，不能诣署，但作词禀白，哀求寝息，宰遂消案。义亦寻愈。由是仇怨益深。仁、义皆幼弱，辄被敲楚。怨友于曰："人皆有兄弟，我独无！"友于曰："此两语，我宜言之，两弟何云！"因苦劝之，卒不听。友于遂扃户，携

妻子借寓他所，离家五十余里，冀不相闻。

友于在家虽不助弟，而孝等尚稍有顾忌；既去，诸兄一不当，辄叫骂其门，辱侵母讳。仁、义度不能抗，惟杜门思乘间刺杀之，行则怀刀。

一日寇所掠长兄成，忽携妇亡归。诸兄弟以家久析，聚谋三日，竟无处可以置之。仁、义窃喜，招去共养之。往告友于。友于喜，归，共出田宅居成。诸兄怒其市惠，登门窘(jiǒng)辱。而成久在寇中，习于威猛，大怒曰："我归，更无人肯置一屋；幸三弟念手足，又罪责之。是欲逐我耶！"以石投孝，孝仆。仁、义各以杖出，捉忠、信，挞无数。成乃讼宰，宰又使人请教友于。友于诣宰，俯首不言，但有流涕。宰问之，曰："惟求公断。"宰乃判孝等各出田产归成，使七分相准。自此仁、义与成倍加爱敬，谈及葬母事，因并泣下。成恚曰："如此不仁，真禽兽也！"遂欲启圹更为改葬。仁奔告友于，友于急归谏止。成不听，刻期发墓，作斋于茔。以刀削树，谓诸弟曰："所不衰麻[4]相从者，有如此树！"众唯唯。于是一门皆哭临，安厝尽礼。自此兄弟相安。

而成性刚烈，辄批挞诸弟，于孝尤甚。惟重友于，虽盛怒，友于至，一言即解。孝有所行，成辄不平之，故孝无一日不至友于所，潜对友于诟诅。友于婉谏，卒不纳。友于不堪其扰，又迁居三泊，去家益远，音迹遂疏。又二年，诸弟皆畏成，久亦相习。

而孝年四十六，生五子：长继业，三继德，嫡出；次继功，四继绩，庶出；又婢生继祖。皆成立。效父旧行，各为党，日相竞，孝亦不能呵止。惟祖无兄弟，年又最幼，诸兄皆得而诟厉之。岳家近三泊，会诣岳，迂道诣叔。入门见叔家两兄一弟，弦诵怡怡(yí yí)[5]，乐之，久居不言归。叔促之，哀求寄居。叔曰："汝父母皆不知，我岂惜瓯饭瓢饮乎！"乃归。过数月夫妻往寿岳母，告父曰："儿此行不归矣。"父诘之，因吐微隐。父虑与叔有夙隙，计难久居。祖曰："父虑过矣。二叔圣贤也。"遂去，携妻之三泊。友于除舍居之，以齿儿行，使执卷从长子继善。祖最慧，寄籍三泊年余，入云南郡庠。与善闭户研读，祖又讽诵最苦。友于甚爱之。

自祖居三泊，家中兄弟益不相能。一日微反唇，业诟辱庶母。功怒，刺杀业。官收功，重械之，数日死狱中。业妻冯氏，犹日以骂代哭。功妻刘闻之，怒曰："汝家男子死，谁家男子活耶！"操刀入，击杀冯，自投井死。冯父大立，悼女死惨，率诸子弟，藏兵衣底，往捉孝妾，裸挞(tà)道上以辱之。成怒曰："我家死人如麻，冯氏何得复尔！"吼奔而出。诸曾从之，诸冯尽靡。成首捉大立，割其两耳。其子护救，继、绩以铁杖横击，折其两股。诸冯各被夷伤，哄然尽散。惟冯子犹卧道周。成夹之以肘，置诸冯村而还。遂呼绩诣官自首。冯状亦至。于是诸曾被收。

惟忠亡去，至三泊，徘徊门外。适友于率一子一侄乡试归，见忠，惊曰："弟何来？"忠未语先泪，长跪道左。友于握手拽入，诘得其情，大惊曰："似此奈何！然一门乖戾，逆知奇祸久矣；不然，我何以窜迹至此。但我离家久，与大令无声气之通，今即匐伏而往，徒取辱耳。但得冯父子伤重不死，吾三人中幸有捷者，则此祸或可少解。"乃留之，昼与同餐，夜与共寝。忠颇感愧。居十余日，见其叔侄如父子，兄弟如同胞，凄然下泪曰："今始知从前非人也。"友于喜其悔悟，相对酸恻。俄报友于父子同科，祖亦副榜，大喜。不赴鹿鸣，先归展墓。明季科甲最重，诸冯皆为敛息。友于乃托亲友赂以金粟，资其医药，讼乃息。举家泣感友于，求其复归。友于乃与兄弟焚香约誓，俾各涤虑自新，遂移家还。

祖从叔不愿归其家。孝乃谓友于曰："我不德，不应有亢宗之子；弟又善教，俾姑为汝子。有寸进时，可赐还也。"友于从之。又三年，祖果举于乡。使移家，夫妻皆痛哭而去。不数日，祖有子方三岁，亡归友于家，藏伯继善室，不肯返。捉去辄逃。孝乃令祖异居，与友于邻。祖开户通叔家。两间定省如一焉。时成渐老，家事皆取决于友于。从此门庭雍穆，称孝友[6]焉。

异史氏曰：天下惟禽兽止知母而不知父，奈何诗书之家往往蹈之也！夫门内之行，其渐渍(zì)子孙者，直入骨髓。古云：其父盗，子必行劫，其流弊然也。孝虽不仁，其报亦惨，而卒能自知乏德，托子于弟，宜其有操心虑患之子也。若论果报犹迂也。

注释

①昆阳：州名，在今云南省晋宁县。②宽譬：宽慰，劝说。③负荆：指请罪。《史记·廉颇蔺相如列传》："廉颇闻之，肉袒负荆，因宾客至蔺相如门谢罪。"荆，荆条。④衰麻：披麻带孝。衰，古代用粗麻布制成的毛边丧服。⑤怡怡：和顺的样子。《论语·子路》："朋友切切偲偲，兄弟怡怡。"⑥孝友：孝敬父母，友爱兄弟。《诗·小雅·六月》："侯谁在矣，张仲孝友。"

卷十二

薛慰娘

丰玉桂，聊城儒生也，贫无生业。万历间，岁大祲[1]，孑然南遁。及归，至沂而病。力疾行数里，至城南丛葬处，益惫，因傍冢卧。忽如梦，至一村，有叟自门中出，邀生入。屋两楹，亦殊草草。室内一女子，年十六七，仪容慧雅。叟使瀹[2]柏枝汤，以陶器供客。因诘生里居、年齿，既已，乃曰："洪都姓李，平阳族。流寓此间今三十二年矣。君志此门户，余家子孙如见探访，即烦指示之。老夫不敢忘义。义女慰娘颇不丑，可配君子。三豚儿到日，即遣主盟。"生喜，拜曰："犬马齿[3]二十有二，尚少良配。惠以眷好固佳；但何处得翁之家人而告诉也？"叟曰："君但住北村中，相待月余，自有来者，止求不惮烦耳。"生恐其言不信，要之曰："实告翁：仆故家徒四壁，恐后日不如所望，中道之弃，人所难堪。即无姻好，亦不敢不守季路之诺，即何妨质言之也？"叟笑曰："君欲老夫旦旦[4]耶？我稔知君贫。此订非专为君，慰娘孤而无倚，相托已久，不忍听其流落，故以奉君子耳。何见疑！"即捉臂送生出，拱手合扉而去。

生觉，则身卧冢边，日已将午。渐起，次且[5]入村，村人见之皆惊，谓其已死道旁经日矣。顿悟叟即冢中人也，隐而不言，但求寄寓。村人恐其复死，莫敢留。村有秀才与同姓，闻之，趋诘家世，盖生缌服叔也。喜导至家，饵治之，数日寻愈。因述所遇，叔亦惊异，遂坐待以觇其变。居无何，果有官人至村，访父墓址，自言平阳进士李叔向。先是其父李洪都，与同乡某甲行贾，死于沂，某因瘗诸丛葬处。既归某亦死。是时翁三子皆幼。长伯仁，举进士，令淮南。数遣人寻父墓，迄无知者。次仲道，举孝廉。叔向最少，亦登第。于是亲求父骨，至沂遍访。

是日至，村人皆莫识。生乃引至墓所，指示之。叔向未敢信，生为具陈所遇，叔向奇之。审视两坟相接，或言三年前有宦者，葬少妾于此。叔向恐误发他冢，生遂以所卧处示之。叔向命舁材其侧，始发冢。冢开，则见女尸，服妆黯败，而粉黛如生。叔向知其误，骇极，莫知所为。而女已顿起，四顾曰："三哥来耶？"叔向惊，就问之，则慰娘也。乃解衣蔽覆，舁归逆旅。急发傍冢，冀父复活。既发，则肤革犹存，抚之僵燥，悲哀不已。装敛入村，清醨[6]七日；女亦缞绖若女。忽告叔向曰："曩阿翁有黄金二锭，曾分一为妾作奁。妾以孤弱无藏所，仅以丝线絷腰，而未将去，兄得之否？"叔向不知，乃使生反求诸圹，果得之，一如女言。叔向仍以线志者分赠慰娘。暇乃审其家世。

先是，女父薛寅侯无子，止生慰娘，甚钟爱之。一日女自金陵舅氏归，将媪问渡。操舟者乃金陵媒也。适有宦者任满赴都，遣觅美妾，凡历数家，无当意者，将为扁舟诣广陵。忽遇女，隐生诡谋，急招附渡。媪素识之，遂与共济。中途投毒食中，女妪皆迷。推妪堕江，载女而返，以重金卖诸宦者。入门嫡始知，怒甚。女又惘然，莫知为礼，遂挞楚而囚禁之。北渡三日，女方醒。婢言始末，女大泣。一夜宿于沂，自经死，乃瘗诸乱冢中。女在墓，为群鬼所凌，李翁时呵护之，女乃父事翁。翁曰："汝命合不死，当为择一快婿。"前生既见而出，反谓女曰："此生品谊可托。待汝三兄至，为汝主婚。"一日曰："汝可归候，汝三兄将来矣。"盖即发墓之日也。女于丧次，为叔向缅述之。

叔向叹息良久，乃以慰娘为妹，俾从李姓。略买衣妆，遣归生，且曰："资斧无多，不能为妹子办妆。意将偕归，以慰母心，何如？"女亦欣然。于是夫妻从叔向，辇柩并发。及归，母诘得其故，爱逾所生，馆诸别院。丧次，女哀悼过于儿孙。母益怜之，不令东归，嘱诸子为之买宅。

适有冯氏卖宅，直六百金，仓猝未能取盈，暂收契券，约日交兑。及期冯早至，适女亦从别院入省母，突见之，绝似当年操舟人，冯见亦惊。女趋过之。两兄亦以母小恙，俱集母所。女问："厅前跮(dié)踱者为谁？"仲道曰："此必前日卖宅者也。"即起欲出。女止之，告以所疑，使诘难之。仲道诺而出，则冯已去，而巷南塾师薛先生在焉。因问："何来？"曰："昨夕冯某浼早登堂，一署券保。适途遇之，云偶有所忘，暂归便返，使仆坐以待之。"少间，生及叔向皆至，遂相攀谈。慰娘以冯故，潜来屏后窥客，细视之，则其父也。突出，持抱大哭。翁惊涕曰："吾儿何来！"众始知薛即寅侯也。仲道虽与街头常遇，初未悉其名字。至是共喜，为述前因，设酒相庆。因留信宿，自道行踪。盖失女后，妻以悲死，鳏(guān)居无依，故游学至此也。生约买宅后，迎与同居。翁次日往探，冯则举家遁去，乃知杀媪卖女者即其人也。冯初至平阳，贸易成家；比年赌博，日就消乏，故货居宅，卖女之资，亦濒尽矣。慰娘得所，亦不甚仇之，但择日徙居，更不追其所往。李母馈遗不绝，一切日用皆供给之。生遂家于平阳，但归试甚苦。幸于是科得举孝廉。

慰娘富贵，每念媪为己死，思报其子。媪夫姓殷，一子名富，好博，贫无立锥。一日博局争注，殴杀人命，亡归平阳，远投慰娘。生遂留之门下。研诘所杀姓名，盖即操舟冯某也。骇叹久之，因为道破，乃知冯即杀母仇人也。益喜，遂役生家。薛寅侯就养于婿，婿为买妇，生子女各一焉。

注释

①岁大祲：灾荒年。岁，一年的收成。祲，天灾。②瀹：泡、煮。③犬马齿：自称年龄的谦词。齿，年龄。④旦旦：盟誓。《诗·卫风·氓》："言笑晏晏，信誓旦旦。"⑤次且：同"趑趄"，犹豫不前。⑥清醮：旧时为超度亡灵请僧人道士所举行的一种仪式。举行这种仪式要清心食素，故称为清醮。

王桂庵

王樨字桂庵，大名世家子。适南游。泊舟江岸。临舟有榜人[1]女绣履其中，风姿韶绝。王窥既久，女若不觉。王朗吟"洛阳女儿对门居[2]"，故使女闻。女似解其为己者，略举首一斜瞬之，俯首绣如故。王神志益驰，以金一锭投之，堕女襟上；女拾弃之，金落岸边。王拾归，益怪之，又以金钏(chuàn)掷之，堕足下；女操业不顾。无何榜人自他归，王恐其见钏研诘，心急甚；女从容以双钩覆蔽之。榜人解缆径去。

王心情丧惘，痴坐凝思。时王方丧偶，悔不即媒定之。乃询舟人，皆不识其何姓。返舟急追之，杳不知其所往。不得已返舟而南。务毕北旋，又沿江细访，并无音耗。抵家，寝食皆萦念之。逾年复南，买舟江际若家焉。日日细数行舟，往来者帆楫皆熟，而曩(nǎng)舟殊杳。居半年资罄而归。行思坐想，不能少置。一夜梦至江村，过数门，见一家柴扉南向，门内疏竹为篱，意是亭园，径入。有夜合[③]一株，红丝满树。隐念：诗中“门前一树马缨花”，此其是矣。过数武，苇笆光洁。又入之，见北舍三楹，双扉阖焉。南有小舍，红蕉蔽窗。探身一窥，则椸(yí)架当门，罥(juàn)画裙其上，知为女子闺闼(tà)，愕然却退；而内亦觉之，有奔出瞰客者，粉黛微呈，则舟中人也。喜出望外，曰：“亦有相逢之期乎！”方将狎就，女父适归，倏然惊觉，始知是梦。景物历历，如在目前。秘之，恐与人言，破此佳梦。

又年余再适镇江。郡南有徐太仆，与有世谊，招饮。信马而去，误入小村，道途景象，仿佛平生所历。一门内马缨一树，梦境宛然。骇极，投鞭而入。种种物色，与梦无别。再入，则房舍一如其数。梦既验，不复疑虑，直趋南舍，舟中人果在其中。遥见王，惊起，以扉自幛，叱问：“何处男子？”王逡巡间，犹疑是梦。女见步趋甚近，閛然扃(jiōng)户。王曰：“卿不忆掷钏者耶？”备述相思之苦，且言梦征。女隔窗审其家世，王具道之。女曰：“既属宦裔，中馈必有佳人，焉用妾？”王曰：“非以卿故，婚娶固已久矣！”女曰：“果如所云，足知君心。妾此情难告父母，然亦方命而绝数家。金钏犹在，料锺情者必有耗问耳。父母偶适外戚，行且至。君姑退，倩冰委禽，计无不遂；若望以非礼成耦，则用心左矣。”王仓卒欲出。女遥呼王郎曰：“妾芸娘，姓孟氏。父字江蓠。”王记而出。罢筵早返，谒江蓠。江迎入，设坐篱下。王自道家阀，即致来意，兼纳百金为聘。翁曰：“息女已字矣。”王曰：“讯之甚确，固待聘耳，何见绝之深？”翁曰：“适间所说，不敢为诳。”王神情俱失，拱别而返。当夜辗转，无人可媒。向欲以情告太仆，恐娶榜人女为先生笑；今情急无可为媒，质明诣太仆，实告之。太仆曰：“此翁与有瓜葛，是祖母嫡孙，何不早言？”王始吐隐情。太仆疑曰：“江蓠固贫，素不以操舟为业，得毋误乎？”乃遣子大郎诣孟，孟曰：“仆虽空匮，非卖婚者。曩公子以金自媒，谅仆必为利动，故不敢附为婚姻。既承先生命，必无错谬。但顽女颇恃娇爱，好门户辄便拗却[4]，不得不与商榷，免他日怨婚也。”遂起，少入而返，拱手一如尊命，约期乃别。大郎复命，王乃盛备禽妆，纳采于孟，假馆太仆之家，亲迎成礼。

居三日，辞岳北归。夜宿舟中，问芸娘曰：“向于此处遇卿，固疑不类舟人子。当日泛舟何之？”答云：“妾叔家江北，偶借扁舟一省视耳。妾家仅可自给，然傥来物[5]颇不贵视之。笑君双瞳如豆，屡以金资动人。初闻吟声，知为风雅士，又疑为儇(xuān)薄子作荡妇挑之也。使父见金钏，君死无地矣。妾怜才心切否？”王笑曰：“卿固黠甚，然亦堕吾术矣！”女问：“何事？”王止而不言。又固诘之，乃曰：“家门日近，此亦不能终秘。实告卿：我家中固有妻在，吴尚书女也。”芸娘不信，王故壮其词以实之。芸娘色变，默移时，遽起，奔出；王屣履[6]追之，则已投江中矣。王大呼，诸船惊闹，夜色昏蒙，惟有满江星点而已。王悼痛终夜，沿江而下，以重价觅其骸骨，亦无见者。

悒悒而归，忧痛交集。又恐翁来视女，无词可对。有姊丈官河南，遂命驾造之，年余始归。途中遇雨，休装民舍，见房廊清洁，有老妪弄儿厦间。儿见王入，即扑求抱，王怪之。又视儿秀婉可爱，揽置膝头，妪唤之不去。少顷雨霁，王举儿付妪，下堂趣装。儿啼曰："阿爹去矣！"妪耻之，呵之不止，强抱而去。王坐待治任，忽有丽者自屏后抱儿出，则芸娘也。方诧异间，芸娘骂曰："负心郎！遗此一块肉，焉置之？"王乃知为己子。酸来刺心，不暇问其往迹，先以前言之戏，矢日自白。芸娘始反怒为悲。相向涕零。先是，第主莫翁，六旬无子，携媪往朝南海。归途泊江际，芸娘随波下，适触翁舟。翁命从人拯出之，疗控终夜始渐苏。翁媪视之，是好女子，甚喜，以为己女，携归。居数月，欲为择婿，女不可。逾十月，生一子，名曰寄生。王避雨其家，寄生方周岁也。王于是解装，入拜翁媪，遂为岳婿。居数日，始举家归。至，则孟翁坐待已两月矣。翁初至，见仆辈情词恍惚，心颇疑怪；既见始共欢慰。历述所遭，乃知其枝梧[⑦]者有由也。

注释

①榜人：船家，船夫。②洛阳女儿对门居：出自唐代诗人王维《洛阳女儿行》："洛阳女儿对门居，才可容颜十五馀。谁怜越女颜如玉，贫贱江头自浣纱。"③夜合：夜合花，合欢的别名，亦称马缨花。④拗却：坚绝地拒绝。⑤傥来物：无意间得到的财物。《庄子·缮性》："物之傥来，寄也。"疏："傥者，意外忽来者耳。"⑥屣履：趿拉着鞋，匆忙间来不及穿鞋。⑦枝梧：敷衍搪塞。

寄生（附）

寄生字王孙，郡中名士。父母以其襁褓认父，谓有夙惠，锺爱之。长益秀美，八九岁能文，十四入郡庠（xiáng）。每自择偶。父桂庵有妹二娘，适郑秀才子侨，生女闺秀，慧艳绝伦。王孙见之，心切爱慕，积久寝食俱废。父母大忧，苦研诘之，遂以实告。父遣冰于郑；郑性方谨，以中表为嫌却之。王孙愈病，母计无所出，阴婉致二娘，但求闺秀一临存[①]之。郑闻益怒，出恶声焉。父母既绝望，听之而已。

郡有大姓张氏，五女皆美；幼者名五可，尤冠诸姊，择婿未字。一日上墓，途遇王孙，自舆中窥见，归以白母。母沈知其意，见媒媪于氏，微示之。媪遂诣王所。时王孙方病，讯知笑曰："此病老身能医之。"芸娘问故。媪述张氏意，极道五可之美。芸娘喜，使媪往候王孙。媪入，抚王孙而告之。王孙摇首曰："医不对症，奈何！"媪笑曰："但问医良否耳：其良也，召和而缓至，可矣；执其人以求之，守死而待之，不亦痴乎？"王孙欷歔曰："但天下之医无愈和者。"媪曰："何见之不广也？"遂以五可之容颜发肤，神情态度，口写而手状之。王孙又摇首曰："媪休矣！此余愿所不及也。"反身向壁，不复听矣。媪见其志不移，遂去。

一日王孙沉痼(gù)中，忽一婢入曰："所思之人至矣！"喜极，跃然而起。急出舍，则丽人已在庭中。细认之，却非闺秀，着松花色细褶绣裙，双钩微露，神仙不啻也。拜问姓名，答曰："妾，五可也。君深于情者，而独锺闺秀，使人不平。"王孙谢曰："生平未见颜色，故目中止一闺秀。今知罪矣！"遂与要誓[2]。方握手殷殷，适母来抚摩，遽然而觉，则一梦也。回思声容笑貌，宛在目中。阴念：五可果如所梦，何必求所难遘，因而以梦告母。母喜其念少夺，急欲媒之。

王孙恐梦见不的，托邻妪素识张氏者，伪以他故诣之，嘱其潜相[3]五可。妪至其家，五可方病，靠枕支颐，婀娜之态，倾绝一世。近问："何恙？"女默然弄带，不作一语。母代答曰："非病也。连日与爹娘负气耳！"

妪问故。曰："诸家问名，皆不愿，必如王家寄生者方嫁。是为母者劝之急，遂作意不食数日矣。"妪笑曰："娘子若配王郎，真是玉人成双也。渠若见五娘，恐又憔悴死矣！我归即令倩冰，如何？"五可止之曰："姥勿尔！恐其不谐，益增笑耳！"妪锐然以必成自任，五可方微笑。妪归复命，一如媒媪言。王孙详问衣履，亦与梦合，大悦。意虽稍舒，然终不以人言为信。过数日渐瘥(chài)，秘招于媪来，谋以亲见五可。媪难之，姑应而去。久之不至。方欲觅问，媪忽忻然来曰：

“机幸可图。五娘向有小恙，因令婢辈将扶，移过对院。公子往伏伺之，五娘行缓涩，委曲可以尽睹矣。”王孙喜，明日，命驾早往，媪先在焉。即令絷马村树。引入临路舍，设座掩扉而去。少间五可果扶婢出，王孙自门隙目注之。女从门外过，媪故指挥云树以迟纤步，王孙窥觇尽悉，意颤不能自持。未几媪至，曰：“可以代闺秀否？”王孙申谢而返，始告父母，遣媒要盟。及妁往，则五可已别字矣。

王孙失意，悔闷欲死，即刻复病。父母忧甚，责其自误。王孙无词，惟日饮米汁一合。积数日，鸡骨支床，较前尤甚。媪忽至，惊曰：“何惫之甚？”王孙涕下，以情告。媪笑曰：“痴公子！前日人趁汝来，而故却之；今日汝求人，而能必遂耶？虽然，尚可为力。早与老身谋，即许京都皇子，能夺还也。”王孙大悦，求策。媪命函启遣伻(pēng)，约次日候于张所。桂庵恐以唐突见拒，媪曰：“前与张公业有成言，延数日而遽悔之；且彼字他家，尚无函信。谚云：‘先炊者先餐。’何疑也！”桂庵从之。次日二仆往，并无异词，厚犒而归。王孙病顿起。由此闺秀之想遂绝。

初，郑子侨却聘，闺秀颇不怿；及闻张氏婚成，心愈抑郁，遂病，日就支离。父母诘之不肯言。婢窥其意，隐以告母。郑闻之，怒不医，以听其死。二娘怼曰：“吾侄亦殊不恶，何守头巾戒，杀吾娇女！”郑恚曰：“若所生女，不如早亡，免贻笑柄！”以此夫妻反目。二娘故与女言，将使仍归王孙若为媵(yìng)。女俯首不言，意若甚愿。二娘商郑，郑更怒，一付二娘，置女度外，不复预闻。二娘爱女切，欲实其言。女乃喜，病渐瘥(chài)。窃探王孙，亲迎有日矣。及期以侄完婚，伪欲归宁，昧旦，使人求仆舆于兄。兄最友爱，又以居村邻近，遂以所备亲迎车马，先迎二娘。既至，则妆女入车，使两仆两媪护送之。到门，以毡贴地而入。时鼓乐已集，从仆叱令吹擂，一时人声沸聒。王孙奔视，则女子以红帕蒙首，骇极欲奔；郑仆夹扶，便令交拜。王孙不知何由，即便拜讫。二媪扶女，径坐青庐，始知其闺秀也。举家皇乱，莫知所为。

时渐濒暮，王孙不复敢行亲迎之礼。桂庵遣仆以情告张；张怒，遂欲断绝。五可不肯，曰："彼虽先至，未受雁采；不如仍使亲迎。"父纳其言，以对来使。使归，桂庵终不敢从。相对筹思，喜怒俱无所施。张待之既久，知其不行，遂亦以舆马送五可至，因另设青帐于别室。

王孙周旋两间，蹀躞无以自处。母乃调停于中，使序行以齿，二女皆诺。及五可闻闺秀差长，称"姊"有难色。母甚虑之。比三朝公会，五可见闺秀风致宜人，不觉右之，自是始定。然父母恐其积久不相能，而二女却无间言，衣履易着，相爱如姊妹焉。

王孙始问五可却媒之故，笑曰："无他，聊报君之却于媪耳。尚未见妾，意中止有闺秀；即见妾，亦略靳[④]之，以觇君之视妾，较闺秀何如也。使君为伊病，而不为妾病，则亦不必强求容矣。"王孙笑曰："报亦惨矣！然非于媪，何得一觐(jìn)芳容。"五可曰："是妾自欲见君，媪何能为。过舍门时，岂不知眈眈者在内耶。梦中业相要，何尚未知信耶？"王孙惊问："何知？"曰："妾病中梦至君家，以为妄；后闻君亦梦，妾乃知魂魄真到此也。"王孙异之，遂述所梦，时日悉符。父子之良缘，皆以梦成，亦奇情也。故并志之。

异史氏曰：父痴于情，子遂几为情死。所谓情种，其王孙之谓欤？不有善梦之父，何生离情之子哉！

注释

①临存：亲自来探问。②要誓：订约。此处指订下婚约。③潜相：偷偷地看。④靳：吝惜。此处指迟疑。

姬生

南阳[①]鄂氏患狐，金钱什物，辄被窃去。迕之祟益甚。鄂有甥姬生，名士不羁，焚香代为祷免，卒不应；又祝舍外祖使临己家，亦不应。众笑之，生曰："彼能幻变，必有人心。我固将引之俾入正果。"数日辄一往祝之。虽不见验，然生所至狐遂不扰，以故鄂常止生宿。生夜望空请见，邀益坚。一日生归，独坐斋中，忽房门缓缓自开。生起，致敬曰："狐兄来耶？"殊

寂无声。又一夜门自开，生曰："倘是狐兄降临，固小生所祷祝而求者，何妨即赐光霁（jì）？"却又寂然。案头有钱二百，及明失之。生至夜增以数百。中宵闻布幄铿（kēng）然，生曰："来耶？敬具时铜数百备用。仆虽不充裕，然非鄙吝者。若缓急有需，无妨质言，何必盗窃？"少间视钱，脱去二百。生仍置故处，数夜不复失。有熟鸡，欲供客而失之。生至夕又益以酒，而狐从此绝迹矣。

鄂家祟如故。生又往祝曰："仆设钱而子不取，设酒而子不饮；我外祖衰迈，无为久祟之。仆备有不腆之物，夜当凭汝自取。"乃以钱十千、酒一樽，两鸡皆聂切[2]，陈几上。生卧其傍，终夜无声，钱物如故。狐怪从此亦绝。生一日晚归，启斋门，见案上酒一壶，燂（tán）鸡[3]盈盘；钱四百，以赤绳贯之，即前日所失物也。知狐之报。嗅酒而香，酌之色碧绿，饮之甚醇。壶尽半酣，觉心中贪念顿生，蓦然欲作贼，便启户出。思村中一富室，遂往越其墙。墙虽高，一跃上下，如有翅翎。入其斋，窃取貂裘、金鼎而出，归置床头，始就枕眠。

天明携入内室，妻惊问之，生嗫嚅而告，有喜色。妻骇曰："君素刚直，何忽作贼！"生恬然不为怪，因述狐之有情。妻恍然悟曰："是必酒中之狐毒也。"因念丹砂可以却邪，遂研入酒，饮生，少顷，生忽失声曰："我奈何做贼！"妻代解其故，爽然自失。又闻富室被盗，噪传里党。生终日不食，莫知所处。妻为之谋，使乘夜抛其墙内。生从之。富室复得故物，事亦遂寝。

生岁试冠军，又举行优，应受倍赏。及发落之期，道署梁上粘一帖云："姬某作贼，偷某家裘、鼎，何为行优？"梁最高，非跋足可粘。文宗疑之，执帖问生。生愕然，思此事除妻外无知者；况署中深密，何由而至？因悟曰："此必狐之为也。"遂缅述无讳，文宗赏礼有加焉。生每自念无取罪于狐，所以屡陷之者，亦小人之耻独为小人耳。

异史氏曰：生欲引邪入正，而反为邪惑。狐意未必大恶，或生以谐引之，狐亦以戏弄之耳。然非身有夙根，室有贤助，几何不如原涉所云，家人寡妇，一为盗污遂行淫哉！吁！可惧也！

吴木欣云："康熙甲戌，一乡科令浙中，点稽囚犯，有窃盗已刺字[④]讫，例应逐释。令嫌'窃'字减笔从俗，非官板正字，使刮去之；候创平，依字汇中点画形象另刺之。盗口占一绝云：'手把菱花[⑤]仔细看，淋漓鲜血旧痕斑。早知面上重为苦，窃物先防识字官。'禁卒笑之曰："诗人不求功名，而乃为盗？'盗又口占答之云：'少年学道志功名，只为家贫误一生。冀得赀财权子母，囊游燕市博恩荣。'"即此观之，秀才为盗，亦仕进之志也。狐授姬生以进取之资，而返悔为所误，迂哉！一笑。

注释

①南阳：旧府名，在今河南省南阳市。②聂切：切成薄片。《礼记·少仪》："牛与羊鱼之腥，聂而切之为脍也。"③燀鸡：烧鸡。燀，烧。④刺字：古代的一种墨刑。⑤菱花：镜子。

纫针

虞小思，东昌[①]人。居积为业。妻夏，归宁返，见门外一妪，偕少女哭甚哀。夏诘之。妪挥泪相告。乃知其夫王心斋，亦宦裔也。家中落无衣食业，浼中保贷富室黄氏金作贾。中途遭寇，丧资，幸不死。至家，黄索偿，计子母不下三十金，实无可准抵。黄窥其女纫针美，将谋作妾。使中保质告之：如肯，可折债外，仍以廿金压券。王谋诸妻，妻泣曰："我虽贫，固簪缨之胄[②]。彼以执鞭[③]发迹，何敢遂媵(yìng)吾女！况纫针固自有婿，汝何得擅作主！"先是，同邑傅孝廉之子，与王投契，生男阿卯，与襁中论婚。后孝廉官于闽，年余而卒。妻子不能归，音耗俱绝。以故纫针十五尚未字也。妻言及此，王无词，但谋所以为计。妻曰：“不得已，其试谋诸两弟。”盖妻范氏，其祖曾任京职，两孙田产尚多也。次日妻携女归告两弟，两弟任其涕泪，并无一词肯为设处。范乃号啼而归。适逢夏诘，且诉且哭。

夏怜之；视其女绰约可爱，益为哀楚。遂邀入其家，款以酒食，慰之曰：“母子勿戚：妾当竭力。”范未遑谢，女已哭伏在地，益加惋惜。筹思曰：“虽有薄蓄，然三十金亦复大难。当典质相付。”母女拜谢。夏以三日为约。别后百计为之营谋，亦未敢告诸其夫。三日未满其数，又使人假诸其母。范母女已至，因以实告。又订次日。抵暮假金至，合裹并置床头。

至夜有盗穴壁以火入，夏觉，睨之，见一人臂跨短刀，状貌凶恶。大惧，不敢作声，伪为睡者。盗近箱，意将发扃。回顾，夏枕边有裹物，探身攫去，就灯解视；乃入腰橐，不复胠(qū)箧(qiè)[4]而去。夏乃起呼。家中唯一小婢，隔墙呼邻，邻人集而盗已远。夏乃对灯啜泣。见婢睡熟，乃引带自经于棂间。天曙婢觉，呼人解救，四肢冰冷。虞闻奔至，诘婢始得其由，惊涕营葬。时方夏，尸不僵，亦不腐。过七日乃殓之。

既葬。纫针潜出，哭于其墓。暴雨忽集，霹雳大作，发墓，纫针震死。虞闻奔验，则棺木已启，妻呻嘶其中，抱出之。见女尸，不知为谁。夏审视，始辨之。方相骇怪。未几范至，见女已死，哭曰：“固疑其在此，今果然矣！闻夫人自缢，日夜不绝声。今夜语我，欲哭于殡宫，我未之应也。”夏感其义，遂与夫言，即以所葬材穴葬之。范拜谢。虞负妻归，范亦归告其夫。

闻村北一人被雷击死于途，身有字云：“偷夏氏金贼。”俄闻邻妇哭声，乃知雷击者即其夫马大也。村人白于官，官拘妇械鞫(jú)，则范氏以夏之措金赎女，对人感泣，马大赌博无赖，闻之而盗心遂生也。官押妇搜赃，则止存二十数；又检马尸得四数。官判卖妇偿补责还虞。夏益喜，全金悉仍付范，俾偿债主。

葬女三日，夜大雷电以风，坟复发，女亦顿活。不归其家，往扣夏氏

之门。夏惊起，隔扉问之。女曰：“夫人果生耶！我纫针耳。”夏骇为鬼，呼邻媪诘之，知其复活，喜内入室。女自言：“愿从夫人服役，不复归矣。”夏曰：“得无谓我损金为买婢耶？汝葬后，债已代偿，可勿见猜。”女益感泣，愿以母事。夏不允，女曰：“儿能操作，亦不坐食。”天明告范，范喜，急至。亦从女意，即以属夏。范去，夏强送女归。女啼思夏。王心斋自负女来，委诸门内而去。夏见惊问，始知其故，遂亦安之。女见虞至，急下拜，呼以父。虞固无子女，又见女依依怜人，颇以为欢。女纺绩缝纫，勤劳臻至。夏偶病剧，女昼夜给役。见夏不食亦不食；面上时有啼痕，向人曰：“母有万一，我誓不复生！”夏少瘳（chōu），始解颜为欢。夏闻流涕，曰：“我四十无子，但得生一女如纫针亦足矣。”夏从不育；逾年忽生一男，人以为行善之报。

居二年女益长。虞与王谋，不能坚守旧盟。王曰：“女在君家，婚姻惟君所命。”女十七，惠美无双。此言出，问名者趾错于门，夫妻为拣富室。黄某亦遣媒来。虞恶其为富不仁，力却之。为择于冯氏。冯，邑名士，子慧而能文。将告于王；王出负贩未归，遂径诺之。黄以不得于虞，亦托作贾，迹王所在，设馔相邀，更复助以资本，渐渍习洽。因自言其子慧以自媒。王感其情，又仰其富，遂与订盟。既归诣虞，则虞昨日已受冯氏婚书。闻王所言不悦，呼女出，告以情。女怫然曰：“债主，吾仇也！以我事仇，但有一死！”王无颜，托人告黄以冯氏之盟。黄怒曰：“女姓王，不姓虞。我约在先，彼约在后，何得背盟！”遂控于邑宰，宰意以先约判归黄。冯曰：“王某以女付虞，固言婚嫁不复预闻，且某有定婚书，彼不过杯酒之谈耳。”宰不能断，将惟女愿从之。黄又以金赂官，求其左袒，以此月余不决。

一日有孝廉北上，公车过东昌，使人问王心斋。适问于虞，虞转诘之，盖孝廉姓傅，即阿卯也。入闽籍，十八已乡荐矣。以前约未婚。其母嘱令便道访王，问女曾否另字也。虞大喜，邀傅至家，历述所遭，然婿远来数千里，患无凭据。傅启箧，出王当日允婚书。虞招王至，验之果真，乃共喜。是日当官覆审，傅投刺谒宰，其案始销。涓吉约期乃去。会试后，市币帛而还，居其旧第，行亲迎礼。进士报已到闽，又报至东，傅又捷南宫。复入都观政而返。女不乐南渡，傅亦以庐墓在，遂独往扶父柩，载母俱归。又数年虞卒，子才七八岁，女抚之过于其弟。使读书，得入邑庠，家称素封，皆傅力也。

异史氏曰：神龙中亦有游侠耶？彰善瘅（dàn）[⑤]恶，生死皆以雷霆，此“钱塘破阵舞”也。轰轰屡击，皆为一人，焉知纫针非龙女谪降者耶？

注释

①东昌：旧府名，在今山东省聊城县。②簪缨之胄：官宦人家的子孙后代。簪缨，古代高级官员的冠饰。胄，后代。③执鞭：执鞭之士。指操贱业。《论语·述而》：“子曰：富而可术，虽执鞭之士，吾亦为之。”④胠箧：撬箱子。《庄子·胠箧》：“将为胠箧探囊发匮之盗而为守备，则必摄缄滕，固扃鐍。”《经典释文》：“司马（彪）云：从旁开为胠，一云发也。”⑤瘅：憎恨。

桓侯

荆州[①]彭好士，友家饮归。下马溲便，马龁草路旁。有细草一丛，蒙茸可爱，初放黄花，艳光夺目，马食已过半矣。彭拔其余茎，嗅之有异香，因纳诸怀。超乘复行，马骛驶[②]绝驰，颇觉快意，竟不计算归途，纵马所之。

忽见夕阳在山，始将旋辔。但望乱山丛沓，并不知其何所。一青衣人来，见马方喷嘶，代为捉衔，曰：“天已近暮，吾家主人便请宿止。”彭问：“此属何地？”曰：“阆中也。”彭大骇，盖半日已千余里矣，因问：“主人为谁？”曰：“到彼自知。”又问：“何在？”曰：“咫尺耳。”遂代鞚（kòng）疾行，人马若飞。过一山头，见半山中屋宇重叠，杂以屏幔，遥睹衣冠一簇，若有所伺。彭至下马，相向拱敬。俄主人出，气象刚猛，巾服都异人世。拱手向客，曰："今日客莫远于彭君。"因揖彭，请先行。彭谦谢，不肯遽先。主人捉臂行之。彭觉捉处如被械梏，痛欲折，不敢复争，遂行。下此者犹相推让，主人或推之，或挽之，客皆呻吟倾跌，似不能堪，一依主命而行。登堂则陈设炫丽，两客一筵。彭暗问接坐者："主人何人？"答云："此张桓侯也。"彭愕然，不敢复咳。合座寂然。酒既行，桓侯曰："岁岁叨扰亲宾，聊设薄酌，尽此区区之意。值远客辱临，亦属幸遇。仆窃妄有干求，如少存爱恋，即亦不强。"彭起问："何物？"曰："尊乘已有仙骨，非尘世所能驱策。欲市马相易如何？"彭曰："敬以奉献，不敢易也。"桓侯曰："当报以良马，且将赐以万金。"彭离席伏谢。桓侯命人曳起之。俄倾酒馔纷纶，日落命烛。众起辞，彭亦告别。桓侯曰："君远来焉归？"彭顾同席者曰："已求此公作居停主人矣。"桓侯乃遍以巨觥酌客，谓彭曰："所怀香草，鲜者可以成仙，枯者可以点金；草七茎，得金一万。"即命僮出方授彭，彭又拜谢。桓侯曰："明日造市，请于马群中任意择其良者，不必与之论价，吾自给之。"又告众曰："远客归家，可少助以资斧。"众唯唯。觥尽，谢别而出。

途中始诘姓字，同座者为刘子翚（huī）。同行二三里，越岭即睹村舍。众客陪彭并至刘所，始述其异。先是，村中岁岁赛社于桓侯之庙，斩牲[③]优戏以为成规，刘其首善者也。三日前赛社方毕。是午，各家皆有一人邀请过山。问之，言殊恍惚，但敦促甚急，过山见亭舍，相共骇疑。将至门，使者始实告之；众亦不敢却退。使者曰："姑集此，邀一远客行至矣。"盖即彭也。众述之惊怪。其中被把握者，皆患臂痛；解衣烛之，肤肉青黑。彭自视亦然。众散，刘即袱被供寝。既明，村中争延客；又伴彭入市相马。十余日相数十匹，苦无佳者；彭亦拚苟就之。又入市见一马骨相似佳；骑试之，神骏无比。径骑入村，以待鬻者；再往寻之，其人已去。遂别村人欲归。村人各馈金资，遂归。

马一日行五百里。抵家，述所自来，人不之信，囊中出蜀物，始共怪之。香草久枯，恰得七茎，遵方点化，家以暴富。遂敬诣故处，独祀桓侯之祠，优戏三日而返。

异史氏曰：观桓侯燕宾，而后信武夷幔亭非诞也。然主人肃客，遂使蒙爱者几欲折肱，则当年之勇力可想。

吴木欣言："有李生者，唇不掩其门齿，露于外盈指。一日于某所宴集，二客逊[4]上下，其争甚苦。一力挽使前，一力却向后。力猛肘脱，李适立其后，肘过触喙，双齿并堕，血下如涌。众愕然，其争乃息。"此与桓侯之握臂折肱，同一笑也。

注释

①荆州：旧府名，在今湖北省江陵县。②骛驶：疾驰。③斩牲：宰杀牲畜作为祭品。④逊：逊让。

粉蝶

阳曰旦，琼州[1]士人也。偶自他郡归，泛舟于海，遭飓风，舟将覆；忽飘一虚舟来，急跃登之。回视则同舟尽没。风愈狂，暝然任其所吹。亡何风定，开眸忽见岛屿，舍宇连亘。把棹近岸，直抵村门。村中寂然，行坐良久，鸡犬无声。见一门北向，松竹掩蔼(ǎi)。时已初冬，墙内不知何花，蓓蕾满树。心爱悦之，逡巡遂入。遥闻琴声，步少停。有婢自内出，年约十四五，飘洒艳丽。睹阳，返身遽入。俄闻琴声歇，一少年出，讶问客所自来，阳具告之。转诘邦族，阳又告之。少年喜曰："我姻亲也。"遂揖请入院。

院中精舍[2]华好，又闻琴声。既入舍，则一少妇危坐[3]，朱弦方调，年可十八九，风采焕映。见客入，推琴欲逝，少年止之曰："勿遁，此正卿家瓜葛。"因代溯[4]所由。少妇曰："是吾侄也。"因问其"祖母尚健否？父母年几何矣？"阳曰："父母四十余，都各无恙；惟祖母六旬，得疾沉痼(gù)，一步履须人耳。侄实不省姑系何房，望祈明告，以便归述。"少妇曰："道途辽阔，音问梗塞久矣。归时但告而父，'十姑问讯矣'，渠自知之。"阳问："姑丈何族？"少年曰："海屿姓晏。此名神仙岛，离琼三千里，仆流寓亦不久也。”十娘趋入，使婢以酒食饷客，鲜蔬香美，亦不知其何名。饭已，引与瞻眺，见园中桃杏含苞，颇以为怪。晏曰：“此处夏无大暑，冬无大寒，花无断时。”阳喜曰：“此乃仙乡。归告父母，可以移家作邻。”晏但微笑。

还斋炳烛，见琴横案上，请一聆其雅操。晏乃抚弦捻柱。十娘自内出，晏曰：“来，来！卿为若侄鼓之。”十娘即坐，问侄：“愿何闻？”阳曰：“侄素不读‘琴操’，实无所愿。”十娘曰：“但随意命题，皆可成调。”阳笑曰：“海风引舟，亦可作一调否？”十娘曰：“可。”即按弦挑动，若有旧谱，意调崩腾；静会之，如身仍在舟中，为飓风之所摆簸。阳惊叹欲绝，问：“可学否？”十娘授琴，试使勾拨，曰：“可教也。欲何学？”曰：“适所奏‘飓风操’，不知可得几日学？请先录其曲，吟诵之。”十娘曰：“此无文字，我以意谱之耳。”乃别取一琴，作勾剔之势，使阳效之。阳习至更余，音节粗合，夫妻始别去。阳目注心凝，对烛自鼓；久之顿得妙悟，不觉起舞。举首忽见婢立灯下，惊曰：“卿固犹未去耶？”婢笑曰：“十姑命待安寝，掩户移檠(qíng)[5]耳。”审顾之，秋水澄澄，意态媚绝。阳心动，微挑之；婢俯首含笑。阳益惑之，遽起挽颈。婢曰：“勿尔！夜已四漏，主人将起，彼此有心，来宵未晚。”方狎抱间，闻晏唤“粉蝶”。婢作色曰：“殆矣！”急奔而去。阳潜往听之，但闻晏曰：“我固谓婢子尘缘未灭，汝必欲收录之。今如何矣？宜鞭三百！”十娘曰：“此心一萌，不可给使，不如为吾侄遗之。”阳甚惭惧，返斋灭烛自寝。天明，有童子来侍盥(guàn)沐，不复见粉蝶矣。心惴惴恐见谴逐。俄晏与十姑并出，似无所介于怀，便考所业。阳为一鼓。十娘曰：“虽未入神，已得什九，肄熟可以臻妙。”阳复求别传。晏教以“天女谪降”之曲，指法拗

折，习之三日，始能成曲。晏曰："梗概已尽，此后但须熟耳。娴此两曲，琴中无梗调矣。"

阳颇忆家，告十娘曰："吾居此，蒙姑抚养甚乐；顾家中悬念。离家三千里，何日可能还也！"十娘曰："此即不难。故舟尚在，当助一帆风，子无家室，我已遣粉蝶矣。"乃赠以琴，又授以药曰："归医祖母，不惟却病，亦可延年。"遂送至海岸，俾登舟。阳觅楫，十娘曰："无须此物。"因解裙作帆，为之萦系。阳虑迷途，十娘曰："勿忧，但听帆漾耳。"系已下舟。阳凄然，方欲拜谢别，而南风竞起，离岸已远矣。视舟中糗(qiǔ)粮⑥已具，然止足供一日之餐，心怨其吝。腹馁不敢多食，惟恐遽尽，但啖胡饼一枚，觉表里甘芳。余六七枚，珍而存之，即亦不复饥矣。俄见夕阳欲下，方悔来时未索膏烛。瞬息遥见人烟，细审则琼州也。喜极。旋已近岸，解裙裹饼而归。

入门，举家惊喜，盖离家已十六年矣，始知其遇仙。视祖母老病益惫，出药投之，沉痾立除。共怪问之，因述所见。祖母泫然曰："是汝姑也。"初，老夫人有少女名十娘，生有仙姿，许字晏氏。婿十六岁入山不返，十娘待至二十余，忽无疾自殂，葬已三十余年。闻旦言，共疑其未死。出其裙，则犹在家所素着也。饼分啖之，一枚终日不饥，而精神倍生。老夫人命发冢验视，则空棺存焉。

旦初聘吴氏女未娶，旦数年不还，遂他适。共信十娘言，以俟粉蝶之至；既而年余无音，始议他图。临邑钱秀才，有女名荷生，艳名远播。年十六，未嫁而三丧其婿。遂媒定之，涓吉成礼。既入门，光艳绝代，旦视之则粉蝶也。惊问曩(nǎng)事，女茫乎不知。盖被逐时，即降生之辰也。每为之鼓"天女谪降"之操，辄支颐凝想，若有所会。

注释

①琼州：旧府名，在今广东省海南岛琼山县南。②精舍：指书斋。③危坐：正坐，端坐。④溯：从头陈述。⑤移檠：端灯。檠，灯架。⑥糗粮：干粮。

锦瑟

沂人王生，少孤，自为族。家清贫；然风标修洁，洒然裙履少年[①]也。富翁兰氏，见而悦之，妻以女，许为起屋治产。娶未几而翁死。妻兄弟鄙不齿数，妇尤骄倨，常佣奴其夫；自享馐馔[②]，生至则脱粟瓢饮，折稊为匕，置其前。王悉隐忍之。年十九往应童试被黜。自郡中归，妇适不在室，釜中烹羊臛[③]（huò）熟，就啖之。妇入不语，移釜去。生大惭，抵箸地上，曰："所遭如此，不如死！"妇恚，问死期，即授索为自经之具。生忿投羹碗败妇颡。

生含愤出，自念良不如死，遂怀带入深壑。至从树下，方择枝系带，忽见土崖间微露裙幅，瞬息一婢出，睹生急返，如影就灭，土壁亦无绽痕。固知妖异，然欲觅死，故无畏怖，释带坐觇之。少间复露半面，一窥即缩去。念此鬼物，从之必有死乐，因抓石叩壁曰："地如可入，幸示一途！我非求欢，乃求死者。"久之无声。王又言之，内云："求死请姑退，可以夜来。"音声清锐，细如游蜂。生曰："诺。"遂退以待夕。未几星宿已繁，崖间忽成高第，静敞双扉。生拾级而入。才数武，有横流涌注，气类温泉。以手探之，热如沸汤，不知其深几许。疑即鬼神示以死所，遂踊身入。热透重衣，肤痛欲糜，幸浮不沉。泅没良久，热渐可忍，极力爬抓，始登南岸，一身幸不泡伤。行次，遥见厦屋中有灯火，趋之。有猛犬暴出，撞衣败袜。摸石以投，犬稍却。又有群犬要吠，皆大如犊。危急间婢出叱退，曰："求死郎来耶？吾家娘子悯君厄穷，使妾送君入安乐窝，从此无灾矣。"挑灯导之。启后门，黯然行去。

入一家，明烛射窗，曰："君自入，妾去矣。"生入室四瞻，盖已入己家矣。反奔而出，遇妇所役老媪曰："终日相觅，又焉往！"反曳入。妇帕裹伤处，下床笑逆，曰："夫妻年余，狎谑顾不识耶？我知罪矣。君受虚诮，我被实伤，怒亦可以少解。"乃于床头取巨金二铤置生怀，曰："以后衣食，一惟君命可乎？"生不语，抛金夺门而奔，仍将入壑，以叩高第之门。

既至野，则婢行缓弱，挑灯尤遥望之。生急奔且呼，灯乃止。既至，婢曰："君又来，负娘子苦心矣。"王曰："我求死，不谋与卿复求活。娘子巨家，地下亦应需人。我愿服役，实不以有生为乐。"婢曰："乐死不如苦生，君设想何左也！吾家无他务。惟淘河、粪除、饲犬、负尸；作不如程，则刵劓鼻[④]、敲肘刖趾。君能之乎？"答曰："能之。"又入后门，生问："诸役何也？适言负尸，何处得如许死人？"婢曰："娘子慈悲，设'给孤园[⑤]'，收养九幽横死无归之鬼。鬼以千计，日有死亡，须负瘗之耳。请一过观之。"移时入一门，署"给孤园"。入，见屋宇错杂，秽臭熏人。园中鬼见烛群集，皆断头缺足，不堪入目。回首欲行，见尸横墙下；近视之，血肉狼藉。曰："半日未负，已被狗咋[⑥]。"即使生移去之。生有难色，婢曰："君如不能，请仍归享安乐。"生不得已，负置秘处。乃求婢缓颊，幸免尸污。婢诺。

行近一舍，曰："姑坐此，妾入言之。饲狗之役较轻，当代图之，庶几得当以报。"去少顷，奔出，曰："来，来！娘子出矣。"生从入。见堂上笼烛四悬，有女郎近户坐，乃二十许天人也。生伏阶下，女郎命曳起之，曰："此一儒生乌能饲犬？可使居西堂主薄。"生喜伏谢，女曰："汝以朴诚，可敬乃事。如有舛错[⑦]，罪责不轻也！"生唯唯。婢导至西堂，见栋壁清洁，喜甚，谢婢。始问娘子官阀，婢曰："小字锦瑟，东海薛侯女也。妾名春燕。旦夕所需，幸相闻。"婢去，旋以衣履衾褥来，置床上。生喜得所。

黎明早起视事，录鬼籍。一门仆役尽来参谒，馈酒送脯甚多。生引嫌，悉却之。日两餐皆自内出。娘子察其廉谨，特赐儒巾鲜衣。凡有赍赉，皆遣春燕。婢颇风格，既熟，颇以眉目送情。生斤斤自守，不敢少致差跌，但伪作骙钝。积二年余赏给倍于常廪，而生谨抑[8]如故。

一夜方寝，闻内第喊噪。急起捉刀出，见炬火光天。入窥之，则群盗充庭，厮仆骇窜。一仆促与偕遁，生不肯，涂面束腰杂盗中呼曰："勿惊薛娘子！但当分括财物，勿使遗漏。"时诸舍群贼方搜锦瑟不得，生知未为所获，潜入第后独觅之。遇一伏妪，始知女与春燕皆越墙矣。生亦过墙，见主婢伏于暗陬[9]，生曰："此处乌可自匿？"女曰："吾不能复行矣！"生弃刀负之。奔二三里许，汗流竟体，始入深谷，释肩令坐。欻一虎来，生大骇，欲迎当之，虎已衔女。生急捉虎耳，极力伸臂入虎口，以代锦瑟。虎怒释女，嚼生臂，脆然有声。臂断落地，虎亦返去。女泣曰："苦汝矣！苦汝矣！"生忙遽未知痛楚，但觉血溢如水，使婢裂衿裹断处。女止之，俯觅断臂，自为续之；乃裹之。东方渐白，始缓步归，登堂如墟。天既明，仆媪始渐集。女亲诣西堂，问生所苦。解裹，则臂骨已续；又出药糁其创，始去。由此益重生，使一切享用悉与己等。

臂愈，女置酒内室以劳之。赐之坐，三让而后隅坐。女举爵如让宾客。久之，曰："妾身已附君体，意欲效楚王女之于臣建。但无媒，羞自荐耳。"生惶恐曰："某受恩重，杀身不足酬。所为非分，惧遭雷殛，不敢从命。苟怜无室，赐婢已过。"一日女长姊瑶台至，四十许佳人也。至夕招生入，瑶台命坐，曰："我千里来为妹主婚，今夕可配君子。"生又起辞。瑶台遽命酒，使两人易盏。生固辞，瑶台夺易之。生乃伏地谢罪，受饮之。瑶台出，女曰："实告君：妾乃仙姬，以罪被谪。自愿居地下收养冤魂，以赎帝谴。适遭天魔之劫，遂与君有附体之缘。远邀大姊来，固主婚嫁，亦使代摄家政，以便从君归耳。"生起敬曰："地下最乐！某家有悍妇；且屋宇隘陋，势不能容委曲以共其生。"女笑曰："不妨。"既醉，归寝，欢恋臻至。

过数日，谓生曰："冥会不可长，请郎归。君干理家事毕，妾当自至。"以马授生，启扉自出，壁复合矣。生骑马入村，村人尽骇。至家门则高庐焕映矣。先是，生去，妻召两兄至，将棰楚报之；至暮不归，始去。或于沟中得生履，疑其已死。既而年余无耗。有陕中贾某，媒通兰氏，遂就生第与妇合。半年中，修建连亘。贾出经商，又买妾归，自此不安其室。贾亦恒数月不归。生讯得其故，怒，系马而入。见旧媪，媪惊伏地。生叱骂久，使导诣妇所，寻之已遁，既于舍后得之，已自经死。遂使人舁归兰氏。呼妾出，年十八九，风致亦佳，遂与寝处。贾托村人，求反其妾，妾哀号不肯去。生乃具状，将讼其霸产占妻之罪，贾不敢复言，收肆西去。

方疑锦瑟负约；一夕正与妾饮，则车马扣门而女至矣。女但留春燕，余即遣归。入室，妾朝拜之，女曰："此有宜男相，可以代妾苦矣。"即赐以锦裳珠饰。妾拜受，立侍之；女挽坐，言笑甚欢。久之，曰："我醉欲眠。"生亦解履登床，妾始出；入房则生卧榻上；异而反窥之，烛已灭矣。生无夜不宿妾室。一夜妾起，潜窥女所，则生及女方共笑语。大怪之。急反告生，则床上无人矣。天明阴告生；生亦不自知，但觉时留女所、时寄妾宿耳。生嘱隐其异。久之，婢亦私生，女若不知之。婢忽临蓐(rù)难产，但呼"娘子"。女入，胎即下；举之，男也。为断脐置婢怀，笑曰："婢子勿复尔！业多，则割爱难矣。"自此，婢不复产。妾出五男二女。居三十年，女时返其家，往来皆以夜。一日携婢去，不复来。生年八十，忽携老仆夜出，亦不返。

注释

①裙屐少年：指外表华美而无真才实学的少年。《魏书·邢峦传》："萧渊藻是裙屐少年，未洽治务。"②馐馔：精美食物。③羊臛：羊肉汤。臛，肉羹。④刵劓鼻：割耳割鼻。刵、劓，为古代割去耳、鼻的刑罚。⑤给孤园：佛家用语，"给孤独园"之省称。此处指为收养孤魂野鬼购买处所。⑥咋：咬，啃。⑦舛错：差错，错误。⑧谨抑：持身谨慎。⑨暗陬：昏暗的角落。陬，角落。

房文淑

开封邓成德，游学至兖，寓败寺中，佣为造齿籍者[1]缮写。岁暮，僚役各归家，邓独炊庙中。黎明，有少妇叩门而入，艳绝，至佛前焚香叩拜而去。次日又如之。至夜邓起挑灯，适有所作，女至益早。邓曰："来何早也？"女曰："明则人杂，故不如夜。太早，又恐扰君清睡。适望见灯光，知君已起，故至耳。”生戏曰：“寺中无人，寄宿可免奔波。”女哂曰：“寺中无人，君是鬼耶？”邓见其可狎，俟拜毕，曳坐求欢。女曰：“佛前岂可作此。身无片椽②，尚作妄想！”邓固求不已。女曰：“去此三十里某村，有六七童子延师未就。君往访李前川，可以得之。托言携有家室，令别给一舍，妾便为君执炊，此长策也。”邓虑事发获罪，女曰：“无妨。妾房氏，小名文淑，并无亲属，恒终岁寄居舅家，有谁知？”邓喜。既别女，即至某村，谒见李前川，谋果遂。约岁前即携家至。既反，告女。女约候于途中。邓告别同党，借骑而去。女果待于半途，乃下骑以辔授女，御之而行。至斋，相得甚欢。

积六七年，居然琴瑟，并无追捕逃者。女忽生一子。邓以妻不育，得之甚喜，名曰“兖生。”女曰：“伪配终难作真。妾将辞君而去，又生此累人物何为！”邓曰：“命好，倘得余钱，拟与卿遁归乡里，何出此言？”女曰：“多谢，多谢！我不能胁肩谄笑，仰大妇眉睫，为人作乳媪，呱呱者难堪也！”邓代妻明不妒，女亦不言。月余邓解馆，谋与前川子同出经商，告女曰：“我思先生设帐，必无富有之期。今学负贩，庶有归时。”女亦不答。至夜，女忽抱子起。邓问：“何作？”女曰：“妾欲去。”邓急起追问之，门未启，而女已杳。骇极，始悟其非人也。邓以形迹可疑，故亦不敢告人，托之归宁而已。初，邓离家与妻娄约，年终必返；既而数年无音，传其已死。兄以其无子，欲改醮之。娄更以三年为期，日惟以纺绩自给。一日既暮，往扃外户，一女子掩入，怀中绷儿，曰：“自母家归，适晚。知姊独居，故求寄宿。”娄内之。至房中，视之，二十余丽者也。喜与共榻，同弄其儿，儿白如瓠。叹曰：“未亡人遂无此物！”女曰：“我正嫌其累人，即嗣为姊后，何如？”娄曰：“无论娘子不忍

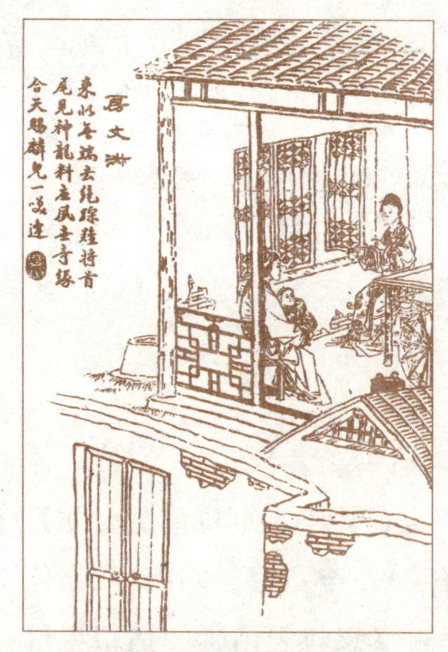

割爱；即忍之，妾亦无乳能活之也。”女曰：“不难。当儿生时，患无乳，服药半剂而效。今余药尚存，即以奉赠。”遂出一裹，置窗间。娄漫应之，未遽怪也。既寝，及醒呼之，则儿在而女已启门去矣。骇极。日向辰，儿啼饥，娄不得已，饲其药，移时湩(dòng)[3]流，遂哺儿。积年余，儿益丰肥，渐学语言，爱之不啻己出，由是再醮之心遂绝。但早起抱儿，不能操作谋衣食，益窘。

一日女忽至。娄恐其索儿，先问其不谋而去之罪，后叙其鞠养之苦。女笑曰：“姊告诉艰难，我遂置儿不索耶？”遂招儿。儿啼入娄怀，女曰：“犊子不认其母矣！此百金不能易，可将金来，署立券保[4]。”娄以为真，颜作赪(chēng)，女笑曰：“姊勿惧，妾来正为儿也。别后虑姊无豢(huàn)养之资，因多方措十余金来。”乃出金授娄。娄恐受其金，索儿有词，坚却之。女置床上，出门径去。抱子追之，其去已远，呼亦不顾。疑其意恶。然得金，少权子母，家以饶足。

又三年邓贾有赢余，治装归。方共慰藉，睹儿问谁氏子。妻告以故，问：“何名？”曰：“渠母呼之兖生。”邓惊曰：“此真吾子也！”问其时日，即夜别之日。邓乃历叙与房文淑离合之情，益共欣慰。犹望女至。而终渺矣。

注释

①造齿籍者：编制户口名册的人。②身无片椽，指没有房子。椽，梁上的木条。③湩：乳汁。④券保：字据。

图书在版编目（CIP）数据

聊斋志异：插图本／（清）蒲松龄著．—沈阳：万卷出版公司，2008.7（2011.6重印）

（家藏四库系列）

ISBN 978-7-80759-252-5

Ⅰ．聊… Ⅱ．蒲… Ⅲ．笔记小说—中国—清代 Ⅳ．I242.1

中国版本图书馆CIP数据核字（2008）第092966号

设计制作／智品書業 ZHIPIN BOOKS

聊斋志异（插图本）

出 版 者	万卷出版公司
地 址	沈阳市和平区十一纬路29号
邮 编	110003
联系电话	024-23284090
电子信箱	vpc_tougao@163.com
印 刷	北京嘉业印刷厂
经 销	各地新华书店发行
幅面尺寸	720mm × 1000mm 1/16
印 张	27.75
字 数	330千字
版 次	2008年7月第1版 2011年6月第6次印刷
执行主编	李英健 李 克
责任编辑	丁建新
书 号	ISBN 978-7-80759-252-5
定 价	23.60元

“家藏四库”系列书目

书　名	定　价	书　名	定　价
第一辑			
《唐诗三百首》(插图本)	13.90元	《孙子兵法·三十六计》	19.30元
《宋词三百首》(插图本)	13.50元	《文心雕龙》(插图本)	27.20元
《图解论语》	15.70元	《史记》(插图本)	20.30元
《图解庄子》	18.80元	《人间词话》(插图本)	10.50元
《图解周易》	19.20元	《陶渊明集》(插图本)	12.00元
《图解孟子》	15.00元	《吕氏春秋》(插图本)	28.90元
《图解诗经》	18.00元	《东坡集》(插图本)	19.60元
《图解楚辞》	9.80元	《大藏经》(精华本)	20.30元
《图解老子》	11.90元	《花间集》(插图本)	19.50元
《资治通鉴》(插图本)	27.80元	《古文观止》(插图本)	22.20元
第二辑			
《西游记》(插图本)上、下	34.90元	《四书五经》(插图本)	29.80元
《三国演义》(插图本)上、下	33.20元	《婉约词》(插图本)	16.20元
《红楼梦》(插图本)上、下	37.90元	《豪放词》(插图本)	15.30元
《水浒传》(插图本)上、下	39.80元	《黄帝内经》(插图本)	25.50元
《战国策》(插图本)	20.40元	《杜甫诗集》(插图本)	17.00元
《阅微草堂笔记》(插图本)	21.30元	《闲情偶寄》(插图本)	25.50元
《容斋随笔》(插图本)	25.50元	《三国志》(插图本)	20.40元
《图解尚书·礼记》	23.00元	《春秋左传》(插图本)	24.70元
《儒林外史》(插图本)	18.70元	《史记全本》(插图本)	29.80元
《世说新语》(插图本)	26.40元	《官场现形记》(插图本)	26.40元
第三辑			
《梦溪笔谈》(插图本)	24.20元	《随园诗话》(插图本)	24.70元
《小窗幽记》(插图本)	24.20元	《山海经》(插图本)	21.50元
《聊斋志异》(插图本)	23.60元	《三字经·百家姓·千字文》(插图本)	13.80元
《元曲三百首》(插图本)	16.40元	《唐宋八大家集》(插图本)	21.70元
《隋唐演义》(插图本)上、下	33.80元	《李太白集》(插图本)	20.00元
《十三经解读》(精华本)上、下	39.80元	《二十四史精华》(文白对照本)上、下	38.80元
《二刻拍案惊奇》(插图本)	23.20元	《初刻拍案惊奇》(插图本)	23.80元
《喻世明言》(插图本)	21.70元	《警世通言》(插图本)	20.60元
《搜神记》(插图本)	17.90元	《醒世恒言》(插图本)	27.70元
《老残游记·孽海花》(插图本)	25.30元	《菜根谭·呻吟语》(插图本)	26.00元
第四辑			
《了凡四训》(插图本)	21.30元	《柳宗元集》(插图本)	20.40元
《智囊》(插图本)	21.30元	《帝鉴图说》(插图本)	20.00元
《五灯会元》(插图本)	21.30元	《韩愈集》(插图本)	19.60元

书　名	定　价	书　名	定　价
《茶经 · 续茶经》(插图本)	19.60元	《孔子家语 · 颜氏家训》(插图本)	22.60元
《曾国藩家书》(插图本)	19.60元	《六韬 · 三略》(插图本)	19.60元
《幼学琼林 · 弟子规》(插图本)	16.20元	《纳兰词》(插图本)	19.60元
《天工开物》(插图本)	21.90元	《太平广记》(插图本)	21.30元
《乐府诗集》(插图本)	20.00元	《白话资治通鉴》(插图本)	20.80元
《名家批注周易》(插图本)	20.00元	《三苏集》(插图本)	20.00元
《名家批注论语》(插图本)	20.80元	《牡丹亭 · 西厢记》(插图本)	21.30元
第五辑			
《汉书 · 后汉书》(精华本)	21.70元	《东周列国志》(插图本)上、下	35.40元
《长生殿 · 桃花扇》(插图本)	19.60元	《诗品 · 词品》(插图本)	18.70元
《说文解字》(插图本)上、下	48.00元	《孔子家语》(插图本)	18.30元
《二十年目睹之怪现状》(插图本)	28.50元	《大唐西域记》(插图本)	21.30元
《七侠五义》(插图本)	29.80元	《本草纲目》(插图本)	32.30元
《荀子》(精华本)	20.40元	《历代诗话》(插图本)	20.40元
《徐霞客游记》(精华本)	21.30元	《漱玉词》(插图本)	16.20元
《镜花缘》(插图本)	25.50元	《名家批注道德经》(插图本)	19.20元
《淮南子》(精华本)	20.40元	《诸子百家》(插图本)	21.70元
《封神演义》(插图本)上、下	32.80元	《辛弃疾词》(插图本)	21.30元

《中国通史》系列书目

书　名	定　价	书　名	定　价
《中国通史》史前夏商西周卷	36.00元	《中国通史》春秋战国卷	36.00元
《中国通史》秦汉卷	36.00元	《中国通史》三国两晋南北朝卷	36.00元
《中国通史》隋唐卷	36.00元	《中国通史》宋辽西夏金元卷	36.00元
《中国通史》明卷	36.00元	《中国通史》清卷	36.00元
《中国通史》全八卷套装	288.00元	《中国通史》精装版全八卷套装	792.00元

图书邮购方法：

方法一：登录网站http：//www.zhipinbook.com联系我们；

方法二：直接邮政汇款至：北京市西城区北三环中路甲六号出版创意大厦7层

收款人：吕先明　　邮编：100120

方法三：银行汇款：中国农业银行北京市朝阳路北支行

账号：622 848 0010 5184 15012　　收款人：吕先明

注：如果您采用邮购方式订购，请务必附上您的详细地址、邮编、电话、收货人及所订书目等信息，款到发书。我们将在邮局以印刷品的方式发货，免邮费，如需挂号每单另付3元，发货7-15日可到。

咨询电话：010-58572701　(9：00-17：30，周日休息)

网站链接：http：//www.zhipinbook.com